ハヤカワ・ミステリ

JUSSI ADLER-OLSEN

特捜部Q
—自撮りする女たち—
SELFIES

ユッシ・エーズラ・オールスン
吉田奈保子訳

TOKYO HAYAKAWA BOOKS

A HAYAKAWA
POCKET MYSTERY BOOK

SELFIES
by
JUSSI ADLER-OLSEN

Translated by
NAHOKO YOSHIDA
First published 2018 in Japan by
HAYAKAWA PUBLISHING, INC.
This book is published in Japan by
arrangement with
JP / POLITIKENS FORLAGSHUS A/S
through TUTTLE-MORI AGENCY, INC., TOKYO.

装幀／水戸部 功

バルセロナにいる私たちの素晴らしい〝家族〟、オラフ・スロット＝ピーダスン、アネデ・メリル、アーネ・メリル・ベアデルスン、ミケール・キアゲゴーに捧げる

特捜部Q

——自撮りする女たち——

主な登場人物

カール・マーク……………………………警部補。特捜部Qの責任者

ハーフェズ・エル・アサド
ローセ・クヌスン
ゴードン・T・タイラー
………カールのアシスタント

マークス・ヤコプスン………………元殺人捜査の課長
ラース・ビャアン……………………殺人捜査課の課長
ラース・パスゴー……………………殺人捜査課の警部
トマス・ラウアスン…………………元鑑識官。署内食堂のチーフ
ハーディ・ヘニングスン……………カールの同居人。元刑事
モーデン・ホラン……………………カールの家の下宿人。介護士
モーナ・イプスン……………………心理学者。カールの元恋人
ドリト（デニス）・F・ツィマーマン……失業中の女性
リーモア・ツィマーマン……………デニスの祖母
ビアギト…………………………………デニスの母

ジャズミン
ミッシェル・ハンスン
……………デニスの失業者仲間

パトリク・ピーダソン………………ミッシェルの恋人
アネ＝リーネ（アネリ）・スヴェンスン……ソーシャルワーカー
リーオ・アンドレースン……………圧延工場の元現場監督
オーラフ・ボーウ＝ピーダスン……テレビ番組のプロデューサー

プロローグ

一九九五年十一月十八日、土曜日

どれぐらいの時間、湿った落ち葉を踏みしめてうろうろしているんだろう？　まるでわからなくなっていた。むき出しの両腕は凍えそうに冷たい。家からは怒りに満ちた大声と、ぞっとするような物音が聞こえてくる。息が止まりそう。目頭《めがしら》が濡れるのを感じたけれど、泣くまいとこらえた。ママはきっとこう言うだろうから。「そんなに泣くと皺《しわ》ができる。皺って醜《みにく》いわよね」ママは、相手が嫌な気持ちになることを言うのが本当にうまい。

ドリトは落ち葉の上を歩きまわった黒い足跡を眺めた。それから、屋敷の窓とドアの数を数えた。数えるのはもう何度目だろう。いくつあるかは知りつくしている。両開きのドアが二つに、大きな窓が十四、地下室には縦長の窓が四つ。ガラスの数は全部で百四十二あるはずだ。

こんなに大きな数まで数えられるなんて、自分でもすごいと思った。同じクラスでここまで数えられる子はいないだろう。

そのとき、別棟の地下室へ行くためのドアがきしみながら開く音が聞こえた。嫌な予感がする。

メイドが地下室の階段を上がってきて、まっすぐこちらへやってきた。「なかには絶対戻らない」ドリトは小声でつぶやいた。

ドリトは庭の奥にある深い茂みのなかに隠れるのが得意だった。何時間もそこにいることもあった。でも今回は、メイドのほうが早く、隠れる暇がなかった。気づいたときにはもう、手首をつかまれていたのだ。

「ドリト、上等の靴でこんなところを歩いちゃだめじゃないの！ ツィマーマン夫人がご覧になったらどうするのよ！」

家に入ったドリトは靴を脱ぎ、どっしりしたL字形ソファの前に立った。祖母と母親が、この子はいったい居間で何をしてるの？ という表情でドリトをにらみつけた。

祖母は今にもわめき出しそうだった。視線は冷たく、とげとげしい。母親のほうは泣いていたらしく、顔に深い皺が刻まれている。まさに、母親自身がドリトにいつも警告していたとおりだ。

「今はだめよ、ドリト。ママたち、お話ししてるんだから」母親が言った。

ドリトはあたりを見回した。「パパはどこ？」

祖母と母親は視線を交わした。ほんの一瞬だが、母親が怯《おび》えて隅っこに逃げこむ動物のように見えた。そういう母親の姿を前にも見たことがある。

「食堂に行って、雑誌でも読んでなさい」祖母が命令する。

「パパはどこ？」ドリトは繰り返した。

「その話はあと。パパはもう行っちゃったから」祖母はいらついたように手を振って、孫娘を追い払った。

ドリトは二、三歩後ずさりした。だったら、もっと庭にいさせてくれたってよかったじゃない。

食堂に行くと、テーブルの上が散らかっているのが目に入った。ひからびたハンバーグの食べ残しとベシャメルソースにつかったカリフラワーの載った皿の横に、フォークやスプーンが乱雑に置かれている。クリスタルグラスはふたつともひっくり返り、テーブルクロスのあちこちにワインが飛び散り染みになっている。何もかもがいつもと違った。こんなところにこれ以上いたくない。
ドリットは玄関ホールに向かった。そこには、古びたドアノブがついた、縦長で黒い大きなドアがいくつもある。屋敷は途方もなく広く、いくつもの棟に分かれているが、ドリットは隅々までよく知っていた。二階はいつも祖母のおしろいと香水のきついにおいが漂い、祖母の屋敷から自分の家に帰ってくると、きまってそのにおいがワンピースについているほどだった。その二階は窓から光が燦々《さんさん》と降り注いで明るかったが、それでもドリットは二階で遊ぶのが好きではなかった。遊べるようなものが何ひとつないからだ。

一階の奥まった一角にいるほうがずっといい。どっしりとした肘掛《ひじか》け椅子は、両脚を座席部分に上げると体がすっぽりと収まるし、茶色のベロア生地でできた豪華なソファには黒い木彫《きぼ》りの背もたれがついていた。こんな椅子やソファは屋敷のなかでもここにしかない。それでいて、閉じたカーテンと家具は苦いようなタバコのにおいがした。屋敷のこの一角は祖父のテリトリーだったのだ。

ほんの一時間前、家族はなごやかにテーブルについていた。ドリットは肌触りのいい毛布に包まれたような気持ちのいい一日になるだろうと思っていた。

ところが、その食卓で父親が何かまずいことを言った。祖母は眉をつり上げ、祖父はいきなり立ち上がった。

「それはおまえたち自身でなんとかすることだ」と祖父は言い、ズボンのベルトを引っぱり上げると、出ていってしまった。そして、ドリットは庭へ追い払われたのだ。

ドリットは祖父の書斎に通じるドアをそっと開けた。茶色い棚の上に蓋《ふた》の開いた箱が並び、なかにいろいろな靴がぎっしり詰まっている。棚の向かいには書き物机があり、その机の上には、定規《じょうぎ》で引いた赤や青の線でいっぱいの紙が何枚も置かれていた。

薄暗い部屋のなかに祖父の姿はなかったが、タバコのにおいは強く感じた。まるで本棚の隙間から煙が出ているようだ。その隙間から漏《も》れた光がデスク前の椅子に細い筋をつくっている。

　どこから光が来ているのかを知りたくなって、ドリトは本棚に近づいた。ふたつの本棚の隙間に近寄ったことなど一度もないので、胸がどきどきした。

「みんなもう帰ったのか？」本棚の後ろから、祖父の声がぼそりと聞こえた。

　ドリトはその隙間をゆっくり時間をかけて通り抜けた。すると突然、目の前に見たこともない空間が現れた。祖父が革《かわ》張りの肘掛け椅子に座り、細長いテーブルに覆いかぶさるようにして何かを見つめている。そこに何があるのか、ドリトには見えなかった。

「リーモア、そこにいるんだろう？」祖父の声には一風変わった響きがある。ドリトの母親はそれをとても嫌がっていた。ドイツ語訛《なま》りがいつまでたっても抜けないせいだと母親は言う。でも、ドリトは祖父の話し方が好きだった。

　この部屋の様子は屋敷のほかの部屋とはまるで違う。ここでは壁はむき出しではなく、ありとあらゆるサイズの写真で埋めつくされていた。目を凝らしてみると、どの写真にも軍服姿の同じ男性が写っている。ただし、背景はそれぞれ違う。

　タバコの煙が充満しているにもかかわらず、この部屋は書斎より明るい感じがした。おじいちゃんがいたのはここだったのね。袖《そで》をまくり上げた祖父の腕には血管がくっきり浮き出ている。祖父は、ゆっくり、そして注意深く写真の山に目を通していた。数枚を取り出しては、丹念にチェックしている。祖父のリラックスしている様子にドリトは胸がじんとした。しかし、祖父がこちらを振り向いたとたん、穏《おだ》やかなその顔がひどく歪《ゆが》んだ。まるで、何か苦いものを噛《か》みつぶしたかのように。

「ドリト？」そう言うと、祖父は椅子から立ち上がった。そして、まるで背後にあるものを隠そうとするかのように両腕を広げた。

「ごめんなさい、おじいちゃん。でもあたし、どこに行ったらいいかわからなくて」ドリトはそう言うと、壁の写真を見渡した。「ここに写っている男の人、おじいちゃんにちょっと似てる」

祖父はドリトを見た。答えに窮《きゅう》しているようだ。祖父は、肘掛け椅子に再び腰掛けると、おもむろに孫娘を膝《ひざ》に抱き上げた。

「ここに勝手に入ってはいけないんだよ。おじいちゃんの秘密の部屋なんだから。まあ、来てしまったからしかたないか」そして祖父は、写真を見ながらこう言った。「ドリト、おまえの言うとおり、写真の人はたしかに私だ。どれも戦争中の写真だよ。私がまだ若くて、ドイツ軍の兵士だったころのね」

ドリトは大きくうなずいた。軍服姿の祖父はかっこよかった。黒の制帽、黒の上着、黒の乗馬ズボン。すべて黒。ホルスター付きのベルトも、ブーツも、手袋も。制帽の髑髏《どくろ》マークと祖父の歯だけが白く光っている。

「おじいちゃん、兵隊さんだったの？」

「そうだとも《ヤヴォール》。棚の上のほうに拳銃があるだろ？　パラベラム08（ドイツ軍が使用した大口径自動拳銃）、《ルガー》とも呼ばれる拳銃だ。長年、私の最高の友だったんだ」

ドリトは目を丸くして棚を見上げた。拳銃は暗い灰色で、その横にあるホルスターは茶色かった。棚板にはシュラークバル（ドイツ式野球。革製のボールをバットのような棒で打つ競技）で使う棍《こん》棒《ぼう》に黒い缶をくっつけたようなものがあり、その横には鞘《さや》に入った細いナイフが置かれていた。

「あれ、本当に撃てるの？」

「ああ、何度も撃ったよ」

「おじいちゃん、本当に兵隊さんだったの？」

祖父は微笑《ほほえ》んだ。「そうさ。おまえのおじいちゃんは、とても勇敢で立派な兵士だった。第二次世界大戦で大活躍したんだ。自慢のおじいちゃんだぞ」

「世界大戦で？」

祖父はうなずいた。だけど、戦争ってそんなにいいものじゃないのでは？ にっこりしながら話すようなものじゃないはず。絶対に違う。ドリトはそう思った。

そして、祖父が何をあんなに熱心に見ていたのかを知りたくなり、首を伸ばした。

「だめだよ、ドリト。その写真は見ないほうがいい」

祖父はドリトの首をつかむと、自分のほうを向かせた。

「もっと大きくなってからな。子供が見るようなものじゃない」

ドリトはこっくりうなずいたものの、さらに首を伸ばした。祖父も今度は阻止できなかった。

そこには一列に並んだ大判の白黒写真があった。最初の写真にはうなだれた男がいる。二枚目の写真では、祖父が片手でその男を引っ張り、もう片方の手は拳銃を持って掲げている。三枚目の写真では、祖父が男の首筋に拳銃で狙いをつけていた。

「おじいちゃん……こ、これってふざけて遊んでるんだよね？」ドリトはおずおずと尋ねた。

祖父は孫娘の顔を自分に向き合わせ、その目を覗《のぞ》きこんだ。

「戦争は遊びじゃないんだ、ドリト。自分が死なないために敵を殺す。わかるかい？ あのときおじいちゃんが身を守っていなければ、ふたりとも今ここに座ってはいないんだよ」

ドリトはゆっくり首を横に振り、テーブルの上にさらに顔を近づけた。

「この人たちみんな、おじいちゃんを殺そうとしたの？」

祖父が写真を一瞥《いちべつ》した。ドリトにはどういう写真なのかよくわからなかった。ただただ不気味だった。今にも倒れてしまいそうな人もいれば、ロープにぶら下がっている男女もいる。男が棍棒で後頭部を打ち砕かれている写真もあった。ほとんどすべての写真のなかで、祖父が横に立っている。

「そうだよ、ドリト。この人たちはおじいちゃんを殺そうとしていた悪い人たちなんだ。でも心配しなくていい。戦争は終わった。もう二度と起こらない。おじいちゃんが約束する。すべて終わったんだ。すべて終わったんだ《アレス・イスト・フォアバイ》」写真をもう一度見た祖父の口元にかすかな笑みが浮かんだ。写真の光景を見て喜んでいるようだった。たぶん、もう怖がらなくていいからだ、とドリトは思った。もう敵から身を守らなくていいから。

「よかったね、おじいちゃん」

そのとき、隣の部屋で足音が聞こえた。ふたりが立ち上がるとほぼ同時に、ドリトの祖母が本棚のあいだに姿を現した。

「いったいどういうことなの?」祖母の声は厳しかった。「ドリトをここに入れちゃだめじゃないの、フリッツ。そういう約束だったでしょう!」

「大丈夫だよ《アレス・イン・オルドヌング》、おまえ《リープリング》。ドリトはちょっと来ただけで、すぐ出ていくさ。そうだよな?」祖父の声は穏やかだったが、目は冷たかった。面倒なことになりたくなかったら何も言うなよ。その目はドリトにそう言っていた。ドリトはうなずくと、書斎へ向かう祖母のあとをついていった。部屋を出る前にもう一度、壁に目をやった。片側には赤くて大きな旗がかかっている。旗の中央にある白い丸のなかにあまり見たことがない黒い十字架が大きく描かれていた。反対側には祖父の色あせた写真があった。顔を上に向け、右腕を空に向かって斜めに突き上げている。

ここで見たものは絶対に忘れない。ドリトはそんな思いにとらわれた——そんなことを考えたのは、生まれて初めてだった。

「おばあちゃんの言ったことは気にしない、いいわね？　それから、おじいちゃんのところで見たものも忘れること。約束できる、ドリト？　たいしたものじゃないんだから」

母親はいらいらした様子でドリトの腕をコートの袖に通すと、娘の前にしゃがみこんだ。

「さあ、おうちに帰りましょう。そして何もかも忘れるの、いい？」

「でもママ、どうして食堂でみんな、あんなに叫んでたの？　そのせいでパパは出てったの？　パパは今どこ？　家に帰ったの？」

母親は真面目《まじめ》な顔をして首を横に振った。「いいえ。パパとママは今、あまりうまくいってないの。パパはそれで出てったのよ」

「いつ帰ってくる？」

「わからない。でも悲しまなくていいのよ。パパは必要ない。おじいちゃんとおばあちゃんがわたしたちの面倒を見てくれるから」母親は微笑むと娘の頬をそっと撫《な》でた。ドリトの顔にかかった母の息は、祖父がときどき小さいグラスに注ぐものと同じ、きついにおいがした。「あなたは世界中のどんな子より愛らしくて頭もいい。だからパパがいなくてもママと一緒にちゃんとやっていけるわ、そうでしょ？」

ドリトはうなずこうとしたが、頭が何かに固定されたように動かなかった。

「さあ、まずはおうちに帰りましょう。テレビでヨアキム王子と美しい中国人のお嫁さんの結婚式をやってるはず。素晴らしいドレスが見られるわよ」

「そうしたら、アレクサンドラはプリンセスになるの？」

「そうよ。結婚したらすぐにね。それまでは、本物の王子様を射止めたただの若い女性だけどね。あなたのほうがアレクサンドラよりずっとかわいらしいわ。だから、大きくなったらあなたもきっとあんなふうになる。そしたらほしいものがなんでも手に入るのよ。世界中のどんなものでもね。あなたも大きくなったらお金持ちになって有名になる。ママにはちゃんとわかるの」

ドリトはにっこりした。「でも、ママはずっとそばにいてくれるよね？」ドリトは今みたいにママが感激している様子を見るのが好きだった。

「もちろん。ママはいつでもあなたのそばにいるわ」

1

二〇一六年四月二十六日、火曜日

顔にはいつものように前の晩の名残《なごり》が表れていた。肌はかさつき、目の下のくまは寝る前より濃くなっている。

デニスは鏡に向かってしかめっ面《つら》をした。昼間はいつのまにか終わっていた。彼女はかれこれ一時間も、ひどい状態の顔をなんとかしようとしていたが、一向にうまくいかなかった。

「おまえときたら娼婦みたいだ。そんなにおいまですするよ」デニスは祖母の真似をしてつぶやいた。

周囲の部屋から聞こえてくる物音が、そろそろ夕方だと告げていた。このアパートメントの住人たちも活動を始めたようで、いろいろな音が聞こえてくる。瓶《びん》のがちゃがちゃいう音、ドアを叩く音、タバコをせびる声、契約しないと使えないはずの古びたシャワー室にひっきりなしに人が出入りする音。フレズレクステーゼンのしみったれた通りの一角では、社会のはみ出し者たちが目的もなく夜を過ごすための支度をしている。

デニスは鏡にさらに近づいた。

「鏡よ、鏡よ、鏡さん、この国でいちばん美しいのはだあれ？」デニスはキスをするように唇を突き出すと、腰から胸、喉に沿って両手を上に滑《すべ》らせ、髪をかき上げた。それからセーターの毛玉をいくつかつまんで取り、額《ひたい》の染みに粉をはたき、満足げに一歩下がった。邪魔な毛を抜いてアイブロウで修正した眉毛とマスカラをたっぷり塗ったまつ毛は、容貌《アピアランス》を高めてくれている。瞳《ひとみ》の輝きが強調されるため、まなざしにより深みが増し、ワンランク上の魅力をプラスしてくれるのだ。

世界をとりこにする準備は整った。

「あたしはデニス」低い声でささやく。「デニスよ」それからゆっくりと唇を開き、顎《あご》を引く。効果は抜群だ。この表情を服従のしるしだと思いこむ男がたくさんいる。だが、実際はまったく逆で、これは相手に理性を失わせるきわめて確実な手段なのだ。

「すべて、あたしの思いのままよ」デニスは満足げにローションの蓋を閉め、化粧品をドレッサーにしまった。

それから、狭い部屋のなかを見渡した。散乱している洗濯物をまとめてベッドを整え、グラスをすすいで、ゴミと空《から》の瓶を片づけるだけでも、しばらくかかりそうだ。

でも、そんなこと知ったこっちゃない。そう思いながら、デニスはベッドカバーをばさばさと振り、枕を叩いて形を整えた。この部屋までたどり着いた〝パパたち〟はベッド以外のことなんか気にしないはずだ。

それからデニスはベッドの縁《ふち》に腰掛け、バッグの中身を急いであらためた。必要なものはすべてそろってる？

大丈夫。準備万端。世界よ、あたしのお楽しみよ、さあ、いつでもいらっしゃい。

そのとき、デニスが最も聞きたくない音が響いてきた。カタン、カタン、カタン。足を引きずるような惨《みじ》めなあの音。

なんで、今来るわけ？ 踊り場から廊下に通じるドアが押し開けられる音が聞こえた瞬間、一気に力が抜けた。食事時間もとっくに過ぎている。

デニスは数秒待った。部屋のドアがノックされ、しかたなくのろのろとベッドから立ち上がった。

「わたしよ！ 開けてくれないの？」母親が叫んでいる。

デニスは深呼吸した。返事をしなかったら、帰ってくれるだろうか。

「デニス、いるのはわかってるのよ。お願いだから開けて。大事な話があるの」

デニスは肩をがっくり落とした。「なんの用よ？ 食事を持ってきてくれたの？」

「いいえ、今日は運んできてない。いい子だから、下に食べにいらっしゃい。おばあちゃんが来てるのよ」

デニスは白目をむいた。「あの人、自分で上がってこれるでしょ」

「そんなことを言わないで。お願いだから、ちょっとママをなかに入れてちょうだい。話があるの」

「そんな時間ない。食事ならあとでドアの前に置いておいて。いつもみたいに」

ふた部屋先には、毎日、〝朝のビール〟を飲み干しては出来そこないの人生を嘆いている青白い顔の男がいるはずだ。だが、今日はその部屋からも物音ひとつしない。みんな、ドアに耳をくっつけてあたしたちの話を聞いているのかな？　だとしてもいまさら驚かない。だからなんだっていうのよ？　ママを無視するまでだわ。

デニスは母親の声を頭から追い払い、青白い顔の男がいつも口にしている愚痴《ぐち》のことを考えようとした。同じ階の住人のなかでも、離婚した男たちほど惨めな存在はなかった。衣服を何日も洗濯していないのか、異様なにおいを放ったまま、自分みたいに孤独な人間はいないという思いにどっぷり浸《ひた》っている人生の敗者。そもそも、そんな身なりじゃ、まともな未来なんか思い描けるわけないじゃない。

デニスは男たちのことを考え、鼻で笑った。だいたい、あいつらの厚かましさときたら！　安酒を手に平気でデニスの部屋のドアをノックする。デニスとくだらないおしゃべりをし、あわよくばそれ以上のことを期待しているのは明らかだ。


部屋を又借りしている連中なんかとあたしが付き合うとでも思ってんのかしら。

「おばあちゃんはお金を持ってきてくれたのよ、デニス」母親はあきらめなかった。

デニスの耳がピクリと反応する。

「でも、あなたが下りてこないなら、もらえないのよ」

しばらくの沈黙。

「そうなったらわたしたちは今月、どうしようもないんだからね」母親が怒鳴《どな》る。

「アパートメント中に聞こえるように、もっと大きい声でわめいたら？」デニスは怒鳴り返した。

「おばあちゃんがお金をくれなかったら、あなたは社会福祉事務所に行かなくちゃならないのよ、わかってるでしょ？」母親の声は震えていた。「ママ、今月はあなたの家賃もまだ払えてないのよ」

デニスは深く息を吸って鏡に向かって歩くと、唇をきゅっと結んだ。わかったわよ、十分間だけ年寄りの戯言《たわごと》を聞いてやろうじゃないの。でも、それ以上はごめんよ。どうせ、非難の言葉が延々続くんだから。何かにつけて相手の粗《あら》探しをするような人間は大嫌いだ。そういう連中には心底いらつく。

一階の部屋のリビングは、いつものように缶から出したばかりのペットフードのようなにおいがした。母親に食事に招待されたところで、リブステーキなど期待できない。せいぜいでシュニッツェル（薄切り肉のカツレツ）か、プラスチック容器にソーセージのように詰められた賞味期限切れのライスプディングくらいだ。まあいいわ、ろうそくで煤《すす》けて変色した古ぼけた銀の燭台《しょくだい》にはお似合いだ。

祖母のリーモアは、ハゲタカのように背を丸めてテーブルについていた。口角は下がり、正体不明なにおいを振りまき、まさにくちばしで獲物をつつく準備はできているといった感じだ。いったい、どこに行ったらこんなうぬぼれた香りのこんな安物パウダーが買えるのだろう？

大きな赤い唇が開いた。この表情は笑顔のつもりなのかもしれないが、デニスはそう簡単にだまされてなるものかと思った。そして、デニスは十数えようとしたが、三まで数えたところでもう金切り声が聞こえてきた。

「おやまあ！　王女様が、いやいや挨拶《あいさつ》をしにおでましだね」

リーモアは、眉根に皺を寄せて孫娘を値踏みする。そして、へそが見えそうな丈のトップスに気づくと、その表情はまずは拒絶に、さらには侮蔑《ぶべつ》へと変化した。

「一段と厚化粧になったこと。これじゃあ誰もドリトだとわからないいんじゃないかい？」

「あたしは十年前に名前を変えたの。前の名前で呼ばないようお願いするわ」

「まあ、たいしたもんだ、おまえの口から『お願い』なんて言葉が出るなんて。ところで、新しい名前が似合っているとでも思ってるのかい？　デニスなんてフランス語みたいじゃないか。人が聞いたら、大通り《ブールバール》をふらつく女たちを想像するだろうね。スリットの入った服を着た女たちだよ。でも、たしかにその名前のほうがよっぽどおまえには似合ってるかもしれないね」祖母の視線は、再び頭のてっぺんから爪先までデニスを吟味《ぎんみ》していく。「どうやら狩りの装備が整っているようだ。結構な戦闘服じゃないか」祖母は容赦なかった。

　母親が片手をそっと祖母の腕に置き、なだめようとしている。まるで、これまでもそうやってうまくいったことがあるかのように。そしてもちろん、今回も母親は撤退を余儀なくされる。

「ちょっと訊いてもいいかね、最近はどうしてるんだい？」祖母がさらに続ける。「何か勉強を続けてるんだっけ？　それとも、どこかで見習いかい？」祖母が目を細める。「そういえば、ネイルアーティストをやってみたいとか言ってなかったかい？　まったく、いろいろ言うからついていけないよ。何かひとつにしぼっておくれ」

　デニスは、意地でも口を閉ざしていた。

　祖母が眉を上げる。「まさか、何もしていないのかい？　まあそうだろうね。おまえは結構なご身分だから、まともな仕事に就かなくてもいいんだろうねえ。そうだろう？」

　答えがわかっているのに、なんでわざわざ訊いてくるの？　なんで馬鹿にしたような顔をしてここに座っているわけ？　デニスは祖母の顔に唾《つば》を吐きかけたくてたまらなかった。

「デニスは、コーチングのセミナーに申し込む予定なのよ」母親が割って入った。

　ここまであからさまに祖母の顔が変わるとは。祖母は、鼻に寄った皺がぴんと伸びるほど口をぽかんと開けてあっけにとられた顔をした。それから、高らかに笑いだした。腹の奥底から出てきた笑い声に、デニスは思わず身震いした。

「こりゃ驚いた、なんて計画だい！　大笑いだ！　デニスが他人をコーチする？　いったいどこの誰が、いったい何をコーチングするって言うんだ。いったいどこの誰が、着飾ることしか脳のない女から指導を受けようって言うんだ。まったく、地球の回転が止まっちまうよ！」

「お母さん……」母親はなんとか祖母をなだめようとした。

「ビアギト、言わせてもらうよ」と祖母はつっけんどんに言うとデニスに向き直った。「はっきり言わせてもらうよ。おまえほど怠《なま》け者で、才能もなく、そのくせ現実逃避している人間をほかに知らないよ、デニス。おまえには何もできない、何ひとつできやしない。いいかげん、そのことをはっきりさせなきゃいけないいんじゃないか？　そんな仕事、本気でやろうとしてるのかい？」祖母は返事を待った。デニスは何も言わなかった。祖母が次にどう出るかはわかっている。

「前にも何度か言ったけど、デニス。体を売ればいいとでも思ってるのかい？　でも、おまえはたいしてきれいじゃないから、それにあと五年もすれば……」

デニスは深く息を吸い込んだ。あと二分だけ我慢してやる。

祖母は嘲《あざけ》るような目で、今度は自分の娘を見た。

「まあ、おまえもまったく同じだったよね、ビアギト。自分のことばっかり考えて、努力ってものをこれっぽっちもしなかった。お父さんとわたしがいなかったらおまえに何ができたんだろうね。夢ばかり見て自己満足に浸っているおまえにわたしがお金を出してやらなかったら、どうなってたと思う？」

「でもわたしだって一生懸命やってきたのよ、お母さん」その声は惨めだった。何年もこうやって力のない声で抵抗しては無視されている。

首を横に振りながら、祖母はデニスを見た。「でも、おまえときたら！　馬鹿にもできるような臨時雇いの仕事にすら就けないんだからね」

デニスはキッチンへ逃げた。注入された毒が広がっていく。憎しみでいまにも爆発しそうだった。なによ、べらべらとしゃべりまくって！「おまえもビアギトもきちんとした家の生まれなのに……」とか、「おまえのおじいちゃんがレズオウアで靴屋をやっていたころに貯めた金がどっさりあったのに……」なんて、嘘《うそ》ばっかりじゃないの。毎回、デニスは傷つき、腹が煮えくり返った。

まったくお笑いぐさだわ！　一族の女たちは誰ひとり、外で働いてたことなんてないじゃない。家にいて、ひたすら夫のために生き、家事と子供の世話をしていただけ。

そうでしょ？


「お母さんったら！」リビングから声が聞こえる。「あの子にそんなにつらく当たらなくてもいいでしょう、あの子は……」

「二十七にもなるのに、何もできないんだよ、ビアギト。何ひとつだよ！　わたしがいなくなったら、おまえたち、いったいどうするつもりなんだい。考えたことあるのかい？　どのみち、遺産なんて当てにすんじゃないよ。わたしにも自分に必要なものがあるんだからね」

デニスも、そのことはもう何百回も聞かされてきた。毎回同じレコードをかけているようなものだ。次にはまた、ビアギトに対する轟々《ごうごう》たる非難の嵐が続くのだろう。祖母は母親を「極貧のくせに高慢な女」と罵《ののし》るはずだ。自分の嫌な部分をさんざん受け継がせたくせに、「能なしそのもの」と母を断罪するに違いない。

反吐《へど》が出そうだ。デニスは祖母の甲高い罵り声が大嫌いだった。母親のことも、自分たちを養うべき男ひとり家に引き留めておけなかったその弱さと無力さが大嫌いだった。そして、自分たちを養っているからこそ、祖母のことをいっそう憎んだ。

なんで、ぽっくり死んでくれないの？

リビングに戻ると、デニスは冷たく言い放った。

「あたし、そろそろ消えるわ」

「おや、そうかい？　じゃあ、おまえはこれにはまったく興味がないということだね……」祖母はハンドバッグから札束を取り出して、ふたりの前に突き出した。千クローネ札の束だった。

「来なさい、デニス。ここに座って」母親が懇願する。

「そうだよ、おまえの母さんが食卓に出してくれるまずいご飯でも食べて強くおなり。これからすぐ、いろんな男とヤるんだろうから」祖母の嫌味は続く。「どのみち、決まったひとりの男がおまえを求めつづけるなんてことなんかないんだからね。見てごらん。似合わない髪型に似合わない化粧、見かけ倒しの胸に、偽物のアクセサリーをつけた安っぽい女。何もかもまがいものじゃないか！　本物の上品さとおまえの張りぼての安っぽさの違いに誰も気づかないとでも思ってんのかい？　そのうえ、その口を開いてみてごらん。おまえがいかに空っぽな女か、すぐにばれるだろうよ！」

「あんたに何がわかんのよ！」デニスは食ってかかった。

「だったら、何をするつもりなのか、言ってごらん。〝消える〟前にこのわたしに説明してごらん。どんな将来設計なんだい？　まさか、小さくてかわいかったころみたいに、映画スターになりたいなんて思ってるのかい？　それとも、ピカソの真似ごとでもしたいのかい？　おまえの新しい妄想はいったいなんなのか、知りたいんだよ。今回はソーシャルワーカーにいったい何を頼みこんでいるんだい？」

「いいかげん、その口を閉じたらどうなのよ！」デニスはテーブルに身を乗り出した。「あんただってあたしたちと何ひとつ変わりゃしない！　自分だけが毒されてないとでも思ってんの？」

　デニスの母親は肝《きも》を冷やして椅子を固く握っていた。

『口を閉じろ』だって？　よくもわたしにそんな口がきけたものだね。まあ、驚きゃしないけどね。でも、おまえたちへの援助はいったんやめさせてもらうよ。おまえが屋敷まで来てわたしに頭を下げて謝るまではね」

　デニスがいきなり椅子を押し戻したので、テーブルの上の食器がガチャンと音を立てた。祖母に札束とともに撤退させ、勝利を献上していいのだろうか？　いや、絶対にそうはさせない！

「この場でママにお金を渡して。じゃなかったら、あたしが奪うから」

「脅《おど》すのかい？　そんな口のきき方までするようになったのか」祖母も立ち上がった。

「お願い、ふたりともやめて。座ってよ」母親が懇願する。

　だが、ふたりは聞き入れない。

　これからどうなるか、デニスにははっきりわかっていた。完璧なシナリオが目に浮かぶ。祖母は生涯、あたしたちを放ってはおかないだろう。祖母は六十七歳だが、相変わらずぴんぴんしている。間違いなく九十歳までは生きるだろう。つまり、今後も、果てしない小競り合いが続くのだ。

　デニスは眉間《みけん》に皺を寄せた。「はっきり言うわ、あんたは、あたしたちといったいどこが違うの？　三十歳も年上のいやらしいナチスのドイツ人と結婚して養ってもらってただけじゃない。そのどこがあたしたちより立派なのよ！」

　祖母はまるで、危険な液体を浴びせられたかのようにビクリと身をすくめた。

「そうでしょ？」デニスは大声で言った。母親が嘆き声をあげ、祖母はコートに手を伸ばした。「あたしたちにどうしろっていうのよ、あんたのように生きろとでも？　金をよこしなさいよ、ほら！」

デニスはクローネ札に手を伸ばした。だが、祖母は一瞬早く札束を腋《わき》に挟んだ。

それを見たデニスはさっと部屋を出ると、後ろ手にドアを思い切り閉めた。母親が何かを叫ぶ声が階段まで響いた。

デニスはしばらく壁にもたれかかり、肩で息をした。ドアの後ろでめそめそ泣いている母親の声が聞こえる。今日もまた自分の負けだった。今日もまた惨めだった。このしみったれた町はずれから祖母の屋敷まで行き、深く反省している様子を見せないかぎり、あの金は手に入らないだろう。

だが、そんな気はさらさらなかった。

デニスは自分の部屋に戻った。ミニ冷蔵庫の冷凍室にランブルスコがひと瓶入っているはずだ。この部屋にある家具はとことん質素だった。洗面台、ドレッサー、ベッド、合板をラミネートしただけの洋服ダンス。それで全部。冷蔵庫だけはどうしても必要だった。彼女が最初に自分で調達したのがこの冷蔵庫だ。グラスワインを二、三杯飲むだけで、〝パパたち〟の気前のよさは一気に倍増するから。

冷凍室のランブルスコは完全に凍っていた。どっしりとしたボトル。こういうワインが手元にあって本当によかった。

2

二〇一六年五月十三日、金曜日

　ローセは、ベスパを信号の二百メートル手前で停めた。

　道が思い出せない。もう何年もここを通っているのに、今日はどこもかしこも初めての場所に思える。

　あたりを見回した。十分前にもバラロプで同じことが起きた。脳の回路が一瞬詰まったような感じになる。同時に記憶が曖昧《あいまい》になる。もちろん、ビスペイングビーエン立体高速道路の下をベスパで通ってはいけないことぐらいは知っている。でも、どこで曲がるんだったろう？　もう一ブロック行ったところに、ボーロプス・アレーに通じる通りがあるんだっけ？　そこを右に曲がればいい？

　ローセは頭がぐちゃぐちゃになりながら、つま先を地面につけて体を支え、唇をきゅっと結んだ。「どうしちゃったの、ローセ？」大声で言う。通行人が立ち止まってローセを見たが、頭を振ってまた歩き出した。

　吐きそうなほど気分が悪い。いらいらするし、咳《せき》も出る。雑踏や車の音が周囲でどよめいている。どのピースもなかなかはまらないパズルのようなカオス。エンジン音。車体の色の洪水。冷や汗が噴き出てきた。

　ローセは目を閉じて、道を懸命に思い出そうとした。引き返して家に帰ろうか。でも、そのためにはこの通りを横断しなくてはならない。そもそも、家までの道を覚えているだろうか？　ローセは首を横に振った。家よりも警察本部に近いところにいるはずだ。引き返したところでどうにもならない。

　ローセは、もう何日も前から朦朧《もうろう》としていた。自分が抱えているものに対して、自分の体が小さすぎるように思える。頭のなかがあまりにカオスになっていて、脳から何かがはみ出てしまうのではないか、そんな気がした。何をしようとしても、結局最後はブラックアウトしてしまう。

　ローセは、頬の内側を血がにじむほどきつく噛んだ。グローストロプの病院を退院したのが早すぎたのかもしれない。妹のひとりがそんなことを言っていた。アサドの心配そうな顔もそれを大いに物語っていた。妹が正しかったのだろうか？　わたしが倒れたのは、情けないことにうつ病と人格障害を併発したことが原因ではなかったのか？　それとも、本当に頭がおかしくなったのか？

「もうぐちゃぐちゃ考えるのはやめなさい、ローセ！」自分を叱咤《しった》するようにそう声に出すと、すれ違った男性が振り返ってこちらを見た。

　ローセはその男性に目で詫《わ》びた。少しでも再発が疑われるような兆候があったら、担当の精神科医に電話するようにと言われている。でも、今起きていることは本当に再発？　単に、どうしようもなく頭がオーバーヒートしているだけじゃない？　疲労困憊《こんぱい》しているとか、単なるストレスとかじゃないの？

　ローセは前方に目をやった。ベラホイ屋内プールの幅広の階段と、その向こうに高層ビル群が見える。安《あん》堵《ど》のため息をつくと、ベスパをもう一度発進させた。

　すべてが普通に戻ったようだ。それなのに、数分もしないうちにベスパは自転車に追い越された。

　ローセは速度計を見た。時速十九キロ！　スロットルのレバーすらまともに動かせていないようだ。

　ふう、今日は本気で注意しなきゃ。できるだけひとりでいて、リラックスするよう心がけないと。

　震える指で額の汗を拭うと、ローセは振り返った。大丈夫、今度は失神していない。

警察本部の堂々とした建物と明るい正面玄関は、調子のいい日であれば、ローセの好きな光景だった。でも、今日のような日は、汚らしい灰色の積み木のように見える。柱廊《ちゅうろう》は暗く恐ろしい洞窟《どうくつ》のようだ。

いつもなら当直の警官に声などかけないローセだが、今日はなんとなく挨拶をした。だが、階段の踊り場からこちらに励ますような視線を送っている秘書のリスのことは気にも留めなかった。そういう日なのだ。

地下にある特捜部Qの部屋は静かだった。アサドのハーブティーのむっとするにおいもなければ、やたら豪勢なカールの薄型テレビでTV2のニュースが大音量で鳴っていることもなく、混乱したゴードンもいなかった。

まだ誰も来ていない、助かった。そう思ったローセは、ふらつく足で自分のデスクに向かった。

大儀そうに椅子に座ると、みぞおちのあたりをデスクの縁に押しつけた。たいていはこれがよく効く。制御のきかない感情も、デスクに腹が押される不快な圧迫感には負けるのだ。お腹のツボと言われているところに拳《こぶし》を押しつけても同じ効果がある。

ところが、今日はどちらも効かない。十三日の金曜日。こんな日に何が期待できるというのだろう。

ローセは立ち上がると、廊下側のドアを閉めた。こうしておけば、わたしはいないと思われるかもしれない。

これで落ち着ける。

ともかく、いくらかは。

3

二〇一六年五月二日、月曜日

社会福祉事務所に入った瞬間から、ミッシェルはうんざりしていた。社会福祉事務所！　その名前だけでも虫唾《むしず》が走る。〝拷問《ごうもん》室〟とか〝物乞い部屋〟とか、あるいは〝屈辱センター〟とでも呼ぶべきだ。

ミッシェルはもう何年も、この屈辱的なシステムの恩恵に与《あずか》ることで生活している。最初はマテーウスゲーゼ、その後は辺鄙《へんぴ》なガメル・クーイ・ランドヴァイで、そして今はまたヴェスタブローで。どこに行っても同じことを要求され、どこに行っても同じようにつっけんどんにされる。ぴかぴかの新品のカウンターには大きくカラフルな数字が振られているが、だからといってちっとも雰囲気はやわらいでいない。最近導入された何台ものコンピューターが、「自分でこれを操作して仕事を探せ」といわんばかりにずらりと置かれている。そんなこと、してやるもんですか。

ここで出会う連中はまったくぱっとしない。そろいもそろって安っぽくてダサくて、まともなコーディネートの服など見たことがない。そして、まるで仲間のようなまなざしでこちらをじっと見る。ミッシェルは、ここに来るときは必ずきちんと身なりを整えていた。髪を洗わないなどもってのほかだし、毎回服に似合うイヤリングを厳選していた。どんな格好でもかまわないなんて思ったことは一度もない。

パトリクが一緒に来てくれなかったら、今日も入口のドアのところで引き返していただろう——そうしてはいけないともちろんわかっていながら。というのも、わたしはこの事務所で休暇の許可をもらう必要があるのだ。パトリクも言っていたように。

パトリクは電気工で、ミッシェルの最高の戦利品だった。彼のおかげでミッシェルのステータスは上がったも同然だった。パトリク以上に筋骨たくましくて素敵なタトゥーを入れている男はいない。黒光りする髪も最高だ。ぴちぴちのTシャツを着ているときの彼ときたら！

ふたりは忌々《いまいま》しい担当者と向かい合って座っていた。アネ＝リーネ・スヴェンスン。アネ＝リーネ・スヴェンスンなんて変な名前、よくも名乗れるわよね！　何が嫌かって、ミッシェルを担当する社会福祉事務所がどこに移転しようと、まるで幽霊みたいに必ずこの女がいることだ。いつだったか、待合室で誰かが言っていた。昨年、あの女はロトで二百万クローネを当てたって。それなのになんで、いまだにここに座ってるの？　なんでわたしの人生から消えてくれないの？

デスクの上に置かれたメタルプレートにもこの名前が記されている。アネ＝リーネ・スヴェンスン。二十分前からずっと、ミッシェルはこのプレートを見つめていた。ここ五分くらいはスヴェンスンの話をまるで聞いていなかった。

「ミッシェル、パトリクが今言ったことに賛成かしら？」スヴェンスンが時折尋ねてくる。

ミッシェルは機械的にうなずいた。反対なわけないでしょ？　パトリクとわたしに意見の違いなんてないわよ。

「よかったわ、ミッシェル」スヴェンスンが言った。「あなたに《ベレンスン》でのパートタイムの仕事を斡旋《あっせん》するということで、了解ですね？」

ミッシェルは額に皺を寄せた。わたしたち、そんな話でここに来てるんじゃないんだけど。わたしたちがここにいるのは、職探しのプレッシャーにもう耐えられないと訴えるため。そして、二週間の休暇を申請するためよ。わたしとパトリクはもう何度も、プレッシャーとストレスを訴えてきたじゃない。それなのにこの女はまったくわかっていない。まあね、ロトを当てたのにこんなところにいるような女だから……。

「《ベレンスン》ですか？　うーん、そこはちょっと」

ミッシェルはそう答えながらパトリクに目で催促《さいそく》をしたが、パトリクは鋭いまなざしで見つめ返してきただけだった。

「だいたい、《ベレンスン》ってどんな仕事してる会社ですか？　服をつくるとかですか？」

スヴェンスンはにこりと笑った。前歯が赤ワインで変色している。歯をブリーチできるって、知らないのかしら。

「まあ、広い意味では布地を扱う仕事と言えますね」

何よ、今の憐《あわ》れむような笑いは？

「《ベレンスン》はとても評判のいい会社ですよ。事業内容はユニフォームのレンタルとリネンのサプライで、いちばんの顧客は病院です」

ミッシェルは首を横に振った。そんな話、パトリクとわたしのあいだではまったくしてないわ。

アネ＝リーネ・スヴェンスンは、手入れのされていない眉を上げた。「ミッシェル、もしかしてあなた、ことの深刻さをわかっていないのでは？」

そう言うと今度はパトリクに視線を移した。「おふたりは同居されていますよね。ですから、ミッシェルが半年も前から不正に住宅補助金を受給していたことをあなたもご存じなのでは？　これは社会的詐欺《さぎ》と呼ばれています。おわかりでしょう、非常に深刻な問題ですよ」

パトリクは袖をまくった。先日入れたタトゥーのせいで、腕はまだ腫《は》れていた。

「それは何かの誤解じゃないでしょうか。僕たちは一緒になんて住んでませんよ。ミッシェルはヴァンルーセに部屋を借りてますから」

ところが、この情報はまったく功を奏さなかった。

「今日の午前中、ホルメスティンにお住まいの一家と電話で話しました。ミッシェル、あなたに部屋を貸しているご家族ですよ。賃貸契約は五カ月前に破棄されているとおっしゃっていました。ということは、あなたはパトリクと一緒に住んでいるんでしょ？　それともわたしの思い違いですか？　これでおわかりでしょう、パトリク。今後五カ月間、あなたの給与を差し押さえます。不愉快なおまけでしょうが、新しい規則はご存じかと」

ミッシェルを見るパトリクの顔は怒りで濃い赤に染まっていた。

「でも……あの……」ミッシェルは狼狽《ろうばい》した。完全にまずい状況だ。「そもそもわたしたち、休暇の許可をもらいに来たんです。最高にお得な航空券が手に入ったので、パトリクが二週間休みを取れさえすればわたしも……」そこまで言うと言葉を切り、唇を噛んだ。

賃貸契約を解消したのは失敗だった。そのことをパトリクに言っておかなかったことも間違いだった。不愉快なおまけはもうひとつありそうだという予感がした。これまでパトリクは一度も彼女に手をあげたことがない。それが彼のいいところのひとつだった。だから彼にずっとくっついていたのだ。でも、それも過去のことになってしまうかもしれない。

「ミッシェル、こうなったら休暇の話どころじゃないでしょ？　パトリクの様子から察すると、あなた、契約破棄のことを彼に話すのを忘れていたのでは？」スヴェンスンは追及の手を緩《ゆる》めない。

ミッシェルはかすかに首を縦に振った。すると、パトリクが立ち上がり、窓の前に立った。室内がいっそう暗くなる。「何かの間違いに決まってる！」額に皺を寄せ、不快感をあらわにして彼は言った。「その家族のところに行って、どうなっているのか訊いてきますよ」

そして、ミッシェルのほうを向いた。

「ここに残って、スヴェンスンさんが斡旋してくれるという仕事の話を聞くんだ、いいね？」質問ではなく、命令だった。間違いなく、パトリクは怒っていた。

背後でドアが勢いよく閉まると、ミッシェルは口をきゅっと結んだ。こんな状況なのにわたしを置いていくなんて。賃貸契約のことを調べられるとわかっていたら、契約破棄なんてしなかったのに。どうすればいい？　補助金なしではやっていけない。まして罰金なんて科されるわけにはいかない。

パトリクがあの家族を説《と》き伏《ふ》せてくれないだろうか。そうしたら、あの部屋をもう一度借りられるかもしれない。家賃も値引きしてくれたりして。そうよ、千八百クローネなんてそもそも高すぎる。値引きしてもらえれば、補助金との差額が自由に使えるお金として手元に残るじゃない。もともとそのために賃貸契約を解消したんだもの。補助金で美容院に行ったり、シックな下着を買ったりして。それはパトリクのためでもあったのだから。

十分後、ミッシェルは待合室に座っていた。こんな事態は初めてだ。わたしは社会的詐欺の罪で調査の対象になる——スヴェンスンははっきりそう言っていた。それに、かなりの額を返済しなくてはならないとも。正確な額までは言われなかった気がする。そんなこと言われてもどうしようもない。スヴェンスンはなんであんなにしつこかったの？　わたしがあの洗濯屋のろくでもない仕事を受けようとしなかったから？

でも、どこの誰が使ったかもわからない汚いシーツや布団カバーをひっかき回すために、毎朝四時に起きて近郊列車《エストー》に乗ってヘルスィングウーアまで行くなんてごめんよ。それも見も知らない病人の洗濯物よ！　だってその会社のメインの顧客は病院だっていうんだから。病院なんてどんな人がいるかわかったもんじゃない。どんな病気に感染している人がいるかわからないじゃない。死ぬような感染症かもしれないでしょ。肝炎とか、エボラとか。考えただけで気分が悪くなる。そんな仕事は絶対に嫌。絶対にごめんだわ。

「それではいったい、どう考えているのです、ミッシェル？」スヴェンスンときたら、偉そうにそう尋ねてきた。「これまでかなりの数の仕事を紹介してきましたけど、何ひとつとしてちゃんとやったことがないですよね。職業訓練にあなたを送りこんでも、まったくコースに参加しないし。社会になんの貢献もしていないあなたのような人たちが、どれだけ社会のお荷物になっているか、自覚はありますか？　それなのに休暇がほしいって言うんですか？　それも、不正に受給したお金を使って？」

　なんなのよ、この女。なんでそんなにガミガミ言うのよ？　じゃあ、あなたはいったい、わたしに何をしてくれたの？　人それぞれ価値観が違うってことぐらいわからないの？　わたしだって貢献くらいしてるわよ。たとえばパトリクの部屋を最高にきれいに掃除してる。きちんと片づけて、洗濯もしてる。ちょっとなら料理だってできるし、買い物もしてる。これのどこが〝貢献していない〟なのよ？

「それじゃ社会福祉事務所から金はもらえないんだよ、ミッシェル。あいつらには、そういうことはどうでもいいんだ」パトリクはそう言っていた。まるで、そんなことも知らないのかといわんばかりに。だとしても、そんなのまるでフェアじゃない。だってママだって伯母さんだってずっと専業主婦で、夫の世話だけしてきたのよ。どうしてわたしが同じことをしてちゃいけないのよ。

　ミッシェルは洒落《しゃれ》たバックスキンのブーツに目を落とした。わざわざこの日のために、福祉事務所の職員の心証をよくするために買ったものだ。でも、このブーツがなんの役に立ったのだろう。ミッシェルは大きくため息をついた。何もかもがいらつくわ！

ミッシェルは丁寧《ていねい》にマニキュアが塗られた爪でパンツについた小さな染みをひっかき、ブラウスの袖の皺を伸ばした。自分の頭ではもはや処理できない事態に陥ると、無意識にそうする癖があるのだ。

スヴェンスンなんて名前のあの女、車の前に飛び出して轢《ひ》かれちゃえばいいのに。

ミッシェルは何気なく待合室のなかを見渡した。どの椅子にも間抜けな連中が座っていた。古ぼけた靴を履き、趣味の悪い帽子をかぶった人たち。見ているだけで反吐が出そうだった。わたしのような人間に与えるお金が国に残っていないのは、この人たちのせいよ。わたしなんて、誰にも危害を加えないし、アルコール依存や過食で病院送りになるわけでもないし、クスリ漬けでも盗みをするわけでもないのに。ここに座っている人のいったい誰が、わたしみたいに自分は潔白だって言える？　このなかの誰が、わたしと同じくらい上手《じょうず》に家事ができる？　そう思いながらも、我ながら馬鹿げた発想だと気づき、ミッシェルは声に出して笑った。

その瞬間、同い歳ぐらいの女性がふたり、待合室に入ってきた。ふたりともほかの連中に比べたらましに見えた。いい服を着ているし、メイクもまあまあだ。

ふたりは受付番号を引き抜くとあたりを見回し、隅の椅子に向かってやってきた。ミッシェルの隣だ。

三人は互いに一目《いちもく》置いた視線を交わした。

「あなたも待ってるの？」ふたりのうちの片方がミッシェルにそう質問した。そして五分後には、三人とも昔からの友達のようにおしゃべりをしていた。

三人のあいだには信じられないほど多くの共通点があった。まずはファッションの話。《H&M》や《MANGO》のぴったりした淡い色のジーンズとトップス、《TIGER》や、裏通りにある小さいけれど話題のブティックのアクセサリー、よく手入れされたヘアエクステ、ヒールの高いアンクルブーツ。そういった話題で盛り上がり、《UGG》のブーツも買うけれどたまにはフェイクファーで我慢することもある、といったファッションの趣味も同じだった。こんなに馬が合うなんて信じられないくらいだ。

さらに、ミッシェルも予想していなかった共通点があった。三人とも、あれこれ命令しては自分たちをいじめる福祉事務所の制度に同じぐらい悩まされていた。そして、ミッシェルだけでなくほかのふたりも、言葉では言い表せないぐらいいやらしいアネ＝リーネ・スヴェンスンが担当だったのだ。

ミッシェルはもう長いこと、こんなふうにおしゃべりを楽しんだことがなかった。目を上げると、斜向《はす》かいに若い女が腰を下ろすのが見えた。とんでもなく肌が荒れ、頭はモヒカンヘア、目は太く黒く縁取りされている。上から下までレザー姿のパンクファッションで、ひたすら醜かった。女は羨《うらや》むかのように、硬いまなざしでミッシェルたちを見た。そりゃそうでしょう、とミッシェルは思った。女はまるでベース・ドラムのペダルを踏んでいるように、せわしなく両足を動かしている。スピードでもやっているのかしら。女のまなざしはどんどんうつろになっていく。タバコがほしいのかな？　その点だけはミッシェルも共感できた。

「この事務所の人間が、あんたたちみたいなあばずれを相手にしてるなんてね」レザー女がいきなり罵った。

ミッシェルたちに向かって言っているのは明らかだった。「あんたたちと同レベルに見られるなんて、クソでも食ったほうがまだマシだわ」

ミッシェルの隣、ジャズミンと名乗ったクールな女の子は椅子の上で身をすくませ、なるべく目立たないようにした。でももうひとりの女の子、デニスはまったく動揺せず、レザー女に向かって指を突きつけた。

「クソだってどれもこれも似たようなもんじゃないの。ナチスが最初に支配した国だってクソじゃないのよ」デニスはレザー女に挑みかかった。「あんたがどこの出身か、もちろん知ったことじゃないけどね！」

ミッシェルはわけがわからず頭を振った。デニスはずいぶんと変な答え方をする。

ほんの一瞬、レザー女とデニスとのあいだに火花が飛び散った。レザー女は何から何まで計算ずくのように見える。ミッシェルはだんだん居心地が悪くなってきた。

そのとき番号が呼ばれた。レザー女が立ち上がると、ジャズミンは大きなため息をついた。しかし、女が担当者のもとへと行くときに三人に向けた視線に、ミッシェルは震え上がった。

「いったいなんなの、あの女。あんた、知り合い？」

デニスがジャズミンに尋ねた。

「あの女を指さしちゃだめよ、それだけは言っておく。あの女はアイスランド出身で、うちからふたつ先のブロックに住んでるの。名前はビアナ。完全にイカれてる。完全にね」

4

二〇一六年五月十三日、金曜日

「ええ、そのとおりです。私は鉄の棒で彼女の頭を一発殴りました。もちろん彼女は叫びましたが、そのときの私にとっちゃ、どうでもよかった。だからさらに一撃加えました」

カールは手の甲にタバコを何度か打ちつけると口元に運んだが、そのタバコをまたデスクの上に置いた。

男が差し出した身分証明書を目を細めて見る。歳は四十二歳のようだが、少なくとも十五歳は老《ふ》けて見えた。

「わかりました。あなたは彼女を殴り、彼女は叫んだ。

どのくらい強く殴ったんですか、イーヴァスンさん？再現してください。さあ立って、私に見せてください」

「鉄の棒を持っているふりをして、宙に向かって殴りつけろとおっしゃるんですか？」相手はあきれたように尋ねた。

カールはうなずいた。あくびをこらえていると男が立ち上がり、絶望的なまなざしを向けてきた。痩《や》せぎすに生気のない肌。シャツのボタンは掛け違え、ズボンは腰のあたりがだぶついている。

「さあ、殴ってみてください、イーヴァスンさん。彼女にしたのと同じように」

懸命に集中しているのか、男は顔を皺くちゃにし、それから想像上の武器を手に取って身がまえた。

ついに男は力いっぱい殴打し、そして目を開けた。くずおれた体を目の当《ま》たりにしているかのようだ。全身が震え、異常な幸福感を味わっているように見える。

「こんな感じでした」男は説明すると、ほっとしたように笑みを浮かべた。

「ありがとう、イーヴァスンさん。まさに今のように、ウストラ・アンレーグの公園で、ボルマンス・フリースコーレ（私立の自由学校。日本の小学校・中学校にあたる）の若い女教師を殴り殺したんですね？私の理解で合ってますか？そして彼女は倒れた。顔を下にして。そうですね？」

モーウンス・イーヴァスンはうなずくと、深く後悔した様子でカールを眺めた。まるで悪さを見つかった子供のようだ。

「アサド、ちょっと来てくれないか！」カールは廊下に向かって叫んだ。

外から、派手なくしゃみとため息が聞こえた。

「それから、メキシカンコーヒーも持ってきてくれ。モーウンス・イーヴァスンさんは喉が渇いてらっしゃるようだ」カールに対して共犯者のような顔つきを見せていた男の表情に、感謝が混じった。

「だがその前に、二〇〇四年に起きたステファニー・ゴンダスンとかなんとかいう殺しの件で、ここにどんな情報があるのかチェックしてくれ」

男は信頼に満ちたまなざしでカールを見ると、大きくうなずいた。まるで同僚を見るような目つきをしている。古い殺人事件を解明するという実り多き共同作業に取り組んでいる俺たち、とでも言いたげだ。

「それで、彼女が芝生に倒れると、あなたはまた彼女を殴った。そうですね、イーヴァスンさん？」

「ええ。彼女は叫びましたが、さらに三、四回殴りつけました。いつのまにか彼女の声はやんでいました。細かいことは覚えていません。なんと言っても十二年前のことですから」

「イーヴァスンさん、そもそもあなたはなぜ自首を？なぜ今になって？」

男は目を逸《そ》らした。震える下唇が緩み、身の毛もよだつほど汚い下の前歯が二、三本見えた。それを見てカールは、かかりつけの歯科医が年に一度の検診に来いとしつこく三度も言ってきたことを思い出した。

男はわざと体を震わせようと苦心していた。

「良心の呵責《かしゃく》に耐えられなくて」男はそう言うと、今度は顎をがくがくさせた。今にも叫びだしそうだ。

「よくわかりますよ、イーヴァスンさん。殺人を犯《おか》したという事実をひとりで背負うのはつらいに違いありませんからね」カールはそう言いながら、男の個人登録番号をデータベースに打ち込んだ。

モーウンス・イーヴァスンは、ありがとうございますといわんばかりにうなずいた。

「ネストヴィズにお住まいのようですね。コペンハーゲンからはかなり離れていますよね。言わせていただくなら、事件現場からも離れています」

「ずっとネストヴィズに住んでいたわけではないので」言い訳がましく言う。「以前はコペンハーゲンに住んでいたんです」

「でも、なぜここまで来られたんです？　地元警察に出頭すればよかったのでは？」

「この部署が古い事件の担当だからです。新聞であなたがたのことを読んで。もうずいぶん前のことですが。今も同じでしょ？」

カールは顔をしかめた。「新聞を読まれるんですか、イーヴァスンさん？」

男は背筋をぴんと伸ばすと真面目な面持《おもも》ちで言った。

「知識を得ることや報道の自由を尊重することは、社会に対する義務ではないでしょうか？」

「あなたが殴り殺したというその女性ですが……。なぜそんなことをしたのです？　面識はあったんですか？　あなたはボルマンス・フリースコーレとはほとんど接点がなかったのでは？」

イーヴァスンは目を拭《ぬぐ》った。「そういう気になったとき、彼女がちょうど横を通り過ぎたんです」

「そういう気になる？　イーヴァスンさん、そういうことがしょっちゅうあるのですか？　ほかにも殺人を犯しているなら、今がまさしく良心の呵責から逃れるチャンスかもしれませんよ」

顔色ひとつ変えず、イーヴァスンは首を横に振った。

カールはパソコンに目をやった。画面にはこの男に関する詳細な情報が映し出されていた。モーウンス・イーヴァスンが次に何を告白してくるかはお見通しだ。

アサドが部屋に入ってきて、薄い資料の束をカールのデスクの上に置いた。その様子は調子がよさそうにはとても見えなかった。

「廊下にある書類棚の仕切り板がさらに四枚割れて落っこちましたよ、カール。できるだけ早く棚を増やさないと。書類がたまって重すぎるんです」

わかってるさ。ここにも書類、あそこにも書類、どこを見ても書類だらけだ。俺の好きなようにしていいって言うなら、たいていのものは焼き払ってやるんだがな。

カールは、アサドが持ってきた資料を広げた。この地下室にはステファニー・ゴンダスン事件に関する情報はあまりない。つまり、殺人捜査課が今もなお、この事件を捜査中ということだろう。

カールは最後のページを開き、いちばん下の行を読むと、大きくうなずいた。

「アサド、コーヒーを忘れてるぞ」書類に目を落としたままカールは言った。

「こちらのかたのコーヒーですか？」

カールはアサドに目配せした。「遠慮なく彼に濃いめのコーヒーを淹《い》れてやってくれ。おそらくそれが必要だろうから」そう言うと、イーヴァスンに向き直った。「この書類には、あなたがたびたび警察本部を訪れ、さまざまな事件について犯人だと自首してきたことがすべて記録されています」

男は後ろめたそうだった。

「そして毎回、あなたが説明する犯行の手口には穴がありすぎるので、精神的なケアを受けるようにアドバイスを受け、ここにはもう来ないようにと言い渡されて帰されていますね」

「はあ、そうですが、今回は、この事件は間違いなく私が犯人です。信じてくれていいです」

「だったらなぜ、上の階の殺人捜査課に行ってその説明をしないんです？　上でまた同じことを言われて家に帰されるからじゃないんですか？」

カールの言葉にイーヴァスンは感銘を受けたようだった。「ええ、きっとそういう目に遭《あ》ったでしょうね」

「それで？　あなたは実際、精神科の専門医にかかったんですか？」

「ええ、何度も。ドロニングロンの病院に入院とかもしてましたし」

「『入院とか』……？」

「まあ、向精神薬とか、ありとあらゆる療法を受けましたんでね」声にやや誇らしげな響きが混じる。

「うーん、残念ながら、ここでも上の人間と同じことを言うしかありません。あなたは病気です、イーヴァスンさん。もし今後もニセの自白をしに来るなら、われわれはあなたを逮捕しなくてはなりません。もっと入院していたほうがいいのではないかと個人的には思いますが、まあ、それはもちろん、あなたご自身が決めることですから」

モーウンス・イーヴァスンは額に皺を寄せた。その額の奥で何を考えているのか、カールは知りたくなかった。おそらく、嘘で固めた妄想に、どこかで小耳に挟んだごくわずかな事実と、取るに足らない〝心からの〟悔悛《かいしゅん》と、ひとつまみの絶望感とを全部合わせては、こねくり回しているのだろう。しかし、いったいなんのために？　俺にはまったく理解できない。

「率直に言いますがイーヴァスンさん、あなたは地下のわれわれのことを見くびってましたね。間違った方向にこれ以上進む前にいいかげんやめたほうがいいですよ。いいですか、あなたがこれまで話したことはすべて誤りです。犯行手口の描写、殴打の回数とその方向、地面に倒れた彼女の体の位置。どれも事実と合いません。あなたはこの殺人事件とまったく関係がない。どうぞネストヴィズへお帰りください」

「さあさあ、素晴らしく美味《おい》しいメキシカンコーヒーの小さなカップが参りましたよ」アサドが歌いながらやってきて、モーウンス・イーヴァスンの前にコーヒーのカップを置いた。「お砂糖は？」

モーウンスはうつろな様子でうなずいた。まるでオーガズムに向かって一直線のところを誰かに邪魔されたみたいだ。

「これを飲むと、元気よく帰れますよ」アサドが微笑みながら言った。「ただし、一気に飲んでください。そのほうが効果がありますから」

モーウンスは疑り深げに、カップのなかの液体をじろじろ眺めた。

「これを飲まないなら偽証罪であなたを逮捕しますよ、イーヴァスンさん」カールはわざと威圧的な声を出した。

カールとアサドは同時に身を乗り出し、モーウンスがためらいながらカップに手をかける姿をじっと見た。

「一気に！」アサドがけしかける。

コーヒーがモーウンスの口のなかに流し込まれ、その喉ぼとけが何度かピクピクした。

あと俺たちにできるのは、待つことだけだ。ご愁《しゅう》傷様《しょうさま》。

「どのくらいの唐辛子をぶっこんだんだ、アサド？」

イーヴァスンが吐き出した最後の一滴まですべてをデスクから拭き取りながら、カールが尋ねた。

アサドは肩をすくめた。「たいした量じゃないですよ。ただ、とびきり新鮮なカロライナ・リーパーっていう唐辛子でしたけどね」

「特別辛《から》いのか？」

「ええ。見たでしょう？」

「死ぬこともあるか？」

「まさか」

カールはにんまりした。これでモーウンス・イーヴァスンを厄介払いできた。

「カール、あの男性の〝自供〟を報告書にまとめたほうがいいですか？」

カールは例の書類を再びめくりながら首を横に振った。「どうやらこれは、マークス・ヤコプスン担当の事件だ。解明できなくてマークスも気の毒にな」

アサドはうなずいた。「そもそも、どんな武器が撲殺に使われたのか、説明がついたんでしたっけ？」

「どうやらわかってないようだ。鈍器のようなもの、としか書いてない。凶器が特定できないのもよくあることだ」

カールはファイルをパタンと閉じた。しかるべきときが来て、殺人課がこの事件を棚上げにしたら、俺たちがこのがらくたをつつきまわす番になるのだろう。

しかし、すべてはヤコプスンの時代に起きたことだ。

5

二〇一六年五月二日、月曜日

アネ＝リーネ・スヴェンスンは必ずしも神の恩恵を十分に受けたタイプの女性ではなかった。それにはいくつか理由がある。彼女が持って生まれたものは、どれもまずまずと言ってよかった。頭はよく、歯並びもまあまあ。体だって、かつては男たちが振り返るほどのスタイルだった。でも、彼女は自分の長所を活《い》かす術《すべ》を一度も学ばず、時が経つにつれて、自分の長所を長所と認めなくなっていった。

アネリ――彼女は自分をそう呼ぶことを好んだ――は、結局のところ人生の航路――これは父親の表現だが——を正しく読み取ることができなかった。異性との出会いにしても、最高に魅力的な男性が右に立っているというのに、左を向く。服を買うときも、鏡を見るより自分の心の声に従ってしまう。

専門教育を受けようと決めたときも、長期的な視野に立たずに目先の収入のことしか考えなかった。その結果、月日とともに、自ら選んだつもりのない方向へどんどん行ってしまった。

いろいろな男と付き合っては失敗し、アネリはいまだに、デンマーク成人の三十七パーセント、つまりシングルで生きている者のひとりだった。ここ数年はひどい食生活を送り、しょっちゅう大食いしていた。そのせいで肥満体となり、慢性的に疲労を感じ、自分自身に対して強い不満を抱くようになった。しかし、アネ＝リーネにとって最悪の見込み違いは仕事だった。

理想に胸をふくらませていた若いころ、ソーシャルワークとは、社会の役に立ち、自分も同時に満たされる仕事と信じていた。ところが、二十一世紀になったとたんに、満足に議論もなされなかった政策で、ソーシャルワーカーをとりまく環境ががらっと変わった。当時の彼女に、どうしてそんなことを予想できただろうか。同僚も彼女も、無数とも思える条例や指示に追われ、現場ではとても対応しきれない。現場を知ろうともせず、連帯意識もないのに決定権だけを持っている連中のせいだ。社会システムなどとは名ばかりで、違法行為が当たり前になり、社会の富の公平な分配などとはまったく遠い状況だった。同僚の多くがストレスに屈していったが、アネリも例外ではなかった。ここ二カ月間、抑うつ状態となって家のなかでただじっと座り、些細《ささい》な家事にも集中できなかった。ようやく仕事に行けるようになったものの、職場は休む前よりもさらにひどい状態になっていた。

そのうえ、アネリは最近、生活困窮者《こんきゅう》だけでなく、時限爆弾のような連中を担当させられていた。大半は若い女性たちで、これまで手に職をつけたこともなければ、それができるような境遇にもなかったという者たちだ。アネリは毎日、夕方家に帰るころには不機嫌で疲れ果てていた。人々の役に立つ仕事をバリバリこなしてきたからではない。まったく逆で、意味のあることを何ひとつしていないからだ。今日もそうだった。

そして今、アネリは王立病院でマンモグラフィー検査を受けるところだった。定期的に受けている検査である。

このあと、八時に職場の女性たちと週に一度のヨガクラスに行くことになっている。自分でも、なぜそんなものに参加しているのかわかっていなかった。翌日の筋肉痛は嫌でしかたないし、同僚たちも好きではない――ただし、それはお互いさまだった。結局、職場での自分は実務能力だけを評価されている。ただそれだけだ、とアネリは思っていた。

「アネ＝リーネ、最近どこか痛みはある？　ここ、このあたりはどう？」女性医師がレントゲン画像を指差した。

アネリは微笑もうとした。この検査を受けるようになってから十年になるが、医師の質問はいつも同じ。それに対する自分の答えも変わらない。

「先生がわたしの胸をレントゲンの機械に思い切り押しつけたときに痛かっただけです」

医師がアネリを見た。心配げな顔をしている。アネリはゾクッとした。

「右胸にしこりがあるの」

アネリは息を止めた。悪い冗談、という言葉が頭のなかを駆けめぐった。

医師は再びレントゲン画像に顔を向ける。「ここを見て」画像の色の薄い個所を鉛筆で囲んだ。それからコンピューターに何かを打ちこみ、別の画像を表示させた。

「これは去年の画像だけど、ここには何もない。アネ＝リーネ、精密検査を受けて、場合によってはすぐに治療計画を立てたほうがいいわ」

アネリはまだ事態を呑みこめていなかった。〝がん〟という言葉が一瞬脳裏《のうり》に浮かんだが、意味を結ばないまま消えていった。がん――なんと暗く、忌々しく、不快な言葉だろう。

「遅いじゃない」

そう言った同僚の目が心なしか悪意に満ちているように思えた。

「今日は、いろんなところを伸ばしたりひねったりしたのよ。こんなに遅くまで何してたの？」

アネリはカフェのいつもの席に座ると、なんとか笑おうとした。「今日はデスクワークがどっさりあって、それをやってたら疲れちゃったのよ」

「ケーキ食べなさいよ、ひと息つけるわよ」そう言ったのはルトだった。福祉事務所で二十二年働いたものの、ついに音《ね》を上げ、半年前からタクシーセンターで働いている。変わっているところはたくさんあるが、たいていの同僚より有能だ。

アネリはためらっていた。同僚たちに打ち明けるべきだろうか？　今日はとても太陽礼拝のポーズを取るような気分じゃなかった、その理由を明かすべき？　泣きだしたりせずに、それができる？

「ねえ、気分でも悪いの？　アネ＝リーネ？」仲間うちでいちばん気さくなクラーラが尋ねた。

同僚たちの様子を見ると、みんな疲れているのに満足げで、化粧も直さないままケーキをほおばっている。このなごやかな空気を自分の悲報で壊してしまっていいのか。そんなことをして何になるというのだろう。この忌々しいしこりがなんなのか、その正体はまだ確定すらしていないのに。

アネリはしかたなく言った。

「まったく、例の馬鹿な女たちのことで頭が痛いのよ」

「えー、またその話！」仲間のひとりがうんざりという顔をした。この話題に興味があって盛り上がる人間なんて誰ひとりいないってことに気づいていないわけ？　とでも言うように。でも、ほかに何を言えばよかっただろう？　わたしはみんなのように夫のことを愚痴ったり、子供の自慢をしたり、新品のソファの写真を見せびらかすことなどできないのだ。

「はいはい、わかってるわよ、これはわたしの問題ってことぐらい。それでも毎回毎回むかつくのよ。実際に援助が必要な人がたくさんいるっていうのに、あの女たちときたら馬鹿みたいにめかしこんで。想像できないかもしれないけど、ほんとすごいのよ。服装もメイクも髪型も！」

いちばん若い同僚が思わず笑った。だが、ほかの同僚は肩をすくめただけで、再びケーキにとりかかった。

彼女たちはたいてい、アネリが激しく嫌悪している〝ファッショナブルな女たち〟とはまったく逆の服装だった。ちょっと羽目をはずしたいと思うときでも、せいぜいが髪をヘナで染めたり、リベット飾りのついた黒のアンクルブーツを買ったりする程度。まさしく灰色のネズミといった感じの公務員だ。彼女たちにはアネリの語る話の内容などどうでもよかった。誰もが、何についてもどうでもいいのだ。そのせいで世の中はどんどん悪くなっていく。

「そこまでこき下ろさなくてもいいんじゃないの」ルトが言う。

そこまでこき下ろさなくてもいい？　あの馬鹿女たちの担当じゃないからそんなことを言えるのよ。

アネリはゆっくりと手を胸に当てた。しこりが目立つような感じがする。どうして今まで気づかなかったんだろう。検査のせいで神経過敏になっているだけならいいけど。

何かしゃべらなきゃ。何か気が紛《まぎ》れることを。脈が速くなってくるのを感じながら、アネリはそう思った。

「姪《めい》はシャネトって言うんだけど、その連中とまったくおんなじよ」クラーラが助け舟を出した。「まあね、兄夫婦が毎日毎日シャネトに向かって、なんてかわいいんでしょう、素敵よ、頭いいねえ、なんてちやほやしてばかりいるから、驚かないけどね。だけどさ、そんなこと言われつづけたらどうなると思う？　とにかくかわいく化けられるようになんでも与えられてるんだから。まったく、兄夫婦ときたら、何年もそうやってるのよ。で、今やその子はあなたの言ってる連中と同類よ、アネ＝リーネ」

突然、アネリの胸の圧迫感が熱に変わった。同時に、抑えようのない怒りがこみ上げてきた。病気にかかるのが、なんでほかの誰かじゃないの？　なんで社会に寄生しているあの連中の誰かじゃないわけ？

「じゃあ、シャネトは社会援助を受けてるってこと？」職業柄、アネリはその点を確認しないではいられなかった。「彼女も就労支援を受けろとか職業訓練しろって言われてるの？」

クラーラはうなずいた。「そうよ！　ここ数年、どうしても美容師の見習いをしたいって言ってたんだけどね。やっと職業訓練を始めたと思ったら、耐えられたのはたった半日」

ふたりの同僚が顔を上げた。クラーラの話に聞き入っているようだ。

「シャネトは昼休憩のあいだ、掃除しておけって言われたのに、それを断ったの。自分の仕事じゃないと思ったんだって。でも、親には違う言い方をしたみたいだけど」

「違う言い方？」

「客の悩みを聞かなきゃいけなくて、とことん気分が滅入ったとかなんとか」

アネリは仲間たちを眺めた。みんな、どうしてそんなに驚いたような顔をしているわけ？　自分は毎日毎日、シャネトみたいな人間を担当している。こっちは毎回、求職者と称する人間に適切な職業訓練先や仕事を見つけてやってるのに、数日もしないうちに、その仕事は「無理」と言ってくる。その繰り返し。それでも粘り強く彼らの面倒をみてやっているのだ。

なぜ、父さんに言われたように、経済学をやっておかなかったんだろう。経済を勉強しておけば、今ごろどこかの大会社で高給をもらい、こんなクズどもにイライラさせられることもなかっただろう。

その日の午前中、アネリは担当している求職者のうち、長期失業中の四人を呼び出した。四人とも前向きに仕事を探すでもなければ妥協するでもなく、ましてや現状を変えるために何か自分から提案するわけでもなかった。ぬけぬけとただ補助金をくれと言うだけだ。それでもアネリは、果てしなく手間のかかる仕事になるとわかりながら、いつものように一人ひとりに対して解決策を見つけられるよう骨を折った。しかし、そのうちきっと疾病《しっぺい》給付金の申請書か就業不能を証明する診断書を出してくるに違いない。この手の連中は、そういうことにかけては限りない想像力を発揮できるらしい。やれ燃え尽き症候群になったの、やれ膝が痛いの、過敏性腸症候群だのと言いだすのだ。「運悪くラジエーターに頭をぶつけて脳震盪《のうしんとう》を起こしたんです」ぐらいのことは平気で言ってくる。疾病のリストは長く、その度合いをこちらで測ることはできない。最初はアネリも上司に、「こんな馬鹿げた診断書は疑ってかかってください」と掛け合ったものだが、全員が全員、嘘をついているわけでもないし、人によっては繊細な配慮を必要とする場合もある。だがともかく、医師たちはあまり考えずにひっきりなしに診断書を発行してしまう。

今日の午後に呼んだ求職者のうちのひとりは、医者に行った時間が遅かったので、疾病給付金申請の更新ができなかったと言った。アネリが詳しく話を聞き、約束と期日を守ることがどれほど重要かを何度も言い聞かせると、その女はあきれたことに、カフェで友達と食事をしていて時計を見るのを忘れたのだと言った。どこまで厚かましいのだろう。〝嘘も方便〟という言葉を知らないのだろうか。

何もかもが最悪だった。さらに最悪だったのは、アメーリエやジャズミンやデニスのような人間が、のちのち介護施設に入った自分を世話することになるかもしれないということだ。

悪夢としか言いようがない！

アネリは何も考えられなくなり、ぼんやりと目の前を見つめていた。

でも、そもそもわたしは介護施設に入るほど長く生きられるのだろうか。もしかしたら検査の結果は深刻かもしれないと先生から言われたんじゃなかった？　がんがすでに広がっていたら、もしかしたら乳房を切除しても助からないって。ただ、わたしの場合、まずは検査結果を見てみないことにはなんとも言えない、とも言っていた。

「なんで仕事をやめちゃわないの？」アネリのぐちゃぐちゃになった頭のなかにルトが割り込んできた。

「お金はあるんでしょ？」

答えに困った。去年からおかしな噂《うわさ》が広がっているのだ。アネリがロトで大金を当てたという。だが、アネリはその誤解をまったく解こうとしなかった。その噂のおかげで自分が一目置かれたような気がしていたからだ。同僚の目に映る彼女はいまだに灰色のネズミではあったが、おかげで、ほかとはちょっと違う秘密めいたネズミになった。

同僚からは時折、なんでお金を使おうとしないのか、と尋ねられた。なんでいまだにその安っぽい服を着てるの？　なんで香水すら買おうとしないの？　なんで外国旅行に行こうと思わないの？　なんで？　なん

で？　なんで？

　勤務中にロトをやっていて、思わずわっと喜びの声をあげてしまったことが発端《ほったん》だった。これまでで最高の五百クローネが当たったからだ。歓喜の叫びを聞きつけたルトがドアから顔を覗かせた。

「五百クローネよ！　五百クローネ当たったの！　信じられる？」アネリは大声を出した。

　ルトは言葉を失った。アネリが喜びに顔を輝かせているところを初めて見たからかもしれない。

　それがなぜか、アネリが五十万クローネを当てたという話になり、その噂はたちまち職場に広がった。彼女は同僚にケーキをおごり、注目の的《まと》になっている自分を楽しんだ。その瞬間から、誤解を訂正することができなくなり、けちけちしている自分を同僚がからかうようになった。だが、当時の彼女はそこまで考えが及ばなかった。アネリの目の前には天秤《てんびん》があった。片方の皿には〝注目〟が載っていて、それは〝まずい展開になる可能性〟が載ったもう一方の皿より少し下に傾いていたのだ。

　そして今、ルトがなぜ仕事をやめないのかと尋ねている。なんて答えたらいいのだろう？　でもそれも、いずれ自然に答えが出るに違いない。自分はもうあまり長くないかもしれない。だとしたら、時間の問題だ。

「仕事をやめる？　そしたら、誰がわたしの代わりになるのよ？」アネリは尋ねた。「シャネトみたいな若い子？　そりゃさぞかし有能でしょうねえ！」

「親よりもひどい育ち方をした最初の世代よね」いまだにボブが流行《はや》っていると勘違いしているルトが援護する。「何もできやしない子を誰も使おうとは思わないわよ」

「『パラダイス・ホテル』とか『ビキニ・アイランド』とか『ビッグ・ブラザー』とか『サバイバー』みたいなテレビ番組や映画の世界の話じゃないんだからねえ」自分は特別ウィットに富んでいると思いこんで

いるクラーラがあとを受けた。

　結局、ジントニックをかなり飲んだアネリは、ようやくベッドに横になっても眠れなかった。とはいえ、目が冴《さ》えているというわけでもなく、シーツのあいだで何度も寝返りを打った。朦朧とした頭のなかでは、途切れ途切れの考えと断片的な記憶と真っ黒な安酒が混ざり合っているような気分だった。

　この世を去らなきゃならないとしても、ひとりでなんてごめんよ！　自分が墓のなかで朽《く》ち果てていくあいだも、ミッシェルやジャズミンやデニスや全身レザーのビアナのような人間が、社会の甘い汁を吸って生きつづけるのだと思っただけで耐えられない。それより耐えられないのは、なんとかしてやろうとこっちが力を尽くしているというのに、あのだらしない女たちが陰で自分の悪口を言っていると知ったことだった。ある場面を思い出したのだ。それは昨日のことだった。


アネリはお気に入りの求職者――脚の悪い年配の男性なのだが、もう半年も職に就ける状態ではなかった――を迎えに、待合室のなかに入っていった。そこには気合いの入ったファッションの例の女たちが座っていて、馬鹿みたいにクスクス笑い、「あのババアに死んでもらうには睡眠薬ふた箱あれば十分」とかなんとか言っているのが聞こえた。周囲の人たちが笑うなか、あの女たちときたら、あからさまにアネリを見てにやついていた。こんなに怒りを感じたのは久しぶりだった。あの瞬間、アネリは生まれて初めて〝殺意〟というものを抱いた。

「いつかぶっ殺してやるから」ひそかにつぶやいた。同時に、心のなかで何かが弾《はじ》けるのを感じた。突拍子《とっぴょうし》もない考えが広がっていく。ヴェスタブローの裏道に武器を売っている連中がいなかったっけ？　待合室の真ん中で、馬鹿女たちの化粧を塗りたくった顔に狙いをつけたらどうなるだろう？

アネリは寝返りを打つとベッドから下りた。ふらつく足でガラス棚へ向かい、ポートワインの瓶を取り出す。まずはあいつらだ。あの女たちを血の海でのたうちまわらせたら、次は、残りのむかつく連中の住所をコンピューターから引き出そう。そうすればいつか、街は再びきれいになる。

アネリはにやにやしながらワインの瓶を置いた。市だって、自分ひとりを刑務所に収容する費用よりもっと多くの金を節約できるはずだ。〝終身刑〟になったところで、どうせ長くは生きられないのだから。

そう考えついたら、また笑えてきた。ヨガ仲間はどんなに驚くだろう！

刑務所の自分に面会に来る人間はいるだろうか？

おそらくいないだろう。

頭のなかに、刑務所の面会室にある誰も座っていない椅子がちらついた。まったくうれしくない光景だった。あのクズどもを消すのなら、ピストルはやめて、もっと目立たない方法にしたほうがいい。絶対に捕まらない方法に。

アネリは枕をポンポンと叩いて整え、空のグラスを胸の上に置いてベッドに仰向けになった。

6

二〇一六年五月十三日、金曜日

「ローセ！」カールは疑わしげに彼女を見つめると、その疲れ切った目が何を意味しているのか、読み取ろうとした。ローセはへとへとのようだった。だが、本当に疲れているのか？　もしや、また派手に男と一戦交《まじ》えてきただけじゃないのか？

「聞きたくないとは思うが、はっきり言うぞ。もううんざりだ。いいか、これが最後だ。ハーバーザート事件の報告書をまとめるんだ。あの事件を終わらせてから二年経つんだぞ。二年だ、ローセ！　いいかげん急いだらどうなんだ！」

ローセは興味なさそうに肩をすくめた。また自己の奥深くに旅でもしているのか？

「そんなに急いでるなら、自分で報告書をまとめたらどうです？」

カールはぽかんとした。「俺が間違ってんのか？　特捜部Qでは、報告書は書き始めた人間が最後まで終わらせるものだとばかり思ってたが？　それを、もう一度確認し合わなきゃならんのか？　事件のメモも記録も全部、おまえさんの部屋だろ。今すぐ取りかかれ」

「ふーん。そうしなかったら？　わたしをクビにします？」

ふたりの視線が合った。「いいか、聞くんだローセ。特捜部Qの存続は、こういう事件の報告書をまとめられるかどうかにかかってる。まさか、おまえさんはこの部署の解体を企《たくら》んでるんじゃないだろうな」

ローセは再び挑発的に肩をすくめた。「報告をまとめてどうするんですか？　理解できません。犯人は自供し、死んだ。そんな報告書、ブタだって読みやしませんよ」

「そうかもしれん。だがな、ローセ、作成しないと統計に影響が出る。それと、たしかにジュンはアサドと俺の前で殺害を自白したが、残念ながらそれは死ぬ直前のことだ。だから誰もそれを書き留めてない。だろ？　自供があったのに、文書では残ってないんだ。彼女が犯人であることは明らかだ。だが、絶対に完璧と言える証拠がない。だから、この事件は未解決のままなんだ。どんなにアホらしく思えようと、システムとはそういうもんだ」

「わかりました。だったら書くわ。われわれはこの事件に決着をつけることができませんでしたって」

「ふざけるな、ローセ。いいかげんにしろ。この件をこれ以上議論するつもりはない。おまえさんは報告書を書いて、俺たちの捜査件数を増やすんだ。この事件の書類はすべてとっくの昔に片づけた。足りないのは報告書だけなんだ。いいか、もうこの話はいい加減終わらせて、新しいクソッたれな事件に取り組みたいんだよ」

「『この話は終わらせて』？　簡単に言いますけど、わたしにとっては、それで終わりになると思います？」

「ストップ！　そこまでだ、ローセ！　明日の朝早く俺のデスクに報告書を置いておけ、いいな？」カールが片手をバンとデスクに叩きつけたので、ティーカップが跳ね上がった。ローセは一瞬、きっとにらんだが、悪態をつきながらも乱暴な足取りで部屋に戻っていった。

予想どおり、三十秒もしないうちに、目を皿のように見開いたアサドがカールの前に立った。全身で〝なぜ〟と疑問を突きつけている。

「わかってる、わかってるさ」カールはげんなりしていた。「だが、俺にどうしろっていうんだ。ここでは四六時中新たな事件が雨あられと降ってきて、解明されて記録されるのを待ってるんだぞ。俺たちにそれをひっきりなしにせがんでるのはローセ本人だろ。新たな事件に埋もれちまわないよう、一つひとつを予定どおりにこなしていかなきゃならん。この仕事でいちばん重要なのはそこだ。だから俺をそんなふうに見るのはやめてくれ。ローセはとにかく自分の仕事をすべきなんだ」

「なるほど。でも要領のいいやり方とは言えませんね、カール。ローセの様子から一億騒然ですよ」

　カールは困惑して同僚を見た。「一億騒然？　はっきりわかると言いたいのか？　だったら一目瞭然《いちもくりょうぜん》だ」

「そうかもしれません。でも、ハーバーザートの事件がどれだけローセにとってショックだったか、考えてみてください。彼女はあのあと虚脱状態に陥って、精神科の助けを借りるところまでいったんですよ。今でも通院しているくらいなんですから。彼女が報告書を仕上げるのにこれほど長くかかっている理由がほかにありますか？」

　カールはため息をついた。「それを俺が知らないとでも思うか？　クレスチャン・ハーバーザートのあれが、彼女の父親と酷似していたのがきっかけだったってことだろ？」

「ええ、それとあの催眠療法《ヒプノセラピー》とやらです。ひょっとしたら、あのせいで父親の思い出が初めてまともに浮かび上がってきたのかもしれません。彼女の目の前で亡くなったんですよね？」

　カールはうなずいた。三人が受けたあの催眠療法では誰もいい思いをしなかった。忘却の泥沼から大量の記憶を引きずり出されただけだ。あのセラピーを受けてから、長いことカール自身もろくに眠れず、夢見はもっとひどかった。アサドも同じだった。だとしたら、形鋼圧延工場で起きた父親の不幸な事故がローセの意識に再浮上してきてもおかしくはないし、それ以来、彼女が苦しんでいたとしても不思議ではない。もちろん本人は口が裂けてもそんなことを言わないだろうが。

「カール、報告書の作業なんてさせたら、ローセはまた闇のなかに沈んでしまいますよ。それでもやらせたいんですか？　私が彼女の代わりにまとめるってのはどうです？」

　カールは眉をつり上げた。結果が目に見えるようだ。この世にこいつの報告書以上にわけのわからないものはない。象形文字《ヒエログリフ》のほうがまだましだ。

「そりゃご親切にどうも、アサド。おまえの言うとおりだ。もちろん俺たちはローセを気をつけて見てやらなきゃならん。だが、この報告書は彼女が最後までやらなきゃならない。本人のためにも。悪いが、この話はこれで終わりにしてくれ。俺は急いでるんだ」

　カールは時計を見た。二十分後には証言のために裁判所にいなくてはならない。今日はカールたちが担当した事件の判決が出される前の最後の公判日なのだ。

そのあとに、座って最後の報告書をコンピューターに打ちこむのは誰か？　ローセではない。アサドでもない。俺だ。ほかに誰がいる？　カールは、タバコを吸うこととデスクに両足を載せて居眠りすることを除けば、毎日決まった作業をするのが大嫌いだった。

　廊下に出たとたん、顔面蒼白《そうはく》のローセがカールのところにやってきた。報告書を仕上げろとまたもプレッシャーをかけられたから具合が悪い、今日は病欠にしてほしいと言ってきた。

　じゃあ好きにしろ。カールは思わず、そう言ってしまいそうだった。だがちょっと待て。俺を誰だと思ってんだ？　ちくしょう、脅しになんか屈しないぞ！　カールはそのまま部屋を出た。

　階段を上がりながら最後に耳にしたのは、「いいわよ、じゃあやってやるわよ。でもその結果を覚悟しなさいよ」と言うローセの震える声だった。

7

二〇一六年五月十一日、水曜日

「デニス、冷蔵庫になんか食べるものはないのか？」

汗まみれになった裸の男がベッドで体を伸ばしながら訊いてきた。息はまだ荒く、とろんとした目が濡れている。「腹が減って死にそうだよ。最後の一滴まできみに吸い取られたからな」

デニスはキモノ風のローブを巻きつけていた。〝パパたち〟のなかでもロルフだけが多少なりとも恋人同士のような気分を味わわせてくれる。ほかの男たちはたいてい、オーガズムに達したらそそくさと部屋を出ていってしまう。でもロルフには、家で待つ妻もいなければ、出社しなくてはならない職に就いているわけでもなかった。ロルフと知り合ったのは、アランヤへのパッケージツアーでだった。おかげで、これまでで最高の休暇になった。

「冷蔵庫に何もないって知ってるでしょ？　そのなかにお菓子が少し残ってるけど」

デニスは皺くちゃになったスナック菓子の袋を指差すと、鏡に向かった。

ロルフに首を絞められたところが痕《あと》になっていないといいけど。ほかの〝パパたち〟は、こういうプレイではまるで勃《た》たない。

「きみのママのところになんかあるんじゃない？　見てきてよ。お小遣いはずむからさ」ロルフがそう言って笑う。たしかに彼は金払いがいい。

デニスは自分の首を撫でた。ほんのり赤くなっているが、そう目立つわけではない。

「わかったわ。でもいつもルームサービスがあるわけじゃないわよ。ここはホテルじゃないんだから」

ロルフは面倒くさそうにシーツを叩くと、苦々しい表情でデニスを見た。こういうとき彼はいつも不満そうな顔をする。でも、たいていはその分、稼《かせ》ぐことができるのだ。

母親の部屋に下りていくと、すえたにおいが鼻を突いた。外は真っ暗なのに、部屋のなかは昼間のように明るい。いつものことながら電気がすべてついていた。祖母が死んでから、母親は完全にたががはずれていた。

最初に目に入ったのは、ソファの縁からだらんと垂れさがっている腕だった。手にはフィルターまで燃えたタバコがあり、カーペットに灰の山ができている。デニスの目が毛布の上の惨めな姿をたどる。口は開きっぱなし、顔は深い皺だらけ、髪はもつれている。もっとも、こっちも突然やってきたのだから、こういう姿で出迎えられてもしかたないと言えばしかたないのだが。

キッチンは言葉では表せないほど荒れていた。もともと汚れている食器、酒瓶、包装紙や梱包材《こんぽうざい》でゴミ溜めと化していて、足の踏み場もない。それだけではなく、今やかつては形あったものが崩れ、ありとあらゆるところに散らばっている。食べ残しが壁やキッチンカウンターに貼りつき、カラフルな地獄絵図といった感じだ。ママは、完全におかしくなってしまったに違いない――酔うたびにどんどんひどくなっている。

予想どおり、冷蔵庫は空《から》っぽも同然だった。せいぜい、腐ったヨーグルトとロルフを病気にさせそうな卵があるくらいだ。こんなものに対して彼が金を払うはずがない。しかたない、別の方法で彼の空腹をなだめよう。

「デニス、そこにいるの？」リビングからしゃがれた声が聞こえた。

デニスはため息混じりに頭を横に振った。母親の戯言こそ、今いちばん避けたいものだった。

「こっちに来て。ママは起きてるわ」

ああ、恐れていたとおりになった。

デニスは母と見つめ合った。どちらも相手のしていることが気に入らないのだ。

「このところあなた、いったいどこにいたの？」母親の口角に乾いた唾がこびりついている。

「あちこちに」デニスは目を逸らした。

「検死が終わったから、おばあちゃんの遺体はじきに返ってくるわ。葬儀社には一緒に行ってくれるんでしょ？」

デニスは肩をすくめるだけでしゃべらなかった。今、そんな話をごちゃごちゃしたくない。上の部屋では男がベッドで待っているのだから。

8

二〇一六年五月十二日、木曜日

テーブルの上のくしゃくしゃの新聞が、失ったもののすべてを思い起こさせた。いつも挑戦しがいがあり、自分のアイデンティティも同然だった仕事に就き、愛する妻もいる幸せ者だったはずの彼は、四年前に孤独な男やもめになった。重い病《やまい》が妻をむしばむ様子を彼はずっと見てきた。妻が痛みに苦しみ、泣いているあいだ、ずっとその手を握っていた。そして、妻がついに力尽きて、安らかな眠りについたときには、その体を抱きしめた。それ以来、一日に六十本のタバコを吸う以外はほとんど何もせずに過ごしている。リビングはくさく、指はニコチンのせいで黄色く染まり、肺からは穴があいているかのようにヒューヒュー音がした。

娘が何度もやってきて、こんな生活をやめないとすぐにお母さんのあとを追うことになると咎《とが》めた。その言葉はタバコの煙と一緒に天井に昇り、彼の返事を待っていた。だが、ひょっとしたら俺はそれを望んでいるんじゃないか？　タバコを吸いつづけて死ぬのなら、苦しむ魂《たましい》も永遠の安らぎを見つけられるんじゃないだろうか？　あるいは腹がはち切れるまで食べつづけるとか。それ以外にいったい何をすればいいんだ？

ところが、十日前に突然、この新聞が目に入った。一面を見たとき、それまでの無気力が一気に吹き飛んだ。彼は、ぎょっとしてタバコを灰皿に置き、溜まった郵便物の上からその新聞を取り上げた。そして顔から三十センチくらい離して読んだ。老眼鏡がないとよく見えないのだ。

その記事を読んでいるうちに、マークス・ヤコプスンは思わずうめき声をあげた。悲劇が起こる前の日々が生々《なまなま》しくよみがえってきたのだ。もう何年も使われていなかった脳のシナプスに新たな電気が走る。

頭が稼働《かどう》しはじめた。突然の事態に、いったいどこから手をつければいいのかわからなかった。年金生活に入る前、マークスには自分の勘に従うだけの力があった。今は、そもそも彼の話を聞こうという人間がいるかどうかもわからない。だが、たしかにアイドリング中とはいえ、彼の刑事魂はまだ息絶えてはいなかった。殺人捜査課、かつての捜査部Aで十年間、さまざまな事件を解決した。課長だったころの検挙率は歴代のどの課長よりも高かった。それを思うと誇らしい気持ちになる。だが、殺人や死亡事件を捜査したことのある警察官なら誰もがそうだろうが、静かな時間に思い起こすのは解決した事件ではなく未解決の事件だ。いまだに夜中になると、そうした事件の経過や犯人について思いめぐらすことがある。罪のない犠牲者たち。

それなのに、罰も受けずにうろついている犯人たち。そのことを思うと、今でも鳥肌が立つ。それだけではない。解明できなかったという苦しみのなかで捜査員たちが生きていかなくてはならない事実に、彼はとてつもない羞恥心《しゅうちしん》を感じていた。仲間を見捨てたという思いがどうしても頭から離れない。追うことのできない痕跡《こんせき》、見逃した証拠にいまだに苦しめられていた。だからといって、今さら自分に何ができるだろう。

そんな思いに悩まされていたとき、あの見出しに気づいたのだ。床に放置してあったいくつもの新聞の山につまずきながら、彼はその新聞を取りにいった。見出しを読み、悪意ある人間は、捕まらないかぎりまた同じことを始めるのだと思い起こした。

もう一度、その記事に目を走らせた。この見出しを見つけてから十日経つが、どこから手を付けたらいいのかわからなかった。しかし何かが起きていることは確かだ。もちろん、ラース・ビャアンとその部下たちは、今回の殺人事件と過去の似たような未解決事件との関連を探ろうとしているだろう。しかし、ヤコプスンが今思い浮かべている事件も照準に入れられているのだろうか？　もし入れられていたら、今回の事件と過去の事件の類似点にすぐに気づくはずだ！　この一致は偶然で片づけられるはずがない。いや、誰もまだそのことに気づいていないのか？

殺害されたのは、リーモア・ツィマーマンという名の六十七歳の女性だと新聞は報じていた。遺体は、コペンハーゲンのコンゲンス・ヘーヴェ公園にある人気レストラン《オランジェリー》のすぐ裏で見つかった。他殺であることは一目瞭然だった。自分の後頭部を自力でここまで強打できる人間はまずいない。

検死によると、被害者は丸い鈍器のようなもので一撃されたようだ。リーモアは年金生活者で、持っていたハンドバッグから一万クローネが消えていたという。被害者の娘によると、母親は殺害される直前にボーワ通りの家を出たが、出るときには間違いなくバッグのなかに一万クローネがあったと証言している。したがって、物盗《ものと》りの犯行と考えられる、と記事は伝えていた。凶器は発見されておらず、豪雨と四月の低い気温のためか、目撃者もいない。たまたまタバコを吸いに外へ出ていたレストランのウェイターの証言によって、事件発生は二十時十五分から二十時四十五分のあいだではないかと考えられている。というのも、ウェイターは、三十分後、次のタバコ休憩に出たときに遺体を発見したからである。

たしかな情報は乏しかったが、それでもマークスは現場に横たわっている遺体の様子をまざまざと思い浮かべることができた。地面に勢いよく倒れたため、顔はぬかるんだ地面にはまり、体も地面に押し当てられて痕《あと》を残しただろう。背後から襲われたのなら、振り向く余裕もなかったはずだ。マークスがもう何年も前に捜査していた事件とよく似ている。その事件の犠牲者はボルマンスス・フリースコーレの代用教員で、ステファニー・ゴンダスンという女性だった。今回の犠牲者のほうがはるかに歳をとっており、遺体に放尿されたあとがあるという点が前回との明らかな違いだ。

マークスは、当時、犠牲者が発見されたときの記憶を呼び起こした。ちくしょう、考えられるすべての状況をもう何度、頭のなかに描いてきたことか！　そしていつもと同じように今回も、いくら考えても何も意味を成さないという思いに苛《さいな》まれた。

だが一方では、間違いないという思いもあった。彼には、当時の犯人がまた殺しを始めたという確信があった。しかも、この街のまったく同じ地域で。前回の現場から六、七百メートルも離れていないところで。

マークスはいらいらと頭を振った。なんで誰も電話してこなかったんだ？　電話さえしてくれれば、現場が荒らされる前に俺が行けたじゃないか。

マークスは、しばらくキッチンテーブルの上にある携帯電話をにらんでいた。

自分からかけろよ、携帯がそう言っているように見える。

マークスは携帯から目を逸らした。事件発生からもう十六日も経過している。あと少し待っても同じことだ。

そう思うと彼はうなずいて、タバコの箱を引き寄せた。自分がどうしたいのか、一服すればはっきりするかもしれなかった。

9

二〇一六年五月十二日、木曜日

「ちょっと、ここってなんて素敵なの！」ミッシェルはソファの隅に座るとバッグを手繰《たぐ》り寄せた。

デニスは周囲を見渡すとあくびをした。昨夜のことが体から抜け切っていない。カフェはあまり繁盛《はんじょう》していないようで、半分くらいしか埋まっていなかった。客層は失業者、学生、赤ん坊連れの母親という感じだ。雨の日の葬儀参列者程度の賑《にぎ》わいにしか思えない。もっと素敵な場所がいくらでもあるのに、と彼女は思った。今回のチョイスはジャズミンだから、あたしは口出ししないでおくけど。

「なんでもいいから、とにかく外に出たくて」ミッシェルはそう言って、ジャズミンとデニスを見つめた。「本当なの、パトリクに耐えられないのよ。これ以上は言わないけど。本当ならふたりで旅行に行ってたはずなんだけど、だからって仲良くできたとはかぎらないし」

「なんで別れないのよ?」とデニスが尋ねる。

「無理よ。だって彼の部屋に住んでいるんだもの。何もかも彼のものなんだから」ミッシェルはため息をついた。自分がどれだけ困難な状況に置かれているのか、ようやくわかってきた。「もう何も買えないのよ。すっからかんだし、パトリクは全然お金くれないし」

デニスは身をかがめると、バッグのなかに入っていたワインの瓶を押しのけ、財布を取り出した。

「あんたの男って最低ね。いいわよ、あたしのお金あげるわ」そう言って財布の口を開けた。ミッシェルとジャズミンがぽかんとしてデニスを見つめる。

「ほら、あげる」デニスは札束から千クローネ札を引き抜くと、ミッシェルの前に置いた。「これで、パトリクもあんたをどこかに連れてってくれるでしょ」

「え? あ、ありがとう、これ……」ミッシェルは指先で千クローネ札におずおずと触れた。「でも……返せないわ」

デニスは手を振ってそうしなくていいと示した。

「それに……パトリクが知ったらどうなるか……」

「財布がふくらんでよかったじゃない」ジャズミンがそっけなく応じた。

デニスは思った。あたしがどこでこんな金を手に入れたのか、彼女たちは知りたがるはずだ。あたしだって同じように生活保護を受けているのだから。そして、デニスはジャズミンの顔色をうかがった。三人で会うのはもう三回目。ふたりのことはすごく好きだ。でも、どこでお金を手に入れたのか訊かれるのは困る。

デニスは微笑んだ。「ちょっと頑張って貯めたのていいじゃないの。

よ」

ジャズミンは笑ってみせたが、その顔は〝もっとましな嘘をつきなさいよ〟と言っていた。ところが、その笑みは入口のドアに目を向けた瞬間、凍りついた。顎が小刻みに震えだし、視線が定まらない。危険を察知し、後ろ足で立ち上がった小動物のようにジャズミンの体がこわばっている。ジャズミンはドアから目を離さず、ふたりのほうへ身を寄せた。

「福祉事務所で食ってかかってきた女を覚えてる？わたしたちが出会ったときよ。パンクっていうか、ほら、ロッカーみたいな挑発的な格好してた」

デニスとミッシェルはうなずいた。

「今入ってきたあいつら、グレ、シュガー、ファニっていう名前なの。あいつらがいるってことは、ビアナも近くにいるはず」

「じゃあ、よそへ行ったほうがよくない？」ミッシェルが言う。

デニスは肩をすくませた。あんな黒服女、どうだっていいじゃないの。

「あの人たち、自分たちを《ブラック・レディーズ》って呼んでんの」ジャズミンが続ける。「この界隈じゃとにかく評判が悪いのよ」

「すっごい名前」デニスはパンクのような格好をした女たちを一瞥した。ブラックはともかく、《レディーズ》だなんて、笑わせる。

しばらくすると、実際にビアナが姿を現して、仲間のテーブルに行った。店内でビアナに反応したのはデニスたちだけではなかった。授乳していた母親のひとりは赤ん坊の口から乳首をそろそろと離し、ブラウスのボタンを留めた。〝テーブルの上のお金を早くしまって。不機嫌そうに店内を見回しているあいつらを絶対に見ないようにね。そっとここから出よう〟とジャズミンはふたりに目配せした。

そのとき、ビアナがジャズミンに気づき、〝縄張りに入ってくんな、出てけ！〟と言わんばかりに、三人をにらみつけた。

デニスはお茶をごくりと飲むと、これ見よがしに立ち上がった。ピンヒールの分だけ、ビアナより背が高く、身長差が目立った。

「わたしたちがいると、あいつらの機嫌が悪くなる。行こう」ジャズミンが小声で言い、デニスの腕を引っ張りながらゆっくりと立ち上がった。

そんなジャズミンのリアクションが〝黒装束〟グループの誤解を招いたのかもしれない。女たちもいっせいに立ち上がったのだ。

カウンターの後ろに動揺が走ったのにデニスは気づいた。女性店員ふたりは奥の部屋に入っていき、男性店員は携帯電話を耳にあてがいながら、客たちに背を向ける。

「ほら、行こう」ジャズミンがデニスの腕をつかんだが、デニスはそれを振り払った。あたしがこんなことで怖がるとでも？　セクシーな格好をしているからって、臆病で女々《めめ》しい女だと思うなら大間違いよ。

「あの人たち、傷害罪で刑務所に入ってた。あのベリーショートの女はファニって言うんだけど、ナイフで人を襲ったのよ」ジャズミンがささやく。デニスは薄笑いを浮かべた。敵に囲まれたらどうしろっておじいちゃんは言ってたっけ？　尻尾《しっぽ》を巻いて逃げると思うならおあいにくさま。

「あのなかのひとりは、うちから三ブロックしか離れていないとこに住んでんのよ。わたしの居場所を突き止めるなんて簡単だわ」ジャズミンは完全にひるんでいる。「早く行こうってば」

ミッシェルはそこまで怯えてはいなかった。むしろ、度胸を決めたような表情をしていた。

ビアナは、カフェの中央に立ち、威嚇《いかく》するように周りを見ていた。デニスにはどうってことなかったのだが、怯えてみせるべきだったのかもしれない。というのも、ビアナがキーチェーンをポケットから出してメリケンサックのように手に巻いたのだ。

デニスはピンヒールを脱ぐと、金属で補強されたヒール部分を黒服の女たちに向けた。

「ビアナ、協定を覚えてるだろ？」カウンターの後ろから男性店員が怒鳴り、ビアナに向かって携帯電話を突きつけた。

ビアナはいらつきながら携帯電話を見やると、一瞬たじろいだようだったが、そのまま表情を変えずにキーチェーンをポケットに突っ込んだ。

「二分であいつらが来るぞ」店員が警告する。

ビアナの子分たちはボスがどう反応するかを待っている。しかし、何も起きなかった。ビアナは冷たい目でデニスをにらみつけているだけだ。

「足をさっさとヒールに突っ込みな、バービー」ビアナが強いアイスランド訛りで言った。「そのうちぶちのめしてやるから、覚えときなよ。そのときはその馬鹿みたいなヒールをあんたの喉にぶち込んで、反吐を吐かせてやる。あんたもだよ、かわいこちゃん」ビアナはジャズミンのほうを向いた。「あんたがどこに住んでるかよく知ってるからね。わかった？」

「さっさと出ていけ、ビアナ。あいつらが来るぞ」店員が急きたてる。

ビアナは店員を見ると、親指を立てた。それから仲間に目で合図を送ると出ていった。ドアを開け放したまま。

デニスが靴を履いたとたん、通りのほうから低い音が響いてきた。店員が開いたドアから出ていく。

ベストを着て革のアームバンドをした三人の男が大型バイクにまたがり、男性店員と話をしている。それから小さく手で何か合図すると、またエンジンをかけて、轟音を響かせた。

店員は男たちのそばを通り過ぎるときに、デニスを見た。デニスに一目置くような表情だったが、親しげなものではない。店内では数人の客がデニスに拍手を送ったが、そのときも彼は、早くやめてくれと言いたげな顔をしていた。

デニスは、自分に最高に満足していた。ただ、ジャズミンの顔を見ると、遅かれ早かれビアナとはケリをつけなきゃならないだろうとも思った。

「ごめんね、ジャズミン」デニスはジャズミンを落ち着かせようとした。「でも、ああするしかなかった。あんた、困ったことになる？」

ジャズミンは唇を固く結んだ。もちろん困ったことにはなるだろう。それでも、深く息を吐くと、無理に笑みを浮かべた。どうやらデニスの謝罪は受け入れられたようだった。

「支払いをして、さっさと出ようか」デニスはそう言うと、バッグから財布を取り出した。そのとき、ジャズミンがデニスの腕に手を伸ばした。

「わたしたち、友達よね？」

後ろでミッシェルが熱心にうなずいている。

「もちろん」デニスが返す。

「どんなときも友達よね？　何があろうと、どんなことが起きようと」

「もちろん、当然でしょ」

「どんな小さな秘密でも分かち合える？」

デニスはためらったが、ミッシェルのイエスの返事に少し遅れて「もちろん」と答えた。だけど、あたしたちがどれだけ深い秘密を持ってるっていうの？

「じゃあ、ふたりに打ち明けることにする。いいよね？　ここはわたしが払う」

友達がうなずくのを待ってジャズミンは話しだした。

「と言ってもさ、わたし、一エーレも持ってないのよ。いつものことだけどね」そう言うとクスリと笑った。「でもそれが何か問題あるかっていうのよ、ねえ？」

ジャズミンは隅のほうへ目をやった。「作業用ズボンをはいてる男が見える？　さっきからずっとわたしたちから目を離さないのよ」

「気づいてたわ」ミッシェルが言う。「わたしたちがあんな汚いパンツ野郎に興味があるとでも思ってんのかしらね。それに、あんなふうにこっちを見るぐらいなら、あの女がわたしたちに迫ってきたときに、なんで立ち上がって助けてくれなかったのよ？」

「目を逸らしたわ、見た？」

デニスは男を見やった。首は太くて短く、半分空になったビール瓶を前にして魅力的な笑みを浮かべている。仲間は組んだ腕をテーブルの上についている。男がグループのリーダー役なのは明らかだ。

ジャズミンはデニスとミッシェルに目配せすると、男に合図を送った。男は最初こそ当惑したようだったが、まんざらでもない様子だ。

「気をつけて」ジャズミンはそうささやくと、顔を上げた。

「どうも」安っぽいアフターシェーブローションのにおいをさせながら男がこっちに来る。ジャズミンが声をかける。

「あなた、素敵よ。だからわたしたちの支払いしてくれない？　ダメ？」

男は疑り深げに振り返った。仲間たちはくつろいだ雰囲気で状況を見守っている。

「きみたちの支払いを？　なんで俺が？」

「だってあなた、ずっとわたしたちのこと見てたじゃない。その間ずっと、わたしたちのアソコがどんな感じか想像してたでしょ？」

男の顔がピクリと動く。そんなことはないと言いかけたが、ジャズミンがすかさず次の手を打った。

「もちろんわたしのを見せてあげてもいいわ。でも、ただじゃダメよ。彼氏が撮った写真をあげてもいいけどね」

男の顔に今度は笑みが浮かんだ。まだ完全に警戒心を解いてはいないものの、取引内容を理解したようだ。

「そんなこと言って、ネットで手に入れた画像でも見せる気だろう」男が笑いながら仲間を見ると、遠目には何が起きているのかまるでわからないようだが、仲間はこっちを見て笑っている。

「オッケー？　どうなの？」ジャズミンはバッグからスマートフォンを取り出した。「わたしたちの支払いをしてくれるだけでいいのよ。あいにく、わたしたち今日はあまり持ち合わせがなくて」

男は安全靴を履いた体を揺らしながらも黙っていた。考えているのだろう。

デニスは真面目な表情でいるのが大変だった。ジャズミンったらすごい！　この男、だんだんその気になってきてる。迷いに迷ってるわ。

そしてついに、男は店員に言った。「この子たちの勘定はいくらだ？」

店員はすぐに計算した。「百四十二クローネです」

男はジャズミンに向き直った。「ふだんならアソコを見たいからってこんなことはしない。でも、困っている女性を助けて悪いって法はないからな。俺は紳士《し》だしね」そう言うと男は決して薄くはない財布から紙幣《へい》を三枚出した。

「残りは取っといて」と、カウンターに置く。

闇の仕事でもしてるのだろう、とデニスは思った。〝パパたち〟のなかにはこっそり別の仕事を裏で請け負っている職人もいた。

ジャズミンはスマートフォンを取り出すと、そこに映っている画像をじっくり見せてやった。

男は何度か深い溜め息をつきながら、ディスプレイに現れた画像を次々見ていき、ジャズミンの目を覗きこんだ。金をもっとほしいなら払ってやろう、と男のまなざしが言っている。デニスは驚嘆した。

「剃《そ》ってないところも見たいなら、追加で二百クローネよ」ジャズミンが言った。

男は完全に興奮していた。喉も耳も真っ赤になっている。

そして次の瞬間には、テーブルの上に二百クローネが置かれていた。「その代わり、今度は画像を俺の携帯に送ってくれ」男はひと文字ずつメールアドレスを教え、ジャズミンはそれを打ちこんだ。

数秒後、着信音が鳴ると男は友達のほうを振り返って軽く挨拶し、カフェを出ていった。

「あいつ、絶対家に飛んで帰って、ひとりでするわよ」ミッシェルがクックッと笑った。

なんて簡単に金が手に入るんだろう。デニスは称賛したい気持ちだった。「これがあんたの秘密？」と尋ねる。

ジャズミンは頭を振った。「まさか、違うわよ。これはただのトリック。秘密はあとで教えるわ」彼女は二百クローネを財布に突っ込むとバッグを取り、もう出ようと言った。

そのとき、カウンター横のテーブルにいた男が立ち上がり、こちらにやってきた。二百クローネ札を一枚、パンと机の上に置く。

「俺にも見せてくれ」

ジャズミンはにっこりしてバッグからスマートフォンを取り出した。

デニスは相手の男を値踏みした。この店の雰囲気によくなじんでいる。せいぜい三十五歳ぐらいだろうが、顔は五十歳くらいに見える。結婚指輪ははめていない。服自体は悪くなかったが、コーディネートに難ありだ。アイロンのかかっていないジャケットにフケが落ちている。定職に就いてはいるが、家で待っている妻はいないのだろう。

デニスはこの男が耐えられなかった。フラストレーションを溜めた男は、なんでもないことで爆発する。この男もそういうタイプのように思えた。

男はだしぬけにジャズミンのスマートフォンを持っているほうの手をつかむと、画面を自分のほうへ向け、落ち着き払って画像を見ていった。デニスは男を止めたかったが、ジャズミンがダメだというふうに首を振った。わたしひとりでなんとかすると。

「体全部が見たいね」と男が言った。「こんなちっぽけなもんに二百クローネは高すぎる」

ジャズミンったらずいぶんと大胆なお金の稼ぎ方をしてるけど大丈夫だろうか、とデニスは思った。

「早く全部見せろよ、でないと手を離さないぞ、この売女《ばいた》が」

ジャズミンは素早く男から手首を振りほどき、スマートフォンをしまった。ミッシェルも加勢し、二百クローネ札をひっつかむと、あっという間にバッグに入れた。

「だましたな、このクソ売春婦！」男はわめいた。「それから、おまえら全員痛い目に遭うからな」と破れかぶれになって叫んだ。

そのとき店員が男の腕をつかみ、「さっさとここを出ていくのと、〝あいつら〟を呼ぶのとどっちがいいんだ？」と迫った。

男はテーブルに唾を吐くと出ていった。

店員は何事もなかったかのようにエプロンから雑巾《ぞうきん》を出した。

「店にいてくれてもいいけど」唾を拭《ふ》きながら店員が話す。「木曜の午後にしてはちょっとやりすぎじゃないか？」と続ける。「あの男が通りの向こうにいなくなったら、別のターゲットを探してもらえるとありがたいね」

三人とも反論できなかった。

五分後、彼女たちは通りに出ると笑いころげた。あたしたち、お互いから学ぶことができそうね、とデニスが言おうとしたそのとき、あのアフターシェーブローションのにおいが鼻を突いた。ほぼ同時にさっきの男が現れてジャズミンのバッグの持ち手をひっつかんだ。ジャズミンもとっさに引っ張り返したが、相手はバッグに手を入れ、スマートフォンを取り上げた。「暗証番号を入力しろ。でないとこれを地面に叩きつけるぞ」そう脅すと、スマートフォンを自分の頭上に振り上げた。

ジャズミンはとてもかなわないと悟《さと》った。「471 1」と暗証番号を口にすると、男が入力するに任せた。画像アプリが開く。男は目当ての画像が出てくるまで画面をスクロールさせていった。男が見つけた画像を拡大した。

「ふざけんな、わかってんだぞ!」男が怒鳴る。「クソったれ、てめえの写真じゃねえだろ!」男が下半身を丸出しにした女性の画像をジャズミンの鼻先に突きつける。スマートフォンにはその女性の画像が何枚も保存されていた。

ジャズミンは肩をすくめた。「悪かったわ、でもわたしたち本当にお金がなくて。あなたがいちばん紳士に見えたの。自分でもそう言ってたじゃない」ジャズミンは謝り、それから笑ってみせた。だが、とたんに顔面を殴られた。

ジャズミンが地面に倒れこむ。

男はジャズミンを踏みつけようとしたが、その瞬間、後頭部に衝撃を感じ、くずおれた。デニスはワインの瓶を片手で持ったまま、その様子を笑いながら眺めていた。

三人は運河に面したガメル・ストランの太陽で温まった歩道の縁石に腰掛けた。そこにはすでに若者が何人か座っていて、運河の水の上に突き出した脚をぶらぶらさせている。今は五月。日の光がすでに明るく輝いている。この明るさでは、どう頑張ってもジャズミンの頬の腫れを人目から隠すことはできそうにない。

「乾杯!」デニスが赤ワインの瓶を差し出した。「デニスにも乾杯」ジャズミンが礼を言って瓶に口をつけ、威勢よくごくりと飲んだ。「あなたも」と言って、ミッシェルに瓶を回す。ミッシェルは言った。

「あんなに強く踏みつけなくてもよかったんじゃないの、ジャズミン？　完全に伸びてたじゃないの。こめかみから結構血が出てたし」

「育ちが悪いんでね」

ふたりは顔を見合わせ、ミッシェルは笑いだした。

「自撮り《セルフィー》しようよ！」ミッシェルが声を張り上げて携帯電話を取り出した。

デニスも笑いながら「携帯電話を運河に落とさないように気をつけて」と言うと、ふたりに体を寄せた。

「わたしたち、超魅力的じゃない？」ミッシェルが携帯を手にしたほうの腕を前に伸ばす。

デニスがうなずいて言う。

「ジャズミン、あんたがカフェでやったこと、最高だった。あたしたち三人、いいチームが組めそう」

「そうよ、《ホワイト・レディーズ》よ」とミッシェルが茶化す。赤ワインをふた口飲んだだけでほろ酔い気分になっているようだ。

デニスは笑みを浮かべた。「あたしたちに秘密を打ち明けたかったんでしょ、ジャズミン。もう忘れた？」

「そうそう、でもコメントも非難も受けつけないから。そんなのは家だけで十分。いい？」

ふたりは真面目くさって手をあげ、非難はしないと誓った。それから吹き出した。秘密っていったい、なんだろう？

「わたしたち、このあいだ福祉事務所で知り合ったでしょ、あのときはこの六年間でようやく三度目の〝物乞い〟に行ったときだったの。その間、わたしはずっと保護を受けてたのよ」

「えっ、どうやって？」ミッシェルが食いついた。彼女の状況なら訊いても不思議ではない。

「すごくシンプルな方法。妊娠するのよ。実際にね。

もう四回やった」

デニスは身を乗り出した。「え？　何をやったって？」

「だから、妊娠するのよ。数カ月間、お腹も胸もひどい状態になるアレよ。でも、おかげで毎回たんまりもらえる」そう言うと、ジャズミンはぺちゃんこのお腹を叩いた。四人の子供を産んだとは、とても思えない。「ご主人はいるの？」こんなピュアな質問ができるのは、ミッシェルくらいのものだ。

ジャズミンは声を出さずに笑った。そこが肝心なところなのだ。

「養子に出したの、四人とも全部。本当に簡単なんだから。まず、誰かと子供をつくる。それから、骨盤の問題でもなんでもいいから体調不良を訴える。そうすれば法が守ってくれるわ。担当者がまた就職を世話しようとしてきたら、また妊婦になる。一定期間が過ぎたら子供は自動的によそへ養子に出される。その繰り返しよ。妊娠し、保護を受ける。前回からもう二カ月経ったから、また福祉事務所に行かなきゃいけなかったってわけ」ジャズミンは笑った。

ミッシェルは瓶に手を伸ばして言った。「わたしにはそんなことできないなあ。相手がパトリクでないとしても、いつか本当に子供がほしいもの」ワインをひと口飲んでから、続ける。「じゃあ、誰が父親かわからないの？」

「ひとりはね。でも、そんなことどうだっていいわ」

デニスは遊覧ボートがつくるさざ波をじっと見つめた。ジャズミンのような人に会ったのは初めてだ。なんて強い女性だろう。

「じゃあ今、妊娠してるってこと？」デニスが尋ねる。

ジャズミンは首を横に振った。「でもたぶん、一週間後には。わからないけどね」そう言うとクスクス笑った。その割にはそこまで妊娠を急いでいるようには見えず、余裕がありそうだった。

もしかしたら、お金を手に入れる算段がほかにもあるのだろうか？

「あの《ブラック・レディーズ》とのことはどうするの？　妊娠中にあの人たちに襲われたら？」とミッシェルが言う。

「ちょうど引っ越そうと思ってたのよ。今はまだ実家にいるけど。言ってなかったっけ？」ジャズミンは肩をすくめた。

デニスもミッシェルも何も言わなかった。

「『今度妊娠したら家から追い出すからね』――これがうちの母の決まり文句」ジャズミンは口をへの字に結んだ。「でもいいの。出ていく先を見つければいいだけだから」

デニスは同意をこめてうなずいた。三人とも耐え難《がた》い環境で暮らしているのだ。

「でも、子供がほしくないなら、あなたが将来望むものって何？　夢は何？」ミッシェルはどうしてもそこが気になるようだった。

ジャズミンの目はうつろだった。〝夢〟なんて言葉は最初から彼女の辞書にはないのだろう。

「ねえ、教えてよ」ミッシェルがしつこく訊いた。

「わかったわよ。わたしはね、もう一切あの福祉事務所と関わりたくないの。あの憎ったらしいスヴェンスンにも完全に消えてほしい。あとは静かに過ごしたい。自由になりたいのよ」

三人はなんとなく気を取り直し、互いにハイタッチした。

「そうよ、自由になれたら、最高だわ。リアリティ番組の出演者みたいに、やりたいことをやって甘い汁を吸うのよ」ミッシェルはそう言うと、問いかけるようにデニスを見た。

「何？　次はあたしの夢を言えって？　でもあんたたちが全部言っちゃったと思うけど。お金を手に入れて、福祉事務所のオバさんを処分して……」

デニスはそこで言葉を切った。三人の女は互いの顔をまじまじと見た。自分たちの問題を根本から解決する方法が目の前にあることに、突如《とつじょ》、気づいたかのように。

10

二〇一六年五月十三日、金曜日

カールの今の気分は、〝イライラしている〟と表現したぐらいではまったく足りなかった。かれこれ三十分以上も法廷で待ちぼうけを食らっているのだ。ああ、そうさ、地下鉄工事があちこちで行なわれているせいで、今、コペンハーゲンの通りはどこも爆弾を撃ちこまれたようにボコボコになっている。だが、俺だって証人だって、あちこち迂回《うかい》させられまくったが、時間どおりに着いたんだぞ。それなのに、なんで裁判官が遅刻するんだ？　しかも、今、裁判の延期が決定した。もっと腹立たしいのは、この事件はそもそも俺のものですらないこと。助けを求める女性の声を聞いたとき、たまたま近くを通りかかっただけだ。

カールは、着席して法廷をじっとにらんでいる被告人を見やった。あの男が大工用のハンマーを振りかざして、今すぐ俺の家から出ていかないならこれで頭をかち割るぞ、と脅してから三カ月が経っていた。拳銃を持っていれば、と何度思っただろう。しかし実際、持っていなかったので、すごすごと立ち去るしかなかった。

二十分後、拳銃を手に家のなかに踏み込んだときには、男はフィリピン人の恋人の顎を粉々にし、胸を蹴りつけて肋骨《ろっこつ》を折っていた。見たくない光景だった。

警察学校で叩きこまれたとおりのことをしていたら、つまり、ジャケットの内側のホルスターに常に拳銃を突っ込んでいたら、あの暴力事件は防げたかもしれない。

そんなことが二度と起こらないように、カールはあれ以来、いつも拳銃を携帯している。そして今、ネアンデルタール人のような顔つきの男があそこに座ってにやにやしながら俺を見ている。裁判官が遅刻したというだけで刑罰から逃れられるとでも思っているのだろうか。最低でも四年は食らうだろう、とカールは見積もった。どう考えても初犯じゃなさそうだ。刑務所で誰かがこいつの顔面を一発殴って、どんなものか味わわせてやればいい。

「ラース・ビャアンさんが上で呼んでますよ」カールが警察本部に戻ると、待ちくたびれた様子で守衛が柵《さく》の奥からそう告げた。

カールはむっとした。上の連中はいったい何を考えてるんだ？　俺はいつから、守衛に遠隔操作されるようになったんだ？　そうでなくとも、裁判所で一時間半も無駄に過ごした。今日はもうたくさんだ。

「ビャアンさんから、あなたが来たらそう伝えるよう頼まれたんです。すぐ左の階段をどうぞ」守衛たちがにっと笑った。

カールはわざと右へ曲がった。

地下ではゴードンが廊下に立って長い腕を振り回していた。「問題が発生したんです」そう大声で言ったとたんに、カールの不機嫌な表情に気づいたようだ。

「あ……アサドから説明してもらったほうがよさそうですね」慌てて付け加える。

カールは立ったまま尋ねた。「アサドが何を説明するって?」

ゴードンは天井に目を向ける。「ラース・ビャアン課長が特捜部Qについて何かあるみたいで。ちゃんと解決していない事件のせいで」

カールは眉根を寄せた。特捜部Qの過去二年間の検挙率は六十五パーセント、以前よりよくなっていると自分で算出してから二週間も経っていない。念入りに計算した誇張のない数字だ。ほかのメンバーが解明できないものとして棚上げした事件についても慎重に検討した結果である。六十五パーセントの成果だぞ。ビャアンのやつ、どこに文句があるっていうんだ。

「それを俺のデスクの上に置いといてくれ」裁判所の調書をゴードンの手に押しつけ、カールはビャアンのいる階へと続く長い階段を上りはじめた。

ビャアンには統計の読み方について、少々補講してやらなきゃならん。

「ああカール、残念だが、あの数字では……」ラース・ビャアンは本当に残念そうな顔をしていた。だが、その手には乗らん、とカールは思った。俺はな、高校のときに、恋人からあなたの親友の子供を妊娠したとわんわん泣かれて以来、涙なんかにほだされはしないんだ。

カールの予想どおり、ビャアンが次にぶつけてきた言葉は思いやりがあるとは言えないものだった。「現場で捜査にあたるチームの強化と資金の配分を考え直すため、下院の法務委員会がそれぞれの裁判管轄区における検挙率を分析した。その際、特別承認予算の部分が注目された。どうやら、特捜部Qに赤鉛筆でチェックマークがついたらしい。特捜部Qが完全に閉鎖されないよう、きみたちのなかからひとり、上の部署に異動させなければならなくなった。残念だが、私にはどうにもできない」

カールは疲労を感じながらビャアンを見た。「いったいなんの話をしているんだ。うちの検挙率は六十五パーセントだ。まだ解明していない事件も、いずれは突破口が見つかるはずだ。それに、この六十五パーセントという数字は、別の部署から回ってきて俺たちが引き受けなかったら保管所のなかでカビが生えていたはずの事件も全部ひっくるめてだぞ」

「六十五パーセント？　私の資料ではそうなっていないが」

ビャアンはデスクの上に整然と積み上げられた書類をあちこちに動かした。

「ほら！」ビャアンは、数字がびっしり書きこまれた一枚の紙をカールに手渡した。「特捜部Qの報告、ここにきみたちが提出した書類から管理部が導き出した結論が記されている。検挙率十五パーセント。六十五パーセントじゃないぞ、カール。つまりだ、きみたちの成果は十分じゃないのに多額の税金が投じられている。それなら、われわれ上の階で使ったほうがいいということだ」

「十五パーセントだって?!」カールは目をむいた。「十五パーセント?!　それに、俺たちがどんなふうに仕事をしているか、それにいくらかかっているか、クレスチャンスボーの馬鹿どもにわかるわけないじゃないか。たしかに、まだ解決していない案件も二、三はある。それは認める。だが……」

「二、三だって？　それだけじゃ、五十パーセントもの違いになるはずがない。カール、いつものように誇張してるってことだな。そうしたところで、現状は何も変わらない」

カールの胸のなかがざわざわし、危機感が広がった。この事態の責任は俺にあるのか？　俺が本当にそんな思い違いをしたのか？

「いいか、ラース。第一に、その数字とやらにはなんの意味もない。第二に、承認済みの予算の大部分をちょろまかしているのは、あんたたちであって俺たちじゃない。法務委員会は俺たちが使っている予算をカットし、節約できると思っているんだろうが、この部署が閉鎖されたら、あんたたちがくすねている分の金も吹っ飛ぶんだぞ」カールは怒りのあまりメモを振り回した。「だいたい、どこからこんな数字が出てきたんだ、ラース？」

ラース・ビャアンはカールの訴えをはねつけるように両手をあげた。「よくそんなことが訊けるな、カール。これはきみたちがわれわれに提出した報告じゃないか！」

「じゃあ、あんたたちがいいように改ざんしたってことだ」

「そこに関しては、たしかに意見の食い違いがあるようだな。だが、この議論にピリオドを打つためには、きみたちがローセ・クヌスンに別れの挨拶をし、私がゴードンを自分のチームに編入し、きみとアサドが上の階に移動することだ。そうすればきみたちがきちんとした仕事をしているかどうか、すぐにでも証明できるだろう」

カールが命令に従うことなどありえないはずなのに、ビャアンは笑顔を見せた。こいつの狙いは、いったいなんだ？

「もう一度言うぞ、カール、私としては残念だ。だが、警察本部長はじきじきにこの数字を法務委員会に提出している。この件はもう私の裁量を超えたところにあるんだ」

カールは渋面《じゅうめん》をつくって上司を見やった。こいつ、内閣官房主催の《責任逃れのハウツーセミナー》でも受講しているんじゃないか。表面だけで判断して、その下がどうなっているかなど見ようともしない無能な黒幕たちに追従することしかできないのか？

「この決定に従えないというなら、もっと上の人間に申し立てをするんだな、カール」ビャアンが締めくくる。

カールは部屋を出ていくと後ろ手にドアを思い切り閉めた。振動で階全体が揺れ、カウンター越しにリスに書類を渡そうとしていたサーアンスン女史は、口をぽかんと開けて直立不動となり、手から紙がばらばらと落ちた。

カールは秘書たちに声をかけた。「きみたちは、われわれの検挙率を間違えて上に提出したのか？　もしそうなら、特捜部Q解体の責任はきみたちにある。わかるか？」

わけがわからないまま、リスもサーアンスンも首を横に振った。カールはふたりの鼻先にビャアンのメモを突きつけた。「きみたちがこれを書いたのか、どうなんだ？」

リスがセクシーな胸元をカウンターに押し付けて平然と答えた。「ええ、書いたのはわたしだけど」

「数字が間違ってる！」

そう言われたリスはデスクに向かうと、身をかがめてハンギングフォルダーから書類を一枚引っ張り出した。

カールは一瞬、目のやり場に困った。四十六歳で子供を産んでからというもの、リスは少々肉付きがよくなっていた。だからといって魅力が消えたわけではない。リスは相変わらずチャーミングだ。余分な脂肪を少々落とせばまだまだいける。カールはため息をついた。夜に甘くホットな夢を見ようと思ったら、俺のファーストチョイスはいつだってリスだ。その夢を今、彼女がこの忌々しいメモで切り裂こうとしている！

「違ってるわ」リスがメモの数字を指でたどる。「どうしてかわからない。だって、わたしはあなたたちが提出したとおり、特捜部Qが解決した事件をすべてリストアップしたもの」

リスは、自分が出してきた書類のいちばん下にある数字を指で示した。カールが文句をつけるような数字ではない。

「わたしは見やすいようにちょっと整えてあげただけよ！」そう言うと、リスは、八重歯を見せながら魅力的に笑った。いや、だが、その笑顔が俺のなんの役に立つって言うんだ！

そのとき、カールの背後で足音が聞こえた。警察本部長自ら、ラース・ビャアンのオフィスに通じる廊下にいる。

本部長はカールに対してかすかにうなずいてみせた。警察本部のリストラの鬼は、殺人捜査課課長のところに向かっているようだった。

「ローセはどこだ？」カールが階段から地下に向けて最初に発した言葉はそれだった。

カールの声ががらんとした廊下にこだまし、元掃除用具置き場の部屋からアサドが顔を出した。

「いません、カール。出ていきました」

「出てっただと？　いつだ？」

「あなたが裁判所に行ってすぐです。少なくとも二時間は経っています。今日はもう戻ってこないと思ったほうがいいでしょうね」

「ハーバーザートの件はともかく、俺たちが解決した事件についてローセが上げてない報告書がまだほかにあると思うか？」

「どの事件ですか？　いつの？」

「三階にいるわれらが友人によれば、過去二年間の事件について、ローセが殺人捜査課に提出した報告書は、俺たちが解決した数のわずか五分の一らしい」

アサドの眉毛が勢いよく上がった。まったく知らなかったようだ。

「ちくしょう。アサド、そんな馬鹿な話ってあるか？」カールは自分のデスクへどすどすと歩いていくと、ローセの家の電話番号を押した。しばらくすると留守番電話が応答した。これまで聞いたこともないようなメッセージだった。カールが知っているのは、ヒステリックとも言えるくらい矢継ぎ早に喋《しゃべ》るローセだ。しかし、今聞いている声はしわがれていて、抑揚《よくよう》もほとんどない。

「ローセ・クヌスンです。ご用があるのでしたら留守にしていて残念です。メッセージをどうぞ。わたしがじつはこっそり聞いているだろうなんて思わないでください。わたしはそういう人間ではありません」ピーという音が流れた。

それでもカールは電話に向かって言った。「ローセ、おい、ローセ。いいから出ろ。大事な話だ」ふてくされたローセが電話の向こうに座っている可能性は十分ある。もしかしたら、そこでにやついているかもしれない。だが、そんな笑みもすぐに消えることになるだろう。ぞんざいな報告書を上げたのがローセなら、彼女が自分で自分を退職に追いこんでいるも同然だからな。

「どうだ、ゴードン。ローセが書きためたメモは見つかったか？」

ゴードンはカールのコンピューターに向かいながら答えた。「ここで見られるよう、送りましたよ」

カールは文書を開くと、ページをスクロールしていった。特捜部Qが手がけた事件にざっと目を通していく。捜査に着手した日付、そしていつ、どのような結末を迎えたか。書類整理記号、日付、時刻、関係者、報告書。すべてが詳細に記されている。緑は犯人特定済み、青は現在捜査中、紫は未解決、赤は完了。そのほか、報告書が管理部にいつ送られたか、その日付もあった。全体的にしっかり仕事をしているという印象だ。ハーバーザート事件に至るまで、全部の報告書にはチェックマークがついている。すべて規定どおりだ。

「カール、どういうことかわかりませんが、ローセは少なくとも自分の仕事はちゃんとしています」ゴードンが言う。忠実な臣下の意見だ。

「報告書はどうやって提出したんですか？」ティーカップを手に、アサドがドアのところに立っている。

ゴードンは振り向くと言った。「インターネット経由です。添付して」

アサドがさらに質問する。「どのアドレスに宛てて？　それもチェックした？」

ゴードンは、体が一気に縮《ちぢ》んだかのように身をすくめた。そしてぶつぶつ言いながら、コウノトリのような足取りでローセの部屋へ戻った。どうやら、そこまではチェックしていないようだ。

そのとき、カールは耳をそばだてた。革の靴底がコンクリートの床に響く硬い音がする。地下ではめったに聞かない音だ。警察官というものは、本部長の周囲でおべんちゃらを言っているような人間でないかぎり、普通はゴム底の靴を履いているものなのだ。聞こえてきたのは不吉な音だった。出来の悪いハリウッドの戦争映画でナチスの将校が近づいてきたときのような……。ここでその役を演じるのは、あのサーアンスン女史をおいてほかにない。

「なにここ、くさいわね」ドアから姿を現した彼女が発した第一声がこれだった。鼻の下に玉のような汗が光っているのを見て、カールが真っ先に思い出したのは、彼女についての噂だ。なんでも、ホットフラッシュがひどいために、カウンターの下に冷水の入ったバケツを置いてそこに足を突っ込んでいるとか。サーアンスン女史の奇行をめぐっては、ほかにも山のように噂がある。

「まるで中近東みたいに空気がよどんでるわ。そんな空気をわたしたちのところまで送りこまないように気をつけてよ」サーアンスンはそう付け加えると、書類の入ったクリアファイルをデスクの上に置いた。「この部署についての詳細な統計よ。ここ半年、あなたたちからはたったの一度も報告が上がってきてない。だから特捜部Qはその間、重要な事件を何ひとつ解決していないとみなされている。でも、リスもわたしも何かがおかしいって思ってる。だって、わたしたちはこの警察本部で起きていることはすべて日々チェックしているし、ここ数カ月、特捜部Qが何度も事件を解決してきたことも新聞の見出しで知ってるから。何かがおかしいのよ。そう言わざるをえないわ」

サーアンスン女史は小さく微笑もうとしたが、まだまだ笑顔の練習が足りないようだ。

「カール、これです!」ゴードンが駆けこんできた。デスクの上にプリントアウトしたものを広げる。「ローセは報告書をリスとカタリーナ・サーアンスンにそれぞれメールで送っているんです」そう言ってサーアンスンにうなずいてみせる。「最初はリス宛てに送っていましたが、彼女が産休のあいだはカタリーナ・サーアンスン宛てになっています」

カタリーナ・サーアンスンは、汗を光らせながらプリントアウトされたものを覗きこんだ。「そのとおりよ。たしかにわたし宛てに送られている。でも問題がある。このメールアドレスはもう二十カ月以上使われてない。わたしが離婚して旧姓に戻ったからよ。イニシャルはもうCSではなくて、CUSなの」

カールにはわけがわからなかった。なんで、旧アドレスから新アドレスにメールを自動転送するよう設定されていないんだ？　妨害《ぼうがい》工作か？　単なるミスか？

それとも毎度毎度の不手際か？

「CUSは何の略ですか？」ゴードンが尋ねる。

「カタリーナ・ウンダーベルク・サーアンスン」なんとなく自慢げな響きが交じる。

「旧姓に戻ったのに、なんでいまだにサーアンスンの姓を使っているんです？」

「ゴードン坊や、それはね、ウンダーベルク・サーアンスンがわたしの旧姓だからよ」

「えっ、じゃあ、もともとサーアンスンっていう名前でサーアンスンという姓の人と結婚して、ミドルネームだけ省《はぶ》いたってことですか？」

「そうよ、夫が望んだから。ミドルネーム以外は文句なしだったみたいだけど」そこでサーアンスンは少し言いよどんだ。「まあ、それか、酒浸りの彼がからかいの種になりたくなかったからか」

　ゴードンの額に皺が寄った。最後の言葉の意味がわからなかったようだ。

「ウンダーベルクっていうのは、胃もたれのときなんかに飲むドイツのあれよ」サーアンスンが冷たい声で言った。しかし、そう言われたところでウンダーベルクが薬草酒であることなど、ゴードンにわかるはずもない。なにしろアフターシェーブローションのにおいを嗅《か》いだだけで酔っ払ってしまいそうな、酒のことなど何も知らない〝坊や〟なのだから。

　カールは椅子にもたれかかり、部屋を見渡した。警察本部長を無視して、一生の敵をつくりかねない決算報告書をまとめたところだった。連中が俺を放り出すまでは、光の射さないこの地下室が俺の仕事場であるべきだ。ここには必要なものがすべてそろっている。灰皿、薄型テレビ、袖机の付いたデスク――しかもそこには足を載せ放題。警察本部のほかのどこに、これだけの快適グッズがそろった場所があるというんだ？

　カールは、本部長が法務委員会に呼び出されて釈明を求められるシーンを想像した。くっくっと含み笑いをしたそのとき、電話が鳴った。

「カールか？」

　抑揚に欠けたこの声、どこかで聞いたことがある。どこでだっただろう？

「マークスだ。マークス・ヤコプスン」カールが返事をしないので、声が自ら名乗った。

　カールは思わず笑みを漏らした。殺人捜査課の元ボス、マークス・ヤコプスンが電話をかけてきたっていうのか！　マークスと言えば、どんな事件も隅々まで知っている、堅物《かたぶつ》で完全無欠のリーダーの見本だ。デンマークにもまだこういう人物が存在していた時代の生き証人だ。

「カール、声がかれてしまったのは自分でもわかっている。あれからタバコの量がいくらか増えてな。だが、私だよ」

　最後にマークスと話をしてから三、四年は経っている。カールは即座に罪悪感に襲われた。彼がどれだけつらい時間を耐えねばならなかったか、今になって気づいた。しかも情けないことに、それがどういう結末に終わったのかをまったく知らないのだ。

　マークスは、五分かけて彼の身に起きた悲劇を詳細に語った。元課長は男やもめとなり、生涯消えない心の傷を負っていた。

「心からお悔《く》やみを申し上げます、マークス」慰《なぐさ》めの言葉を探すことなどふだんはしない頭を稼働させて、カールは言った。

「ありがとう、カール。だが、電話したのはそのことじゃない。どうやら、私もきみもお互いを必要とする状況ではないかと思ってね。偶然、ある事件について知ったのだが、その件で話し合ったほうがいいと思う。その事件をきみに押しつけるつもりはない。そんなことは三階の人間が許さないだろうしな。そうではなくて、今回のことで、長年気になっていた事件を思い出したんだ。それで、警察本部には幸いにも、普通なら保管庫の隅で埃《ほこり》をかぶっているような事件にも目を光らせている人物がまだいるってことを思い出してね。まったく助かるよ」

ふたりはカフェ《ガメル・トアヴス》を待ち合わせ場所に選んだ。太古の昔からランチ定食を出している店だ。

約束の時間にカールが姿を現すと、マークスはもういつもの席に座っていた。老けこんだだけでなく、かなりやつれているように見える。長いあいだ苦しんできたのだから無理もない。

マークスは孤独なのだろう。カールは自分の経験から、孤独というものが、みんなから忘れられていると いう気持ちが、どれだけつらいかをよく知っていた。

もちろん互いの経験を比べることなどできるわけではないが。

マークスがカールの手を取った。元上司と元部下という関係ではなく、懐かしい友人に会いでもしたかのように。挨拶代わりだったかもしれないし、スムーズに警察本部の話題にすぐに入りたかっただけかもしれないが、彼はカールに向かって、「特捜部Qの調子はどうだ？」と尋ねてきた。

その質問を聞いたとたんに、カールは怒りを再燃させ、スモーブロー（デンマークのオープンサンドウィッチ。魚介類やチーズ、肉など好きな具を自由に載せて食べる）に具をどんどん載せながら、近況を話した。

マークス・ヤコプスンがうなずいた。ラース・ビャアンとカール・マークの一触即発の関係については、彼がいちばんよく知っている。

「だが、ビャアンのことなら大丈夫だ、カール。彼自身がそんなことを考えつくとは思えない。たしかに、停止されたアカウントに届いたメールは、新しいメールアドレスに自動転送するのが普通だ。それはきみの言うとおりだが。本部長がその背後にいるとは考えられないのか？」

カールにはさすがにそうは思えなかった。警察本部長がそんなことをしてなんの役に立つのだろう？

「まあ、私は退職してもうかなり経つからな。ただ、私がきみだったら、念のためチェックはすると思う」

マークスはウェイターに合図を送り、シュナップスをもう一杯注文し、グラスの酒を一気に飲み干すと、咳払いをした。「ところで、リーモア・ツィマーマン殺害について、どこまで知ってる？」

カールもマークスに倣《なら》ってグラスを空にした。消化器官が下から上まで一気に締め上げられるみたいな気がする。

「義理の母の健康を祝してもう一杯飲むぞ」カールは咳きこみながらウェイターにまたシュナップスを注文し、涙を拭った。「どこまで知ってるかって、正直なところ、たいして知りません。三階の連中がこの事件を捜査してますが、俺の管轄《かんかつ》じゃありませんからね。たしかコンゲンス・ヘーヴェで殺された女性ですよね？　三週間前に」

「そのとおりだ。正確には四月二十六日、火曜日。午後八時十五分ごろ」

「記憶では、被害者の女性は六十代半ばで、物盗りの犯行だったのでは？　女性の財布から数千クローネがなくなっていたんじゃないんですか？」

「そうだ。一万クローネだ。娘の証言では」

「凶器はまだ見つかっていないが、鈍器のようなものとされている――それ以上のことは知りません。自分の仕事に追われてますからね。でも、マークス、あなたが何を考えているかは薄々わかりますよ。電話をもらって、俺も鳥肌が立つような思いでした。そのわずか数時間前にモーウンス・イーヴァスンとかいう男が訪ねてきて。覚えてるでしょう？　ありとあらゆる犯罪を自白しにくる男です」

数秒の間を置いて、マークスが同意した。記憶力にかけては、警察本部の誰も――おそらくハーディも――マークスの右に出るものはいない。彼の脳みそにこびりついていないものはひとつもないと言っていいくらいだ。

「信じるかどうかって話ですが、イーヴァスンという男は、例の代用教員のステファニー・ゴンダスンについても自白したんです。賭《か》けてもいい、あいつはツィマーマン襲撃事件を新聞で読んで自白を思いついたんですよ。でなければ俺だって、マスコミが両方の事件を関連づけようとしてるなんて知りませんでしたからね。で、イーヴァスンはすぐ叩き出してやりましたけど」

「マスコミだって？　違うぞ、私の認識では報道機関の連中は誰も両方の事件を結びつけてなどいない。われわれは当時もゴンダスン殺害についてマスコミには大して情報を流さなかった」

「なるほど。ただ、あなたも俺もふたつの事件のあいだにはいくつかの共通点があると思っているというわけだ。でも、ステファニー・ゴンダスン事件はまだうちの部署が担当してないんです。資料だってほとんど手元にない。上の階のビャアンのところにありますからね」

「ハーディは今もきみの家にいるのか？」

話題が変わったことにカールは笑った。「ええ。あいつがいつか、よだれと鼻水を拭ってやることに快感を覚える車椅子フェチの女を見つけたら、とっとと追い出しますけどね」カールは、そう言ったそばから笑えない話だと後悔した。「いや、冗談はさておき、何も変わってないですよ。ハーディは今も俺の家に住んでいて、すこぶるうまくやっています。ちなみに、あいつ、今はかなり元気になりました。あれだけ指を動かせるようになるなんて、本人も奇跡に近いと思ってるはずです。でも、なんで今、それを？」

「あのころ、ハーディはステファニー・ゴンダスンと彼女の勤めていた私立学校に関していくつかの情報を持って私のところへ来た。ハーディは以前、彼女に会ったことがあるようだ」

「いや、そんなはずはありません。あいつはあの事件を担当していないはずです。二〇〇四年には俺のチームにいて、そして……」

「決して怖気《おじけ》づかず、同僚の窮地を救った。いいやつだ。あんなことになって本当に残念だ」

カールは笑みを浮かべると下を向いた。「マークス、俺にゴンダスン事件を捜査してほしいんでしょ？　全部お見通しですよ」

立ち上がったマークスも笑顔になった。「本当か！　いや、実にありがたいよ、マーク警部補」そう言うとメモ書きのある紙片を二枚、カールの手に押しつけた。

「では、よい祝日を」

11

二〇一六年五月十一日、水曜日から十三日、金曜日まで

アネ＝リーネ・スヴェンスンは、自分がもはやこの世に生きている気がしなかったが、周囲の人間は誰も彼女のそんな気持ちを知らなかった。

がんの告知を受けた瞬間、足元ががらがらと崩れるような気がした。最初は深い絶望と、もしかしたらという希望が心のなかで入り乱れた。次に、人生何もかもうまくいかなかったと確信した。すると、思い浮かべることさえ躊躇《ちゅうちょ》するような恐ろしい〝あの考え〟が、だんだんと頭のなかに広がってきた。周囲を思いやり、

責任感があり、これまで人々のお手本として生きてきたはずの真面目な自分が、とんでもなく卑《いや》しい衝動に突き動かされている。今まで考えもしなかったことだ。だが、それこそが自分の残りの人生に意味を持たせることができるかもしれないという思いがこみ上げてきた。不思議なことに、がんの告知から数日すると、死の恐怖が怒りに変わっていったのだ。最初はおぼろげではっきりしない怒りだった。しかし、その怒りはすぐにターゲットを見つけた。あの若い女たち。恥ずかしげもなく社会から金を巻き上げ、このわたしを徹底的に愚弄《ぐろう》し、貴重な時間とエネルギーを奪う連中。わたしは死ななきゃならないのに、なぜあの馬鹿女たちが生きることを許されてるの？　今や、怒りがはっきりとそういう言葉となって頭のなかをぐるぐる回っていた。

　大げさな言い方をすれば〝判決〟を受けるために病院へ向かう道すがら、アネリは知らず知らず笑みを漏らしていた。いいわ、もう決めたから……。

　医師との面談は延々と続いた。相手の言葉はおよそ現実とは思えず、ほとんど集中できなかった。アネリはまるで靄《もや》のなかにいるような思いで、センチネルリンパ節、シンチグラフィ、心電図、化学療法といった専門用語を聞いていた。さっさと最終判決を下してほしい。

「あなたの腫瘍《しゅよう》はエストロゲン受容体陰性です。残念ですが、ホルモン療法は効きません」と医師が説明した。あなたはⅢ期のがんで悪性度はとても高いですが、早期発見だったためにしこりは小さいので、うーん、そうですね、手術すればきちんと取れると思いますよ……。

　なんて長い一文だろう。それに「うーんそうですね」などと言われたら、幸先がいいようにはとても思えない。

　手術を受ける水曜の朝はめまぐるしかった。八時にはインフルエンザにかかったという病欠の連絡を職場に入れ、九時には麻酔注射を打たれ、手術を受け、そして午後遅い時刻にはもう家に帰っていた。

病理学検査の結果がわかるのは二日後。よりによって十三日の金曜日だ。

判決の日がやってきて、今、アネリは医師の前に座っている。心臓が早鐘《はやがね》のようにドキドキしている。だが、センチネルリンパ節にがんの転移を認める兆候はなかったと告げられた。「アネ＝リーネ、生検の結果は、どこから見てもあなたがとっても幸運だったことを示していますよ」と、医師は微笑んでみせた。「乳房温存手術を行ないました。わたしたちの指示に従ってくだされば、回復の見通しはかなり明るいでしょう。では、今後の治療について話し合いましょうか」

「いいえ、それがまだ脚ががくがくしてしかたないんです。しつこいインフルエンザで。もちろん、すぐに来いとおっしゃるなら出勤しますけど。まだウィルスが完全に消えたとは言いきれない状態です。できたら来週まで待って全快してから出勤したほうがいいと思うのですが」

上司はためらいつつも、こう答えた。「もちろん、ほかの人にインフルエンザがうつったら困るわ。まずは元気になってちょうだい。聖霊降臨祭の祝日が終わったころには復帰できるよう願ってるわ」

電話を切ると、自然とアネリの口から笑みがこぼれた。つい最近まで、死がわたしの肩に手をかけていた。でも、その手を振り払ったのだ！　放射線治療を受けることになる。そうすると、肌はかさかさになって倦怠感《けんたいかん》にも悩まされるだろう。でも、とりあえず問題はそれだけだ。

医師の指示に反して、アネリはその夜、埃をかぶっていたコニャックの瓶を取り出し、中身をほぼ空けてしまった。そのコニャックは以前、彼女が開いたパーティーに来てくれた客の土産《みやげ》だった。アネリがパーティーを開いたのは後にも先にもそのときだけだったが。

コニャックの酔いのせいで、死の影に焚《た》きつけられた憤激がまたもやよみがえってきた。今日をかぎりに、惨めな役割とは永遠におさらば！　わたしはこれから長い治療を受けるけど、そのことは職場では明かさない。放射線治療が長引いて出勤が遅れても、誰かに理由を問いただされたら、「ストレスセラピーでセラピストのところに行っていた」と言えばいい。それなら上司も納得するはずだ。

　かなり酔いが回ってきたところで、アネリは半分空になったグラスをペンダントライトがつくる円錐形《えんすいけい》の光にかざした。

　そうよ、これからは自分のことだけ考えよう。人のいいなりはもうたくさん。愛想笑いも気遣いもおしまい。今、この瞬間からわたしは自分の人生を生きるのだ。

　酔いのなかであの小娘たちのことが頭に浮かんだ。毎日毎日、徒党を組んで事務所を徘徊《はいかい》し、親に甘やかされて育った生きる資格もない寄生虫たち。そうよ、あの馬鹿女たちに、これ以上生きるエネルギーを奪われてたまるもんですか。

〝あの計画〟のことを考え、アネリは体を揺すって笑った。それからソファに寝転がった。長いあいだ笑っていたら、手術の痕がうずきだしたので、新たに痛み止めを二錠のみ、古ぼけたキルトの上掛けで体をくるんだ。

　どうやったら、あの憎たらしい連中を誰にも気づかれずに消すことができるか。明日、じっくり考えよう。まずは身近なところから〝あの計画〟を始める。それから、だんだんとこの大都市、コペンハーゲンで範囲を広げていこう。

　アネリの目の前には、グーグルの検索結果をプリントアウトしたものが五十枚もあった。簡単だが確実に車を盗む方法。最高に興味深い情報が見つかったのだ。基本原則と段取りさえマスターすれば、あとは簡単。キーがなくても車のロックを解除して走らせるには何が必要か……。アネリはその情報を隅から隅まで頭に入れ、寝言でも言えるほどにした。

これまで犯罪に手を染めたことなどない。せいぜい、レジで多めにお釣りをもらっても黙っているくらいだ。公務員なんて、しょせん大それたことはしないものよね。彼女は舌打ちした。でも、車両を盗んで凶器にするとなると話は違う。早く試してみたくて、考えただけで指がうずうずしてきた。

このアイデアは、いつかマスコミが大々的に取り上げていた殺人事件からヒントを得たものだ。ボーンホルム島で少女が車に撥《は》ねられた事件だ。あまりの衝撃にその子は数メートルも上の木の枝まで撥ね上げられたのだ。事件が解明されたのは、二十年近く経ってから、それも偶然だった。隣近所全員が知り合いみたいな島でさえそうなのだから、これが百万人も暮らしているコペンハーゲンのような都市だったら、捕まる確率はほとんどないだろう。ただし、念入りな準備が必要なのは言うまでもない。だから、こうやって車両窃盗の方法を必死でマスターしている。自分の車を使うなんてもってのほかだから。

最初に調べるべきは、盗もうとする車両にアラームが搭載されているかどうかだ。目当ての車体に思い切り体をぶつけてみればわかる。サイレンがけたたましく鳴りだしたら、すぐに身を隠そう。サイレンが鳴らない車両を見つけたら、次の手順に入る。誰にも見られていないか、周辺に防犯カメラはないか、付近の住民が窓の近くに立って外を通る自転車や通行人を家のなかから眺めていたりしないか、チェックが必要だ。

そして安全だとわかったら、今度はその車のモデルと状態を確認する。盗んだ車をポーランドあたりの闇ディーラーに横流ししたり、エアバッグやGPS装置をばらして売ったりするわけではないのだから、ターゲットは高級車でなくてもいい。必要なのは、〝仕事〟をやり遂《と》げたあとで十分な距離を走ってから乗り捨てられる、性能のよい頑丈《がんじょう》な車だ。

いや、最も重要なのは簡単に盗めること。比較的古いモデルで、ステアリングロックが解除でき、ドライバーでエンジンをかけられる車。盗難防止装置《イモビライザー》が搭載されている車は狙わないこと。イモビライザーが付いているかどうかはスマートフォンを使えばすぐにわかる。それから、当たり前だが気をつけなくてはならないことがある。タイヤがパンクしていないか、これは必ず点検しないと。なんとか車内に入れても、安心とはかぎらない。チャイルドシートに子供が乗っているかもしれないし、あまりに狭い空間に停めてあって、スムーズにそこから出すことができないかもしれないからだ。

ベテランの窃盗犯《せっとうはん》なら、こうした問題もその場でなんとかできるだろう。しかし、薹《とう》の立った〝転職者〟であるアネリは、綿密なチェックリストをつくった。

そして、何度も何度も手順をチェックした。捕まったらどうするか、どんな話をでっちあげるか、さまざまなシナリオを考え、練習を重ねた。「なんですって、これわたしの車じゃないんですか？　道理で鍵が合わないわけだわ。ああどうしよう、わたし、いったいどこに車を停めたのかしら」これを聞いた相手は、わたしが仕事のストレスか何かで頭が少しおかしくなっているんだと思ってくれるかもしれない。

その週の土曜、アネリは手術後の痛みを感じるどころではなかった。薬を胃に流しこみ、棚に並んでいる酒を片っ端から飲み、車両の窃盗法についてインターネットからプリントアウトした資料を読みあさった。こんなにやる気に満ちて生き生きとした自分は何年ぶりだろう。この計画が失敗するなんてことがあってはならない。

翌日、アネリはついに実践《じっせん》してみることにした。

グーグル・ストリートビューを使って、ヘアリウの大きな駐車場についてはすでにチェックずみだ。ホルデやハアスホルムとは違って、ここなら、たいして高級じゃなくて盗難対策も完全じゃない車が停められているはずだ。

エストーに乗ったアネリは、生まれ変わったような気持ちに包まれ、全身がむずむずしていた。周りの乗客がくすんでぼんやりとした人たちに見えた。キスをしたりいちゃついたりしている若者たちにも、いつもと違って腹が立たなかった。同年代の女性たちには、このあと家に帰って家事に追われるのだろうと思うと、憐憫《れんびん》を感じるほどだった。

アネリは誰にも気づかれないようにバッグを軽く叩いた。なかにはドライバー、エアピローのキット、小さなバール、車両緊急脱出用ガラスハンマー、建築資材店で手に入れた高価な細いナイロンコードが入っている。

アネリはあたりを見渡した。《メロディ・グランプリ》（音楽コンテスト《ユーロビジョン》のデンマーク代表を決める予選大会のこと）の翌日の日曜のせいか、しんとしている。まだみんな寝ているのだろう。昨年はデンマークがあっけなく敗退したにもかかわらず、郊外のこのあたりの人々の《ユーロビジョン・コンテスト》にかける情熱は冷めなかったらしい。

今日は、車のキーを解除してなかに乗りこむところまででやめておくつもりだった。遠くまで運転するのはまだ早い。急ぐ必要はない。安全第一で行こう。そのうち、車を発進させ、短い区間を走ってみるかもしれないが。

アネリは、ドアの下があちこち錆《さ》びているスズキのアルトを見つけた。付近は、パンを買いに来ている数人の住民を見かけるだけで閑散《かんさん》としている。
グレーのスズキは、古いモデルのBMWに挟まれていた。アネリはアルトを用心深く蹴りつけてみた。アルトはわずかに揺れただけだった。警報装置はついていないようだ。

ここから先の選択肢は三つある。一つ目は、針金を助手席の窓の隙間に突っ込んで、ロックのつまみの下に差しこむ方法。二つ目は、エアピローを使う。トランクの隙間に差しこんでから空気を入れてふくらませてテールゲートを持ち上げる。それから後部座席を倒してなかに入るという方法だ。しかし、これには労力が要《い》る。三つ目は窓ガラスを割る。こっちのほうがずっと簡単だ。

最初、アネリはこのいちばん楽な方法を試した。手を怪我《けが》しないぐらいの強さで、素早く、だが力強く、窓ガラスの角を叩きつけてみたのだ。
ガラスハンマーでも叩いてみた。だが、失敗に終わった。どうやら二重ガラスになっているらしい。
いいアイデアが浮かばないまま、アネリはなんとなくドアノブに手をかけた。すると、ドアは簡単に開いた。

それから二時間かけて、さらに古い型のほかの車で、三つの方法をすべて試してみた。だが、自分は指先が器用じゃないと認めざるをえなかった。針金を使おうがエアピローを使おうがうまくいかない。針金は曲がるし、ロックのつまみは何度やっても滑って逃げていく。エアピローもあっという間に穴があいてしまった。残された手段は窓ガラスを割ることだけだ。たしかにこれがいちばん確実だろう。手を保護して、割れたら窓枠からガラスの破片を取り除き、助手席の足元に散らばった破片を払うだけでいい。こんなに穏やかな陽気なら、窓を全開にしたままドライブしていても誰も不思議に思わないだろう。

とはいえ、窓ガラスを割るのに手元にある道具が最適とは思えなかった。インターネットに載っていた、尖ったカーボン製のものを手に入れよう。それからエンジンを始動できるようなものも。一度、ドライバーをイグニッションキー挿入口に差しこんで回してみたが、ガリガリという音がしただけでエンジンはかからなかった。

もっと小ぶりでもっと尖っているドライバーが必要だ。練習ももっとしなければ。

週末になると、アネリはだいぶ〝作業〟に慣れてきた。毎日、仕事のあと、街のあちこちに行っては解錠の練習をしただけのことはある。そしてついに金曜日、最高のスタートが切れた。

他人の車を運転することが、こんなにスリルのあることだとは！　感覚が鋭く、前向きで柔軟性があり、力がみなぎっていた若いころのアネ＝リーネ・スヴェンスンがハンドルを握っているみたいだった。

完全に違う人間になった気分だった。自分にはきっと、まだ生かしきれていない潜在能力があるという気がした。

アネリの自宅のテーブルの上には、この数年に仕事で関わってきた若い女たちのリストが置いてある。

何がなんでも自分の要求を通そうとする女たち、この世のすべては自分のためだけにあると考えている女たち、アネリが心の底から軽蔑《けいべつ》している女たちのリストだ。

これまで働いてきた三カ所の福祉事務所から女たちの連絡先を集めるのは大変だった。それでも、事務処理の手続きが必要だという理由をでっち上げて、ようやく五十人のデータを集めることができた。当面はこれで十分だ。

アネリは、週の半ばまでかかって女たちに優先順位をつけた。リストの先頭は、最も腹が立った女たちである。三カ所から抽出《ちゅうしゅつ》したために、かなりバラエティのある顔ぶれが集まった。三カ所から集めるこの方法の何がいいって、痛ましいいくつかの事件の裏に同じパターンが隠されていることが簡単にはばれない点だ。

優先順位の二番目は、福祉制度から最も長いあいだ金を巻き上げている女たちだ。

アネリはタバコに火をつけると、椅子にもたれかかった。万一逮捕されたら、堂々と刑に服そう。どうせ独り暮らしだし、上《うわ》っ面《つら》な人間関係ばかりで本当に意味のある付き合いなどない。刑務所暮らしのほうが魅力的だと思えるくらいだ。安全が確保され、三度の食事が出され、毎日決まったスケジュールに、長い自由時間、読書に適した本が与えられる。いらつくようなも仕事もなければ、ストレスもない。そのうえ、〝塀の外〟よりずっと理解し合える人間に出会う可能性だってある。

アネリはインターネットでコペンハーゲンのさまざまな市区を検索し、A3の用紙にプリントアウトすると、女たちの住所に鉛筆で印をつけていった。自宅のあるウスタブローの周辺に住んでいる女たちの名前は後回しにした。自分の裏庭でオシッコする人間なんていないわよね、とつぶやきながら。

さんざん考えた末に、一番手はミッシェル・ハンスンになった。考えただけで蕁麻疹《じんましん》が出そうなほどミッシェルにはむかついていたからだ。それに頭の出来があまりよくなさそうなので、彼女がいちばん簡単に思えた。

ミッシェルが恋人のパトリク・ピーダソンと一緒に住んでいることはわかっている。場所はコペンハーゲンの北西地区。迷路みたいに小道が入り組んでいるせいで、交通量がほとんどない。計画遂行には理想的なところだ。きっとうまくいくだろう。

アネリはタバコの箱をポケットに突っ込むと、通りへ出た。あとは車を見つけるだけだ。そうしたら、次の一歩、つまり、ミッシェルへの最後通告を邪魔するものは何もない。

12

二〇一六年五月二十日、金曜日

二十七歳になったとき、ミッシェルは一気に歳をとったように感じた。二十六歳のときはまだ境界線上にいた。それがもう二十七歳！　三十歳なんてもう目前。エイミー・ワインハウスやカート・コバーンは二十七歳で死んでいる。でも、それまでにすべてを成し遂げた！

わたしはまだ生きていて、その点では彼女たちより上だけど、コペンハーゲン北西地区のひと部屋でパトリクと一緒に住むこと以外、やり遂げたことなんて何もない。パトリクに対しては、今もまだ多少の愛情はある。それは確か。でも、周りから特別な存在と言われて育ったはずのわたしが、なんでこんな人生を歩まなくてはいけないの？　もう二十七歳。特別の存在のわたしはいったいどこに行ったの？

テレビに出演している人たちを見ていると苦しかった。そこに自分が呼ばれることは絶対にないから。女優になろうと努力してきたわけじゃないけれど、それでも……。どうしてわたしは、ケイト・モスやシャーリーズ・セロン、ジェニファー・ローレンスとかナタリー・ポートマンみたいに街でスカウトされる運命じゃなかったの？　わたしだってその辺の子よりはずっと美人だし、歌だってうまい。ママがいつもそう言っていたもの。でも、もう二十七歳。いいかげん、何かが起きてくれないと。これ以上、待っていられない。

ミッシェルは、パトリクをテレビ番組で見て好きになった。彼は当時、リアリティ番組に参加していて、画面のなかの彼に恋してしまったのだ。パトリクは第二シーズンで脱落して画面から姿を消したが、ミッシェルは彼の追っかけを数週間続け、ついに知り合うことに成功した。彼がテレビに出られるなら、わたしだってこの容姿だもの、出られて当然だとミッシェルは思っていた。毎朝、三十分かけて脚や腋の下、ビキニラインのムダ毛を剃り、三十分かけて髪をスタイリングし、三十分かけて化粧と着替えをした。わたしは、今でも超ぺったんこなお腹をしている。胸だって手術済みで、おかしくは見えないはず。服のセンスも、一夜にしてスターになったあの人たちと同じくらい素敵だ。

そうよ、わたしにだって同じことが起こってもいいはず。でも、もし有名になれないなら、ほかの方法でお金持ちになるしかない。お金をたんまり持っている人と結婚するとか。だって、フローリストとかネイルアーティストとか美容師になったところで大金は稼げない。まして、ヘルスィングウーアのクリーニング屋だなんてとっても無理。でも、パトリクも義父も、福祉事務所のあの年増女も、まさにそういう社会の底辺の仕事をやれやれとせっついてくる。二カ月前、ミッシェルは、ひどいストレス状態にあるので面談は延期してほしいと福祉事務所に疾病届を出した。まるで、全世界から絶えず要求を突きつけられ、テロ攻撃を受けているような気分だったのだ。それなのに今や、住所について追及されたり、補助金の詐欺を働いたと言われたりで、ノックアウトされそうな状況だ。

だいたい、このひと部屋しかない住まいがわたしの将来でいいわけ？　毎日朝早く仕事に出かけ、ひどい寝不足で顔に皺ができてしまうような生活なんて。なんで、年がら年じゅう、パトリクの不満を聞かなきゃいけないの？　たしかに彼は必死で働いている。それはわかってる。ふたりが初めてキスをしたクラブ、《ヴィクトリア》のドアマンの仕事がないときは、もぐりでいろいろな仕事をしている。でも、だったらどうしてパトリクは、わたしたちがお金持ちになれるようなまともな仕事に就こうとしないの？　お金さえあれば、洒落た家具のある大きな家に住み、アイロンのかかった服やかわいい子供たちに囲まれる暮らしができるはずなのに。まあいいわ、わかってる。パトリクはまさにそのためにわたしと福祉事務所に行ったのよね。もう少しいい暮らしができるよう、わたしにも少しはお金を稼がせるために。でもそんなことをしたからって何になるの？　わたしが小銭を稼いだぐらいじゃどうしようもないじゃない。それで週に三回ジムに行くわけ？　どうせまた、新しい服や尖った革のブーツを買うんでしょ？　それに車。わたしは、彼が持っているシートが明るい色のアルファロメオで出かけるのが大好きなのに、急に違う車がほしいだなんて。わたしがお金を稼いだって、次の車につぎ込むに違いない。そんなの、あんまりだわ。

ミッシェルは自分の左手を眺めた。親指の付け根にパトリクという名前が目立たないように彫《ほ》られている。パトリクは上腕三頭筋の力を入れると盛り上がるところにわたしの名前のタトゥーを入れている。もちろん、すごくかっこいい。でも、それが何よ。

　来年、わたしは二十八歳。それまでに何も起きなかったら、パトリクとはさっさと別れて、わたしのいいところをもっと評価してくれる人を探そう。できれば、お金で評価してくれる人を。

　ミッシェルは恋人をじっと見つめた。裸の体にシーツを巻きつけ、手脚を伸ばしている。ベッドのなかでパトリクとこうしているのが好き。悔しいけど、それは本当だった。

「おはよう」パトリクはそうつぶやくと、目をこすった。「何時？」

「あと三十分で仕事に行かないと」

「もうそんな時間？」そう言ってあくびをする。「で、きみの今日の予定は？　あの福祉事務所の担当者に謝りにいく？」

「ううん、今日はやめとく」

　パトリクは肘をついて身を起こした。「なんでだよ？　ほかに用事でもあるのか？　大事なことだろ？まだわからないのか？」

　ミッシェルは深呼吸した。「何もそんな言い方しなくたっていいじゃない」

「アドバイスしてやってるのにわかんないのか？　福祉事務所のあの人から怒られてもう三週間経つんだぞ。テーブルの上に消印つきの封筒が二通置いてあっても、きみは開けもしないじゃないか。なんで急にああいう通知が福祉事務所から来るんだよ？　なんで開けないんだよ？　大事なものなんじゃないのか？　罰金の通知とか出頭命令とか、そういうものじゃないのか？」

「そんなに気になるなら、あなたが開ければいいじゃない」

「何言ってんだよ、きみ宛てだろ。なんで俺がそんなごたごたに巻きこまれなきゃならないんだ。いいかげんにしろよ、ミッシェル。ちゃんとしろ。じゃないと追い出すからな」

ミッシェルはぐっとこらえて、どう言い返そうか考えた。でも、何も思い浮かばなかった。それに、言ったら言ったで十倍になって返ってくるだろう。

涙がこぼれないよう、懸命にまばたきした。マスカラを塗ったばかりだったのに醜い筋になって流れ落ちちゃう。

ミッシェルはわざとらしくバスルームへ歩いていくと、後ろ手にドアを勢いよく閉めた。わたしがどれほど傷ついたか、パトリクにはわからないんだ。

「早くしてくれよ」ベッドから声が追いかけてきた。「俺も使いたいんだから」

鏡を覗きこんだミッシェルは思った。こんな顔になったのはあいつのせいよ。まだ二十七歳なのに、もう額に皺ができている！　パトリクは、わたしがボトックス治療をするのにお金を出してくれる？　いいえ、そんなこと考えもしないに決まってる。

ミッシェルは洗面台の縁にもたれかかった。気分が悪い。まるで、先ほどのパトリックの説教が胃のなかでだまになって、せり上がってきているみたいだ。

嫌な感じのゲップが出て、下唇を嚙んだ。わたしを追い出すだなんて、よくもそんなことを！

そして便器に身をかがめると、ミッシェルは吐いた。盛大に、でも音は立てずに。すぐに二回目がやってきた。喉に焼けるような感じを覚え、口の端を汚して身を起こすと、ミッシェルは決心した。もうおしまいよ。

ようやくパトリクが家を出ていくと、ミッシェルは順番にことを進めた。まずは彼の持ち物をあさり、ジャケットというジャケットのポケットから、かなりの枚数の百クローネ札とタバコを見つけた。あの人、節約のためにタバコはやめたとか言って、わたしにも禁煙させたんじゃなかったっけ？　次に、リーバイスのポケットにコンドームも見つけた。なんなのよ、これ？　こっちは血栓症を起こすリスクを負いながらもピルをのんであげてるっていうのに。

ミッシェルはコンドームの包みを破くと、ベッドの上に放り投げた。帰ってきたら、わたしがなんでいないのか、せいぜい首をひねればいいわ。

それから彼女は部屋のなかを見渡し、何を持って出ようか検討した。たとえ一時しのぎだったとしても、母親のもとへ戻るのだけは絶対に嫌だ。母がもう三年も一緒にいる、ステファンという名のあの男のことを考えただけでも、母のところに戻ることはありえなかった。あの男ときたら、一万四千クローネなんてはした金でわたしを自分の修理工場で働かせようとしているのだ。一万四千クローネのためにオイルまみれになるなんてごめんよ。しかも本人は、それでひと肌脱いだつもりになっているんだから、まったく。

ミッシェルは椅子に座ると壁紙を見つめ、冷静に考えようとした。なんでわたし、こんなひどい人生を送っているんだろう。自分のためになることや自分にとって正しいことが、なんでできないの？　わたしにはきっと何か支えが必要なんだ。いいアドバイスが必要なのよ。

そのとき頭に浮かんだのは、友達のデニスとジャズミンだった。あのふたりがわたしの立場だったらどうするかしら？

ミッシェルは通りに出た。少し気分がよくなった。ふたりにはすでに電話して、一時間後に街で会うことになった。計画を打ち明けよう。助けてくれるかもしれない。とりあえずどこで夜を過ごしたらいいか、アドバイスをくれるかもしれない。

そう思ってにっこりしたミッシェルの目に、数メートル先の駐車場から赤い車がゆっくりと出てくるのが見えた。運転者はどうやら時間には追われていないようだ。わたしと同じね。ストレスを感じずに生きたい人なんだわ、きっと。

あと数カ月したら、わたしもああいう車が持てるかな？　持てないって決めつけることなんてできないはず。家を出る前にざっとフェイスブックをチェックしたところ、あるリアリティ番組の出演者募集の広告が出ていた。これまで採用されてきた女たちなんかより千倍も自分のほうがふさわしいとミッシェルは思った。今回のシーズンは、どうやらこれまでとかなり違って、女の子が農場で何から何までひとりでこなさなくてはならない。料理をはじめ何もかもをひとりでやるのだ。それをできる人間がいるとしたら、このわたし。でも、それをテレビ局の人たちの前で延々と話して聞かせるような真似はしない。わたしは、まったくそんなことなんてできないように振る舞い、最高にイケてるように見せるのだ。ピチピチしたお尻やきゅっと上がった胸、ぺたんこのお腹を見せてやる。

ミッシェルは通りを横断した。ほかにも出演者を募集しているリアリティ番組がある。『ドリーム・デート』とかそういうやつが……。

反射的に彼女は振り向いたが、遅かった。それはもう目の前にいた。道路の中央で、赤い車がギアを低速に入れたままエンジン音を響かせている。

運転席の女がミッシェルを凝視し、ハンドルを勢いよく回すと突進してきた。ミッシェルはパニックになって両手を前に突き出したものの、そんなことで車を止められるわけがなかった。

ミッシェルは腕に刺激を感じて意識を取り戻した。起き上がろうとしたのに、体が言うことを聞かない。いったいどうしたんだろ？　わたし、口を開けたまま横になってる。なんだかよくわからない音とにおいが、覆いかぶさるように自分を包みこんでいる。

「ハンスンさん、聞こえますか？」誰かが、痛くないほうの腕をつかんでいる。「怪我をされていますが、大丈夫ですよ。重傷ではありません。目を開けられますか？」

ミッシェルは声を出したが言葉にならなかった。夢を見ているの？

その瞬間、誰かに頬を撫でられた。「起きてますか、ハンスンさん？　あなたと話をしたい人が来ています」

ミッシェルは大きく息を吸った。わけがわからなかったが、その言葉で少し落ち着いた。

強烈な光のなか、誰かの顔が彼女を覗きこんでいる。「ハンスンさん、ここは王立病院です。事故に遭われたようですが、不幸中の幸いでした」

声の主はそばかすのある看護師だということがわかった。昔はわたしもそばかすがあった。

看護師の後ろには男が立っていて、にこやかにうなずいている。

「警察の人ですよ、ハンスンさん。お話を聞きたいんですって」

その男が前に進み出た。「プレーベン・ハーベクと言います。ベラホイ管区の警察官助手です。事故の経過について、いくつかおうかがいしたいのですが」

ミッシェルは鼻に皺を寄せた。部屋には相変わらずおかしなにおいが立ちこめ、光もあまりにも眩《まぶ》しかった。

「ここは？　病院ですか？」

男はうなずいた。「車に撥ねられたんですよ、覚えてませんか？　轢き逃げに遭ったんです」

「わたし、デニスとジャズミンと約束してるんです。行ってもいいかしら」肘《ひじ》をついて起き上がろうとしたが、今度は頭に衝撃が走った。

看護師が厳しい目になった。「寝ていなきゃだめですよ。頭の後ろが切れていて縫ったんですから。お友達は待合室にいらっしゃいます。お友達からあなたの携帯電話に、今どこにいるのかと電話がありまして」

看護師は深刻な表情をしていた。「もう三時間ほど経っていますが、脳震盪を起こさないよう、念のため、もうしばらく経過観察をします。あなたは歩道に投げ出されて後頭部を打ちつけたんですよ。通りがかりの人に発見されたときには意識不明で、出血もしていました」

ミッシェルはよくわからなかったが、うなずいた。とにかく、ジャズミンとデニスがここにいるのなら、ちょうどいい。パトリクのところを出たとふたりに伝えることができる。

「状況をわかっていますか、ハンスンさん？」と警官が訊く。

彼女はうなずくと、質問に対してできるかぎりきちんと答えた。ええ、車は見ました。赤くて、あまり大きくはありませんでした。通りを横切ったとき、こちら目がけて突進してきたんです。完全に取り乱して、思わず手で止めようとしました。そのせいで腕がこんなに痛いのでしょうか？

警官はうなずいた。「でも、奇跡的に折れてはいません。あなたは強い女性なのですね」

なんてうれしいことを言ってくれるのかしら。この人、素敵。

ミッシェルのほうからは何も付け加えることはなかった。

「あと数日は入院なんだってね、ミッシェル」そう言うと、ジャズミンはあたりを見回した。ミッシェルは気分が悪かった。ここのにおいが嫌でたまらない。隣のベッドとのあいだには簡易的な間仕切りしかなく、そこから悪臭がしてくるのだ。看護師が隣の患者の体から排泄物《はいせつぶつ》の入った袋をはずして洗面台の横の棚に置いた。そんなことしないでよ、気持ち悪い！

りに頼るべきだった。

「何度もお見舞いに来るからね」デニスが言った。デニスはこの悪臭が気にならないの？

「お花を持ってこようと思ったんだけど、それより下のカフェテリアでお金を使ったほうがいいかなと思って。もう起きてもいいって？」

ジャズミンのその言葉にミッシェルは答えられなかった。

「わたし、パトリクのところを出てきたの」軽い調子で言ってみた。「その上にわたしのバッグがあるか、見てもらえる？」そう言うと自分の荷物を指差した。

「パトリクにはここに来てほしくない。病院の人たちにそう伝えてもらえるかしら」

ふたりがうなずく。

「どこか泊まるところが必要なら、あたしのとこはどう？」デニスが察して提案した。「あんたも来ていいのよ、ジャズミン。とりあえず、しばらくは。お金なんてかからないから」

ミッシェルはほっとして唇を固く結んだ。このふたりに頼るべきだった。それに気づかなかったなんて。

「いったい何があったのよ？　轢き逃げに遭ったって聞いたけど。警察はなんて？」

ミッシェルは事故について話した。

「それって、パトリクだったの？」とデニスが尋ねる。

「まさか」ミッシェルは、あの赤くて小さなポンコツ車に体をぎゅうぎゅう押しこめているパトリクを想像して笑った。

「パトリクの車はアルファロメオよ。大きくて黒いの」

「ほんと？　車好きなんて馬鹿ばっかじゃない」ジャズミンのコメントはそれだけだった。

しばらくすると、ミッシェルが突然こう言い出した。

「運転していた人の顔に見覚えがあるの」

デニスとジャズミンは、ミッシェルをまじまじと見つめた。

「それで？　警察に言った？」ミッシェルがそれ以上何も言わないので、デニスが口を開いた。

「ううん」ミッシェルはそう言うと上掛けを蹴っとばした。悪臭で窒息しそうだ！　隣のベッドに向かって顎をしゃくる。仕切りの向こうはしんとしている。

「警官に話そうと思ったんだけど、まず、あなたたちがどう思うか訊いてからにしようと思って」そう言うと、指を口に当ててしぃーっという仕草をしてみせた。

「もちろん、話を聞くわよ」デニスが小声で言う。

「あの車に乗ってた人、例の福祉事務所のおばさんだと思うの」

「そんな馬鹿な」思ったとおり、ジャズミンとデニスはまるで信じようとしない。ミッシェルがむっとしたのを察したデニスが言った。「まさか、ありえない。それって確か？」

ミッシェルは肩をすくめた。「まず間違いないと思う。少なくとも、ものすごく似ている人よ。あのセーターだって見たことあるし」

デニスとジャズミンは額に皺を寄せて目を合わせた。

「どう？　警察に話すべきだと思う？」ミッシェルが急《せ》かす。

同じ担当者に何年もやり込められてきた三人の被生活保護者は、しばらく黙ったまま互いに見つめ合っていた。

わたしたち、考えていることはきっと同じだわ、とミッシェルは思った。仮に運転していたのが本当にアネ＝リーネ・スヴェンスンだったとして、わたしみたいな人間の言うことを誰が信用するっていうの？　福祉事務所の担当者が、それもロトでたんまり儲《もう》けた人間が、なぜわざわざそんなことをするの？　信じてもらえないに決まってる。それがわからないほどわたしだって馬鹿じゃない。

ただでさえ、〝補助金詐欺〟を疑われていてまずい状況にあるというのに、そのうえ誰かを誹謗中傷《ひぼうちゆうしよう》したと言われて面倒なことにでもなったら？　どれだけ痛い目に遭うかは、リアリティ番組を見ていればわかる。

「わたし、月曜に彼女のところに行くのよ」ジャズミンが沈黙を破った。「だから、『車を運転していてそういうことがなかったか』って、訊いてみる」

デニスはうなずいた。「運転していたのはあんたなんじゃないの？　ってストレートに訊いてみればいい。〝敵にはまっすぐ向かっていけ〟っていうのがおじいちゃんの口癖だったっけ」

「ストレートに訊いたってあの女が白状するわけないって、思ってるくせに」とジャズミンが言った。

デニスは笑っただけで、何も言わなかった。

13

二〇一六年五月十三日、金曜日から
五月十七日、火曜日まで

アレレズはだいぶ前からバーベキューの季節に入っていた。隣家の庭から漂う煙のにおいを嗅ぎつけようものなら、あっという間にどの家からも肉の焼けるにおいがしてくる。共同駐車場にまでもうもうと煙が立ちこめていた。

「モーデン、ハーディ、帰ったぞ」カールは大声で言うと、コートを掛けた。「うちでもバーベキュー、やってんのか？」

ブーンと低くうなるような音がして、電動車椅子に

乗ったハーディが出迎えた。全身真っ白の服がその陰気な表情とはちぐはぐだった。

「違うのか?」

「さっきまでミカが来てたんだ」

「金曜も介護に来てくれることになったのか? 俺はてっきり……」

「ミカはモーデンの荷物を運んできたんだ。ふたりは別れたんだよ。モーデンはリビングに座ったまま、まさに心ここにあらずだった。誰かの支えが必要みたいだったから、とりあえずここに戻ってきて俺たちと住めばいいじゃないかって言った。いいだろ?」

カールはうなずいた。「もちろん……」そう言うと、ハーディの横を通り過ぎながらカールは彼の肩を軽く撫でた。俺がいないあいだモーデンもハーディもひとりじゃないというのは、少なくともいいことだろう。

失恋した男がソファの隅にうずくまっていた。たった今、死刑宣告を受けたみたいだ。死人のように真っ青な顔は泣いたせいで腫れぼったい。この世の不幸を一身《いっしん》に背負っているかのように身を丸めている。

「よう、モーデン。話があるなら聞いて……」カールが話しかける。

もう少し気を遣って話しかければ、こんな強烈な反応を受けずにすんだかもしれない。しかし、カールが言い終わらないうちに、取り乱したモーデンが号泣してしがみついてきた。カールのシャツは一分もしないうちに涙でぐっしょり濡れた。

「おいおい」カールはそう言うしかなかった。

「最高に不幸だ。どれだけ不幸か、あんたにはわからないと思う」モーデンはカールの耳元でしゃくりあげた。「よりによって聖霊降臨祭の日に。スウェーデンまで遠出しようねって言ってたのに!」

「お、おい、ちょっと待て、モーデン。まずは何があったのか話してくれ」カールは泣きわめく相手を胸元から剝《は》がし、腕の長さ分の距離を確保すると、涙が溢れ出ている相手の目を覗きこんだ。

「ミカが……医学を勉強したいって言うんだ」モーデンがそう打ち明けると同時に、鼻水もぶわっと出てきた。

それのどこが不幸なんだよ？

「それで……それで、ミカが言うんだ。も、もう、こ……こういう関係を続ける時間がないって！　でも絶対それだけじゃない。何か隠してる……」モーデンがすすり泣く。

カールはため息をついた。かつてこいつが間借りしていた地下室の〝帝国〟をまた掃除して住めるようにしてやらなきゃならんな。ついに、義理の息子、イェスパが置いていった荷物を徹底的に片づけるときが来たわけだ。まあ、とっくの昔にやっておくべきだったんだが。あいつが出ていってからもう何年経つだろう？

「地下の部屋に来てもいいぞ。イェスパのがらくたがまだ残ってるが、いいかげん、あいつも……」カールは話を切り替えた。

モーデンはうなずくと礼を言い、小さい子供のように目を手の甲で拭った。カールはモーデンがなんだか急に痩せてしまったような気がした。あんなに太っていたのに。

「モーデン、病気なのか？」尋ねてみる。

モーデンの顔が涙で歪んだ。「そう。それも重病だよ。失恋のせいで。世界中、どこをどう探したらミカみたいに素敵な人が見つかる？　あんなにイケてて、魅力的な人いないよ。ベッドでも最高なんだ。完全にリードしてくれるし、持ちもすごいし、馬みたいに強い。あんたも一度……」

カールは手のひらでモーデンの口を押さえた。「わかった、わかった、モーデン。それ以上は勘弁してくれ」

夕食のあいだもモーデンはしくしく泣いてばかりいて、食べ物がほとんど喉を通らないようだった。食事が終わると、ハーディがやたらとこっちを見ている。こいつのこういう目つきには覚えがある。何ごとも見逃さない捜査員の目だ。

「わかったよ、ハーディ、相変わらず鼻がきくな。そうだ。たしかに俺はおまえに話がある」根負けしてカールは言った。「マークスから、おまえに会いたいって頼まれた。オーケーしたよ」

ハーディはうなずいた。たいして驚いた様子もない。マークスとはすでに連絡をとっていたってことか？

「理由はわかってる。それを待ってたんだ、カール。だが、この話は最初におまえから聞かされるものとばかり思ってた」

「おいおいハーディ、なんのことだ？　話が見えないぞ」

ハーディはジョイスティックを用心深く動かし、電動車椅子をダイニングテーブルから離した。「類似点だよ、カール。このあいだ、コンゲンス・ヘーヴェで起きた殺しと、二〇〇四年にウストラ・アンレーグで起きた事件の話だ。どうだ？」

カールはうなずいた。「そのとおり《スポットオン》。だが、次にそういう勘が働いたときには、もうちょっと早く言ってくれよ。いいな？」

ハーディは語った。三週間も前からふたつの事件の類似点には気づいていた。ろくに体を動かせない車椅子暮らしだから、誰にも何にも邪魔されることなく、どうでもいいようなことも延々と考えることができる。つまり、十二年前のステファニー・ゴンダスン事件と最近起きたリーモア・ツィマーマン事件の情報を細かく突き合わせる時間はたっぷりあり、その結果、重大な類似点があるという結論に至ったのだ。

「まったく違ったアプローチをして逆に考えていくんだ。つまり、違うところを並べてみる。違いはたいして多くないから、そのほうが早い。いちばん目を引くのは、ステファニー・ゴンダスンのときと違って、リーモア・ツィマーマンの場合は遺体に小便がかけられていたことだ。トマスが俺に明かしたところによると、あれは男の尿だそうだ」

　カールはうなずいた。ハーディは当然、トマス・ラウアスンと話をしているはずだった。コペンハーゲン警察本部の食堂でチーフを務めているラウアスンは元鑑識官だ。今でもあらゆる情報に通じているのだろう。

「なるほど。ということは、リーモア・ツィマーマンは男に撲殺されたと考えられるわけだな？　ゴンダスンの場合もそうなのか？　俺はゴンダスン事件についてあまり知らないんだ。マークスは、報道規制が敷かれていたと言っていた」

「ステファニー・ゴンダスンを殺したのも男だって？　いや、俺はそこまでは言ってない。後頭部に重傷を負っていて、相当強い力で殴られたのは確かだ。しかし、凶器は見つかってない。だから、凶器にどれだけの力がかかったのか、どんな使われ方をしたのか、正確なところはわからない。犯人の性別まではわからない」

「おまえがさっきそうにおわせたんじゃないか。同一犯だと思ってるんだろう？」

　ハーディは首を横に振った。「そんなこと、誰にわかる？　ただ、普通と違う類似点があることは否定できない」

　疑問が解決しないかぎり、ハーディが追及の手を緩めることはないだろう。今度はカールの番だった。

「だが、ひとつ、大きな違いがある」

「犠牲者の年齢だろ？　三十五歳くらい離れているんじゃないか」

「そこじゃない。俺が言っているのは致命傷となった殴打だ。ゴンダスンの後頭部はまさに粉々だった。だが、リーモア・ツィマーマンの場合は殴った場所がより正確だ。ピンポイントで、上部頸椎《けいつい》の高さに強烈な一撃を見舞っている。脊髄《せきずい》はほぼ完全に切断されていた。ただし、頭骨自体はそこまで強く砕かれているというわけではない」

ふたりはうなずき合った。それにはいくつかの理由が考えられる。犯人が違う、状況が違う、調達した凶器が違う——あるいは、犯人が腕を磨いたか。

「だがな、ハーディ、おまえも知ってるだろうが、ツィマーマン事件についてはたいした情報を持ってないんだ。この事件は三階の連中が扱ってるからな。あいにく、今、俺はビャアンと一戦交える気はない」

そう言うとカールはハーディに、殺人捜査課のボスとの確執について、さらに特捜部Qが人員削減の危機にさらされていることを語って聞かせた。

ふたりの背後で、琺瑯《ほうろう》をこそげ落としてしまうんじゃないかというくらい何度も鍋を拭いていたモーデンが割って入った。「じゃあ、あんたがラース・ビャアンからツィマーマン事件を引き継がなきゃ。カール、くだらないことにこだわってないで行動に出て。両方の事件を解決しちゃえ！　僕からのアドバイス」

よりによって、おまえからのアドバイスかよ。

カールは頭を振って、ハーディに目をやった。しかし、彼は笑っているだけだった。モーデンと同意見なのだ。

それから数日間、モーデンがときどき発作的に泣きだす以外は特に何もなかった。カールはオフィスに座り、ゴンダスン事件を引き受けるべきかどうか考えていた。といっても、この事件はまだ地下室まで下りてきてはいなかったのだが。カールはアサドに、ハーディとモーデンに引き受けろと強く勧められたがまだ迷っている、と説明した。

「では、逆の方向から始めるというのはどうです？　つまりツィマーマン事件のほうから」アサドが提案する。

「うーん、それだって三階の連中が捜査してるんだぞ」そう言いながらも、カールはだいぶ前から自分が担当したくてうずうずしていると気づいていた。現在手元にある案件とはまるで違う。考えただけでわくわくする。

「ラウアスンに協力してもらうこともできるんじゃないでしょうか、カール。彼はいつも、食堂での仕事が退屈だとこぼしてますから」

カールはうなずいた。たしかに、そうして悪いこともない。

そのとき、ローセが姿を現した。見たこともないような服装だった。

派手な色のスニーカーとスキニージーンズというでたちで廊下をバタバタと音を立てながらやってくると、挨拶もなしに自分はローセの妹のヴィッキー・クヌスンだと名乗った。そのあいだずっと、とんでもなく短く刈り込んだ髪の毛を引っ張っていた。

ゴードンが自分の部屋から顔を覗かせ、ぽかんと三人を見つめている。「いったい、きみは何を……」アサドが小突《こづ》いたので、ゴードンは途中で言葉を切った。

「ちょっとこっちに来ないか、ゴードン。カールとヴィッキーが話しているあいだ、コーヒーでもどうだい？」

ゴードンは抵抗しようとしたが、一瞬早くアサドに靴先で細い脛《すね》を蹴りつけられた。ゴードンが叫び声をあげる。

そんな状況を前にカールはため息をつくと、ヴィッキーに俺の部屋に来てくれないかと丁寧に頼んだ。まったく、ローセが別の人格になってここに来ることに、俺たちのほうが慣れなきゃいかんのか？　だとしたらこの〝ローセの化身〟に、警察本部の職員以外があっさりとここに入ってきたり、要求を突きつけたりすることはできないんだと説明するところから始めなければならん。

「おっしゃりたいことはわかります」ヴィッキーらしき人物が機先を制した。なるほど、今回のローセは、ユアサの皮をかぶったときほどはイカれてはいないようだ。

「わたしはローセの妹です。四人姉妹の三番目です」

カールはうなずいた。ローセ、ユアサ、ヴィッキー、リーセ＝マリーイ。姉妹の話は耳にタコができるほど聞いてきた。ローセによれば、ヴィッキーは四人のうちでいちばん元気なんだとか。こりゃ困ったことになりそうだ。

「もし、わたしがユアサみたいに次から次へと雑用を押しつけられるためにこんなかびくさいカタコンベまでやってきたと思ってるなら、それは思い違いですからね。わたしがここに来たのは、ひとつアドバイスをしようと思ったからです。つまり、ローセには礼儀を持って接したほうがいいと。もっとはっきり言いましょうか。ここの誰も――あなたも含めてね――彼女を絶対にからかわないこと。気分を滅入らせたり、妨害したり、何かネガティブなことを思い出させるような仕事をさせないこと。いいですか？　とにかくあなたたちのせいで、彼女の聖霊降臨祭はまったくひどいものになってるんですから」

「俺は……」

「ローセがここで受けたストレスや嫌がらせについて、特捜部Qを代表して謝罪するチャンスをあなたに与えましょう。わたしはこのあとすぐ家に戻り、それをローセに伝えます。泥沼みたいなこんなどうしようもない場所で有能に仕事をこなしているローセという同僚に対して、今後はしっかり敬意を払うよう、強く勧めます」

そう言うとヴィッキーは勢いよく立ち上がり、腰に手を当てて、カールをにらみつけた。B級映画ファンが好きそうなシーンだ。

「ああもちろん、何度でも謝ってやるさ！」カールはきっぱり言ってやった。

「それで、どうなったんですか、カール？　彼女は出ていったんですか？」アサドが眉をつり上げる。

「ああ。ローセが戻ってくるまで前回より長くかかるんじゃないかっていう嫌な予感がしてならない」カールはため息をついた。「さっきまでここにいたあの女の頭のなかでいったい何が起きているのか、さっぱりわからん。だが、ローセは完全に自分がヴィッキーだと思っていたようだ。どうだ、おまえはローセが演技してるだけだと思うか？」

アサドは大きく息を吐くと、カールのデスクの上に大量の書類を置いた。ローセが苦しんでいると聞いたアサドが、つらい思いをしているのは明らかだった。当然だ。ふたりはもう八年以上も一緒に仕事をしていて、細かいことを抜きにすればうまくいっていたのだ。ただ、ローセはこのところ沈みこむことが多く、病欠届を出す回数も一気に増えている。そのことはとても気がかりだった。

「特捜部Qはもう終わりだと思いますか？」アサドが目を細める。「ローセが戻ってこなかったら、ビャアンが言ったように私たちはふたりでやっていくことになるんでしょう？　もし、あなたにこれを役立てようという気持ちがないのなら」アサドは書類を指差した。

その目は挑戦的だった。あきらめた男の目のようには見えなかった。

「彼、取り込み中よ」ビャアンの部屋へ猛然と向かうカールに、カウンターからリスが呼びかけた。だが、カールはドアを勢いよく開けると蝶番《ちょうつがい》がまだ揺れているうちに、アサドがプリントアウトしたローセの報告書をデスクの上に叩きつけた。ビャアンと客――誰だか知らないが――のあいだに割りこませるように。

「さて。あんたが改ざんしていない数字を読んでもらじゃないか、ビャアン。馬鹿にするのもたいがいにしてほしい」

ビャアンは恐ろしいほど静かに報告書を受け取ると、客に向き直った。「最高にクリエイティブなうちの捜査員をご紹介させていただいてもよろしいでしょうか？　まるで地下室の蜘蛛《くも》の巣のように、自分たちの網《あみ》に引っかかるものならなんでも捜査している特捜部Qのリーダー、カール・マークです」

客はカールに会釈《えしやく》した。いけ好かないやつだ。赤毛の髭《ひげ》、ぼてぼての腹、眼鏡《めがね》。あまりにも古くさいスタイルじゃないか。

「カール、こちらはオーラフ・ボーウ＝ピーダスンさん、『ステーション3』のプロデューサーだ。素晴らしい番組を制作されている。きみも知ってるだろう？」

男はぶよぶよした汗まみれの手を差し出した。「あなたのことはもちろん存じ上げていますよ」

こいつが何を知っていようといまいと、俺にはどうでもいい。カールは課長に向き合った。「ビャアン、これをよく見るんだ。どこをどうしたらあんたたちの出した数字になるのか。俺にはまともな言い分があるぞ」

ビャアンは、わかったというふうにうなずいた。「猟犬の群れには一匹、実に頑固で獰猛《どうもう》な犬がいるものでしてね」と客に顔を向け、それからカールを見据《みす》えた。「言いたいことがあるなら、本部長に直接申し立てたほうがいいんじゃないか。本部長も、事情がよくわかれば喜ぶだろう」

カールは額に皺を寄せた。ビャアンのやつ、いったいどうしちまったんだ？

カールはプリントアウトした紙の山を回収すると、ドアを閉めずに部屋を出ていった。

さてと。カールは壁にもたれて考えはじめた。殺人捜査課の人間が通り過ぎるたびにいやいやながらカールルに会釈していくが、カールは返さなかった。

なんだって、ビャアンは俺を突っぱねなかったんだ？　客が来ていたからとはいえ、どこかがいつもと違った。本部長とのあいだに何かあったか？　俺が有能な道化役としてビャアンの操り人形になれば、あいつは指一本汚すことなく警察本部の最高権力に抵抗することができるってことか？

ふん。まあやってみる価値はあるか。

「いいえ、マークさん、今、本部長とはお話しできません。法務委員会と会議中ですから」ぴしっとした秘書のひとりがカールに告げた。「ですが、予約をお取りすることはできます。五月二十六日の十三時十五分はいかがでしょう？」

五月二十六日って言ったか？　それも十三時十五分だって？　九日後のその時間はあんたにくれてやるよ。

カールはいきなり会議室のドアノブをつかむと、なかに入った。

そこでは、八メートルもあるオーク材のテーブルを囲んで会議が行なわれていた。出席者たちが闖入者《ちんにゅうしゃ》のほうを見た。首席監察官がテーブルのいちばん上席に着いていたが、背筋を伸ばし、表情ひとつ動かさない。本部長は額に皺を寄せ、本棚の横に立っている。政治家たちがざわついているのが本当にカールのせいなのかどうか、見極められないようだ。そりゃそうだ。そうでなくとも政治家たちはいつもまごついているんだから。

「申し訳ありません。今はだめだと言ったのですが、止められませんでした」秘書の女性が、警察本部内でも悪評高いキンキン声で謝罪した。

誰かあの女の口に栓《せん》をしてやれ。

「どうも」そう言って、カールは出席者を見渡した。「みなさまちょうどお集まりいただいているこの場で、特捜部Qのこれまでの事件解決率は少なくとも六十五パーセント以上だとご報告したいと思います」ローセの報告書を机にバシッと叩きつける。

「みなさまのうちのどなたがこの数字を改ざんしようと考えたのか、私にはわかりません。ですが、ご出席者のなかで、特捜部Qを解体する、あるいは縮小することに賛成だという方がいらっしゃるなら、そんなことをしたらとんでもないことが起こるとお伝えしなければなりません」

本部長は完全に動揺している。カールは満足だった。そのとき、首席監察官が立ち上がった。長い顔と長い眉が印象的な男だ。監察官は、冷静な表情で会議の出席者に向き合った。

「少々お時間をいただきたいと思います。この件について、カール・マーク警部補と話し合います」

地下室に戻るあいだ、カールはにやけっぱなしだった。ありゃ見ものだった！ 委員会のお偉方が知らなかった事実を突きつけてやった。あと少し遅かったら、優秀な捜査官とトップクラスの検挙率を誇る部署がひとつ、つぶされていたところだ。あのなかの誰かが今回のミスの責任を取る羽目になるのだろう。本部長の顔を思い出し、カールはまた高笑いした。この落とし前は、最終的に本部長が――しかもたったひとりで――つけなきゃならないはずだ。上の人間は本部長の置かれた立場をやんわりと〝困った状況〟と言うかもしれないが、俺に言わせりゃ、肥だめに首までつかっているも同然だ。

「カール、お客様が……」廊下でアサドが出迎えた。

「アサド、まずはあれからどうなったかを訊くのが先じゃないのか？」

「もちろん……ええと、どうなったんですか？」

「ラース・ビャアンが数字をごまかしたかどうかだろ？ あいつは俺たちの出した正しい数字をちゃんとわかっているくせに、ニセの数字を本部長の秘書に届けたんだ。それで本部長がビャアンに特捜部Qの人員削減を命じた。そのあとで、議員さんたちに特捜部Qの解体を伝えたらしい」

「なるほど。馬鹿な質問だとわかってて訊きますけど、どうしてビャアンさんはそんなことをしたんでしょう？」

「ラース・ビャアンは長いこと、本部長の前では特捜部Qの存在に好意的な立場をとってきた。当然だ。俺たちに割り当てられた予算を自分たちの課でばっちり使うことができたんだからな。俺たちがここでやってる仕事がどれだけ重要か、ビャアンにはわかってる。やつの部下が解決できなかった事件を俺たちが見事解決してるんだ。そのうえ金がたんまり入ってくるときたら、当然だ。うちの予算の半分以上をごまかしていることを、やつはまず間違いなく本部長に報告していない。じゃあなぜ、ビャアンが俺たちにあんなひどい仕打ちをしたのか、それは俺に訊かれても困る。そうしたら、やつのところにも金が入ってこなくなるんだからな。少なくとも本部長は今、ビャアンの言うことを信頼できなくなっているはずだ。だいたい、やつは平気で警察本部長を欺《あざむ》いたんだ。もちろん、俺たちのこともだ。だが、ビャアンは俺がどういう人間か知ってるはずだ。俺がこんなことされて黙っているとは最初から思ってないだろう」

アサドは額に皺を寄せた。「何か目的があったんでしょうが、そのために私たちを足台にするなんて、ビャアンもひどいですね」

「それを言うなら〝足台〟じゃなくて〝踏み台〟だろ、アサド。いや、そんなことはどうでもいい。このままにはさせないぞ」

「どうするんです？」

カールはにんまりした。「どうやったのかはまだわからんが、とにかくビャアンは俺たちの数字を改ざんした。だったら、反撃して当然ってものじゃないか」

アサドは親指を立てた。

「そういや、誰が俺を待ってるって?」

「私は〝誰かが〟待ってるなんて言ってません。まあ、あえて言うなら〝何かが〟です、カール」

は? カールは頭を振った。アサドはこのところ、デンマーク語がとてもうまくなった。だが、完璧かというと大いに疑問だ。もちろん、誰にでも間違いはあるが……。

自分の部屋のドアを開けると、客が誰か、すぐわかった。

カールの椅子に、赤髭のテレビマン、オーラフ・ボーウ＝ピーダスンが腰掛けて、物言いたげなまなざしをこちらへ向けていた。

「部屋を間違えてやしませんか?」カールはむっとして言った。「トイレはもうひとつ先ですよ」

ボーウ＝ピーダスンは大笑いした。「いやね、ラース・ビャアンさんが、地下のあなたがたのことをあまりに誉めるもので、われわれ『ステーション3』が数日間、特捜部Qに密着取材しようという話になったんですよ。小さな取材班です。クルーは、私とカメラマンと音声技術者の三人。どうです、最高でしょ?」

言いたいことが口まで出かかったが、カールは思いとどまった。これはもしかしたら、ビャアンへのちょっとした妨害工作の素晴らしいチャンスなんじゃないか?

「そうですね、たしかに素晴らしい話です」マークス・ヤコプスンに渡されたメモから片時も目を離さずに、カールはうなずいた。メモはまだ読まれずに、デスクの上に置いてある。「われわれは今、あなたがたが興味を持ちそうな事件を追っています。ごく最近起きた事件で、テレビでもすぐに報道されましたけどね。われわれが以前から追っている古い事件と関連があるんじゃないかと私は思ってます」

ボーウ＝ピーダスンの目がまん丸になった。

「本格的に手をつけることになったらお知らせしますよ」

「ローセのこと、心配ですね、カール」

目の前に、警察本部のなかでも最高に奇妙なコンビが立っていた。褐色《かっしょく》の肌をしたごつい体格のアサドは、しゃべるたびに男らしさの象徴とでも言いたげな黒い無精髭が上下する。一方のゴードンは、これから毎朝、髭を剃らなければならないと考えただけで青ざめているキリンといったところ。だが、ふたりとも心労による皺が顔に刻まれていた。これには、カールも少々申し訳ない気持ちになった。

「それを聞いたら、ローセも喜ぶだろう」

「アサドと彼女のところまで行ってこようかと思ってるんです」ゴードンが言った。

アサドがうなずく。「ええ。ローセ自身に体調について訊いてみようかと思うんです。ひょっとしたら再入院になるかもしれません」

「うーん、少しそっとしておいたほうがいいような気がするんだが。そんなにひどくはなってないと思う。好きにさせてやれ。あいつもある程度、ヴィッキーとして言いたいことは言えただろう。明日にはまた元に戻ってるさ」

「カール、あなたの言うとおりかもしれませんが、間違ってる可能性も……」どっちにしても、アサドは確信が持てないようだった。

それはよくわかる。

「そのうちわかるさ《タイム・ウィル・ショウ》」とカールは答えた。

14

二〇一六年五月十七日、火曜日

バスルームの棚には香水の瓶が窮屈そうに並んでいた。ひとつはユアサ、もうひとつはヴィッキー、もうひとつはリーセ＝マリーイの瓶だ。一つひとつ違う繊細な香りで、それぞれの妹の個性とエレガントさを表している。すべてローセの見立てだ。彼女にこんな得意分野があることを知っている人はいない。

香水瓶には妹たちの名前のラベルが貼ってあった。ローセはそのうちのひとつを手首に噴きつけた。そうすれば、数秒後には、香水が表す妹の人格的特徴をすべて身につけて、その妹になりきることができる。

ローセはいつも、こんなふうに他人の香りとともに成長してきた。子供のころはオーデコロンやシャネルの五番を手首につけることで、祖母や母親になった。成長してからは、なりきる人物が妹に変わった。自分の体臭だけが誰でもなかった。そういえば、生気のない国語の女教師はいつも、「裸がいちばんシンプルな衣服です」と自嘲《じちょう》気味に言っていたっけ。

今朝は、これまで何度もやっているように、ヴィッキーの香りをまとうことにした。昨日も彼女の香りをつけてエストーに乗って、カールに言いたいことを言いにいった。その前に美容院に寄って、ヴィッキー本人にもやりすぎだと言われそうなくらい、髪の毛を短く切ってもらった。さらに、《マレーネ・ビルガー》でブラウスを買い、ヴィッキーですら卑猥《ひわい》だと思いそうなほど股がくい込んだスキニージーンズをはいていった。妹に姿を変えたローセは、唖然《あぜん》としている守衛に自分のＩＤカードを見せてなかに入り、ゆうに五分間、カールをどやしつけたのだ。

ローセにとっての変装は、ほかの人にとってのアルコールと同じ効果があった。他人に化けると勇気が湧き、ふだんは表に出てこない本当の自分自身が浮上してくる。

ローセはかつて、何日間も妹のユアサに化け、カールにユアサだと信じこませたこともある。だがカールはもう、簡単にはだまされないだろう。わかっている。でも、そんなことはどうでもよかった。大事なのは、助けを求める叫びに誰かがまともに反応してくれることだ。わたしの叫びにカールが自分では気づかなくても、ほかの人から聞いてでもいいからわかってほしい。

その後、一時間は最高の気分だった。カールがあんな目に遭うのは当然の報いだ。ところが、ローセの体調はだんだんと悪くなった。

ちょうどスティーンルーセ駅に着いたところだった。晴れた空に稲妻が光ったかのように、すべてがもつれ合い、意識がブラックアウトした。それから数時間は何が起きたのかまったく記憶がない。気づいたときにはリビングに座っていた。ジーンズはおしっこでびしょ濡れになり、高価なブラウスも肩からお腹のところまでびりびりに破れている。

ローセはパニックになった。いつものように自分の闇の部分に主導権を握られたために混乱して動揺したからではない。自分を襲ったのがわけのわからない不安だったからだ。これまで、ブラックアウトはいつも短時間だった。ところが、今回は違う。細胞を破壊する液体が脳内に広がり、感覚器官の表面にワックスをかけていったとでも言いたい感じだった。

「わたし、死ぬのかな、それとも完全におかしくなっちゃったの?」ローセはつぶやいた。「でも……この四日間、ほとんど何も口にしていない。眠れてもいない。だから、あんなことになったのかもしれない」

そこでローセは、冷蔵庫にあったものを片っ端から食べ、何リットルも水を飲んだ。しかし、空っぽな自分の体は、何を飲みこんでも奥へ奥へとすべてを吸いこんでしまう。吐き気がした。こんなにむかむかするのは初めてだ。

夕方になっても、ゾンビのようにしか動けなかった。部屋から部屋へそろそろと歩き、壁に向かって吐いた。いたるところで誰かの顔がローセを見つめていた。天井の羽目板からも、バスルームのタイルからも、キッチン棚の扉からも。

「悪の道を断ちたいなら、俺たちに十字架を叩きつけろ」壁が叫んでいる。「避けがたい深淵《しんえん》から自分を守れ。だが急げ。残された時間はあまりない」

ローセは引き出しから筆記用具をかき集めると、目の前に並べた。迷った末に、黒と赤のマーカーを手にした。それから壁に言葉を書きなぐった。たとえ短いあいだでも、どす黒い考えから気を逸らしてくれる言葉を。

朦朧とした状態で何時間も書きつづけ、手首が痛くなり、首の筋肉が硬直してからようやく、マーカーを別の手に持ち替えて、またもや書きつづけた。夜になっても休まなかった。トイレに行きたくなってもやめなかった。昼間、すでにジーンズのなかにしてしまった。今さらどうだっていい。休みなくこうしていないと冷酷な現実に圧倒されてしまうという恐怖が、ローセを行動に駆り立てていた。頭のなかで鳴り響くメッセージを書きつけられる平らな面を探し、しまいには、鏡や冷蔵庫、天井にまで夜通し書きつづけた。

そのうちに手が震えだし、顔の筋肉が痙攣《けいれん》し、止めようにも止まらなくなった。吐き気がひどくて息ができない。頭が時計の振り子のようにふらふらと揺れている。

夜明けの最初の光が、壁と家具に書きなぐられたメッセージを照らしたとき、ローセはもはや自分の体をまったくコントロールできなくなっていた。廊下の鏡のなか、たくさんの赤と黒の文字のあいだに自分の姿が映っている。精神科の隔離病棟にいる歪んだ顔と失われた魂《たましい》のことを思い出した。その瞬間、すぐに行動しないと自分は破滅するという思いに貫かれた。

震える声でローセは病院の精神科へ電話をかけ、助けを求めた。すると、タクシーを呼んで病院へ連れてきてもらいなさい、と言われた。電話口の人間はなんでもないふうを装っていた。そうすることでローセを落ち着かせようとしたのかもしれない。

しかし、ローセが電話に向かって叫びつづけているので、ようやく病院側も事態の深刻さに気づき、救急車を出動させなくてはならないと思ったようだった。

15

二〇一六年五月十八日、水曜日

カールは、薄型テレビの前にじっと座って考えこんでいた。常に百万人以上の視聴者がいると言われている『ステーション3』は、デンマークで最も人気のある番組で、放映されるたびに話題を呼んでいる。この手の番組はたいてい、警察の仕事を丹念に追い、その内容を忠実に伝え、ときには事件の解明に役立つこともある。しかし『ステーション3』は一貫して、まるですべての犯罪を弁護するかのように、非行も犯罪行為も、結局は、犯人と社会との関わりや、犯人が子供時代に被《こうむ》った悪影響が原因だという姿勢をとっている。

カールが今見ているのもそういう路線だった。ヒトラーの幼少期をそれなりに良心的に振り返り、子供時代がもっと穏やかなものであったらヒトラーも第二次世界大戦を引き起こさずにすんだのではないだろうか、という疑問を投げかけていた。これのどこが新しい視点なのだろう？　続いて番組は、アメリカで起きた十五人連続殺人事件にスポットを当てていた。これも同じように、犯人の若いころの境遇のせいだという判決が下された。どうやら、警察の仕事とは社会的応急手当のようなものであると言いたいようだ。最終的なゴールは犯罪者をこれまで生きてきた環境から引き離すことだというのが、番組の結論だった。

実にくだらん！　この番組の責任者は、最低最悪の馬鹿どもに餌《えさ》を与えているのと同じだ。心理学者やセラピストから金をもらって、犯罪者を〝犠牲者〟として分析しているだけじゃないか。犯罪者に自分の子供時代がいかに惨めだったかをべらべらしゃべらせているジャーナリストも、それに加担している。

カールはげんなりした。なぜ犯罪者に向かって、自分の犯した忌《い》まわしい行為をいったいどうやったら正当化できるのか？　と訊かないんだ。カメラが切り替わると、スタジオで政治家も交えて議論が始まった。議論が一段落すると、政治家たちは椅子の背にもたれ、リラックスした表情になった。デンマークで最も人気のあるテレビ番組に出演して意見を交わしたことで、〝何か意味のあることをした〟という印象を国民に伝えられたというわけか。

カールはイジェクトボタンを押して制作会社から渡されたＤＶＤを取り出すと、一瞬考えてから、ゴミ箱に投げ捨てた。ビャアンのやつ、いったいなんだって、俺をこんな噴飯《ふんぱん》ものの番組に紹介なんかしたんだ。俺も俺だ。なんでこんな話に飛びついたんだ。

カールは振り返って、後ろにいるアサドを見た。

「この低俗な番組、どうしたらいいと思う？」

アサドは首を横に振っただけだった。「うーん、ラクダがなぜあんなに大きな足をしているのか、それを尋ねているようなもんですね、カール」

アサドの額の皺がさまざまに動いた。いいかげん、一日でいいからラクダの話はやめてほしい。

「大きな足だって？」カールは深く息を吸った。「そりゃ、砂漠の砂のなかにずぶずぶ沈んじまわないようにだろ。だが、ラクダの足とこの番組にどういう関係があるんだ？」

「ラクダがあんなに大きな足をしているのは、脇をスルスルって通るヘビを踏みつけるためです」

「で？」

「ラクダと同じように、私たちにもかなり大きな足がありますよ。気づいてませんか？」

カールは、アヒルの足くらいの大きさのアサドの足を眺めると、ため息をついた。「おまえが言いたいのはあれか、ビャアンが俺たちをあのプロデューサーに引き合わせたのは、そのプロデューサーと『ステーション3』を困らせるためだと？」

アサドが、一部が切断されてしまった親指を高く上げた。

「だが、俺はラクダになってビャアンにつながれたいなんてさらさら思わん」そう言うと、カールは電話に手を伸ばした。ふざけるな。ラクダにヘビを踏みつけさせたいなら、ビャアン、あんたが自分でやれ。

受話器にカールの手が触れた瞬間、電話が鳴りだした。

「もしもしっ！」ここでは静かに仕事をすることもできないのか。

「あの、ヴィッキー・クヌスンです」ずいぶんとおずおずとした声だった。「ローセの妹です」

カールの表情が変わった。面白いことになりそうだ。

カールはイヤホンに手を伸ばし、アサドに渡した。

「やあ、こんにちは、ヴィッキー。カール・マークだ」少しは礼儀正しく返答してやろう。「ローセの具合は、今日どうです？　こちらの謝罪の気持ちは伝えてもらえましたか？」

相手は黙っていた。こちらがローセだと見破っていることがばれているのだろうか。

「何をおっしゃっているのか……。なんの謝罪でしょう？」

もう少し声のトーンを落としたほうがいいですよ、とアサドが合図してきた。俺の声はそんなに攻撃的か？

「ローセの調子がとても悪いので、それでお電話したんです」ヴィッキーが続ける。

「いつものことじゃないか」カールが送話口を手で押さえて小声で言うと、アサドが口に指を立てた。

「ローセはグローストロプの病院の精神センターに再入院したんです。緊急措置で。しばらくお休みをいただきたいので、それでお電話しました。そちらへ病欠届を郵送しますので」

おい、ちょっと待て、遊びが過ぎるんじゃないのか。カールはそう言おうとしたが、次の言葉がそれを止めさせた。

「昨日、友人夫婦が、スティーンルーセのショッピングセンターのドラッグストアのベンチに座って全身を震わせているローセを見かけたそうです。家に帰らせようとしたんですが、本人が『引っ越さなきゃ』とかよくわからないことをずっと言っていたらしくて、わたしのところに電話がかかってきたんです。妹のリーセ＝マリーイと一緒にショッピングセンターを探し回りました。あとから聞いたのですが、駐車場の警備員がローセを見つけてくれたそうです。駐車場の奥の隅で、車にもたれかかるようにして座りこんでいたらしいです。意識が朦朧としていて、失禁もしていたとか。ブラウスも半分くらい破れていて。その警備員が家に連れていってくれたそうです。

それから今朝、母親が電話してきました。精神センターから、ローセが再入院したと連絡があったようです。もちろん、わたしもすぐに病院に電話をしました。看護師長の説明では、ローセのジーンズのポケットに、中央駅のスタンプが押されたエストーの乗車券があったそうです。だから、スティーンルーセで降りたんじゃないかと思います。家に帰る途中で買い物しようとしたのでしょう。いつもそうしてますから。でも警備員が彼女を見つけたときには、買ったものは何も持っていなかったそうです。何があったのか、よくわからないんです」

「それは本当に心配ですね、ヴィッキー」カールがつぶやくように言うと、アサドがそれに合わせてうなずいた。

「何かわれわれにできることはありますか。お見舞いにいってもかまわないでしょうか？」アサドが再びうなずく。今度はやや長く、懇願するようなまなざしとともに。

ヴィッキーになりすましたローセの訴えをまともに聞くべきだった。アサドは正しかった。昨日のうちに、彼とゴードンをローセの家へ行かせればよかったのだ。

「お見舞いは残念ながら無理です。担当医が治療プランを立てたのですが、面会の計画はそのなかには入っていませんでしたから」

「でも、強制的に病院に収容されたわけじゃないんですよね？」

「ええ、違います。ですが当分は退院したくないと本人も思ってるとその医者が言っていました。治療が終わるまでは病院にいたいと」

「わかりました。またその後の経過をお知らせいただけませんか」

ヴィッキーは沈黙した。話すことを頭のなかでまとめているようだ。嫌な予感がする。

「実は、そちらへお電話したのは、このことだけじゃないんです」ヴィッキーはようやくまた、口を開いた。

「あなたにローセの家まで来ていただきたいんです。今、ローセの部屋から電話しています。来ていただけたら本当にありがたいのですが。それから、ローセがひとつ上の階に引っ越したのをお忘れなく」

「今すぐに、ですか？」

「はい、お願いします。そのほうが絶対にいいと思います。わたしたちはローセの衣類を取りに寄ったのですが、ここで目にしたものは想像を絶していました。あなたやご同僚の方なら、ローセに何が起きているのかおわかりになるのではないかと思いまして」


ローセの赤いベスパは、サンデールパーケン団地の駐車スペースに停めてあった。自転車置き場の横だ。新緑が目に柔らかいさわやかな日だった。外廊下があり、黄色い壁をしたこの団地に、ローセは十年以上住んでいる。住まいの環境について彼女が文句らしきものを口にしたことはない。ドアを開けたとたん、カールとアサドは納得がいった。本物のヴィッキーは、昨日ローセが化けた女性とまったく同じだった。

「なぜローセはこの階に移ったんでしょうか、前の部屋とたいして変わらないですよね？」カールはそう尋ねると、部屋のなかを見渡した。

「ええ、そうなんです。ですが、ここからは教会が見えます。一階からは見えません。ローセはとりたてて信心深いわけではありませんが、教会が見えたほうがいいとでも思ったのでしょう」ヴィッキーはそう言うと、リビングに入っていった。「これを見て、どう思われますか？」

カールは二度息を呑んだ。悪夢だ！　ようやくわかった。ローセがときどき香水のにおいをさせていたのは、この閉め切った部屋のにおいをごまかすためだったのでは？　部屋は混乱の極みだった。泥棒が押し入ったあとのように、そこらじゅうの家具がひっかきまわされている。部屋のあちこちに半分空になった段ボール箱がある。応接用テーブルには汚れた食器が山積みになり、ダイニングテーブルには食べ残しや空の容器が載っていた。棚からは本が引っ張り出され、掛け布団や枕が散乱し、椅子のクッションは切り裂かれていた。まともな状態のものは何ひとつなかった。

カールとアサドが二年前に訪れた彼女の部屋とは、まったく様子が違っている。

ヴィッキーが壁を指差した。「あそこを見てください。わたしたちがいちばんショックを受けたのはあれです」

カールの背後でアサドがアラビア語で何かをつぶやいた。アラビア語ができたら、カールも同じことを言ったに違いない。デンマーク語ではこの惨状をひとことで表現できる言葉はありそうにないからだ。ローセは、すべての壁という壁の上から下までいろいろな大きさの文字で、同じ言葉を書きなぐっていた。

おまえはここにいるべきじゃない

妹が電話をかけてくるのも当然だろう。

「このこと、精神科医に話しましたか？」アサドが尋ねる。

ヴィッキーはうなずいた。「この家のなかのほとんどを写真に撮って、メールで送りました。今、リーセ＝マリーイが寝室で残りも撮ってます」

「寝室にも何かあるんですか？」

「もう、そこらじゅう同じです。バスルームやキッチンも。冷蔵庫のなかにまで同じことが書いてありました」

「ローセがどれぐらい前からこういう状態だったのか、ご存じですか？」カールは質問した。特捜部Qに気合いを入れてくれる存在のローセ、ものごとをとんでもなく効率よく処理するローセと、荒廃したこの部屋とがどうしても結びつかなかった。

「わかりません。母がスペインから戻ってきて以来、わたしたち、ここには来ていませんから」

「ローセもそう言ってたような気がします。前回はクリスマスじゃなかったですか？　ということは、もう五カ月くらい経つのでしょうか？」

重苦しそうにヴィッキーがうなずいた。ローセのそばにいてやれなかったことで、ヴィッキーも妹たちも苦しんでいるのだろう。

「こっちに来て」寝室から押し殺したような声が聞こえてきた。

リーセ＝マリーイがベッドの上にあぐらをかいて座り、泣いていた。横にカメラが見えた。足元には高さのあまりない段ボール箱が置かれ、そのなかには灰色のノートが詰めこまれている。

「ヴィッキー、ぞっとするわ」リーセ＝マリーイはそう言ってまたすすり泣いた。「これを見て！　ローセはずっと続けてたのよ。父さんが死んだあとも」

ヴィッキーはベッドの端に座り、ノートを一冊手に取ると開いた。すると、一撃を食らったかのようにその表情が変わった。

「まさかそんな……」ヴィッキーがつぶやく。リーセ＝マリーイはひたすら泣いている。

ヴィッキーはもう一冊を手に取ると、ノートから目を上げた。「わたしたちが小さいころから、ローセはいつもこんなことをしていました。でもわたしたち、父が死んでからはやめたとばかり思ってたんです。ここにあるのが最初です」

ヴィッキーはそう言うと、カールにまた別のノートを手渡した。表紙に〝一九九〇〟と書かれている。カールがページをめくり、アサドは肩越しに覗きこんだ。

これがグラフィック・アートなら、エキサイティングな作品と言えるだろう。しかし実際にはそうではない。これは衝撃的で悲痛な叫びなのだ。

だまれだまれだまれだまれ

どのページもこの言葉で埋め尽くされていた。表紙には黒で、アサドが別のノートを手に取った。裏表紙には白で〝一九九五〟とある。

カールにも見えるように、ノートを開く。

おまえのいうことなんかきこえないおまえのいうことなんかきこえないおまえのいうことなんかきこえない

カールとアサドは顔を見合わせた。

「ローセと父は、あまりうまくいってなかったんです」とヴィッキーが言う。

「ずいぶん控えめな言い方ね」ベッドから声がした。いちばん下の妹も、ようやく話ができるぐらいには落ち着きを取り戻したようだ。

「わかってる」ヴィッキーには疲労の色が見えた。「父は一九九九年、圧延工場の事故で死にました。その年から、わたしたちはローセがこのノートを持っているところを見かけなくなったんです。でも、実際は続けていたんですね」

ヴィッキーがまた別のノートを放ってきたので、カールはそれを空中でキャッチした。

表紙には〝二〇一〇〟。なかは同じ一文でいっぱいだった。しかし今度は大人の字だった。

ほっといてほっといてほっといて

「お父さんが生きていようと亡くなっていようと、こういう形でローセはコミュニケーションをとっていたのでしょうか」アサドが考えこんだ。

カールと姉妹はうなずいた。

「だとしても、完全に頭がどうかしちゃってるわ」リーセ＝マリーイはまた泣きだした。

ヴィッキーのほうが妹より落ち着いていた。ローセはいつも、ヴィッキーのことを元気いっぱいで動きまわっていると言っていたが、そんな女性にはとても見えない。「父がローセを苦しめていたんです」ヴィッキーは冷静に説明する。「どうやって父が彼女を苦しめていたのか、いつひどいことをしていたのか、正確なことはわかりません。ローセも決してわたしたちには話しませんでしたから。でも、ローセが父を憎んでいることは知ってました。その憎悪は言葉では言い表せないほど、深いものでした」

カールは額に皺を寄せた。「お父様がローセを苦しめていた、そう、おっしゃいましたね。虐待していたということでしょうか？　つまり、セクシャルな意味で」

姉妹は首を横に振った。いいえ、父はそういう人間ではありません。父の武器はいつでも言葉でした。ふたりはきっぱりと言った。

「なぜ、父が死んだあともローセがノートに書くことをやめなかったのかはわかりません。ここにはすべてのノートがあります。それだけじゃない、ローセはさらにこうやって、細かく書きなぐっていたんです」ヴィッキーは壁に向かってうなずいた。あまりにびっしり書きこまれているので、元の壁がほとんど見えないくらいだ。

「こんなことしても意味ないのに」リーセ＝マリーイが乾いた声でつぶやいた。

「廊下に来てください、カール」アサドの声がした。

アサドは鏡の前に立ち、棚を見つめていた。棚の上にはいろいろなものが載っていたが、隅に薄いノートが積み上げられている。ほとんどが地図を折り畳んだくらいのサイズだった。

「このノートすべてに目を通したんですが、とても信じられません」

　そう言って、いちばん上にあったノートを手に取った。しっかり製本されている。なかには《警察本部》と簡潔に書かれてあり、コペンハーゲン警察本部についてのメモだった。特捜部Qの明らかなミスに至るまで、緻密《ちみつ》に記してある。

　こりゃ、値打ちものだ。

「これを見てください」アサドが厚さ一・五センチほどの別のノートを指差した。その下にも似たようなノートが何冊もある。それぞれ背表紙は違う色だ。

　アサドが最初のページを開いた。「この見出しを見てください。《ホームレス》とあります」

　アサドはページをめくった。そこには若い女性の写真が貼ってあった。

「ローセは事件の関係者全員について、個人情報カードのようなものをつくっています」そう言って、写真の下の文字を指した。

《キアステン・マリーイ・ラスン、別名キミー》そう書かれている。

　カールは先を読んだ。

《インガスリウ通り、線路脇の小さな煉瓦《れんが》小屋に居住。十一年間路上で生活。数年前に子供を産むも死産。父親はモンテカルロ在住、母親のカサンドラ・ラスンはオアドロプ在住。きょうだいはなし》

　カールはページをさらにめくった。ローセが関わった最初の事件の主要人物について、重要な情報がすべて記されている。

　ページをめくっていくと、それぞれの事件に関わりのある人物についてびっしりとまとめられていた。どの人物についても、それまでの人生における重要事項が詳細に記され、新聞の切り抜きまで貼られていた。

「このノートには、全部で四十件以上の事件についてのローセの所感があるんです、カール。ローセが特捜部Qで事件の解明を手伝ったすべての事件です。しかも、それぞれの事件にタイトルまでつけています。《瓶のなかの手紙》とか、《マルコ》とか、《スプロー島のスキャンダル》といった具合です」

アサドは積み上げられたノートの下から赤褐色のスクラップブックを引っ張り出した。

「これなんですが、カール。さらに興味深いです」カールはそのスクラップブックを開いた。ローセは《果てしなく》とタイトルをつけていた。

「ハーバーザート事件ですよ、カール。次のページを見てみてください」

ページをめくると、知らない男の顔写真が現れた。

「ハーバーザートに似てるが、違うよな?」

「違います。下を読んでからさらに次のページに行ってください」

写真の下には《アーネ・クヌスン——一九五二年十二月十二日—一九九九年五月十八日》とあった。

「なるほど」カールは次のページを開いた。クレスチャン・ハーバーザートの写真が貼られている。

「ページを素早く戻して、またくってください。そうすればわかります」

そのとおりにやってみると、たしかによくわかった。こうやってじかに比べてみると、ふたりの男は驚くほどよく似ている。特に目がそっくりだ。もっとも、アーネ・クヌスンは死んだような目をしていたが。

「ローセの父親は、最低最悪のやつだったんだろうな」とカールはつぶやいた。

「あそこまで家具を破壊して、すべてをずたずたにしてるんですから、ローセは完全に取り乱していたに違いありません」両足をダッシュボードに載せるというつものスタイルで、アサドが自分の意見を口にした。

それからふたりは、車のなかで十分ほど黙っていた。

だが、いずれどちらかが沈黙を破らなくてはならない。

「俺たちが考えていた以上だな」だいぶ経ってから、カールがアサドの言い分を認めた。

「ローセの父親が彼女に何をしたのか、ずっと考えてたんです。それと、なぜ彼女だけで、ほかの娘ではなかったのか」

「それはヴィッキーに訊いたよ。おまえはいなかったんだな。父親が姉妹の誰かを標的にしようとすると、必ずローセがあいだに入ったんだそうだ」

「でも、どうやって？　だったら父親が自分に向かってきたとき、なぜそれを止められなかったんでしょう？」

「いい質問だ、アサド。それに関してはふたりとも答えられなかった」

「ラクダの場合と同じですね。何をやるか、なぜそうするのか、誰にもわからない」

「そのたとえを評価すべきかどうか、俺にはわからんな」

「それは、あなたが十分ラクダに敬意を払っていないからですよ。私たち人間が砂漠で無事でいられるのはラクダのおかげなんです。それを忘れてはいけません」

ラクダに敬意を払えって？　カールは首を横に振った。だがまあ、アサドとの面倒を避けるためには、少しずつでもラクダを尊敬してやるか。

ふたりはまた黙りこくった。どちらも声に出さずに自問自答を繰り返し、自責の念と闘っていた。どうしてローセのことをもっと気にかけてやれなかったんだろう、ちくしょうめ。

カールはため息をついた。これで俺が面倒を見るべき事件は三つになった。十二年前のステファニー・ゴンダスン殺害事件、三週間前のリーモア・ツィマーマン殺害事件、そして、ローセの人格——だと俺たちが思っていたもの——の殺害事件。

問題は、どの事件から手をつけるかだ……。

16

二〇一六年五月二十日、金曜日から
五月二十三日、月曜日まで

アネリは服を脱いで、ベッドに横になった。北西地区でミッシェルを車で撥ねたあと、アドレナリンと押しよせる幸福感とがないまぜになって、体を震わせていた。五十年近く折り目正しい堅物人間の見本として生きてきた自分にとって、初めての感覚だった。生死の判決を下す審判者になるのは、こんなにも恍惚《こうこつ》とするものなのか。衝動のままに奔放《ほんぽう》なセックスをするとこんな感覚になるのかもしれない。快感を求めて貪欲《どんよく》に体じゅうを手でまさぐられる感じだ。アネリは一度、映画館で隣に座った見知らぬ男に太ももを触られたことがある。じっと座ったまま、男のやりたいようにさせた。男の指が陰部の奥深くまで挿入されたとき、声にならない叫び声をあげてオーガズムに達した。今こうやって自分の体を弄《もてあそ》びながらあのときのことを生々《なまなま》しく思い出すと、体が反応しはじめた。

ミッシェル・ハンスンは予想どおり、笑ってしまうほど簡単だった。本当に馬鹿な女だ。左右を確かめもしないで道を渡り、平気で車の前に飛び出してくるなんて。しかも、両腕を前に伸ばして車がぶつかるのを止めようとするなんて、浅はかもいいところだ。

車に乗りこむ前は、いよいよ実行の瞬間にはどれだけ緊張するだろうと考えていた。しかし、アクセルを踏んだときにはアドレナリンの激しい噴出を感じただけだった。

正直、ミッシェルを撥ねた瞬間、あんなにいい気分になるとは思っていなかった。最初に鈍い音がした。

それから、のけぞったミッシェルの体が宙に浮き、歩道に叩きつけられた。まさに見ものだった。

しかし、最も強い恍惚感を覚えたのは、衝突の直前にミッシェルと目が合ったことだ。ほんの一瞬だったが、それでも衝突の最後の瞬間にあの女は自分が狙われていたことに気づいたのだろう。

小さなプジョーは、驚くほど運転しやすかった。アネリはこの週末にまた、次のターゲットのところに行ってみるつもりだった。もう一度あのプジョーを使おう。

恐怖で引きつったミッシェルの顔を思い浮かべるだけで、がんのことも、手術後の痛みも、恐怖も、すべて忘れることができた。アネリは、仰向けになって枕に頭を載せて、ベッドに深々と沈んだ。ミッシェルが最後に見せたまなざしがこんなにわたしを喜ばせてくれるとは。まるで天からの恵みだ。こんな官能的な陶酔を味わうことができたのは、犠牲者のミッシェルがいたからこそだ。

それからアネリは、ぐっすり眠った。目を覚ましたときにはすでに、頭のなかは〝プロジェクト〟のことでいっぱいだった。これから二十四時間以内に、用なしの人間をもうひとり、世界から追放する。なんて素晴らしい気分なんだろう！　もちろんデンマークでは個人的に制裁を加えることは罪になる。でも、ミッシェルのような女たちがデンマークの社会システムを愚《ぐ》弄《ろう》してきた果てしない時間のことを考えると、そろそろ誰かがこの問題に取り組んでもいいころだろう。そのほうがみんなのためにもなる。それに、昨今の社会的モラルの低下ぶりを考えたら、わたしのささやかな仇討《あだう》ちなんかより責められるべきものがたくさんあることを神はご存じのはずだ。特に、自由に品物を取ったり戻したりできるセルフサービスの店のように、この国を好き勝手に利用できるものだと考え、社会を遊び半分にいじくりまわし、ろくに検討もしないで、その場しのぎの解決策とうさんくさいイデオロギーのあいだでうろうろしているだけの政治家たちこそ、責められるべきだ。社会の寄生虫を数匹退治することぐらい、国家全体の名誉を汚すことに比べたら、まったくたいした問題じゃない！

粗末な戸棚に囲まれたちっぽけなキッチンで、アネリは自分の新たな世界観を構築していった。自分が世直しをすべきだという思いが、〝プロジェクト〟を正当化した。殺風景《さっぷうけい》なこの小さなリビングから、誰にも知られずに、誰の抵抗にも遭うことなく、限りない力を外の世界に示してやる。

ミッシェルが死んだという報道を楽しみに待ちながら、自分に何かご褒美《ほうび》をあげてもいいぐらいだとアネリは考えた。ふだんはしない買い物をしたり、ちょっと美味《おい》しいものを食べたりしてもいいかもしれない。それから次の〝処分計画〟を練ることにしよう。

ところが、グーグルで最新事件の情報を検索したとたんに、アネリは胸の縫い目をナイフで刺されたように感じた。あんなに幸福だった気分が一瞬のうちに消えた。

画面に現れたのは轢き逃げのニュースだった。《コペンハーゲン北西地区で若い女性が撥ねられ、負傷。車は逃走》

体が硬直した。覚えてしまうほど何度もその文を読み、ネット最大のニュースサイトに移ってみた。

サイト上には被害者の名前はもちろん出ていなかった。しかし、それがミッシェル・ハンスンだということに疑いの余地はない。

〝極めて深刻な状態〟とか、〝危篤《きとく》〟という言葉を求めてニュースを読んでみたが無駄だった。アネリはあまりのショックにふらふらと立ち上がった。息がつけない。

目の前が暗くなり、ばたんと倒れた。

意識を取り戻すと、アネリはやっとの思いで体を起こし、冷蔵庫の近くの壁にもたれかかった。

疑問が洪水のようにあふれ出てくる。ミッシェル・ハンスンはわたしに気づいただろうか？　フロントガラスは汚れていたし、ふたりの視線が交差したのはほんの一瞬だった。それでも気づかれただろうか？　もしそうなら——もちろん、さっきまでそれを願っていたわけだし——やるべきことはひとつしかない。アネリは気を落ち着かせた。わたしは同世代の女たちとはまったく違うような、目立った服装はしていなかったはず。ミッシェルとわたしの証言は当然食い違うだろう。でも、もし彼女がわたしをやっつけようとしたら？　福祉事務所で不当に扱われてきたと思って、ミッシェルがわたしを非難し、わたしが車で撥ねたと証言することで仕返ししようとしてきたら？

目撃者がいる可能性はあるだろうか？　いや、通りには誰もいなかったはずだ。住人の誰かが窓辺に立ってすべてを見ていたとしても、わたしが誰だかわかることはまずないだろう。

アネリはいろいろ考えてから、赤ワインのボトルのキャップをねじって開けた。誰かが車のナンバーを覚えていたら？　ワインをグラスに注ぐ手が少し震える。

アネリは一気にワインを飲み干した。

あの車がすでに警察に手配されているかどうか、どうやったらわかるだろう？　車を停めた場所は、ここから十分遠かったかしら？

アネリは考えに考えた。何もかもが一気に間違った方向へ進んでいる。まずはミッシェル・ハンスンがまだ生きていること。そして、〝プロジェクト〟全体が崩壊の危機にあること。

「そうはさせない！」三杯目を飲み干すと、そう叫んだ。自分が生きている実感をようやく手にしたのだ。逮捕されるかもしれないという危険を冒しても、この実感を手放すことなんてできるもんですか。

アネリは風呂に入るのをやめてまた服を着ると、あの赤いプジョーを停めた路上へと足を運んだ。

あたりが静まるのを待ってから、割れた窓の隙間を密閉していたラップを剝《は》がし、ドアを開けると運転席に乗りこみ、ドライバーを使ってエンジンをかけた。

シンプルだが確実なアイデアがひらめいた。警察がナンバープレートを手がかりにこの車の捜索を始めているかどうかを知りたければ、交通量が多く警察が定期的に巡回している場所に停めてみればいい。そうすれば、この車が警察の目に止まるかどうかがすぐにわかる。

アネリはグリフェンフェルト通りを選んで、車を停めた。少し離れたところで様子をうかがった。二時間で少なくとも四台のパトロールカーがゆっくり通ったが、何も起こらなかった。そこで、アネリはパーキングメーターから駐車券を引き出し、そのまま車を路上に停めておいた。次の日まで何ごともなければ、もう一度この車を使える。そう思った。

センタ・バーガーという女は、有名なドイツ系オーストリア人の女優に倣《なら》って名を変えた。アネリはどうしてもこの名前になじめなかった。センタはもともと、アニャ・オールスンという平凡な名だったのだが、その後オリーネ・アージュに改名した。さらに、どこにも共通点などないのに、映画女優の名をつけるという浅はかなことをした。アネリが担当していたのは、センタが十八歳のときだ。センタは、自意識過剰なうえに自己中心的で、信じられないくらい要求が多かった。

当時のアネリは、センタのことを考えただけで体じゅうに蕁麻疹が出るほどだった。別の事務所に移ることになり、着飾ってばかりで中身のないその子を同僚に引き継いだときには、心の底からうれしかった。ところが、仕事で関わりがなくなったというのに、プライベートで街を歩いているときに、このおかしなバービーもどきと何度もすれ違った。

センタは決まって、どこかのブティックの袋を大量に抱えて歩いていた。その服に支払った大金はすべて、もとはといえば税金なのだ。アネリは彼女を見かけると決まって、その後何時間も腹が立ってしかたなかった。だから死刑囚リストの上位にセンタの名前が来ているのも当然だった。

アネリは時間をかけた。センタのように土曜といえばパーティーばかりやっているような連中は、午後遅くならないと通りに姿を現さない。だからアネリは保温マグを手に、赤いプジョーのなかからずっと、センタのアパートメントのドアを監視していた。

センタが誰かといっしょに出てきたり、外で誰かと合流してほっつき歩いたりするようなら、別の日に延期するつもりだった。

ここ、ヴァルビューの市街は、日曜の午後になると、大晦日《おおみそか》のリュンビューのレストランのようにしんと静まり返る。買い物に出る住人と自転車に乗った人がヴィーアスリウ通りへの近道として通る以外、何も起こらない。まさにうってつけの場所だ。

十七時になろうかというときだった。センタ・バーガーのアパートメントで動きがあった。カーテンが開けられ、人影が窓に浮かび上がったのだ。

アネリは保温マグの蓋をねじって閉めると、手袋をはめた。すると、十五分もしないうちにアパートメントのドアが開き、センタが超ミニスカート、膝上ブーツ、深紅のフェイクファーでできたケープ、偽ブランドのバッグといういでたちで出てきた。

そこからほんの百メートル先の歩道で、センタは死んだ。音量をガンガンに上げてヘッドホンで音楽を聴いていなかったら、プジョーの気配を感じて避けることができ、外壁に押しつぶされることもなかったかもしれない。

今回はターゲットが確実に死んだ。だが、アネリは忌々しい思いで車を車道に戻し、その界隈を離れた。あの女は死刑執行人のほうをちゃんと見るべきだった。目から最後の光が失われる前に、自分が人生で犯した過ちをしっかり認識するべきだった。そこがクライマックスなのに。その瞬間があるから興奮するのに。

不満だった。腹立たしいことに、今回もまた完全に計画どおりにはいかなかったのだ。

それから、アネリは自動洗車機のあるところに直行した。車内に座ったまま、洗浄ブラシがぐるぐる回り、サイドウィンドウのラップをこすって引き剝がす様子を見ていた。最後に、車内に入りこんできた洗浄剤を使って、自分が触れた場所すべてを徹底的に拭《ぬぐ》った。

もう一度だけこの車を使おう。でもあと一度だけだ。それ以上はリスクが大きすぎる。ターゲットの選択や凶器に特定のパターンがあることを見破られてはならない。

最後にもう一度、グリフェンフェルト通りに車を停めて、捜査の手が回っているかどうかチェックするつもりだった。警察がこの車を盗難車両として手配しているのか、轢き逃げ車両として追っているのかはどうでもいい。知りたいのはただ、このプジョーがなんらかの理由でマークされてしまっているかどうかだ。

違法駐車というつまらない理由で人目を引いたりしないように、アネリはパーキングメーターから駐車券を引き抜いた。それから保温マグをバッグに入れ、落ちている髪の毛やクラッカーのくずを拾い集め、ペーパーナプキンも一緒にビニール袋に押しこんでから、ドアを閉めた。もうすぐ次のターゲットのところへ向かう。次こそ絶対に、抜群のタイミングでこっちを見させよう。

王立病院の放射線治療センターの入口は、何台もの建設用車両がせわしなく動き回るあいだを縫っていかないと見つからなかった。アネリは案内板に従って、階段のある39と表示された入口へ行くと、地下二階へと下りていった。そのあいだ、脳裏には、核攻撃にも耐えられる一九六〇年代のコンクリート製のシェルターのイメージがぐるぐると渦巻《うずま》いていた。落ち着くのよ、アネリ。医者は放射線治療が最善だと言ってくれているのだから。待合室には、受付カウンター、大きな水槽、何脚もの椅子、さまざまな番組が映し出されている何台もの薄型テレビ、それにたくさんの観葉植物があり、広々と開放的だった。採光用の吹き抜けからは日の光が降り注いでいる。

月曜午前の早い時間なのに、すでにかなりの数の患者が放射線治療を待っていた。誰もが気が滅入る理由で来ているというのに、穏やかで静かな空気が広がっている。ここではみんな、運命共同体だ。誰もが肌に印がつけられている。レントゲン技師が患部にピンポイントで照射できるようにするために。

ここは、命にもう一度チャンスを与えてくれる場所なのだ。自分も週に五日、通わなければならない。

万一、放射線治療も効果がないとわかったら、復讐プロジェクトの実行を早めるつもりだった。手際よくやれば、寄生虫たちを何ダースも、もしかしたら一日に何人も処分することだってできるはずだ。いちばん重くても終身刑止まりのこの国では、ひとり殺そうと、四十人殺そうと同じこと。だとしたら、最高刑にいったいなんの意味があるだろう。社会に二度と戻ってほしくない殺人者が精神科の施設でいい暮らしをしていることは、今や公然の秘密だ。

自分の名前が呼ばれると、アネリは微笑んだ。一時間後、福祉事務所で求職者に助言をしているときにもまだ、彼女の顔には笑みが浮かんでいた。

その求職者との面談は自分でも驚くほどうまくいった。次はジャズミン・ヤーアンスンだ。

ジャズミンは椅子に座ったとたんに、どうでもいいという感じで窓から外を眺めた。せいぜいそうやって〝自分の番〟を待っていることね。アネリはほくそ笑んだ。

ジャズミン・ヤーアンスンはこの数年間、妊娠したからどうのこうのと言っては、補助金の給付を受けてきた。今回は、精神的なサポートも含め、彼女に無償の避妊手段を提案し、それに同意しなければどうなるかを徹底的に説明しなくてはならない。

でも、話はそんなところまでは進まないだろう。お腹に子供がいようがいまいが、二カ月後にはジャズミン・ヤーアンスンは墓の下で眠っているのだから。

数分後、アネリはジャズミンに当面の生活設計を提案した。将来の展望を考えること、職業訓練を受けること、出費のコントロールをすること。しかし、思ったとおり、ジャズミンは窓の外を眺めているだけで、こちらの話にはまったく興味を示さない。だが、アネリはもう挑発に乗らなかった。逆に、正義のために闘おうという気持ちが強くなるばかりだった。

アネリは、たった今説明した内容に関するパンフレットを机の上に出した。そのとき、ジャズミンがアネリに目を向けた。ファンデーションやアイライナー、リップペンシルで人形のようなメイクをしているジャズミンの顔の奥に、これまで見たことのない表情があった。頑《かたく》なで攻撃的で、こちらの様子をうかがっているようだ。まるで、何かを決意したような表情だった。

「ミッシェル・ハンスンさんが回復したって聞きました?」ジャズミンは抑揚《よくよう》のない声でさりげなく訊いてきた。不意打ちだった。ジャズミンの表情に変化はない。相変わらず冷たく憎悪に満ちた目でこちらを見ているだけだ。アネリはごくわずかに頭を反《そ》らしただけだったが、心のなかは大混乱に陥っていた。なんとか防御態勢を整えようと必死だった。

なんでこの女が知っているの?

「ミッシェル・ハンスンさん？　彼女が何か？　ミッシェル・ハンスンさんをご存じなのかしら？」アネリは、なんの話かよくわからないふうを装い、ためらいがちにそう尋ねた。ミッシェルを含めてあなたたち三人が待合室でわたしを罵倒《ばとう》しているのは聞いていたけどね。

あれは絶対に忘れることができない。

アネリとジャズミンは向き合って座ったまま、互いを見つめていた。アネリは少し眉を上げ、ジャズミンは馬鹿にするような笑みを浮かべた。自分がどれだけ危険な存在かを知らせるために歯をむいている犬のようだった。

そちらからどうぞと言われているような気がした。ミスは許されない。

「答えが返ってこないんだけど、ジャズミン？　そのことが何か関係あるのかしら。『回復した』ってどういうこと？　何から回復したの？」

それでも、ジャズミンは黙ったままだった。目の細かな動きや首筋の脈動など、なんでもいいから化けの皮を剝ぐきっかけをつかもうとしているかのように、アネリをじっと見つめている。

頭のなかはオーバーヒート寸前だったが、アネリは落ち着き、呼吸を乱さないようにしようと努めた。目撃者がいたのだろうか。いや、それはない。通りに誰もいないことはちゃんと確かめた——二回とも。

「赤い車がお気に入りなんですね？」表情を変えずにジャズミンが言った。

アネリは必死で笑顔をつくった。「ちょっと、ジャズミン、あなた大丈夫？　とにかくこのパンフレットを持って帰ってじっくり読んでちょうだい」そう言いながら、アネリは冊子をジャズミンのほうへ押しやった。「ちなみに、わたしの車はブルーブラックよ。コンパクトでなかなか素敵なフォードＫａ。そのモデル、知ってる？」

そう言うと、ジャズミンにもう帰っていいと身振りではっきりと示した。

あのプジョーはもう使えない。それと、ジャズミンのことは見張っていなくては。

この出来事をきっかけに、ジャズミン・ヤーアンスンの名前はリストのかなり上位へ移動した。

17

二〇一六年五月十九日、木曜日

「リーモア・ツィマーマンの遺体発見現場はここですね」

トマス・ラウアスンが草のなかにうっすら残った人型の輪郭《りんかく》を指した。

カールは笑みを浮かべた。アサドの素晴らしいアイデアのおかげで、こうやって警察本部食堂のチーフを公園まで呼び出すことができた。トマスは鑑識の職を離れてからもう長いが、その専門知識は今もなお信頼できる。

「どの入口から入ってきたか、わかりますか？　後ろのあそこでしょうか?」アサドが尋ねた。

カールは鉄製の柵に沿って目を走らせると、クローンプレンセセ通りと公園の角を見て、うなずいた。被害者が土砂降りのなかをボーワ通りの娘の住まいを出たのだとしたら、おそらくはショル通り方向の入口から来るだろう。ゴダス通りに出たいなら、それが近道だからだ。

「よくわからないんです」アサドが続けた。「リーモアはスティーンルーセの郊外に住んでるんですから、普通ならエストーを使ったと思うんです。だとしたら地下鉄のコンゲンス・ニュトーウ駅かウスタポアト駅に行くはずなのに、なぜナーアポアト駅に行ったんでしょう。おかしくありませんか?」

トマス・ラウアスンは、分厚い資料をめくっているところだった。こいつはこれだけのものを殺人捜査課からくすねてきたのか、とカールは思った。

ラウアスンは首を横に振った。「わかりませんね」

「被害者の娘はなんと言ってる? その理由を知ってるかもしれないだろ?」カールが言った。

「それはないですね。ここに娘の証言の写しがありますが、たいしたことは言ってません。捜査員が徹底的には訊かなかったのでしょう」

根掘り葉掘り尋ねるのが捜査の基本だ。それをやらなかったなんてことがあるのか。

「捜査員は誰だ?」

「パスゴーとあります」

カールはため息をついた。あれほど自分勝手でいい加減なやつはそうそういない。

「言いたいことはわかります」とラウアスンが言う。

「でもパスゴーもあなたと同じくらい気難しいですからね、カール。あなたが彼の事件を捜査していると知ったら、そりゃむかっとするでしょうね」

「じゃあ、このことは私たちだけの話ということにしたほうがいいですね」アサドが提案する。

ラウアスンはにこっとした。そして遺体が発見されたところにひざまずくと、あたりの草を調べはじめた。市の園芸員は警察の指示を守って現場の周囲三メートルは草を刈らなかったようだ。

「なるほど」ラウアスンはそこから五十センチぐらい離れたところで、しおれた一枚の葉を拾い上げた。

カールは、アサドとラウアスンが難しい顔をしながらどこかを見ていることに気づいた。ふたりの視線は花壇と鉄柵をたどり、ショル通り側の入口に向かっていた。それを見て、カールもぴんときた。草の上に落ちていた葉は、この近くの茂みや木のものではないのだ。

「この葉は、三週間ここにあったんでしょうか？」アサドが訊く。

ラウアスンは肩をすくめた。「おそらく。現場はこの公園内の大きな通路には隣接していないし、ここ数週間、強い風など吹いていませんからね」軽く頭を振った。「もちろん、犬が運んできたとか、靴にくっついてきたということも考えられます。そもそも何の葉でしょうね。カール、わかりますか？」

俺が知るわけないだろ。庭師でも植物学者でもないのに。

「ちょっと歩いてきます」アサドはそう言ったが、実際には歩かずに走りだした。それもかなり前傾姿勢のまま、ショル通り口に向かう道を走っていった。

カールは啞然としてその姿を見送った。

「この葉は完全に平たくなっています。誰かの靴の底に貼りついていた可能性が高いですね」ラウアスンはそう言うとぐっと身をかがめた。鼻が地面につきそうになり、尻が突き出る。

こんなに時間が経っているのに、すべての痕跡が消えずに残っているものだろうか。しかしカールが口を出すより早く、ラウアスンが言った。「でも、葉の表面にいくつかはっきりした溝が見られます。靴だったらこれほどくっきりとした痕はつきませんね……。犬ならなおさらです」そう言ってクスリと笑った。ラウアスンのユーモアは昔から、鑑識仲間にしかウケない。

「つまり？」

ラウアスンはもう一度資料をめくり、遺体の写真を見つけると指差した。「この葉は前からここにあった可能性があります」指の先にはリーモア・ツィマーマンのはいていたスラックスがあった。「コーデュロイです。服を頻繁《ひんぱん》にとっかえひっかえしたくない年齢の女性が大好きな素材ですね」

カールは葉を手に取ると、観察した。たしかにラウアスンの言うとおりだ。

そのとき、アサドがサイのように突進してきた。

「あの百メートル走者がゴールにたどり着いたら、何かわかるかもしれませんね」

「これです」アサドは息を切らし、得意げにふたりの鼻先に葉っぱを突きつけた。「向こうの茂みです。入口のすぐ左側、自転車置場の後ろにこういう葉がたくさんありました」

突然トマス・ラウアスンが大声で笑いだした。まさに爆笑だった。こんなに面白がっているラウアスンを見るのは久しぶりだとカールは思った。

「まったくね！　男のおしっこがどこからやってきたのか、これでわかりましたよ！　ハハハ、いきなり疑問が解けました！」

アサドが首を縦に振った。「リーモア・ツィマーマンの靴に犬の糞がついていたことは、資料で読みました」

「そう、でもその糞には砂利がまったくついていなかった」とラウアスン。「おそらく、公園の外で踏んづけたんでしょう」

カールには何がなんだかわからなかった。

「じゃあふたりとも、事件の展開を想像できたって言うんだな？　だとしたら、まさに突破口が開けたってことじゃないか」カールはまだ疑っていた。

　ラウアスンは笑った。「ええ、そうです。また鑑識で雇ってもらおうかと思うくらいですよ！」

「つまりきみたちの説では、リーモア・ツィマーマンは公園を通って近道をしようとした。そして、公園に入る前からすでに走っていたって言うんだな？　なんでだ？」

「彼女は上品なご婦人だったんでしょう？　ブランドものの手縫いの高価な靴を履いていました。確か、靴屋と結婚していたんですよね？　だから、彼女にとって靴の品質は大事だったんだと思います。あそこまで高級な靴だと二千クローネ以上はしますね」ラウアスンが説明する。

「それだけの靴をみすみす犬の糞まみれにするなんてことは絶対ない、そういうことか？」

　ラウアスンが親指を立てた。

　アサドもうなずく。「あの晩は土砂降りでしたが、彼女は公園の外から公園のなかに走ってきて、周りにはまったく注意を払わなかったんですよ。私もトマスと同じ意見です」

　おまえら、シャーロック・ホームズとワトソンか？

「だからあんなに高い靴を履いてるのに犬の糞を踏んづけたって言うのか？　目的地へ急いで向かっていたからではなく、身の危険を感じたから。そういうことか？」

　ふたりがそろって親指を立てた。

　カールはふたりを連れて茂みへ向かった。たしかに潜伏するには絶好の場所だ。間違いない。

「オーケー、整理してみよう。リーモア・ツィマーマンは走っていた。身の危険を感じたから。そしてコンゲンス・ヘーヴェに駆けこみ……」

「ローゼンボー城王立公園ですよ、カール」アサドが口を挟む。

「そうとも言うが、同じ公園じゃないか」

アサドの黒い眉毛がぴくりとした。

「オーケー、まあいい。彼女はローゼンボー城王立公園に駆けこんだ」カールはわざわざ言い直し、アサドの目を見た。その名称を使うことで平和が訪れるなら、いくらでも言ってやる。「それから彼女はこの茂みに身を隠した。遺体発見現場で見つかった葉は、そのときについたと思われる。少なくとも地面は同じ葉で覆われていた。おまけにそこは、男たちがしょっちゅう立ちションする場所だった」

「十メートル先でもにおいますよ」ラウアスンが言った。「でも公園入口のすぐ裏ですしね。急いでる人にはちょうどいい場所なんでしょう」

「なるほど。おまえたちの話によれば、法医学者が遺体から発見した尿は、リーモアの臀部《でんぶ》と右大腿部《だいたいぶ》にひっかかっていた。その茂みのなかに足を踏み入れたために、尿がついたということか？」カールは考えをまとめた。「だが、犯人はなぜそこで彼女を殴り殺さなかったんだ？　彼女を見失って、通り過ぎたからか？」

ラウアスンはにやっとした。ようやくあなたもわかったようですね、という表情だ。

「おそらくそうでしょう」ラウアスンが言った。「リーモア・ツィマーマンはしばらく茂みのなかに座っていて、もう大丈夫だと思ってから茂みを出て、さらに走っていったのでしょう。ただ、これは推測でしかありません。もちろん確かなことはわかりませんから」

そのとおりだ。

「おまえたちの考えでは、犯人はレストランの陰にずっと隠れていて、ツィマーマンが通りかかった瞬間に飛び出したということか？」

またもやふたりの親指がさっと立てられた。

カールは笑いながら頭を振った。「犬の糞とかしなびた葉っぱにもとづく推測か。おまえら、ふたりでミステリ小説でも書いたらどうだ?」

「でも、あなたもなるほどと思ったでしょう、カール?」ラウアスンは心底満足しているように見えた。「鑑識をやっていたころ、乱暴と思えたいくつかの推測がうまく嚙み合って、急に説得力のある説明になることがときどきありました。あなただってそういう例は知ってるでしょう?」

カールはうなずいた。そのとおりだ。カールも顔がゆるんだ。この推測が事実だったら、パスゴーのやつ、怒りで自分のケツを蹴飛ばしたくなるだろう。

「ああ、みなさんここにおいでで!」芝生の上に男の声が響いた。「ゴードンさんの言ったとおりですね。例の女性が発見された場所へ戻りませんか?」

またもや例の三人組だ。カメラマン、音声技術者、それに間抜けのオーラフ・ボーウ＝ピーダスン。こいつら、ここで何してるんだ? それにゴードンのやつ、なんでこいつらに俺たちの居場所をぺらぺらしゃべったんだ? あとでどやしつけてやる。

現場に立つと、ボーウ＝ピーダスンが音声技術者に合図をした。技術者は手に持った袋のなかを引っかきまわしている。

「缶入りの白いスプレーを持ってきたんです。これがあれば、死体のあった場所をすぐにマークできますからね。あなたがやりますか、それとも私がやりましょうか?」

カールは額に皺を寄せた。「そんなものを持ってきたんですか? ここは遺体発見現場ですよ! ひと噴きでもしたら、私が残りを全部あなたたちに噴きかけますからね!」

ボーウ＝ピーダスンは長年の経験から強情な人間とのつき合いは心得ているようで、ポケットからチョコレートバーを三本取り出した。

「糖分を少し、いかがです?」

アサドだけが受け取った。それも三本全部。

建物の入口にはおそろしくたくさんの名が並んでいた。《ツィマーマン》という名前は二カ所にあった。カールたちは一階に住んでいるビアギト・F・ツィマーマンに話を聞きにきた。だが、六階にデニス・F・ツィマーマンという人物が住んでいる。それが誰なのか、見当もつかない。

「あのテレビ屋連中、少し頭がおかしいんじゃないか」カールが呼び鈴を押しながら文句を言った。「あいつら、事情聴取に同行できると本気で思ってたのか？」

「だからといって、脛を蹴とばすなんてやりすぎですよ、カール。わざと蹴ったんじゃないなんて言い訳を彼らが信じたとは思えませんね」ラウアスンが応じる。

カールは笑みを漏らし、アサドに目をやった。ゴードンにはあれが効いたじゃないか、なあ、アサド？

アサドは笑い返し、肩をすくめてみせた。効果さえあればそれでいい。

何度も呼び鈴を鳴らすと、ようやく間延びした声で応答があった。

「警察です」とラウアスン。なんて間抜けなことを言うんだ。だが、彼は元鑑識官で、駆け引きを売りにしているわけじゃないのでしかたがない。

「こんにちは、ツィマーマンさん」今度はカールが、声を落として言った。「五分ほどお時間をちょうだいできませんか」

なにやらぼそぼそつぶやく声が聞こえ、それからドアが開いた。カールはラウアスンに目配せした。目立たないようにしていろという意味だ。

ドアを開けたのは、ビアギト・F・ツィマーマンだった。キモノ風のローブの前がはだけ、白い肌と安っぽいストッキングという、たいして見たくもない代物があらわになった。挨拶をする息が酒くさい。憂さ晴らしなのだろうか。

「ツィマーマンさん、前もってご連絡しなくてすみません。ついでがあったものですから」とカールが説明する。

彼女は軽く体を揺らしながら、三人の男たちを眺めた。特にアサドをじいっと見ている。

「はじめまして」アサドが甘ったるい声を出し、にっこりしながら手を差し出した。こいつ、相手の女性が酩酊《めいてい》しているとわかったとたんにこれだ。

「今、少し散らかっていますの。やらなくてはならないことがとにかく多くて」謝りながら彼女はソファの上にあった物を放り投げて場所をつくった。三人はそこに腰掛ける。

このような形でお母様を失うことになり、大変おつらいことでしょう。カールがお悔やみの言葉を言う。

ビアギト・ツィマーマンは黙ってうなずいている。目を開けていようと必死だ。

カールは部屋のなかを見渡した。二十本以上の酒瓶があちこちに転がっていた。

「ツィマーマンさん、少々おうかがいしたいのですが、お母様が地下鉄のコンゲンス・ニュトーウ駅かウスタポアト駅に向かわず、コンゲンス・ヘーヴェ……」カールはアサドを見た。「……つまり、ローゼンボー城王立公園を抜けることにした理由を何かご存じでしょうか?」

ビアギトは曖昧な表情になった。「いつも公園を通るのが好きでしたから」

「いつも?」

彼女はにっこりした。前歯に口紅がついている。

「ええ」彼女は何度かうなずきながら、正気を保とうと頑張っている。「それで、《NETTO》で買い物をしていたんです」

「ナーアポアト駅のディスカウントショップ?」

「ええ、そうです! いつものように」

十五分くらいは、酔いと闘いながらもそんな調子で答えていた。いずれにしても、今は、複雑な質問をするタイミングではないようだ。

カールはアサドとラウアスンに引きあげようと合図を送った。ところが、アサドがこう質問した。

「なぜお母様はそんなに多額のお金をお持ちだったのでしょう？　一万クローネとおっしゃいましたね。なぜその額だとご存じなのですか、ツィマーマンさん？」アサドは彼女の手を取った。ビアギトは思わず手を引っこめようとしたが、アサドは離さなかった。

「それは、母がわたしに見せたからよ。一万クローネあると言ってたわ。母は現金を持ち歩くのが好きだった」

お見事、アサド。カールは目でそう言うと話に割って入った。「知り合い以外にもそのお金を見せびらかしていたんですか？」

ビアギト・ツィマーマンはうつむくと、頭を揺らした。声を出さずに笑ってるのか？

「母は自慢するのが大好きだったのよ。そう、それがあの人なの。いつでも、どこでもね」小さく笑ったかと思うと、いきなり大笑いを始めた。「まったく、そんなことしなけりゃよかったのにね」

カールは面食らった。

「お母様はご自宅でもお金をあちこちに置いていたのですか？」アサドが尋ねる。

ビアギトは否定した。「まさか、いくらなんでもそこまでじゃない。いくら悪口を言ってもいいけど、そこまで馬鹿じゃなかったわ」

カールはラウアスンに向き直って、小声で尋ねた。「家宅捜索が行なわれたかどうか、知ってるか？」

ラウアスンはうなずいた。「ええ。でも、手がかりになるようなものは何ひとつ見つからなかったそうです」

「パスゴーが捜索したんだろ？」

ラウアスンは再びうなずいた。元同僚のボーウ・バクを別にすれば、パスゴーほど尊敬できない人間もいない。

カールはもう一度ビアギトのほうを向いた。「ひょっとして、お母様の家の合鍵をお持ちじゃないでしょうか？」

ビアギトの息がかなり荒くなってきた。カールの言葉に動揺したかのようだ。ちくしょう、急がないと。ビアギト・ツィマーマンが眠っちまいそうだ。

だが、彼女は突然顔を上げ、驚くほどはっきりと答えはじめた。実際に合鍵を持っている。母親がすぐに鍵を失くしてしまうからだ。だから十本つくったことがあり、四本が引き出しに入っているというのだ。

ビアギトはそのうちの一本を差し出したが、その前にカールたちに警察バッジを見せるように言った。彼女はカールの警察バッジをまじまじと見つめた。カールはそれをばれないようにラウアスンの手に押しつけ、今度はラウアスンが同じ警察バッジを彼女の目の前に出した。ビアギトは満足したようだった。アサドの警察バッジのことは忘れているようだ。

「最後にもうひとつだけ。ツィマーマンさん」ドアのところに立ったとき、カールが言った。「デニス・ツィマーマンさんも身内のかたで？」

彼女は感情をこめずにうなずいた。

「お嬢さんですか？」とアサドが尋ねる。

彼女はいくらか緊張した面持ちでアサドを見つめて言った。

「娘は家にはいません。葬儀以来、あの子とは話をしていないんです」

警察本部に戻ると、カールは椅子に深々と沈みこみ、たくさんの資料をデスクの上に広げた。資料のうちふたつは現在捜査中の事件だ。それらはあとまわしにしてもかまわない。カールはその資料を脇へ寄せた。それから、ローセが捜査するように言ってきた事件があった。カールはそれも隅へ寄せた。残りはほかの人間が、カールなら興味があるのではないかと言ってきた事件のメモやプリントアウトだ。普通ならそういうものはほとんどがゴミ箱行きだ。だが、マークス・ヤコプスンから渡されたメモだけは、そう簡単に捨てることができなかった。この事件が元殺人捜査課課長をいまだに苦しめているのは明らかだ。しかし、マークスが考えている〝事件との関連〟は今のところはあまり根拠がなかった。引退はしていないものの、休職していた経験上、カールにはマークスの思いがよくわかる。だからといって、マークスの訴えに耳を貸すべきだろうか？　すでにこの事件を担当した連中と同じように、自分もまた袋小路に入りこんでしまうのではないだろうか？　だが、俺がこの案件を引き受けなかったら、マークスは絶望して人生をあきらめてしまうのではないだろうか？　その可能性は大いにある。

カールはカラーコピーを一枚手に取った。誰かが画像の下に大文字で《ステファニー・ゴンダスン》と書き添えていた。

カールはその画像の女性の目に釘付けになった。少々斜視気味で、瞳の色はおそらく緑。その目はいつだって人を魅了してきたはずだ。

それにしても、なぜ彼女のような若い女性を狙ったんだ？

この目にうっとりするのではなく、憎しみを覚えたからだろうか。

そうだ、そこがポイントだ。

18

二〇一六年五月二十三日、月曜日

　エストーのなかはしんと静まり返っていた。ほとんどの人間がスマートフォンやiPadの操作に夢中だ。誰もが画面に目を落とし、その上を指でなぞり、情報を検索したり、気晴らしをしたり、知人に連絡したり、恋人と愛を確かめ合ったりしている。

　ジャズミンがスマートフォンを覗いたのは、SNSで誰かに連絡するためではなく、最後に生理があってから今日で何日目かをグーグルカレンダーで数えるためだった。排卵日が迫っている。でも、まだ決心できていなかった。

　わたしはどうしたいんだろう？　もう一度妊娠したら百パーセント家から追い出される。でも、だからなんだっていうの？　そうなったら、福祉事務所がわたしの家賃を出してくれるだけ。

　考えただけで笑いが漏れた。そうなったら、あの出っ尻のアネ＝リーネ・スヴェンスンが考えついたいろいろな計画はみんな水の泡だ。妊婦になれば、腰痛を訴えていれば、生活保護を受けられる。彼女がわたしに中絶を強要するなんて、さすがにできないはず。そこまではしないだろう。

　これまでは、妊娠しても、医師に毎回違う説明をしなくてはならなくても、ジャズミンはほとんど何も感じなかった。つわりはなかったし、子供を里子に出しても、あとから良心が痛むこともない。まったく簡単だった。それなのに、今回ばかりはまた同じことを繰り返すのは気が進まない。なんだかやるせないのだ。次に子供を引き渡して社会福祉の網に潜りこむとき、自分はもう三十歳だ。三十歳！　それは、ジャズミンが最も大切にしてきたものの価値がゼロになることを意味していた。最も大切にしてきたものとは〝若さ〟だ。白馬の王子様がやってくるのを本気で待っていたわけではないとはいえ、これまで、自分の武器は〝若さ〟だった。

三十歳で子供を五人も産み――誰の子かは神のみぞ知るだが――その全員を里子に出している女を求める男なんている？　正確に言えば、産んだのはまだ四人だけれど。

ジャズミンは画面から顔を上げ、乗客たちを眺めた。そもそもこのなかに、この人ならいいやと思える男はいる？　隅に座ってる三十五歳くらいの男、まるで全身にクリームを塗りこんでいるみたいに椅子の上でずっともぞもぞ動いている男、彼ならいいかも。でも、わたしは、本当にこの男のために自分の時間を使いたいの？

ジャズミンは頭を横に振ると、スマートフォンで出会い系サイトを開いた。経験的に言って、こっちのほうが断然早く相手が見つかる。たとえば、《ヴィクトリア・ミラン》は、遊びの相手を見つけるためのサイトだが、彼女にとってはそうではなかった。このサイトは、責任を負いたくない男と出会ってセックスするのに最適だ。相手に目立ってきたお腹を見せれば、多少のお金をゆすりとれる可能性だってある。このサイトのいいところは、登録者のプロフィールをスクロールしている最中に突然妻や夫が肩越しに覗きこんできたときに備えて、緊急避難ボタンが備わっていることだ。それをタップするだけでログアウトでき、害のないページが現れる。なかなかいいシステムだ。ジャズミンも世話になったことがある。ダイニングテーブルに座ってネットサーフィンしなければならないぐらい狭い家に母親と住んでいるから。

このサイトにはすでに匿名で魅力的なプロフィール

を掲載している。ジャズミンは、サイトにログインすると、すぐに候補者たちをチェックしはじめた。自分から選ぶときは、目立たない、なんの変哲もない男を探すようにしている。そのほうが都合がいいから。別に自分は最高にかわいい子供を産みたいわけじゃない。そうでないほうが手放すときにためらいがない。それに、これまでの経験から、見た目が素敵な男より平凡な男のほうがセックスの相手としてはいいことがわかっていた。

　平凡な男は、少なくともベッドのなかではちゃんと努力をしてくれる。

「それで彼女はなんて？」ミッシェルがじれったそうにジャズミンの腕を引っ張った。まだあちこちに擦《す》り傷があって頭に絆創膏《ばんそうこう》をしているが、具合はだいぶよくなっていた。起き上がれるようにもなったので、もう自分の服を着ている。

「待って」デニスが小声で言った。担当の看護師がちょうど部屋に入ってくるところだった。

「退院おめでとう、ハンスンさん。これからは気をつけて」そう言うと看護師は、ミッシェルにプラスチック製の小さな容器を手渡した。「頭痛がしたらこれを一日に二回、二錠ずつのんで。少しでもどこかがおかしいと思ったら、必ず来てくださいね」

　ミッシェルはうなずいた。すると看護師はいかにも職業的に彼女と握手をした。

　看護師が部屋を出ていくと、ミッシェルがせがむ。

「さあ話してよ、ジャズミン」

　ジャズミンは気遣わしげに隣のベッドのほうへ顎をしゃくってみせた。

「そこに寝ていたくさい人のこと？　今朝退院したわよ」ミッシェルは鼻に皺を寄せたが、すぐに続きをせがむ目になった。「スヴェンスンは白状した？　彼女にいったいなんて言ったの？」

「彼女は、補助金がどうとかいつものくだらない話をしてた。わかるでしょ、いつものうざい話よ。だからそれを遮《さえぎ》ってやったわ。ミッシェルが回復したって知ってますか？　ってね。それから、赤い車が好きなんですか、とも訊いてやった」

「ええっ、嘘でしょ？」ミッシェルはぎょっとして手で口を覆った。

ジャズミンはうなずいた。「本当よ。反応はあったわね、まあそんなことを言われたら誰だってそうだろうけど。でもね、すごく動揺していたという感じじゃあなかったのよね」

「じゃあ、わたしが見たのは彼女じゃなかったってこと？」

ジャズミンは肩をすくめた。「うん、違うような気がする」

ミッシェルはしぶしぶうなずいた。自信が持てなくなっているようだ。

しばらくすると、ミッシェルは荷物をまとめて大きな待合室へ入っていった。そこには案内カウンターとエレベーターがある。大きな窓からはコペンハーゲン北地区の素晴らしい景色を拝むことができ、まるで真夏のような日の光が差しこんでいた。待合室にいるほとんどの人が都市の眺望に目を向けていた。

「やだ、パトリクがいるわ」ミッシェルが小声で言うと、隅の椅子を顎で示した。

ジャズミンは、袖をまくりあげ、脚を開いて座っているボディビルダーのような男の様子をうかがった。先ほどデニスとここに座ったときにはいなかったので、たった今来たばかりに違いない。

デニスは素早く反応してミッシェルの前に立ったが、遅かった。パトリクには犬のような本能が備わっているのか、こちらのほうを向くと同時に弾かれたように立ち上がり、次の瞬間にはもうそばに来ていた。まるで、殴りつけて三十二号室に再入院させたがっているかのような顔でミッシェルをにらんでいる。

「どうしたんだ、ミッシェル？　なんで俺の面会を断ったんだよ？」

ミッシェルはデニスの腕をつかむと、怯えたように彼女の後ろに隠れた。ジャズミンにはミッシェルの気持ちがよくわかった。

「こいつら、誰だよ」パトリクが吠える。

「デニスとジャズミンよ。あなたには関係ない」ミッシェルが小さな声で言う。

「ミッシェルがどうしたかって？」デニスが代わって答えた。「彼女は家を出たのよ。あんたとこれ以上一緒に住む気はないって」

パトリクの鼻に横皺が二本くっきりと浮かび上がった。

「おまえになんか訊いてない、このアホが。ミッシェルは俺に借金があるんだ、おまえは黙ってろ」そう言うと、パトリクはデニスを押しのけてミッシェルを壁に押しつけた。

待合室にいる患者が数人、こちらを見ている。案内カウンターの看護師たちもこちらの様子が気になってしかたないみたいだ。

「あんたに借金があるって？　その代わり彼女はあんたのしみったれた部屋に一緒に住んで、あんたのケツを拭いてきてやったじゃないの」デニスは表情ひとつ変えなかった。「だいたいね、ミッシェルのような子とただでセックスができるとでも思ってんの？」

ミッシェルはおろおろし、ジャズミンもさすがに居心地が悪くなっているようだった。

「子供じゃあるまいし、なんの話かわかるでしょ」デニスは攻撃の手を緩めない。「それとも、女性経験があんまりないわけ？」

パトリクはにやついた。観衆の前で挑発に乗るほど馬鹿ではない。彼はミッシェルに向き直った。

「おまえが何をしようと、俺にはまったく関係ない。

だが、家賃の分担分を払わずに出ていけると思うなよ。いいか、二月、三月、四月、五月分だ。約束どおり、六千クローネだ。わかってんな」

ミッシェルは何も言わなかったが、ジャズミンの腕をつかむ手が震えていた。

そのとき、デニスがふたりのあいだに割って入った。筋肉隆々のパトリクとデニスは一瞬向き合い、にらみ合った。ここが病院でなかったら、ふたりともとっくに抑えが効かなくなっていただろう。

しかし、ここには患者たちの目があった。デニスはパトリクの胸を数回軽く叩くだけにしておいた。「あんたが手にできるのは半分よ。それ以上はなし」そう言うと、バッグに手を突っ込んで千クローネ札を三枚取り出した。「とっとと行きな」

「あんまり期待しないでよ」デニスはそう言いながら、鍵穴に鍵を差しこんだ。「おばあちゃんは趣味が悪いのよ。家具のセンスは最悪だし、いっつも安物の香水のにおいがするし」

ジャズミンはうなずいた。ここに来るまでにデニスは同じことを十回も繰り返していた。でも、自分にとっては部屋がどう見えようとどんなにおいがしようと関係ない。眠れるベッドさえあればいい。ミッシェルだって自分の状況を考えたら文句など言うはずがない。

「あら、ここにあなたの写真があるわ、デニス。ここにも。これはあなたのお母さん？」

ミッシェルは「いいわね」とでも言うように口笛を吹き、すらりとした魅力的な女性の白黒写真を指差した。もともと別の大きな写真から切り取ったもののようで、公園のカラー写真の前に立てられている。

デニスはうなずいた。「そう、でも遠い昔の写真だから、ママはもうそんな感じじゃない」

「なんで切り取ってあるの？」

「パパが横に立っていたから。で、おじいちゃんとおばあちゃんはパパのことを一家から追い出したから」

「へえ」ミッシェルは気の毒そうな調子で尋ねた。

「それで、お父さんは今どこにいるの？　今も会ってるの？」

「パパはアメリカ人で、前は軍にいたんだ。おばあちゃんはパパに我慢ができなくて、いつも喧嘩してた。でも、ママはまったくパパの味方をしなかった。で、パパはアメリカに戻ってまた軍に入ったってわけ」

「でもどうして、お父さんじゃなくてお母さんの姓を名乗ってるの？　ふたりは結婚してなかったの？」

「はんっ、そう思われるのも当然ね。もちろん結婚してたし、パパの姓も受け継いでる。デニス・フランク・ツィマーマンよ」

「ええ？　フランク？　それってファーストネームじゃないの？　フランクっていう苗字があるなんて知らなかった。お父さんとは今でも連絡とってるの？」ミッシェルがなおも尋ねる。


デニスは皮肉めいた笑いを見せた。「そんなに簡単じゃない。なにせ、パパはアフガニスタンで道端に仕掛けられた爆弾にやられてズタズタになったから。二〇〇二年のクリスマス直前のこと。すごい贈り物でしょ？」

「ひどい話ね。お父さんはおばあさんのせいで死んだんだって思うことない？」ジャズミンが尋ねる。

デニスは祖母の写真に指を突きつけた。「もちろん、そう思ってるよ」

ジャズミンはリビングを見回した。調度品は素晴らしかった。オーク材と茶色に光る革製の家具が好きな人ならたまらないだろう。こんな家具、とても自分ではそろえられない。

幅広いバルコニーに面したパノラマウィンドウからは芝生が見え、その向こうに同じタイプの団地が一棟見えた。ジャズミンが住んでいるところよりいい環境であることは間違いなかった。

ジャズミンはさらにリビングから続いているダイニングをざっと見ると、廊下を通って、いちばん重要な場所ともいえるバスルームへ入っていった。広々しているというわけではないが、これなら十分だ。洗濯機と乾燥機のほかに棚がふたつある。デニスの祖母のがらくたを片づければ、十分な広さがあるだろう。洗面台には巨大な鏡が備えられている。ありがたい。これだけ大きければ、ミッシェルとふたりで鏡の前に列をつくらなくてすむ。しかも、それぞれ自分の寝室で鏡が持てそうなのだ。ジャズミンは一つひとつの部屋を回ってみて、すっかり安心した。

「デニス、あなたのおばあさん、どこか障害があったの？」リビングで再びデニスと向かい合って座ったジャズミンは尋ねた。

「なんでそんなこと言うの？」

「バスルームの壁に手すりがついてた。トイレにもついてたわ。立ち上がったり、座ったりできるように。脚が悪かったの？」

「まさか。飛びまわってたって。前の所有者がつけたんでしょ」

「おじいさんも、手すりなんて必要なかったの？」

「ここに引っ越してくるよりはるか昔に死んだからね。おばあちゃんよりずっと年上だった」

「なるほどね。でも、その話はそれぐらいでいいんじゃない？」ミッシェルが口を挟んだ。手すりだとか老人の話だとか、そんなことはどうでもいい。ミッシェルは、ジャズミンが何を考えているのかときどきわからなくなった。

「そもそも、ここって誰が家賃を払ってるの？」ジャズミンはさらに知りたがった。

デニスはタバコに火をつけると、煙を天井に向かって吐いた。

「借りてるんじゃなくてうちが買ったのよ。もう支払いも済んでる。いろいろな雑費はおばあちゃんの口座から引き下ろされるけどね。おばあちゃんはね、お金だけはたんまりあるの。おじいちゃんは靴屋で、手縫い高級ブランド品の独占代理店だったから。おじいちゃんの死後、おばあちゃんはすぐにほとんどのものを売り払った。遺産相続の手続きがすべて片づいたら、あたしがその半分をもらえるはず。そうしたら別の場所を探す予定。こんなとこ、我慢できない。こんな家、大嫌い」

「食事とかそういうのはどうするつもり？」ジャズミンがなおも知りたがった。「ミッシェルは働いてないし、わたしはすぐにでも紹介された仕事をＯＫしないと、福祉事務所からの補助金が打ち切られる」ジャズミンは頬を噛んだまま、箱からタバコを一本引き出した。「今週、排卵日なのよ。だから、家を出てまた子供をつくろうかと思って」

　ジャズミンはスマートフォンをテーブルの上に置くと、出会い系サイトを呼び出して、一枚の画像を指差した。「この人と今夜デートする。彼の家でね。奥さんはユラン半島でクラス会なんだって。だから心配ないってわけ」

「この人と？」ミッシェルが驚いた。驚くのも当然よねとジャズミンは思った。とりたててセクシーな男ではない。でも妻が妊娠中ということは、生殖能力はちゃんとある。それで十分だ。

「わたしがあなたなら考え直すけど。一年後、どうなってるか考えてみてよ」ミッシェルが突然、大人びた調子でそう言った。

　デニスも疑わしそうにしている。

　ジャズミンは目でタバコの煙を追った。答えが見つからなかった。「『一年後どうなってるか？』って、どういう意味よ？」

　デニスはタバコの吸い殻を、テーブルの上の花瓶に押しこんだ。挿されたチューリップはすでに枯れている。「あのね、ジャズミン。あんたは自分の体を出産にだけ使おうとしてるけど、なんでまとまったお金を手にしようと思わないわけ？　たしかに妊婦でいれば十分な保護を受けられるけど、そんなお金は微々たるもんでしょ。子供が生まれないカップルを探したら？あんたみたいな美人なら、代理母として軽く十五万クローネは稼げる。考えたことある？」

　ジャズミンはうなずいた。

「だったらなんで実行しないの？」

「それじゃ、主義に合わないからよ。わたしは子供のその後なんてこれっぽっちも知りたくない。わたしにとって子供は、配達する商品でしかないの」

　ミッシェルが口をぽかんとさせている。ジャズミンはその様子を見て思った。ミッシェルは知らないのだ。子供の目を見てしまったら最後どうなるかを。ジャズミンは一度だけ、産んだ子の目を見てしまったことがある。今後二度とそうするつもりはない。

「オーケー、あんたの考えはわかった」とデニスが言った。「でも、それならあたしみたいにしたほうがいい。誰かの愛人になるのよ。自分で好きな男を選べばいいし。いくらでもいるから。たいていの男は、そりゃちょっと歳はいってるけど、その分太っ腹よ。誰かと一カ月に一度ベッドに入るだけで月五千クローネは手に入る。毎週二、三人だったら、じゃんじゃん入ってくるってわけ。あたしがどこからお金を手に入れてると思う？　しかも、今だけじゃない。これから先、何年もできるんだから」

　ミッシェルは襟元《えりもと》のレース飾りをいじっていた。目の前で展開している話題が気に入らないのだ。「ねえ、それって、売春じゃないの、デニス？　それにジャズミン、あなたがしていることはもっとひどい」

「じゃあ、あんたがパトリクとしてきたことはなんて呼べばいいわけ？」デニスがやり返した。「病院でのあんたたちを見るかぎり、愛なんて言葉はまったく浮かばなかったけど。まあいいわ、ミッシェル、お金を稼ぐもっといい方法を思いついたら教えてよ。一緒になんでもやるから」

「なんでもって？」ジャズミンが尋ねる。

「そういう方法があればなんでもってこと。とにかく、刑務所送りにならないようにだけは気をつけなくちゃなんないけどね」

ジャズミンは笑うと、タバコをもみ消した。「殺人だったとしても？」

ミッシェルはコーヒーカップを持ったまま固まった。だが、デニスはにっこり笑った。「殺人？　あんた何考えてんの？」

ジャズミンは少し間をおいた。「何考えてるかって？　誰かを殺すことよ。家にうなるほどお金を持ってる誰かをね」

「わお、すごい発想ね、ジャズミン。じゃあ誰から始めようか？　金持ちの銀行員か車のディーラー？　それともセレブ？」デニスが尋ねた。

ジャズミンにはデニスが本気なのか面白がっているだけなのか、つかめなかった。

「そういう人間の自宅に現金があるかどうかわからないじゃないの。やるならスヴェンスンからよ」

「そうよ、それでどう？」ミッシェルがくすくす笑って言った。「あの人、去年二百万クローネを当てたのよ！　ロトでね。でもあの様子だとほとんど使ってないはず。でも、だからって殺しちゃうの？　冗談でしょ？」

「あのスヴェンスンが大金を持ってるって本当に思ってんの？　まさか、それは考えられないよ」デニスのえくぼが深くなった。「でも、天才的な提案だと思う、ミッシェル。だって一石二鳥じゃない。お金が手に入って、しかも嫌味な女を厄介払いできる。そうね、いいアイデアよ。だけど、残念ながらあんまり現実的じゃないね」

「恐喝すればいいのよ！　あの人が銀行に当選金を預

けてるなら、もっと簡単に、そのお金を下ろさせればいいわ」ミッシェルが話をつないだ。「あなたたちが彼女のところに行って、わたしを轢き殺そうとしているのを見たって証言するの。あの人、言われるがままにお金を差し出すわよ、そう思わない？」

ミッシェルの提案に、しばらくは誰も口をきかなかった。

ジャズミンとデニスは意味ありげな視線を交わした。

19

二〇一六年五月二十三日、月曜日

カールは《戦略室》の掲示板の前に立った。そこには、アサド、ゴードン、ラウアスンによって膨大な量の資料が留められていた。その多くが、カールにとっては初めて目にする資料だった。コンゲンス・ヘーヴェで頭骨を打ち砕かれたリーモア・ツィマーマンの写真、彼女が身を隠した茂みをアサドのスマートフォンで撮影した画像、数名の従業員とともに誇らしげにレズオウアの靴店の前に立つ夫婦の写真。ヴィズオウアの病院から取り寄せた二枚の病歴カルテ、リーモア・ツィマーマンが入院していたときの治療記録（産休中だということ、頭部の軽傷の縫合箇所、脱臼《だっきゅう》した肩の整復箇所などが記されていた）。リーモア・ツィマーマンがボーワ通りから遺体発見現場までたどったと思われるルートに印をつけた市街地図の一部。三階の同僚が行なった捜査内容とはずいぶん違う。検死報告書もあった。さらにはフリッツ・ツィマーマンの死亡診断書も。この壁にないものはないと言えるくらい、ありとあらゆるものが留められていた。

　それらを眺めるだけで、ゆっくりと、しかし着実に事件の輪郭が見えてくる。問題は、容疑者が浮かばないことだ。それに、三階の連中からしたら、これはカールたちの事件ではない。今後もそうはならないだろう。つまり、もしこのまま続けていくなら、カールがひとりで責任を負うことになる。

　この発見にマークス・ヤコプスンを噛ませることができればいいのだが、彼を特捜部Qの仕事に絡《から》めようものなら、規定に従って事務的な手続きをとってからにしてくれと言ってきそうで、カールは二の足を踏んでいたのだ。

「カール、ビャアンに僕たちの捜査で判明したことを知らせるつもりですか？」ラウアスンが尋ねた。

　アサドとカールは顔を見合わせた。カールは、「アサド、おまえが言え」とばかりにうなずいた。俺はあまり前面に出ないほうがいい。

「上は今、別のことで忙しいのでは？」とアサドが言った。

　なかなかうまい話の逸らし方だ。だが、いったいなんの話をしてるんだ？　別のことってなんだ。すると、アサドが続けた。

「今日はまだ新聞読んでないんですか？　ゴードン、持ってきて」

　骨ばった手がテーブルに新聞を置いた。その手がくっついてる本体ときたら、まるで棒きれだ。ゴードンのやつ、断食《だんじき》でもしてんのか？

カールは新聞の一面に目をやった。見出しには「はたして偶然か？　轢き逃げの被害者にこれだけの共通点」とある。その下にはふたりの女性の写真が掲載されていた。いずれも運転していた人間は逃走中だ。

カールは写真の下の記事を読んだ。ミッシェル・ハンスン、求職中、二十七歳。五月二十日に車に撥ねられ、負傷。センタ・バーガー、求職中、二十八歳。五月二十二日に車に撥ねられ、死亡。

「もちろん、新聞は類似点を指摘しています」ゴードンは得意げだ。「よく見れば、すぐわかりますけどね」

カールは疑いながらも、新聞のふたりの顔写真をよく見た。たしかに、ふたりとも同じ年に生まれ、まずまずの容姿だ。だが、だからどうだっていうんだ？　デンマークには、人身事故を起こしながらその責任を取る気のない運転者がたくさんいる。多くがクスリか酒をやっている。珍しいことじゃない。

「同じなのはイヤリングだけじゃありません、カール。外見がほとんどそっくりです。それに、ブラウスも色違いなだけで同じです。たぶん、どちらも《H&M》ですよ」ゴードンが続ける。

「そう、それにふたりの化粧ときたら、まるで同じ鼻から垂れてきたみたいです」アサドが付け足す。

今度はいったいどういうたとえだ？　だが、たしかにアサドの言うとおりだった。ふたりの化粧の仕方はとても似ていた。カールにさえそれがわかった。

「チークの色や入れ方、口紅の色、眉の形、ヘアスタイル、明るい髪の色、すべて同じです」アサドがさらに続ける。「ふたりに同時に会ったら、私は区別できません」

ラウアスンがうなずく。「たしかによく似ている。でも……」

ラウアスンもカールと同じ考えのようだった。似ているからなんだって言うんだ？

カールは努めて笑顔をつくった。「わかったよ、アサド。三階の連中は今この記事にかかりっきりで、二件の轢き逃げ事件を結びつけようとしていると言いたいんだな？」

「実際にそうしてますよ」と、ゴードンが割って入った。「さっき、上のリスのところに行ってきたんです。そこで聞いたんですが、すでにひとつのチームがこの事件を担当しています。自転車に乗っていた通りがかりの人が赤いプジョーを目撃したそうです。明らかにスピードオーバーで通りの向こうからやってきて、ミッシェル・ハンスンを轢いたんだそうです。もうひとりの死亡事件でも、似たような車が目撃されています。一時間くらいエンジンをかけっぱなしにしたまま通りにいたという話です。ラース・ビャアン課長は、かなりの数の人間を現場に送りこんで、聞き込みをさせています。パスゴーのチームも行っているんじゃないかと」

「すごいですね」とアサド。

カールは再び紙面に目を落とした。「だからって、連中がこの件を優先していると結論するのは早いぞ！殺人だという証拠が挙がらないかぎり、交通課の管轄のはずだ。連中が自分たちの事件だと考えているなら別にそれでもいいが。ただ、そのせいで殺人捜査課全体の捜査が滞《とどこお》るかとなると、そうとは言えない。捜査員がどれだけ現場に駆り出されようともな」カールはラウアスンに顔を向けた。「おまえの質問に戻るぞ、トマス。もしおまえが、パスゴーやそのほかツィマーマン事件を担当している人間に俺たちの捜査で判明したことを黙っていてくれるなら、俺もしらばっくれることができる」

ラウアスンは立ち上がった。廊下に向かいながら、カールの肩を叩く。「では、あなたがゴールに一番乗りすることを願いたいものですね」

「いった誰が、いや何が、俺のことを阻止するっていうんだ？」カールは答えた。

カールはアサドとゴードンに向き直った。さまざまな角度から考えてみる必要がありそうだ。リーモア・ツィマーマンは、殺されるという恐怖を覚えたから茂みに隠れたと考えられる。しかし、彼女が娘の家から現場に行くまでにいったい何をしたのか、どうやって調べればいいのだろう？　どこかに立ち寄って、パンパンに膨らんだ財布を誰かに披露したのだろうか？　実際、そういう悪い癖があったという話だが。あるいは、運悪く物盗りと遭遇《そうぐう》して、犯人は思わぬ大金を手に入れたというだけのことか？　しかし、犯人が彼女を襲ったのが偶然だとしたなら、そもそも彼女は誰から逃げていたのか？　それとも、公園の外から犯人にあとをつけられていて、それで恐怖を感じたのか？　あれほど賑わっている界隈で、そんなことがあるだろうか？

捜査はまだ始まったばかりなのに、こんなにもたくさんの謎があるとは！　これはもう、うんざりするくらいの仕事量になるぞ。アサドとゴードンは、アパートメントや団地の各部屋、売店、カフェなどを訪ね歩いて徹底的に聞き込みをしなきゃならんだろう。

「ねえ、ゴードン。きみがそのほかに何をしてたのか、そろそろ話したら？」アサドが笑ってみせた。

カールは不審な面持ちでふたりを眺めた。このひょろ長い男、自分から自分が何をしてたのか話さないとは何ごとだ？

ゴードンは深く息を吐いた。「あのですね、カール。言いつけられたわけじゃないのはわかってるんですが、タクシーでスティーンルーセまで行ってきたんです」

カールは眉根を寄せた。「スティーンルーセまでだと！　おい、自腹だろうな」

ゴードンは答えなかった。こいつ、引き出しのなかからタクシーチケットを持っていったのか。

「ローセのいちばん下の妹が、ローセのノートを貸してくれたんですよ」とゴードン。

「なるほど。リーセ＝マリーイからそれを取りにきてほしいとひざまずいて懇願されたのか？ だが、それほど重要なものなら、どうして彼女が自分でこっちに持ってこないんだ？」

「そういうわけじゃないんです」ゴードンのやつ、まったく人をイライラさせる。「僕が自分で考えたんです」

カールは頭に血が上るのを感じた。しかし、蒸気が噴き出る前にアサドがあいだに入った。

「まあ、これを見てみましょう、カール。ゴードンがきれいにまとめてくれましたから」

褐色の手が何冊ものノートとA４サイズの紙をテーブルの上に置いた。

カールはA４の用紙に目をやった。年号順に短い文章が書かれている。一瞥しただけでぞっとする内容だった。

一九九〇　口を閉じろ
一九九一　おまえが憎い
一九九二　おまえが憎くてたまらない
一九九三　おまえが憎くてたまらない――わたし
　　　　　怖い
一九九四　怖い
一九九五　おまえの言うことなど聞こえない
一九九六　お母さん助けて――卑怯者《ひきょうもの》
一九九七　地獄にひとり
一九九八　死ね
一九九九　死ね――わたしを助けて
二〇〇〇　黒い地獄
二〇〇一　真っ暗
二〇〇二　灰色だけ――考えたくない
二〇〇三　考えたくない――わたしは違う
二〇〇四　白い光

二〇〇五　黄色い光
二〇〇六　わたしはいい子
二〇〇七　聞こえない
二〇〇八　笑い声はやんだ、でしょ？
二〇〇九　あっちに行け、くそったれ！
二〇一〇　ほっといて
二〇一一　わたしは大丈夫、大丈夫？
二〇一二　わたしを見なさい、ブタめ！
二〇一三　わたしは自由
二〇一四　わたしは自由――あれは起こらない――
　　　　　――去った
二〇一五　溺《おぼ》れる
二〇一六　溺死《できし》しそう

「これが、一九九〇年から二〇一六年までローセがノートに書いていた内容です」ゴードンが表紙を指して言った。「それぞれのノートには、ご存じのとおり、同じ文句が繰り返し書かれています。その文句をここに書き出してみました。ノート一冊につき九十六ページですが、ローセが文字で埋め尽くしていないところも数ページあります」

ゴードンは最初のノートを開いた。ローセが《**口を閉じろ**》と何ページにもわたって書きつけている一九九〇年のノートだ。

「日付が変わるたびに、彼女は最初に書きつけた言葉の下に薄く線を引いています。一ページに線が四本ありますから、ちょうど四日分です」

ゴードンはランダムにページを開いた。たしかに、薄い線によってそれぞれの日付が区別され、毎日同じ数だけ文章が書かれている。ローセは十歳にして、これだけしっかりと段取りどおりにことを進める才能があったということか？

「線を数えてみました。ぴったり三百六十五本でした。というのも、彼女は一年の最後の日の最後の列の最初の言葉の下にも、線を引いていたんです」

「じゃあ、うるうる年は？」アサドが尋ねる。

「それを言うなら、うるう年だ、アサド」カールが正す。

アサドは額に皺を寄せただけだった。

「いい質問ですね、アサド」ゴードンが言う。「そこも彼女はきっちり調整していました。一九九〇年以降に七回あったうるう年には一日分を加えています。おまけに、うるう日に書かれた文は丸で囲ってあります」

「そうだろうとも。それでこそローセってもんだ」カールがつぶやく。

ゴードンがうなずいた。まるでとてつもなくローセのことを誇らしく思っているかのように。ローセにとって彼は、まさに忠実なファンにして僕《しもべ》でもある。まあ、ときにはそれ以上の関係みたいだが。

「なぜ七回なんですか？　うるう……年は六回だけで

は？」

「今日は五月二十日だぞ、アサド。すでに二月は終わっている。今年もうるう年だったじゃないか」

アサドは、まるで脳死判定を告げられたかのように、カールを見た。「カール、私が言っているのは二〇〇〇年のことです。私だって、百で割り切れる年がうるう年からはずれることぐらい知ってますよ」

「そのとおりだ、アサド。だが、四百で割れる年はうるう年なんだよ。当時、それが話題になっていたのを覚えてないか？　そこらじゅう、その話でもちきりだったじゃないか」

「なるほど」アサドがうなずいた。なにやら考えこんでいる様子だったが、気分を害したわけではないようだ。「おそらく、そのころ私はデンマークにいなかったせいでしょう」

「それで、おまえがいたところでは、うるう年のことは話題にならなかったのか？」

「あんまり」

「で、どこにいたんだ？」カールが追及する。

アサドは一歩引いた。「まあ、いろいろです」

カールは答えを待ったが、それ以上アサドは何も言わなかった。

「ともかく、僕は彼女が毎年書きつけてきた内容を一覧にしたんです」ゴードンが先を続ける。「そうしたら、彼女がこの期間どうだったのか、いくらか見えてきたんです」

カールはゴードンのまとめた内容に目を走らせた。

「なるほど、二〇〇〇年は少なくとも状態がよくなかったわけだな。かわいそうに」それから、カールは二〇〇二年を指差した。「たいていの年は、ふたつの呪文というか助けを求める叫びというか、そういうことが書かれているが、二〇一四年にはそれが三つになっている。なぜなのかわかったのか、ゴードン？」

「わかったともわからなかったとも言えません。どうしてスタイルを変えたのか、わからないんです。でも、さっきも言ったように、日付をたどっていくことはできます。そうすれば、スタイルが変わった日を突きとめることができます。その時期に、彼女の人生で何か特別なことが起きたのだろうと想像できます」

カールはゴードンのメモに目を落とした。ふたつ別々の文が書かれている年は五回ある。三つの文になっているのは一年だけだ。

するとアサドが言った。

「なぜ、二〇一四年にこの変化が起きているのか、わかります。そうでしょう、カール？　催眠療法の直後に彼女は文を変えています。だよな、ゴードン？」

ゴードンは驚いてうなずいた。「そのとおりです。そして、二〇一四年は、唯一、何も書かれていない日が何日かある年なんです。最初、彼女はこう書いていました。《**あれは起こらない**》それから三日間は線だけで何も書かれていません。それから大晦日までは

《去った去った去った》ばかりです」

「とっても特徴的ですね」アサドがきっぱり言った。

「翌年の初めには何があったんだろう？　毎年、新しい文で始めてるのかい？」

ゴードンの表情が変わった。どう答えたらいいのか、考えあぐねているようだった。遭難者の救助に急ぐ救急隊員のように、真剣で決意のみなぎる表情をしているが、その反面、初恋の少女にばったり会った少年のようにも見えた。

「いい質問ですね、アサド。実際、彼女はこの二十七年間のほとんど、一月一日は新しい文で始めています。ただ四回だけ、違うことがありましたが」

アサドとカールの目が、一九九八年と一九九九年に集中した。《死ね》とある。これだけでも異様だ。あのローセが本当に、ほぼ一年半、毎日毎日この言葉を書きつけてきたのだろうか？

「ほとんど病気だ」とカールが言った。「若い女性が毎晩机に向かってこんな恐ろしいことを書きつらねるなんて、どういうことだ？　ところがそのあとに、完全に方向転換してる。絶望的な助けを求める叫びがぷつりとやんでるな」

「本当にぞっとします」アサドが小声で賛同する。

「ゴードン、文が変わっているのは一九九九年のいつか、数えた？」

「はい、五月十八日です！」得意げに答えが帰ってきた。

「ちくしょう、そうか」カールがうめいた。

ゴードンが不思議そうな表情になる。「その日に何か特別なことでも起きたんですか？」

カールはうなずくと、スチールラックのいちばん下を指差した。そこには、背表紙に白いラベルの貼られたふたつのバインダーのあいだに、薄い黄色のファイルがはさまっていた。《要綱》と書かれている。特捜部Qの人間がまず手に取ることはなさそうなファイルだ。

ゴードンは身をかがめてそのファイルを手に取ると、カールに手渡した。

「これで説明がつくだろう」カールはそう言うと、ファイルから新聞を引っ張り出し、テーブルの上に広げた。

一面の上のほうに刻印された日付を人差し指で示す。一九九九年五月十九日。それから指を紙面の下のほうにある小さな記事まで滑らせた。

「四十七歳の男性、形鋼圧延工場で作業中の事故により死亡」

カールの指がゆっくりと死者の名をたどる。

「男性の名はアーネ・クヌスン。ローセの父親だ」

それからしばらくは、三人とも石のように立ちつくしていた。目だけがゴードンのメモと新聞記事を往復している。

「このノートが、二十七年という歳月のローセの心の状態を語っているという点では、われわれの意見は一致していると思う」カールはゴードンのメモを掲示板に留めた。

「ローセが戻ってきたら、すぐに剝がさないと」ゴードンが口を挟んだ。

アサドもうなずいた。「必ずそうしましょう。ローセは私たちを絶対に許さないでしょうから。彼女の妹たちも」

カールも同意見だったが、しばらくはこのままにしておくつもりだった。

「ローセの妹から、父親が彼女をひどく痛めつけていたことは聞いている。ローセは夜、ひとりで自分の部屋にいるとき、このノートを逃げ場のようにしていたんだろう」カールは少し考えた。「彼女にとってノートに文を書きつらねることは一種のセラピーみたいなものだったのかもしれん。だが、俺たちも今見たように、それだけでは足りなかったようだ」

「彼女は――殴られていたんでしょうか？」ゴードンが握りこぶしをつくった。全然強そうには見えない。

「妹によると、それはないらしい。あと、性的虐待もなかったようだ」アサドが答える。

「じゃあ、父親は言葉の暴力を振るっていた？」ゴードンが火のように真っ赤になった。こっちのほうがゴードンらしい。

「妹の話では、そうだ」とカール。「父親はローセを徹底的に支配したらしい。正確なことはわからない。だが、人を負かす方法には心理攻撃もある。そこは聞きださなければならないな。さしあたり、俺たちにわかるのは、父親の計画的な虐待にローセが苦しまなかった日は、二十七年間に一日もなかったということだけだ」

「これが、あのローセなんでしょうか？」アサドが言う。「どうも、私の知っているローセと結びつかないんですけど。ふたりはどうですか？」


カールはため息をついた。とことん気の滅入る話だった。

三人は黙りこくったまま、再びゴードンの書きだした一覧に目を向けた。

少なくとも二十分間は誰も口を開かなかった。それぞれが思い思いの推測をしていた。カールは、これほど長いあいだ助けを求めていた叫びと、彼女がひとりぼっちで行なっていたセラピーを目の当たりにして、胸が締めつけられる思いだった。

カールはため息をついた。自分たちがよく知っていると思いこんでいた女性が、これほどまでに破壊的で深い闇を抱えていたとは。その闇は、ぶっきらぼうな態度を取ることでしか処理できなかったのだろう……。

しかも、これほどの闇を抱えながら、俺が打ちのめされているときには、俺を励ます力をどこからか見つけてきた。彼女は特捜部Qで毎日エネルギーをかき集め、悲惨な事件に対しても並々ならぬ情熱を捧げ、鋭い感覚を生かして捜査に当たってきた。それも、夜になると自分のつくりあげたシステムに戻り、魂の苦しみを書きつけていたからこそ可能だったというのか？

なんてこった！　賢く有能なのに、苦痛に苛まれてきたローセ。おまえさんは、自分をこんな狂気に追いこんでいたのか？　そして今や、自分なりのセラピーも限界に達し、再入院しているというのか？

「ちょっと聞いてくれ」カールが口を開いた。

アサドとゴードンが目を上げる。

「ローセが一年を通して繰り返し書いてきた言葉には、彼女と父親の関係が反映されている。俺たちの一致している見解はそうだ。年の途中で文言《もんごん》を変えたのは、なんらかの出来事が起きたときだろう。それについては、おまえたちも同じ意見か？　最初の数年間はどうやら悪くなっていく一方に見えるのだが、それについてはどうだ？」

ふたりは首を縦に振って賛同の意を表した。

「あとのほうになると、事態はいくらかいい方向に動いたようにも見える。暗黒の地獄が、ここ数年は、灰色、白、黄色と、どんどん明るい色になっていき、ついには《わたしはいい子》というところまでたどり着く。ローセに何が起きたのか知りたいなら――もちろん知りたいのだが――、肯定的な言葉だろうと否定的な言葉だろうとその言葉を書くきっかけとなった出来事が何だったのか、それをはっきりさせなければならない。一九九九年に父親が死んでからは明らかな変化が見てとれる。頑として相手を寄せつけない姿勢だったのが、少しずつ変わってきている」

「あの、どう思います？」ゴードンが尋ねた。「彼女は自分と話すように書いていたのか、それとも父親に向かってるつもりで書いていたのか？」

「それを探るには、ローセをいちばんよく知っている人物の助けを借りるほかない」

「つまり、妹たちですね。文の特徴がいきなり変わった時期に何があったのか、彼女たちなら知ってるかもしれません」

カールはうなずいた。

すると再び、ゴードンの顔はいつものレバーソーセージのような色に戻った。こいつは病んでるように見えるときがいちばん調子がいいのかもしれん。

「この変化をどう解釈したらいいのか、心理学者に尋ねてみるってのはどうでしょう？」ゴードンが提案する。「心理学者なら、自分の見解をグローストロプの病院の精神科医に伝えることもできるでしょう」

「いいアイデアだね。いちばんいいのは、上に行ってモーナと話すことでしょうかね、カール？」モーナの話となるとすぐにやつくアサドが、珍しく真面目な顔でその名を口にした。

カールは両手を組んで、その上に顎をのせた。モーナと同じ建物のなかで働いているというのに、もう二年も口をきいていない。遠目から見る彼女は近寄りがたいと同時にどこか脆《もろ》くも思えた。彼女に話しかけることがまるで危険な賭《か》けのように思えた――話しかけたいのはやまやまだったが。リスに、モーナはどこか具合が悪いのかと尋ねてみたこともある。だが、答えはノーだった。

「よし、ゴードン。そんなにローセの妹と仲がいいなら、おまえが妹たちに電話をかけろ。ひょっとしたら妹のうちの誰かが会う時間をたっぷりと取ってくれるかもしれんぞ。アサド、おまえがその手はずを整えろ。いちばんいいのは明日だ。そうだよな？　それとモーナに電話してこの件を伝えるんだ」

アサドがにやっとした。「それで、あなたはどうするんです、カール？　家に帰ってのんびりするんですか、それとも三階に上ってツィマーマン事件について嗅ぎまわりますか？」

決まってるじゃないか、そんなこと訊くまでもない。

20

二〇一六年五月二十四日、火曜日

バスルームの鏡の前に、ジャズミンとデニスが並んでいる。ふたりのあいだからミッシェルが顔を出し、まるで古くからの仲間のように互いのメイクや髪型についてコメントしたり、髪を指で梳《す》いたりしていた。ジャズミンとデニスは本当に魅力的だとミッシェルは思った。ふたりからはおしゃれに関して学べることが多い。ジャズミンからは高い頬骨のあたりに柔らかなタッチでチークを入れる方法。デニスからは格好よく胸を持ち上げる方法とか。

「昨日は四千クローネ稼いだよ」デニスが言う。「そっちはどうだった、ジャズミン？」

ジャズミンは肩をすくめた。「最初は、金なんて払うわけないだろって感じだった。お金の話をしたらいきなり機嫌が悪くなって、出会い系サイトで知り合うのはそれが目的じゃないはずだとか言ってきて。まあ、そう言いながらも二千クローネ渡してきたけどね。ヤりたくてたまらなかったわけだし。でもわたしがコンドームを差し出すと、あの男、コンドーム使うなら千クローネ返せって言うの。で、返したら露骨に嫌な顔したわ」

ミッシェルはふたりのあいだに顔を挟み入れた。

「相手に、子供をつくりたいって言わなかったの？」

鏡のなかでジャズミンの眉がぐいと上がった。

「あの男じゃダメ。すごい不細工だったのよ。それに、セックスさえすれば結構稼げるんじゃないかって思ったしね」

ミッシェルは鏡のなかの自分の顔をまじまじと見つ

めた。わたしにもふたりみたいなことができる？　できたとしても、今のわたしみたいな女を欲しがる男がいるのかしら？　両目の周りに青あざができて、おまけに右目は充血していて、耳にも後頭部にも絆創膏を貼っているような女を。

「ねえ、これ、ちゃんと消えると思う？」ミッシェルは目を指差した。「充血がずっと消えないと、白目の部分が茶色くなっちゃうって聞いたことがあるんだけど」

デニスがアイライナーを手に持ったまま、振り向いた。

「どこで聞いたの？　あんたもしかして、今でもサンタクロースを信じてたりするタイプ？」

ミッシェルはとたんにきまりが悪くなった。もしかしたら馬鹿にされてる？　ふたりは、わたしがちょっと頭が弱くて、自分たちのほうが上だと思ってる？　運が悪ければわたしは棺桶《かんおけ》のなかに入っていて、ここにいなかったというのに、ふたりともそれを忘れちゃった？　わたしにはお金もなければ行くところもない。そのことも全然考えてくれてないの？　わたしはふたりとは違う。知らない男とそんなふうに簡単にベッドに入ることなんてできない。そんなわたしを馬鹿だなんて言えないはずなのに。

とはいえ、ミッシェルは、両親から信じこまされていたほど自分に才能があるわけではないことにすでに気づいていた。たぶん、頭の出来も自分で思っているほどよくはないのだろう。ミッシェルは、トゥーネにあるコンクリートでできたつましい家で、現実には目を向けずに、小さな人形と遊び、自分はお姫様だと空想しながら育った。そして、ひとりでメイクや髪型、自分で考えた服のコーディネートに夢中になっているうちに、同じ界隈のほかの少女たちは、どんどん成長して、いつのまにか少女趣味の世界から離れ、将来を見据えた進路を選択していった。

ミッシェルの自意識に初めてひびが入ったのは、友人たちの前で《エボラ》をイタリアの都市だと言ってしまったときだった。同じ日の晩、さらに失態をしでかした。昔は何もかも白と黒だったのね、古い映画でその様子がまだ見れるわよね、と言ってしまったのだ。そのとき、友達からはからかわれただけでなく、侮蔑《ぶべつ》するような目で見られた。ミッシェルは人生で初めて自分を恥ずかしく思った。その後も似たような失敗は続いた。いちばんの問題は、この世に存在しない単語を平気で使ってしまうことだった。でも、そういう経験から学んだことがある。自分の言ったことが世の常識からはずれていると気づいたときには、ほかの人と一緒になって自分のことを笑えば、なんとかその場をしのげるということだ。もちろん、心のなかでは傷ついている。だから、ミッシェルはだんだんと自分がきちんとわかっていることについてしか話さないようになり、知らない人の前では口をつぐむようになった。そしてその分、どんどん空想の世界へトリップしていくようになった。

空想の世界では、白馬に乗った素敵な王子様がやってくる。ミッシェルは大金持ちになり、みんなから崇拝されてちやほやされる。なんといっても、その世界での彼女はとても美人で、注目の的だ。どんな王子様も探し求めているのはそういう女性のはず。ミッシェルがイメージする恋愛物語では少なくともそうだった。

ふたりが鏡から離れて朝食のテーブルに着いたとき、ミッシェルはふと、デニスとジャズミンに、自分の空想物語に出てくる素敵な恋人たちについて話してみようと考えた。彼女たちも、売春とは違う恋愛をしようと考えてくれるかもしれない。

ヨーグルトを食べていたデニスが目線を上げた。

「王子様？　そんなものがいるって本気で思ってるんじゃないよね？　そんなもの、まだ信じてんの？」

「どうして？　世の中には素敵な人がたくさんいる

わ」

「ばっかみたい。目を覚ましなよ、ミッシェル。あたしたちもうすぐ三十になるんだよ。どんどん歳をとっていくんだから」

ミッシェルは首を横に振った。そのことは受け入れたくなかった。年齢のことを考えるだけで不安になる。

ミッシェルが椅子に座った。「《真実》ゲームをしない？」話題を変え、古びたビスケット皿を脇に押しやる。

「《真実か挑戦か》（紙に書かれた質問に対して真実を答えるか、命令にチャレンジするかを選ぶゲーム）のこと？」

「違うわ。《挑戦》はなしよ。それが面白いのは、男も一緒にゲームをやっているときだけでしょ。わたしたちがやるのは《真実》だけよ」ミッシェルは笑ってみせる。「始めてもいい？　いちばんひどい答えを出した人が洗い物をするのよ」

「いちばんひどい答え？　誰がそれを決めんの？」とデニスが言う。

「やっているうちにわかるわよ。やる？」

ふたりはうなずいた。

「オーケー。ジャズミン、今までにやったいちばんひどいことは何？　里子に出した赤ちゃんのこと以外で」ミッシェルがそう言うとジャズミンの顔がこわばった。しまった、最後のひとことは余計だったわ。その話をまた聞かなくてすむように、念を押すつもりで言っただけなんだけど。

「答えたくない」

とはいえ、もうゲームは始まっていた。そしてミッシェルは急に、このふたりと一緒に暮らすのがいいことなのかどうかわからなくなった。でも、それ以外に方法がある？

「ジャズミンったら、もう」デニスが口を挟んだ。「言っちゃいなよ」

ジャズミンは指でテーブルをトントン叩くと、深呼吸した。「いいわ。母親の恋人と寝たことよ。わたしを妊娠させた男は彼が最初」少しこわばった笑いを見せ、頭を反らした。

「なんてこと！」思わずミッシェルは口走った。「お母さんにバレた？」デニスの眉が上がる。

ジャズミンはうなずき、無理に笑顔をつくった。

「それで？　話は終わり？」デニスが笑う。

ジャズミンが再びうなずく。「でもここだけの話だからね。頼むわよ」

このゲームがこんな連帯感を生み出すなんて。ミッシェルは感激した。

「それで、デニス？　あなたがしたいちばんひどいことは？」

デニスはどぎつい赤に塗られた指の爪をチェックした。あれこれ考えているようだ。

「あたしにとって、それとも他人にとって？」そう訊くと首を横に傾けた。

「それは自分で決めて。このゲームではそのへんははっきり決まってないわ」

「そうねえ。いくつか思い浮かぶけど。チャンスさえあれば、あたし、〝パパたち〟から盗みを働いてるんだよね。たとえば、昨日の人からは奥さんの写真をくすねた。パパたちを厄介払いしたくなったら、それで脅すの。お金さえもらえば写真は返す。それで相手は消えてくれるってわけ」

「なるほどね。でもたいしてひどいことには思えない」ジャズミンが冷たく言う。

するとデニスがにやっとした。「あんたの番だよ、ミッシェル。あたしはあとでまた。別の答えが浮かぶかもだから」

ミッシェルは下唇を噛んだ。どう始めたらいいかわからなかった。

「でも、すっごく恥ずかしい！」

「ちょっと、そりゃないわよ。あなたの番なんだから」ジャズミンが汚れた皿を彼女の前に押しやった。

「言わないと、今すぐ皿洗いを始めてもらうからね」

「わかったわよ、言うってば」ミッシェルは手を口元に当てた。「ヌードモデルの仕事を引き受けることになったら、写真家と寝るのよね。そうすればいろいろうまくいくから」

「なんの話をしてるわけ？」ジャズミンがつまらなそうに言う。「そんなのダメよ。あなた、わたしたちには本当のことを話させて、自分はそんなくだらない話をしようっていうの？　まさか、昨日あの不細工と寝てお金を手にしたことを、わたしが楽しんでやったとでも思ってんの？」

「でも、また妊婦になるよりはましだったんじゃない？」デニスが遮る。

ジャズミンがうなずく。「さあミッシェル、言うのよ。今まででいちばんひどかったこと、恥ずかしかったことは何？」

ミッシェルは目を逸らした。「テレビで『誘惑のアイランド』を見るのが好きなの……」

「はあ？　もうやめてよ」

「……それで、自分がそこにいるのを夢見るの」

ジャズミンが立ち上がった。「さあ、シンクに行って。お皿が待ってるわ」

「……パトリクが家にいないとき、あれを見ながらずっとオナニーするのよ。全裸になって、番組が放送されているあいだずっと体をまさぐるの。すっごい興奮する」

ジャズミンが突然にやにやしだした。「まったく、クレイジーだわ！　ポイントを稼いだわね、いやらしいんだから」ミッシェルは再び仲間として受け入れられた。

「パトリクにもううんざりしているから、そういうことをするのよね。今はほんと、彼のことなんて大嫌い。昨日の夜中、あなたたちが外にいたとき、彼にどうやったら復讐できるか考えてた。パトリクが職場からケーブルとコンセントをくすねては潜りの仕事に使ってることを彼のボスに告げ口しようかとか、車のタイヤをパンクさせてやろうかとか、車の塗装にキズをつけてやろうかとか、彼が働いてるディスコで馬鹿にしてやろうかとか。きっとそれがいちばん嫌だろうから。彼は……」

「わかったわかった」ジャズミンがもういい、と遮った。「どう、デニス？　何か別のこと思いついた？」

デニスはうなずいた。「あたしがやった、最低なこと？　そうね、のべつまくなし嘘をついていることかな。誰もあたしの言うことなんか信じちゃダメ。あんたたちもね」

ミッシェルは額に皺を寄せた。それがいちばんひどいこと？

「でももっと別の、本当にひどいことを話すよ」

「言っちゃえ、言っちゃえ」ジャズミンの期待は今や最高潮に達していたが、ミッシェルは違った。たった今、デニスはひっきりなしに嘘をついてるって言ったじゃない。そんな人の話が信じられる？

「あたしたち、ミッシェルを助けてあげたらいいんじゃないかと思うんだよね」

ミッシェルにはわけがわからなくなってきた。デニスはわたしをからかってるの？

「オーケー、そうしよう。でもそれがこのゲームとどう関係あるの？」とジャズミンが尋ねる。

「これからミッシェルにあることを訊こうと思う。もしミッシェルがあたしの言うことに賛成するなら、ジャズミン、あんたがゲームに負けることになる」デニスはミッシェルを見た。「あんた、ここでの暮らしにまったく役立ってないよね？　お金のこと。あたしたちがどうやって稼いでいるか、知ってるよね？　あんたがなんと言おうが、あたしたちはそうやって稼ぐ」

ミッシェルの頭のなかはぐちゃぐちゃだった。「わたしに何を言えってこと？　どうやってお金を稼いだらいいかなんて、まったくわかんない。わかってたらとっくの昔にやってるわ。パトリクがわたしを追い出して……」

「何かあるんじゃないの、ミッシェル？　前にスヴェンスンを脅してやろうとか言ってなかったっけ？　それでどう？」

「え、だってあれはただの……」

「それか、パトリクのうちまで行って、一切合切盗んでこようか？」

「ちょっと、冗談でしょ」ミッシェルは慌てた。「わたしがやったって、すぐにバレるわ」

「じゃあどうすんの、ミッシェル？　あたしはあんたが言うことならなんでもやる気だよ。それがどんなにとんでもないことでもね」

ジャズミンが声を立てて笑った。このゲームを面白がっている。ミッシェルとはまったく逆に。

「さっき、パトリクはボスからケーブルとかをくすねてるって言ってたじゃない？　それをネタにゆすろうよ」ジャズミンが提案する。

「ダメよ！」ミッシェルが首を横に振る。「バレたら、パトリクに殺される！」

「そういえば、あなたのパトリク、見た目はいい男よね。どこのディスコのドアマンをしているんだっけ？　いつしてんの？」ジャズミンが尋ねる。

ミッシェルはさらに強く首を横に振ったが、結局は白状した。「水曜と金曜。でも彼はわたしにお金なんて絶対に渡さないわ。逆立ちしたって無理よ。それに、そこらじゅう監視カメラだらけだし」

「どこ？　どこのディスコかって訊いてんのよ」

「ディスコっていうか、どちらかっていうとクラブって感じ」

「で、どこの？」

「《ヴィクトリア》よ、南港の」

　ジャズミンは椅子の背にもたれ、タバコに火をつけた。「《ヴィクトリア》ね、オーケー！　あそこなら常連だった。男たちをよくお持ち帰りしたもんだわ。お店のコンセプトも最高よね。確か、週末だけじゃなくて月曜から木曜もやってるし。あの界隈で平日にオープンしている唯一のクラブ。ドリンクオーダーはマストだけど、ゾンビ（ラムベースの強いフルーツカクテル）でも一杯頼んで夜じゅうちびちびすすっていればいい。誰か男を引っかけて、残りは全部払ってもらえるかもしれないしね。パトリクはいつから《ヴィクトリア》で働いてるの？　店で会ったことがない気がするけど」

　ミッシェルは思い出そうとした。だが、時間が経てば経つほど彼女の記憶は当てにならなくなる。

「そんなこと、どうでもいいよ」デニスが切り替える。「知ってること全部話して。出入口の場所、事務所への行き方、開店時間と閉店時間、たとえば水曜日のね。客は多いか、客層はどんな感じか。とにかく、思い出せることを全部話して。そしたら、ジャズミン、あんたはそのあとでさらに知ってることを教えて」

「なんでそんなになんでも知りたがるの？　本気で恐喝するつもりじゃないんでしょ？」ミッシェルは笑いながらも動揺していた。「冗談で言ってるのよね？」

　けれど、デニスもジャズミンも黙っていた。

21

二〇一六年五月二十四日、火曜日

カールの家では、おぞましい夜が延々と続いていた。地下に引きこもったモーデンが十分ごとに胸の張り裂けそうな声をあげては、泣いている。カールもハーディも、ぞっとするその声にこれ以上耐えられそうになかった。男性ホルモンが体の隅々まで行き渡ったマッチョでもの知りの恋人をつなぎとめるには、まずは劇的に痩せるしかないだろう。標準体重を四十キロはオーバーしている巨大な赤ん坊に、どうやったらそれを納得させられるのだろう？　ハーディもカールもへとへとになりながらも、なんとかモーデンの気を紛らわせて慰めようとしたが、それはブードゥーの儀式のごとく、傷ついた嫉妬《しっと》深い心に針をぐさぐさ刺しているのと同じだった。

「俺、出かけるわ」翌日まだ暗いうちに、精根尽き果てたハーディが宣言した。「モーデンには、俺が途中で車椅子の充電をしてくると言っといてくれ。夕食の時間には戻ってくる」

カールはうなずいた。ハーディは本当に賢い。

カールも早々に家を出た。ツィマーマン事件について嗅ぎまわろうと警察本部の三階まで上がったとき、自分もハーディに劣らず疲れ果てていることに気づいた。

収穫のありそうな事件が持ちこまれると、殺人捜査課には、とても科学では説明できないような凜《りん》とした空気が漂う。ちょうど雪が降る少し前に感じる気配のように。捜査員たちは背筋を伸ばし、頭をほとんど動かさず、目を軽く細めて、それぞれのデスクに向かう。

カールが上がっていったときがちょうどそんな様子だった。まだ十分な情報が集まってはいないものの、殺人捜査課の見解は、故意に誰かを轢き殺そうとしている危険人物が野放しになっているという点では一致していた。捜査員たちの熱気が廊下にまで伝わってくる。誰もが出動を待っていた。その見解が正しければ、大勢の捜査員を的確に動員しさえすれば、事件の再発を防止できるだろう。

「ずいぶんと活気があるな。ミツバチがブンブン言っているみたいだ。新しい情報でも入ったのか？」カールは廊下で会ったベンデ・ハンスンに尋ねた。最近警部に昇進したハンスンは、警察本部内でカールが敬意を払っている数少ない同僚のひとりだ。

「テアイ・プロウは勘がいいわね。それは認める。彼は両方の轢き逃げ事件の類似点を洗い出すために、ふたつのチームを組織したの。で、両チームともすでに成果をあげてる」

「たとえば？」

「たとえば、どちらの事件にも使われたのは赤いプジョーよ。たぶん一〇六ね。同じ車かもしれない。それから、どちらの現場にもブレーキ痕がまったくなかった。少なくとも、二件目の轢き逃げは故意だったに違いないわ。最初の轢き逃げでは、近くの住民が、そんな感じの車がしばらく路上に停まっていたと証言しているわ。それも、パーキングメーターのところに停まっていたわけじゃないみたい。それから、被害者の服装と容姿がとても似ているのよ。年齢もほぼ同じで、ふたりとも生活保護を受けてるわ」

「なるほど。だが、生活保護を受けてることはそんなに珍しくないだろ？　それにデンマーク人の家には、《H&M》の服が少なくとも一着はあるんじゃないか。ないのはうちくらいなもんだ」

ハンスンはうなずいた。「ともかく、捜査員たちは今、赤いプジョーを追ってる。古いモデルで、事故を起こした形跡のあるやつをね。パトロールカーにはその情報がすべていっているはずよ」

「で、殺人捜査課では今、十人もの捜査員がただ座って結果待ちというわけか?」

ベンデ・ハンスンはカールの胸を肘でつついた。

「相変わらず厳しいわね、ミスター・マーク。少なくともデンマーク警察には問題点をはっきり指摘する人がひとりはいるってことね。素晴らしいわ」

それって褒め言葉か?

カールはハンスンに笑ってみせると、カウンターに直行した。しかし、いつも不機嫌な顔つきのサーアンスン女史が珍しくカウンターのなかにいない。いや、いた。デスクの下で屈んでいたのだ。サーアンスンが立ち上がった。顔が紅潮している。

「パスゴー以外で、ツィマーマン事件を捜査している人間と話せないかな?」カールは無邪気を装って尋ねた。

サーアンスンがわざとらしく書類をあちこちに押しやる。

「こちらは、事務手続きを踏む気のない方のための情報センターではありません。カール・マークさん」

「ギアトはパスゴーのチームか?」

すると、サーアンスン女史が顔を数センチ上げた。そろえた前髪が額にはりつき、下唇を引き下げ、威嚇するように前歯をむき出しにしている。その状態を表すのに〝怒り〟という言葉では足りないだろう。

「いったいどうしろというんですか、マークさん?《所定の手続きを踏んでください》と厚紙に書いて切り抜いて、そこに電飾でもつけましょうか? それとも、何メートルもの大きさでそう彫刻しましょうか?」

その瞬間、カールはぴんときた。そうか、例のホットフラッシュだ。サーアンスン女史はデスクに隠れた両足を冷水に浸していたんだ。今の彼女は、脱走した竜とブロッケン山の魔女と血のにおいに狂うハイエナの群れを足したようなもの。極めて危険だ。

カールはあとずさりした。サーアンスンが更年期障害を克服するまで、距離を置いたほうがよさそうだ。

「よう、イェーヌス」警察本部の広報課長がのろのろと歩いてきたので、カールは声をかけた。轢き逃げ犯とその犠牲者について報道陣にどう伝えるか、ビャアンと打ち合わせをするつもりのようだ。

「イェーヌス、ツィマーマン事件についてその後どうなったか聞かせてくれないか？　地下の俺たちのところでちょっと気になることが……」

「パスゴーと話してくれ。彼の事件だ」広報課長がサーアンスンに短く目配せすると、彼女もおっくうそうに返した。一応、相手に敬意を払ったつもりなのかもしれない。

カールはなす術《すべ》もなく、そこに突っ立っていた。すると、リスがビャアンの部屋から軽快な足どりで出てきて、にっこりしながらイェーヌス・ストールにドアを開けてやる。

「リス、ツィマーマン事件の展開について何か知ってるか？」

彼女はくすりと笑った。「わたしがちょうど今、記録を書き上げたところだって、どこの小鳥があなたの耳にささやいたのかしら？　パスゴーに訊いてみたら？」リスはサーアンスンのほうに目をやった。サーアンスンはダメダメと、手振りで拒絶の合図を送っている。

「リス、聞いてくれ。俺たちは今、ある事件に取りかかっているんだが、それがきみたちの事件と関連しているかもしれないんだ。だが、俺とパスゴーの仲が悪いことはきみも知ってるだろ？」

彼女はうなずいた。「たしかにいろいろあるわよね、カール。捜査はいろいろな角度から行なわれてる。パスゴーも、ツィマーマン事件を髣髴《ほうふつ》とさせるような殺人事件がかなり前にあったことを知ってるわ。まさにそのために、ついさっき、パスゴーとビャアンはマークス・ヤコプスンに電話してたもの。あなたたちふたりでもう、両方の事件について話をしたんですってね。パスゴー、激怒してたわよ。わたしがあなたたなら、すぐに下に退散するわね。二十秒もすればパスゴーが出てくるわよ」

パスゴーが怒ろうと、そんなことはどうでもいい。ただ、殺人捜査課がマークス・ヤコプスンを味方に引き入れたのが気に入らん。もっとも、俺たちがコンゲンス・ヘーヴェで発見したことについてまだマークスに伝えていなかったのは幸運だった。いずれにせよ、これ以上は目立たないほうがよさそうだ。殺人捜査課の連中にすべてを取り上げられたくないからな。

パスゴーがドアを開けると、カールのタバコの煙が彼を覆った。腕組みをして自分を待っているカールを見つけたとたん、パスゴーは爆発した。

「俺たちの事件からどうしても手を引かないって言うんなら、ひどい目に遭わせるぞ！　いいか！　それにな、ビャアンはおまえに大目玉を食らわせるつもりだぞ。それはそれはひどい……」パスゴーが言いよどむ。

「おまえのエゴと同じくらいひどい大目玉か？」カールは言ってやった。

パスゴーが意地の悪い顔を怒りで歪め、罵り言葉を吐き散らした。馬鹿なやつほどよくしゃべるよな、とカールは思った。壁越しに聞こえたのだろうか、殺人捜査課課長が素早く部屋から出てきた。

「あとは引き受けよう、パスゴー」ビャアンは穏やかにそう言うと、カールになかに入るよう合図した。

ビャアンはデスクの横に座っていた広報課長に、にこりともせずにうなずいた。カールも椅子に座り、特大の雷《かみなり》の襲来に備えた。

「イェーヌスが言うには、われわれの共同プロジェクトはあまりうまくいっていないようだが、カール」

カールは額に皺を寄せた。共同プロジェクト？　そんなもん、あったか？

「オーラフ・ボーウ＝ピーダスンが私に連絡してきたことは知ってるはずだ。本部長と広報課は、取材班の撮影協力者にきみを選んだ。『ステーション３』は普通の報道番組とは少し路線が違う。これまでも、視聴者に犯人について多くの理解を……」

カールはぐっとこらえた。

「そうだ、カール。とにかくこらえるんだ。明日から気を取り直して取材班とつき合ってくれ。いいな？」

俺にどう答えろって言うんだ？　もうすべて決定した話じゃないか。だが、けじめは必要だ。

「よくない。どこかで線引きは必要だ。あのテレビ屋たち、事情聴取にまでついてこようとしたんだからな！」

広報課長がうなずいた。「もちろんだ。しかし、連中に肘鉄を食らわさずに、もっと何か生産的なことを提案できなかったのか？」

カールの目は、そんなの無理に決まっていると言っていた。

「それなら、連中にこう言うんだな。『残念ですが、事情聴取への同行はご遠慮ください。ただ、明日についてはいくつかご提案があります。そちらのネタにしていただけるような材料があるはずです』と。それなら難しくないだろう？」

カールはため息をついた。

するとビャアンが言った。「カール、われわれはきみがパスゴーの仕事に首を突っ込んでいるのを知っているんだぞ。なんだってきみがラウアスンとコンゲンス・ヘーヴェのツィマーマン事件の現場にいたんだ？あそこで何を見つけた？」

カールは窓の外を眺めた。この部屋のいちばんいいところは眺望の良さだ。

「おい、訊いてるんだ、カール！」

「わかったよ。鑑識の結果、被害者に尿が付着していたことがわかっただろう。その尿の出どころを突きとめた。それは同時に、被害者が犯人に追われていたことを示してるんだ」

「イェーヌス、私が言ったとおりだろう？」とビャアンが言う。

　ふたりはにやつきながら互いにうなずいた。いったいどういうことだ？　こいつら、俺に事件を解明させようとしているのか？

「十分後に上に行ってモーナに会わなくてはなりません」カールが自分の部屋に戻るなり、アサドが告げた。

「三階で何かわかりましたか？」

「ああ。非公式にだが、ツィマーマン事件について俺たちも捜査に加わるよう言われた。テレビ局の取材班が取り上げたいと言っている事件だからな。『ステーション3』が、この事件の捜査に同行したいと言ってきたんだ。それと、本部長たちはパスゴーだけにはカメラの前に立ってほしくないらしい。当然だよな。あの面《つら》じゃ警察の体面に関わる」

　アサドがぽかんと口を開けた。

「それだけじゃない。三階のやつらはおまえのことを、警察本部のエスニックな天才児とみなしてる。われわれのダイバージェンス《拡散》を世間に知らせるときが来たってさ」

　アサドは額に皺を寄せた。そうか、アサドにはちょっと難しすぎるよな。

「ダイバーシティ《多様性》のことを言ってます、カール？」

　今度はカールが口をぽかんと開ける番だった。ダイバーシティ？　そんな言葉だったか？

「というわけで、俺たちはテレビクルーの望むようにしなきゃならないというわけだ。まあ、パスゴーより俺のほうがイケてるからな」

アサドは爆笑した。それから、カールをじっと見た。

「あの、大丈夫ですか？」

「大丈夫なわけないだろ。これから二週間、あのアホ連中を引き連れて歩くなんて絶対にごめんだ」

「ええと、私が言ったのはそっちじゃなくて。これからあなたはモーナと会うので」

「俺がなんだって？」

「やっぱりさっきの話を聞いてなかったんですね。モーナが私たちを待っています。それから、ローセの妹のユアサも上に来ています。残りのふたりは仕事で来られないそうです」

22

二〇一六年五月二十四日、火曜日

ヴェスタブロー広場の売店に陳列された新聞の見出しは人々の目を引いた。鮮やかな赤と黄色の文字でセンセーショナルに、ふたつの事件の共通点を書き立てている。デンマーク国民は前日のトップ記事、センタ・バーガー事件を思い起こし、騒然となった。これが話題にならないわけがなかった。

新聞は、ミッシェル・ハンスンとセンタ・バーガーの写真のなかでも、特にふたりがそっくりに写っているものを掲載していた。しかしアネリからすれば、記事の内容は明らかに事実と違っていた。被害者はふたりとも若くて元気で健康な女性ですって？　国じゅうがまるでふたつの事故について嘆き悲しんでいるかのように書かれている。

　ふたりの名前の下には《求職中》と書かれていた。よく言うわ！　アネリの鼻息が荒くなる。あの寄生虫たちは、今こうしてメディアの注目を浴びている――それこそ、いつもあの女たちが求めていたことじゃないの！　アネリは我を忘れるほど憤《いきどお》っていた。よりによって自分が彼女たちを有名にすることに手を貸したという事実に、怒りを覚えずにいられなかったのだ。

　記者たちはなぜ、被害者たちは社会の寄生虫で、駆《く》除《じょ》してさっさと忘れられるべき存在だと告発しようとしないのだろう？　最近のマスコミは、なんで徹底的な取材をしないのだろう？

　放射線治療が終わると、アネリは自分のデスクの前に座っていろいろと考えた。ジャズミンやミッシェルがあのお粗末な記事を読んで警察に通報しようという気になったらどうなる？　警察がいきなりここにやってきて、話を聞きたいと言ってきたら？　でも、昨日のジャズミンとの面談では事故の話が出たけど、なんとかやりすごせたはずだ。我ながら対応もうまかったし、プレッシャーにもよく耐えた。警察から、「ふたりとも誰かに故意に轢かれたようなのですが、あなたはふたりともと大きな関わりがありましたね」と追及されたら、ショックを受けたふりをしよう。「センタ・バーガーさんの担当を離れてもう何年も経ちますけど、とてもいいお嬢さんでした」とかなんとか言って。

　あれこれ考えているうちに、アネリはだんだん高揚し、笑いがこみあげてきた。しかしすぐに落ち着きを取り戻した。誰かがこの部屋を覗いて、なぜそんなに機嫌がいいのかなんて尋ねられたらまずい。この職場では笑うととても目立つ。笑えるようなことなどまずないからだ。

アネリはすでに次のターゲット選びを開始していた。ある日突然、わたしが犯人だと判明するかもしれない。でも今は、それについて考えるのはやめておこう。もともとアネリは、次のターゲットをセンタと同じ日に消すつもりだった。次は誰がふさわしいかはわかりきっている。今度は魅力的ではない女を選ぶのだ。マスコミが、ミッシェルとセンタについて、美人でかわいいことを共通点のひとつとして報じたことを考えれば、それが得策だ。今回狙う女は、救いがたいくらい尊大な人間。昔は平均的な容姿だったのに、成長するにつれて情けないほど太ってがさつになった人間。態度が悪く、それ以上に趣味の悪さを体現しているような人間。

その女の本名はロベアタ。だが、洗礼名のほうがかっこいいと思ったのか、ベアタと名乗っている。ベアタもまた、社会福祉制度からしたたかに金を巻き上げる術《すべ》をよく知っている。アネリが担当していた数年間、ベアタはいったい何足のブーツを買ったことだろう。何しろふくらはぎがむちむちしすぎていて、数週間も履けばファスナーがはじけてしまうのだ。アネリはベアタに何度も有意義な提案をしてやった。だが、まったく耳を貸さなかった。ベアタを職に就かせるために何を言っても不満ばかり。どんな計画を立ててやっても返ってくるのは文句だった。ちょっとしたことですぐに診断書をもらいにいき、年がら年じゅう、知人という知人に金をせびっている。しかも、毎回、金を貸してくれる愚か者が見つかるようだった。アネリが別の福祉事務所に移る前、ベアタの借金は百五十万クローネに達していた。四年前の話だから、今では何倍にも膨れ上がっているはずだ。

ネットの検索サービスでベアタ・リンの住所を調べると、昔と変わらず、アマーブロゲーゼの裏通りに住んでいることがわかった。小さな飲み屋がたくさんある地区だ。もうもうと煙が立ちこめるなか、バーのカウンターチェアに座っているベアタの様子が思い浮かんだ。目の前にはビールがあり、横には支払いをしてくれる男が座っているのだろう。

何年か前、アネリは事前に知らせたうえでベアタの家を訪問したことがある。だが、結局、鍵のかかったドアの前で立ち尽くす羽目になった。近所の酒場をひとめぐりしたアネリは、《ノアポーレン》というカフェでようやくベアタを発見した。ベアタは約束を守らなかったことに対する言い訳を猛然と並べ立てた。それ以来、アネリは彼女のために骨を折ることをやめた。

ベアタ・リンは目立って不細工なだけでなく、社会にとって最悪の敵だ。見ているだけでむかむかしてくる。ベアタなら、死んだあともタブロイド紙の一面を飾るなんてことはありえないだろう。

いや、多少はマスコミが騒ぎ立てるかもしれない。そのせいで事件の背景を追及されると困る。やはり、計画を練り直さなければ。ベアタには少し待っててもらおう。

仕事が終わると、アネリは無意識にジャズミンの住んでいる南港へと自転車を走らせていた。

赤い壁の建物と近所の様子を把握するため、三十分ほどあたりをうろつく。だめだ。ここではプロジェクトを実行に移すことはできない。袋小路の反対側に見えるボーメスター・クレスチャンスン通りは人が多すぎる。スーパーに買い物にいく人たちがひっきりなしに横切り、あたりをうろうろしている。それでもアネリは当初の計画はそのままにして、当面はジャズミンから目を離さないでおこうと決めた。そのうち、ジャズミンの毎日の動きがつかめるようになるだろう。あの女の弱点や隙がどこにあるかわかるはずだ。それを手がかりにして事故をしかけることができる。

アネリは建物の四階を見上げた。届け出によれば、ジャズミンの住所はここだ。住民登録局によると、母親のカーアン＝ルイーセ・ヤーアンスンと住んでいる。母親はここ何年も娘が繰り返し妊娠することに腹を立ててきたはずだ。だが、それも、もとはといえば母親の責任ではないか？　無能きわまりない女に育てたのは母親なのだから。とても同情なんかできない。

でも、ジャズミンがもう母親と一緒に暮らしていなかったら？　あの手の連中のつねで、どこかの男の部屋へ転がりこんでいたら？　その男もまた生活保護を受けていて、補助金を失いたくないからと言って、彼女に両親の住所を使わせつづけているのだとしたら？いや、そのほうがかえって都合がいいかもしれない。ここよりも人通りの少ないところに住んでいるかもしれないし……。

アネリはジャズミンの母親の番号に電話をかけてみた。相手はすぐに出た。

「ジャズミンとお話がしたいのですが」

「失礼ですが、どちらさまですか？」カーアン＝ルイーセ・ヤーアンスンは、この界隈で暮らす労働者階級の人間としては、明らかに気取っていた。

「あの、ヘンリエデです。ジャズミンの友達です」

「ヘンリエデさん？　聞いたことのないお名前だわ。でもともかく、ヘンリエデさん、ジャズミンはここにはもう住んでいません」

アネリはうなずいた。やっぱり勘は当たっていた。

「本当ですか？　では今どちらに？」

「おかしなこともあるものね。さっきも、あの子について尋ねてきた人がいたわ。でも、少なくともあなたのほうがちゃんとしたデンマーク語を話すわね。ところで、娘にどんなご用かしら？」

これはまたストレートな質問だ。母親となんの関係があるというのか。ジャズミンはもういい歳をした大人のはずだ。

見上げると、カーアン＝ルイーセ・ヤーアンスンが携帯電話を耳に当てながら窓辺に立っているのが見えた。もう昼だというのに、いまだにモーニングガウンをまとっている。この親にしてあの子ありか。

「クリスマスのプレゼントを買うのに、ジャズミンからお金を借りていたんです。やっと返せるようになったものですから」

「変な話ね。あの子、お金なんて持ってないはずなのに。で、おいくら?」

「えっ?」

「あの子にいくらお金を借りてらしたの?」

「二千二百クローネです」このくらいが妥当だろうと思いながらアネリは答えた。

少し間があいた。「二千二百クローネ?　あのね、ヘンリエデさん、わたしにそれを返してくれればいいわ。あの子はわたしから、もっと借金してるんだから」

アネリはむせそうになった。なんて下劣な人だろう。「そうしてもいいですけど。でもまずはジャズミンに電話して訊いてみないと」

母親の声が急にとげとげしくなった。「わかったわ、そうしてちょうだい。でも、そのあとに必ずわたしに連絡してくださいね。それじゃ」

だめだめ、切らないで!「わたし、ヴァンルーセに住んでいるんです」慌《あわ》てて言った。「もしかして、ジャズミンも近くに住んでいませんか?　それなら、直接会いにいって訊いてみようと思うんですけど」

「近くなのかどうかなんてわからない。あの子はスティーンルーセってとこに引っ越したばかりなのよ。どこだか知らないけど。さっきの人にもそう言ったわ。あの子宛ての郵便物がいまだにこっちに届くのよ。そのうち取りに来ると思うけど。そしたら、あなたがお金を返したがってるって伝えるから」

「スティーンルーセ?　ああ、そうでした!　聞いたことあります。リレトフト通りの先ですよね?」適当に口をついで出た名前の通りがスティーンルーセにあるわけなかったが、リスクを冒さなければ何も得られない。

「いいえ、そんな名前じゃないはず。あの子から直接聞いたわけじゃないけど。当たり前よね、母親になんて何も話してくれないんだから。あの子が電話してるのを聞いたのよ。サンデールがどうとか言ってたと思うけど。でもそんなことどうだっていいじゃない。お金はわたしに届けにくればいいのよ。もともとわたしのなんだから」

アネリは、インターネットで《スティーンルーセ》と《サンデール》を地図検索してみた。すると、唯一《サンデールパーケン団地》の住宅群がヒットした。実際にそこまで行ってみると、ひと目ではとても見渡せないぐらい大きな集合住宅だった。とてつもなく細長い二階建ての建物が二棟あり、それぞれにたくさんの部屋があるようだ。まったく、ジャズミンが届け出していないせいで、彼女の住まいを探し出さなきゃならないなんて。まさか一軒一軒を訪問するわけにはいかないし、何時間もこの界隈を歩くわけにもいかない。何か口実をつくってジャズミンに直接電話をかけるというのはどうだろう？　たとえば、新聞のお試し購読の営業電話をかけて住所を聞きだすとか。でも、彼女がそういうものに興味があるとは思えない。不信感を持たれるだけだろう。

疲れを感じながらもアネリは、それぞれの棟に設置されている呼び鈴を眺めていった。本当にたくさん名前がある！　ネットで検索したほうが早いのではないだろうか？　いや、届け出を出してないジャズミンが検索に引っかかるわけがない。郵便受けを一つひとつチェックしてもいいが、それもジャズミンが部屋の所有者の横に自分の名前を貼っていればの話だ。そんなことは、まずしてないだろう。

アネリはため息をついた。ほかにどんな手段がある？　ともかく、何かしないと。

彼女は自分の前に建っているA棟から始めることにし、銀色の郵便受けにあるネームプレートをチェックしていった。ところが、郵便受けにネームプレートを貼っている住人は少なかった。B棟をチェックしながらもうあきらめようと思ったとき、ある名前に目が留まった。心臓の鼓動が速くなる。

一挙両得というべきだろうか。

そこには、《ツィマーマン》と記されていたのだ。

ツィマーマン。デニスの苗字だ。

その名前は、アネリのリストのなかで、ジャズミンと同じくらい上にあるものだった。

23

二〇一六年五月二十四日、火曜日

モーナの部屋に向かう廊下に出ただけで、カールの鼻はあの香りをはっきりと感じとった。顔が熱くなり、官能的なあの時間がよみがえってくる。なんでもっとましなシャツを着てこなかったんだ？　なんでバニラの香りがするモーデンのデオドラントをつけてこなかったんだ？　なんで……。

「こんにちは、カール。こんにちは、アサド」声がした。彼女の声だ。あのころ俺をめろめろにさせた声だ。

部屋のなかにはデスクがなく、かわりに四脚の椅子があった。赤い口紅をつけた彼女は、まるでカールと最後に会ったのが昨日であるかのように、微笑んでみせた。

ユアサもいた。カールはふたりにうなずくことしかできず、とりあえず椅子に腰かけた。喉に大きな塊がつっかえていて、ひとことも発することができないような気がする。

モーナは以前とあまり変わらないように見えたが、どこか違っていた。体つきは相変わらずほっそりしていて、とんでもなくセクシーだ。だが、顔つきが変わっている。ほんのわずかな変化も、カールは見逃さなかった。唇は前ほどはふっくらしておらず、上唇付近の皺は以前より深く刻みこまれ、肌のはりがなくなっている。それでもカールはその顔に触れたくてたまらなかった。

そこにいるのはかつての恋人、少しだけ歳をとったモーナだった。別れてもう何年も経つ。今日まで、どうしていたのだろう。


彼女が一瞬、だが強烈な微笑みをこちらに向けた。カールは思わずぼうっとして息がつけなくなった。

俺がこんなに舞い上がっていることに彼女は気づいているだろうか？

モーナは、自分の横に座っているローセの妹に目を向けた。

「ユアサ・クヌスンさんとわたしは、ゴードン・タイラーのまとめたローセの言葉のリストと、それがいつ書きつけられたかを見ました。それから、ローセがつけてきた呪文のノート――そう呼ぶことができればですが――に書かれている内容がいつ変わったのかも。この件に関して、ユアサさんからお話ししたいことがあるそうです。そうですよね、ユアサさん？　わたしもサポートしますし、わたしの個人的見解もあとでお話しします」

ティム・バートンの映画にでも出てきそうな赤い髪のユアサがうなずいた。ひどく打ちのめされているようだった。その目は「途中で泣きだしたらすみません」と言っている。ユアサは深呼吸すると話しはじめた。

「ここに書かれていることは、みなさんもうご存じと思います。でも、何があったのか、どれだけのことがあったのか、わたしにもよくわからないので、もう一度すべてまとめてみました。驚かれるかもしれませんが、ローセが何を書いたのか、きちんと見たのは今回が初めてなんです。ゴードン・タイラーさんが書き出したリストを読んで、初めてどういうことなのかわかったとも言えます」

そう言うと、ユアサはゴードンのメモを広げた。カールには、そこに何が書いてあるのか見なくてもすべてわかっていた。

「父がローセへの嫌がらせを始めたとき、ローセは九歳、わたしは八歳、ヴィッキーは七歳で、リーセ＝マリーイは五歳でした。何がきっかけだったのかはわかりません。でも、一九八九年に何かが起きて、そのときから始まったようです。一九〇〇年から九三年まで、状況はどんどん悪くなっていきました。ローセは九三年に〝怖い〟と書いていますが、そのころから部屋に引きこもるようになりました。実は、わたしとヴィッキーに対してしかドアを開けない時期もあったんです。食事を持っていったときには、何度もドアをノックして、父が来たわけではないと納得させてからでないと開けてもらえませんでした。彼女が部屋を出るのは学校とトイレに行くときだけ。しかもトイレに行くのも家族が寝静まってからでした」

「お父様による精神的虐待はどのようなものだったのですか？　お父様がローセをどのように苦しめたのか、例をあげてもらえませんか？」モーナがユアサに頼む。

「はい、それはもう本当にいろいろですが、いつもストレートな言葉でした。父はとにかくローセの何もかもが気に入らなくて、ちょっとしたことでも叱りつけていました。おまえは醜いとか、おまえなんか誰にも好かれないとか、おまえなんか生まれてこないほうがよかったとか、そういうことをしつこく繰り返すんです。わたしたちは耳を塞《ふさ》いでいました。聞くに耐えなかったからです。残念ながら、そのせいであまり覚えていないんです。リーセ＝マリーイとヴィッキーとわたしは一緒に食事をしていたので、おそらくそのことについても話していたはずです。でもあまり覚えていないんです。わたしたちがなぜこんなに覚えていないのか自分でも理解できません。本当に……」ユアサは二、三度息を止め、まばたきして涙をこらえた。そのまなざしには深い悲しみと、自分たちを恥じている様子が表れていた。ローセの不幸をあまり気にしていなかったことをとことん悔いているのだ。

「そのリストをもう少し見ていきましょうか、ユアサさん」モーナが言う。

「わかりました。一九九五年にローセは反撃を開始したようです。《おまえの言うことなど聞こえない》というこの言葉を読めば、誰でもそう感じますよね」ユアサは一同に目で問いかけた。

「つまり、ここに書かれていることはすべて、ローセが心のなかで父親に向かって発していたもので、それは父親が九九年に死んだあともまだ続いていたと言うんですか？」カールが質問する。

「ええ、きっとそうです。九五年、ローセは、それまではただ怯えていた女の子から勇気のある女性に変わったんです。それには新しいクラスメイトの存在があったんじゃないかと思います。九四年に学年の途中で同じクラスに入ってきた女子生徒です。わたしの記憶ではたしか名前はカロリーネといって、とにかくほかの生徒とはまるで違う子でした。ほかの子たちのようにテイク・ザットやボーイゾーンなんか聴かずに、ラップやヒップホップが好きで、２Ｐａｃ、シャギー、８Ｂａｌｌ＆ＭＪＧといったミュージシャンのファンでした。その子は、新しい生活の何もかもが我慢ならないようでした。おそらくそれまでヴェスタブローに住んでいたからでしょう。ローセは彼女の影響をもろに受けました。突然、父が絶対に許さないような服装をするようになり、父から叱り飛ばされると耳を塞ぐようになりました」

　カールはそんなローセの様子を思い浮かべてみた。

「それでも父親はローセを殴らなかった？」

「ええ、父は殴ったりはしないで、もっと巧妙なことをするようになりました。たとえば母にローセの部屋を掃除することを禁じるとか、罰としてローセの小遣いを取り上げるとか、何かにつけてわたしたちをえこひいきするとか。でも、ローセに手を上げることはありませんでした」

「それで、家族はそういうのを普通のことだと考えていたんですか？」カールにはまるで信じられなかった。

　ユアサは肩をすくめることでカールの質問をかわした。「当時はみんな、ローセは気にしていないんだと思っていたんです。彼女なりにやりすごせているんだと」

「お母様はどうしていたんです？」アサドが尋ねる。

　ユアサは唇をきゅっと結んだ。気持ちを落ち着け、再び話せるようになるまで、少なくとも三十秒はかかった。そして視線は定まらず、誰とも目を合わせないようにしながら、ようやくまた口を開いた。

「母はいつも父の側についていました。心の底から父の味方をしていたわけではないでしょうが、母がローセのことで直接父に反論したり、彼女を擁護《ようご》したことはありません。たった一度だけローセをかばったことがありますが、父はローセに対するのと同じような仕打ちを母にしたんです。母がかばったために、ローセにとってはさらに状況が悪化しました。そのことがよくわかったのは九六年です。母はついに、父と同じようにローセを叱り飛ばすようになったんです。あのときから母は父の言いなりという感じでした」

「ああ。それでローセは九六年のノートに《お母さん助けて》と書いているんですね。それなのに、その助けは来なかったと？」

「結局、母は出ていきました。ローセは、自分に何もしてくれなかった母をずっと憎んでいます」

「母親が出ていったとき、それに合わせてローセは《卑怯者》と書いたんですね」

ユアサは、そうだというようにうなずいた。しかし目線は床に落としたままだった。

モーナが口を開く。「それ以降、ローセの状況はどんどんひどくなっていったの。高校ではうまくやっていて成績もかなりよかったのに、父親からの嫌がらせはエスカレートしていった。それで彼女はついに父親に服従することに決めた。まるで主人の言いなりになる犬のように。大学入学資格を取得したあと、父親はローセに家賃を支払うよう命じた。それで彼女は父親と同じ圧延工場で働くことになったの。その半年後に父親は悲惨な事故で亡くなった。ローセはちょうどその横に立っていて、彼が鉄の塊に押しつぶされるのを見てしまった。そのあとで彼女は《わたしを助けて》と書いているわ」

「なぜローセはそう書いたんでしょう。ユアサ、あなたはどう思います？」とカールが尋ねた。

ユアサはカールをまっすぐに見つめた。疲れ果てているようだった。おそらく、一連の悲劇のなかで自分が何もしなかったことをいまさらのようにはっきりと認識したのだろう。彼女は質問に答えられなかった。

モーナが再び助け舟を出した。「ユアサの説明では、彼女自身もほかの姉妹も、はっきりとわからないそうなの。というのも、そのころにローセが家を出てしまったから。でも、ローセが異常にストレスのかかった状態にいつも置かれていて、遅くともこの時期にうつ状態がひどくなったことは確かだわ。悲しいことに彼女は自分ではどうにもできず、深い暗黒の穴にどんどん落ちていくような感じだったのでしょう。もはや地平線の向こうにひと筋の光も見ることができず、自分を責めては苦しんでいた。それが再び、彼女をとんでもなく極端な行動に駆り立てた。クラブやバーに通いつめては、男漁《あさ》りを始めたのよ。相手が通りすがりの人だろうがすぐにベッドに入り、一夜限りの関係を重ねていった。男と出会うたびに、彼女は別の人間の仮面を被った。自分自身でいることがそれだけ嫌だったのでしょう」

「自殺願望は？」カールが尋ねる。

「最初はなかった。そうよね、ユアサさん？」

ユアサはうなずいた。「そうです。ローセは完全に自分のなかに引きこもっていましたが、いつごろからか、服装を変え、わたしたちの真似をするようになりました。つまり、妹の誰かを演じるようになったんです。ひょっとしたら、父がわたしたち妹にはひどいことをせず、わたしたちはわりと普通の家族として過ごしていたからかもしれません。ローセに感謝しなくてはなりません。彼女が盾となってわたしたちを守ってくれたのですから」小声でそう言うと、さらに続けた。

「いちばんひどかったのは、二〇〇〇年になったときです。あの大晦日の晩は、四姉妹全員が珍しくそろったんです。わたしたち三人は恋人を連れていましたが、ローセはひとりでした。きっと、それがまずかったんです。いつものようにわたしたちが『ようこそ《ヴァー・ヴェルコ》主の年よ《ム・ヘーアンス・オー》』を歌って新年の挨拶をしたあと、ローセはわたしたちに、『もううんざり。自分の人生は今年で終わりにしたい』って言ったんです。その一週間後、リーセ＝マリーイの誕生日のとき、彼女はハサミで手首を引っかいたりしていました」

ユアサはため息をついた。「そのときはまだ脅しのようなものだったんです。でも去年は違いました。実際に両手首の動脈を切ってノアヴァングに運びこまれました」ユアサは目元を素早く拭うと、すぐに続けた。

「さっきお話しした大晦日のあとには、精神科医のところへ行くよう彼女をやっと説得できたんです。いちばん下の妹だからできたのでしょう。ローセはリーセ＝マリーイとは特に仲良しでしたから」

「当時彼女を担当した精神科医なら、ローセに何が起きていたのか、ある程度わかっていたんだろうか？」カールが尋ねる。「ユアサ、その人の名前を覚えていますか？」

すると、モーナが口を挟んだ。

「ローセの妹さんたちも、当時、その先生と話をしたがったんだけど、守秘義務を理由に断られたそうよ。ユアサさんからその先生の名前は聞いたわ。ベニート・ディオン。私も彼のことは知ってたけど、とても腕のいい精神科医だったのよ。認知に関する彼の講義は……」

「知り合いだった、と言ったな。もう生きていないのか？」

「ええ、生きてたら百歳を超えてるわ」

なんてこった！　カールは深くため息をつくと、ローセの〝呪文〟に目を走らせた。「しかし、そのあと数年は、少しずつだが明るい方向へ行っているような印象を受ける。つまり〝黒い地獄〟からいったんは〝真っ暗〟になったけど、今度は〝灰色〟へという感じだ。《考えたくない》っていう言葉で自分自身を励まし、それから《わたしは違う》とはっきり言ってる。だけど、二〇〇四年に何があったんだ？　《白い光》ってのは、ほかとはまったく違う言葉だ。何か思いあたることはないか、ユアサ？」

「ないです。でも、二〇〇四年にローセは警察学校に入学しました。最高に楽しかったようですし、学校ではうまくやっていました。運転免許試験に落ちるまでは」

うまくやっていたと言っても、まったく普通だったわけではないだろう、とカールは思った。警察学校時代にはいつでも誰にでも脚を広げていたっていう悪評を聞いたことがあるぞ。

「しかし、いくら免許で失敗したとしても、〝地獄〟というほどの底まで落ちていくことはなかった。そのころの精神状態は安定していたように思えるが、俺の思いすごしか？」

「ローセはシティの交番にいい仕事を見つけたはずですよ、覚えていませんか？」アサドが突然言った。カールはその瞬間まで、アサドがそばにいることをすっかり忘れていた。

「この時期、ローセは父親の言うことが《聞こえない》という状況になったようですね、ユアサ」カールは二〇〇七年のところを指差した。「これ以降の〝呪文〟についてはわれわれの知っていることから解釈できそうです。でもそれはすでに、ゴードン・タイラーがやってますよね？」

　モーナがうなずく。「二〇〇八年に特捜部Qに居場所を見つけたことがローセに大きな影響を与えたんだと思う。父親を罵倒できるようになったの。ここを見て。《笑い声はやんだ、でしょ？》。素晴らしいわ。二〇〇九年はもっとはっきりした言葉になってる。《あっちに行け、くそったれ！》と」

「きみが覚えているかどうかわからんが、その次の年、ローセはいきなりユアサの格好をしてオフィスに現れたんだ」カールが言う。「数日間、彼女はユアサのふりを通し、しかも、俺たちが完全にだまされていると信じこんでいた。あれは俺たちをからかおうとひと芝居打っただけなのか、精神状態の悪化と考えるべきなのか、どうなんだろう、モーナ」

　モーナに直接名前で呼びかけるのは何年ぶりだろう。なんと奇妙な響きだろう。あまりにも厚かましいような気がする。あまりにも馴《な》れ馴れしいような。あまりにも……ちくしょう！　どうなってるんだ。

「でもカール、以前ローセと喧嘩になったことを覚えていませんか?」アサドが口を挟む。「あのときローセは、あなたが意地悪をしてると思ってましたよね」

「俺はそんなことはしてないぞ」

モーナは頭を横に振った。「今となってはもうわからないわ。でもともかく、あなたたちとの仕事は彼女にとって、これまでにないほど癒しの作用があったのよ。突然、あのボーンホルム事件が降りかかってくるまでは。例のクレスチャン・ハーバーザートがピストル自殺をするまではね。ゴードンがわたしたちに説明してくれたわ。ハーバーザートがあまりにも父親に似ていたせいで、ローセは卒倒寸前になったんですって? 長い目で見れば、それにも治療効果があったと言えるかもしれない。彼女が運命に導かれるように催眠療法家のところへ行くと、すべてが表面に出てきたのよ。その結果、精神療法を受けることになった。わたしの間違いじゃなきゃ、療法を受けるのは警察本部で仕事を開始してから初めてじゃない?」

カールは口をとがらせ、細く息を吐いた。まったく気の毒な話だ。「ああ、そのとおりだ。だが、俺はヒステリーのようなものだと思っていた。あるいは、いつものように情緒不安定になっているだけだと。すぐに落ち着くと考えていたんだ。何年も一緒に仕事をしてきて、俺たちはみんな、それぞれいろいろな目に遭ってきた。なんで今回にかぎってこれほど深刻な事態になったのか。アサドにも、ゴードンにも、俺にも、まったくわからなかった」

「ローセは《溺れる》と書いてるわよね。ハーバーザートの件はわたしの推測よりもはるかにローセを苦しめてきたのだと思う。だからといって、誰もあなたたちを責めることはできないわ」

「そうだな、ローセからも何も言ってこなかった」

カールは前かがみになって記憶を確かめた。本当だろうか? 本当に彼女は何も言わなかったか?

「あとになってからなら、いくらでもあれがそうだったのかと言うことができる。ただ、俺よりもアサドのほうがそういうことには敏感だと思うが」カールはアサドに向き直った。「どう思う、アサド？」

アサドは口ごもり、毛深い左腕を右手で何度もさすった。どう表現しようか考えているようだった。

「ローセにハーバーザート事件の報告書を担当させないでくださいとあなたに話しました。覚えてますか？ ただ、彼女がそこまでひどい状況だとは私も知りませんでした。知っていれば、私ももっと食い下がっていたと思います」

カールはうなずいた。父親が彼女の人生に戻ってきていたのか。そういえば、ローセのノートの最後にあったメッセージは《おまえはここにいるべきじゃない》だった。自宅の壁に書き殴られていたものと同じだ。暴虐に終わりはなかったのだ。

「それでどうする、モーナ？」絶望的な気分になってカールは尋ねた。

モーナは首を横に傾けた。痛いくらいに情のこもった表情が広がる。

「ローセの精神科医に手紙を書いて、知っていることを細かく説明するわ。カール、あなたはいちばん得意な分野で協力して。学生時代、ローセの反抗心に火をつけたという友達を見つけだすのよ。父親の精神的虐待の根が実際はどこにあったのか、何が彼をそうさせたのかも突きとめて。その友達が知っているってこともありえるわ。それから、あなたとアサドで圧延工場での事故について徹底的に捜査してみたらどうかしら」

24

二〇一六年五月二十五日、水曜日

「それじゃあ、あなたが来たのは仕事をするためじゃないってわけ？　だったらなぜ来たの？」課長の声のトーンには不信感がありありと表れていた。

アネリはそんな上司を無感動に眺めた。あんたはどうなのよ、と胸の内で毒づいた。あんたはなんでここにいるの？　仕事をするため？　いい仕事をして誰かの役に立つため？　違うでしょ。あんたをすごいと思ったり、称賛したくなったりしたことなんて、これまで一度もないわ。それどころか、課の仕事がいちばんうまく進むのは、あんたがほかのどうしようもない管理職連中とどこかへ研修旅行に行ってるときよ。そういうときにしか、部下は仕事に集中できないのよ。長年この仕事をしてきて、似たような上司は何人かいたけど、あんたにはまったく恐れ入るわ。魅力はゼロ、責任感もゼロ、何から何まで知識もゼロ。はっきり言って、あんたこそ、この課には完全に不要な存在よ。

「できるかぎり、家でも仕事しています。だから遅れは出てないはずです。でも、ここでいくつかチェックしなくちゃならないことがあるんです」そう話しながら、アネリは頭のなかでターゲット候補たちのファイルを選びだしていた。

「まあ、あなた、家で仕事をしてるの？　面白いこと言うわね。だって、記憶違いでなければ、あなたは最近、なんていうか、所定の勤務時間を満たしていないわよね？」

課長は目を細めた。上司のこういう表情には注意が必要だ。スウェーデンのブロメーラで開かれた、とんでもなく金のかかる《成果向上セミナー》に彼女が参加してからまだ五週間も経っていない。あのセミナーでは上司の点数を稼ぐために部下に厳しい態度をとることを徹底的に叩きこまれたという話だ。上にペコペコして下を蹴り飛ばすのは昔からの常套《じょうとう》手段だが、あれ以来、多くの同僚がどうでもいい職に降格させられた。次はアネリの番かもしれない。

「一週間フルで勤務するのがそんなに難しいなら、早急に医師の診断書が必要ね、アネ＝リーネ」上司はそこで間をおくと、無理に笑顔をつくってみせた。これも研修で学んだことのひとつなのだろう。「何か話したいことがあるなら、わたしのところへ来て。いつでも相談に乗るから。いいわね？」手垢《てあか》にまみれたフレーズのオンパレードだ。

「ありがとうございます。でも、わたしはインフルエンザにかかってからずっと、家で山のように仕事をしています。仕事に遅れは出ていないはずです」

すると、課長のわざとらしい笑みが一瞬にして消えた。「そうかもしれないわね、アネ＝リーネ。でも、あなたと面談の予約をしている人たちはどうするつもり？　あなたのことを当てにしているのよ」

アネリはうなずいた。「ですから、何人かと電話面談をしました」嘘だった。

「あら、そう？　それなら、その記録を作成してちょうだい」そう言うと彼女は立ち上がり、アネリのネームプレートの位置を正した。

これでお説教が完全におしまいということはないだろう。

アネリは窓から外を眺めた。ぎらぎらと眩《まぶ》しい太陽の光が汚れた窓から差しこみ、まるでシーシュポスの神話に出てくるような永久に終わらない罰とでもいえるような職場を照らしていた。自分の作業の無意味さも、事務所のあちこちで聞こえるいがみ合いや口論も、もうどうでもいい。ここでは、同僚の暗い影に覆われて活躍することを妨げられているかのように思える。そう悟ったのは今朝、ベッドに横になって放射線治療を受けている最中だった。アネリが担当している求職者には、正直で良心的で本当に助けを必要としている人もいる。彼らは自分の恵まれない状況を改善しようと、アネリの言うことをよく聞き、積極的に動こうとする。だが最近、こうしたタイプの人間は減っている。アネリは仕事を続ければ続けるほど、デスクの上の案件がどうでもよくなっていた。乳がんの診断と例のプロジェクトを思いついて以来、自分の業務のことなどどうでもいい気がするのだ。

プロジェクトの次の準備には恐ろしく手間がかかり、このところは出勤のほうがついでと言ってもいいくらいだった。実行に使える車両を探しだすだけで昨晩は五時間を費やした。その問題はようやく片づいた。トストロプで見つけた傷だらけのホンダ・シビックは、黒くて安価な車でスモークガラスがついているので、目的にぴったりだった。

早朝、それに乗って出かけ、サンデールパーケン団地に近いプレステゴース通りの駐車場で、一時間にわたって、付近に障害がないかどうか様子をうかがった。

とても静かだった。そして、たとえ目撃者がいたとしてもかまわないという結論に達した。どうせ一度しか使わない。多少人目を引こうが、ナンバープレートを読まれようが、どうってことない。〝事故〟のあと、どの道を行けばいいかはわかっている。現場から五キロは離れたウルストゥゲのどこに車を乗り捨てればいいか、研究したのだ。

何から何まで、プロと言っていいほど準備万端だった。すでにこの段階で、最初の二件のときと同じように、鳥肌の立つ快感を覚えていた。実行が待ちきれない。ただし、あとひとつだけ決めておかなくてはならないことがある。若い子たちがよくやるように、デニスとジャズミンが人生最高の友とでも言いたげに腕と腕を絡めながら同時に現れたときに、どう対応するかである。ふたりを同時に轢いたら、フロント部分の損傷はひどいものになるだろう。片方がボンネットの上に飛ばされ、フロントガラスを突き破って飛びこんでくる恐れもある。

だが、その点についても覚悟はできていた。頭部をスカーフか何かで覆い、目の保護用にはサングラスをかけていればいい。そうすればガラスの破片で怪我することもないだろう。

彼女はすべての可能性を考慮に入れていた。車を運転していて野生動物を撥ねると、その動物がフロントガラスを突き破り、運転者が重傷を負うことがある。それについてもたくさんの資料を読んでいた。ほかのパターンもある。たとえばシカはパニックに陥ると、宙に高く跳ね上がることがある。だからといって、そんなアスリート級の技をデニスとジャズミンが見せるとは思えない。背後から襲われればなおさらだ。

アネリは実行の瞬間を思い描いた。

夕方、アネリは仕事を終えると団地の向かい側の駐車場に車を停めた。部屋の外にある廊下をひと目で見渡せる位置だ。女たちが帰ってこようが、家から出てこようがどちらでもいい。とにかく女たちを外で捕まえることができればいいのだ。

アネリは、これから残虐な計画を実行するのだと思うとワクワクしてきた。でも今は、盗難車のなかに身を潜め、小音量でラジオを聴きながらマンションの二階を観察しなければならない。

ふたりのうちのどちらかが姿を現したらすぐに発進できるよう、エンジンはかけたままにしておいた。モーターのうなる音が力強く、緊張感を演出してくれる。まるでジャングルの上空を飛ぶ戦闘用ヘリコプターのようだ。ベトナム戦争の映画ではよく、ヘリコプターの爆音が心臓の鼓動のように背景に鳴り響いている。

それを聞く人間が、これから自分が行なうことこそが正義だと信じているかぎりにおいては、その音は詩的でリズミカルで自信をもたらしてくれる。アネリはジャングルの上を飛ぶヘリコプターを思い浮かべようと、目をつぶった。そのせいで、配送業者のトラックが正面に駐車しようとしていることに気づかなかった。トラックのせいで、いざというときに駐車場からすぐに出られない。そのうえ、歩道への視界も遮られてしまった。

配送人が団地の外廊下を歩いて、ある部屋のドアの前を通り過ぎたとき、そのドアから出てくる人影が見えた。アネリにはそれがデニスなのかジャズミンなのか判断がつかなかった。でも、ふたりのうちのどちらかに違いない。ずいぶんとめかしこんでいるからだ。最悪。せっかくのチャンスなのに、駐車スペースから出ていけない！

アネリはイライラして手のひらをハンドルに叩きつけた。

配送人は再び姿を現すと、今度はトラックの運転席に座って延々と伝票のようなものをチェックした。しばらくすると、ようやく出ていった。

アネリは女が消えていった方向へは行かないことにした。イーデールショッピングセンターは、ここから歩いて数分だ。女はとっくに雑踏に紛れてしまっているだろう。

その代わり、駐車場から車を出すと、先ほどのような状況には二度と陥らないよう、路上のパーキングゾーンに車を停めた。

そして放射線治療で刺激された肌を引っかくと、じっと待った。

買い物袋を持った人影が近づいてくるのが目に入ったそのとき、犬を連れた老婦人が先ほどの駐車場を横切ってきた。犬は、まるで命令でもされたかのように、歩道に乗り上げているアネリのホンダの前で腰を落とすと用を足した。

　この、クソ犬が。アネリは声に出さずに毒づいた。老婦人はハンドバッグのなかを引っかき回してビニール袋を探しはじめた。そうしているあいだにも、買い物袋を持った人影がどんどん近づいてきていた。

「犬の糞なんかほっといて、さっさと消えてよ！」アネリは舌打ちすると、座席から体を下にずらして外から目立たないようにした。近づいてきた女の脚に買い物袋が当たっている。中身はあまり入っていないようだ。女はとんでもなく高いヒールにヒョウ柄のジャケットといういでたちだった。

　ただの買い物だっていうのに、パーティーみたいにめかしこんでるじゃないの。そう思った瞬間、女がこっちを向いた。

　アネリは息を呑んだ。ミッシェルだ！

　これはこれは！ミッシェルもあそこに住んでる！だんだんとそのことの重大さがわかってきた。なんとまあ、危険な組み合わせだこと。あの三人が同じ建物に住んでるなんて！

　ミッシェルは、ほかのふたりにいったいどこまで話をしているんだろう？彼女はまだわたしを疑っているだろうか？だとしたら、どうなる？

　あの三人がわたしの不利になるような証言をしたら、崖っぷちに立たされることになる。たとえわたしがその証言を否定し、彼女たちがどれだけ信頼できないかを述べ立て、名誉毀損《きそん》だと主張したとしても。状況がさらに切迫して、なんにでも首を突っ込みたがるうちの上司が、わたしの態度に変化が見られたなどと警察に説明しようものなら、事故の犠牲者とわたしが何年も面識があったことがあっという間にばれるだろう。警察は同僚たちにわたしのことを根掘り葉掘り質問するはずだ。もしかしたら、同僚たちは、最近わたしがヨガのクラスに出ていないことや、求職者たちをどれほど忌み嫌っていたかを思い出すかもしれない。そうなったら、警察はわたしのパソコンをITの専門家に調べさせるだろう。どうごまかしたところで、わたしのウェブサイト閲覧履歴はいずれ復元される。あのジョーは念入りに掃除をしたはずだけど、そこからわたしのDNAが検出されたとしたら……。

間違いない。あの三人は、わたしにとって絶対に危険な存在なのだ。

アネリはエンジンを切ると、三人の状況をじっくり考えてみた。

ミッシェルはどうやら、パトリクのもとを引き払ったようだ。喧嘩でもしたのだろう。それはそれで好都合だ。ミッシェルの身に何かあったら真っ先に疑われるのは元恋人だ。

ひょっとしたら、ミッシェルは喧嘩が理由でパトリクのところを出たわけじゃない？　あの馬鹿男が自分を厄介払いしたがっていると思いこんだとか？　だとすればよけい、わたしが疑われる可能性はないじゃない？

少しのあいだ、アネリは三人が同時に通りを歩いてくる様子を想像した。そうなればやるしかない。アクセルを全開にして、一気に彼女たちに突っ込んでみよう。

三人のあばずれが路上で動かなくなっているところを想像し、アネリは笑みを漏らした。そしていつのまにか、声をかぎりに大笑いしていた。体全体がひくひくするほど笑いころげた。

ふと彼女はバックミラーに映った自分の顔を見た。大きく開けた口から歯が覗いている。ぎくりとした。同時に体が勝手に動きはじめた。両手は太ももをトントン叩き、膝は互いに打ち合い、足がマットをパタパタ叩く。人が見たら、完全におかしくなったと思うだろう。しかし、アネリ自身はまったく不快ではなかった。催淫薬《さいいんやく》でものんだらこんなふうになるのかもしれない。

もしかして腫瘍が脳に転移したのだろうか？　自分は少しずつおかしくなっていくのだろうか？　アネリは再び笑いだした。何もかもひどく滑稽《こっけい》で、シュールだ。誰にも本気で相手にされない中年のソーシャルワーカーが、いきなりこれほどの力を手にするなんて！

誇らしげに頭を反らした。高揚感のあまり、できるだけ早く〝実行〟に及びたいと思った。この際、あの三人の反社会分子じゃなくてもいい。リストにはもうひとりいる。

自分のアイデアをあれこれ検討した結果、あの女がいいだろうという結論に達したのだ。ターゲットにぴったり。ああ、こんなエクスタシーを味わったことがこれまであっただろうか！

時計を見る。かなり遅い時間になっていた。でも、今出発すれば、ベアタ・リンを狙うことはできる。

次の瞬間、ホンダ・シビックの横を黒い影がさっと通り過ぎた。タクシーがすぐ前に停まる。同時に団地の一室のドアが開いて、三人の女が外廊下に出てきた。

三人はタクシーに乗りこんだが、そのうちふたりはかなりの厚化粧で髪を黒く染めていたので、どっちがどっちだかわからなかった。でも間違いない。あの女たちだ。デニス、ジャズミン、ミッシェル。おそらく男を漁りにいくのだろう。

タクシーが走りだすと、アネリもエンジンをかけ、タクシーを追った。

25

二〇一六年五月二十五日、水曜日

「酔って電話をかけてくるの、いい加減やめてくれない？　あたしが嫌がってるの知ってるでしょ。受話器の向こうからでも酒のにおいがしてくる」

「なんでそんなことを言うの、デニス？　ママ、悲しいわ」母親がわざとらしく鼻をすすってみせる。

「まったく情けないわね、どうしたいのよ？」

「いったいどこにいるの？　何日も連絡してこないし、警察が来てるのよ。あなたと話がしたいんですって。でも、どこにいるのかわからないから」

「警察？　警察があたしになんの用があるのよ」デニスは息を止め、椅子の背もたれに寄りかかった。

「おばあちゃんのことよ」

「そのことなら、あたしから言うことなんて何もないって。知ってるくせに。あたしを巻きこまないでよ。警察に何を言ったの？」

「あなたのことについては何も言ってないわ。どこにいるの、デニス？　こっちからあなたのところに行ってもいいのよ」

「やめて。あたし、ある人のとこに……その、スレーイルセに引っ越した。押しかけてきたりしないで」

「でも……」

デニスはそれ以上何も言わずに電話を切り、部屋からのろのろと出てくるミッシェルを眺めた。すっぴんだとなんて平凡な女なんだろう。目は小さいし、顔全体が奇妙にむくんでいる。このまま歳をとったら、見る影もない顔になりそう。ひどい食事と服のせいで、すでに老けこんでる。まったく残念だこと。

「おはよう、デニス」ミッシェルは笑おうとしたが、昨晩言い合いになったせいで、デニスに対する緊張が解けていなかった。デニスも居心地が悪かった。デニスは、ミッシェルとは違って、ジャズミンと同じ意見だった。ジャズミンは状況をしっかり把握している。これまでとまるで違う生き方をしないと今度こそ終わりだとわかっている。若くかわいらしい少女が乗る電車はもう出てしまったのだ。自分たちは現実を見なくてはならない。ミッシェルのような人間には決して理解できないだろうけど、あたしたちはこれまで何度も誤った決断をし、きちんと職業訓練を受けた大人になり損ない、社会の役に立つ力もないのだ。

「わあ、《コールドプレイ》が着信音なのね。かっこいい」デニスの母親が携帯に再び電話をかけてくると、ミッシェルが言った。

デニスは首を振り、すぐに電話を切ると、《設定》の画面で母親の番号をブロックした。

これで問題は片づいた。

「いいからもう口を閉じてよ、ミッシェル！　あたしだって窃盗と強盗と武装強盗に違いがあることぐらい知ってる。大丈夫だって、失敗しないから。大事なのは、あたしたちが言ったとおりにすること。わかったら、もうくだらないこと言うの、やめて」

ミッシェルはアイラインを引いていた。まぶただけでなく、まつげも目の下の笑い皺もすべてアッシュグレーに染められている。まるで死病に冒されたサイレント映画の役者みたいだった。計画では、今夜ミッシェルは、デニスとジャズミンが金を盗んでいるあいだ、クラブにいる人たちの注目を引きつけなければならない。

「なかがどうなっているか教えてくれたよね、ミッシェル。マネージャーの部屋がどんな感じか、クラブの入場料とバーの儲けがどこに保管されているか、上にはどう上がればいいか。あたしたち、注意深くやるからまかせて。邪魔がすべてなくなるまで待って、そのあとは急いでやるから。それと、今話しているのはただの窃盗だよ。それ以上じゃない」

「誰かが来たら？　どうするの？」

「脅すよ、もちろん」

「それじゃ強盗になっちゃうじゃない」ミッシェルは自分のｉＰａｄを指した。「見て。ウィキペディアに書いてあるわ。強盗の場合は懲役六年だって。六年よ！　そのときわたしたちはもう三十半ば。人生終わってるわ」

「そうね、ミッシェル。でも、もうウィキペディアに書いてあることなんか信じるのやめなさい」うんざりした目つきでジャズミンがｉＰａｄをミッシェルから奪い、記事を読んだ。「わたしたちには前科がないんだから、そこまでひどいことにはならないの」

「そうよ、でもその下も読んで」ミッシェルは震えんばかりだ。そんなミッシェルの様子は、計画実行にはまったくよい兆候とは思えなかった。ミッシェルはデニスを見て言った。「ジャズミンが写真を見せたときにあなたが若い男をぶちのめしたのをこの目で見たわ。もし今夜、あのときみたいに抑えがきかなくなったらどうするの、デニス？　そしたら懲役十年よ、絶対に」

デニスはミッシェルの腕を取った。「落ち着いてよ、ミッシェル。何も起きっこないってば。それにさ、今夜のこと、あんたにいったいなんの関係があるの？あたしたちが仕事を片づけているあいだ、あんたはあそこでパトリクと立ち話するだけ。違う？」

ミッシェルは目を逸らした。「まずいことになったら、あなたたちが罪をかぶるってこと？」

「当たり前じゃない、ほかにどうしろっていうのさ？」デニスは、うなずいてよと言いたげにジャズミンを見た。

ジャズミンはうなずいた。

「オーケー、これでいいよね。じゃあ今から家のなかで〝宝探し〟をしよう」

「宝探し?」ミッシェルは話についていけなかった。

「おじいちゃんは拳銃を持ってた。おばあちゃんはそれをきっとどこかに隠してる。どこにあるのかはわからない。でも、この家のどこかにあるはず」

結局のところ、デニスは祖母の住まいをものすごくよく知っているわけではなかった。ごくたまに祖母が自分と母親を招いてくれることがあったが、そんなときは祖母のおしゃべりな女友達がそこかしこにいて、自分たちを物珍しそうに見るものだから、とてもあちこち嗅ぎまわることなどできなかった。でも今はどの引き出しを開けようと止める者はいない。デニスは時代遅れになったスーツやセーターを何度もたんすから取り出していた。

「おばあちゃんのがらくたはどんどん床に放っちゃって。袋に詰めてウスタブローのリサイクルショップに売ればいい。向こうが欲しがったらだけどね」

「他人の古い持ち物を探るなんて気が進まないわ。防虫剤のにおいがするし。防虫剤は肌に悪いっていうわよ」ミッシェルが不平を漏らした。

ところが、ジャズミンはまるで違った。靴箱から帽子、下着、ティッシュの箱、伝線したストッキングからさまざまなサイズのガードルまで、ありとあらゆるものを棚から引っ張り出していた。ジャズミンは完全に〝宝探し〟をしていた。必要なのは肝心の宝であって、こんなゴミじゃない。

三人はベッドの下や裁縫箱のなかも見た。引き出しという引き出しを引っかきまわし、家具も動かして、壁との隙間も探した。だが、見つからない。考えつくかぎりのすべての場所を探し尽くすと、椅子に座り、互いに見つめ合った。手入れの行き届いていた老婦人の住まいは、突如として、収集癖を抑えられない頭のおかしな老婆の部屋といった雰囲気に変わった。

「まったくあきれるわ。どうしてこう、年寄りってがらくたを溜めこむのかしらね」ジャズミンがうめく。

デニスは焦った。祖母は祖父の〝聖なる〟遺産を売り払ったり、ゴミとして出したりしたのだろうか。戦争中の写真もメダルも階級章も——そして拳銃も？ 冗談じゃない、拳銃がなかったら、今夜、クラブで戦利品を手にずらかるときに、どうやってはったりをかませっていうわけ？ デニスはさらに、少なくとも貴金属類のひとつやふたつは見つかるだろうと期待していた。有価証券とか祖母が高齢の夫とチャーター機で世界を回ったときの外貨が入った小さなビニール袋とか。しかし、ジャズミンの言うとおりだった。がらくた以外、何も見つからない。

「探してないのはあそこだけね」ミッシェルがバルコニーを指差した。そこには植木鉢や袋に入ったままの植物や園芸用の道具が再び暖かくなる日を待っていた。しかし持ち主はもう死んでいる。数年前に祖母はバルコニーにスライド式の窓を設置したのだが、ほとんど開けずじまいだった。窓は汚れ、放置されている。

「わたしがやるわ」ジャズミンがバルコニーを引き受ける。

そんな彼女にデニスは感嘆した。ミッシェルに比べると細くて華奢《きゃしゃ》なのに、なんというパワーと行動力の持ち主なんだろう！

ジャズミンはすでにバルコニーに消えていた。派手な物音が任務遂行中であることを語っている。

「こんなこと、間違ってると思うわ」ミッシェルがいつもの調子で話しだした。

じゃあ、さっさとパトリクのところに戻りなさいよ、とデニスは思った。三人が親しくなったのはもちろんミッシェルのおかげだ。だが、デニスには、ミッシェルの役割はもう終わったように思えた。

まあいい、ミッシェルの問題を考えるのは、あのクラブから金を奪ってからにしよう。

バルコニーからため息が聞こえてきた。ボサボサの頭と口紅がよれた状態で、ジャズミンが身を起こした。

「こっちに来て手伝って」

山のように積み重なった八〇年代の雑誌と古い毛布の下に、年季の入った色あせた木箱があった。

デニスはその箱をこれまで一度も見たことがなかった。このなかにすべて入っているに違いない。三人は好奇心の塊になり、箱を囲んでしゃがんだ。

「これ、すごく古そうよね？」ジャズミンは『ノイエス・フォルク』『デア・シュトゥルマー』『ジグナール』『ダス・シュヴァルツェ・コア』といったドイツ語の新聞やパンフレットを箱から取り出した。「全部、ナチスのやつじゃない？　なんでこんなものがここにあるの？」

「おじいちゃんがナチスだったから」デニスが答えた。十歳のころ、教師に向かってその話をして頬を平手打ちされたことがある。そのときから、家族以外にはその話をしないようにしてきた。それなのに、今、軽く口にしてしまったことにデニス自身も驚いた。それだけ時間が経っているということだろう。そして、自分自身が祖父のことをどう話すか、決心したからだろう。

「それで、おばあさんはどうだったの？」ミッシェルが知りたがる。

「おばあちゃん？　おばあちゃんは……」

「ねえ、見て！」ジャズミンの手から数枚の写真が床に落ちた。

ミッシェルがぱっと飛びのいた。「何これ、やだ！　しまってよ！」

「それがおじいちゃんよ」デニスが言う。写真のなかの祖父は、椅子の上に立った若い女性の首に縄をかけていた。「いい男だと思わない？」

「まさか。悪いけどデニス、ここに住んでいたのがこういう人たちなら、わたし、ちょっと無理かも」

「ここに住んでるのは、今はあたしたちだよ、ミッシェル。ほら、こっちに来なさいよ」

「それにわたし、今夜のこともやっぱりできるかどうかわからない。本当にやるの？」

デニスがミッシェルをにらみつけた。「じゃあ、もっといいアイデアがあるとでも？　これからずっとあたしとジャズミンのお金で暮らしていくつもり？　あたしたちが〝あれ〟を好きでやってると思う？　それとも、あたしたちの代わりにあんたが脚を開いてくれるわけ、ミッシェル？」

ミッシェルは首を振った。

「ねえ見て、旗よ」ジャズミンはまだ箱のなかを漁っていた。「ちょっと、デニス。これ、本物のナチスの党旗じゃない」

「えっ、何？」ミッシェルが尋ねる。

「何かがなかにくるまってる。重いわ」

「貸して」

デニスはそう言うと、リビングの床に旗を広げた。木の柄のついた手榴弾《しゅりゅうだん》、空の弾倉、箱いっぱいの薬莢《やっきょう》があり、さらに何かが一枚の布にくるまれている。布を広げると、手入れの行き届いた拳銃が姿を現した。

「見て」ジャズミンがごわごわした紙を高く掲げた。そこには拳銃の図と操作の手引きが書かれていた。《拳銃08》と記されている。

デニスは注意深くその図を観察した。それから七発装填《そうてん》可能という弾倉を手に持ち、重さを確かめながらグリップに挿した。カチッという音が聞こえ、同時に拳銃の内部に何かが滑りこんで収まったような感じがした。

「おじいちゃん、ここでこの拳銃を使ったんだ」デニスは祖父が囚人のうなじを撃ち抜いて処刑している写真を軽く叩いた。

「うわあ、わたしには理解できない」とミッシェルが言う。「これ、本当に持っていくわけじゃないでしょ？」

「弾《たま》なんて入ってないよ、ミッシェル。脅しに使うだけなんだから」

「見て！」ジャズミンが拳銃の左側にあるレバー装置を指差した。「ここが安全装置よ、図に描いてあるわ。この拳銃を持っていくときには、絶対にここのレバーが下になってないといけないみたい」

デニスは安全装置を見つけ、レバーを上下にスライドしてみた。下にすると《安全》となる。そう拳銃にも刻印されていた。なんて簡単なんだろう！　拳銃の重さをもう一度手で確かめた。感触はよかった。そして実にいい気分だった。まるで世界の頂点に立って、自分がすべてを決めることができるみたいな気になった。

「それ、本物の拳銃でしょ、デニス？」ミッシェルはほとんど泣きそうだった。「それを持ってて捕まったら、どれだけ大変な刑になると思う？　お願い、そんなの持っていくのやめて、ね？」

だが、デニスもジャズミンも聞く耳を持たなかった。

タクシーのなかでミッシェルは押し黙り、バッグをぎこちなく胸に押しつけていた。運転手が《ヴィクトリア》の入っている古い工場の二百メートル手前で三人を降ろすと、ようやくミッシェルは口を開いた。

「すごく気分が悪いの。なんでこんなことするの？　ねえ、帰らない？」

ジャズミンもデニスも答えなかった。その話はもう飽きるほどしたはずだ。今さら何を言うのだろう。

デニスはジャズミンを眺めた。短く切って黒く染めた髪に口紅、付けまつげ、太く塗ったアイライン。いつもとまったく違うメイクのせいで、誰だかわからない。ささっと化粧しただけで、効果的に、おまけにセクシーに変身していた。

「めちゃめちゃかっこいいよ、ジャズミン。あたしはどう？」デニスは顔を上げて街灯の光に照らした。

「完璧。八〇年代のスターみたい」

ふたりは爆笑した。ミッシェルがデニスのバッグを指差す。

「あの拳銃には絶対弾が入ってないのよね？　もし入ってたら、最低でもさらに懲役が四年延びるみたい。最低でもよ！」

「もちろん入ってないって！　弾倉が空なのはあんただってその目で見たでしょ」デニスは首に巻いたスカーフを引っ張って整え、シュドハウン通りの混み具合をチェックした。車の流れが順調なら、数分後、すべてをやり遂げてから、あたしたちはまたタクシーのなかに座っているだろう。

「さっきも言ったけど、パトリクたちは普通、女の子のボディチェックはしないの。でも、わたし、こういうとこ好きじゃないのよ、だって……」クラブまでの五メートルを歩いているあいだ、ミッシェルはひたすらそう言いつづけていた。

誰かこの子の口を封じてほしい。デニスはうんざりだった。

三人は角を曲がると、クラブの客たちのあとをついて入口に向かった。店内は最高に盛り上がっていて、あちこちで笑い声や叫び声があがっている。客たちはすでに出来あがっているようだった。

「わたしたちがいちばん老けてるような気がする」ジャズミンがため息をついた。

デニスはうなずいた。街灯の光に照らされた客の多くは、パトリクが待ち受けている関門をようやく通れる年齢になったばかりのように見える。

「パトリクが身分証のチェックに立っているのは、あたしたちにとっては幸運と言うしかないね」デニスが言った。「ミッシェルの言うとおり、パトリクがあたしたちのことを病院で会った人間だと気づかないことを願うよ」

「今のあなたたちなら絶対に気づかれないと思う。でも、わたしたち、すぐに出ていくのよね？」

ジャズミンがため息をついた。「そのことはもう何度も話し合ったじゃないの、ミッシェル。もちろんそうよ。わたしたちだってそこまで馬鹿じゃないってば」

「わかったわ、ごめん。あのね、もう言ったと思うけど、パトリクはひどい近眼なの。もちろん本人は絶対にそれを認めないけど。それなのに、彼が眼鏡をかけている姿なんて一度も見たことないわ。だからさっきも言ったように、そのスカーフをもっと上に引っ張って胸元をたっぷり見せてあげたら、彼の目は絶対そこに吸い寄せられるわ」そこでミッシェルは一瞬、間をおいてから「あの馬鹿男は」と繰り返した。

ジャズミンが時計を見る。「やっと十二時よ。こんな時間でもレジにはもうかなりのお金が入ってる？」

ミッシェルはうなずいた。「今日は水曜だから十一時から店が開いてるの。一時間も経ってれば、たくさん入ってるはずよ」

そう言うと、ミッシェルは警告するように防犯カメラを指差した。数秒後には三人もその射程内に入るだろう。

入口ではパトリクが砦《とりで》のように立っていた。隙がなさそうだった。

腕にでかでかと刻まれたタトゥーが効果を発揮するよう、パトリクは、袖をかなり上のほうまでまくり上げていた。トラブルを起こそうものなら俺が相手してやる、と言わんばかりだ。加えて黒い手袋とブーツ。そんな男といざこざを起こしたいと思う人間はいないだろう。

絵に描いたようなこの用心棒は、次から次へと客を通し、男性客の数人にはボディチェックを行ない、ときには身分証明書の提示を求めていた。知り合いには、ただうなずくだけで通している。堂々たるものだ。

「待って！」ミッシェルがデニスの腕をつかんだ。

「あの連中を利用しよう」そうささやくと、背後から意気揚々《ようよう》と通りを渡ってくる若い移民のグループを指差した。なかに入れてもらえるのはせいぜいそのうちのひとりぐらいだろう。ほかの子はいかにもまだ若そうだ。髭を生やしたところで未熟さを覆い隠すことなどできない。デニスは経験上、そのことを知っていた。パトリクも同じだろう。彼はぴんときたようで一歩前に出ると無線機をポケットから取り出し、無線機に向かって何かを言った。

「今よ」ミッシェルがささやく。「わたしのすぐあとをついてきて」

「どうも、パトリク」ミッシェルがそれなりの大声で話しかけた。不安を乗り越えたんだろうか、とデニスとジャズミンは思った。

困惑していたパトリクの表情が厳しいものに変わった。ふたつ、別々のトラブルが同時に発生し、手に負えなくて戸惑っているようだ。ジャズミンとデニスにとっては理想的な状況だった。二歩、三歩とふたりは歩み出て、ミッシェルが外でパトリクの気を逸らしているうちに、玄関ホールのなかに入っていた。

なかはどこもかしこもグレーで殺風景だった。そもそも、ここが何に使われていたのかわからない。質素なコンクリートの壁に囲まれた玄関ホールは、薄汚れた倉庫のように見えた。以前ドアがあったと思われるところには、ただぽかんと穴があいている。手すりは取り除かれ、木材を組み合わせたものが棚の代わりになっている。以前なかにあった金目のものは、すべてどこかに運び出されてしまったようだ。

一年もしないうちに全部スクラップになるんだろう、とデニスは思った。どっちみち、ここ南港ではなんでもかんでもあっという間につぶされ、片づけられていく。金持ちはいつだって海の上に豪勢な〝倉庫〟を華々《はなばな》しくオープンすることに熱心なのだから。

デニスとジャズミンは入場料を払うと、ダンスフロアを横切った。踊りに夢中な客を押しのけながら進むと、さまざまな客がふたりを背後からじろじろと眺めたが、特にそれ以上注意を引いたわけでもなかった。

DJのノリはすでに最高潮に達していた。ズンズンと響く爆音のなか、客は盛り上がり、コンクリートの床も客と音楽の振動で揺れ、会話の内容などろくに聞き取れない。デニスはぎゅうぎゅう詰めのなかを無言でジャズミンのあとについていった。

ジャズミンは二年前に、ここのサブマネージャーと二階の事務所で会ったことがあるという。素早く一発ヤるという彼女の提案を彼が喜んで受けたときだ。

しかし、そのあとすぐにジャズミンは、その男がメタンフェタミンとコカインで寿命を縮めていることを知った。その晩の目的は子づくりだったのだが、それを知って妊娠しなかったことを心の底から喜んだ。クスリ漬けの子だったら、脳に影響が出るかもしれないからだ。障害のある子は引き取ってもらうのがむずかしい。

ふたりはダンスフロアを出て冷え冷えとした廊下に出た。十メートルほどの高さの天井が、蛍光灯に照らされている。そこで止められた。

パトリクのクローンのように見えるものの、パトリクほどは用心深くなさそうなセキュリティがふたりを止め、どこに行くのかと尋ねた――まさに計画どおりだ。

「ああ、あなたに会えてよかった!」デニスは無線機を指差した。「表でパトリクがトラブルに巻きこまれてるって聞いてない? 移民の集団を相手にしてそりゃもう大変そうよ!」

男は疑わしそうな顔をしたが、自分の無線を手に取った。

「ちょっと、お兄さん」ジャズミンが大声を出した。「今、パトリクが無線に出てる暇があると思う？」

するとようやく、セキュリティの男は歩きだした。

ジャズミンは廊下の突き当たりにある階段のほうを見て言った。

「上では少なくともひとりがモニターを監視してる。その男にはわたしたちの姿が見えてるはずよ」そう言うと、顎で天井を指し示した。「上を見ちゃダメよ。防犯カメラがあるから。前回来たときはウィンクしてやったけどね」

デニスは鉄の手すりをつかむと、ジャズミンがやっているようにスカーフを鼻の上まで引き上げた。

事務所のドアを開けると、とんでもない光景がふたりを出迎えた。向かいの壁で男女が絡み合い、喘《あえ》ぎながら熱烈なキスをしていたのだ。女の手は男のズボンのなかを激しく揉みしだいている。

デニスは猫のようなすばしっこさでそのカップルに近寄った。壁一面のモニターがきらきら光る壁紙のように見える。そのモニターのひとつから、入口でのちょっとしたトラブルはすでに収拾されたとわかった。そして今まさに、ミッシェルが自分のしたことを深く後悔しているといった面持ちで元恋人の横に立っているのが画面に映っている。パトリクは、プロの視線で、次々にやってくる客とミッシェルを交互に見ていた。

どうやらミッシェルは自分の役割をうまく演じているようだ。パトリクと喧嘩になっているように見えなくもなかったが。

そのとき、先ほど会ったセキュリティが画面に映りこんできた。入口でパトリクに何か話しかけている。それから困惑したように頭を振ると、少し離れたところにいる別の用心棒を指差した。

いらついているようだった。上司のお楽しみが邪魔されないように、すぐにでも持ち場に戻ってくるだろう。

「金庫を開けて！」男の耳元でデニスが叫ぶと、絡み合っていたカップルはびくっとし、仰天のあまり、女が男の舌を嚙んでしまった。男は激怒して振り向いた。

「くそっ！　おまえは誰だ」よく聞こえないが、きっとそう言ってるのだろう。男はデニスの口を覆っていたスカーフを引っ張ろうとしたがうまくいかなかった。

「いいから金庫を開けな！」デニスが怒鳴る。

女はヒステリックに笑っていたが、デニスが男の鼻先に拳銃を突きつけ、安全装置をはずした音が鳴り響くと、一瞬にして黙った。

「金をよこして座りな。あんたたちを素敵に縛り上げてやるからさ。言われたとおりにすれば何もしない」デニスはスカーフの奥でほくそ笑んだ。

五分後、デニスとジャズミンは再び下の階にいた。スカーフは目立たないように首に巻かれ、バッグは金で膨らんでいる。セキュリティの男が疑わしそうにしていたが、デニスはそれ以上考えないことにした。

「上のボスからあなたに伝言よ、素晴らしい対応だったって。パトリクを助けてあげたの？」

男は困惑しているようだったが、うなずいた。

入口まで来ると、ミッシェルとパトリクの対決はすでに終わっていた。デニスはミッシェルと素早く視線を交わした。

デニスとジャズミンが脇をすり抜けて通りの方向へ姿を消すと、ミッシェルはぽつりと言った。「わかったわ、パトリク、あなたが正しい。明日、あなたのところに寄って、残りのお金を渡す。それでいい？」

三人は、《ヴィクトリア》と隣の建物のあいだの路地で待ち合わせることにしていた。デニスとジャズミンは十メートルほど歩き、薄暗い電灯の下でミッシェルを待った。おしっこのにおいがする。

デニスは壁に頭をつけて胸のなかに響く音楽に打ち震えていた。そして、「なんていい気分」とつぶやいた。血管のなかをアドレナリンが駆けめぐっている。こんな気持ち、初めて知らない男をひっかけてベッドに引きずりこんだとき以来だ。

デニスは胸に手を当て、息を弾《はず》ませながら友達に尋ねた。「ジャズミン、あんたの心臓もこんなふうにドキドキしてる？」

ジャズミンはけたたましい笑い声をあげた。「そりゃあもう！　あいつがあんたのスカーフを引っ張ったときには、ちびりそうになったけどね」

「やだ、そんなことになったら大変。まさか本当にはしてないよね！」デニスはくすくすと笑った。「拳銃の安全装置をはずしたときのあいつの顔、見た？　目をむいてたよね。今ごろ、あのふたりはがちがちに縛られ、頭の周りをテープでぐるぐる巻きの状態で、いったい何が起きたんだろって考えてるよ」

五分もかからなかった。あれ以上うまくいくことはなかっただろう。

「ねえ、ジャズミン、いくらくらいあると思う？」

「わかんない。でも、金庫を空にしてきたから数千はあると思う。調べてみようか？」

ジャズミンは手をバッグに突っ込むと、札束をつかんで取り出した。二百クローネ札が大半だったが、なかには五百クローネ札や千クローネ札もあった。

ジャズミンが大爆笑する。「信じられない！　十万クローネ以上ありそう！　見てよ！」

しかしデニスがジャズミンに静かにしてと合図を送った。通りの方向に黒い人影がちらついたのだ。街灯の光で影がくっきりとしている。誰かがふたりを見つけたのだろう。それも、ミッシェルより細く背の低い誰かが。

「なんだよ、おまえらここで何してんだよ？」アイスランド訛りのある声が聞こえた。女が路地に立ちはだかる。

ビアナだ。

金を手に持ったままのジャズミンは、「ヤバい」と息を呑み、いたずらが見つかった子供のように立ちつくした。

ビアナの目が札束をとらえた。

「おまえら、何持ってんだよ！　自分たちの金じゃないだろ？」鋭い目つきでふたりに近寄ってくる。「早くこっちによこしな。ほら！」

こいつ、あたしのことを甘く見てんじゃないの？

デニスは挑発するように片手を耳の後ろに当てた。

「はあ？　周りがうるさくて聞こえない。なんて言ったの？」

「この女、耳が遠いのか、ジャズミン？」ビアナが罵る。「それとも、挑発してんのか？」

ビアナがデニスに向き直った。「老け顔メイクなんかして、カムフラージュのつもりかよ？」顔に狡猾《こうかつ》な笑みが浮かぶ。「おまえらのやったことはわかってる。もう、バレてんだよ。痛い目に遭いたくなかったら、その金を渡しな」ビアナは、黒い手袋をはめた指をデニスに突きつけた。「なめた真似したら、顔面に一発食らわしてやるからな。ほら、早く金を渡せ」

デニスは首を振った。こんなことは計画に含まれていない。「あんたが何を想像してんのか知らないけど。なんのこと言ってんのさ、ビアナ。そんな名前だったよね？」デニスはバッグに手を入れた。「おとなしくあっちに行ったほうがいい。警告を聞かなければどうなったって知らないよ」

ビアナの笑みがさっと消えた。「なるほど、殴ってほしいってことか」ジャズミンのほうを向く。「なあジャズミン、おまえはあたしを知ってるだろ？　この女に言うこと聞いたほうが身のためだって説明してやれよ」そう言うと、ポケットからナイフをゆっくりと取り出し、刃をぱっと広げた。「じゃないと後悔することになるよ。さあ、そう言ってやりな、ジャズミン」

答えを待つ間もなく、ビアナはデニスに詰め寄り、胸元でナイフを振り回した。両刃で先が尖ったナイフだ。刺されたら最後、ずぶりと入っていくだろう。

「あんたはここで何してんのよ、ビアナ？　クラブ通いするようなタイプじゃないでしょ？」デニスが応じた。ナイフから目は離さない。

「何言ってんだよ？　ここはあたしたちの縄張りなんだよ。ジャズミンもよくわかってるはずさ。そうだろ、かわいこちゃん？」

デニスは通りに目をやった。ビアナの仲間は加勢に来てるのだろうか？　いや、来ていない。ということは、援護射撃はなしということだ。だったら、こいつの言いなりになる必要なんてある？　あたしたちはすべてを念入りに計画し、あと少しで成功なんだ。それなのに、この馬鹿女が邪魔に入ってすべてが台なしになるなんて、そんなことあっていいわけない。

「悪いけどビアナ、今日はあんたの日じゃないみたいだよ」そう言うとデニスはバッグからゆっくりと拳銃を取り出した。「そんなしみったれた人生でも命が惜しいなら、一枚だけ札をやるからとっととここから消えな。このことを誰かにひとことでもしゃべったら、これを持って訪問してあげる。どうよ？」

ビアナは建物の壁のほうにさっと身を引き、拳銃が本物かを確かめようとした。すると、口元が笑みで歪んだ。こんな古い拳銃から危険なものが発射されるわけない、とでもいうようにぐっと顔を上げた。

「ねえ、何してるの？」バッグを肩にかけ、ミッシェルが無邪気に路地に入ってきた。そのとたん、ミッシェルはパニックに陥った。まったく、間違ったところに間違った女がやってきたものだ。

「へえ！　この女も一緒なのか？　こりゃ驚いた」ビアナが笑う。そして笑いだすと一足飛びにデニスに近寄った。刃先が下腹部にぴたりと突きつけられる。

「撃つよ！」デニスは警告したが、ビアナはひるまなかった。デニスはとっさに引き金を引いた——これが脅しになってくれれば。

　轟音が鳴り響き、コンクリート壁に短く反響した。鈍い残響がやみ、硝煙が立つなか、胸に一クローネ硬貨ほどの穴をあけてビアナがくずおれた。

　デニスの手は反動で斜め上に上がっている。何が起きたのかわからなかった。弾が一発残っていたってこと？　なんでよ、なんで、あたし、なかを確かめたと思ったのに。あの図をちゃんと見ていれば、何がどうなるか誰だってわかったのに。

　デニスとジャズミンは沈黙したまま、ビアナの横に立ち、血がアスファルトを染めていくのを眺めていた。

「やだ、大変、どうしたの？　デニス、弾は入ってないって言ったじゃない！」ミッシェルがしゃくりあげ、おぼつかない足取りで近づいてきた。

「行こうよ、ほら！」ジャズミンが叫ぶ。

　デニスは冷静になろうとした。ここで起きたことは何もかもが間違っている。壁の穴も、靴についた血も、手のなかに煙を出している拳銃があることも、まだ息のある女の肩の下に血が広がっているのも。「弾は……貫通した……」

「ちょっと見て、まだ息がある……彼女を歩道まで引きずっていかないと……このままここに置いてったら失血死しちゃう」ミッシェルが泣きながら言う。

　機械的にデニスは拳銃をバッグにしまい、しゃがんでビアナの片足をつかんだ。ジャズミンがもう片足をつかむ。そうやってビアナを路地の端まで運んだ。街灯の光が女の脚を照らしている。

　それから三人はシュドハウン通りのほうへ一目散《いちもくさん》に逃げた。

　タクシーを捕まえる前、ミッシェルは「何もかも最悪、もうおしまいよ」と嗚咽《おえつ》を漏らしながら言った。そして、「たしかに頭はくらくらしているけど」と前置きしたうえでこう続けた。「わたし一瞬、アネ＝リーネ・スヴェンスンを見た気がするの」

26

二〇一六年五月二十五日、水曜日

そのうち、眠れないことが当たり前になってしまいそうだ、とカールは思った。

ナイトテーブルの上に置いておいた細々した物が床に落ちていただけではない。シーツはもはやマットレスの上にはなく、枕も床に着地していた。こんなに眠れずに手足をばたつかせたのは久しぶりだ。モーナのせいだった。

昨日の再会とモーナの外見の変化が、カールの胸の最も深い部分を刺激した。喉や口角のあたりにはりがなくなり、少したるんでいた。腰回りが太くなり、手首の動脈が以前よりも浮き出ていた。モーナのそんな姿を思い浮かべていたら、まったく眠れなくなってしまった。ここ数年、少なくとも十回は彼女のことを考えて落ちこんだ。どう頑張っても体から彼女の記憶を追い出すことができないのだ。飲み仲間と互いに束縛しない関係になったり、パーティーのあとにその場限りの関係を結んだり、数カ月間つき合ってみた相手もいた。しかし、モーナのことを思い出すと、ほかのことはすべて色を失った。頭のなかで、彼女も自分のことを考えてくれているのだろうかという問いがぐるぐる回っている。すぐにでもそれを確かめたかった。

「地下室で、またイェスパの物を見つけたよ。これも屋根裏部屋に持ってこうか？」カールがハーディの朝食の世話をしていると、モーデンが言った。

カールはうなずいたものの、内心では首を横に振っていた。義理の息子に私物を持っていくよう、何度頼んだかわからない。それなのに、いまだにがらくたが山のように残っているのだ。先月、イェスパは二十五歳になった。人より遅れて高校卒業資格を手にした彼が、今や経済学士号を授与されようとしている。〝子供〟に「家を出ていけ――ただし、自分の持ち物もすべて持って」と要求をするのは当然のことだ。だが、いったい相手が何歳のときにそう言うのが正しいのだろう。

「カール、ゴンダスンとツィマーマンの事件について、何か関連は見つかったか？」ハーディが盛大に音を立ててスープをすすりながら、質問する。

「今、取りかかっているところだ」カールが答える。

「だが、ローセのことで忙しくてな。俺たちも馬鹿だよな。今ごろになってようやくローセとの絆《きずな》がどれだけ強かったか気づいたんだ。彼女が破滅的な状況になってからだぜ、まったく！」

「しかたないさ。俺はただ、このふたつの事件を解決することはおまえにとっていいことなんじゃないかと思っただけだ。パスゴーがやるよりな」

カールは無理に笑ってみせた。「遺体に小便をかけた男を追うことにパスゴーが躍起になっているうちは、俺たちは暇だよ」

「それでもおまえたちは、もっと動いたほうがいいと思うぞ。マークス・ヤコプスンが昨日電話をかけてきて、どこまで捜査が進んでいるか知りたがっていた。ヤコプスンは今、殺人捜査課と特捜部Qの二股かけてることを頭に入れておいたほうがいい。おまえも知ってるだろ？ゴンダスン事件の解明が彼にとってどれだけ重要か」

「だがなあ、ハーディ、マークスはあの事件をあまりに重く考えすぎてないか？」

ハーディは考えこむとしばらく独り言をつぶやいていた。ハーディは、何か疑問に思うことがあるとまず自分と議論をする。あの事件以来の彼の癖だ。

「なあ」ようやくハーディがカールにまた話しかけた。「リーモア・ツィマーマンの娘に電話してみたらどうだ？　リーモアは殺される直前に一万クローネを引き出していたと言ったよな。ビアギト・ツィマーマンなら、リーモアがなんのためにその金を必要としていたのか口を割るような気がするんだ。今日にでも寝起きの彼女を直撃するんだよ。マークスの話が正しければ、彼女は酒を浴びるように飲んでるはずだ」

「なんで、マークスがそんなこと知ってるんだ？」

ハーディは軽く笑った。「サーカスの老いぼれ馬だってときには表舞台に出たいと思うだろ？」

おまえ、それって自分のことを言ってるのか？

カールはハーディの肩を叩いた。しかし、体の麻痺《まひ》した友達は痛みを感じることはない。

「いたたた、こんちくしょう！」

カールは目を丸くした。ハーディ自身もびっくりしているようだ。

何が起きた？　この九年間、指二本を除いてハーディの首から下は麻痺したままだったじゃないか。いったい何が……？

「ジョークだよ、カール」ハーディがくっくっと笑った。

カールは二度唾をのんだ。

「悪かったな、どうしてもやってみたくて」

「やめてくれ、ハーディ。心臓が止まるかと思ったぞ」カールはため息をついた。

「無理にでも笑いをつくらないとやってられないだろ」そう言いつつも、ハーディが本当に楽しんでいるのかどうかは、その表情からはわからなかった。

カールは、イェスパの残していった物を抱えて地下室から出てきたモーデンを眺めた。たしかにハーディは正しい。この家では、心の底からの爆笑というものが絶えて久しい。

カールは咳払いをしてから携帯電話を手に取った。

こんな朝早くに頭のはっきりした状態のビアギト・ツィマーマンを捕まえられるわけがなかったが、ハーディの助言に従うことにしたのだ。

　驚いたことに、電話の向こうからすぐに物音が聞こえてきた。なにやらがちゃがちゃ言っている。

「もしもーし」相手の声は間延びしていた。

　カールが名乗る。

「もしもーし？　誰？」

「このおばさん、電話を逆さまに持ってるんじゃないのか？」カールはあきらめ顔でハーディに訴えた。

「ちょっと！　誰がおばさんですって？　あなた、なんなのよ？」受話器から怒りの声が聞こえてきた。

　カールは何も言わずに電話を切った。

「ハハハ、あのコメントはちょっとひどかったぞ」ハーディが楽しそうに笑った。そして続けた。「ちょっと貸してくれ。おまえが電話をかけて、一緒に聞けるようにしてくれ。俺に携帯を当てがってくれないか」

　電話に出たビアギトが、もはや誰も使わなくなった罵りの言葉を大量にぶつけてくると、ハーディはうなずいた。

「なるほど、ツィマーマンさん、どうも勘違いをされているようですね。あなたが私を誰だと思っていらっしゃるかはわかりませんが、今あなたが電話で話をしているのは、遺産裁判所のヴェルデマ・ウーレンドルフです。われわれは今、亡くなられたお母様の遺産の件を担当しておりまして、できればいくつか質問をさせていただきたいんです。お時間をちょうだいできませんでしょうか？」

　ビアギト・ツィマーマンは沈黙した。仰天していると同時に、自分が二日酔いと闘えるかどうか、自問自答しているようだった。

「もちろんです。わたし……その、頑張って……みます」危なっかしい返事だった。

「ありがとうございます。お母様は亡くなられる直前に一万クローネを引き出されていますね。そして、あなたのお話では、亡くなられる前にそちらのお宅を突然訪問され、その際にそのお金をお持ちだったと。ツィマーマンさん、そのお金が何に使われる予定だったのか、もしかしてご存じないでしょうか。われわれが危惧《きぐ》していたのは、お母様が誰かに恐喝されていたのではないかということです。お母様について、われわれが知らないことや、明らかにしなくてはならないことがなければいいのですが。お母様に借金があったと思われますか？　あの日、誰かに支払いをしようと考えていたのでしょうか？　あるいは、あの日でないとできないような特別な買い物をするおつもりだったのでしょうか？　何かご存じありませんか？」

　今回の沈黙はもっと長かった。眠りこんでしまったのか、朦朧とした意識のなかで答えを求めてさまよっているのか。

「買い物、だと思います」ついに答えが返ってきた。

「毛皮じゃないかしら。そんなことを前にも言ってたから」

　自信のなさそうな答えだった。そもそも、あんな遅い時間帯にどこで毛皮が買えるというのだろう？　それも春に。

「お母様はしょっちゅう、ＶＩＳＡカードでお買い物されていますね。だとしたら、お母様があんな大金を現金でお持ちだったのは意外です。もしかしてお母様は現金を持ち歩くことがお好きだったとか、そういう可能性はございますか？」

「ええ」今回は即答だった。

「一万クローネもですか？　少額とはとても言えない金額ですよね」

「そうですね。でも、これ以上わたしがそちらのお役に立てることはないと思います」声が震えている。泣いているのか？

　通話が切れる音がした。カールとハーディは顔を見合わせた。

「たいした仕事ぶりだ、ハーディ」

「《子供と酔っぱらいは常に真実を話す》って言うからな。だが、彼女は嘘をついてるな。おまえも気づいただろ？」

カールはうなずいた。「毛皮を現金で買うだって？　ツィマーマンの娘は素晴らしい想像力をお持ちだ」カールは笑った。ビアギトと話していたときのハーディは、古き良き時代の彼そのままだった。カールは胸が熱くなった。

「おまえ、ウーレンドルフって名乗ったな。どこからそんな名前を思いついたんだ？」

「以前、ウーレンドルフって人が住んでた別荘を買った人間を知ってるんだ。なあ、リーモア・ツィマーマンとビアギト・ツィマーマンの銀行口座の動きを遡《さかのぼ》って調べたほうがいいとおまえも思うだろ？　出入金の履歴を見ればわかることがあるんじゃないかと思う」

カールはうなずいた。「ああ、リーモアが娘のところへ金を持っていった可能性は大いにある。だが、なぜその金を持ったまま娘のところを出たのか」

「カール、仕事で今、金をもらってるのはどっちだ？　おまえか、俺か？」

ふたりはモーデンのほうへ目をやった。階段で、体が半分隠れるほど大きな黒いゴミ袋をふうふう言いながら運んでいる。

「地下でミカの古いトレーニング器具も見つけた。カール、それも屋根裏部屋に持ってっていい？」階段を上がったせいで、モーデンの顔は真っ赤だ。

「ああ、スペースがまだあるならな」

「十分あるよ。イェスパのがらくたとパズルの入った箱の山、それからヴィガの持ち物を除けば、上にはスキー板二枚と鍵のかかったスーツケースしかないからね。スーツケースのなかに何が入ってるか、知ってる？」

カールは額に皺を寄せた。「さあな、それもヴィガの物なんじゃないか？　そのうち調べてみるよ。知らないうちに切り刻まれた遺体が屋根裏部屋にあったなんてことにでもなったら、たまらんからな」モーデンのぎょっとした顔がおかしかった。しかたない。今の彼は繊細だからな。

「今日の予定はどうなってる、アサド？　ゴードンと一緒にコンゲンス・ヘーヴェの裏をパトロールして、リーモア・ツィマーマンが札束を持って走りまわったと思われる場所をチェックしていくか？　それともローセの父親の事故について知っている圧延工場の元社員を探し出すか？」

アサドは重たそうなまぶたでカールを眺めた。「よくわからないんですが、何があなたをそんなに駆り立てているんですか？　子を亡くしたばかりの雌ラクダを見たことがありますか？」

「見たことあるわけ……」

「悲痛に暮れた雌ラクダは、お乳が出なくなるのではなく、地面にただ横たわってしまうんです。世界中の何をもってしても彼女を再び立ち上がらせることはできなくなるんです。ケツを思い切り一撃しないかぎりは……」

「はあ……」

「もちろん最後の手段です」

なんの話か、全然呑みこめない。

「工場には私が行きます。それでいいですか？　ゴードンのことは忘れていいと思います。昨日、私たちがモーナのところに行った直後、彼はすでにあの界隈を回っています。何も聞いてませんか？」

カールは言葉を失った。

「はい、そうです」一分後、ゴードンは戦略室で説明していた。「僕はストーア・コンゲンス通りとクローンプレンセセ通りのあいだを、ゴダス通り側とフレザレチャ通り側の両方にわたって、売店、居酒屋、レストランからソーセージグリルの屋台まで、とにかく関連箇所をすべて回りました。街の人にリーモア・ツィマーマンの写真を見せると、何人かが、見た気がすると答えました。ただ、長いあいだ見ていたわけではないとも言ってました。というわけで、彼女が道中、誰かに札束を見せていたとしても相手が誰なのかわかりません」

恐れ入った。短時間でこれだけのことをこなすには全力疾走であのあたりを駆けまわったに違いない。だてに長い脚を持っているわけじゃないんだな。

「今はローセの学校時代の友達を捜しているところです」ゴードンが続けた。「昔、彼女が通っていた学校に電話したんですが、事務の人が一九九四年にローセのクラスに転入生があったと教えてくれました。ユアサが言ったのと同じ、名前はカロリーネです。カロリーネの資料は保存されていなかったんですが、年配の教師がローセとカロリーネのことを覚えていました。カロリーネの苗字がスタウンスエーヤだったことも覚えていたんです」

カールは親指を立てた。

「カロリーネ・スタウンスエーヤという名の人物はまだ見つかっていませんが、時間の問題だと思います。僕たちはローセのためにそのくらいする義務がありますよね？」

一時間後、今度はアサドがカールの部屋のドアのところに現れた。

「圧延工場で働いていた人をひとり見つけました。名前はリーオ・アンドレースン。元社員のための組合に入っているそうです。ローセの父親が事故に遭ったとき、ホールW15の近くにいた人間を探してみると言ってくれました」

カールは読んでいた資料から目を上げた。

「あの事故以降、いろいろと変化があったようです」アサドが続ける。「二〇〇二年にロシア人が工場の新しい経営者となりました。その後、さまざまに分社化されました。以前は工場に何千人という作業員がいましたが、今では三百人が残っているだけです。アンドレースンが言うには、数十億もの投資が行なわれ、当時とはまるで違うと」

「そう言われても驚かんな。なんといっても例の事故は十七年も前の話だ。だが、話に出てきたホールは、今もあるのか？　俺たちが事故現場を見にいくことは可能か？」

アサドは肩をすくめた。そのことは訊いていないのだ。ふだんのアサドなら訊き忘れないのだが、こりゃ相当調子が悪いな。

「リーオ・アンドレースンは、いろいろ調べてみると言っていました。事故現場で働いていた作業員たちとはあまりつき合いがないものの、事故については今もよく覚えているそうです。彼は高圧電流の仕事が担当でしたが、持ち場は現場から離れていたとか。巨大な工場なので」

「詳細を知る人物をアンドレースンが探しだしてくれることを願うばかりだな」

カールは二枚の紙切れをアサドに渡した。

「口座残高通知書だ。どうやって手に入れたかは訊かないでくれ」

二枚の通知書には、各月の一日目に違う金額が記されていた。カールはそこを丸で囲んだ。「ここと、ここ、それからここを見てくれ」囲んだ場所を鉛筆で指す。「ここにあるのは、一月一日以降のリーモア・ツィマーマンの出金額だ。毎回、月の変わり目に彼女は大金を下ろしている。次に、こっちを見てくれ」

もう一枚の通知書の金額を指差した。

「こっちは娘の口座だ。驚いたことに、毎回、月が変わると同時に、それよりもいくらか少ない額が入金されている。つまり、ビアギト・ツィマーマンは母親から受け取った金のうちいくらかを手元に置き、残りを自分の口座に入金していたんだ。そこから、自分とデニスの家賃や光熱費などが自動引き落としされるというわけだ」

「驚きですね」アサドがつぶやく。

カールはうなずいた。「ああ。さて、ここから何が推測できる？　リーモア・ツィマーマンが娘と孫娘をずっと援助していた、というのはどうだ？」

「ただ、少なくとも今月はそれが行なわれていませんね。彼女は四月二十六日に殺されてしまったので」アサドの目が輝き、いつもの明晰《めいせき》さが戻ってきた。祈禱《きとう》用絨毯《じゅうたん》の前に立っているときのような目だ。短い毛の生えた指で事実を並べていく。「その一。私たちがビアギト・ツィマーマンの話として知るかぎり、彼女の母親は四月二十六日に金を持って彼女のもとを訪れた。

その二。その金はビアギト・ツィマーマンの口座には入金されなかった。そのため、五月はいろいろな支払いが行なわれていない。

その三。そこから、リーモア・ツィマーマンが殺された当日、娘は金を手にしなかったと推察される。

その四。その日、リーモア・ツィマーマンがいつもと違って、娘に金を渡さないと決断する出来事があったはずである。

その五。それがなんであったのかはわからない」

「俺の意見ではアサド、その六がある。『その出来事がわかったところで、俺たちの捜査の役に立つかどうか』だ。リーモアとビアギトの関係について俺たちは何も知らない。その件でビアギトを厳しく尋問する必要がある。おまえはさらに、母親のほうについて徹底的に調べろ。リーモア・ツィマーマンとはどういう人物だったのか。何か見返りを期待して娘を援助していたのか。その期待どおりにいかなかったから、四月二十六日に金を渡さなかったのか。ビアギトから脅迫されていたから金を渡していたのか。あるいは、何か理由があって別の方法を取ることにしただけなのか」

「あなたはどう思います？」

「相手に現金を渡すのはなぜだ？　受け取る側が贈与税を払わないようにするためだろう。リーモア・ツィマーマンは、今俺たちがやっているように、税務署が彼女の口座の動きを細かく調査することを恐れたんじゃないか？　彼女は税務署と一悶着《ひともんちゃく》起こすことを避けたかった。脱税に巻きこまれたくなかったのかもしれん」

「そうなる可能性はあったでしょうか？」

「問題になるのはもっと大きな額の場合だよ。だが、彼女は問題になると考えていたのかもしれん。もちろん、その日は、リーモア・ツィマーマンが、娘の口座に直接金を振り込もうと考えた可能性もある。娘が酒浸りだと知り、酒代で全部消えてしまわないように」

「だとしても、なぜリーモアは金をいったん引き出して、それからビアギトの口座に振り込もうとしたんでしょう？　直接送金すればよかったのでは。それと、直接金を渡されなくたって、ビアギトは酒に使える金を手にできたはずです。だって、振り込まれた自分の口座から引き出せばいいんですから」アサドが反論する。

もちろんそのとおりだ。出入金の額がほぼ一致していて単純な話に見えるが、その裏には不明なことが多い。

「見たところ、少なくともリーモア・ツィマーマンは娘と孫娘の生活を継続的に援助できるくらいの金はあったようですね」アサドが残高を指差す。六百万クローネを超す額が残っていた。

カールはうなずいた。これだけでも彼女が殺される十分な動機になるんじゃないか？

「ビアギト・ツィマーマンが疑わしいということですかね、カール」

「それはわからん。母親、娘、孫娘、三人全員の背景を調査してくれ。それから、圧延工場の元社員という人間の電話番号をくれ。そうすれば先に進める」

「彼の名前はリーオ・M・アンドレースンです。元経営協議会のメンバーで、工場のある部門の主任でした。愛想よくしてくださいね、カール」

何を言うか。俺はいつだって他人に愛想よくしてるじゃないか。

アンドレースンの声は、年金生活者にしては潑剌《はつらつ》としていた。口からポンポン飛び出す言葉はさらに若々しかった。

「カール・マークさん、もっと事情に詳しい人間を私が見つけたら、現場で落ち合うってのはどうです？ アスファルト舗装ができちまうくらいの数が集まるかもしれませんよ。ハハハ。みんなで工場のなかを一周して、例の男が死んだ場所を見ようじゃありませんか」

「ありがとうございます。ということは、事故現場はまだそのままあるんですか？ 改築が行なわれたと思っていたのですが」

相手は笑った。「そうです。W15は解体され、改築されました。今や、ブルームはロシアから直接輸入されているんです。もうあの工場では鋳造《ちゅうぞう》をやってないし、必要なスペースも変わりましたからね。でも、アーネ・クヌスンが天国に行ったホールのあの部分だけは全体が残ってますよ」

「ブルーム？ 業界用語ですか？」

「ええ、鉄の塊のことをそう呼ぶんです。さっき言ったようにブルームはロシアから送られてくる。そして工場で平たく延ばされるんですよ」

「ああなるほど！ 平たく延ばす。工場で行なわれているのはつまりそれですか?」

「まあ、そういうことです。何トンもの重さですよ。工場はロシアからブルームの形で鉄を受け取り、およそ千二百度で熱して薄く延ばし、注文に合わせてありとあらゆるサイズに仕上げるんです」

カールにはほかに質問したいことがあった。しかし相手の受話器の向こうで誰かが叫んでいた。「リーオ! コーヒーが入ったよ!」すると彼はそそくさと電話を切ってしまった。

年金生活者の日常もいろいろと忙しいらしい。

27

二〇一六年五月二十六日、木曜日

両手に顔を埋め、ミッシェルはソファの端に座っていた。ほとんどひと晩じゅう泣き通しだった。ミッシェルは家に戻ると、デニスとジャズミンに、自分たちがいかに恐ろしい状況にいるのかわかってもらおうとした。武装強盗をしたうえに発砲事件まで起こしたのだ。

すぐにラジオも事件を報じるだろう。

ところが、ふたりともただ笑っただけで、ぬるいシャンパンで乾杯し、デニスは「パトリクのところへ数千クローネ持っていってもいいよ。あんた、彼に借りがあるんでしょう」と言った。さらに、「もしパトリクがクラブで起きたことを話したら、驚いたふりすんのよ。誰もあんたを疑いやしないって」と付け加えた。さらに、「ビアナに起きたことは心配しなくていいよ、あれは正当防衛だから」とも言っていた。

でも、ミッシェルは落ち着かなかった。昨夜のことだけじゃない。わたしは死にかけてからまだ六日しか経っていない。こうしてまた歩けるようになったのだって奇跡といってもいいくらいだ。なのに、デニスもジャズミンも、そのことをちっとも気にかけてくれない。ふたりと一緒に住んで三日になるけど、後片づけばかりさせられている。少し前まで入院していて、いまだに少し頭痛がするというのに。

拳銃探しをしてからというもの、部屋のなかは戦場のような有様だった。あっちにもこっちにも服が散乱している。バスルームには化粧品がごちゃごちゃと置かれ、その横に毛布があり、鏡には歯磨き粉がこびりつき、タイルの上には、水がかかって数字がぼやけている〝パパたち〟の電話番号の書かれた紙が落ちていた。そのうえ、ふたりはトイレを流そうとしない。料理をするのも、汚れた食器を洗うのもミッシェルだった。自分が思い描いていたのはもっと違う生活だ。福祉事務所で出会ってあれほど意気投合したふたりと、今の不愉快なふたりは、本当に同じ人物なのだろうか。

それに、ある晩など、デニスは〝パパたち〟とダブルブッキングまでやってのけた。なんと、ふたりの男を部屋に連れこんだのだ。隣の部屋にいたミッシェルの耳に何もかもが聞こえてきた。そのせいでよけい頭痛がひどくなった。もう我慢ならない！

そこにきて、昨夜である。あれだけ約束したのに、デニスは暴走した。それなのに、ふたりとも昨日のことなどまったく気にならないようなのだ。ミッシェルには、何もかもが限界だった。ふたりはあの拳銃をバルコニーの箱にただ突っ込んだみたいだけど、ビアナが死んだら、あれが殺人の凶器ってことになるってわかってないのかしら？　そもそもあの拳銃が警察に見つからないってどうして思えるの？　ジャズミンですらすぐに見つけたというのに。

　この悪夢について考えれば考えるほど、ミッシェルは震えが止まらなくなった。もう十時を過ぎているというのに、ふたりともそれぞれの部屋でぐっすり眠っている。ミッシェルはテレビを眺めていた。TV2のニュースは、強盗事件と女性への銃撃事件をひっきりなしに伝えていたが、ビアナが生きているのか死んでいるのか、それについてはまったくわからない。普通なら、そこを伝えるべきでしょう？

　そこらじゅうに金が散らばっている。酔っ払ったジャズミンとデニスがお札を空中に放り投げ、降ってくるままにしておいたのだ。パトリクにお金を返すことそのものは問題ない。でも、突如として借金を返せるようになったことをどう説明しよう？　わたしは月末にはたいてい無一文になっていた。パトリクはすぐにおかしいと疑うはず。彼はわたしをよく知ってるもの。

　パトリクのことを思い出し、どれほど長く一緒にいたかを考えただけで、また泣きたくなった。なんでわたし、彼のところを出てきちゃったんだろう？　なんでクリーニング屋の仕事を引き受けなかったの？　彼があれほど望んでいたのに。

　テレビに《ヴィクトリア》が映った。店の前にグレーのウィンドブレーカーを着たレポーターがマイクを片手に立っている。レポーターの唇が動くと、カメラが建物を左から右へと映し出した。

　ミッシェルはボリュームを上げた。

「二人組の女は十六万五千クローネを超える金を奪って逃走しました。その姿を何台もの防犯カメラがとらえています。どちらもスカーフを顔まで引っぱり上げていて、どこにカメラが設置されているかを正確に知っていたと思われます。それでも警察はおおまかな犯人像をつかんでいるようです。おそらく二十代から三十代で、引き締まった体つきに――《ヴィクトリア》のマネージャーとセキュリティの話ですが――目の色は青。ひとりは身長一七〇センチほどで、もうひとりはそれよりも高かったとのことです」

ジャズミンとデニスが上からあるいは横から防犯カメラにとらえられている映像を見たとき、ミッシェルは思わず息を止めた。ありがたいことに、レポーターが話していたとおり、ふたりの顔はわからない。服装からも特徴はつかめないだろう。ふたりとも、あの晩はほかの客と同じような服装だったからだ。ミッシェルは少し安心した。

「覆面をしていない犯人たちの唯一の目撃者であるセキュリティの助けを借り、現在、犯人の似顔絵が作成されています」レポーターがもう一台のカメラに目線を移した。「二人組の女はシュドハウン通りのほうへ逃走したという話です。逃走経路を可能なかぎり再現するため、警察は現在、タクシー運転手の証言を参考に、エストーの駅近辺に設置された防犯カメラの映像の分析を急いでいるところです」

レポーターは最初のカメラに向き直った。「強盗事件とクラブ横の路地で起きた銃撃事件とに関連があるのかどうかは、明らかになっておりません。女たちから脅迫を受けた《ヴィクトリア》のマネージャーによれば、彼女たちが持っていた拳銃のタイプは《パラベラム》。《ルガー》とも呼ばれているものですが、第二次世界大戦のころに使われていた伝説の九ミリ口径の拳銃です。女性を撃った弾の口径もこれに一致しているとのことです」

画面に拳銃の写真が映し出された。ミッシェルもすぐに、あの銃と同じだとわかった。

「撃たれた女性はビアナ・シグルザルドッティルさん、二十二歳です。治安維持法違反や暴力罪の前科があり、警察には知られた存在で、一度禁固刑に服しています。

この女性が強盗事件に関与しているのか、少なくとも何かを知っているという可能性も視野に入れた捜査が行なわれており、シグルザルドッティルさんと親しい女性ふたりに事情聴取を行なっています。そのふたりはシグルザルドッティルさんとともに、主にコペンハーゲン南西で女性を狙ったさまざまな事件を起こしていますが、《ヴィクトリア》もちょうどその界隈にあります」

ミッシェルは首を振った。こんなに大勢の人がデニスとジャズミンを探しているなんて！　ママと継父がわたしも事件に関わっていると知ったら、なんて言うだろう？　知り合いはどう思うだろう？　そう考えただけで背筋が凍る思いだった。

「医師によりますと、ビアナ・シグルザルドッティルさんの容態は、依然、予断を許さない状況だそうです。これまでのところ事情聴取はできていませんが、かなり危険な状態とのことで、しばらくは不可能と思われます」

ミッシェルは窓から外を眺めた。もしビアナが死んだら殺人事件になる。死ななければビアナの口から誰が撃ったのか漏れることになる。彼女は少なくともジャズミンの名を挙げることはできるだろう。きっと全員の名がわかるに違いない。警察はジャズミンを尋問するだろうし、そうなったら彼女は口を割るだろう。

これからどうなろうとも、待っているのは悪夢だ。

ミッシェルは時計を見た。十一時少し前。ニュースも終わりに近づき、そろそろコマーシャルが入るはずだった。

「二人組はクラブの内部について詳細まで熟知していたと思われ、このことから警察は内部に手引きした人間がいるのではないかと考えています。現在、《ヴィクトリア》の従業員にも事情聴取が行なわれています。新たな情報が入り次第、お伝えします」

ミッシェルはソファの上ではっと身を引いた。どうしよう！　警察がパトリクの事情聴取をしていたら？

それから、唇をきゅっと結んだ。ここを出ていこう。戻ろう、パトリクのところへ。とにかくここを出なきゃ。

自分の荷物をまとめているあいだ、ミッシェルは、ところで自分の取り分はいくらかしらと考えた。ふたりはそのことについてまったく何も言っていなかった。わたしにも分け前を手にする権利があるとは思ってないの？

考えた挙句、カウチテーブルの上に積まれていた二万クローネをもらっていくことにした。十六万五千クローネに比べたらたいした額ではないし、そこからパトリクに少し渡したところで、なんてことはないだろう。

デニスの部屋のドアをノックしたが、反応がなかったのでドアを開けてなかに入った。

デニスは、意識を失ったようにベッドに横たわっている。シーツにくるまり、口を開け、枕は化粧で汚れていた。もうひとつの枕は両脚のあいだにはさまっている。いかにも〝だらしない女〟という感じだったが、実際彼女はそうだった。それに、この部屋のカオスぶりときたら！　ベッドの上だろうと床の上だろうと、そこかしこにお札が散らばっている。

「わたし、行くわね、デニス」ミッシェルは声をかけた。「もう戻らないから」

「オ……ケー……」デニスがもごもごと言った。目を開けることすらないままに。

外に出たミッシェルは、ものごとをいい方向に考えようとした。

わたしは事件と関係がないって、きっとパトリクが証言してくれる。わたしと彼女たちとの関係は誰も知らないし、デニスはタクシーの経路をあとからたどられないよう注意していた。わたしたちは最初のタクシーを南港で捕まえて、市庁舎広場に向けて乗った。そこからエルステッド公園まで歩いていって、ベンチに横になってうとうとしている路上生活者に向かって、デニスとジャズミンがスカーフと上着を放り投げた。それからバスでウスタポアト駅まで行き、別の会社のタクシーでスティーンルーセまで戻ってきたのだ。

道中、デニスとジャズミンは何事も起きていないかのように振る舞っていた。あそこのレストランの料理がすごくおいしいとかいう話題で盛り上がっていた気がする。スティーンルーセ駅でタクシーを降りてからは、歩いて家に帰ってきた。

それに、車に撥ねられてようやく退院したばかりの女性が、よりによって強盗事件に関わっていると考える人など、どこにもいないだろう。

ただし、ジャズミンとデニスは信用できない。警察がどうにかして彼女たちに罪を認めさせようとしたり、ビアナが意識を取り戻したりしたらどうなる？　ふたりは約束したとおり、わたしを巻きこまずにいてくれるかしら？

突然、腹が引きつったような感じがした。もうすぐ駅だ。ミッシェルは立ち止まって少し考えた。もしかしたら、あの部屋に戻って、まずはふたりといろいろなことを解決すべきじゃないかしら。でも、パトリクとの問題は自分で片づけろと言ったのは、そもそもあのふたりだ。

ともかく、警察が本当にパトリクに事情聴取を行なっているなら、彼は今、家にいないはず。まずはそれを確かめよう。

ミッシェルは携帯電話をバッグから取り出した。パトリクが電話に出れば、それはそれでいい。今からお金を持ってそっちに行くと言えばいい。ミッシェルは微笑んだ。もしかしたら彼は喜んでくれるかも。実はわたしのことを待っていて、もう出ていくなって説得してくるかも。昨日の感じでは、わたしたちの関係に希望が見えたようにも思えたし……。

　背後でエンジンのうなり音がした。ミッシェルは振り向いた。黒い車が自分を目がけて突進してくる。ハンドルを握っていたのは、ミッシェルもよく知っている人物だった。

28

二〇一六年五月二十六日、木曜日

　ローセは壁を見つめた。

　沈黙して座り、ただ黄色の床を凝視していると、周囲が真空となり、何を考えても、すべてがその真空に吸いこまれていくような気がする。そんな状態のローセの体は、寝ても起きてもいないような感じだった。自分の呼吸音も聞き取れないぐらい、知覚が激しく低下している。いわば生きる屍《しかばね》だった。

　ところが、廊下や部屋の物音で静けさが破られたとたんに、頭のなかで乱暴な連想が始まり、まるで弾かれたドミノのように次から次へと思考が押し寄せ、そのなかに無防備な状態で放り出されてしまう。ドアがカチャッと鳴る音、人間がしくしく泣く声、足音。もうごめんだ。息苦しくて、今にも泣きだしそうだった。

そんな繰り返しを断ち切るため、薬が処方されていた。鎮静効果のある薬と、深い睡眠に導く薬。しかし、その薬を服用していても、ほんのわずかな刺激で体がいつもの反応をしてしまう。

入院する前、ローセは一週間ほとんど眠っていなかった。毎晩毎晩、陰鬱で無慈悲で残酷な時間に苛まれてきた。さまざまな方法で自分を傷つけることでしか乗り切ることのできない時間だった。

なぜなら、ほんの一瞬でも気を緩めると、わめいている父親の口、蔑《さげす》むような父親のまなざし、死んだ瞬間のぞっとするような父親の目が映像の渦となって襲いかかってきて、そのなかに巻きこまれてしまうからだ。定期的に襲ってくるこの渦にローセは溺れていた。そのたびに父親に向かって怒鳴りつけていたつもりだったが、実際はそうではない。怒鳴っていたのは天井に対してだった。いいかげん、そっとしておいてほしい。それでローセは、疲労した腕や手の痛みがわずか数秒間記憶を消してくれるまで、ずっとノートに言葉を書きつけた。

「おまえはここにいるべきじゃない」いつしかひっきりなしにそうつぶやくようになっていた。数時間が過ぎ、声が出なくなると、その言葉を思い浮かべながら書きなぐった。

ほとんど眠らず食事もとらない四日間が経過して、ローセはようやく入院を決断した。

入院して以来、ローセは自分がどこにいるのか、たいていは認識していた。だが、時間の感覚は保てなかった。入院して九日経つと言われていたが、とっくに五週間ぐらい経っているように思えた。でも、医師たちは――そのうちの何人かは、前回の入院から担当してくれている――ローセに、時間の感覚はそれほど重要ではないと絶えず言い聞かせていた。重要なのは恐怖感とどうつき合うかだと。治療を受けながら、どれだけ些細であっても進歩をしていると感じることが大事なのだと。だから何も心配する必要はないと言った。

でも、ローセには医師たちが嘘をついているとわかっていた。彼らは必要とあれば、わたしの人格が治療の前とあとでがらりと変わることになってしまっても、治療を優先し、効果を上げることに全力を尽くすだろう。そしてわたしを完全に意のままにするつもりでいるのだろう。

ローセが泣いてどうしようもないとき、彼らの表情はよそよそしくなった。特に看護師たちは、やさしく見える仮面をかぶりつづけていることが難しいようだった。前回と違って、彼らにはもはや同情の気配も共感のそぶりもなかった。医師や看護師は、治療が想定どおりの効果を上げないといらだつようだ。ローセにもその雰囲気は伝わってきた。

セラピーでは自由に話すよう言われていた。ローセは自分の感じる孤独についてできるかぎり話すことを求められた。恐怖によって父親に支配されていたこと、父親と母親のこと、子供時代を台なしにされたという感情についても、心を開いて話すように言われた。

しかし、彼女は漆黒の闇が支配する自分のいちばん奥の場所に医師たちが触れることを許さなかった。そこは彼女だけが到達できる場所だった。そこには父親の死にまつわる真実が眠っている。自分が悲劇に関与したという事実。その事実にまつわる恥を掘り起こし、衝撃を再び突きつけることなど誰にも許されないはずだ。

ローセは医師たちと距離を置いていた。憎しみや罪の意識、悲しみを消してくれる薬さえ見つけることができればそれでいい。それ以上は何もいらなかった。

談話室でずっと泣いているローセに迎えが来た。ローセは、ほかの患者を不安にさせないよう、自分の部屋へ戻されるのだと思った。しかし予想に反し、院長の部屋へ連れていかれた。

そこには院長のほかに、何もしてくれていない医長と、病棟の看護師長、薬の処方を担当している若い医師団のひとりが座っていた。彼らの表情をひと目見るなり、ローセはまた電気ショック療法を提案されるのだと察した。

今回も拒否するつもりだ。この世の誰にも、わたしの脳に何かをするなんて許さない。わたしが人生でくぐり抜けてきたことを消し去るなんて誰にもさせない。命のきらめきと自分で考える力が残っているうちは、自分の頭を麻痺なんかさせない。安らぎをくれる薬が見つからないなら、もうここにいる意味などなかった。わたしは重大なことをしてしまった。とても誇りに思えないことをしたのだ。たとえ医者でも、それをなかったことになどできない。

その事実と一緒に生きていく方法を学ばなくてはならなかった。でも、それが最も難しいことだった。

院長は穏やかなまなざしでローセを見た。院長があの手この手でわたしの心を開こうとしても、毎日のように嘘と悪人に向き合ってきた捜査員のわたしが、うっかりそれに引っかかることはない。どんな目でわたしを見ようとも、わたしには関係ない。

「ローセ」院長が柔らかい声で話しかける。「情報が届いたので、あなたにここまで来てもらいました。情報とは、あなたの状態に関するわれわれの診断と治療方法の選択に決定的な影響を及ぼす可能性のあるものです」院長はティッシュペーパーの箱を渡そうとしたが、ローセは受け取らなかった。

その代わりローセは、額に皺を寄せ、手の甲で目をこすると壁のほうを向き、一心に胸の鼓動を鎮めようとした。でも鼓動はなかなか治まらなかった。〝情報〟と院長は言った。いったいどんな情報？　わたしがいいと言ったこと以外、あなたたちは外部の人間に話してはいけないはずでしょう？

自分の部屋に戻り、壁を見つめる時間だと思ったローセは立ち上がった。先のことを考えるのはそのあとだ。

「ローセ、もう一度座って、もう少し私の話を聞いてください。これからお話しすることは、あなたにとって怖いことかもしれません。でも、周りの人はみんな、あなたがよくなることがいちばんだと思っています。それはわかっていますね？　警察本部のご同僚が分析したあなたのノートについて、妹さんたちからいくらか情報をもらいました。あなたは人生のそれぞれの段階に合わせて呪文――ここではそう呼んでおきましょうか――を変化させ、その助けを借りて人生のそれぞれの段階のイメージをつくりあげてきた。それも十代のころからずっと。そういう印象を受けました」

あっけにとられてローセは再び椅子に腰を下ろした。

急に寒気を感じた。一気に涙が引き、顎がカチカチ言い出した。

ローセは、ゆっくりと院長のほうを見た。院長がどんなに親切そうなまなざしを向けていようとも見破ることができた。あんたはわたしを裏切ったのよ。ほんとにひどい。カールや妹たちと連絡をとっていいかと、前もって伝えてこなかった。わたしの許可なしにノートを読むことなどできないと彼らに伝えそこなった。ここに入院してからもう何日も苦しんだのに、今度はわたしを拷問室に連れていこうっていうの？

「この紙は、あなたが十代のころからノートに書きつけてきた言葉の一覧です、ローセ。これを見て、なんでもいいから、感じたことを話してください」

ローセは聞いていなかった。あのノートを燃やして死ぬべきだったんだ。本当におかしくなってしまう前に。今やその手前まで来ている。自分がおかしくなりつつあるという兆候はいくらでもあったのに。

ローセの横にはガラス製の陳列棚が置かれていたが、どんな心境のときでもそれを見る勇気はなかった。二日前にほんの少し横を向いたとき、ガラスに映った自分の姿に愕然《がくぜん》とした。今、顔がガラス戸に映ったことに気づいたその人間は、本当に自分と同一人物なのだろうか。この光景を脳に送っているこの目は、本当に自分の目なのだろうか。そもそも、その脳だって自分のものなのだろうか。すべてはありえない問いだ。しかし、自分が取り乱していることだけは確かだった。自分が存在しているという事実にめまいがした。まるで薬でものんだかのように。

「ローセ？　私の話が聞こえますか？」院長がジェスチャーで、大丈夫かと尋ねてきた。ローセは声のするほうに顔を向けた。院長の額が自分の額とくっつきそうだ。これまで以上に部屋が狭くなったような感じがした。

そうじゃなくて、部屋に人が多すぎるのね。部屋はいつもと同じ大きさだわ。

「私の話を聞いてください、ローセ。あなたが書いたこのメッセージは、あなたが心のなかでお父様と対話することによって、お父様の精神的な干渉から身を守ろうとしていたことを示しています。あなたのメッセージがいつ、どうして変わったのか、なんとなくはわかりますが、あなたの心のなかで何が起きていたのか、正確なところはつかめません。おそらく、あなたは自分を暗闇から救い出す答えを探し求めていたのでしょう。われわれはその答えを知りたいし、知らなくてはなりません。そして、あなたを強迫観念から解放してあげたいと思っています。協力していただけますか、ローセ？　そのトレーニングをわれわれと一緒にやってくれますか？」

〝トレーニング〟と院長は言ったが、〝闘い〟と言うべきだったのではないだろうか。

ローセの視線は例の紙から天井へと動いた。両手は膝の上に力なく置かれている。部屋にいる四人が緊張して自分を見つめているのがはっきりとわかった。この人たちはここに書かれた文字や言葉のパターンを手がかりに、わたしからどす黒い考えを引き出せると期待しているのだろうか？　わたしの口から答えがポンポン出てくるとでも思っているのだろうか？　これまで薬を使おうが、褒めまくろうが、拝み倒そうが、警告しようが、脅そうが、わたしの口を開かせることはできなかったのに、今回のおかしな作戦で、ついにそれができるとでも思っているのだろうか？　まるでこの紙切れが自白剤であるかのように。

ローセは潤《うる》んだ瞳で院長をじっと見つめた。

「わたしのことを愛してますか？」わざと芝居がかった言い方をした。

院長のみならず全員がうろたえているのがわかる。

「わたしのことを愛していますか、スヴェン・ティステズ先生？　わたしを愛していると言えますか？」

院長は言葉を探していた。そして、つっかえながらも「ええ、もちろん」と言った。信頼して胸の内を話してくれるすべての人を愛しています、助けを求めている人々を……。

「医者としてのくだらない戯言なんかもうやめて」ローセはほかの人間に向き直った。「あなたたちはどう？　もっとましな答えを準備しているのかしら？」

看護師長がまるで神託を告げるように、一歩前に出た。

「いいえ、ローセ。その言葉をわたしたちに期待しちゃいけないわ。愛とはあまりにも重くあまりにも深い言葉よ。わかりますね？」

ローセはうなずくと立ち上がり、看護師長をハグした。彼女はすっかり誤解してローセの肩を慰めるように軽く叩いた。ローセにとってそんなことはどうでもよかった。看護師長をハグしたのは、そのほかの人間へのあてつけだ。その直後、ローセは三人の医師のほうに顔を向けると叫びだした。

「裏切り者！　誰がこんなお金ばかり取ってわたしを愛してもいない医者や、裏で策略を練ってばかりいる医者がいる場所になんて戻ってくるもんですか。あんたたちのほうが、わたしよりよっぽど危険だわ」

院長がやさしく包容力のある人間を演じるのもここまでだった。ローセは院長へ近づくと、いきなりびんたを食らわせたのだ。ふたりの医師はぎょっとして椅子から飛び上がった。

それからローセは、部屋を出て廊下にあるカウンターの前を通ると、受付係が「アサドとかなんとか言う人が電話をかけてきてあなたと話したがっています」と大声で呼びかけた。

ローセは驚いてパッと振り向いた。「ああ、アサドね！」大声で言い返す。「じゃ、伝えといて。とっとと失せやがれって。ほかの人も同じよ」

本当はそんなことを言うのがつらかった。でも、わたしを裏切り、わたしの生活を嗅ぎまわるような人間は、わたしの世界に入ってくるべきではないのだ。

五十分後、ローセはグローストロプ郡病院前のタクシー乗り場へ向かっていた。正直なところ、そんな行動をとれる体調ではなかった。薬漬けでふらふらだ。動きはスローモーションのようだったし、病院を出るのは無謀だった。今にも吐きそうだったが、吐いたらそのまま倒れて、二度と自分の力で起き上がることはできないかもしれない。だから空いているほうの手で喉を守るように押さえてみた。意外にもそれで吐き気がおさまった。

自分はおそらく、二度と普通の生活に戻れないだろう。そう考えるとぞっとした。だったら一気に片をつけてしまったらどうだろう。ここ数年、〝死のカクテル〟をつくれるよう十分に薬を溜めてきた。コップ一杯の水で何度かに分けてのめば、すべての耐え難い考えは自分もろとも消えてしまうはずだ。

タクシーの運転手に五百クローネのチップを渡し、そのおかげでほんの一瞬はいい気分になれた。自分の部屋に続く階段を上っているあいだ、バルセロナの大聖堂前にいた、脚のひどく変形した哀れな物乞いのことを思い出した。この世を去るなら、その前に自分の財産を彼のような惨めな人々に分配するというのはどうだろう。それほど多くの物を持っているわけではないけれど。睡眠薬で自分の臓器をダメにしないよう動脈を切るというのはどうだろう。すべての臓器を提供すると書いた手紙を脇に置いて、出血しているあいだに救急車を呼べばいい。意識を失うまでにどれくらいかかるだろう？　万一救命されるなんてことがないよう、救急隊員の到着を遅らせるにはどのくらい会話を引き延ばせばいいだろう？

さまざまな考えで頭をいっぱいにさせながら家の鍵を開けると、自分の字で埋め尽くされた壁と向き合うことになった。**《おまえはここにいるべきじゃない》**と書かれている。おまえはここにいるべきじゃない。

まるで頭を殴られたようだった。誰が誰に向かって言った言葉だろう。自分が父親を罵ったのか、父親が自分を罵ったのか。

手から旅行かばんが落ち、ローセは胸をつかんだ。胸ぐるしさがせりあがってきて舌を口蓋に押し当て、喉を締めあげる。窒息してしまうのではないかという恐怖。内臓へ酸素を供給しようと心臓が闇雲に打ちつける。

裏切られた！　ローセは、目を見開いて部屋のなかを見回した。燭台はきれいに掃除されている。どのテーブルクロスも洗い立てで、たんすの上にある特捜部Ｑの事件ファイルはきちんと重ねられている。椅子もきちんと収まっている。壁や床、ステレオセットについた油のべとつきや染みはすべて拭き取られている。

ローセは、両手を握りしめて荒く呼吸をした。誰ひとり他人の家に押し入って、何が普通であって、どう住むのが正常かなど決めることはできないはずだ。汚れた洗濯物、使いっぱなしの食器、ゴミ、床に散らばった紙。それはわたしの無力さの表れだけれど、わたし自身でもある。他人が人の家に土足で入りこんで、ものを漁ったりするべきじゃない。病院みたいに清潔で、それなのに強姦されたように他人に押し入られた家で、どうやって生きていけというの？

ローセは毒のような住まいからあとずさりして外廊下へと出た。手すりに寄りかかると涙が出るに任せた。

脚がしびれてきたので、隣の家のドアに向かった。隣人とはもう何年もいい関係にあった。真の友情というより母と娘のような関係だったが、実の母親とは違って、たしかな安心と安全を与えてくれる関係だった。前に会ってからずいぶん経っているけど、彼女の様子をうかがいにベルを鳴らしてみてもいいような気がした。

どれくらいのあいだ、そうして開かないドアの前に立っていただろう。ほかの部屋に住む女性が階段を上がって外廊下に出てきた。

「ローセ、ツィマーマンさんにご用なの？」

ローセはうなずいた。

「最近あなたがどこに行っていたのか知らないけど……。でも……リーモアがお亡くなりになったってこと、知らないの？」その女性はためらいながら、言葉を続けた。「殺されたのよ。今日でもう三週間。本当に知らなかった？　警察にお勤めなんでしょう？」

ローセは顔を天に向けた。果てしのない、理解できない天へ。自分が一瞬世界から消え、戻ってきたときには、住むべき世界が消えてしまっていたように感じた。

「本当に恐ろしいわよね」住人が言った。「しかも、今日は若いお嬢さんがすぐそこの角で亡くなったのよ。轢き逃げですって。そのことも知らないのかしら？」

29

二〇一六年五月二十六日、木曜日

カールがアサドの狭い部屋に入っていくと、アサドはちょうど祈禱用の絨毯を丸めているところだった。

「元気がないようだな、アサド。どうした？」

「どんな様子か知りたくて、ローセの病棟に電話をかけたんです。聞こえてきたのは、私に対して『とっとと失せやがれ』とわめいているローセの声でした」

「実際に聞いたのか？」

「ええ。電話に出たのは受付の人でしたが、その背後から聞こえてきました。いつお見舞いにいったらいいか訊きたかっただけなんですが。ローセがちょうど通りかかったんだと思います」

カールは相棒の肩を軽く叩いた。ローセのその言葉はどれだけアサドにこたえただろう。「アサド、だったらローセの気持ちを尊重するしかないな。俺たちとコンタクトをとることでローセの気分が悪くなるなら、見舞いにいっても喜ばないだろう」

アサドはうなだれた。アサドはローセのことが本当に好きなのだろう。カールは、なんとかしてアサドを元気づけたかった。落ちこんでいてもしかたない。

「ローセがアサドになんて怒鳴ったか、聞きましたか？」

ゴードンも話を聞いたらしい。

「ローセがあんな反応をしたのは僕のせいです」ゴードンがぼそぼそと言う。「彼女のノートを細かく調べるなんて、しちゃいけなかったんです」

「またすぐ元に戻るさ、ゴードン。これまでも、ああいうローセを何度も見てきただろ？」

「本当に、元に戻るでしょうか？」

「何言ってるんだよ、ゴードン。大丈夫さ。おまえは自分にできることをしたんだ。たしかに、俺なら、彼女の家を探すのも、精神科医にメモを渡すときも、まずはローセの許可をもらってからにすると思うが。あれはフェアじゃないからな。もっと言えば、プロの仕事でもないいな」

「たとえ許可を求めても、ローセは百パーセント却下《きやつか》したと思います」

カールは人差し指をゴードンに突きつけた。「そのとおりだ。脳みそは詰まってるみたいじゃないか、ゴードン」

ゴードンは自分のメモを、蚊の脚のように長い指で撫でた。その指を使えば、片手でバスケットボールを高々とつかみ上げることもできそうだ。ここ二年間、ゴードンは少しずつ肉付きがよくなっていたのだが、ローセが入院してからというもの、あっという間に脂肪がなくなっていった。目の下も青黒くなっている。薄いそばかすの散った肌はホイップクリームのように白いが、美しいとは言いがたい。

「すでに、わかっているとおり」ゴードンは、無理に自信ありげな声を出そうとした。「リーモア・ツィマーマンの夫は、レズオウアで靴店を営んでいました。夫はほかにも、デンマーク向けに高級靴メーカーとの独占販売契約を結んでいました。二〇〇四年に死んだのですが、かなりの遺産がありました。リーモア・ツィマーマンは、店も代理店も屋敷も車も売り払い、引っ越しました。それ以来、彼女は何度も引っ越しを繰り返していますが、表向きの住所は娘の住まいにしていたみたいです。ずっとそうで、一度も変更していないようです」

カールはゴードンをじろじろ見つめた。「なんでおまえがリーモア・ツィマーマンの周辺を調べ上げたんだ？　おまえはローセの友達のカロリーネのことを捜査するんじゃなかったのか？　こっちはアサドの仕事だっただろ」

「仕事を少し交換したんです。そうせざるをえなくて。アサドがフリッツ・ツィマーマンのバックグラウンドチェックをして、カロリーネに関することは、住民登録局に問い合わせてあります。回答は数日中に来るはずです」

「だとしても、なんでアサドがツィマーマンの夫の調査をしているんだ？　夫は関係ないだろう？」

「アサドは、ステファニー・ゴンダスンが殺された翌日にツィマーマンの夫が死んだことをおかしいと思ってるんですよ」

「なんだって？」

「アサドもそのことを知ったとき、同じリアクションでしたよ。ここです。見てください」再び蚊の脚のような指が出てくる。「ステファニー・ゴンダスンは二〇〇四年六月七日に遺体で発見されました。フリッツ・ツィマーマンは二〇〇四年六月八日に溺死しています」

「溺死？」

「はい。ダムフス湖で、車椅子に乗ったまま、真っ逆さまに。八十六歳でした。その前の年に倒れてから車椅子生活だったようです。頭ははっきりしていましたが、ひとりで出かけられるほどの力はありませんでした」

「それがどうしてダムフス湖にたどり着いたんだ？」

「妻が毎晩散歩に連れ出していたんだそうです。その晩、彼女は途中で、夫の上着を取りにちょっと家に帰ったんです。戻ってきたときには車輪が水面に出ていて、夫は二メートル下に沈んでいました」

「いったいどうしたら、岸に近いところで溺れることができるんだ？　あそこは年がら年じゅう、大勢の人間が通るところだぞ」

「警察の報告書にはそれについては書かれていません。おそらく湖の周辺を散歩するには涼しすぎたんじゃないでしょうか。だから、妻は上着を取りに戻ったわけですし」

「もっと詳しく調べるんだ」

「ええ、もうやりました。二〇〇四年の夏はひどく寒くて雨が多かったようです。本当に夏らしい日がやってきたのは八月上旬になってからです。残念なことに」

カールは当時を思い出そうとした。ヴィガが出ていった年だった。カールはヴィガとウンブリアでキャンプをして休暇を過ごす計画を立てていたのだが、事件が発生したため、キャンプの代わりにクーイに別荘を借りた。しかし、ヴィガはそれがまったく気に入らなかった。そうだ、あの夏のことは特別よく覚えている。まったくロマンチックじゃなかったな。ヴィガともう少しロマンチックな過ごし方ができたはずなのにな。

「カール、聞いてます？」正面で声がこだました。カールは顔を上げると、ゴードンの生気のない顔を見た。

「妻は、夫の車椅子をしょっちゅう岸辺に停めていたと証言しています。夫がなんらかの形でブレーキを解除できたんじゃないかという点について、彼女は否定しませんでした。そこで、警察は自殺の可能性も考えたようです。彼はすでに八十六歳で、長いあいだ続けていた事業を営むこともできませんでした。そういう状況なら生きているのに疲れたと思うこともあるかもしれません。僕の想像ですが」

カールはうなずいた。だが、これが現在の事件とどうつながるんだ？

そこで電話が鳴った。

「マークです」カールは電話に出ると、ゴードンに行っていいぞと手で合図した。

「警察ですか？」

「そうですが、そちらは？」

「俺が誰だか伝えたら、話なんてしたくないと思うだろ？」

カールは身をかがめた。電話の声は力がなく、まるで送話口を何かで覆っているかのように不明瞭《ふめいりょう》だった。

「それはあなたが何をおっしゃりたいかによります」

カールはメモ帳を手繰《たぐ》り寄せた。「おっしゃってみてください」

「圧延工場で起きたアーネ・クヌスンの事故について、あんたがリーオ・アンドレースンと話をしたと聞いたんだ。それで、あんたにもうこれ以上話などないと知らせようと思って。たとえ俺たち全員があの最低男を憎んでいようと、あの男が平たくプレスされたことで誰もが内心やったと叫んでいようと、あれは事故だ」

「なるほど。あなたは、われわれが事故ではないと考えていると思ってらっしゃるんですね？　同僚を助けようとしてこの事件を捜査しているだけですよ。同僚は、あの事故があまりに衝撃だったようなので」

「ローセ・クヌスンのことだな？」

「あなたがどなたで、なんのために電話をくださったのかわからなければ、その質問にはお答えできません」

「ローセはやさしくてとてもいい子だった。本当だよ。俺たちみんなにかわいがられてた。父親だけがあんなことをしたんだ。あの、汚い野郎が」

「今、その話は……」

「当然、あの事故はローセにとって大きなショックだっただろう。目の前で起きたんだから。でも、今、事故を捜査しても何も出てきやしない。そういうことだ。それをちょっと知らせたかっただけだ」

電話は切れた。

いったいなんだったんだ？　あれはただの事故だったと俺に納得させたかったのか？　なんのために？

カールは経験上、誰かがこういうことをするときには往々にして事実は逆であるとわかっていた。ということは、先ほどの男は何か隠し事をしているのか？　何か埋もれている事実があるということか？　もしかして、ローセに何か疑いがかかることを恐れている？　あるいは、彼自身が事故に関与しているのか？

ちくしょう。今こそローセが役に立ったはずなのに。デジタル電話回線について、彼女ほどよく知っている人間はこの地下室にいない。

しかたなく、カールは秘書課のリスに協力を仰いだ。

「リス、これはローセの担当だとわかっているんだが、助けてくれないか。今ここに電話をかけてきたのが誰か、突きとめてもらえないだろうか？」

リスは少々面倒くさそうだったが、それでも三分後には解明してくれた。

「電話の主は、かつてわたしの素敵なアイドルだった人と同じ名前よ、カール」

「そいつもカール・マークっていうのか？　なんて偶然だ！」

彼女は笑った。その声にカールは全身がむずむずした。彼女の笑い声ほどセクシーなものはこの世にない。

「違います。彼の名前はベニー・アンダーソン。《ABBA》のベニーと同じよ。ちょっと太ったけど、ステージの上のベニーって本当に素敵だったんだから！　フリーダと別れるには電話一本で十分だったのにね。わたしが後釜になるつもりでスタンバイしてたのに」

そう言うと、リスはようやく相手の電話番号と住所を告げた。

「よしアサド、行くぞ！」数秒後、地下室の廊下にカールの声がこだました。

「ニュルンベルク裁判のこと、何か知ってますか？」アサドがだしぬけに尋ねてきた。

カールはうなずいた。ヘッドホンをつけて一列に座り、残忍な犯罪行為の告発内容を聞いている非人道的な連中の白黒映像が頭に浮かぶ。ゲーリング、リッベントロップ、ローゼンベルク、フランク、シュトライヒャー、そのほか、絞首刑を待つ人間たち。ブロウストのアベローネおばさんのところでクリスマスを過ごすと、毎回、カールは『写真と文字で綴る世界』のページをめくっては、死体の写真に戦慄《せんりつ》を覚えたものだった。そんなことがあったが、おばのところで過ごしたクリスマスは過ぎ去った子供時代の素敵な思い出だった。

「あそこまで大々的なナチ裁判は世界でもほかにありませんでした。あなたももちろん知っていると思いますが」

カールはカーナビを見た。あと二キロ直進だ。

「ああ。裁判はナチの犯罪があったあちこちで行なわれたがな。バルカン半島でも、ポーランドでも、フランスでも、デンマークでも。だが、それを訊いてどうする、アサド？」

「フリッツ・ツィマーマンも裁判を受けたひとりです。ポーランドは彼の死刑を望んでいました」

カールは眉を上げ、アサドをちらりと見やった。

「リーモア・ツィマーマンの夫の？」

「そうです」

「何をしたんだ？」

「ポーランド側はそれを証明することができませんでした。彼は、残虐行為の証拠を隠蔽《いんぺい》した一味のひとりだったようです。生き残った者はほかにはひとりもいませんでした」

「何を証明できなかったって？」

「フリッツ・ツィマーマンが、親衛隊少佐のベルント・クラウゼと同一人物だということをです。クラウゼはフランスで連合軍兵士の処刑に直接手を下し、ポーランドとルーマニアでは市民の処刑に関与していました。私が調べたところ、彼の犯罪に関するおびただしい証拠資料があったようです。写真とか、供述書とか」

「よくわからんな。証拠資料だって？　今、彼はすべてを隠蔽した、生き残りがいなくてその行為を誰も証明できなかった、と言ったじゃないか」

「はい。でも、その重要証人が親衛隊髑髏《どくろ》部隊の別のふたりの将校だったんです。そしてツィマーマンの弁護人は、ふたりは自身の戦争犯罪をツィマーマンに押しつけようとしている。だから彼らの証言は無効だと訴えて判事を納得させました。ちなみに、そのふたりは一九四六年に処刑されました」

「それで、フリッツ・ツィマーマンを不利な立場に追いこむ証拠写真っていうのは？」

「何枚か見ましたが、今あなたに見せるのは遠慮します、カール。本当に残虐な処刑の様子です。でもツィマーマンの弁護人はその点でもうまくやりました。多くの写真があとから修正されたもので、写真の男は別人だと証明したんです。最終的にはそれも無罪判決に役立ちました」

「無罪になったのか？」

「はい。ベルント・クラウゼについては死亡診断書がありますが、こう書いてあります。親衛隊少佐ベルント・クラウゼは一九五三年二月二十七日にウラルのスヴェルドロフスクの捕虜収容所にて、ジフテリアにより死亡」

「そのころフリッツ・ツィマーマンはすでに靴屋になっていたと？」

「はい。彼はまずキールの小さな店で働きはじめ、南ユトラントのふたつの店でせっせと修業し、最終的に西コペンハーゲンのレズオウアで自分の店を開きました」

「その話はいったいどこから仕入れたんだ、アサド？　あちこちから情報を集めるような時間なんてなかったじゃないか」

「ウィーンの《ヴィーゼンタール・インスティテュー

ト》に知り合いがいて、その人がコネクションを持っているんです」

「《ヴィーゼンタール・インスティテュート》って反ユダヤ主義とホロコーストの調査センターのことか?」

「ええ。ベルント・クラウゼによって処刑された多くがユダヤ人でした。それでいろいろな情報が向こうにあるのです。ヴィーゼンタール・インスティテュートは、ベルント・クラウゼとフリッツ・ツィマーマンが同一人物だと確信しているようです」

「ツィマーマンがデンマークに移り住んで仕事をしていたとき、インスティテュートの連中は必死で彼を捜していたというわけか?」

「資料からそこまではわかりませんが、私の友人によると〝誰かが〟——アサドは指で空中に引用符をつくった——ツィマーマン有罪の証拠を見つけようと、彼の屋敷に二度押し入ったそうです。でも何も見つけられず、断念したそうです」

「レズオウアの家に押し入ったのか?」

「イスラエル人は実行力がありますからね。彼らがアルゼンチンでアドルフ・アイヒマンを誘拐してイスラエルに拉致《らち》したことを覚えているでしょう?」

カールはうなずいた。目の前に信号があった。次は右だ。

「ところで、その情報がどうだってんだ、アサド?」

カールはアイドリングに切り替えた。

「私に送られてきた写真のなかにこれがあったんです、カール。これを見ればわかると思います」

アサドはプリントアウトしたものをカールがよく見えるように差し出した。

画像は鮮明だった。黒い制服に身を包んだ将校の全身が後ろに見える。両手で棍棒を握りしめ、両腕を頭の上に高く上げている。将校の前に立っている縛られた男の後頭部に棍棒が叩きつけられる直前の様子だっ制服姿の男の横には頭骨を砕《くだ》かれた死体が三体並んでいた。これから殺されようという男の左には拘束された男がさらにふたりいる。ふたりは自分の運命をただ待っているようだった。

「なんてひどい」カールは小声で言った。数回唾を呑みこむと、写真を遠ざけた。世界でこういう残虐な行為が繰り返されることは二度とないだろうと誰もが思った時代があった。しかし今、世界のあちこちで現実に同じことが起きている。人間はなぜ、同じことを繰り返すのだろう。

「どう思う、アサド?」

「ステファニー・ゴンダスンとリーモア・ツィマーマンが、まさに同じような形で殺されていることについてですか? 偶然の一致だと思いますか? 私はそうは思いません」アサドが前方を指差した。「青です、カール」

カールは目を上げた。デンマークのこの小さな地方都市が、突如《とつじょ》としてこの世のすべてから遠ざかっていくように思われた。

「だが、ステファニー・ゴンダスンは二〇〇四年に殺されている。ツィマーマンが死ぬ前日だ。しかもツィマーマンは八十六歳だった。老いて車椅子頼みの生活だ。犯人であるはずがない。それに、自分が死んだ十二年後に、妻を殺害することなどできんからな」

「私はただ関連性があると言っただけです。でも、マークス・ヤコプスンが正しいかもしれません」

カールはうなずいた。こんな短期間で、アサドはよくここまで調べることができたものだ。しかもすべてを流暢《りゅうちょう》なデンマーク語で伝えた。こいつもずいぶん進歩したな。

カールはアサドを見た。相棒は考えこんでいるように外の家々に目を走らせている。人生をよく知っているまなざしだった。

おまえはいったい何者なんだ、アサド？　カールは胸の内でそうつぶやきながら、ハンドルを右へ切った。

特捜部Qにかかってきた電話の番号は、圧延工場近辺のつましい地区の住所のものだった。その住所にたどり着いたカールは、家の状態とその周囲の救いがたい混沌《こんとん》とした状況を見て、思ったとおりだと小さくつぶやいた。

「くず鉄集めをしている人なんでしょうか？」アサドが尋ねる。

カールは肩をすくめた。スクラップになった芝刈り機、自転車の車輪、錆びついた車両があちこちに置かれている。

ドアを開けた男の様子は、スクラップに囲まれた環境にまさにお似合いだった。ぼろぼろのジョギングウェアに、脂っぽく手入れされていない長髪。どう見ても衛生的ではない。カールはとっさに距離を置きたいと思った。

「どちらさま？」男が応対する。その息ときたら、半径数メートルにいる生物すべてを抹殺《まっさつ》しそうな悪臭だった。生き延びるのはくず鉄だけだろうとカールは思い、不覚にも相手がドアを閉められる距離まであとずさってしまった。

「私は、あなたから……」カールは腕時計を見た。「ちょうど五十二分前に電話をいただいた者です」

「電話？　なんの話でしょう？」

「ベニー・アンダーソンさんですよね？　私の同僚があなたの声を音声認識プログラムでスキャンするために同行しています。アサド、こちらに録音機器を見せて差し上げて」

カールがアサドを肘でつつくと、アサドは眉ひとつ動かさずにスマートフォンをズボンのポケットから取り出した。

「少々お待ちください。認識までにもう少し時間がかかります」アサドが言う。悪臭男は疑わしげにアサドのスマートフォンを見つめた。

「これでよし、と。ええと、こちらはわれわれが警察本部で録音した音声です」アサドがディスプレイに視線を落としたまま告げた。そのまま目線を上げず、話を続ける。「音声の不一致率：ゼロパーセント。ベニー・アンダーソン」画面を何度かタップすると、電源を落とすような仕草をし、スマートフォンを再びポケットにしまった。

「さて、アンダーソンさん」カールが重々しく話しかけた。「一時間ほど前にあなたが匿名《とくめい》で警察本部の刑事に電話をかけてきたことが明らかになりました。われわれがお宅を訪ねた理由はおわかりでしょう？　警察が関心を持つべき理由があってあなたが電話をかけてきたのかどうか、それを捜査するためにここに来ました。なかに入ってお話ししてもいいですか？　それともコペンハーゲンの警察本部までお連れしたほうがいいですか？」

アンダーソンはその質問を遠回しな強制ととらざるをえなかった。答えるより先にアサドがドアを閉められないように、体をぐっと入れたからである。

カールは、あきれるほど空気の淀《よど》んだ室内に入った。しかし、しばらくすると悪臭にも慣れ、平気でベニー・アンダーソンを尋問できるようになっていた。二分もしないうちに、カールは相手を説得した。憎々しい悪口、何かを隠すような言い回し、ほのめかしやあてこすり、もったいぶった話し方。そういうことで、あなたは疑惑をもたれているのですよと。カールはいったん、アクセルを緩めることにした。

「みんながローセをかわいがっていたと言いましたね。それが彼女の父親の死とどんな関係があるのか、説明してもらえませんか？」

男は吸い殻でいっぱいになった灰皿から、煤《すす》けた小さい葉巻をタールで黒く染まった二本の指でつまみあげ、火をつけた。

「刑事さんは圧延工場で働いた経験があるかい？」

「もちろん、ありません」

「だろうな。それなら、圧延工場で働くというのがどういうことか、わからないだろう。あの、複雑に入り組んだ広いホールのなかで、危険な機械を制御しようと奮闘するんだ。炎熱との闘いはそれはそれは厳しくて、ときどき目の前が真っ暗になる。あまりに熱いので、フィヨルドから吹いてくる冷たい風に当たるために外に出ていかなくてはならないほどにね。それだけじゃない。いかに危険な仕事か。人間なんて、あっという間に溶けてなくなっちまう。仕事を終え、泣きながら眠ってしまった子供の頬に荒れた指先で触れるときの気持ちときたら……。圧延工場での仕事がどれだけ過酷で荒っぽいものか、経験してみないとわからないだろうな。もちろん同僚のなかには、俺たちが相手にしている鋼鉄と同じぐらい強い者もいるが、バターのように軟弱な人間もいるんだ」

思いがけず男が雄弁に語ったので、カールは話についていくのに苦労した。

「しかし、アンダーソンさん。警察の仕事にもかなり荒っぽい面がありますよ。まあ、私の知るかぎりはね。それはともかく、おっしゃることは非常によくわかります」

「兵士やレスキュー隊、消防隊のことも言うまでもなく、ですよね」アサドが口を挟んだ。

「そうだろうな。それでも、俺たちの仕事とまったく同じというわけじゃない。ほかの仕事は何が起こるか心の準備ができる。それに比べて、俺の昔の同僚たちはそうじゃなかった。たとえばローセはそうじゃなかった。でも俺にとっては、ローセがいてくれるのはとても慰めになった。ローセのように若くてか弱い女の子があの荒っぽい職場にやってきたんだ。鋼鉄や熱が支配する場所、男たちが鍛え抜かれる場所に。その職場とローセのコントラストはともかく大きかった。ただ、彼女はあそこで働くにはあまりに若すぎた。そういうことだ。俺が言いたいのは」

「あの工場でどんな仕事をなさっていたのですか、アンダーソンさん？」

「操縦室に座って圧延機の操作をしていた。職場の点検を行なうこともあった」

「ずいぶんと責任のある仕事なのでは？」

「誰の仕事も、全部、責任のある仕事だったよ。誰かひとりがミスしただけでとても危険なことになるからな」

「ローセの父親は何かミスを犯したのでしょうか？」

「それは別の人間に訊いてくれ。今話したように、俺は見ていないから」

「カール、警察本部に来てもらったほうがいいのでは？」

アサドの言葉にカールはうなずいた。「ほかの元同僚の方と同じように、あなたにもリーオから話がいったのでしょうね。われわれが事故の詳細について知りたがっていると。でも、あなたの意図がわかりません。なぜ匿名で電話をかけてきたんですか？　なぜわれわれを手こずらせるようなことをするんですか？　ベニー・アンダーソンさん、われわれに協力しますか、それとも協力を拒否しますか？　協力していただけるなら、このままここにいて、この家の香りを引き続き楽しむことができます。でも協力していただけないのなら、コートを着てわれわれの車に一緒に乗っていただき、これから二十四時間は心地よい我が家のことを一切忘れることになります。どちらがよろしいでしょう？」

頼む、車に乗るほうを選ばないでくれ。車にこのにおいが染みついて取れなくなっちまうから。

「俺を逮捕するってことか？　どんな理由で？」

「いくつかありますよ。いいですか、警察への匿名電話はそれ自体が怪《あや》しい。匿名電話というものは、悪事をして世間をはばかる人がするものだと統計が示しています。あなたは電話で、ローセが父親の死に関係しているかもしれないとほのめかしました。実際にはどう考えているのです？」

「そんなこと、言ってないぞ！」

「私たちの考えは違います」勇気のあることに、アサドがべたべたするコーヒーテーブルに手をついて身を乗り出した。「あなたは、ローセが周りからとても好かれていたと知っているはずです。いいですか、今から十数えます。そのあいだに知っていることを話さなかったら、その乾き切ったソースに浸かってる古いチキンの骨を手に取って、それであなたのでかい口から情報をかき出してみせますから。十、九、八……」

「くそっ、なんてやつだ！　いいか、俺を脅せると思ったら……」

差別的な罵り言葉がアンダーソンの喉まで出かかった。だが、それを吐き出す前に、アサドはカウントダウンを終え、鶏の骨を手にしようと立ち上がった。

アサドが尖った骨を何本か手にとると、ベニー・アンダーソンは叫んだ。「ちょっと！　やめてくれよ。実際に何が起きたのか知りたいなら、ほかの人間に訊いてもらうしかない。俺は何も見てないんだ。そう言ったじゃないか。俺はただ、アーネ・クヌスンが古いホールで、十トンの鉄塊を吊り下げたガントリークレーンの下に立っていて、そのときに磁石が作動しなくなったと知っているだけだ」

「彼は機械に巻きこまれたものだと思っていましたが」

「違う。どこから出た話なのか知らんが、たしかに新聞にはそう書かれていた。でも、実際は、磁石が作動しなくなったんだ」

「真上に鉄塊が落ちてきたということですか？」カー

ルが話を遮った。アサドは鶏の骨を元の場所に戻し、べとついたソファに再び座った。

「そうだ。鉄塊が彼をぺしゃんこにしたんだよ。ここから下まで」アンダーソンは胸骨のちょうど下を指した。

「即死だったんですか？」

「叫び声みたいなものはなかった。息がなくなるまでおそらく数秒くらいだ。下半身は完全につぶれていたし」

「ぞっとするな。それで、ローセは何をしようとしてたんでしょう？　彼女はわれわれに父親が死んだときのことはまったく話そうとしなかった。妹によれば、ローセは夏のあいだ工場でアルバイトをしていたということですが」

アンダーソンは笑った。「夏のアルバイト？　違うよ、まったく違う。彼女は〝インサーター〟としてあそこで働かされていたんだ」

カールとアサドは同時に首を振った。インサーター？

「どのブルームを炉《ろ》に入れるかを決める人間だ。〝ブルーム〟はそのあとで圧延機へ移される」

「ブルームとは鉄塊のことで、それが圧延機にかけられてプレスされるわけですね」カールが補足した。リーオ・アンドレースンの説明がまだ耳に残っている。「その工程で、あなたはどんな仕事をされていたんですか、アンダーソンさん？」

「ブルームが真っ赤に焼けて炉の片側から出てくると、俺がそれを引き取り、ときに圧延作業をした」

「事故の起きた当日もそれをしていたんですか？」

彼はうなずいた。

「それなのに、事故について、何ひとつ見ていない？」

「俺は炉の向こう側に座っていた。どうやって現場を見ることができるんだ？」

カールはため息をついた。その状況を思い浮かべようとしたができなかった。

リーオ・アンドレースンに現場を案内してもらうしかない。

30

二〇一六年五月二十六日、木曜日

ローセの行動は徹底的だった。破れかぶれになって、ティーカップを打ち砕き、棚から思い出の品を一掃し、床の上の家具をハンマーで叩きつけた。数分もしないうちに部屋にあったもののほとんどは粉々になった。

ところが、それでいい気分になるはずだったのに、そうではなかった。ローセは暴れているあいだずっと、リーモア・ツィマーマンのことを考えていた。

孤独であまりにつらいとき、どれだけリーモアがそばにいてくれたことだろう。週末、ブラインドを上げる力すらないとき、リーモアが何度、代わりに買い物にいってくれたことだろう。そして今、どうしても必要なのに、リーモアはいない。なぜ？

殺されたという話だけど、誰に？　どうやって？

ローセは床からノートパソコンを取り上げると、電源を入れた。ひびの入った画面が輝きを放つと、自分でも不思議なことに安心した。腰を下ろして、警察本部のインターネットサイトにログインする。

リーモア・ツィマーマンについての情報はわずかしかなかったが、彼女が殺されたことは確かだった。場所も殺害方法もわかった。

頸椎と後頭部に深い傷、と書かれている。彼女がそんな目に遭ったとき、わたしはどこにいたのだろう？　ローセ、あなたは三週間、病的に自分の殻に閉じこもって、自分の部屋で何もしないで無駄に時間を過ごしていたんじゃないの？　数メートルも離れていない隣の部屋が奇妙なほどどしんとしているのに気づきもせずに。

わたしはなんという人間になってしまったの？　ローセは絶望的な気分になって自分に問いかけたが、涙は出なかった。もう泣くことすらできなかった。

だが、ポケットに入れた携帯電話が鳴りだすと、ローセは三十分前の状態に引き戻された。世界はもう終わり。人間関係もすべてもう終わり。

それから数分間、電話は五回鳴った。ローセは根負けして携帯電話を取り出すと、画面を見た。

スペインからだ。よりにもよって母親だ。今、いちばん話をしたくない相手だった。おそらく病院が連絡をとったのだろう。母親からすぐにユアサ、ヴィッキー、リーセ＝マリーイに電話がいくはずだ。

ローセは時計を見た。話を聞いた妹たちが、なぜ病院を出てきたのか説明しろと言ってくるまで、あとどのくらいの時間が残されているだろう。二十分か、二十五分くらいか。

「そんなのどうでもいい！」そう叫んで、いっそのこと携帯電話を壁に投げつけてしまおうかとも思った。

だがローセは、大きく深呼吸すると、どう伝えるべきかと考えた。それからメールアプリを開くと、メッセージを打ちこんだ。

愛するお母さんへ。今マルメ行きの電車に乗ってます。電波が悪いからSMSを送るわ。心配しないで、わたしは元気よ。今日、自分から病院を出てきたの。ブレーキンゲに住む仲のいい男友達が、よかったらうちに来てしばらくいていいよって。素敵な家なの。そこにいれば少し元気になれるかも。家に帰ったらまた連絡する。

ローセ

シュッという音を立ててSMSが送信された。ローセは、母親がこれ以上電話をかけてくることはないだろうと携帯電話をポケットに戻し、戸棚の引き出しを開け、紙とボールペンを取り出した。それからバスルームに行くと、棚を開けてなかを探った。抗鬱薬、解熱鎮痛薬、半分空になった睡眠薬の容器、かつて自分を傷つけたことのあるはさみ、使い捨てのカミソリ、父親の古いジレットのカミソリ、母親の痛み止めの座薬、二十年も前から保管してある甘草味の咳止めシロップ。その気になれば、〝死のカクテル〟をつくることができるだろう。それを飲むかどうかは、いつでも自分で決めることができる。ローセはプラスチックのケースから綿棒とタンポンを取り出すと、ゴミ箱のなかに投げ入れた。害のない家庭薬もゴミ箱にどんどん捨て、残った薬をそのプラスチックのケースに詰めた。

五分ほど洗面台の前にじっと立ち、ありとあらゆる殺人事件を思い起こし、人生がいかに気まぐれかについて考えた。予想していたはずのことが完全に反対の結果を招くこと、可能性がどんどん狭まっていき、ついにはすべてが無になることについて、考えた。

そして、ジレットのカミソリをつかんだ。父親が死んだあと、これでむだ毛を剃ろうと思って持ってきたのだが、一度も使ったことがなかった。

カミソリを解体すると、汚れた刃についた石鹼《せっけん》と細かい髭を不快な思いで眺めた。

忌々しい父親の残りかすがわたしを死に導く傷のなかに入りこみ、わたしの血と混ざることになるのだろうか。

胸がムカムカしてきた。それでも気力を振り絞ってキッチンでそのカミソリの刃をブラシできれいに洗っていると、思わず指を切ってしまった。血のにじんだ切り傷とブラシの刷毛《はけ》が指先で格子の模様をつくる。

「生きるのは、もうここまででいい」ローセは弱々しく言うと、目に涙を溜め、ぴかぴか光るカミソリの刃を見た。あとは紙に文章をしたため、妹たちにこれは自分の意思でしたことだと知らせなくてはならない。わたしの持ち物は妹たちで分けてほしいと伝えよう。


でも、どうやったら最後までやり通せるんだろう？

これまで、悲しいことがあったときには、泣くことで救われてきた。けれど、自分の人生を終えようとしている今、無力感と後悔と羞恥心《しゅうちしん》が強くなるばかりだった。

キッチンテーブルの上には薬の入ったプラスチックのケース、紙、ボールペンが置かれている。ローセは、その横にカミソリの刃を置くと、アルコール類がしまわれているキャビネットを開け、酒のボトルの蓋をすべてひねって開けた。棚の上にある花瓶は一度も使ったことがない。花なんて誰からももらったことがないから。その花瓶がついに役に立つときが来た。ローセは、手持ちの薬をすべてそのなかにぶちまけ、アルコールと攪拌《かくはん》して、ツンとするにおいの茶色いカクテルをつくった。

二口、三口、そのカクテルを飲むと、プラスチックのケースからノートパソコンへと視線を泳がせた。すると、逆に頭が冴《さ》え、集中力が戻ってきた。
ローセは、微笑みながら荒れ放題のリビングを眺めた。
それから、いちばん上にあった紙を手に取ると、書き出した。

愛する妹たちへ

わたしの人生に居座ってきた呪《のろ》いには終わりがありません。だから、わたしの死に絶望しないでください。わたしは、もはや平穏が乱されない場所にいます。長いこと考え、繰り返し思いを馳《は》せてきた場所です。これでいいのです。

みんなはできるだけ長く生きてください。少しはわたしへの愛も思い出してね。あなたたちみんなを愛し、尊敬しています。向こう側へ行こうとしているこの瞬間も。固い文章になってしまってごめんなさい。でもこれまで、みんなにきちんとこういうことを言う機会がありませんでした。わたしのせいで、苦労をかけてごめんなさい。わずかですが、わたしのこの世の持ち物をみんなで分けてください。さようなら。

愛しています。

ローセ

別れの手紙に日付を入れ、二度読み返してから自分の前に置いた。なんともったいぶった駄作だろう。ローセは手紙を丸めると、床に投げ捨てた。
それから花瓶を口にあてがうと、さらに二、三口飲んだ。
「でも、もうどうしようもない」ため息をつきながら、丸めた紙を拾い上げて開くと、手で皺を伸ばした。それから二枚目の紙を手に取ると、今度はすべて大文字で書いた。

二〇一六年五月二十六日、木曜日、スティーンルーセにて
自分の体を臓器移植と研究のために提供します。

個人識別番号を記入し、サインし、よく見えるようにその手紙をキッチンテーブルに置くと、手が震えてきた。

それから携帯電話を手に取ると、救急車の番号を入力した。呼び出し音が鳴っているあいだ、左手首の動脈をじっと見つめていた。どのくらい上を切らなくてはならないのだろう？　どこに触れても脈拍をはっきりと感じるからどこでもいいのだろう。さあ今だ。彼女は決断した。誰かが電話に出たら、自分はもうすぐ死ぬから臓器を使いたいなら救急隊員は急いだほうがいいと伝えよう。それから両手首を深く切ろう。

ところが、電話の向こうで当直の人間が二度彼女の名前を尋ね、どこから電話をかけているのかと訊いてきたその瞬間、リーモア・ツィマーマンの部屋から壁にドンと何かが当たる大きな音がした。

ローセは息を呑んだ。いったい何？　それも、よりによってなぜ今？

「すみません、番号を間違えました」もごもごと言うと、ローセは携帯電話を折り畳んだ。頭がズキズキし、心臓は早鐘《はやがね》のように打っている。隣の部屋から入った邪魔のせいで、ローセはすっかり落ち着きを失っていた。深く動揺し、震えてもいた。同時に、彼女のなかの捜査員魂が目覚めていた。リーモアの部屋で何が起きているんだろう？　それとも幻聴が始まっているの？

ローセは薬の入ったケースと二枚の手紙の上に素早くコートをかぶせると、部屋の外の廊下へ出た。

隣の部屋の物音はどんどん大きくなっている。誰かが笑うか、叫ぶかしている？

ローセは顔をしかめた。ここに住むようになってか

ら、リーモアの部屋から知らない人の声が聞こえてきたことはたった一度しかない。それは男性の声だった。そのときは、いらだった声がなんとなく聞こえてきた。だが、それきりだった。ローセが知るかぎり、この棟では、自分以外にリーモアと付き合いのある人間はいない。むしろ、一緒に買い物にいくと、周りの人がリーモアを避けているのに気づいたぐらいだ。

だとしたら、今はいったい誰が彼女の部屋に住んでいるの？

　ローセは自分の部屋に戻ると、たんすの引き出しからリーモアの部屋の鍵を取り出した。リーモアは、何度か鍵を忘れて閉め出され、娘に助けを求めなくてはならないことがあった。しかし半年前、もう娘に頼りたくないと言って、ローセに合鍵を渡したのだ。

　危なっかしい足取りで、ローセはドアも閉めずに部屋を出ると、そっと隣の部屋のドアの前に歩いていった。なかにはふたりの人間がいるようだ。声がはっきりと聞こえる。若い女性のようだ。

　頭が朦朧としたまま、ローセはドアの横の呼び鈴を鳴らした。何度か鳴らしてみたが、反応はまったくなかった。そこでローセは、鍵を鍵穴に差しこみ、回した。

31

二〇一六年五月二十六日、木曜日

ゴードンはへとへとになっているようだった。もっとも、カールが彼に命じた仕事を思えば、神経がどんなに図太い人間でもまいるだろう。

「で、ヴィーゼンタール・インスティテュートが例の件に関して持っている情報は、全部手に入ったのか？」

「だと思います。それと、あなたに言われたとおり、ツィマーマンが囚人の後頭部を一撃して処刑している写真を数枚、トマス・ラウアスンに見せました。トマスの見立てでは、おそらくステファニー・ゴンダスンもリーモア・ツィマーマンも同じような方法で殺害されたのだろうということでした。つまり、棍棒か同じくらいの重さの物体で殴られたと」

「オーケー、これでともかく一歩前進したな。ありがとな！」

「ステファニー・ゴンダスンは二〇〇四年に殺されましたが、そのときはフリッツ・ツィマーマンがまだ生きていたってことをあえてもう一度言う必要はないですかね？」

「ふむ」ぞっとするような写真を次から次へと観察していたカールの口から出たのはそれだけだった。しばらくすると、カールは目を上げた。「ああゴードン、その必要はない。それに、妻が一カ月前に殺されたとき、フリッツはもう生きていなかった」

ゴードンは雪のように白い指をカールに突きつけた。「そうですね、ビンゴ・バンコです」と言う。

ビンゴ・バンコ？　なんだそりゃ？　こんなときに、

いや、そもそもどんなときでも使うべき言葉じゃないだろうが。

カールはTV2のニュースのボリュームを下げた。

「だがな、いいか、ゴードン。誰がやったのかっているう問題がまだ残ってる。おまえはビアギト・ツィマーマンか、その娘がやったと思ってるんじゃないのか？これまでのところ、俺たちがわかっているなかで動機がありそうなのは彼女たちだけだ。ふたりのうちどっちの腹を探るか、おまえが決めていいぞ」

「えっ、ありがとうございます！ 孫娘に関しては何も知りませんが、娘には少なくとも動機があるんじゃないかと思うんです。アサドが言うには、酒をあれだけ飲むからにはそれだけの金が必要だろうと」

カールはうなずいた。「俺もすぐにそう思った。だが、土砂降りのなか、ビアギトが本当に棍棒を振りかざして母親を背後から殺害したと思うか？ それに、リーモアが自分の娘を前にパニックになって茂みのなかに隠れたりするか？ よく考えてみたら、おかしな話じゃないか」

ゴードンがうなだれる。だが、警察の仕事なんてそんなもんだ。言ってみれば、常に冷水を浴びせられているようなもんだ。喜んだと思えば失望する羽目になり、疑問があとからあとから湧いてくる。ゴードンは、そういうことにまだまだ慣れる必要がある。

「それで、僕はこれからどうしたらいいんでしょうか？」

「ビアギト・ツィマーマンの娘を見つけるんだ、ゴードン。なんていう名前だ？」

「洗礼名はドリトですが、今はデニスと名乗っています」

「じゃあ両方の名前で探せ」

カールはゴードンを目で見送った。ゴードンが気の毒だった。ローセの状況が変わらないかぎり、元気になれないのだろう。

「ゴードンに何かあったんですか？」数秒後、アサドがカールの部屋のドアのところに立った。「なんだか〝青葉に塩〟って感じでしたけど」

「青葉じゃない。青菜。それを言うなら〝青菜に塩〟だ」

「わかりませんねえ。青菜だって葉っぱでしょ？」

カールはため息をついた。「もういい、アサド。ゴードンは悲しいんだよ。ローセのことでまいってるんだ」

「私もです」

「ああ、俺たちみんなそうだ。みんな、彼女がいなくてさみしいんだ」そんな言い方ではとても足りない。彼女がいなくて胸にぽっかり穴があいたような感じだった。

といっても、彼女のタバコ嫌いを懐かしいとは思えんがな。カールはすかさず一本取り出した。

「ところで、ローセの旧友探しはどうなってる？ はかどってるか？」

「その話で来たんです。見つけましたよ」

アサドは机の上にカラーコピーを数枚置いた。でっぷりした妖怪めいた女性がいちばん上の写真で笑っていた。長い髪はぼさぼさで、全身、薄紫色の服を着ている。写真の上には《キヌア・フォン・クンストヴェルク《芸術作品》》と書かれ、下には現在開催中らしい個展の案内があった。

「彼女は画家なんですよ、カール」

「しかも、とんでもなくクリエイティブな名前をお持ちだ」

「ドイツではとても人気があるようですよ。理由はわかりませんけど」アサドはいちばん上の写真をめくり、次の写真を指差した。出展作品の見本だった。なかなかきついテーマだ。

「これはこれは」思わずカールの口から感想が漏れる。

「彼女の住まいはドイツのフレンスブルクです。私が行きましょうか？」

「いや、一緒に行こう」と言いつつ、カールは半分上《うわ》の空だった。というのも、テレビにいつもより長めの《速報》テロップが映し出されたからだ。

「なんだこれは、アサド？　何か聞いてるか？」

「いいえ、まったく」

「あの、おふたりとも見ましたか？」ゴードンがドアのところからテレビ画面を指差している。「一時間前から流れてるんです。リスが言うには、三階のみんなは大騒ぎだろうと。すぐに捜査会議があると思います。どうします？」懇願するような目を向けてくる。「僕らも上に行ったほうがいいと思いませんか？」

「なあゴードン、そんなに興味があるならおまえが行ってくればいい。だが忘れるな。この事件は俺たちの担当じゃない」

しかしゴードンはそうは思っていないのか、とことん失望したようだった。

カールの表情が緩んだ。ゴードンは最近、とてもよくやっている。大胆にもなり、野心すら垣間見えるくらいだ。

「それでも、僕たちみんなで上に行くべきだと思うんです」ゴードンは譲らない。

カールは笑うと勢いよく立ち上がった。「まったく。まあ、楽しみは自分でつくり出さないとな。行くぞ」

カールたちがいきなり殺人捜査課に押しかけると、少なくとも二十人が、なんで来るんだという顔をした。

「失礼、諸君。たった今、テレビで見たものだから」カールがあっさり言ってのける。「俺たちはいないものと思ってやってくれ」

「そうはいかない」パスゴーが鼻息荒く言うと、数人が同意するようにうなずいた。

ラース・ビャアンが片手を上げた。「みんな、地下からやってきたわれわれの同僚にぜひとも敬意を払ってくれ」そう言うと、わざとらしく間を置いた。何人かは首を横に振った。

「まずは、手短にまとめたい」ビャアンがカールをまっすぐ見据える。「赤いプジョーが発見された。五月二十日にミッシェル・ハンスン、五月二十二日にセンタ・バーガーを轢いた車と思われる。かつて特別捜査班にいた元同僚が保険会社の依頼で盗難車を探していたのだが、窓ガラスを割られイグニッションに細工がされたその車を見つけた。グリフェンフェルト通りとラントサウ通りが交差する角に停められており、ダッシュボードには古い駐車券が一枚、ワイパーには大量の違反切符がはさまっていたことから、いつそこに駐車されたのかが推測できそうだ。鑑識がボンネットについた血痕と毛髪を確認しているが、一見したところ、車内からは痕跡が念入りに取り除かれているようだった。捜査が進めばもっとはっきりしたことがわかるだろう」

「まるまる一週間、コペンハーゲンのど真ん中に停めてあったのに、誰にも見つからなかったというのか？交通課はさすがだな」カールがうなる。

「コメントを控えるなら、ここに残っていい」ラース・ビャアンが続ける。

それからビャアンは壁にかかったモニターに向かって、次々と画像を表示していった。

「二時間半前、つまり、十二時四十分ごろ、例のミッシェル・ハンスンがスティーンルーセのステション通りで再び撥ねられ、今回は死に至った。今度も、運転者は逃走している。ここが事故現場だ。駅方向からやってきたふたりの児童が、事故を起こした車両は黒のホンダ・シビックで、撥ねたあとすぐに右へ曲がって駅前広場のほうへ走り去ったと証言している。ただし、車両と運転者についての証言は非常に曖昧だ。児童の年齢を考えれば無理もない。年上のほうで十歳だ。それに、事故を直接目撃したというショックもある。児童の証言では、運転者の姿は影としてしか認識できなかったが、彼らの言葉を借りれば『そんなに大きくなかった』そうだ」

ビャアンは部下に目を向けた。「本日の事故とこれまで発生した二件の事故とのつながりを考えると、これらの事故は故意に引き起こされたものと思われる。当然ながら問題は、犯人が次の殺人を計画しているかどうかだ。計画しているとしたら、われわれの任務はそれを全力で阻止することにある、いいな？」

アサドはカールを見ると、肩をすくめた。連続殺人犯が車を乗り回している程度では、アサドはまったく動揺しない。

「この二十四時間にさまざまな事件が発生している。そこで、私としても遺憾《いかん》なのだが、ツィマーマン事件を担当していた者は引きあげて別の事件に回ってもらう。パスゴー、きみとギアトもそうだ」

「気の毒なリーモア」カールがパスゴーに聞こえるようにつぶやくと、怒りに燃えたまなざしが返ってきた。

「ミッシェル・ハンスンが二度も撥ねられたことから、最初の事故も計画的に引き起こされたものと想定できる。たとえ状況が明らかに異なっているとしてもだ。たとえば、今回はハンスンのバッグから新札ではない二万クローネが見つかっている。われわれが口座残高から突きとめたところによると、彼女の経済状態はひどいものだったはずだ。さらに、ミッシェル・ハンスンは昨夜、《ヴィクトリア》というクラブの入口で彼女の元恋人でドアマンのパトリク・ピーダソンと話をしているのだが、同時刻に《ヴィクトリア》の二階の事務所が強盗の被害に遭っている。今回の轢き逃げはこの事件ともなんらかの関連があると考えられる。何か質問は？」

「そのパトリク・ピーダソンという男はまだ警察に？」テアイ・プロウが尋ねる。

プロウが捜査チームのリーダーだったら、パトリク

・ピーダソンはたまったもんじゃないだろう。プロウはやり手だからな。口はくさいが、すぐそばに立ちさえしなければ、こいつほど有能で素晴らしいパートナーはいまい。

「いや、ピーダソンの事情聴取は十一時三十二分に終了している。本人の証言と防犯カメラの内容も一致した。もちろん、あっさり帰したわけではなく、身分証明書は預かっている。家宅捜索の申請もすでに行なわれた。疑わしい点がいくつかあるからだが、ピーダソンに関してはまだ何もはっきりしたことは言えない」

「ピーダソンがミッシェル・ハンスンを轢いた車両を運転していた可能性があるということですか？」プロウが続けて質問する。

「そのとおりだ」

「ピーダソンとハンスンが事故の直前に連絡をとっていたかどうか、わかっていますか？」優秀な捜査官というだけでなく、気さくで冗談好きなベンデ・ハンスンが尋ねた。

「いや。バッグのなかにあったハンスンの携帯電話は完全に壊れていた。鑑識に回されたがＳＩＭカードが破損していて、通話を復元するには電話会社から情報を手に入れる必要がある。あえて強調するまでもないことだが、遺体の損傷は激しい。児童の証言では、車両に踏みつぶされたということだ」

「パトリク・ピーダソンの携帯電話はどうですか？」

「ピーダソンは非常に協力的で、われわれが記録をチェックすることを快諾《かいだく》した。ミッシェル・ハンスンは彼にＳＭＳを一通送り、彼のところへ行くと伝えているが、〝どこから〟来るかは書いていない。もちろん、ふたりが別の手段で連絡をとり合い、ハンスンがどこにいたかピーダソンが知っていた可能性はある。もし彼が轢き逃げした車の運転者なら、という話だが」

「彼ですよ」パスゴーがぼそりと言った。さっさと片づけたくてしかたがないのだろう。

「それから、強盗事件にはビアナ・シグルザルドッティルが関わっていた可能性が高い。胸に銃弾を受けて、〇時三十二分に王立病院に搬送された女性で、現在、重体。事件現場はクラブ近辺の路地だ」

「彼女が疑わしいという理由は？」プロウが尋ねる。

「これまでの犯罪歴や犯罪記録から明らかな暴力性があり、日頃からあのあたりを縄張りにしていた。発見当時、ビアナ・シグルザルドッティルは手にナイフを握っており、事件関係者のひとりと対立があったと思われる。シグルザルドッティルを撃った武器は九ミリ口径のルガーで、クラブの支配人を脅したものと一致している。彼女は発見現場、つまり通りの片側の街灯の下で撃たれたのではなく、路地を十メートル入ったところで撃たれている。建物の外壁から歩道についた痕跡から、通りのほうへ引きずるようにして運ばれたことが明らかだ。誰かが彼女を助けようとしたのかもしれない。撃った人間は、クラブを襲撃した犯人と同じように女性ではないかと思われる。なんらかの形でシグルザルドッティルと密に連絡をとっていた可能性がある」

「なんでそんなことをしたんでしょうね？　瀕死《ひんし》のシグルザルドッティルを通りに放り出して、息のあるうちに通行人やクラブに行く人間に見つかるようにするなんて。彼女の口から犯人が割れるかもしれないと怖くなかったんでしょうか？」ベンデ・ハンスンが質問する。

「その点については私も考えた。だが、われわれが疑っている女たち、つまり、シグルザルドッティルのいわゆる《ブラック・レディーズ》の仲間は、最高に頭のいい人間というわけではないからな」

数人が笑ったが、ベンデ・ハンスンは違った。「そのギャング連中とパトリク・ピーダソンとの直接的なつながりを示すものは何かありますか？」

「ない。さらに、その関連で言っておくと、ピーダソンには前科はない」

「ミッシェル・ハンスンとギャングとの結びつきは？」

「ない。ハンスンと《ブラック・レディーズ》のあいだにも直接的なつながりは確認できていない」

「ビアナ・シグルザルドッティルは助かるでしょうか？」

ラース・ビャアンは肩をすくめた。「それについては多くを語れないが、もちろんわれわれはそう望んでいる」

カールはうなずいた。そうなりゃ、事件は簡単に解決するもんな。

「撃たれた女性が助からなかったら、上の人たちは大忙しになるでしょうね」地下室に戻る途中でアサドが言った。

「ああ。だが、俺たちには多少余裕ができる」轢き逃げ事件が舞いこんできたせいで、ツィマーマン事件から手を引かざるをえなくなったパスゴーのことを考えると、カールは知らず知らず、頬が緩んだ。

しかし、階段を下り切ったところに『ステーション3』のオーラフ・ボーウ＝ピーダスンとふたりのテレビクルーを発見したとたんに、カールの笑みは凍りついた。ひとりがカメラをカールの顔に向け、もうひとりは目に涙がにじむほどぎらぎらした照明をこちらに当てた。

「この野郎、やめろ！」カールはそう叫んで初めて、自分の口にボーウ＝ピーダスンがマイクを突きつけていることに気づいた。

ボーウ＝ピーダスンは前置きなしに始めた。「轢き逃げ事件について、今日新たな展開があったと聞きました。グリフェンフェルト通りで発見された車両と、スティーンルーセで発生したミッシェル・ハンスンの死亡事故についてどう思われますか？」

「その事件は、私の担当ではないので」低い声で答える。なんだって連中がそんなことを知ってるんだ？　ビャアンがばらしたのか？

「警察は、センタ・バーガーとミッシェル・ハンスンの死亡事故について、運転者は同一人物であると推測しているようですね。これは連続殺人事件と考えていいのでしょうか？　それとも、どちらかというと犯罪者集団の内部抗争のようなものと考えるべきでしょうか？　この轢き逃げ事件を、昨日《ヴィクトリア》で起きた強盗事件と女性銃撃事件と結びつけることはできそうですか？」

「殺人捜査課に問い合わせてくれ！」カールはいらだった。まったく。

ボーウ＝ピーダスンはカメラのほうを向いた。「この事件については、いろいろなことが報道規制の対象になっています。多くの関係部署がコメントを拒否してるんです。しかし、コペンハーゲンの人々は、自分たちは安全なのかと不安がっています。命の心配をせずに外を歩けるのか？　毎日何万台もの車両が私たちの横を通り過ぎていきます。もしかしたら、次にやってくる車が凶器となり、自分がその犠牲者になるかもしれない。その危険性についてデンマークの人々は知りたいのです。それでは、スタジオにお返しします」

なんという恐怖のシナリオだ。しかもこいつは今、ニュースのレポーターをしていたのか？

ボーウ＝ピーダスンはカールに向き直った。「これから三日間、あなたがたのお供をさせていただきます。どのようなスケジュールになっているのか、われわれに教えていただき……」彼が最後まで言い終わらないうちにカールはくるりと後ろを向き、アサドとゴードンと一緒に特捜部Qの部屋へ消えた。

「フレンスブルクにテレビ局の人たちも連れていくんですか？」アサドが訊く。

「断じてそんなことはさせん。ローセの一件はすべて、俺たちだけでやる」

「じゃあ彼らにはなんて言うつもりですか？」今度はゴードンが訊いた。「あの人たち、ドアの外で待ってますよ」

「一緒に来い」カールはゴードンを連れてカメラの前ににこやかに立った。

「みなさんにいいお知らせがあります。特捜部Q設立以来、最高の助手であるゴードン・タイラーが、啓蒙活動にはうってつけであるボーワ通り界隈のツアーにみなさんをお連れいたします。彼はそこで住人への聞き込み捜査を行ないます」

ゴードンの顔がカールのほうを向いた。「え？」

「ゴードン・タイラーが前回聞き込みをしたときには二時間かかりました。ですが、明日は丸一日費やすことになるかもしれないとご承知おきください」

ゴードンの肩ががくりと下がった。

「当然ですが、収録の際にはゴードンが話を聞く相手全員から承諾を得なくてはなりません。ですが、まあ、そんなことには慣れていらっしゃるでしょう」

ボーウ＝ピーダスンが眉をひそめる。「失礼ですが、そのあいだ、あなたはどこに？」

カールは満面の笑みで応じた。「よくぞ訊いてくださいました！　われわれは丸一日、ここに座ってつまらない資料と格闘ですよ。テレビ向きの映像は撮れないと思いますね」

ボーウ＝ピーダスンは不満そうだった。「聞いてください、カール・マークさん。私たちの仕事は、テレビを娯楽として価値あるものにすることです。殺人捜査課の課長はあなたのところなら最高の映像を収められると紹介してくれたんです」

「ええ、もちろんです。だからこそ、われわれは、この部署の仕事でみなさんにいちばん印象深いと思っていただけることは何か、徹底的に検討したんですよ、ボーウ＝ピーダスンさん。みなさんが求めてらっしゃることは十分に理解しているつもりです」

ボーウ＝ピーダスンは、ゴードンが小さく首を振っているのに気づいたかもしれない。それでも彼は、出ていくときには多少機嫌を直しているようだった。

「いったい僕に、テレビ局の人と何をしろっていうんですか？」ゴードンが情けない声を出す。

「もう一度あのへんを巡回するんだ、ゴードン。売店、商店やレストランをもう一度片っ端から回れ。だが、今回はデニスとビアギト・ツィマーマンの写真を持っていくんだ。それを見せて相手から何か聞きだせ。彼女たちが何をして生計を立てているのかとか、母と娘が一緒に外出することはあるのかとか、最近リーモア・ツィマーマンがこのふたりと一緒にいるところを見たことがあるかとか。じっくり考えれば質問が浮かぶはずだ。どうだ、それでビンゴ・バンコか？」

ゴードンは放心したようにカールを見た。こいつ、自分が使った言葉すら覚えてないのか？


「圧延工場の従業員のひとりと連絡がとれました」ゴードンが話題を変えた。「来週の月曜日、リーオ・アンドレースンと一緒に現場を回ることを快諾してくれました。正門で十時に待っているとのことです。いいですか？」

カールはうなずいた。「その男性はローセを知ってたか？」

「はい。ローセのことも父親のこともよく覚えていました。ただ、事故についてはあまり語ってはくれませんでした。事故が起きたとき、ローセがすぐそばに立っていて、父親の死にざまを目撃してしまったとしか。彼は、アーネ・クヌスンは〝最高に奇人で攻撃的〟だった、あの恐ろしい事故のあと、ローセが完全にヒステリー状態になってしまったのも無理はない、と言っていました。ローセは無茶苦茶に叫んだかと思えば笑っていたそうです。それ以上のことは知らないそうですが、かつての同僚に訊いてみると言っていました」

「オーケー、ゴードン。ありがとう」カールはアサドに目を向けた。「明日の朝、六時でどうだ？」

「もちろん大丈夫です。〝早起きは干し草の分だけ得をする〟って言うじゃないですか」

「それを言うなら、〝早起きは三文の得〟だ」

「三文？」アサドは疑わしそうにカールを見つめた。「私の生まれたところとは違う言い方をするんですね」

「カール、行く前にもうひとついいですか？」ゴードンが口を挟んだ。「ヴィガさんからお電話がありました。元の義理のお母さんを今日じゅうに訪ねないと大変なことになるとか。具合が悪いんだそうです。そしてカールはどうしているかと尋ねているとのことです」

カールは頬を膨らませた。

なんでまた俺は、こんなときにこんな目に遭わなきゃならないんだ？

老人ホームの前では、認知症の高齢者グループがミニバスから降りてくるところだった。彼らは足が地面に着くやいなや、あっという間に四方八方へ散っていった。ホームの職員は大忙しだった。

ひときわ高齢の女性がひとり、降りたところにそのまま立ち尽くし、頭を揺らしながら、好き勝手に散っていく老人たちを見つめていた。元妻の母親、カーラだった。

カールはほっと息を吐いた。カーラは、思ったよりよい一日を過ごしたようだ。ヴィガは俺をここに来させようとしては、いつもカーラのことを大げさに言う。

「こんにちは、カーラ。遠足だったんですか？　どこへ行かれたんです？」カールは声をかけた

カーラはゆっくりとカールのほうを向き、彼を頭のてっぺんからつま先までじっくり観察すると、職員の言うことをまるで聞かない遠足仲間たちを大げさに指

差した。

「だから言ったんだ！《ディドゥント・アイ・ウオーン・ゼム》この子たちときたら、あん《ルック・ハウ・ディーズ・チルドレン・アー・》なに走り回って。《ランニング・アラウンド》ここ、リオ・デ・ジャネイロの《ドント・セイ・アイ・ディドゥント・》道路がどれだけ危険か、《テル・ゼム・ハウ・デンジャラス・》わたしが教えなかったなん《ザ・トラフィック・イズ・ヒア・》て言わないでくれよ《イン・リオ・デ・ジャネイロ》」

うわっ、俺はどうも見くびっていたようだぞ。カールはそっとカーラの腕を取ると、玄関のほうへうながした。

「気をつけて《ケアフル》」彼女が言った。「腕をひねらないで《ドント・トゥイスト・マイ・》よ《アーム》」

カールは途方に暮れて、ソーシャルセラピストのひとりに笑ってみせた。彼はちょうど、散らばった老人のうちふたりを捕まえたところだった。

「彼女、どうしたんですか？　英語ばかり話すようになってるんですけど」

疲れた笑みが返ってきた。「アルシングさんは最近、あまり耳の調子がよくなくて、私たちが英語で話しかけていると思うみたいなんです。デンマーク語で返事をしてもらいたいなら、大声で話しかけてください」

なるほど。だが、調子がよくないのは耳だけじゃなさそうだ。部屋に戻る途中、カールはカーラから、遠足で見たことを完璧な英語で聞かされた。とんでもない土砂降りのせいで山林の木々が根こそぎ倒れたとか、バスが道から逸れて轟音《ごうおん》とともに山腹へ滑り落ちたときに運転手が自分の頭を撃ち抜いたとか。

彼女がそういう体験を語りながら、「怖かったんだよ」とカールの胸をつかんできた。そうこうするあいだに、ふたりは部屋へ着き、カーラは椅子に腰かけた。

「ひどい遠足だったと言うしかないですね」とカールは大声で言った。「あなたが無事で元気に戻ってこれて本当によかったです」

元義母は驚いたようにカールを見つめた。

「わたしはいつもそうしてるわよ」デンマーク語で答えると、カーラはソファのクッションの後ろからタバコを取り出した。「監督があんなこと求めなければ、グレタ・ガルボはあれほどあっさりと死ななかったのに！」カールにそう怒鳴りつけると、タバコをシガレットケースに突っ込んだ。

カールの眉がぴくりと上にあがった。グレタ・ガルボ？　こりゃ、新しい展開だ。

「ヴィガから、あなたが私のことを訊いていたと聞きましたけど？」腹の底から声を出し、カールは話題を変えようとした。

元義母はタバコに火をつけると、数回、深々と肺まで吸いこんだ。

「わたしが？」三十秒ほど口をぽかんと開け、それから煙を吐き出した。そしてうなずいた。

「ああ、そうね。そういや、ヴィガの息子がこれをプレゼントしてくれたの。あの子、なんて言うんだっけ？」

カールは彼女から携帯電話を受け取った。サムスン製のスマートフォンで、イェスパがカールにくれたものより明らかに新しいものだった。今や、子供のお古の電化製品なしには俺たちは生きていけないってわけか。

「イェスパですよ、カーラ」耳元で怒鳴る。「イェスパはあなたの孫です。この携帯電話で、私に何をしてほしいんですか？」

「どうやって〝自撮り〟するのか、やってみせて。若い娘たちがインターネットでやってるみたいに」

カールは驚いたが、うなずいた。「自撮りですか、カーラ？　流行に敏感ですねえ。それにはですね、ここをタップしてカメラのレンズを自分に向けるんです。そして、電話をこうやって離して持って……」

「それならイェスパがとっくにやってみせてくれたわよ！　わたしが知りたいのは、まずは何をしなきゃいけないのかってことよ」

もしかして、耳が遠いんじゃなくて、完全に聞こえないんじゃないのか？　念のため、カールは力ずくで犯人を捕らえるときのように、命令口調ではっきり言うことにした。「何をしなきゃいけないか？　これを自分に向ける、それからシャッターを切る！」

「そんな大声出さないでよ、耳が遠いわけじゃないんだから！　知りたいのは今すぐ服を脱いじゃったほうがいいのか、あとからにしたほうがいいのかってことよ」

32

二〇一六年五月二十六日、木曜日

ジャズミンは深い眠りの世界にいた。薄手の絹の布と他人の体の熱、そして日の光に包まれていた。松とラベンダーと新鮮な海藻の香りが心地いい。柔らかな波の音とかすかな音楽が聞こえる。やさしく肩に回された手が――突然肩をつかみ、痛いほど揺さぶった。

ジャズミンは何度かまばたきしてから、デニスの動転した顔を見つめた。

「ジャズミン、あの子出ていったよ！」デニスは肩をつかんで離さない。

「やめてよ、痛いじゃない！」ジャズミンは半分体を起こすと眠い目をこすった。「何があったの？　誰がなんだって？」

「ミッシェルだって。テーブルの上にあった千クローネ札の束がなくなってる。あの子、お金を持って荷物まとめて出ていったんだ。慌てて出ていったみたい。iＰａｄを忘れてるし」デニスはテーブルの横にある棚を指差した。そこには手榴弾も置いてあった。

ジャズミンは起き上がった。「いくら持ってったの？」

「わかんない。二万か三万クローネくらいだと思う。いくらあったか、ちゃんと数えてなかったんだ」

《ジャズミンが伸びをする。「そう、でもそれがどうだっていうの？　ミッシェルが三万クローネを持ってったって、まだたくさん残ってるじゃない。今、何時？」

「ちょっと、わかってんの？　荷物をまとめたってことは、もう戻ってこないってことだよ！　あのむかつく男のところに戻ったことくらいわかるでしょ。信用できないって！　あの子を見つけださなきゃ、今すぐ！」

ジャズミンは自分の体を見下ろした。昨日とまったく同じ格好をしていて、ブラウスの腋の下に汗染みができている。頭がかゆかった。

「バスルームに行って着替えなきゃ」

「何言ってんの、ダメよ！　まだわかんないの？　とっくに日は沈んでる、あたしたちふたりとも丸一日眠りこけてたんだから。ミッシェルのせいであたしたち、ひどい目に遭うかもしれないんだよ。あたしたちは《ヴィクトリア》に押し入って、そのうえひとり殺したかもしれないのに、ミッシェルは自分だけ逃げようって考えたのかも。下手したら何もかもあたしたちの責任になる。あの子はただ、入口でパトリクと仲良くおしゃべりしていただけで、ビアナに向かって発砲したわけじゃないから」

ジャズミンは背筋が寒くなるのを感じた。「何言ってんのよ、わたしが撃ったわけでもないわよ！」うっかり口から出てしまい、ジャズミンは即座に後悔した。

デニスの表情がみるみる硬直し、まなざしが冷たくなった。怒っているだけか、今にも喉元に飛びかかってこようとしているのかわからなかったが、恐怖を覚えた。ジャズミンは今や、デニスにどれだけのことができるのか十分知っていた。

「ごめんね、デニス。今のはひどい言い方だった。そんなつもりじゃなかったの。わたしはこの目で、ビアナがあなたにナイフを突きつけるのを見たわ。あの銃に弾がこめられてたなんて、知りようがなかった。ともかく、わたしたちふたりとも、とんでもなくヤバい状況だわ」ジャズミンは十字を切った。信仰心からではなく、状況の深刻さを表すために。

デニスは深く息を吸うと、ゆっくり息を吐いた。攻撃的な雰囲気は消えたが、その表情にはありありと不安が浮かんでいる。

「最悪だよ、ジャズミン。ビアナが生きているのかどうかさえわからない。死んでたら最低。生きてるとしてもいろいろ問題がある。ちくしょう、なんであたしたち、ここに戻ってきてから、あんなに飲んだくれてたんだろ。こんなに長く寝てなければ、ミッシェルが出ていくこともなかったのに」

「ビアナが死んだら、TV2ニュースで流れるわよ」

ジャズミンがそう言い、デニスの手を引いてリビングに向かった。

リビングに続くドアの敷居まで来て、ふたりは思わず立ち尽くした。溶けたろうそくと赤ワインの染みが一面に飛び散り、スナックのかけらが散乱し、部屋じゅうが荒れ果てている。しかし、ふたりが立ち尽くしたのはそのせいではなかった。テレビがつけっぱなしになっていて、画面に映し出されたのが自分たちのよく知っている人物だったからだ。しかも、それは自分たちが容態を知りたがっているビアナでもない。ミッシェルだった。《速報》というテロップの下には、こう書かれていた。

スティーンルーセで轢き逃げが発生し、ひとり死亡。被害者は五月二十日にも轢き逃げに遭っていた。コペンハーゲン、南港の《ヴィクトリア》付近で発生した銃撃事件との関連も否定できず。

ジャズミンとデニスはほぼ同時に叫び声をあげた。次の瞬間、デニスは目につくものを手当たり次第に壁に投げつけた。ジャズミンは動くことができなかった。そのとき、ジャズミンの頭に、昨晩タクシーに乗りこむ直前にミッシェルが言った言葉が鮮やかに浮かんできた。《ヴィクトリア》の向かいに停められた車のなかにアネ＝リーネ・スヴェンスンがいたと思う、と言っていたのだ。以前、車に轢かれたときと同じように

……。

「でも、前の事故のあと、ジャズミンはスヴェンスンのところに行ったじゃない。それで、ミッシェルの言っていることと彼女の言うことを比べてみたんじゃなかった？」とデニスが尋ねる。「で、あたしたちに、彼女じゃないと思うって言ってた。ちょっと、ジャズミン、本当はどう思ってんの？」

「わからない。わたしたち、どうすればいい？」ジャズミンの声が途切れた。上唇がぴくぴく痙攣している。「ミッシェルは殺された。今ごろ警察が彼女とわたしたちとのつながりを見つけてるかもしれない。昨日ミッシェルが見たのが本当にアネ＝リーネ・スヴェンスンだとしたら、わたしたちがあの路地から出てくるところを彼女に見られていたかもしれないわ。彼女がわたしたちのことを警察に届けるかも」

「ちょっと、それだけはやらないでしょ？　だって、考えてもみなよ。スヴェンスンこそとんでもない殺人

者なんだから。そして、あの女を警察に突き出すことができるのは、たぶんあたしたちだけ。向こうもそう思ってるんじゃないの?」

ジャズミンは長い爪の先でタバコのパッケージを開け、不安そうに四、五本のタバコをテーブルに叩きつけると、そのうち一本に火をつけた。これまで見たことがないくらい深刻な表情で。これが昨夜、あれだけ飲んだくれて羽目をはずしたデニスなのだろうか。しょっちゅう〝パパ〟と隣でよろしくやっていたデニスなのだろうか。

「ジャズミン、あたしだってあんたと同じくらい怖い。ミッシェルは死んだ。そして、テレビで流れていることはすべてあたしたちと関係がある。あまりにも深く関係がある。それに、スヴェンスン。ぞっとするよ! 真面目な話、もしあたしがスヴェンスンなら、次に殺そうとするのはあたしたちだと思う。あの女、あたしたちがどこに住んでいるのか、とっくにわかってるんだ。でなきゃ、なんでスティーンルーセをうろうろする?」

恐怖がジャズミンの背中を這い上がってきた。デニスは正しい。もしかしたら今ごろスヴェンスンはどこかに身を潜め、自分たちを待ち伏せしているかもしれない。

「本当にスヴェンスンが来たら? そしたら、どうする?」

「ジャズミンはどう思う?」デニスは落ち着きを取り戻したようだった。声に厳しい響きが交じる。「ナイフスタンドにはナイフが刺さってるし、バルコニーにはおじいちゃんのピストルもある」

「そんなことできないわ、デニス」

デニスは考えこむようにしてジャズミンを見た。

「冷静に考えてみれば、ミッシェルの一件のあとすぐにスヴェンスンが姿を現すことはないと思う。外は警察がうようよしているはずだし。たぶん、警察は一軒一軒回って、何か見なかったかって聞き込みをしているだろうしね。つまり、あたしたちは警察とスヴェンスンのどっちにも気をつけないといけない」デニスはそう言うと、ジャズミンの表情をうかがった。「そして、あたしたちはお互い必ず、目の届くところにいること」

ジャズミンはこめかみを押さえた。さっきまでの夢のなかに戻りたかった。こんなひどい現実から離れたかった。「デニス、ふたりで分けても七万クローネ以上あるわ。それだけあれば遠くまで行けるんじゃない？　そうしない？　とにかく逃げるのよ」ジャズミンは懇願するようにデニスを見つめた。「南米とかどう？　世界の果てかもしれないけど、そこでなら安心できるんじゃないかな」

「そりゃそうね、ジャズミンはスペイン語がうまいからね。年寄りどもに一発ヤらせるのに使えるスペイン語だよね。向こうで、お金が尽きたらそうやって生きていくわけ？　幻想なんて抱かないことだね」

ジャズミンは少しむっとし、絶望的な気分でデニスの顔を見た。「逃げようとは思わないの？　遠くまで行けば、少なくとも警察とスヴェンスンは追ってこないわよ」

「あたしの思いどおりにいけば、スヴェンスンに長く追いかけられることはないよ。出し抜いてやる。こっちはふたりだけど、あっちはひとり。《ヴィクトリア》のときみたいに作戦を立てて、あの女を片づけよう。いちばんいいのは、彼女の家で、夜、相手が無防備なところを襲う。それで、自白内容を紙に書くよう迫って、そのあと自殺に見せかけて殺す。現金をあちこちに置いてるようなら、それもいただこうよ。あの女は絶対そういうタイプだって。逃亡については、そのあとで考えればいい」

すると、ジャズミンが突然固まり、デニスに黙るよう身振りで伝えた。ふたりは聞き耳を立てた。誰かが家の鍵を開けようとしている。鍵が鍵穴に差しこまれた。

「どうしよう？」ジャズミンが小声で言ったときにはすでに、女性がふたりの前に立っていた。足はふらつき、顔は真っ青だが、まぶたが隠れるほど目を見開いている。

「あなたたちはいったい誰？　ここで何してるの？」咎めるような声だった。部屋のなかを確認するように目を泳がせている。

「あんたにどんな関係があんのよ？」デニスが質問をはねつけた。「そもそも、なんであんたがここの鍵を持ってるわけ？」

「わたしはあなたを知らないわ。何者なのか話さないなら、住居侵入罪で逮捕します」

ジャズミンはデニスと目を合わせようとした。よろよろしているとはいえ、この女性は本気のようだ。しかしデニスはたじろがない。それどころか、相手につかみかからん勢いだった。

「ふざけんじゃないよ、あたしはリーモアの孫で、ここにいる権利があんのよ。あんたとは違ってね。さあ、鍵をこっちに渡してさっさと消えな。でないと、警察を呼ぶよ」

女性は眉間に皺を寄せて、一瞬ふらついた。「ドリトなの？」攻撃的な声ではない。「あなたの話、聞いたことがあるわ」

ジャズミンにはわけがわからなかった。ドリトって？

「さあ」デニスは鍵をもらおうと手を出したが、女性は鍵を渡そうとしなかった。

「何がどうなっているのか把握できるまで、わたしが持ってます」視線は相変わらず部屋のなかを観察しつづけている。「いったい何が起きてるの？　リーモアは殺されて、ここにはお札があちこちに散らばっている。警官の目にはどう映るかわかる？　わたしがここを調べるから、ここにいてちょうだい。いいわね？」

そう言うと女性は後ろを向き、よろめきながら玄関のドアへ戻っていった。

「ちょっと、何よ、今の？」ジャズミンがうめく。

「お金を見られたわ」手を口に当てて、部屋のなかを見回した。散らばっているお金は、自分たちが強盗事件の犯人だと言っているのと同じだ。

しかしデニスの反応はまるで違った。こぶしを握りしめ、何か思いをめぐらせているようだった。「おばあちゃんから隣の部屋に住んでいる人について聞いたことがある。その人は警官だって。今の酔っ払いがそうだね、きっと」デニスは自分に言い聞かせるように小声で言うと、考えながらうなずいた。

ジャズミンは怯えきっていた。「それで？　どうするの？　あの人が仲間に電話したら、あっという間に警察が押し寄せてくるわよ。逃げよう」再び部屋のなかを見回す。十分もあれば金を拾い集めることはできる。なんでもいいから手早く服を着て、すべてをスーツケースに詰めて、十五分でここを出るのだ。

ところが、デニスはこう言ったのだ。「そんなことしない。こっちからあの女のところに行くのよ」

「向こうに行く？　何をしようっていうの？　あの人は全部見たのよ。きっとわたしたちのことを調べ上げる。本気よ。見ててわかったもの」

「そうだよ。だからこそ阻止しないと。ほかにもっといい考えがある？」


ローセは自分の部屋を見回した。このカオスがわたしの人生を見届けることになるんだろうか。

彼女は、遺書とプラスチックのケース、臓器移植への同意書、カミソリの刃にかぶせたコートを見つめた。突然、悲しみがこみあげてきた。なんて意味がなく寂しい人生だったんだろう。数分前、リーモアの部屋で物音を聞いたとき、暗闇のなかにほんのわずかな光を見たような気がした。意識が朦朧とするなかで一瞬、もしかしたらこの先も生きていくことができるかもしれないと考えた。

でも、そんなの妄想だった。妄想が自分に不思議なことを信じさせ、幻覚を見せ、偽りの確信に浸らせたのだ。醒《さ》めた現実が毎回自分を捕まえにくる。

あのふたりが怪しいのは間違いない。リーモアの部屋にいるべきでもない。だからといって、彼女たちが何をやったというのだろう。もはや生きていない女性から盗みを働いた？ そしてその女性の部屋に住みついている？

ローセはうなだれた。奇跡的に倒れていないキッチンテーブルの椅子に腰かけた。すべてがぐちゃぐちゃだった。

最後の審判というのはこんな感じなのだろうか。吐き気がした。先ほどまでの計画を実行したかった。救急車を呼んで、「動脈を切りつけた。臓器が台なしになる前に急いでくれ」と伝えなくては。壁の向こうで何が起こっていようとそんなの関係ない。隣の部屋に足を運んでしまったことで、一からやり直しだ。もしかしたら警察が――それも警察本部の同僚が――来るかもしれないが、それだけは絶対に嫌。同僚たちはわたしが決断を実行するのをなんとか阻止しようとするはずだから。それに、妹たちにも、グローストロプ郡病院の医師たちにも会いたくなかった。

「何もかもどうでもいい！ 隣の連中もくそくらえよ！ この世なんかどうでもいい！」そう叫ぶとコートに手を伸ばした。すぐに電話をかけ、素早く自分の手首を二度切りつける。そうすればすべて終わりになる。

ドアががちゃがちゃと音を立てたとき、ローセはすでに救急車を呼ぶための電話番号を押していた。

うるさい！ ローセのなかのすべてが叫んでいた。そしてもう一度、先ほどよりもっと勢いよくドアががちゃがちゃと音を立てると、耳を塞いだ。一分ほどそうして座っていたが、それでも音がしているので、立ち上がり、すべてをまたコートで隠して、ドアのほうへ行った。

「はい？」大声で叫ぶ。

「デニス・ツィマーマンです」ドアの向こうから返事があった。「なかに入れていただいてもいいですか？　説明したいことがありまして……」

「今はやめて！」ローセが怒鳴る。「三十分後に来て」

それくらいあれば、大丈夫だろう。

ローセは再びリビングのドアのところに立った。そのとき、ドアに鍵がかかっていたら救急隊員がなかに入るまでに時間がかかるだろうと気づいた。そうしたら臓器は使えなくなってしまうかもしれない。

外にいたふたりが「オーケー」とつぶやいて去っていく音が聞こえた。外廊下が静かになると、彼女は救急隊員のために鍵を開け、ドアにもたれかかった。

そのときドアが背後から開いてよろめいた。振り向く暇もなかった。最後に感じたのは、後頭部への強い衝撃だった。

33

二〇一六年五月二十六日、木曜日
五月二十七日、金曜日

アネリ、あなたはそもそもどういう人間なの？　バックミラーに映った自分の目がまるで悪魔のようだったのを見て、アネリは愕然《がくぜん》とした。たった今、女をひとり殺したところだったが、その顔はまるで恋をしているかのように喜びで輝いていた。あの女を神の最高規範に反したとして、さらに人間の規範にも背《そむ》いたとして追放したのだ。ミッシェル・ハンスンの唖然とした顔が車の下に消え、怒りに任せて彼女の体を押しつぶし、その反動で車が少し浮いたあの瞬間ほど、いい気分になったことはない。もちろん、前回の〝任務遂行〟の経験から、快感が得られることは想定していた。とはいえ、まるで強いお酒を体じゅうに流しこんだような、何もかもを超えた至高感を得られるとは思っていなかった。

ミッシェルが二度と起き上がれないことを確認するため、アネリは車を数秒間停止させていたが、ミッシェルの体が完全に押しつぶされているのを見ると、安心してアクセルを踏み、あらかじめ探してあった駐車場に向かうため、ウルストゥゲ方面へ車を走らせた。

運転しながら、興奮に震え、いつしか高笑いを始めていた。使命をまっとうしたという満足感はあまりにも強く、なんとも形容しがたい幸福感に満たされていた。

家に戻ると、アネリは冷やした白ワインを手にソファに座り、ソファの上に足を載せた。しかし時間が経つと、ものごととは予測のつかない勢いで展開するものだと気づかされた。

センタ・バーガーが死んだとき、マスコミの見解はばらばらだった。事故なのか、殺人なのか？　ミッシェル・ハンスンが負傷した轢き逃げと関係があるのか？　いくつかのニュース番組と日刊紙一紙が、その可能性を示していた。しかしそれ以上のニュースにはならなかった。

それに比べ、今回の事件はまったく違う。ミッシェル・ハンスンの死がインターネット上の全ニュースサイトでその日のトップニュースとして報じられただけでなく、地元テレビもこのことばかりを報じている。

ありがたいことに、逃走した運転者についての情報ははっきりしていなかった。にもかかわらず、熱心なレポーターたちはそれぞれの仮説を口にしていた。午後から夜にかけて、報道はどんどん過熱していった。しまいに、アネリは自分が取り残されているような納得のいかない気分に見舞われた。いったい、どうなっているわけ？　テレビ局の人間はスタジオに座ってとんでもない話をでっちあげている。昨晩クラブで起きた事件とミッシェル・ハンスン死亡事故との関連性ですって？　こんなの侮辱《ぶじょく》だわ。

アネリはワインを注ぎ足すと、考えこんだ。

もちろん、話が間違った方向へ進んでいくのは願ってもないことだ。でも、それではアネリの使命は果たされない。寄生虫のような連中を駆除《くじょ》して、連中に対して世間の目を開かせたいという欲求は、自分が犯人として見つからないでいられる喜びより強いくらいだった。そのうえ、誰かの生と死を支配できるという思いには麻薬のような効果があった。

殺しを続ければ捕まるリスクは高まるが、自分はこの麻薬のような依存性に打ち勝って殺しをやめられるだろうか。今はそれが唯一最も重要な疑問であり、答えを出さなくてはならなかった。

昨晩、三人の女がスティーンルーセで乗ったタクシーのあとをつけて、例のクラブまで行った。何度も赤信号を無視して追いかけた。クラブの斜め向こうに車を停め、三人がクラブから出てくるのを待った。

この数時間の報道を聞いているうちに、あのとき何が起きていたのか、だんだんとわかってきた。

ふたりの女が強盗事件を起こしたとテレビが報じたとき、アネリは、犯人はデニスとジャズミンに違いないとぴんときた。というのも、ミッシェルがドアマンの気を逸らしているあいだに、デニスとジャズミンがクラブにこっそり潜りこむのを見ていたからだ。あのドアマンがパトリク・ピーダソンであることもすぐにわかった。ほどなくしてふたりはクラブから出てきて、路地に消えていったのだ。

ビアナ銃撃についても、警察に訊かれればアネリには話せることがあった。福祉事務所でときどき面談をしていたビアナらしき女性が《ヴィクトリア》近辺に現れたとき、最初はなぜここにいるのだろうと思った。

ジャズミンとデニスが路地に入っていった少しあとに、ビアナはふたりを追いかけていった。しばらくしてミッシェルが姿を現した。それから数分後に何が起きたのか、アネリの位置からは見えなかった。クラブから漏れてくる大音響がうるさかった。ただ、一度、ズンズン鳴るリズムのわずかな合間に、鈍い音を聞いたような気がしたが、なんの音なのか聞き分けることはできなかった。それからデニス、ミッシェル、ジャズミンが再び現れた。何かを話しながらビアナを街灯の下まで引きずるようにして運び、ぐったりしたその体を通りに寝かせたのだ。

三人が道路を横切りながらアネリの車のほうへやってきたので、街灯に自分の姿が照らされないよう、運転席に深く身を沈めた。すぐ近くに彼女たちのこわばった顔があった。一瞬、ミッシェルの表情に変化があったような気がした。通り過ぎるとき、彼女はまっすぐにこちらを見たのだ。しかし、車にいるのが誰かわかっただろうか？　いや、そんなはずはない。フロントガラスは曇っていて、あたりも暗かったのだから。

とはいえ、アネリも確信があるわけではなかった。殺しの計画を中止したらどうなる？　ハイエナみたいなマスコミの報道はこのままヒートアップし、警察の捜査も勢いづき、あの馬鹿な三人組がそれなりのギャング組織のメンバーだという話になるだろう。ミッシェル・ハンスンとセンタ・バーガーの死も、ギャング内の抗争として片づけられる。それはそれでいいかもしれないけど。いいえ、だめよ。そんなことになっては困る。ギャング内の抗争ということになれば、自分の行為の意味がなくなる。それだけじゃない。デニスとジャズミンが警察に捕まったら、赤いプジョーの女が誰なのかミッシェルが知っていたと話すかもしれない。すでに、ジャズミンが先日面接に来たときにほのめかしていたではないか。

だめ、そんなことがあってはならない。あの女たちがその話をしたら、警察が新たに捜査を始めて、しまいにはクラブの事件には関連性がないとわかってしまうだろう。

アネリの高揚感はあっという間に消えた。それだけではない。これまで驚くほど落ち着いていた胸の内がズキズキと痛みを訴えている。心理的なプレッシャーで胸が痛くなることがあるのは知っている。それにしても、こんなに痛くなるものだろうか。もしかしてこれは、がんの痛みなのでは？

アネリは痛み止めを多めにのむと、傷痕をやさしくマッサージした。まったく効果がなかったので、ワインをごくごく飲んだ。

今や、認めざるをえなかった――わたしはジレンマに陥っている。

次の日、アネリを待っていたのは、当然のことながらひどい二日酔いだった。ろくに眠れなかった。それなのに、どうしたらいいか結論も出ていなかった。

薬を何錠か口に放りこみ、ベッドに潜ってしまうのがいちばんだけど、飛び起きて八つ当たりしたい気分でもあった。食器をキッチンの床に投げつけ、壁の絵を引き裂き、デスクの上にあるものを全部ひと思いに払いのけたい気分だったが、ぐっと我慢した。

とりあえずは事件の展開を見守り、それから結論を出そう。そのほうが賢明だ。

今日は放射線治療のあと、仕事に行くつもりだ。すべての可能性を検討してから、判断を下そう。

福祉事務所に顔を出すと、同僚には好意的に挨拶をしてもらえた。ふだんよりも控えめに軽く会釈するだけの人もいれば、今日から職場復帰か、とオーバーに驚いた顔をしてみせる人もいた。

アネリは事務局に、《本日の市民》に会う準備ができていると告げた。最近、ここでは求職者たちのことをそう呼ぶようになっている。まったくお笑い草だ。

それから自分の部屋に戻り、なかを見回した。誰かがここにいたようだ。デスクはきれいに片づけられ、窓台に置かれていたしなびた花がなくなっている。わたしは戻ってこないと思われていたのだろうか？

アネリはにやりとした。そのとおりよ！　寄生虫の駆除を完遂したら、あっという間に姿を消すわ。ジャズミンもデニスも、自分たちがわたしのプロジェクトをあと押ししていることを知らない。《ヴィクトリア》から十六万五千クローネが盗まれたことはインターネットで読んだ。ジャズミンとデニスを片づけたら、そのお金を放ってはおかないつもりだ。とんでもない大金というわけじゃない。でも、そのお金でアフリカのどこかの都市にしばらく住むことぐらいはできるかもしれない――それまでにがんが自分の命を奪ってしまわなければ、の話だけれど。ブリュッセルまで列車で出て、たとえばカメルーンのヤウンデまで飛べば身を隠すことができるだろう。ジャングルに囲まれてしまえば、国際刑事警察機構《インターポール》にわたしが追われているなんて、誰が信じるだろう。アフリカにも、白人女性と親しくしようとする魅力的な若者がいるという話も聞いた。気候のよさは言うまでもないだろう。

目の前に座った若い女性の名前が聞こえたが、物思いにふけるあまり、アネリはその女性の用件については上の空だった。

ふと、アネリはその女性の様子をうかがった。二十代半ばで、女の子たちがよくしているタトゥーを入れているが、彼女の場合は人差し指に小さなトカゲだった。ひとことで言えば、よくいるタイプ。編みこみ髪の寄生虫がもうひとり来ただけのこと。

最近の子にしては珍しく、面談中の彼女は、卑屈といってもいいくらい物腰が丁寧だった。口調も態度も抑え気味で感じがよく、この面談がこれからどんな展開になるのか、想像がつかなかった。

「今申し上げましたとおり、わたしは大学を途中で辞めてしまったので、奨学金をもらえなくなったのです」猫のような青い瞳の女性だった。「そのせいで、家賃を払うこともできなければ、食べるものや着るものを買うお金もないんです。もちろん、そう簡単に扶《ふ》助《じょ》を受けられるとは思っていません。でも、それがないと自殺するしかないんです」

それきり、彼女は黙りこくってしまった。ほかの女たちがやるように、そのあいだずっと髪を撫でていた。ヘアスタイルがキマっていることがこの世でいちばん重大なことであるかのように。アネリは尊大な表情で女を眺めた。こんな演技がまかり通るとでも思っているのだろうか。この女も間違いなく、高校で成績がよかったというだけで大学に進んだ人間のひとりだ。その後自分に課せられる要求がどんどん高くなってくることなど、考えていなかったに違いない。実際に講義やゼミに出席して、いい成績を収めなくてはならないことも、考えていなかったのだろう。そして今、大学から追い出され、奨学金を止められ、困り果てている。

アネリは改めて猛烈な怒りを感じた。

顔を上げ、この愚か者の顔をまっすぐ見据えた。自殺をほのめかしたわね？　アネリは笑いをこらえた。残念ながら、訴える相手を間違えているようよ。

「あなた、死ぬつもりなの？　あのね、だったらそうしなさい。さっさと家に帰って、やり遂げなさい」アネリは椅子をくるりと回して彼女に半分背を向けた。審理終了だ。

「あなたの上司にクレームを入れるから！」女性の声にはショックと怒りが入り混じっていた。「あなたに自殺を勧められたって言うから。処分されるわよ。でももし、五千クローネの扶助を認めてくれるなら……

……」

なんですって？　この厚かましい女ときたら、わたしをゆすろうとしているの？

アネリはゆっくりと椅子を元の位置に戻した。冷たい目で面談の相手を眺める。今この瞬間、この女は《死のリスト》のかなり上部に一足飛びに移動した。

アネリはバッグから携帯電話を取り出すと、音声記録アプリを立ち上げた。「今は二〇一六年五月二十七日、九時十分」携帯電話に向かって話す。「わたしの名前はアネ＝リーネ・スヴェンスン。コペンハーゲン市社会福祉事務所の職員です。わたしの正面には今、ターシャ・アルブレクトスンさん、二十六歳が座っています。彼女は五千クローネの扶助を要求しています。わたしがそれを認めないと、自殺すると脅しています」アネリは携帯電話を机に置くと、彼女のほうへ滑らせた。「アルブレクトスンさん、あなたの要求をもう一度話していただき、あなたの個人識別番号をお知らせください。あなたの書類に記入しなくてはなりませんので」

録音アプリのためか、ゆすりを非難されたせいか、あるいはいきなりこんな展開になったせいか、ともかく相手の目がきょろきょろしだしたのがアネリにはわかった。電話が鳴ってアネリが出ると、ターシャは言葉もなく立ち上がり、部屋から出ていった。

　アネリは微笑んだ。あの寄生虫の住所をまだ手に入れていないのが残念だ。住所がわかっていれば、彼女の番になったときに仕事が楽だったのに。

「もしもしアネ＝リーネ？　エルセベトよ」聞き覚えのある声が電話から聞こえてきた。「捕まってよかったわ」

　エルセベトは、ガメル・クーイ国道沿いの福祉事務所で真面目に仕事をし、上司に媚《こ》びようとしない元同僚のひとりだ。彼女に会えなくなって残念に思うことがよくあった。

　いくらか丁寧な挨拶代わりのやりとりが続いたあと、元同僚は本題に入った。

「センタ・バーガーのこと、覚えている？」

　アネリは額に皺を寄せた。「もちろんよ、センタでしょう？　あの小柄な歌姫を忘れる人なんている？」

「あなたのあと、わたしが彼女の担当を引き継いだの。彼女、亡くなったわ、知ってる？」

　アネリは少し考えてから答えた。「ええ、新聞で読んだ。事故に遭ったのよね？」

「それが怪しいのよ。さっきまで警察が来ていて、事情聴取を受けたんだけど。彼女と敵対していた人間はいたか、わたしが彼女とのあいだに問題を抱えていたかとか、赤いプジョーか黒いホンダを見たことがあるかとか、そんなことを訊かれたの。正直言って、すごく怖かった。まるでわたしのことを疑ってるみたいだった。少なくとも、わたしから何かを引き出したいみたいだったんだもの。警察の狙いがなんなのか、よくわからない。わたしは運転免許を持ってないからそれで助かったけど、それにしてもね」

「ひどいわ、大変だったわね！　で、どうして電話をかけてきたの、エルセベト?」不快感がアネリの腹のなかにむくむくと湧いていた。ジャズミンとデニスはもう事情聴取を受けたの? 彼らはしゃべったのだろうか? そのときのための準備などまだできていないのに!

「警察は、わたしの前の担当者が誰だったのか知りたがってた。だからあなたの名前を出したわ。あなたとセンタのあいだに揉《も》めごとがなかったかって訊かれたんだけど」

「そんなもの、ないわよ。彼女はほかの何百人もの求職者と同じだったわ。それで、あなたは警察になんて言ったの?」

「なんにも。あなたが彼女と揉めていたかとか、仕事で誰かと揉めていたかなんて知らないって言ったわ。何年もあなたは、わたしたちの《市民》に悩まされる一方だったでしょう? でも、そうじゃなかった人なんている?」

馬鹿じゃないの! なんでわざわざそんなことを言ったわけ? もったいぶらないで「いいえ」とだけ言えばいいのに!

「そうね。もちろんあなたは知るよしもないものね。でもわたしとセンタとのあいだに問題なんてなかったわ」

「あなたのところにも警察が行くと思う。うちのボスにそう言ってるのを聞いたもの。だからそれを知らせたくて。それだけよ。じゃあ仕事頑張って」

切れてからもしばらく、アネリは電話を眺めていた。

それから決心して彼女はマイクのボタンを押し、「次の方」と言った。警察が実際に現れたときにこんなふうに空《くう》を見つめているところを見られたらまずい。

ふたりの警官は、アネリの上司のところでかなりの時間を費やして事情を説明していたらしい。警官たちと上司が部屋に入ってくると、アネリは上司に咎めるような視線を向けた。

「申し訳ありません」上司はアネリが面談していた相手に向かって言った。「しばらくのあいだ、待合室にお戻りいただけませんでしょうか」

アネリはまず、警察官に向かってうなずいた。そして面談者に、「大丈夫ですよね。そろそろ終わるところでしたものね？」と笑顔で言うと、別れの挨拶に手を差し出した。

それから再び腰をかけ、落ち着いてメモをまとめ、ファイルに入れた。そのあとようやく、警察官のほうを向いた。

「それで、なんのご用件でしょうか？」にこやかに眉を上げ、階級の高いと思われるほうの警官を不思議そうな目で見た。向かいにあった二脚の椅子を手で指し「どうぞ、おかけください」と勧めた。上司は立っていればいい。

「私はラース・パスゴーです」アネリが目を向けたほうの警官がそう言って、身分証を出した。アネリはさっと目を走らせた。《警部》とある。

アネリはうなずいた。「警察本部からいらしたんですね。何かわたしでお役に立てることが？」

「警察の方々はふたつの殺人事件を捜査されているの。轢き逃げの……」上司が冷ややかに口を挟んだ。

「すみません」警部が割って入る。「よろしければ、われわれはこちらのスヴェンスンさんご本人から事情をおうかがいしたいんです」

アネリはにやけまいと苦心した。上司がこんなふうにぴしゃりとはねつけられるのを見るのは、いつ以来だろう？

アネリは警部を正面からじっと見つめた。「ええ、なんのお話かはわかっています」

「そうなんですか？」

「三十分前にガメル・クーイの元同僚から電話がありまして。彼女ともお話しされたそうですね。エルセベト・ハムスです。そうでしょう？」

ふたりの警官が視線を交わした。エルセベトに口外するなと伝えていたのだろうか？　まあいい、それはあくまで彼女の問題だ。

「お力になれればと思うのですが、事件に関係することなど何もお話しできないと思います」

「事件に関係するかしないかは、われわれが判断しますので、スヴェンスンさん」

上司の顔にさっと笑みが走った。これで先ほどの失態のリベンジができ、スコアが一対一になったとでも思ったのだろう。

「フォードKaをお持ちのようですが」

アネリはうなずいた。「はい。五年ほど乗っています。燃費がよくていい車です。どんな駐車スペースにも入りますもの」笑顔をつくったが、警官はどちらも表情を崩さなかった。

「センタ・バーガーとミッシェル・ハンスンはふたりともあなたがご担当の求職者だったようですが、正しいですか？」

再び彼女は微笑んだ。「ええ。ただ、その点についてはエルセベトとわたしの上司がすでに話したと思いますが？」

「ふたりとも事故で亡くなったことについて、どう思われますか？」もうひとりの警官が尋ねた。

馬鹿な質問。彼女はその警官をじろじろ眺めた。新入りだろうか？

アネリは深く息を吸った。「ええ、ニュースで見ました。ミッシェルが最初に轢かれたと知ったときは、気の毒にと思いました。わたしが担当していたので、残念と言うしかありません。若くて本当にかわいらしい方でしたし。センタに同じことが起き、そしてミッシェルがまた事故に遭ったと知り、びっくりしました。本当にショックです。何か手がかりはあるのでしょうか？」

ラース・パスゴーという警官はアネリの質問にいらだったようだ。あからさまに無視し、「ええ、メディアはあれこれ推測していますね」とだけ答えた。「上司の方からうかがったんですが、あなたは最近欠勤が続いていたそうですね。ちょうどその時期が事故のときと重なるのですが」

アネリは目を上げた。上司がこちらを疑っているようなオーラを発している。

「ええ、このところたびたび欠勤していました。でも今は仕事に復帰しています」

「欠勤理由がはっきりしないようなのですが。病気だったのですか？」

「ええ、今も病気です」

「なるほど。失礼ですが、どこがお悪いのかうかがってもかまいませんか」

アネリはゆっくりと立ち上がった。「わたしは自分の病気について詳しく報告しませんでしたが、そうすべきだったのかもしれませんね。わたしにとっては非常につらい時期だったのです。痛みがひどく、ぼろぼろでした。今はよくなりましたが」

「それで、なんの……」上司が口をはさみかけたが、アネリはすでに胸の前で腕を交差させ、ブラウスを引っぱり上げていた。彼女は数秒間そのままにし、ブラジャーの下に見える包帯を三人に見せた。さらにブラジャーを持ち上げ、胸をむき出しにした。

「乳がんです」彼女は言った。三人は思わず体を引いていた。

「長く生き延びるチャンスがあるかもしれないと告げられたのは、ごく最近です。それでも、その知らせでわたしはようやく少し元気になりました。今もまだなるべく安静にしていなくてはいけませんが、遅くとも二週間後には完全に職場復帰できると思います。放射線治療はあと二、三週間ほど続きますが」

アネリはゆっくりとブラジャーとブラウスを下ろす

と、再び腰かけた。

「すみません」彼女は上司を見た。「でも、話せなかったんです」

上司はうなずいた。乳がんの診断以上に女性が落ちこむものなどあまりないだろう。

「了解しました」警部はかなり動揺しているようで、同僚の警官に目で合図を送った。今の話を警官がどう判断するかわからなかったが、少なくとも悪い印象を与えたわけではなさそうだ。

パスゴーが深呼吸し、再びアネリに目をやった。警官の後方では上司が壁の棚にもたれている。今にも気絶しそうなのかもしれない。そうなればいいのに。

「考えたのですが……」アネリは口を開いた。「ともかく、今日あなたがたが来られてよかったと思います。わたしには職業上の守秘義務がありますが、今からお話しすることはそれに違反しないと思いますし」アネリは上唇を噛んでみせた。良心と闘っているように見えてくれればいいのだけど。

「昨日テレビを見ました。ミッシェルは強盗事件と関係があるかもしれないという話ですよね。彼女の恋人がそのクラブのドアマンだということもテレビで知りました。ミッシェルがその恋人をときどき連れてきていたので、ああ、パトリク・ピーダソンだなとわかりました。かなり挑発的な人だと思った記憶があります。たしか電気工で、腕にタトゥーが入っていて筋肉隆々です。ステロイドを摂取しているのも間違いない感じでした。ついでに言えば、彼が怒りっぽいのはそのせいでしょうね。最後にミッシェルが彼を連れてきたときには、わたしの目の前で彼女をひどく叱りつけていました。彼女は少々まずいことをしていたんです。彼のところに引っ越したのに、それをこちらに届けていなくて。ミッシェルが社会的詐欺を犯していることと、そのため住宅補助金の返金をしてもらわなくてはならないと伝えたら、パトリクがミッシェルに激しく怒ったのです。とはいえ、彼がこの件をまったく知らなかったとは思いませんが。かなり打算的なタイプに見えましたから」

パスゴーはメモをとりながら、うれしそうだった。

「彼が二件の死亡事故に関与している可能性があると思いますか？」

「それはわかりません。でも彼が車関係に明るいことは知っています。本当に夢中でした。それから、彼がミッシェルにかなりプレッシャーをかけていたことも。それは、お金のせいだと思います。お金のことには熱心でしたから。パトリクはミッシェルに対してかなりの力を持っていました」

「センタ・バーガーとミッシェル・ハンスンが知り合いだったかどうかは？　わかりません？」

急にパスゴーの口調から堅苦しさが消え、まるで同僚のような話し方になった。

彼女は首を振った。「わたしの知るかぎりは知り合いではなかったと思います。少なくとも、わたしにはそういう記憶はありません」印象を強めるため、間を置いた。「でも、警察の方にお越しいただいたので、もうひとつ、お話ししておいたほうがいいかなと思うことがあります」

「それは？」

「ビアナ・シグルザルドッティルもわたしの担当の求職者だったということです。クラブの近くで撃たれた女性です。ご存じですよね」

警部が身を乗り出した。

「そうなんですか？　ちょうど彼女について訊こうと思っていたところです」

アネリはうなずいた。いいタイミングだったわけだ。

「ミッシェル・ハンスンとビアナ・シグルザルドッティルはお互いを知っていたと思います」

「なぜ、そう思うんです？」

アネリは自分のパソコンに向かうと、何かを打ちこんだ。

「これをご覧ください」画面を指差す。「ミッシェルが最後にここに来たとき、彼女の順番はビアナのすぐあとでした。ふたりは待合室で一緒に座っていたはずです。わたしの記憶では、以前もそうなったことがあります。はっきり自信を持って言えるわけではありませんが」

「で、それがどうつながるんでしょう」

アネリは椅子の背にもたれた。

「待合室にいるうちに、親しくなった可能性があるということです。ふたりにはわたしが知っている以上の共通点があったのかもしれません」

難しい顔をして聞いていた警部がうなずいた。先ほどよりさらにうれしそうだ。感激しているようにも見えた。

「スヴェンスンさん、ご協力を感謝します。大変助かりました。今日のところはこれで失礼します。お仕事の邪魔をしたこと、重ねてお詫《わ》び申し上げます」パスゴーが同僚の前に立った。「パトリク・ピーダソンの過去二週間の行動を洗うぞ。やつがスケジュール帳を捨てずにいて、そこに仕事に出た日についても書いてあることを願おう」

ほっとしてることを彼らに悟られないようにしないと、とアネリは思った。「ああ、もうひとつありました。パトリク・ピーダソンとミッシェル・ハンスンが一緒に休暇を取る計画をしていたことをお話しし忘れました。そもそも、それでミッシェルはわたしのところに来たんです。わたしは認めるわけにはいきませんでした。不正受給が明るみに出たばかりですし。ですが、休暇を取るつもりだった二週間、彼がまったく働いていなかった可能性はあると思います」

警部ではないほうの警官が口笛を吹き、意味ありげな目線を自分の上司に向けた。

パトリク・ピーダソンはひどい目に遭うことになり

そうだ。

「アネ＝リーネ、あなたがそんなにつらい思いをしていたなんて、心からお見舞い申し上げるわ。それに、あんなふうに体を人目にさらすことになって。本当にごめんなさいね」

　上司の言葉にアネリはうなずいた。今ここで強く出ないでおけば、あと二、三日は休みをもらえるに違いない。

「謝らないでください。わたしのミスですから。でも、ああいうショックな知らせにどう対処したらいいか、いざとなるとわからないものですね。病気のことをきちんと伝えておくべきでした。今はそう思っています」

　上司は微笑んだが、かなりぶざまだった。心から動揺している。こんなことが事務所で起きたのは初めてなのだろう。

「それでは、今回のことは忘れることにしましょう。でも、あなたの状況はわたしがきちんと把握していますからね、アネ＝リーネ。わたしもあなたと同じ状況だったら、誰にも言わなかったかもしれない。それで、今、具合はどうなの？」心配そうに尋ねてくる。

「ありがとうございます。少し疲れていますけど、大丈夫です」

「十分回復したと思うまで、ゆっくりしていいのよ？休む時間が少し必要なら、秘書に伝えてくれるだけでいいから。どう、それでいい？」

　アネリは快哉《かいさい》を叫びたいのを必死でこらえた。

　こういうのを最近では〝エモーショナル・コネクション《感情的なつながり》〟って言うのだ。

34

二〇一六年五月二十七日、金曜日

ちくしょう、どこの誰が真夜中に出動するなんてことを考えついたんだ？　アサドか？　カールたちは南へ向けて走る車のなかにいた。しかし、アサドはこの百五十キロの道のりを、助手席で膝を抱えていびきをかいている。こんちくしょう！

「おい、起きろ、アサド！」カールの怒号が響き、アサドはびくっとした。反動で額を膝にぶつける。

アサドは、朦朧としながら車のなかを見回した。

「私たち、ここで何を？」言うそばから目が閉じようとしている。

「半分まで来たぞ。だが、おまえが俺に話しかけずにいたら、俺もそのうち眠りこんじまう」

アサドはあくびをすると、目をしばたたかせ、高速道路の標識を読み取ろうとした。「えっ？　やっとオーデンセですか？　じゃあもうひと眠りさせてもらいます」

カールは肘でアサドをつついた。しかし同僚は再び眠りに落ちていた。

「おいアサド、目を覚ませ。ちょうど考えていたことがあるんだ。聞けよ」

アサドがため息をついた。

「昨日、元女房の母親のところに行ったんだ。もうすぐ九十になるんだが、奇妙な言動も見られるし、かなりおかしくなってる。それでも毎回行くたびに、彼女と何か新しいことをする羽目になるんだ」

「その話、初めてじゃないですよ、カール」アサドの目は今にも閉じそうだ。

「わかってる。だが、ここからだ。昨日、彼女はどうやって〝自撮り〟するのか知りたがった」

「ふむ」

「俺の話、聞いてるか？」

「と思います」アサドはわざとらしく大きなあくびをした。

「それで思ったんだが、ミッシェル・ハンスンの携帯電話には、かなりの写真があるはずだ。彼女が例の事件に関与しているという警察の推測が正しいなら、ほかの女たちとも山のように自撮りをしているはずだ。賭けてもいい」

「カール、これは私たちの事件ではないこと、忘れてませんか？　それから、携帯電話が粉砕されたことも」

「そんなの関係ない。彼女が持っていたのはｉＰｈｏｎｅだ」

アサドはいやいやながら目を開け、カールを見た。

「つまり……」

「そうだ。クラウドのなかに全部保存されてるんじゃないか。あるいは、パソコンかｉＰａｄとか、なんでもいい、彼女の所持品のなかに。インスタグラムやフェイスブックや……」

「殺人捜査課がまだそこに手をつけていないということですか？」

カールは肩をすくめた。「もしかしたらな。テアイ・プロウはそりゃ几帳面《きちょうめん》な男さ。だが、やつにヒントをくれてやってもいいだろう？」カールは力強くうなずきながら、アサドのほうを見た。相棒のまぶたは半分下がっていた。

ヴィガとの日々でも、長年のパトロールで売春婦やポン引き、非行少年とひっきりなしに向き合わなければならなくても、カールはこれまで、誰に対しても自分は寛大な対応をしてきたと思っていた。しかし、フレンスブルガー港のギャラリーに展示されたキヌア・

フォン・クンストヴェルクの絵画は、そんな〝自称〟偏見のないカールの価値観に厳しい試練を課した。作品はまるっきりのポルノというわけではなかったが、それに近かった。広々とした壁一面に、数メートルの大きさの、解剖学的と言ってもいいくらい細部まで綿密に描きこまれた細やかな色彩の女性器の絵が飾られていたのだ。

　カールはアサドをちらりと見た。飛び出さんばかりの目で作品を見ている。

「ヴィルコメン、ビアンヴニュ、ウェルカム、ケーア・ヴェーナ！」奇妙な格好の女性が出てきて、いろいろな言語で歓迎の意を表した。とんでもなく高いヒールでぎこちなく歩く姿は、鷺《さぎ》のようだった。あまりに声が大きいので、ギャラリーの熱心な訪問客の誰もが、彼女の登場に気づいた。カールは彼女を見てローセを思い出した。ローセがこの女性の影響を受けていることは明らかだ。

　彼女はカールとアサドの両頰に、普通の四、五倍のキスをした。これが北ドイツの標準的挨拶なのだろうか？　赤みを帯びた淡い褐色の瞳は魅惑的で、カールはアサドが今にもまいってしまうのではないかと心配になった。

「おまえ、大丈夫か？」アサドの首筋の血管がぴくぴくしているのを見て、念のために訊いてみた。しかし、答えはなかった。アサドは彼女に目くばせをすることに全神経を傾けている。その様子はまるで、サングラスをかけずに南国の太陽の下にいて目をぱちぱちさせている人間のようだった。

「私たち、電話で話したんですよ」アサドの声はビング・クロスビーから手ほどきを受けたんじゃないかと思うくらい、甘く、ソフトになっていた。

「ローセのことで来てるんだぞ」カールはアサドの色呆《ぼ》けにさっさと終止符を打つべく、念を押した。

　カロリーネ改めキヌアは、目を細めてうなずいた。

「おうかがいしたところでは、ローセはひどい状態なんですって？」

出産中のヴァギナが緋色と薄紫色で派手に描かれた絵の下に、コーヒーマシーンが置かれている。

「事務所に行かせてもらってもいいですか？」カールが尋ねた。ここは、どうも気が散ってしかたない。

「コーヒーをいただいてもよろしいでしょうか？　コペンハーゲンからここまでは実に大変な旅だったので」

ギャラリーに比べると多少は落ち着いた装飾の事務所で、自称《画家のアイコン》は通常の音量に声を落とした。

「そうですね、ローセと連絡をとらなくなってかなり経ちます。本当に残念だわ。わたしたち、すごく仲のいい友達だったんですもの。お互い、とても違っていたとしてもね」彼女は言葉を切った。頭のなかで昔の映像を引き出しているかのようだった。そしてうなずいた。「そうね、それからいつしかまったく違う道を歩むことになったわ」

はいはい、違いの話はもういいですから。

「ローセは今、お話ししたような状態になっているわけですが、われわれにとってはその根っこにあるものをつかむことが、非常に重要なんです。それはおわかりいただけると思います」とカールは説明した。「もしよろしければ、ローセと彼女の父親とのあいだに何があったのか、詳しく教えていただけませんでしょうか。父親が彼女を支配していたことは知っています。それがローセにとってひどくつらかったに違いないということも。ですが、父親の精神的虐待の奥には何があったのでしょう？　もしご存じでしたら、いくつか具体例を挙げていただけませんか？」

心のなかで起きていることを言葉で表現しようと試みているカロリーネは一瞬、驚くほど普通に見えた。

「例ですか？」彼女が口を開いた。「お時間はどのくらいありますの？」

カールは肩をすくめた。

「急いで話してください」アサドが言う。

彼女は微笑んだ。しかし一瞬だった。

「わたしに言えるのは、ローセの口からはただの一度も、父親について肯定的な言葉や、褒め言葉を聞いたことがないということです。控えめに言っても。彼はローセに対して本当に冷たかったんです。さらに悲惨だったのは、母親に彼女をかばう勇気がなかったことです。父親がそう仕向けたわけですけど」

「でも、ローセの妹たちにはそうではなかったのでしょう？」

「ええ。ローセは長女だったので、いろいろな方法で父親の態度を軟化させようとしていました。妹たちを守るためです。にもかかわらず、彼女自身は父親の気に入るようにすることができませんでした。たとえば、ローセが家族のために料理をつくると、父親は最初のひと口で嫌な顔をして水差しの水を皿にかけてしまうんです。あるいは、彼女が掃除機をかけたあとにたった一本糸くずが見つかっただけで、吸い殻でいっぱいになった灰皿を床に叩きつけるんです」

「ひどいな」

「ひどいでしょ？　でもこれはまだまだ序の口です。彼は一度、校長に娘が家で教師の悪口を言っている、教師はもっと尊敬されるようにしてほしい、なんていう手紙を書きました」

「それは事実ではないんですね？」

「もちろん嘘です。母親がローセに服を買うと、父親は大声で笑い、ローセを指差して、おまえが鏡の前に立ったら気持ち悪くてガラスにひびが入るぞと大声で言ったらしいです。立ててある本が一冊、ほんの少し斜めになっていただけでも、棚から彼女のものを引きずり出して引きちぎり、整理整頓《せいとん》を教えてやると怒鳴ったり。あまりにいびられるので食事どきに部屋にこもっていると、彼女を洗濯室に連れていって食べさせたそうです。ユアサやヴィッキーのコロンを少しつけただけで、『くさいブタめ』と呼ばれたとか」

アサドがアラビア語で何事かつぶやいた。こういうときのアサドの言葉がポジティブなものであったためしがない。

カールはうなずいた。「別の言葉で表現すれば、父親は《くそったれ》だったわけだ」

カロリーネは下を向いた。「くそったれ？　それが彼を表現するのにぴったりの言葉かどうか。堅信礼のとき、ローセは古くて擦り切れた服を着なくてはなりませんでした。父親がお金を出してくれなかったからです。お祝いのパーティーもありません。父親いわく、ローセはそれでも気にしないと。そんな彼女がどうしてプレゼントをもらうことなどできたでしょう。こういう父親に対して、《くそったれ》という言葉で足りると思いますか？」

カールは首を横に振った。子供の自尊心はさまざまな形でつぶされる。そんな行為は正当化など決してできない。絶対にだ。

「いろいろな例をご存じなのですね。ローセは十代のころから毎日、父親への憎しみを書きつらねてきました。わざわざそれ用に準備したノートに言葉や文を書きつけてきました。それは、今おっしゃったようなことが理由でしょうか？」

キヌア・フォン・クンストヴェルクはうなずいた。

「想像してみてください。父親が仕事から帰ってくると、絶えずあら探しをされるため、ローセには一秒たりとも落ち着ける時間がなかったんです。父親が好きでやっていたのは、絶対に答えられない質問を嵐のように浴びせることでした。おまえは馬鹿だと言って嘲笑したいがために。そこに妹たちがいると彼の攻撃はやむどころか、拍車がかかりました。ローセから、自転車に乗る練習をさせられたときの話を聞いたことがあります。転校したとき、自転車に乗れなくてはいけないと言いだしたそうです。バランス感覚を養うというのが口実だったようですが、少しふらつくとすぐに手を離されたので、転倒してひどく痛い思いをしたと言っていました」

キヌアはカールをじっと見た。気を落ち着けようとしているようだった。

「いろいろ思い出していたら、つらくなってきました。記憶をすべてよみがえらせることは本当につらいです。家族が遠出しているときに父親がローセにだけ家にいろと命じたことも覚えています。彼女が自分も行きたいと言ったとき、おまえの不機嫌な顔をずっと見ているのは嫌だからと拒否したそうです。

そして、ローセが大事な人生の節目にさしかかると、いつも父親が立ちはだかりました。たとえば、高校卒業資格試験の直前です。父親は毎晩のようにガタガタ音を立てて彼女が眠れないようにしたんです。風邪をひいたり、具合が悪くなったりすると、おまえはそのまま死ぬんだとしきりに言っていたそうです。信じられないでしょ？　この話をしていて思い出しました。父親が庭でローセにイチゴがなっている畝《うね》を見せて、摘《つ》んで食べてもいいと言ったことがあるんです。彼女がイチゴを食べて、うれしそうにありがとうと言うと、彼はいきなり叫びだし、あそこの畝のイチゴには毒が散布してあったんだ、おまえは苦しんで死ぬんだとわめいたそうです」

カールは言葉を失った。

「ふたりのあいだに、何か和解のような出来事はあったんでしょうか、覚えてらっしゃいますか？」

カロリーネは首を横に振った。「父親は絶対に謝らない男でした。そのくせ、ローセには、たいしたことのないミスでも猛省するよう要求したんです」

「でも、カロリーネ、なぜ彼はローセにつらくあたったんでしょうか？　背景に何かが隠されているはずです。思い当たることはありませんか？」

「もしかしたら、ローセがお腹のなかにいたときに母親があの父親と出会ったからかもしれません。少なくともそれがひとつの説明になるかと。別の理由は、彼が完全なサイコパスだから。それと、ローセがどんな虐待を受けても断固として泣かなかったから。それで憎しみを募らせるようになったということも考えられます」

カールとアサドはほとんど同時に口をぽかんと開けた。自分と父親の血がつながっていないということを、ローセはただの一度も言わなかった。これで少なくともひとつは根拠がわかった！　たしかにそれは大きな理由のひとつになる。彼女の妹たちはそのことを知っているのだろうか？

「そのとき、あなたがローセの人生に現れたんですね？」アサドが尋ねる。

カロリーネが笑顔になった。「ええ、そうです。いつしか、彼女は父親にいびられても、彼を笑い飛ばせるまでになりました。ローセが泣くか反発するだろうと思っていた父親はわけがわからなくなって、一時的に彼女を叱るのをやめました。怒っても怒っても笑われる、そういう状況に我慢ができなかったのです。いつだったか、わたしは彼女に言ったことがあります。次はさっさと父親を殺しちゃったほうが簡単じゃない？　と。夏じゅう、その話で大笑いしましたね」

彼女はそこで話をやめると、押し黙った。次の自分の言葉はもっと重大なことと関係があると考えているようだった。

「何をお考えですか、カロリーネ？」カールが質問する。

「結局、父親はローセを支配下に置いていたんだなと考えていたんです」

カールとアサドは不思議そうに彼女に目を向けた。

「ローセは勉強をしたがっていましたが、工場で働かなくてはなりませんでした。そこでは父親自身が働いていました。それ以外の場所なんてありえません。彼がそうやすやすとローセの支配権を手放すもんですか!」

「なぜ彼女はほかの街に引っ越そうと思わなかったんでしょう? 父親から離れようとしなかったんでしょう?」

キヌア・フォン・クンストヴェルクはキモノの襟を正した。

「なぜかって?」彼女は肩をすくめた。「そんな力など残っていなかったからですよ。父親は何年もかけて彼女をぼろぼろにしていったのですから」

そして彼女は過去から現在へ戻った。ローセのことがもはや自分の問題ではない世界、ギャラリーの入口の呼び鈴がひっきりなしに鳴る今の世界へ。

「父親が彼女の人生を破壊したということでしょうか?」

アサドの言葉に、カールは顔をしかめた。今日聞いたことすべてを、もう何年も前に知っていたらよかったのに。

「ローセが父親を殺したと思いますか?」アサドが続ける。

「だとしても、よくわからん」

「私たちが証明したらどうなります?」

カールはサイドウィンドウから広大な黄色い平野を眺めていた。菜の花ってこんなに早く咲くんだな。カールは毎年春になるたびにそう思うのだった。

「カール、どうなると思います?」

「うーん、キヌアから聞いたことをすべて考えると……ローセのために俺たちができる最大のことは、ここだけの話にしておくことじゃないかと思うんだ」

「私もまったく同じ意見です、カール」アサドは心底ほっとしたようだった。

　車のなかでふたりはしばらく黙っていたが、電話の呼び出し音が沈黙を破った。アサドがスピーカーフォンに切り替える。

　ゴードンだった。

「聞き込みはどうだった？」カールが尋ねる。「テレビクルーをまくことができたか？」

　ゴードンのやつ、笑ってるのか？　よくわからんやつだ。

「ええ」答えが返ってくる。「何も起こらなかったので、二十分もしたら逃げていきましたよ。僕が一度回ったところにもう一度足を運ぶのに付き合う気はないって。ちなみに、彼らは僕からクラブと銃撃の事件について話を聞きだそうと一生懸命でした。あの人たち、ツィマーマン事件にはあまり興味がないんです」

　カールはにやりとした。そうこなくっちゃ。

「でも彼ら、いくらツィマーマン事件に興味がないとはいえ、逃げだすのはちょっと早すぎましたね。というのも、ストーア・コンゲンス通りにあるカフェで、以前も話したことがあるボーワ通りに住んでいるという男性とばったり会ったんです。最初に会ったあと、その男性は恋人とそのことについて話したというんです。なんでも、リーモア・ツィマーマンが殺された日が彼女の誕生日だったらしいんです。だから彼女はあの日のことをよく覚えていて、大柄な男をボーワ通りで見たこと、のろのろした動きだったことが印象に残っていると言うんです。まあ、うまい言葉が見つからなかったようですが、彼女いわく、『何かに憑《つ》かれたようだった』らしいです。まるで何かに心を揺さぶられたか、打ちのめされたかのように、そんな感じだったと」

「なぜ彼女はそれを警察に連絡しなかったんだ？」

「そうしようと思っていたらしいんですが、いつのまにか忘れていたとのことです」

カールはうなずいた。よくあることだ。

「彼女はそれが何時ごろだったか覚えていたか？」

「はい。友達が誕生日のご馳走《ちそう》をしてくれるというので、その友達の家に行く途中だったそうです。八時ごろです」

「それで、彼女が見たという男は何をしていたんだ？」

「ツィマーマンの家からいくらも離れていないところの歩道に立っていたんだそうです。豪雨なのに突っ立っていたので、おかしいなと思ったそうです」

「男の外見は？」

「服自体はきちんとしたものらしいんですが、汚れていて、髪は脂っぽくて長かったと。それもあって目についたのでしょう。何もかもがちぐはぐな印象だったと言っています」

「うちの人間が似顔絵を作成できるくらい、しっかり顔を覚えているのか？」

「顔ではなく、体つきとか服装なら」

「じゃあ、その手配をしてくれ、ゴードン」

「もうやりました。まだあります、カール。ふたり目の目撃者を見つけたんです。その男性は、殺される少し前のリーモア・ツィマーマンを見ています。すでに殺人捜査課の捜査員に話をしたそうですが、その後、何も連絡がないとのことです」

「いつ話をしたって？」

「事件の翌日です」

「報告書にあるのか？」

「ありません。よりによって彼の目撃証言が見つからないんです」

アサドがあきれた目を天井に向けた。その反応は正しい。奇跡でも起こらないかぎり、パスゴーのチームが事件をまともに掌握することなんてないだろう。

「その男性は何を目撃したって？」

「リーモア・ツィマーマンが通りの端で立ち止まって

後ろを振り返り、それからいきなり走りだしたと」

「正確には、どの通りだ？」

「クレーク通りとクローンプレンセセ通りが交差するところです」

「なるほど。そこからコンゲンス・ヘーヴェまではわずか百メートルだ」

「はい。彼女が走っていったのもその方向です。ですが、それ以上は見ていないそうです。彼は彼女とは逆の方向、クローンプレンセセ通りを北に歩いていったからです。彼はニュボーザに住んでいます」

「リーモアを見てどう思ったって？」

「雨から逃れたいと思っていたか、約束か何かに遅れていることを急に思い出したかのようだったと。もちろん完全な憶測です」

「どうやってその男性を見つけた？」アサドがそう尋ねながらダッシュボードに足を載せた。ヨガのインストラクターなら眉をひそめそうなポーズだ。

「向こうからやってきたんですよ。僕が聞き込みをしていると職場で知ったらしくて」

「よくやった、ゴードン」カールが褒める。「その男性に来てもらって、もう一度話を聞こう。いいな？三十分後には戻る。それまでに彼を警察本部に呼んでおいてくれ。できるな？」

「努力します。でも、時間がないんじゃないでしょうか、カール。その、本部長がじきじきに地下に下りていらして。戻り次第、すぐに来るようにと伝言を頼まれました。かなり深刻な顔をしていました。だから帰ったらすぐに上に行ったほうがいいんじゃないかと思います。きっと、テレビクルーと彼らの番組のことについてですよ」

カールとアサドは顔を見合わせた。本部長のところへ行ったら、戻ってくるまでに三十分どころか、相当長くかかってしまう。

「本部長には、タイヤがパンクして俺たちは溝にはまっていると伝えてくれ」

長い沈黙が続いた。もちろん、ゴードンにそんなことができるはずがなかった。

35

二〇一六年五月二十七日、金曜日

ようやく意識を取り戻したとき、ローセは両太ももの裏側に鋭い痛みを感じた。支離滅裂な映像と音が脳のなかで交錯している。殴打、わたしの体を運ぼうとする誰かの手、金切り声、何かが引き裂かれるような音。

ゆっくりと目を開ける。薄い光が横のドアの下から差しこんでいた。

知らない場所だった。自分がどこに座っているのかわからない。

すると突然、後頭部が圧迫されている感じがした。

頭がガンガンする。アルコールのせいだろうか？　何が起きたんだろう？　頭のなかを整理することができない。助けを呼ぼうとしたが声が出なかった。口に何かが貼られ、唇は閉じ合わされている。

上半身を動かそうとして、わかった。何が起きたのかはともかく、自分は腰かけた状態で縛られている。両腕を肩のあたりまで上げさせられ、手首は何か冷たいものに固定されている。両足首は一緒に縛られ、上半身は背後のつるつるしたものに押しつけられている。首の部分も何かで後ろのものにくくりつけられ、数センチしか動かすことができない。

いったい何が起きたの？

ドアの向こう側から、ふたりの若い女の金切り声が聞こえてきた。喧嘩をしているようだ。その言葉から自分のことが問題になっているとはっきりわかった。わたしを殺すのか、生かしておくのかで喧嘩をしている……？

殺すなら殺せばいいわ。そんな素晴らしいことはない。わたしが求めているのは安らぎなのだから。

ローセは目を閉じた。頭痛がひどいあいだは、暗闇とある程度の距離を保っていられた。けれど、その暗闇の背後に、押しつぶされた父親の姿が潜んでいることはわかっていた。巨大な金属の塊の下から伸びている腕、まるで非難するように自分のほうへ向けられた人差し指。こっちに向かって流れてくるどす黒い血。救急隊員によって家に運ばれた自分が見た母親の笑顔。家の前にパトロールカーが停まっていたから、母親は何が起きたのか知っていたはずだ。それなのになぜ、笑っていたのだろう？　どうしたらあの状況で笑えるの？　なぜ、自分の娘に慰めの言葉ひとつかけなかったの？

やめて！　もうやめて！　ローセは頭のなかで叫んだが、暗闇も、さまざまな思いも、あの光景も、いっこうに去ろうとしない。地獄だった。だが、これがほんの始まりにすぎないということは彼女がいちばんよくわかっていた。これからもっとひどい映像と言葉が津波のように押し寄せてくるに違いない。それに備えなくては。

映像はどんどん陰鬱に、言葉はどんどん残酷なものになっていく。記憶は次から次へとあふれ出て、やむことはない。

ローセは腕を縛っているものを力ずくで引っ張った。テープを貼られ、話すことのできない口からうめき声が漏れた。

それから体をよじって数センチだけ動かした。その瞬間、喉が締めつけられ、窒息しそうになった。そのままの姿勢で彼女はまた意識を失った。

再び意識を取り戻すと、ふたりの女が両側に立ち、自分を見張っていた。リーモア・ツィマーマンの孫は感情のない目でこちらを見ていた。手には鋭利な錐《きり》のようなものを握っている。もうひとりは幅の広い粘着テープを持っている。

〝刺殺〟という言葉がローセの頭のなかに浮かんだが、彼女はその考えを即座に否定した。だったら、なぜ粘着テープが必要なの？

ローセは目線を泳がせた。今は部屋のなかが見える。自分がいるのはリーモアのバスルームで、トイレの上に座った状態で粘着テープで縛られていた。だから太ももに引きつるような痛みがあったのだ。

なんとか下を向けないものかと思ったが、喉が締めつけられてできない。それでも左の洗面台のほうに目を動かすと鏡があり、女たちが自分に何をしたのかがわかった。

スラックスと下着は膝まで下ろされていた。幅広の粘着テープが太ももを便器に固定している。同じように胴体は洗浄タンクに固定されている。浮いた両手は、リーモアのベルト二本で介護用の手すりに拘束されていた。片方のベルトはローセがクリスマスプレゼントとしてリーモアに贈ったものだった。細い金のベルトで、クリスマスになるとつけてくれていたが、うれしかったからというより礼儀としてだろう。それ以外ではつけているのを見たことがなかった。

口は粘着テープで閉じられ、何本かをつなげて長くした絹のスカーフが喉に回されている。スカーフの端はそれぞれが手すりに結びつけられていた。

ローセは、このまま窒息して死んでもいい、と思った。しかし、この状態ではうまくいきそうにない。再び意識を失ったら体が後ろにずれてしまい、その瞬間に喉への圧迫が緩み、脳への血流が再開するからだ。

そんなことなら、解放してほしい。女たちが自分にしようとしていることにどんな意味があるのか、さっぱりわからなかった。自分には敵意はないと目で合図を送ったが、無視された。

わたしのことをここまで脅威に思うとは、いったい彼女たちは何をしでかしたのだろう？

「デニス、わたしたちが逃げるまでずっとこの人をここに座らせておくの？」粘着テープを手にしたほうの女が言った。

デニス？　ローセは集中しようとした。孫の名前はドリトじゃなかった？　そういえば、リーモアから孫が名前を変えたと聞いたことがあったような気がする。そうか、おそらくデニスに変えたのだろう。

「ほかにいい考えでも？」デニスが答える。

「逃げおおせたら、誰かに電話してここにこの人がいるって伝えるのよね？」

デニスはうなずいた。

「彼女がここに座ってるのに、トイレに行きたくなったらどうするのよ？」

「洗面台にしゃがめばいい、ジャズミン」

「この人に見られたまま？」

「いないものと思えばいいじゃない。それがいちばん。彼女の世話はあたしがするって」

「大きいほうを洗面台にするわけにはいかないじゃない」

「じゃあ隣に行けば。鍵はかかってないんだから」

デニスがローセを見据えた。「おとなしくしてたら、ときどき飲み物くらいあげる。そうじゃないと、また痛い目に遭うよ。わかった？」

ローセは二度まばたきした。

「本気だよ。今回は容赦しない」

ローセは再びまばたきした。

「今、テープに小さい穴をあけてやるから」デニスは何か尖ったものをローセの口に当てた。「口を開けな」

ローセは口を開けようと一心に力をこめたが、尖ったものがテープをつつくと、血の味がした。

「ごめん。この穴からものが飲めるようにしたかっただけだよ」それから、ストローを穴に通した。

傷ついた上唇が内側に押しこまれ、ローセは目を閉じた。血を飲みこみ、歯磨き用のコップからストローで水を吸いこんだ。

水をくれているうちは、わたしを殺さないということだ。

ここ数週間、デンマークは信じられないほど暑かったが、バスルームは寒く、二時間も経つとローセは震えだした。血のめぐりが悪くなっているせいもあるのだろう。

このまま体を動かすことができなければ、そのうち血栓ができる。ローセは両脚に力を入れて体じゅうに血液を循環させようとした。最悪だ。地獄だった。この体勢のまま自分はあと数日間は生きつづける。あのふたりは自分たちが逃げおおせるまで、わたしのことはこのままにしておくようだ。逃げてから誰かに電話して、わたしがここにいることを知らせると言ってたけど、それからどうなる？

わたしは再び病院に搬送されるだろう。あの女たちが誰に電話をかけようと、相手は母か妹たちを探しだすだろう。そしたらユアサ、ヴィッキー、リーセ＝マリーイがいっせいにやってくる。もちろん、遺言やカミソリの刃も見つかってしまう。最悪だ。自殺を考えていたことがばれたら、医師たちはわたしを二度と自由に出ていかせないだろう。それなら、今すぐここで、この世に別れを告げたほうがいい。

ただじっと座っているだけでいい。そうすれば、血栓ができて死ねるに違いない。あのふたりには想定外だろうけど。

そうやってローセはひたすら待った。ストローの穴を通る息がスースーと音を立てる。それにしても、あの几帳面なリーモアが汚れたものを洗濯機にひとまとめにしているなんておかしい。それに、あの年齢で乾燥機の上の棚にタンポンを置いているわけがない。フックには派手に伝線したパンティストッキングが垂れ下がっている。リーモアはストッキングを繕《つくろ》うつもりだったのだろうか？　そんなことをするだろうか？

ローセはリーモアがストッキングを繕っている姿を想像しようとして目を閉じた。彼女の器用な手が見える。その手が蜘蛛《くも》の巣のように細い糸を操っている――その瞬間、口の端に唾を溜めた、いつもの憎悪に満ちた目をした父親の顔が浮かび上がった。

俺が一緒に来いと言ったら来るんだ、父親が吐き捨てるようにわめく。俺が行けと言ったら行くんだ、わかったな？

父親の顔はどんどん大きくなり、その言葉は何度も繰り返されて空気を震わせた。ローセの心臓は破裂しそうなほどドクドクしていた。頬が膨らみ、ストローの穴から出る息が叫び声のような響きとなった。ローセは叫びたかった。でも、できなかった。

そのとき、いきなり彼女は失禁した。ポケットのなかでポケットベルが作動していることに気づいた、あの恐ろしい日と同じだった。

次にデニスが水を持ってきたとき、ローセは汗をびっしょりかいていた。

「暑すぎる?」デニスはそう尋ね、暖房を切るとバスルームを出ていった。ドアはきちんと閉められなかった。

弱々しくはあったが、廊下に光がぼんやりと見える。とはいえ、この季節では今が何時なのか判断するのは難しい。日が落ちて本当に暗くなるのはようやく十一時ごろになってからだ。しかし、そこまで遅い時間にはまだなっていないはず。

「テレビはミッシェルのことばかりよ、デニス」いくらも経たないうちに、ジャズミンの声がリビングのほうから聞こえた。「ずっと繰り返し流れてる」

「じゃあテレビを消せばいいじゃないの、ジャズミン!」

「わたしたちが《ヴィクトリア》に押し入ったとき、ミッシェルがクラブにいたことをマスコミはつかんでる。そして、ビアナが銃弾で撃たれた。ミッシェルが女ふたりといたことも知っている。マスコミはパトリクに目をつけてる。パトリクはわたしたちの名前を知ってるのよ、デニス。ミッシェルが病院で紹介したから」

「わかったよ、でも、だからってパトリクがあたしたちを覚えてるとはかぎらない、でしょ?」

「パトリクはわたしたちが誰か、名前を言えるわ。絶対よ。ねえデニス、警察がすぐにわたしたちを追ってくるってば!」

「ちょっと落ち着きなよ、ジャズミン。警察はあたしたちがどこにいるか知らないし、ここを引きあげたらもうあたしたちのことなんて誰もわからないって。違う? 一緒に来て。バスルームに行こう」

ローセの混沌とした頭のどこかに、言葉の意味がぼんやりと到達した。経験を積んだ捜査員なら、ふたりの会話に集中することができるはずだ。

リビングの会話では、ジャズミンは何かの事件について話し、ビアナという人が撃たれたと言っていた。わたしがそれについて何か聞いているとふたりは思っているだろうか？

ローセは自分がリーモアの部屋に入っていった時点まで時間を巻き戻した。最後にわたしは、あのふたりになんて言ったっけ？　不法侵入で訴えると言ったんじゃなかった？

ああ、だからね。それであのふたりはわたしを脅威に感じたのだ。わたしは彼らの敵で、だから今こうしてここにいるわけだ。ふたりはここを出ていき、わたしを置き去りにしようとしている。誰にも電話などかけないだろう。それは確か。でも、なぜそんなことをしなくてはならないの？

そのとき、ふたりが一緒にバスルームに入ってきた。ローセは目を閉じて眠っているふりをした。会話を聞いていたと疑われたらまずい。

デニスは洗面台にさっと腰をかけ、用を足した。ジャズミンは服を脱ぐとシャワーの下へ行った。

ふたりとも髪を短く切っていて、見た目がすっかり変わっている。

「最悪よ、デニス！　ここまで伸ばすのに五年以上かかったのよ。もう泣きたい」ジャズミンはヘアカラー剤のチューブを押して中身を頭の上に出すと、シャワーカーテンを閉めた。

「ブラジルでなら、その気になったらいくらでもエクステを買うことができるよ。それもめちゃくちゃ安くね。だからぶつぶつ言うのはやめなって」デニスは軽く笑って洗面台から飛び降りた。ローセの横にあったトイレットペーパーを何枚かちぎって拭くと、ペダル開閉式のゴミバケツに放りこむ。ふだんリーモアはこのバケツに洗濯前の服を入れていた。これを空にするために、汚れ物を洗濯機のなかに移動させたのだろうか？

　ローセは薄目を開けてふたりの様子を追った。デニスはまったくこっちを見ようとしない。わたしのことはもうどうでもいいのか、それとも本当に眠っていると思っているのだろうか。

　デニスは鏡に向き直ると、短くカールした自分の髪を眺め、ヘアカラーの容器のキャップをねじって取りはずした。ローセはさらに目を開けた。デニスの背中には幅が広く深い引っかき傷が三本、斜めに入っている。ほかは完璧なのに、そこだけが醜《みにく》かった。

「スヴェンスンは絶対にあなただとわからないと思う？　家のなかに入れてくれなかったらどうするの？」

「あたしはスヴェンスンよりも頭のいい人間を出し抜いてきたんだから。文句なんか言わせる前にさっさとあの女を片づけるよ」デニスはくるりと回ってこちらを向いた。

　デニスの視線がローセとぶつかった。

　ローセはあわてて目を閉じたが、遅かった。

36

二〇一六年五月二十九日、日曜日
五月三十日、月曜日

レネホルト公園通りの家で、カールがガーデンテーブルにビールの缶を置いて勧めると、マークス・ヤコプスンは断った。「節制することにしたんだ。タバコも酒もやめた。生き残ることに決めたのさ」

カールはうなずくと、自分のタバコに火をつけた。マークスが禁酒だって？ そんな奇跡のようなことがあるんだな。それにしてもビールを前にして、わざわざ禁酒宣言をしなくたっていいじゃないか。

「それでだ、カール。私のメモに目を通してくれたか？」

「まだ、そんなにきちんととは」カールは、ヤコプスンの質問をかわそうとした。「でも見てみることにします。約束しますよ。すべて俺のデスクの上に置いてありますから」

マークスががっくりしたのは明らかだった。無理もない。彼はカールに何をすべきかをすべて伝えたのだ。あれほど真剣に訴えたというのに、カールはまともに取り合わなかった。おかげで、ことはいっこうに進んでいない。それはカールもわかっていた。

「オーケー、マークス。率直に言います。俺はふたつの事件の関連は微妙だと思ってたんです。ゴンダスン事件について、あなたは当時熱心に捜査を行なっていた。あなたとしては、この事件とツィマーマン事件を結びつけるなんらかの根拠があるのかもしれません。今約束したように、これから本格的に捜査を始めようと思っています。だからこそ、あなたを今日ここに呼んだんです」

「ふむ。この魅力的な青い瞳に会いたかったというわけじゃないんだな。じゃあなんの話だね？」

気持ち悪い冗談を言わないでくれ。カールは少々大げさにため息をついた。「ご存じだと思いますが、今俺たちはローセのことでちょっと困った状況にあります。だから、ひょっとしたら、あなたが俺たちの捜査をサポートしてくれるんじゃないかと思って」

マークスが笑った。「まだきみの担当にもなっていない事件についてか？」

カールはタバコの煙を目で追った。マークスが俺たちを裏切って殺人捜査課のほうにつくということはさすがにないだろう。だが、そういう言い方をされたらいい気はしない。

「マークス、あなたもわかっているはずです。腹の底に矛盾《むじゅん》した気持ちがあると、的確な判断が妨《さまた》げられることがありますよね？　俺はそういう迷いを持ちたくないんです。だから、あなたにサポートしてほしい。たとえば、ローセのことです。本腰を入れて捜査に取りかかろうってとき、俺たちはいつも彼女を頼りにしています。でも、今回は彼女がいない。俺たちが思っていた以上に、彼女の存在は大きいんです」

マークスが微笑む。「それで、私にどうしてほしいんだ？　何について私に本腰を入れろというんだね？　きみの直感はなんと言っている？」

「ツィマーマン家とその裏の事情について、すべて知りたいんです。リーモアの夫についてはいくらか調べがついています。彼は決して無垢《むく》な人間というわけではなかった」カールは、フリッツ・ツィマーマンの忌まわしい過去、その後の人生、その最期《さいご》について手短に説明した。

マークス・ヤコプスンはうなずいた。「たしかに、清廉潔白な男ではなかったようだな。ダムフス湖で溺死した男に関して、当時、殺人捜査課のあいだで話題になったことがある。それがツィマーマンだったのか？」

玄関のほうで物音がした。ハーディとモーデンが帰ってきたのだ。

マークスがにっこりした。この再会を心から待ち望んでいたのだ。マークスは立ち上がると、ふたりを出迎えにいった。頑固で感情を見せなかった自分たちの元上司が身をかがめて、かつての捜査員をハグする姿に、カールの胸は熱くなった。

「どうだ、散歩は楽しかったか？」電動車椅子に乗ったハーディがガーデンテーブルのところにやってくると、マークスが尋ねた。

「まあ、それなりに」というハーディの答えはほとんど聞き取れなかった。同時に、モーデンが一歩進み出て、「何かお役に立てることはありませんか？」と震え声で訊いたからだ。

「ありがとうモーデン、大丈夫だ」

「それなら……僕は少し横になろうと思います」モーデンが鼻をすする。

「彼はいったい、どうしたんだ？」地下に続く階段を下りる足音が小さくなって聞こえなくなると、マークスが尋ねた。

ハーディは辟易《へきえき》した表情で答えた。「恋わずらいですよ、マークス。恋人たちの姿を見るのが耐えられないなら、五月に外へなんか出るもんじゃない。彼はずっと大声で泣きわめいていました」

「失恋の痛みがどんなものかなんて、もはや思い出せないな」そう言ってカールに向き直ったマークスは、すっかり捜査員の顔に戻っていた。「ビアギト・ツィマーマンの夫については、どこまでわかってる？」

「まったく何も。あなたに調べてもらいたいことはいくつかありますが、お願いしたいのはその点です」

約束どおり、午前十時に圧延工場の入口、正門左の守衛室に行くと、彼らが待っていた。リーオ・アンドレースンの後ろに、リーオよりも高齢の男性と彼よりも若い女性がいる。敷地を案内してほしいというこちらの頼みにきちんと対応してもらえるようだ。

リーオはにこやかに、がっしりした男性を指した。

「ポレ・Pはうちの長老です。ここのことはいちばんよく知っています。私は年金生活に入るまで三十年間ここで働きました。そして、レーナは最近ここに入ったばかりです。いつの時代の話でも、私たちがお役に立てるでしょう」

カールとアサドは三人と握手をした。

「ポレと私がガイドを務めます。レーナはセキュリティの担当です。彼女がすぐにヘルメットと安全靴をお配りします。おふたかた、足のサイズを訊いてもいいですか?」

三人全員がカールとアサドの足を見つめた。

「マークさんはサイズ四十五でいいでしょうか。それからアサドさん、あなたは四十一で?」リーオが続ける。

「かまいませんよ」アサドが答える。「ですが、四十二じゃないと小さすぎて拷問です。だったら今すぐ圧延してもらったほうがマシですね」そのジョークに笑ったのはアサドただひとりだった。

五人は守衛室を出た。カールは彼らにベニー・アンダーソンと会ったことを話した。彼らの遠慮がちな表情からすると、ベニーはあまり紹介したい男ではないようだった。

「あいつはマンガン中毒の補償金を受け取った人間のひとりです」ポレが吐き捨てるように言った。「ほかの連中については知りませんが、私に言わせれば、ベニーはマンガン中毒なんかじゃなかった」

「あいつのことなんかどうでもいいのですが、でも、それで彼は辞めたんです」リーオが付け加えた。

「女性好きにはまるで見えませんでしたけど」カール

があとを引き受けた。「ですが、彼はローセが好きだったのではないかという印象を受けました。ローセのことを好きだった人がいたという事実に私は救われたような思いがしたんですが。ふたりのあいだに何かあったか、ご存じですか？」

「何もなかったと思いますよ。あいつは女好きです。それに、アーネ・クヌスンをとても嫌っていました」

「どうして嫌ってたのです？」

「もっとも、たいていの人間が嫌ってましたがね。アーネは実に無愛想な男でした。誰に対しても感じが悪かったですが、ローセに対しては特にそうでした。ふたりのそばにいた人間なら、誰もが気づいていましたよ。おそらくローセはあそこまで父親と近いところで作業するべきではなかったのでしょう」ポレが大きく腕を広げて敷地を示しながら言った。

建屋を囲む敷地は整然としており、この工場が扱っている鋼の量を考えると驚くほどすっきりしていた。ここで働いている三百四十人の従業員はどこに行っちまったんだ？ 見渡すかぎり、どこにも従業員なんていないじゃないか。たしかに、この工場はデンマークの小さめの島と同じくらいの面積があり、それぞれのホールも飛行機の格納庫と同じくらい広い。なかには、三百四十人くらいあっという間に吸いこまれてしまうほど、とんでもなく広いスペースがあるのかもしれない。だが、それにしても。カールは、くず鉄の山と耳をつんざくような轟音、忙しく働く青い作業着姿の屈強な男たちを想像していたのだ。

リーオ・アンドレースンが笑った。「いいえ、もうここはそうじゃありません。この工場は今や、完全に電子制御された企業です。高い技能を持ったスペシャリストがジョイスティックを操り、ボタンを押し、画面を見つめているだけです。自分たちの手で鉄くずを熔解するのをやめてからというもの、ずっとこんな感じです。今ここはロシア人がオーナーで……」

「で、アーネ・クヌスンが死んだ一九九九年のころは、どんな感じだったんです？」カールが遮る。

「今とはまったく違っていました。二度とあんなふうには戻らないでしょう」とポレが話す。「あのころは千人以上の従業員がいました。今ではこの半島の外にもうひとつ、独立した会社があります。しかし、当時はすべて同じ屋根の下にあり、デンマークの大投資家、《APモラー&EAC》がオーナーでした。それからあの忌々しいマンガン騒ぎがあり、ほかにもいろいろあって、そのうち採算が取れなくなったんです。二〇〇二年に会社は倒産しました。ひとつの時代が終わったわけです」

ポレは屋外のコンクリートの地面の上に並べられた一列の太い鉄塊を指差した。

「当時の重要な仕事は再利用でした。われわれは年に八十万トンの鉄くずを熔かして、鋼板や棒鋼にしていたんです。それが、橋やトンネルやいろいろなものの部品になります。今では、そこに置いてあるようなブルームを、注文に応じてロシアのオーナーから送ってもらって圧延する。それだけです」

彼は巨大なホールに続くドアを開けた。あまりの広さにアサドは思わず額《ひたい》に手をやった。向かい側までの距離がどのくらいあるのか、カールには見当もつかなかった。

「ここで事故が起きたんですか？」カールはブルームを所定の位置に運ぶローラーコンベアを指差した。巨大なマグネットのついたクレーンがブルームを持ち上げ、別の場所へと移動させている。「アーネ・クヌスンの上に落ちたのは、こういう大きな塊ですか？」

ポレは首を振った。「いいえ、事故が起きたのはあそこです。ホールW15の古い部分です。ここにあるブルームは二十トンですが、アーネをつぶしたのは、これの半分の重さでした」彼は肩をすくめた。それでも十分だったわけだ。

「ローセがまだここで働いていたら、あそこに座っていたでしょう」ポレは、少し上にある操作室のなかで、青い作業着を着てモニターを眺めているかわいらしい若い女性を指差した。操作室は、堂々とした圧延設備とガラス板一枚で仕切られているようだ。ポレとその若い女性は互いに手を振り合った。「あの娘《こ》はミカという名で、〝インサーター〟です。インサーターの仕事について、ローセは父親から手ほどきを受ける予定でした。アーネもインサーターだったからです。彼らの仕事は、通し番号のついたブルームが正しい順番で炉《ろ》に送られるようにすることです。われわれは何をいつ、どこに、誰に納品しなくてはならないのか、正確に把握していなければなりません。一つひとつのブルームにこのように白いチョークで番号と文字を記し、熱して、注文どおりの大きさと厚さの板状に圧延します。じきにお見せできますよ」

ホールの端まで近づくと、これまでの冷たく白い光がくすんだ黄色に変わった。

ホールW15は、はるかに原始的な雰囲気で、こちらのほうがカールが思い描いていた圧延工場にずっと近かった。鉄骨、橋、パイプ、鉄階段、クレーン、リードレール、そしてカールの父が農場を営む北ユトランドでよく見かける穀物サイロに似ているが、もっと超現代的にして極小にしたような炉が備えられていた。

リーオ・アンドレースンは頭上のクレーンを指差した。DEMAGとロゴの入った巨大なクレーンは、とんでもなくたくさんの支柱とケーブルを備えていた。

「これがブルームを床からコンベアへ持ち上げ、このコンベアがブルームを直接、炉に運ぶんです。ほら、炉の挿入口が開きましたよ。熱いでしょう？　千二百度まで熱します。この温度でブルームは赤く燃えだします」

一同はそこに立ったまま、クレーンについている磁石を眺めた。「あの磁石からブルームが離れて、アーネ・クヌスンの上に落ちたんです」ポレが説明する。

「突然電流が遮断されたからだと言われています。突然といっても実際どうだったのか、私は知りませんが」

「なるほど。ここを制御しているのは誰ですか？」カールは炉の放射熱に耐えられず、一歩下がった。このホールの壁の上のほうが開いている理由がわかった。

「プッシャー炉の反対側にある操縦室のなかに座っている人間です」

「それで、例の事故が起きた日は誰がそこに座っていたんですか」アサドが尋ねる。

「そこが問題なんです。勤務時間中ですし、正直、そんなことがあっては絶対にいけないのですが、誰が座っていたのか誰も正確には知らないのです。当時、警察もその点について突きとめられなかったようです」

「われわれはベニー・アンダーソンに尋ねましたが、彼も操縦室にはいなかったと言っていました」

「私にはわからないので、何も言えません。彼は当時、あちこちで仕事をする作業者のひとりでした」

「ローセとアーネ・クヌスンが、ふだんは先ほど若い女性がいた操縦室にいたのなら、なぜ、彼らは問題の瞬間にホールの端にいたんでしょう？」

「ホールのあの部分、ミカが今座っているインサーター用の新しい操縦室がある部分は、当時はまだなかったんですよ。あのころはこれしかなかったんです」彼は背後にある木造の建物のほうを向いた。「あの上の事務所にローセは座っていました。ローセはいつもブルームの山のところへ下りてきて、コンベアでプッシャー炉に運ばれるブルームに印をつけていました」

カールはあたりを見回した。「どう思う、アサド？何か気になるものはあるか？」

アサドは警察の報告書に目を落とした。「ここには、磁石が作動しなかったということ、クレーンがちょうどブルームを持ち上げたとき、アーネ・クヌスンが安全規則をすべて無視してその下に入ったということしか書かれていません。誰も責任を問われてはいませんね。電流の供給が簡単に止まることなど、それまでは一度もなかったにかかわらず、すべてが事故で片づけられています。アーネ・クヌスンの死は本人の責任だったということになっています」

「ローセは、事故のときどこにいたんだ？」

「クヌスンの叫び声が聞こえると近くにいた従業員が何人か走ってきたらしいですが、そのとき、息絶えようとしている父親の横にローセがいたようです。恐怖で目を見開き、腕を垂らしたまま固まり、口がきけなかったそうです」

「あなたご自身はその場にいらっしゃらなかった？」

「ええ」アンドレースンが答える。「私の勤務中に起きたことではないので」

「私は向こうの港で作業をしていました。かなり離れています」訊かれる前にポレがコメントする。


「リーオ、あなたは毎日給電に関わる仕事をされていたんですよね。なぜ当時、磁石への電流がいきなり止まったのか、何か説明できることはありませんか？」

「今のようにコンピューター制御されたシステムなら、正確に再現することもできたでしょう。ですが、当時はそういうものは導入されていませんでした。個人的な見解を言うなら、従業員の誰かが故意にやったのではないかということです。というのも、電流が止まったのは本当に一瞬で、その一瞬で磁石からブルームが離れたわけですが、それは一秒間も続いていません。こう言ってよければ、〝絶妙なタイミング〟だったんです」

「つまり、完全に故意に行なわれたと？」

「もちろん本当のところはわかりません。ですが、そう思われてもしかたないと思います」

カールはため息をついた。事故からもう十七年経っている。当時の警察の報告書からも従業員の聞き取りからもこれ以上のことが引き出せないのに、どうやって確かめろというんだ？

「俺たちはいつか、ローセにすべて話してもらうことになるかもしれないな」特捜部Qの部屋に戻ったカールが言った。

アサドは首を横に振った。「ブルームが落ちてくるとき、ローセが父親をクレーンの下に突き飛ばした可能性があるかどうか、私が尋ねたのを聞いていなかったんですか？　そうしたらみんな変な顔をしたじゃないですか」

「もちろん聞いてたさ。だが、彼らがもっと変な顔をしたのは、ローセがほかの人間と共謀していた可能性があるのではないか、とおまえがほのめかしたときだったぞ。まあな、誰かが故意に電流を切断したのではないかっていうのは、リーオ・アンドレースンが自分から言いだしたことだ。向こうも、そう言われることは想定してたのだろう」

「ローセがやったとして、タイミングはどうしたんでしょう？　彼女が立っていた場所にはインターホンなどありませんでした。当時携帯電話を持っていた人なんていましたか？　ほんの一瞬の話なんですよ！」

ドアのところに長い影が現れた。「あの、あなたたちがいつ戻ってくるのかと本部長からまた訊かれました。もう戻っているとは言いませんでしたが」

「ゴードン、おまえは実に有能だ。今日じゅう、あるいは遅くとも明日にはテレビクルーたちも仕事ができるだろう、俺たちも丁寧に礼儀正しく接するつもりだと言っていた、と本部長に伝えてくれ」

だが、ゴードンはその答えに満足しないようだった。

「あのですね、僕はもう一度あの男性と話したんです。リーモア・ツィマーマンが通りの角で立ち止まり、後ろを振り返ると突然大慌てで走りだしたところを見ていたっていう男性です。でも、成果はありませんでした。彼はほとんど何も覚えていなかったんです」

「だめじゃないか！　少なくとも、デニス・ツィマーマンがどこをほっつき歩いているのかは突きとめたんだろうな？」

「それもできていません。届け出されている住所ではここ一週間、つまり五月二十三日以来、彼女の姿は見られていないみたいです。彼女が借りている部屋の階にも行きましたし、住人たちに話も聞きましたが、とんでもなくおかしな連中でした。彼女の母親とも話をしました。まあ、話をしたというのは言い過ぎでしょう。酔いつぶれていて。ひとことも理解できなかったと言っていいくらいでした」

「それで、デニスの姿が見えないというのはどういうことなんだ？」

「デニスは母親に、男のところへ引っ越すと言ったそうです。スレーイルセに」

「一週間前に？」カールはお手上げとばかりに両腕を上げた。今度はどこだかわからん場所の探索を続けなきゃならんのか？　これじゃ消耗するのも当たり前だ。


そのとき電話が鳴った。「おまえたちふたりで、俺たちが今取りかかっている事件に関するまとめを掲示板に貼っておいてくれないか？　すぐにそれを検討しよう」カールは受話器を取った。

「もしもし、私だ」受話器の向こうから声が聞こえた。マークス・ヤコプスンだった。「私のメモは見たか、カール？」

「ああ、ええとそうですね」

「頼むからちゃんと見てくれ。もう二度目だぞ。ずっと待ってるんだ」


カールはデスクの上を引っかき回し、ようやくマークスの角ばった、しかし読みやすい文字で書かれたメモを見つけた。「ステファニー・ゴンダスン事件に関する覚書」にはこう書かれていた。

1　《学校・福祉事務所・警察》というタイトルの講演会で、ハーディが聴衆のなかにステファニー・ゴンダスンという名の女性がいたことに気づいている。

2　七年生と九年生のクラスの保護者リストを再チェック。

3　S・ゴンダスンとクラスの女性担任による保護者面談がもの別れに終わっている。両親との面談が不調に終わったのは二件、シングルマザーとが一件！

4　S・ゴンダスンはウストラ・アンレーグ公園で何をしようとしていたのか？　彼女はそもそもバドミントンの練習に行く予定だった。

「ええ、あなたのメモのひとつが俺の前にあります。四項目が書かれたチェックリストですね」

「そうだ。その四項目は捜査で徹底的に洗うことができなかったものだ。われわれはすでにかなりの人数と時間をこの事件の捜査に費やしていた。そのあいだにほかの難しい事件がたくさん重なった。当時の状況を振り返るにあたって、少なくとも捜査員を総動員したのに、あれ以上は進めなかったという点は伝えておきたい。この事件については未解決のままにしておくという結論を出すしかなかったんだ。きみもわかるはずだ。そのうち忘れられてしまうとわかっていながら、捜査を中断せざるをえない苦しみが。

ともかく、退職にあたって警察本部の部屋を片づけていたときにそのメモが出てきたんだ。それからずっと、メモはマグネットで冷蔵庫のドアに留めてあった。妻が生きていたら叱られていただろうな。『もう引退したっていうのに、いつになったら警官をやめられるの？』というのが口癖だったからな。だが、退官したって警官は骨の髄《ずい》まで警官なのさ」

カールにはマークスの気持ちがよくわかった。幸い、俺は行き詰まって断念せざるをえない事件をそう多くは経験していない。ただ、いくつかの事件についてずっと気には病んでいる。

「俺としては、四番目がすぐに目につきました。これを書いたとき、どう思ってました？」

「きみが考えていることと同じだ。なぜバドミントンの練習をやめてまで公園に散歩にいったのか。当然、恋愛絡みだろう」

「ですが、ゴンダスンが誰と会っていたのかは、まったくわからないと？」

「わからない。驚いたことに、当時、彼女に恋人がいたことを示す記録がひとつもない。覚えておいてくれ、彼女は非常に控えめな性格だった。恋人の自慢話をするようなタイプではなかった」

そういうタイプをよく知っているカールは、ため息をついた。「それから最初の項目は？　ハーディは彼女に遭遇してどう思ったんですか？」

「ハーディは、死ぬほど退屈な仕事、つまり《学校・福祉事務所・警察》という講演への出席を命じられた。そうしたら、教室の後ろの壁際に座っていた女性が、彼に笑いかけた。それまであんなに美しい女性を見たことがなかったと言っていた。ハーディはほとんど講演に集中できなくなったらしい。彼女が殺されたとき、あんなにきれいな女性をよく殺せるものだと、ハーディは唖然としていた。彼も捜査に加わりたがっていたが、知ってのとおり、彼はきみのチームで別の事件の担当をしていたからな」

「ステファニー・ゴンダスンは、たしかに非常に魅力的でしたね」

「ハーディいわく、彼女はどんな男も夢中にさせられたんじゃないかと。そこは本人に直接訊いてくれ」

「七年生と九年生のクラスの保護者リストは、破棄したんですか？　メモの項目2にあったやつですが」

「ふーむ。カール、さては私のメモをすべて読んでいないな？　そのリストは、《ガメル・トアヴス》できみに渡したもう一枚のメモにある。よく見てくれ」

「それは失礼しました、マークス。すみません。ローセの件で本当に忙しくて」カールは、メモの四項目に再び目を落とした。「それと、三番目はなんです？　教師と両親のあいだがぎくしゃくするなんて、よくあることじゃないですか？　ヴィガと俺とでイェスパのクラス担任と話をしたときも、かなり意見が衝突しましたよ。そんなこと、何度もありました」

「そりゃそうだろうな。まず、カーステンスとヴィロムスンというふた組の両親だが、こちらはゴンダスンとの面談について尋ねると、とても協力的だった。どちらとの面談も気まずい雰囲気になったそうだ。三組目は――これがシングルマザーとの面談だったわけだが――こちらは親が感情的になったらしい。担任はなんとなく、妙な感じを覚えたそうだ。母親の名はビアデ・フランク。ゴンダスンが娘にばかり干渉をすると言って怒っていたらしい。まるで嫉妬深い母親のように見えたと担任は言っている」

「ステファニー・ゴンダスンがあまりにも美しすぎたからですか？」

　マークスはかすれ声で笑い、何度か咳きこんだ。タバコの毒が完全には抜け切っていないのだろう。

「きみもそんなには馬鹿ではないようだな、カール。最初のふた組は男子生徒で、学校から帰ってくるといつも――こう表現していいのなら――ぼんやりしていたらしい。ひとりの子に至っては、クラス写真を前にマスターベーションしている現場を両親に見られたくらいだ。両親たちはゴンダスンに対して、女性らしさを強調する格好をしないでほしいと言ってきた」

「それが何かの手がかりになるんですか？」

「どう思う？　程度の差こそあれ、殺人事件の半数以上は色恋沙汰《ざた》が直接の原因であることはきみも知っているだろう。私に言わせればステファニー・ゴンダスンは、存在そのものがかなり挑発的だった」

「彼女とセックスをしていた人間か、少なくともそれを望んでいた人間を見つけろと言うんですか？」

「わからない。だが、そう言われればそうだな」

「発見されたとき、彼女は性的暴行を受けていましたか？」

「いや、背後から殴られて殺されただけだ。それ以上は何もない」

「わかりました。ありがとうございます。メモを完全に把握していなくてすみませんでした」

マークスが笑った。「そのメモは長年うちの冷蔵庫にくっついてたんだ。あと一週間くらいは待てる。われわれは、遅かれ早かれこの事件に取り組むことになるぞ、カール」

電話を終えてから、カールはぐちゃぐちゃのデスクを引っかき回した。ちくしょう、二枚目のメモはどこに隠れてる？


「ゴードン！　アサド！　来てくれ」カールが大声を出すと、ふたりがやってきた。

「マークス・ヤコプスンが先日、俺に二枚のメモを渡してくれた。一枚目は見つけたんだが、二枚目はどこだ？　この紙と同じ罫線の入った用紙なんだが」

カールは四項目が書かれたチェックリストをふたりの目の前に突きつけた。

「あの、カール、まず私たちと戦略室に来て掲示板を見たほうがいいんじゃないかと思いますけど」アサドが言う。「ゴードンは必死で仕事をしたんですよ」

そのあとで、今度はゴードンが、カールの部屋に入ってデスクの上のおびただしい量の書類をすべてコピーしたことを、長々と謝罪した。しかし、もう一枚のメモの原本がどこにあるかはわからないという。

「でも安心してください、カール。コピーしたものはすべて壁に貼り付けてありますから」

カールは先頭に立って戦略室に入った。すると、A

3サイズの用紙が五枚、一列になって掲示板に貼られていた。

「これが、僕たちが今取り組んでいる五つの事件です」ゴードンが説明する。

なんだって？　五つの事件？　増えてないか？

カールはそれらの用紙をじっと見た。

いちばん左にはゴードンが《ローセ事件》とタイトルをつけていた。〝ローセの父親、一九九九年五月十八日に事故に遭う〟とだけ書かれている。そこから順に、〝ツィマーマン事件〟、〝ゴンダスン事件〟、〝轢き逃げ事件〟、〝クラブ強盗とアイスランド人女性銃撃事件〟となっている。すべての事件に、それぞれの被害者の死亡時刻と情報が記された小さなメモがくっついていた。

「なんで俺たちが轢き逃げ事件とクラブの強盗事件を捜査しなきゃならない？　関係ないだろう！」

ゴードンが笑った。「ええ、わかってます。でも、例のテレビ局の人たちといちばん一緒にいるのは僕ですし、彼らの突飛な質問にすべて答えなきゃならないので、最新情報に通じておくためにも、ふたつの事件も一緒に掲示板に貼っておこうと思ったんです」

カールはうめいた。こいつめ！　そのふたつの事件にこんなにご執心なら、今すぐ三階に引っ越せばいいだろ？　その要請はもう何度も受けているのだから。

「まあいい。重要なのは、ビャアンとのあいだに誤解がないことだ。それから、マークスのメモはいったいどこだ？」

「二枚のメモはゴンダスン事件のところに貼ってあります。あそこです」ゴードンが誇らしげにメモを指差す。

アサドもこれ以上口を閉じてはいられないようだった。「保護者のリストを見る前に、カール、最初にこちらの写真を見てください」大きく引き伸ばしたカラー写真を指す。「これです。ちょうど手に入ったところなんです。二〇〇三年の写真で、ボルマンス・フリースコーレの九学年のクラスです。よく見てください」

カールは写真に近づいた。数年後には見たくなくなって捨ててしまい、それから十年経ってようやく、なぜ捨ててしまったんだろうと後悔するような、そういうたぐいのクラス写真だった。どうということのないクラス写真だ。これのどこに特別なところがあるんだ？

「ステファニー・ゴンダスンが、いちばん後ろの列にほかの教師と並んで立っています」ゴードンが彼女を指し示す。

たしかに彼女がいる。「色気むんむんの女性だな。だが、それがどうした？」

「カール、彼女だけじゃなくてその前に立っている少女、ゴンダスンが肩に手をかけている子を見てください」

カールは目を凝らした。髪をアップにしてライラック色の口紅をつけた少女で、生意気そうに微笑んでいる。

「下に記されている名前からすると、彼女はドリト・フランクだ」

「そのとおり」アサドが笑う。

なんで笑う？「おい、何を考えてる。おまえは……まさか、これは……」

「そうです。よく見てください。このドリトがデニスです。彼女はどこかの時点で名前を変えたんです」

カールの背筋が冷たくなった。「本当か？　苗字はどうなんだ？」

「デニスの名前は、デニス・F・ツィマーマンです。Fはフランク。それについては私たちで調べました。それから、マークスの保護者リストも見てみてください」

カールはすぐさまリストに目を走らせた。いた。マークスの記憶にあったビアデ・フランクではない。ビアギト・フランクだ。ビアギト・フランク・ツィマーマン。ゴードンはどうしても口をはさまずにいられなかった。「ボーワ通り付近を二度目に回ってそのアパートメントの表札を見たときから気になっていたんですよ、カール。ミドルネームをイニシャルにしていたために、わからなかったんですね」

ゴードンの言うとおりだった。決定打だ。これが、ふたつの似た事件を互いに結びつける要素に違いない。しかし、動機はなんだ？　どんな人物が関わってる？　殺害方法は？　理由は？　誰が、そしてどうやって？

「すぐにマークスに伝えなくてはならん」

カールは部屋に駆けこんで、電話をかけた。呼び出し音三回で、マークスが出た。

「マークス、聞いてください！　ステファニー・ゴンダスンとの面談で決裂した例のシングルマザーですが、彼女の名前はビアデ・フランクじゃなくて、ビアギト・フランクです。娘は当時ドリトと言いましたが、数年前からデニスと名乗っているんです」挨拶なしに切りだした。「なぜかはわかりませんが、彼らはある時期、おそらくは学校でだけ、フランクという苗字を使っていたようです。フルネームは、ビアギト・フランク・ツィマーマンです」

電話の向こうの安堵のため息をカールは聞き逃さなかった。

「まったくなんてことだ。ステファニー・ゴンダスンと、ビアギト・ツィマーマンおよびリーモア・ツィマーマンにはつながりがあったんです！　どうです、マークス？　三人の女性が互いに関係していて、だいぶ時間が経ったとはいえ、そのうちふたりがまったく同じ形で殺されている。これをただの偶然と呼べますかね？」

電話の向こうは一瞬しんとなったが、一気に言葉が返ってきた。

「ビアギト・ツィマーマンには、Fで始まるミドルネームがあったということか？　ちくしょう、なんで当時それを見逃していたんだ。信じられん！　ゴンダスン事件を捜査しているときに、彼女も捜査線上にいたのに！」

37

二〇一六年五月二十九日、日曜日
五月三十日、月曜日

またもや信じられない幸運に恵まれた。今回もまた、事故の目撃者はいなかった。確信がある。

自分でも驚くほどの勢いで、あの女の頭を街灯の柱に叩きつけてやった。首から上が斜めに曲がっていたから、頸骨もしっかり折れているはずだ。

ロベアタ、通称ベアタ・リンは、毎週二回、あの巨体を自転車に乗せて走っていた。コースを変えようという気はまるでなかったようだ。あのデブ女は、自転車のペダルをこぐことで四十四のサイズまで痩せられると本気で思っていたのだろうか？

日曜はとんでもなく気温が高く、デンマーク中がうだるような暑さだった。だからベアタは、ぴったりしたトップスだけという格好だった。それが汗をかいた背中で何度もずり上がり、誰も目にしたくない体型を露出させていた。自転車をこぎながら、少なくとも十回は、ＳＭＳを送ったり、トップスを引っ張ったりを繰り返していた。しかし十一回目が余計だった。注意散漫になったため、緩いカーブでハンドルを切りすぎて、鋭角にカーブに突っ込んでしまったのだ。

アネリは、ベアタに警戒されないようギアをセカンドに入れ、最大でも時速二十キロで彼女のあとをつけていた。しかし、ベアタの自転車が不意に道をはずれたのを見たとたん、アクセルを踏み、横からベアタに突進した。

あれだけ重い体があんなふうに宙を舞うなんて驚きだわ。アネリはサイドミラーでベアタの様子を眺めながら、そう思った。

ターゲットの目は見えなかったが、それでも自分の任務は〝完了〟ということにした。そのあと、ルノーをアマー・ブレヴァードのひと気のない裏道に停め、いつものように指紋や痕跡を拭ってから、そこに乗り捨てた。

テレビのコメンテーターたちは、この事件をほかの事件と結びつけなかった。それでも注目度は高かった。今回も運転者は、事故のあとに息のない被害者を置き去りにしたからである。とはいえ、今回は一連の轢き逃げとはまた別のケースであり、被害者が比較的大きな車両に轢かれ、衝突の際に運転者が気づかなかった可能性があると報じられていた。

翌朝のラジオは、ベアタの乗る自転車が車道に大きく入りこんでしまい、ちょうどそこを走行中だった車両と交差する形になったという警察の鑑識の見解を伝えた。死因は車両との接触ではなく、彼女の体重も加わって激しく街灯に叩きつけられたことだという。悲劇的な交通事故だが、自転車に乗っているときには注意しなければならない右折車との致命的な接触事故とはまた別だ、とラジオは伝えていた。

アネリは何から何まで満足だった。これまでのところ、自分は計画を完璧に実行し、正しいことをしているという確信がこれまで以上に湧いてきた。もちろん、任務完了直後に覚える恍惚感は、以前ほど強くはなくなってきている。でも、何度か同じことを行ない、それがうまくいくことで新たな刺激がなくなったら、そうなるのが普通だ。その代わり、自信は確実に大きくなっている。八日間で三人のターゲットに命中させたんだもの、素晴らしい仕事ぶりだわ。

月曜の午後、アネリは自分が病気であることが職場中に知れ渡っているような気がした。誰も話しかけてこなかったが、出勤前に放射線治療を受けていることも含めて、全員が自分の状態を知っているに違いなかった。上司がそれとなく同僚に知らせたのだろう。

しかし、アネリにとってそんなことはどうでもよかった。重要なのは、次のミッションに向けてじっくり準備し、リスク分析を綿密に行なうことだ。

国会の夏休みが近づき、ニュースが少なくなることもあって、ありがたいことにマスコミはあらゆる餌《えさ》に食いついていた。轢き逃げ事件はいまだに紙面を賑《にぎ》わせていたが、前の晩に王立病院でビアナが死んだことも大きく報じられていた。マスコミが言うところの《クラブ殺人事件》の犯人探しはすでに始まっていた。

アネリは、ビアナ殺しの犯人はデニスとジャズミンだと届け出たい気持ちをこらえた。ふたつの理由からだ。まずは、なにがなんでも自分の手で彼女たちを殺すつもりだから。ふたりが逮捕されたら、それができなくなる。次に、彼女たちが自分たちの刑を軽くするために何を話すかわからないから。ミッシェルの轢き逃げについてわたしの名前を出されたらどうなる？　結局、ビアナ殺しは、間接的にアネリの身を危なくする可能性がある。それに、警察がミッシェルの恋人、パトリクに事情聴取をすれば、簡単に三人の女が結びつけられるだろう。警察がデニスとジャズミンを捕まえれば、わたしの〝安全な時間〟などすぐに終わってしまうのだ。

アネリは時計に目をやった。次の仕事が始まるまでの十日分の扶助を申請にやってきた、謙虚な求職者へのアドバイスを終えたばかりだった。あと数分したらそれとはまったく反対の人間、五日ごとに新たな扶助の申請をしにやってくる女、それも驚くことに毎回きっちり千五百クローネを要求する女がやってくる。とはいえ、アネリにはそれを許可する権限などなく、いまやもっと重要なことで頭がいっぱいだった。クラブ強盗事件とビアナ殺害事件の結末が予想もつかない方向へ動いている。ここは自分でなんとかするしかない。

このふたつの事件は命取りになりかねない。自分の手で、それぞれの事件に決着をつけよう。デニスとジャズミンには消えてもらうしかないだろう。

ただし、今回は車を凶器に使うわけにはいかない。ふたりとも車には細心の注意を払っているだろうから、近づく機会はほとんどないと思ったほうがいい。となれば、拳銃を手に入れなくては。うまくいけば、警察は仲間内の抗争という線で捜査するだろう。最近、コペンハーゲンの郊外で銃撃事件が相次いでなかったか？　万一計画が失敗しても、いざとなれば、その拳銃で痛みもなくさっさと自殺することもできるかもしれない。

アネリは立ち上がると、待合室に入り、そこで待っている人たちに詫びて、面談の約束をキャンセルした。特に千五百クローネ女は気分を害したようだったが、気にしなかった。

「自殺を考えているという人から電話がかかってるん

です」とだけ言うと、アネリは踵《きびす》を返し、ドアを後ろ手にバタンと閉めた。一分ほどで、銃を手に入れるのにうってつけの求職者を見つけだした。ソマリア出身のアミンという男性で、今週半ばに来る予定になっていた。彼はどんどん増えていく家族とともにヴェスタブローに住んでいて、同郷人の多くと同様に、少しでも有利に生活保護を受けるための方法を探していた。

アミンは銃器不法所持、窃盗、ハシシの売買に関わった罪で、これまでに二度刑務所に入っている。ただし暴力的なところはなく、常に体じゅうから生きる喜びがあふれていた。アネリの前ではいつも、彼女が認可したおかげで得られるつましい扶助について感謝の念を表していた。

アネリがアミンのもとに行くと、彼はちょうど昼食を終えたばかりのようだった。銃が欲しいと言うと、使い古しのリボルバーを二挺、テーブルに置き、好きなほうを選ばせてくれた。アネリは新しいモデルを選んだ。操作は簡単そうだった。銃弾をひと箱サービスしてくれた。お望みのサイレンサーを装備してなくて申し訳ないと言いながら、サイレンサーなしでもなんとかできるコツを教えてくれた。店のなかで安全装置の解除方法や薬莢《やっきょう》のはずし方、クリーニングの仕方を簡単に教えてもらったあと、アネリはアミンに現金六千クローネのほかに、彼の家族に新品の衣類を支給することを約束した。さらに、職業適性検査の実施を延期してあげるつもりだった。そしてふたりは、今回の訪問は、あくまで衣服にこと欠いているという家族の深刻な状況をなんとかするため、と口裏を合わせることにした。

職場に戻ったアネリが、リボルバーをバッグにしまうとほぼ同時に、上司が〝危機的状況の手助け〟をしようと部屋に入ってきた。

「あなたがたったひとりで何もかもこなしていることに、今もわたしは驚いているのよ、アネ＝リーネ。お気の毒な病気のことだけを言ってるんじゃないの。あなた、この数日間に恐ろしい理由でふたりも面談者を失っているでしょう?」

彼女、今、〝危機的状況の手助け〟って言った?どこでサイレンサーを手に入れられるか、教えてほしいわ。それこそが本当に役立つ手助けだもの。

上司は、「職場全体でもわたし個人も、あなたをサポートしていくから」と言いながら出ていった。アネリは事務局に、残念だけど自分が不在にしていたときの書類を更新しなくてはならない、だから申し訳ないが、今日は求職者面接をすることができないと告げた。

それから数時間、アネリは誰にも邪魔されずにネットサーフィンに励み、ギャングの抗争で発生した死亡事件を報じた記事を片っ端から読みあさった。話は単純だった。犠牲者をきっちり選びだしたら、ギャングたちの慣例に従って実行すればいい。ただし、ギャングならギャングらしい方法で殺害する必要がある。デニスとジャズミンの場合には、できるだけ早く家のなかに押し入り、さっさとことをすませて、できるだけ早く出ていくことが重要だ。それぞれの首筋に一発撃ちこみ、最終的にリボルバーを海に捨てる。それだけだ。

サイレンサーがついていないという問題はそう簡単に解決できなかったが、それに関してもネット上にいろいろなヒントが掲載されていた。

ヴィーバ通りは小さくて魅力的な市営住宅が目立つところで、この通りには以前、労働者の家族二、三世帯が共同で住んでいた。コペンハーゲンの中心部からルングビュー通りと北シェラン島へ向かう道路は交通量が多く、決して理想的な立地ではない。市営住宅も部屋は狭く、階段は急で使いにくいというのに、中間層のあいだで突然人気に火がついた。需要はこの十年間伸びる一方で、それに応じて家賃も上がっていた。

そのうちのひとつ、大気汚染で緑青《ろくしょう》の吹いた建物で、イギリスの鉱山労働者が住んでいた長屋に似ていなくもない場所で、アネリはこれまでの人生の半分を過ごしてきた。それも、湿っぽい屋根裏部分の、二階の半分の面積のところで。一階に住んでいる大家はほとんど見かけたことがなかった。大家は機械技師だったが熱帯地方への旅行が大好きで、家の手入れに一クローネも費やさないという欠点があった。家がだめになっていることをまったく理解していないのだ。

大家がまた一週間の旅行に出かけたとき、アネリは留守を預かるため、彼から部屋の鍵を渡された。まさに絶好のチャンスだった。アネリは帰宅するとすぐに、大家の家のリビングをあちこち探ってみた。すると、リビングには大小さまざまな箱や、やたら長い金属製の棚があり、そこにモーターやら機械やらにねじ留めするのだと思われるいろいろな部品が置いてあった。これなら、オイルフィルターもあるはずだ。ネットには、オイルフィルターはサイレンサーとしてうってつけと書いてあった。前方に穴があいていないが、リボルバーにかぶせて引き金を引けば、発射された弾が穴をあけてくれる。少なくともネットの動画では問題なく発射されていた。

それから、アネリはスティーンルーセまで自分のフォードを走らせた。いつもの駐車場に車を停めて、女たちの住まいを見張ろう。彼女たちが家にいる気配があったら、すぐに呼び鈴を鳴らして家のなかに押し入り、あっさり片づけるのだ。

38

二〇一六年五月三十日、月曜日

カールとアサドの前に座っている女性は、破滅しそうになっているというより、数日間で破滅してしまったように見える。

そこらじゅう、タバコと酒のひどいにおいでむせ返りそうだ。酒を飲まない時間が少しでもあるとすれば、そのあいだはタバコを吸いまくっているのだろう。

「彼女、どうしちゃったんでしょう？」アサドがささやいた。しかし、カールはこれまでもっとひどい現場にさんざん立ち会ってきた。事情聴取に応じてくれただけましだ。

「代用教員としてお嬢さんのクラスを教えていたステファニー・ゴンダスンについて、思い出せないとおっしゃいましたね。われわれの知るかぎり、あなたがたは何年か前に対立されていたようですが。保護者面談の際に、あなたが腹を立てて喧嘩になったと聞いています。そのことについて、覚えていませんか？」

ぼうっとした様子でビアギト・ツィマーマンは頭を振った。

「われわれが話しているのは、ウストラ・アンレーグで殺害されたボルマンス・フリースコーレの女性教師のことです。私の以前の上司が、二〇〇四年にこの事件についてあなたにお話をうかがっていると思います」

するとビアギトは人差し指を突き立て、うなずいた。ようやく記憶が戻ってきたということだろうか。

「なぜ面談に行ったのか、覚えていますか？　あなたとゴンダスンとのあいだで、何があったのです？」

酩酊状態のビアギトは、また頭を振り、人差し指を突き立てた。「あなたがどうしたいのか、わかってるわよ。わたしのことを馬鹿だって言いたいんでしょ？でもね、言っておくけど、事情を知りたいなら、わたしに聞くより母に訊いたほうがいいわ」

「それは無理ですよ。お母様はお亡くなりになってますから」

「ああ……ああ、そうだわ。すっかり忘れてた。じゃあ、娘に訊いたらいいじゃないの。娘に訊いてよ、誰が母を殺したのかって」

「どういう意味ですか？　デニスがあなたのお母様を殺したとおっしゃりたいのですか？」

「ハハハ、もう一度言ってみて」ビアギトは大声で笑ってから、喉をぜいぜい言わせた。「あなた、わたしのこと、完全にイカれてるって思ってんでしょ？　でもね、あなたが言ったこと、わたしは言ってませんからね。そっちが言いだしたんですからね」

「私からもお話しさせていただいてもよろしいですか？」アサドが丁寧に相手の言葉を遮った。ノーと言われたら口を閉じるとでも言うように。

ビアギトは、アサドがそこにいるのに初めて気づいたかのように、困惑の表情を見せた。どこで会った人なのか記憶をたどっているようだ。

「お嬢さんはあなたのお母様とあまりいい関係にはなかったという話を聞きましたが、本当ですか？」

彼女は軽く笑った。「あらあ、遠回しな言い方ねえ。わたしから言わせれば、ふたりは憎しみ合ってたわ」

アサドはビアギトから目を逸らすまいと、じっと見据えた。「なぜ憎しみ合っていたんでしょう、ツィマーマンさん？　もしかしてデニスが急に家族に背を向けるようになったから？　彼女はステファニー・ゴンダスンからどんな影響を受けたのでしょう？」

もちろんアサドは相手の反応を待っていた。それが彼のやり方だ。しかし、相手は一瞬、息を止めたと思ったら、ケタケタと下品な高笑いを始めた。「じゃあ、そういうことにしておきましょうよ、小さなチョコレートマンさん」。それから、ぼそりと付け加えた。「たいした推理じゃないの」

それきり、ビアギトはソファに仰向けになり、完全にカールたちを無視した。

今日のところは、これ以上訊いても意味がないだろう。

「私たち、彼女の神経をひどく逆撫でしてしまったみたいですね、カール」警察本部に戻る道すがら、アサドが言った。

おい、〝私たち〟ってどういうことだよ？

カールは守衛室にいる当直の警官たちにうなずいてみせた。「きみたちの顔を見ればわかる。どうせ、上のラース・ビャアンのところへ行けっていうんだろ？」

警官たちはにやりと笑って首を振った。「いいえ、今回は警察本部長の部屋へ行ってください」

カールは相棒の顔を見た。「アサド、ともかく、この件は最後までやり通すということでいいな？」

アサドがうなずいた。

「おまえとゴードンは、ツィマーマン一家の件に集中してくれ。いいか？　マークスにも一家について調べるよう頼んであるから、彼と分担するんだ。特に調べてほしいのは、デニスの父親が誰かということだ。父親はどうなったのか？　デニスはボルマンス・フリースコーレにどのくらい通っていたのか？　ビアギト・ツィマーマンとステファニー・ゴンダスンの面談に同席していた担任はどこにいるのか？　リーモア・ツィマーマンの住まいのなかで値打ちのあるものは何か？要するに、この奇妙な家族の実像に迫る助けになるようなものすべてだ。それからもうひとつ。デニス・ツィマーマンを見つけろ。たとえ、はるばるスレーイルセに行くことになってもだ」

警察本部長の部屋にいたのは本部長だけではなかった。ガラステーブルの後ろに、マークス・ヤコプスンが腰かけている。マークスは、本部長の趣味である三本脚の革張り肘掛け椅子に座っていたが、親しみのこもった目でカールにうなずいてみせた。

「かけたまえ」

奇妙な気分だった。長いあいだ警察本部で働いているが、最高権力者のところで椅子に座るなんて初めてだ。壁には歴代本部長の肖像画が掛けられ、カールを見下ろしている。

「すぐに本題に入ろう、カール・マーク」本部長が話を続ける。「きみの部署の事件解決率に関して、誤った報告を受けたことを遺憾に思う。誠に残念な誤解だった。すでに数字は修正されている。したがって、きみの部署にはもちろんこれまでどおり仕事を続けてほしい」カールに向かってうなずく。「それから、『ステーション3』のテレビクルーに対して、より前向きな協力を頼みたい。レポーターが今日はこのあときみたちに同行する。どうか、彼らがきちんとした仕事ができるよう、いい素材を提供してほしい」

カールはうなずいた。そうしてやるさ。

「マークス・ヤコプスンから聞いたが、きみたちの部署は昔のゴンダスン事件とリーモア・ツィマーマン殺害事件とにつながりがあることを突きとめたとか？」

カールはむっとした視線をマークスに投げかけたが、相手はまあまあとなだめるように続けた。

「そもそも、その事件はラース・ビャアンの部署が担当しているはずで、彼が事件の解決をきみに委ねるかどうかは疑問だ。だが、現在彼の部署は轢き逃げ事件で手一杯で、誰にどの事件を振るかは、そもそもこのわたしが決めることだ。したがって、正式にこのふたつの事件をきみに任せたいのだが、カール」

法務委員会に捏造《ねつぞう》した数字を上げられた復讐をこんな形でできるとは！　しかも、作戦の指揮者自らが、俺の横で作戦変更を宣言している。

カールはマークスに目で礼を言った。

「テレビクルーに、どのやってふたつの事件のつながりを突きとめたのか、丁寧に説明してほしい。それから、彼らにいい映像を撮らせてやってくれ。放映されたときに、われわれもうちの捜査チームの効率のよい仕事ぶりを見ることができるように。最後にもうひとつ。マークス・ヤコプスンが、警察本部の外部スタッフとしてアドバイザーを務めることを了承した。必要に応じて彼の経験に頼ることができれば、間違いなく大きなメリットがあるだろう」

カールはマークスに向かってうなずいた。こりゃいい知らせだ。ところが、マークスはカールに何か言えとさかんに身振りで示してくる。マークスが何を意図しているのか、カールはすぐにはぴんとこなかったが、彼が本部長のほうへ目立たぬように何度かうなずいてみせたあとで、ようやく言わんとしていることがわかった。本部長に借りを返してないだろう、というのだ。

カールは咳払いをした。「はい、ありがとうございます。ゴンダスン事件とツィマーマン事件を解決に導けるよう全力を尽くします。それから、先日の会議室での私の非礼をお詫びいたします、本部長。言うまでもありませんが、あのようなことは二度といたしません」

警察本部の最高権力者の顔に笑みが浮かぶという、めったにない光景をカールは目にした。

ともかく、これで貸し借りなしだ。

なんて痛快な気分なんだ！　ラース・ビャアンの部屋の横を通りながらカールは思った。復讐とは、甘美なだけでなく神々《こうごう》しい気持ちにもさせてくれるものなんだな。

リスとサーアンスン女史に会うと、カールはふたりの間接的な協力への礼をこめて大きくうなずいた。そのままにやにやしながら歩いていたら、モーナとぶつかりそうになった。五十センチも離れていない距離でふたりは向かい合って立ち尽くした。モーナはひどく疲れている様子だった。

「ローセのことで進展はあった？」モーナは丁寧に尋ねたが、頭のなかではほかのことを考えているようだ。またも、何かに心を痛めていることが全身から見てとれる。透き通るような肌がとても弱々しく感じられた。モーナはまるで、カールとの関係において何度もチャンスを逃してきたことを悲しんでいるようだった。

「モーナ、大丈夫か？」カールはとっさにそう尋ねた。彼女がすすり泣きながら自分の胸に飛びこんできて、別れてから過ごした一秒一秒がどれだけ悲しかったかを訴えてくることを期待した。

「ええ、ありがとう」モーナは短く答えた。「上のラウアスンの食堂で蟹《かに》を食べなければよかった。蟹を食べると、決まって具合が悪くなるのよ」

そう言うと、モーナは自分の部屋に向かっていった。あとには笑みを凍りつかせたカールが残された。

「お嬢さんが重い病気なのよ、カール」リスが言った。「モーナはそれで今、本当に大変なの」

39

二〇一六年五月三十日、月曜日

テレビクルーはすでに二台のカメラをスタンバイさせていた。小さな赤いランプを光らせたカメラが廊下の中央で、地下に下りてくるカールをとらえた。カールの部屋にもカメラが一台立っていて、デスクの脇にはオーラフ・ボーウ＝ピーダスンと音声技術者とカメラマンがハゲタカのように待ちかまえていた。

「カール・マーク警部補は非常にお忙しい方です」カールが部屋に入ったとたん、ボーウ＝ピーダスンが猛然と語りはじめた。「にもかかわらず、われわれ『ステーション3』は、その舞台裏に数日間密着し、警察がわれわれの社会をより安全な場所にすべくどのような活動をしているのか、取材することを許されました」

ボーウ＝ピーダスンがカメラマンに向かってうなずくと、カメラマンは三脚に駆け寄ってそこからカメラをはずした。

「世の中では毎日のように恐ろしいことが起こり、罪のない人々の生活が破壊されています」

全員が罪のない人間ってわけじゃないぞ、とカールは思い、自分とその不機嫌な表情が、回っているカメラにとらえられない位置に移動しようとした。

「故意に事故を引き起こした轢き逃げ犯が逃げています。その事件では若い女性が命を落としています。こんなことはやめさせなくてはなりません。われわれ『ステーション3』は、報道機関としてその責任を果たしたいと思っています。カール・マーク警部補は袋小路に陥っているようです。その袋小路から彼を救えるのは視聴者のみなさんかもしれません」

ここの誰かが袋小路に陥っているとすれば、それはあんただよ、この馬鹿ったれが。しっかり予習をしていれば、この事件がそもそも俺たちの担当ではないとわかっただろうに。カールはさも賛意を示すようにうなずきながら、殺人捜査課課長と本部長を少々いらつかせるのにぴったりのいい考えを思いついた。

「そうです」カールは神妙に答えた。「市民のみなさんはわれわれの最大のパートナーです。いつもと違う状況や出来事にみなさんが目を留め、目撃情報を寄せてくださるからこそ、われわれは仕事ができるのです」

そこで、カールはカメラを直視した。

「ですが、警察内部の構造のために、われわれはほかの部署が管轄している事件には携わることができません。特捜部Qは積極的に行動を起こすことができないのです」

「この轢き逃げ事件は別の部署が担当しているということですか？」

「そうです。われわれ特捜部Qは残念ながら手が出せない状況です。たとえ、事件に対する新たな見方を提起できるかもしれないとしても」

「縦割り社会で融通がきかないということでしょうか？　警察もそうなんですか？」

カールはうなずくことで暗に答えた。本部長が望んでいたとおり、テレビクルーは慎重に検討すべきネタをついに手に入れたようだ。オーラフ・ボーウ＝ピーダスンはさっそく食いついてきた。

「つまり、あなたがたは故意と思われる最近の死亡事故と轢き逃げ事件に関し、身動きがとれない状況にあるということですか？　正しいでしょうか？」

〝故意と思われる最近の死亡事故〟？　なんの話をしているんだ？

「少々お待ちください」カールは話を遮った。「助手を呼んでこなくてはいけません。この収録は信頼すべきものでなくてはいけないのですよね？　ふだんは、前日の捜査内容を検討する場には彼らがいるべきなので」

ゴードンとアサドは戦略室にいた。一連のくだらない騒ぎをよそに、ふたりは話し合いに熱中している。

「本部長のところはどうでした？」アサドが尋ねた。

カールはうなずいた。「ばっちりだ、ありがとう。ところで、何が起きてるんだ？　また轢き逃げで誰か死んだのか？」

「それはまだわからないんです」とゴードン。「今までの轢き逃げ事件とはどこか違うんですよ。今回はどちらかというと、悲運な事故のようにも見えます」

「簡単に言ってくれ。向こうにいるハゲタカどもときたらそりゃあもう……」

「そしてここが、特捜部Qの戦略室です」開いたドアからいきなりそういう声が響いたので、カールは椅子から転がり落ちそうになった。振り返るとオーラフ・ボーウ＝ピーダスンがハンディカメラを手に、カールとまっすぐに向き合っていた。「この部屋で事件について議論され、点と線が結び合わされ、事件解決に向けて日々努力が重ねられているわけです。向こうのボードに、現在捜査中の事件が掲示されているようです」そう言うと、ボーウ＝ピーダスンは、カールの鼻先にマイクを突きつけた。「カール・マークさん、ここにあるものについて、簡単にご説明いただけますか？」

「悪いが」そう言うと、カールはできるだけ掲示板を覆うように胸を張り、手を広げた。何があってもツィマーマン事件について特捜部Qがどこまでわかっているのか、三階の連中の目に留まるようなことがあってはならない。とんでもないトラブルになるのは明らかだ。「現在進行中の捜査に関しては、その詳細を明かすわけにはいきませんので」

「もちろんです」オーラフ・ボーウ＝ピーダスンはうなずいたものの、無理にその様子をカメラに収めようとした。「私たちは先ほど、故意に引き起こされた死亡事故と轢き逃げ事件について話しましたね。まず四日前に、ミッシェル・ハンスンがスティーンルーセで殺されました——罪のないふたりの小学生の目の前で。その前に、センタ・バーガーが似たような状況で殺され、昨日はアマー・ブレヴァードでベアタ・リンです。これに関して何かコメントはありませんか？　特捜部Qとしては、現段階でこうした恐ろしい事件とほかの事件とを結びつけることはできますか？」

「うーん」ゴードンが口を挟んだ。「ふたつの事件とは違って、ベアタ・リンが故意に轢き殺されたのかどうか、まだわかっていません。そういう場合、共通点があると認めるには、ブレーキ痕の存在やタイヤ痕が同じだとか、ゴムの素材が同じだとか、そういうことが認められないといけないんです」

カールはゴードンを苦々しい顔でにらんだ。そんなに真剣に話す必要なんかないぞ。

「ブレーキ痕があるにせよ、ないにせよ」カールが割りこんだ。「どの事故からも、連続殺人犯が野放しになっているのは明らかです。それと、われわれはこれまで報道規制を敷いてきましたが、そろそろ報道機関が詳しい内容を手にするときが来たと思います。ただし、それは広報課の仕事で、イェーヌス・ストールの仕事です。ですから、もう一度三階へ足を運んでいただければと思います」

オーラフ・ボーウ＝ピーダスンはつま先立ちになった。「それでも、私の長年の勘が、掲示板の轢き逃げ事件の横に、クラブ強盗事件についても何かが貼られているのが見えると言っています。これらの事件は相互に関係し、絡み合ってより大きなひとつの事件を形成しているのではないですか？」

カールは心のなかでため息をついた。なんだってあの事件を横に並べて貼ったんだ。「なんでも単純に、関連性はないなどと決めてかかることはできません。クラブの横で致命傷を負った若い女性、ビアナ・シグルザルドッティルは、ほかの犠牲者と同じように生活保護を受けており、彼女たちと年齢も近かった。では、彼女たちは知り合いだったのか？　彼女たちのあいだにつながりがあったのか？　ひょっとして一緒に何かをしていたりしないか？　われわれはこうした問いを立てています。しかし、場合によっては『ステーション3』の視聴者のみなさんも一役買うことができるでしょう。ともかく、今は広報課で、さらなる話を聞いてください。もしかしたらそこで、警察機構の内部であるからこそ、いっそう自由に部署や事件を越えて仕事はできないという、政治的な面を見ることになるかもしれませんよ」

テレビクルーが撤収したあと、カールは当然のご褒美に一杯のコーヒーを部屋に持ちこみ、大いに笑ってやった。俺が連中に適当にしてやった話ときたら！　ビャアンも本部長もまったく想定しなかっただろう。恩を仇で返したと言うやつもいるだろうが、目的は達成された。テレビの連中を広報課に追いやることで、俺は解放されたのだ。

そのとき、廊下が何やら騒がしくなったかと思うと、ゴードンとアサドが先を争ってドアから入ってきた。

ゴードンが息を切らしている。「カール、鑑識が、ミッシェル・ハンスンを最初に撥ねた赤いプジョーが、センタ・バーガーの事故も引き起こしたと結論づけたんです！　いくつか証拠があります。フロント部分とバンパーについた髪の毛や血とか……」

アサドが横に立ち、ゴードンの言葉を遮った。「すべてが頭のなかでメリーゴーラウンドみたいに回りまくっていますよ、カール。私には……」

「ミッシェル・ハンスンはクラブでの強盗事件に確実

に関わってます」ゴードンがアサドの声を打ち消した。

「ミッシェル・ハンスンの恋人、パトリック・ピーダソンに尋問した同僚のひとりに話を聞いたんですが、パトリクは断じて強盗とは関係がないと言ったそうです。彼は素直に捜査への協力に応じています。ですが、パスゴーはそれに満足せず、今、三回目の尋問をしているところです。パスゴーたちはさらに詳細な情報を引き出せないかと、彼を質問攻めにしています。それで思ったんですが、今度パスゴーたちがパトリクを解放したら、パトリクをひっとらえてこの地下に連れてくるというのはどうでしょう？」

ひっとらえる？ なんて大胆な言葉がこのゴードンの口から出たんだ！ カールは面食らった。だが、それでパスゴーのやつをいらつかせることができるなら、やらない手はないだろう。

「あの、ちょっといいですか？」アサドが口を挟む。

「カール、さっき私に山のように質問をしましたよね。それについて答えさせてもらえればと思います」

カールはうなずいた。なんだ？ このふたり、張り合ってんのか？

アサドはメモ帳に目を落とした。「ビアギト・ツィマーマンがいつ結婚したのか知りたいって言ってましたよね。つまり、デニス・ツィマーマンの父親のことだと思いますが」

「そうだ。ほかにも男がいたのか？」

「いたんです。一九八四年に彼女は十八歳でユーゴスラビア人の出稼ぎ労働者と結婚し、三カ月後に離婚しています。一九八七年に再婚しましたが、相手は元アメリカ軍の大尉で、当時、その男はコペンハーゲンでバーを経営していました。同じ年に彼女はデニスを妊娠し、一九八八年に出産。娘は、洗礼のときはドリトという名で苗字はフランクでした。そのアメリカ人、正確にはジェームズ・レスター・フランクは、一九五八年にミネソタ州のダルースに生まれました。彼がデニスの父親です。一九九五年以降、彼はデンマークで税金を支払っていません。ですから、アメリカに帰ったのではないかと思います。お望みなら、さらに続けますが」

アサドはやる気満々だった。

「ありがとう。マークスにバトンを渡したらどうかな。その男は彼がきっと探しだしてくれるだろう」

「それからふたつ目の質問についてです。デニスはレズオウアの学校に通いましたが、三年生のときにボルマンス・フリースコーレに転入しています。そのまま通いつづけ、九年生を終えて二〇〇四年六月に卒業しています」

「ステファニー・ゴンダスンの殺害から数週間後。そうだろ?」

アサドがうなずく。「そうです。そして、その数カ月前にステファニー・ゴンダスンとともにデニスの母親と問題の面談をした担任の女性教師は、今も同じ学校に勤めています。言い争いに終わったその面談のことも、デニスの母親のことも覚えていないそうです。ただ、ステファニー・ゴンダスンが試験期間の真っ最中に殺され、それが大きなストレスになったことはよく覚えていました」

「試験期間の真っ最中だったからか?」

「そうなんです。彼女は、ゴンダスンの代理として卒業試験で試験官を務めなくてはならなかったんです。彼女から話を聞くかぎり、彼女はゴンダスンが死んだことを悲しんでいるようには思えませんでした」

「冷たいですよね」ゴードンがコメントする。

アサドもうなずく。「そう、まるでブロピェアの魔女みたいです」

「それを言うならブロッケン山だろ、アサド」カールが間違いを正す。「ブロピェアは北海側で、ブロッケン山はドイツの真ん中にある」

アサドは苦虫を嚙みつぶしたような顔でカールを見

た。まあそれはともかく、アサドの言っていることは正しいようだ。

「税務署と遺産裁判所に話を聞こうとしたんですが、とことん非協力的でした。でも、リスが手伝ってくれました。彼女は本当に要綱がいいです」

「要綱？　おまえが言いたいのは、要領がいいだろ、アサド？」

するとアサドの褐色の顔が、うっすらと赤くなった。

「そうやっていつもいつも〝話の腰の骨〟を折るの、やめてくれませんか、カール」

カールはうなずいた。「オーケー、もう〝話の腰〟を折らない。そう言いたかったんだよな、アサド」

余計なひとことだった。「またですか、カール！」アサドは激昂《げっこう》していた。「私はこれまでもう何年も何年も我慢してきました。でも、今日からは、そうやってひっきりなしに訂正するのはやめてください！」

カールは額に皺を寄せた。俺はそんなにしょっちゅう、こいつの間違いを直してきたか？　違うと言ってやろうと思ったが、ゴードンがアサドの肩を叩くのを見て黙ることにした。月曜からこいつら相手に反論する気になれん。

アサドは深く息を吐くと、再びメモに目を落とした。

「リスが調べてくれました。リーモア・ツィマーマンはヨウフク……」一瞬、間を置く。「裕福だったそうです」彼はカールを見た。カールはよしよしとうなずこうと思ったが、やめておいた。

「リーモアの銀行口座には六百万クローネ以上があり、そのことは以前、調べがついていましたが、そのほかに四百万クローネ分の有価証券、さらに持ち家が三軒あります。ひとつはボーワ通りにあります。それから、レズオウア。ここは夫が経営していた靴店の真上の部屋です。それから、スティーンルーセにも」

カールは称賛をこめて口笛を吹いた。「金持ちだったんだな、そう言うしかない。スティーンルーセに住まいがあると言ったな。そりゃ興味深い。ローセもスティーンルーセに住んでいる」

アサドがうなずいた。「そうなんです、カール」ゴードンに目線を向ける。「私がどんな事実に突き当ったか、きみはまだ知らないだろうね、ゴードン」

ゴードンは肩をすくめた。どんな特別な情報だというのか？

「信じてもらえようと、もらえまいと、ローセの隣人の名はツィマーマンという名です。正確に言うなら、リーモア・ツィマーマンです！」

40

二〇一六年五月三十日、月曜日

「この工場の人間は、全員おまえを嫌っているぞ、ローセ。いいか、全員だ。みんなおまえをあざ笑い、おまえの無能さを陰でこきおろしている。おまえはみんなの笑い者だ。だが、ここの人間は同時に心配もしているんだ。結局のところ、おまえみたいなやつと工場で働くのがどんなに危険なことか知っているからな。もっと頑張ったらどうだ。でないと危険なことになるぞ」

父親がメモを見て、いくつかのブルームに白いチョークで印をつけ、ニコチンで黄色くなった指でローセに指示を出していく。人を咎めるようにその指が動きだすと、そのあとどうなるかは、誰にもわからない。彼がキレるパターンは予測不可能だ。特に腹の立つことがないときでも、父親はローセをいじめ抜いてはサディスティックな喜びを感じるらしい。

もちろんローセは、父親の言うことがたいていは嘘か誇張でしかないとわかっていたが、それでも心はずたずたになった。いつ来るかわからない次の攻撃に備えるだけで、気力がすべて奪いとられた。

数日前、ローセはついにこの状態に終わりを告げなくてはならないと決心した。

「ほかの連中からこのことを聞かされる前に俺から聞けたことに感謝しろよ。この工場でおまえの味方は俺だけだ。ローセ、おまえは金を稼がなきゃならない。それもこれもひたすらおまえの母親のせいだ」父親は自分の言葉に陶酔しているようだった。しかし突然、声のトーンが下がり、石のように硬い表情に変わった。

「おまえを家でただ遊ばせていたのが高くついた。その貧弱な脳みそじゃ、もちろん理解できないだろうが」

そのあいだに磁石が次のブルームを持ち上げ、父親は二歩下がった。ローセが反抗的な表情をしているのに気づくと、父親の目は恐ろしいほどに光りだし、果てしなく大きく開く口のなかで、歯がむくむくと何メートルもの高さの巨石となる。次から次へとあふれ出てくる唾が急流となってローセを押し流そうとする。

「おまえの分の作業をこっちがやらなきゃならないんだ。そもそも上の管理部の連中はおまえがいかに使えないやつかを知っていたはずだがな。おまえがここで働くなんて最初からうまくいかなかったんだ。どうだ？　おまえはどう思う？　それに……」

ローセはポケットのなかで振動しているポケットベルのボタンを押して電源を切り、父親の口からほとばしり出る言葉の渦を必死でフェイドアウトさせていった。ローセは深呼吸すると、鬱積した憎しみとともに、いつか面と向かって投げつけてやろうと思っていた言葉を発した。

「このくそったれが、今すぐやめないと……」

すると、期待したとおり父親は口を閉じた。巨大化した歯も唾の洪水も消え、不愉快な顔に、今度は笑みが大きく広がった。娘がキレるというのが彼にとっていちばんの喜びだったのだ。ローセはそれを知っていた。娘がなんらかの反応を見せるということが、サディストである父親にとっては最高にうれしいことだった。

「それで？　やめないと、おまえはいったいどうするんだ？」

　幻覚がここまで達したとたん、ローセは現実に引き戻された。無意識に拘束から逃れようとすると、毎回こうなる。あの女たちに捕えられてからというもの、ずっとこの妄想にとり憑かれている。暗闇のなかに父親の言葉が響き渡り、爆発音のような轟音がプッシャー炉の向こうから襲いかかってくる。この三日間、それが繰り返されている。どんなに正気を保とうとしても、悪夢はどんどん広がっていった。プッシャー炉の向こう側で、圧延されたブルームを瞬時に冷却する水のシューシューッという音が聞こえる。〝あれ〟以来、この音には耐えられない。

「それで？　やめないとおまえはいったいどうするんだ？　何もできやしないだろう！」霧のなかで父親の巨大な口が歪んだ。

「おまえは絶対に何もできない！」黄色い人差し指が自分に突きつけられた。

　そして父親の嘲《あざけ》りに数秒間さらされていると、ポケットベルの振動をまた感じた。

　合図だった。あの瞬間、自分は勝利するはずだった。威嚇《いかく》するような父親の人差し指が突然こわばるのを見るという勝利の瞬間になるはずだった。ところが、その瞬間に上からブルームが落ちてきた。

磁石がブルームを離れたときに立てた音は、ほとんど覚えていない。耳に残っているのは、巨大な鋼の塊が父親を押しつぶし、骨一本一本を足から胸骨に至るまで粉砕する音だけだった。

まつげの上に汗が溜まっている。その汗の感触のおかげで、ローセはだんだんと正気を取り戻した。まばたきをしながら、自分がどこにいるのかを確認した。消耗が進み、体から生気が失われているのを感じる。

両脚が我慢できないほど痛かった。ごくわずかに震えただけでも、神経を針でつつかれているような痛みが広がっていく。足の甲からつま先にかけては、二日以上も感覚がなくなっていた。前腕と手も同じだった。もちろんローセは拘束から逃れようとした。自分の手を拘束し、壁の手すりにくくりつけているベルトから片手さえはずれれば、チャンスがあるはずだ。だが、どんなに頑張っても、ベルトがよけい手に食いこむだけだった。

この小さなバスルームで自分が凍えていることに気づいたとき、まずお腹をやられると思った。昔から、体が冷えるとお腹を下すのだ。サンザシの花が咲きほこるクランベンボーの鹿公園で、妹たちがピクニックがしたいと駄々をこねたときもそうだった。春もまだ早く、毛布一枚で地面に座るにはあまりにも寒すぎて、ローセはそのあと具合が悪くなった。もちろん父親は「もっと気合を入れろ」と脅した。ローセはこれ以上こらえきれなくなるというところまで我慢したが、結局、嘔吐《おうと》して下痢をした。そのために、翌日は学校を休まなくてはならなかったが、それももちろん父親には気に入らなかった。そして今、彼女は便器の上で何日も凍るような思いをしていた。幸運にも、ずっと食べていないので消化すべきものは何もない。それでもテープで締めつけられている脚のあいだから、何かがほとばしり出た。案の定、腹は焼けつくように痛かった。

女たちに口のテープを剝がしてさえもらえたら。どうしても下半身を拭いたくてたまらない。しかし、テープを剝がしてもらうことも、下半身を拭うことも、とうてい無理な話だとわかっていた。時折、何か飲み物を与えにやってくること以外は――それも思いついたらの話だ――彼女たちは何もしてくれない。ふたりのうちのタフなほう、あのデニスという女は、もうひとりがローセにストローで水を飲ませることを、しぶしぶ許していた。女たちは誰か別の女についても話をしていたが、なんの話なのかよくわからなかった。ローセは、ほとんどの時間を幻覚のなかで過ごし、自分の周りで起きていることをはっきりとつかめなかったからだ。

夜が訪れる少し前、いつものようにデニスが洗面台に用を足しにやってきた。そのとき、デニスは飲み物を与えるという目的以外で初めて、ローセの顔をまっすぐに見つめた。

「あたしたちがここで何をしているか、知りたい？」デニスは祖母のリーモアがそもそもいかにひどい人間だったかを語り、でも、幸いなことに彼女はもう死んだと話した。「だから、あたしたちがおばあちゃんの部屋を使うのは当然じゃない？」

おそらくデニスはローセがうなずくのを待っていたのだろうが、ローセがそうしなかったので表情を変えた。

「まさか、おばあちゃんがいい人だったなんて思ってるんじゃないよね？ ええ？ そうなの？」デニスが訊き返し、ローセは目を逸らした。「あの女は病原菌みたいな人間さ。あたしの人生をめちゃくちゃにしたの。そう思わない？ こっちを見なさいよ！」

デニスは真っ赤な口紅をつけ、輝くように白い歯をしている。しかし口元はローセの父親と同じように憎しみでいやらしく歪んでいた。この女は自分の祖母を殺したのだろうか? たしかに、世の中の事件の大多数は身内による犯行だ。ローセは、それを誰よりもよく知っていた。親が自分の子供を殺し、子供が自分の親や祖父母を殺す。

「あんた、聞いてんの?」

ローセは聞いていなかった。

明かりがついているあいだ、バスルームの様子を頭に焼きつけようと必死だったのだ。換気用のパイプのなかに送風機がついているが、明かりがついているときだけ作動するようだ。しかし、どっちみち、ここで世界は終わるのだ。この上にも階があれば、たとえどんなにわずかな確率だったとしても、泣き声がパイプを伝って上にも聞こえたかもしれない。でも、この建物に三階はない。そして、外と連絡をとる手段はほかにはなかった。

右手首を締めつけているベルトがわずかに緩んだような気がして、手に目をやろうとした。しかし、首を動かすことができない。だめだ。自力でなんとかできる状況ではない。デニスの同情心などもっと期待できなかった。

「おじいちゃんとオークションに出かけて、うっかり中国製の花瓶をひっくり返したときのことを話してあげようか。あたしたちが家に着いて、その花瓶が三万クローネしたと知ったとき、おばあちゃんがどれほど逆上したか。ママがどれほど一生懸命あたしをかばってくれたか」

ローセの意識はまた別のほうへ漂っていった。こういう話には過剰に反応してしまう。彼女は子供がひどい目に遭う映画を見ることができなかった。大人が自分の悪事を堂々と語るのを聞くのも嫌だった。ニコチンで黄色くなった男の指や髪を右分けしている男にも耐えられなかった。特に我慢ならないのは、子供をかばうことすらできない女たちだった。

そしてよりによって今、この馬鹿女は自分の過去をいろいろと思い出させてくれた。そんな話、聞きたくない！

そのとき、リビングのほうからもうひとりの女が呼ぶ声がした。何か知らせがあるのだろう。デニスは洗面台から飛び降り、使ったトイレットペーパーをそのまま床に捨てていった。ローセが待ちに待った瞬間だった。デニスは急ぐあまり、ドアを閉めるのを忘れていったのだ。

彼女たちにはわたしのことなどどうでもいいらしい。わたしにどんな話を聞かれようとかまわないと思っている。ローセは目を開けた。

ふたりはわたしをこのまま死なせようとしている。突如、それがわかった。この数週間で初めて、ローセは自分がすぐ死ぬことを望んでいないとわかった。

はっきりとはわからないが、どうやらテレビの音だ。それ以外、リビングからはしばらく何も聞こえてこなかった。

しかしテレビが消されると、集中すれば、ふたりの会話をなんとか聞き取れるようになった。特にジャズミンが少し大きな声でしゃべると、何を言っているかすべてわかった。

ひとつ確かなことは、ふたりとも、特にジャズミンのほうは神経をかなり高ぶらせているということだ。ふたりとも本気で不安を感じているようだった。

彼女たちを神経質にさせているのは、パトリクという名前の男のようだ。警察が彼の事情聴取を行なえば、ミッシェルとビアナとかいう女性を結びつけてしまうかもしれないという。このビアナという女のチンピラ仲間たちはすでに尋問を受けたようだ。ジャズミンがもう一度、〝殺された〟というミッシェルについて話している。

ローセは全身を耳にした。ジャズミンの声がやんだ。ローセの呼吸は深くなり、唾液の玉がストロー用の穴から呼吸に合わせて出たり引っこんだりしている。銃弾や死んだミッシェルのこと、警察やクラブで起きた事件の話が聞こえてくる。すると、デニスの言葉がはっきりと耳に飛びこんできた。

「新しいパスポートが必要よ、ジャズミン。あんたが手配して。そのあいだにあたしは、スヴェンスンの自宅へ行って侵入する。お金があればそれも持ち出す。なければ、スヴェンスンが帰ってくるまで待つよ」

リビングは再び静まり返った。ふたりは、何か思わぬ計画変更を強いられ、それについて話し合ったようだ。ともかく、ふたりは逃げようとしている。

そうなればローセはここに置き去りだ。誰からの助けも失って。自分では何もできないだろう。

ふたりは長いあいだ黙っていた。ようやくジャズミンが口を開いた。

「スヴェンスンはあなたを殺すわよ、デニス」

デニスは笑った。「まさか。あたしはこれを持っていくもの」何かを指差したようだった。

「手榴弾じゃないの！　どうやって使うか知ってるの？　しかも古すぎるんじゃない？」

「こんなの簡単だって。下のキャップをねじってはずす。なかに点火コードのついた小さな球があるから、それが落ちてくるようにして引っ張るんだ。四秒で爆発する」

「まさか使う気じゃないでしょ？」

再びデニスが笑った。「そんなことしたら、どんな騒ぎになると思う？　それにあたしは、これを人間に使うとどうなるか知ってる。おじいちゃんが写真を見せてくれたからね。すごいよ。あたしは拳銃を持っていく。弾はちゃんと装塡してある。これが使えることは実証済みでしょ？　ここにひとりでいるのが不安なら、手榴弾は自分用に取っておけば？」

「そうやってわたしを馬鹿にするのはやめてよ、デニス。一緒に行くわよ。ここにひとりでいる気なんてない」

　ジャズミンは何を恐れているのだろうか？　ローセは考えた。十分後にわたしがいきなり痩せて、拘束から逃れることができるとでも？　そうして突然、わたしが襲いかかって、彼女の首を切り落とすとでも？

　粘着テープに塞がれたまま、ローセはクックッと笑わずにはいられなかった。女たちがドアのところに立ち、自分を見つめているのに気づくまで、ローセは笑っていた。

　とっさにローセは、夢を見て寝言を言っているふりをした。

「あんたはここにいて、この女を監視してて」醒《さ》めた声でデニスが言う。「戻ってきたらすぐ、口もきけないようにしてやるから」

41

二〇一六年五月三十日、月曜日

　自分の部屋に戻ったアネリは、自分のバッグを廊下の隅に放り投げ、もどかしい思いで大家の部屋のドアを開けた。インターネット上には即席のサイレンサーとして使うことができるオイルフィルターのモデルが、少なくとも三十種類は紹介されていた。だが、どれも大きすぎる。探しているのは、半分の大きさのものだ。

　アネリは大家のリビングの蛍光灯を消し、部屋のなかを探った。機械技師の大家がどうしてめったに家にいないのかはすぐにわかった。床から天井に至るまで、棚のなかもすべて、アネリの目にはスクラップとしか思えないものがところ狭しと置かれているのだ。機械やモーターのスペア部品と思《おぼ》しき謎の物体でいっぱいだった。

リボルバーにうってつけのオイルフィルターは、ほかのフィルターに混ざって箱のいちばん下にあった。赤くて丸く、端には理想的な開口部があり、一回試しただけでリボルバーがきっちりと収まった。

アネリは自作の武器を数回、あちこちに向けて振り回し、どんな感触かを確かめてみた。どのくらい消音機能があるのか、実際に撃って試してみるべきだろうか？　そこで、パンヤだかなんだかでいっぱいに膨れあがった袋に狙いを定め、撃とうとした。その瞬間、上の自分の部屋でチャイムが鳴るのが聞こえた。

アネリは立ちすくんだ。《国境なき医師団》への募金は先ほどしたばかりだ。今度はいったいなんの寄付？　赤十字？　連続してそんなことってある？　普通は考えられない。

訪問者はあきらめなかった。呼び鈴の音に力がこもる。続いて、今度は大家の部屋の呼び鈴が鳴った。

もし本当に誰かが大家を訪ねて来たなら、その人物は今すぐに、ベネズエラかラオスか、とにかく彼が滞在しているところへの航空チケットを予約すべきだ。

アネリは玄関のドアスコープから様子をうかがった。ドアの前には下品なメイクをしたショートヘアの女性が、その格好にはまるで合っていないプリーツスカートをはいて立っていた。アネリはリボルバーをリビングのドアの横にある棚に置き、笑顔でドアを開けた。

アネリの笑みは浮かんだとたんにさっと消えた。戸口の敷居に立っていた女性は冷たい目でアネリの胸にピストルを向けたのだ。

身なりを変えていても、至近距離で見れば、誰が呼び鈴を鳴らしていたのかはっきりとわかった。「デニス……」やっとのことでアネリは言った。それ以上声を出せなかった。

無言のデニスに拳銃を腹に突きつけられ、アネリは後ろへよろけた。デニスは決意を固めているようだった。長年アネリが腹を立ててきた、不平不満と要求ばかりを並べたてる女とはまるで違う。

「あたしたち、あんたがミッシェルを殺したって知ってんのよ」デニスはいきなり切りだした。「残りの人生を獄中で過ごしたくなかったら、よく聞いて、アネ＝リーネ・スヴェンスン。いい？」

アネリは黙ってうなずいた。〝獄中〟とデニスは言った。ということは、わたしを殺しに来たわけじゃない。だったら、胸の内を悟られないように、平静を装えばいい。

「悪いけど、あなたがなんの話をしているのかわからないわ、デニス。それに、どうしてそんな格好をしてるの？　誰だかわからなかったじゃない。何かわたしが知っておかなきゃいけないことがある？　なんとかしてあなたの力に……？」

アネリは最後まで話せなかった。デニスが拳銃のグリップを思い切りアネリの顎に打ちつけたのだ。息が詰まって自分が言い過ぎたとわかった。叫びだしたい気持ちをこらえ、わけがわからないという表情を必死でつくった。しかしデニスはだまされない。

「何が目的なの？」今度は抑えた声で話してみた。

「ロトで大当たりしたでしょ？　事務所中の噂だったじゃないの。去年あんたがものすごく儲けたって。どこにお金を隠してんの？　まさか枕の下に置いてるなんて言わないよね。銀行に預けてるならオンラインであたしの口座に送金して。今すぐ、ここで」

アネリは息を呑んだ。あんな嘘が、こんなに長いこと経ってから自分を窮地に陥らせるなんて。こんな切羽詰まった状況でなければ、あれは嘘だと言って大笑いできたのに。

「残念だけど、デニス、その噂は間違ってる。ロトの大当たりなんてなかったのよ。わたしの口座残高を見せてもいい。がっかりするから。でも何があったの、デニス？　なんでこんなことをしてるの？　まったくあなたらしくない。その拳銃を下ろしてくれない？そうしたら、わたし今回のことは忘れ……」

顎の次は頬だった。昔、恋人に一度横っ面を張られたことがあったが、今回はそれよりずっと痛かった。アネリは頬を押さえた。

「そんなに難しいことじゃないだろ！」とデニスが吠えた。「銀行に預けてないなら、とっとと隠し場所から持ってきなよ！」

アネリはため息をつくと、ついにうなずいた。

「いいわ。ちょうどこの部屋にあるの」アネリは大家のリビングに通じるドアを押すと、一歩下がった。

「急なときのために、ここにいつも二千クローネ置いてあるの。まずはこれで」アネリはそう言いながら、素早い動きで棚からリボルバーを手に取ると、くるりと回転し、デニスの額に銃口を当て、引き金を引いた。

くぐもったポンという音とともに、デニスがばたりと倒れた。これでもう、この女に悩まされずにすむ。即席のサイレンサーは素晴らしく機能した。

42

二〇一六年五月三十日、月曜日

「サンデールパーケン団地にあるローセの部屋は、階段のすぐ隣でしたっけ?」

カールはアサドをじっと見てからうなずいた。それがどうしたっていうんだ?

「カール、知ってるでしょ? この地下でいつも砂糖を買ってくるのは私だって」

カールはわけがわからなかった。こいつはいったい、なんの話をしてるんだ?

「知ってるよ、アサド。それと、今日が長い一日だったことも。だが、いったいなんの話だ? おまえ、頭がどうかしたんじゃないのか?」

「そして私はコーヒーと、そのほか特捜部で使う細々としたものはなんでも買ってきています。そう言ってよければ。なぜ、私がそうするんだと思います?」

「それがおまえの仕事だからじゃないのか? なんで今そんなことを俺に話すんだ? 昇給させてほしいのか? もしそうなら、次からは俺が自分でスーパーに行くさ」

「わかってませんねえ、カール。でもあとになってみればわかるものですからね、そうでしょう? 第三者の目で見れば、当事者が気づかないことにも気づくことがある。その結果、いろいろなことに合点がいくこともあります」

アサドのやつ、今、「あとになってみればわかる」と言ったか? 昔のこいつなら「振り返れば賢くなる」なんて言い方をしていたはずだ。それに「合点がいく」なんて言い回し、今まで一度もこいつの口から聞いたことがないぞ。こいつのデンマーク語はなかなか進化したようだな。

「言ってることは正しいのかもしれないが、俺にはなんのことだかわからん」

「オーケー。簡単なことです。私はコーヒーやそのほかいろいろなものを買いにでかけます。なぜならローセがしないからです。たとえ、ローセが買いにいくと約束をしていてもです。だって彼女は忘れてしまうから。だから私が買いにいくんです」

「それで、おまえは何が言いたいんだ、アサド？　もう十分だろ。どうにかしてローセを捕まえてリーモア・ツィマーマンのことを訊かなきゃならん。ひょっとしたら彼女が隣人について何か知っていて、それが捜査の助けになるかもしれないんだから。特別な癖とか習慣とか」

アサドはやれやれというようにカールを眺めた。

「今からそれを話そうとしていたところです。ローセは特捜部Qのための買い物をあっさりと忘れてしまいます。私はそのことでしょっちゅう彼女をからかい、そんなふうで自分のための買い物は大丈夫なのかと尋ねたことがあります。すると彼女は、隣に親切な人が住んでる、ミルクでも砂糖でもシリアルでも、足りなくなったらいつでもその人に借りにいけるんだと説明してくれたんです」

カールは額に皺を寄せた。なるほど、そう話がつながるのか。

「ローセは階段のすぐ横に住んでいるので、お隣さんはリーモアだけです。彼女が何か足りなくなったときに借りにいっていたお隣さんとは、リーモア・ツィマーマンです。とても親切な人だとローセはよく言っていました。その人が殺された事件を私たちは捜査しているわけです」アサドは強くうなずきながら力をこめて言った。「ですから、ローセは彼女をよく知っているはずです。それも非常によく」

カールは額をこすると、少し考えたあと受話器に手を伸ばし、ローセが入院している病棟の電話番号を押した。

「ローセ・クヌスンさんとお話になりたいのですか？」当直の看護師がカールの言葉を繰り返す。「どなたかおうかがいしてもよろしいでしょうか？　関係者以外にはご案内ができないことになっておりまして」

「失礼しました。カール・マークです。思い出していただけましたでしょうか？　私と私の同僚は、ローセの親しい知人として彼女の妹から全権を委任されているのですが」

「ああ、そうでしたね。その節は。でも、残念ながらローセ・クヌスンさんはもうここにはいらっしゃいません。ご自分の意思で退院されました。それもすでに、あの……ちょっとお待ちください……」

カールの耳に、看護師がキーボードを操作している音が聞こえてきた。

「ああ、ありました。五月二十六日と書類に記入されています」

カールは聞き間違いかと思った。五月二十六日だって、四日も前じゃないか！　なぜそれを伝えてこないんだ？

「黙って彼女を出ていかせたんですか？」

「そういうわけではありません。むしろその逆です。彼女は自分の世界に引きこもっていましたが、同時にひどく攻撃的でもありました。とはいえ強制入院させるわけにはいかないので、出ていくかどうかは彼女がご自身で決めることです。ですが、医学的見地からは責任が持てません。彼女はじきにまたここに戻って来るでしょう。ローセのような患者さんは、たいていそうなるんです」

カールは気が滅入ったまま受話器を置いた。「ローセは木曜に病院を出ていったそうだ、アサド。本人みずからの意思で、四日前に、俺たちに何ひとつ言わずに。何かがおかしい」

アサドがぎょっとしてカールを見た。「それ、私が病院に電話しているときにローセがわめいていた日ですよ。彼女は今、どこにいるんですか？　訊きましたか？」

カールは首を振った。「看護師が知っているとは思えなかった」再び電話に手を伸ばし、今度はローセの携帯電話の番号を押す。

呼び出し音が二度鳴ったあと、留守番電話が応答した。「この電話は一時的に使われていません」

カールはアサドを見た。「一時的に使われていないだと？」そうつぶやくと、ドアのほうへ体を向けて、叫んだ。

「ゴードン！」

ゴードンもローセの妹たちも、ローセが退院していたと聞いて茫然《ぼうぜん》とした。こんなことは初めてだ。憂慮すべき事態だった。

妹たちは話し合った末、スペインにいる母親に電話をかけた。母親の話では、病院から連絡が来て、そのあとすぐにローセに電話をかけたが、それに対して本人からＳＭＳで返事があったという。

操作方法をいろいろと教えてもらい、母親はやっとのことでローセのＳＭＳを妹たちとカールの携帯電話に転送した。

カールはゴードンとアサドにもわかるようメッセージを読み上げた。

愛するお母さんへ。今マルメ行きの電車に乗ってます。電波が悪いからＳＭＳを送るわ。心配しないで、わたしは元気よ。今日、自分から病院を出てきたの。ブレーキンゲに住む仲のいい男友達が、よかったらうちに来てしばらくいていいよって。

素敵な家なの。そこにいれば少し元気になれるかも。家に帰ったらまた連絡する。
ローセ

「彼女、ブレーキンゲに仲のいい男友達がいるのか？」カールが尋ねる。

誰も知らなかった。

「このメッセージをどう思う？」

アサドの答えは銃口から発射されたように素早かった。

「ブレーキンゲに知り合いがいるなら、ボトルメールの事件の関係であなたがハッラブロに行ったときに、なぜ彼女の口からその話が出なかったんです？」

「その男友達は、あの事件のあとでブレーキンゲに引っ越したんじゃないですか？」ゴードンが言う。

カールは首を振った。「ともかく、これがローセの書く文だと思うか？『愛するお母さんへ』なんて書いているが、われわれはみな、彼女がどれだけ母親を憎んでいたかを知っている。母親が家を出たとき、ローセが母親のことをどう表現したか考えてみてくれ。『卑怯者！』こう書いたんだぞ。それで今、マルメに向かう電車のなかで、電波が悪いからってSMSを送るだと？　それから男友達の素敵な家とも書いている。『素敵な』だって？　よりにもよって、自分の家の美しさも秩序もまるでおかまいなしのローセがそんなこと書くか？」

「つまり、このSMSは母親を欺くためのものだと？」ゴードンが尋ねる。ときにはこいつの頭もゆっくりだが回ることがあるんだな。

カールは地下室の丸窓から外を眺め、天気を確かめた。目に見えるかぎり、太陽が降り注ぎ、青い空が広がっている。この分なら上着は必要ないだろう。

「来い」そう言うとカールは立ち上がった。「ローセの家に行くぞ」

するとゴードンが言った。「三十分延期できませんか？」心底困っている様子だ。「もうすぐお客さんが来るんです、忘れてませんか？」

「え？　誰だよ？」

「言ったじゃないですか。上のビャアンのところで尋問が終わったら、例のパトリク・ピーダソンをひっとらえてみるって。あなたのために僕はまだここにいるんですよ」

　カールが不機嫌になって自分のデスクの椅子に身を沈めると、ゴードンはやけに裾が広がったコートを着た男のスケッチをデスクの上に置いた。

「例の女性が誕生日にボーワ通りの歩道で見たという男を、似顔絵捜査官がこんなふうに描きました。リーモア・ツィマーマンが殺された日の話です」

　カールはスケッチを観察した。芸術的観点からすれば悪くない。線の伸びもよく、なかなかだ。しかし捜査的観点からするとまるで役に立たない。

「その女性が思い出せたのはこれで全部か？　コートを着た二本脚の男の後ろ姿ってだけじゃないか。こんなの、コートの襟を立ててぼんやりしている人間を適当に選んで、その後ろ姿を描いただけのことだ。だが、ありがとう、ゴードン。試してみる価値はあったよ」

　ゴードンがうなずいた。やれやれ、こんなもののために喧嘩したってしかたがない。

「あとひとつあるんです、カール」

「あとひとつ？」

「グリフェンフェルト通りのパーキングメーターのことなんです。上の殺人捜査課の天才捜査員、まあ僕たちはパスゴーと呼んでますが、彼がそもそもの発案者なんですが、最初の轢き逃げ車両をあそこに停めた人間は、おそらく駐車料金をコインで払っています。そこに手がかりがあるかもしれないというわけです。というのも、ＥａｓｙＰａｙやクレジットカードで支払っていれば、簡単に足がつきますからね。というわけで、パスゴーのチームは当該のパーキングメーターのコインを回収しました」

「指紋を求めてコインの精査をするっていうのか？」

ゴードンがうなずき、カールは爆笑せずにいられなくなった。

特別に鋭い勘を売りにしてるパスゴーが、そんなことで殺人犯にたどり着けると本気で思ってるのか？　ひっきりなしに誰かが指紋をつけているコインでか？　すべての指紋のなかから〝轢き逃げ車両の運転者〟の指紋だけを探しだせるとでもいうのだろうか？　こりゃお笑い草だ。

「ありがとう、ゴードン。おかげでいい一日になったぞ《ユー・メイド・マイ・デイ》」

ゴードンは気をよくしたようで、カールを真似て笑おうとした。

三階の人間はにっちもさっちもいかなくなっているようだ。ここは、プロらしい尋問で連中を少し助けてやるか。

ゴードンが尋問のために戦略室にパトリク・ピーダソンを連れてきた。カールは開いたドアからちらりと見たが、巨体だった。がっしりした上腕にはぐるりとタトゥーが施されている。それに比べれば、そこらの芸能人が入れているタトゥーなんぞお絵かきに見える。

カールはドアの外からゴードンに手で合図を送った。被疑者あるいは参考人を、ありとあらゆる写真が壁に貼り付けられている場所へ連れてくるなんて正気か、と小声でどやしつけた。しかし、ゴードンは心がまえができていた。

「掲示板はシーツで覆ってありますから安心してください、カール」

「シーツ？　どこからそんなもん持ってきたんだ？」

「アサドが夜ここに泊まるときに使っているやつから一枚拝借したんです」

カールは疑惑に満ちた目でアサドのほうを見やった。しかし、アサドはその件について深く話すつもりはないようだった。

カールは戦略室に入り、パトリク・ピーダソンの向かいに腰を下ろした。顔色が少し悪かったが、数時間も尋問を受けたあとならそういうこともあるだろう。だが、少し話をしただけで、パトリクはなかなか信頼できそうな若者という印象を受けた。アインシュタインのような脳みそには恵まれていないかもしれないが、こちらの質問にはすべて迅速に素直に答えてくれる。

「もう嫌というほど訊かれたと思いますが、パトリク、ここでも同じ質問をすることになります」

カールはゴードンに合図し、パトリクの前に三枚の写真を広げた。そこへアサドがやってきて、コーヒーをパトリクの前に置いた。

「これ、おまえのスペシャルコーヒーじゃないよな？」念のため、カールが訊く。

「違いますよ、ただのネスカフェゴールドです」本当か？　カールはそう言いたくなったが、かろうじてこらえ、写真を指差した。

「あなたの前にある写真の女性たちは、センタ・バーガー、ベアタ・リン、ミッシェル・ハンスンです。三人とも過去八日間に自動車事故で亡くなりましたが、いずれも轢いた運転者は逃げたままです。あなたはそれぞれの事故があった時間帯にご自身が何をしていたのか、証明できるそうですね。あなたは容疑者のひとりとはみなされていません。それはおわかりいただきたい」

コーヒーカップを口に運びながら、パトリクは感謝のまなざしでカールを見たように思えた。

「われわれのもとには、三人の女性を直接結びつける情報がまだありません。ただ、ミッシェル・ハンスンがほかのふたりの女性と知人関係ないしは交遊関係にあった可能性は否定できません。たとえそうだったとしても、このふたりとミッシェルは長い付き合いではなかったとあなたは思っている。長い付き合いならあなたがご存じのはずだから。そうですね？」

「はい」

「ミッシェルはいつも、あなたにはなんでも話していたんですか？」

「ええ、それは確かです。すべてオープンに話していました」

「にもかかわらず、あなたは事情聴取の際に、彼女の死の直前に別れることになったのは驚きだったと打ち明けていますね」

パトリクはうなだれた。「ええ、まあ、僕たちは喧嘩していたんです。彼女に福祉事務所に面談に行っていろいろなことをきちんとしてほしかったので。でもそのせいで彼女が家を出て……」

「いろいろなこととは、たとえば？」

「ミッシェルは自分の住所を偽っていましたが、僕は知りませんでした。彼女には、これまで不正に受け取っていた住宅補助金を分割で返済すると福祉事務所に約束してほしかったし、斡旋された仕事を受けてほしかったんです」

「でも、彼女はそうしなかった？」

彼は肩をすくめた。「そして、数日後に僕がドアマンをやっているクラブに来ました。それで僕に借りているお金を返したいと言ってきたんです。だからもちろん、彼女はほかのこともきちんと精算したんだと思っていました」

ほんの一瞬だったが、彼は悲しそうにミッシェルの写真を見つめた。

「彼女が恋しいですか？」アサドが尋ねる。

パトリクは驚いたようにアサドを見つめた。やさしく問いかけられたからかもしれないし、よりによってアサドのような人間から尋ねられたからかもしれない。

とにかく彼はうなずいた。

「僕たちはわかりあってると思ってました。それがあの忌々しいふたりの女が割りこんできて」

目の隅に何か光るものが見えたが、まばたきとともにさっと消えてしまった。パトリクはコーヒーをごくりと飲むと、カップを戻さずに手に持った。「ミッシェルが何に誘惑されたのかわかりません。でも、きっとよくない方向へ誘われていたんだと思います」

「どうして、そう思われるのですか?」

「クラブの防犯カメラの映像を見ました。上の殺人捜査課で見せてもらったんです。スカーフのせいで女たちの顔ははっきりとしませんでしたが、僕には誰だかわかりました。それと、警察が発見した自撮り写真を見せられたんです」

「よくわかりませんね。なんの自撮り写真ですか?」

「ミッシェルがそのふたりの女と撮った写真です。それを見たとき、病院で会った女たちだとわかりました。ミッシェルがこの写真を撮った場所も特定できていると言われました。運河沿いのガメル・ストランです。撮った日は五月十二日で、彼女が僕のもとを出ていく少し前です。ミッシェルはふたりと出会ったことについて、僕に何も話しませんでした。僕には言いたくなかったみたいです」

「ふたりの女性とは病院で会ったとおっしゃいましたが?」

「はい。ミッシェルが退院した日に待合室で。最初に彼女が轢かれたあとのことです」

カールは額に皺を寄せた。「ということは、ミッシェルは、強盗に入って、さらにビアナ・シグルザルドッティルを銃殺したかもしれない女たちと知り合いだったということですか?」

「そう思います」

「そうなると、これは私の推測ですが、ミッシェルはなんらかの形で共犯者となり、クラブであなたの気を逸らすという役割を引き受けていたことになります。

その点はどう思いますか？」

パトリクは一瞬顔を上げた。苦悩が見てとれた。現実に直面したのだ。いきなり彼はこぶしを握りしめると、驚くような動きでテーブルを押しのけ、わめきだした。それからものすごい勢いでシーツのかかった壁にコーヒーカップを投げつけた。仮留めしていたシーツが剝がれ、特捜部Qが現在取り組んでいる事件があらわになった。

普通なら、相手の感情の爆発にカールも瞬時に対応するところだが、パトリクは即座に謝罪した。

「本当にすみません。コーヒーカップは弁償します。それからあれも」彼は気まずそうにコーヒーで汚れたシーツを指差した。「最近いろいろあったものですから、少し動揺してしまって。ああ、あの写真にもコーヒーが。すみません、この……」

すると、彼は急に黙りこんで、思いがけないものをいきなり見たかのように眉根を寄せた。

「思うに……」ゴードンが何か言いかけたが、パトリクはすでにテーブルを回って掲示板をじっと見つめていた。

「またこの女だ」彼はそう言うと、ボルマンス・フリースコーレの拡大写真を指差した。「ちくしょう、ミッシェルの自撮り写真にいたのと同じ女ですよ。病院で会った女です。クラブの防犯カメラに映っていた女です。もちろんこの写真より歳はとっていますが、彼女です。間違いありません」

空飛ぶ円盤に乗ってやってきた宇宙人を見るかのように、三人は啞然としてパトリクを凝視した。

ひと騒動のあと、カールはパトリク・ピーダソンにアサドの部屋で待っていてくれと頼んだ。まずは新たにわかったことを整理する必要がある。そのあとでパトリクに訊きたいことが出てくるはずだ。

アサド、ゴードン、カールは三人とも言葉を失っていた。あっけにとられている三人の心情を、アサドが代表する。

「まだよく呑みこめません。捜査していた事件がいきなりすべてつながるなんて。轢き逃げ事故に遭ったミッシェルはデニスとクラブ強盗事件に関与していたもうひとりの女を知っている。デニスはステファニー・ゴンダスンを知っていて、当然ながら祖母のリーモア・ツィマーマンのことも知っている。ローセもリーモアと面識があり、それどころか彼女の隣に住んでいる」

カールは黙ったままアサドの言葉に耳を傾けていた。警察官としてのこれまでのキャリアでも前代未聞の事態だった。とんでもない話だ。

「ビャアンを連れてくるよりほかにありませんよ、カール。雷を落とされてもじっと我慢するしかありません。早いほうがいいです」とゴードンが言う。

カールはその様子を思い浮かべた。ビャアンから、訓戒処分という仕返しをされるのを待つことになりそうだ。三階の連中はひどく不機嫌になり、失望もするだろう。だが、もし俺たちがこの事件を捜査せず、掲示板に資料を集めてなかったらどうなっていた？

カールはふたりに向かってうなずくと、電話に手を伸ばし、リスに頼んで、ラース・ビャアンにすぐ地下に来るよう伝えてもらった。五つの別々の事件がすべてつながったのだ。これからどんな展開になるのだろう？　三人はそれぞれ考えこんだ。

ビャアンは地下にどすどすと下りてくると、ふんぞり返って掲示板の前に立った。すでに臨戦態勢に入っている。これぞビャアンだ。

カールはゴードンにパトリクを連れてくるよう合図した。タトゥー男がドアから入ってくると、ビャアンはカンカンになった。

「いったいどうして、ここで私の事件が捜査されているんだ？　轢き逃げ事件、クラブ強盗、そしてツィマーマン。いったいなぜ、特捜部Qで捜査されているんだ？　あのボーウ＝ピーダスンの馬鹿たれがしゃべってたのはこれか？　自分の耳が信じられなかったが」

ビャアンはカールに向き直ると、額のほんの十センチ先にナイフの刃先のように人差し指を突きつけた。

「完全に出過ぎた真似だぞ、カール・マーク！」

カールは隙を見て大胆にもビャアンの指先を額から押しのけ、とうとうとまくし立てる相手を遮ると、ゆっくりとパトリクのほうを向いた。「あなたが今ここで話したことをラース・ビャアン警部のために、短くまとめてくれませんか？」

ビャアンは両腕を大きく振った。「だめだ！　きみたちが彼に尋問するようなことは許さないぞ、カール。彼を送っていけ」

しかし、パトリクはすでに掲示板に近づき、クラスの写真を指差していた。「これがクラブにいた女です」

ビャアンが目を細め、写真をまじまじと見る。

「そうなんだ、ラース。ここに写っている少女がデニス・フランク・ツィマーマンで、その後ろに立っているのが、二〇〇四年に殺害されたステファニー・ゴンダスンだ。ここに掲示されている事件はどれも多かれ少なかれ互いに関係があるんだ」

そのあと、カールたちは、優に十分かけて、かわるがわる上司にすべての事件の関連性を細かく説明した。ようやくすべてを話し終えると、ビャアンは立ち上がり、ソドムとゴモラの塩の柱のごとく立ちすくんだ。

ビャアンは頑固ではあるものの、捜査員魂をしっかり持っている。まだ、よくわけがわからないようだったが、それでも、事件の解決の糸口が見えたことにほっとした顔になった。少し前のカールたちと同じだった。

「ラース、腰かけてコーヒーでも飲んで、今後どうするか、俺たちに話をさせてくれ」カールがアサドに目くばせすると、アサドはコーヒーの用意をしに出ていった。

「これらの事件はすべて互いに関連している」ビャアンはそう言うと、掲示板に目を走らせた。「しかし、ローセの件はどういうことだ？　彼女について、いったい何を調べる必要があるんだ？」

「リーモア・ツィマーマンは彼女の隣に住んでいたんだ。だが、ローセは現在病気休暇中だ。俺たちはこれからすぐ彼女の家に行って、ツィマーマンについてローセに尋ねようと思う」

「カール、ローセも一連の事件に関係しているのか？」

カールは額に皺を寄せた。「いや。さすがにそれを疑う要素はまったくない。彼女がツィマーマンと隣同士に住んでいたのはたんなる偶然だ。だが、優秀な捜査員の証言を使わない手があるか？」

「ローセに電話でこのことを話したのか？」

「いや、してない。彼女の携帯はすぐに留守番電話になってしまうんだ。充電が切れそうなんじゃないかと思う」

ビャアンは頭を振った。あまりにも多くのことが一度に起きている。

「マークスはすべて知ってるのか？」

「詳細はまだだ」

そのとき、パトリク・ピーダソンがカールの肩を叩いた。彼は完全に忘れ去られていた。

「もう帰ってもいいですか？　一日じゅうここにいたので。上司から言われたとおり車をきちんと手入れしておかないと、明日の朝とっちめられます」

「帰っていいですが、コペンハーゲンを出ないでください よ、いいですね？」とビャアンが言う。

パトリクがあきれた顔で言った。「最初はデンマークから出るなと言われ、今はコペンハーゲンにいろと。次はなんです？　家から出るなとでも？」

ビャアンは口元を歪めて笑うと、手を振って彼を追い出した。

パトリクが出ていくと、ビャアンはポケットから携帯電話を取り出した。「リス！　外に出ている人間以外、全員、地下に集まるよう言ってくれ。ああ、今だ。ああ、そうだ。もう遅い時間なのはわかっている。そうだ、地下のカールのところだ」

それからビャアンはカールを見据えた。「ふたつ訊きたいことがある。轢き逃げ事件の容疑者は挙がっているのか？」

カールは首を振った。

「それは残念だ。それと、デニス・ツィマーマンの居場所はつかめているのか？」

「それもまだだ。俺たちはこれまでその捜査に特に力を入れてきたわけじゃない。デニスの母親によれば、彼女は現在届けが出ている住所にはいない。スレーィルセの恋人のところにいるそうだ」

ビャアンは深いため息をついた。「地下のきみたちと一緒にこの事件をどうすればいいのか……。ともかく、私はトイレに行ってくる。そのあいだに考えをまとめることができるかもしれない」

カールは無精髭を掻くと、上司にコーヒーを持ってきたアサドにうなずいた。「ローセのところへ出かけるまであと一時間待たなきゃならん。三階のお馬鹿連中が捜査会議をしに地下にやってくるんだ」

「了解です。ほかには、カール？」ビャアンは爆発寸前でしたか？」

「やつが何を考えつくかは誰にもわからん」

アサドが笑うと、なぜだかわからないがゴードンも笑った。「たしかに彼はときどき手厳しいところがありますが、公平ですよ」

「公平？　どうしてだ、アサド？」

「だって、彼は誰に対しても厳しいですから」

43

二〇一六年五月三十日、月曜日

「あの、カール。空腹で死にそうなんです。スティーンルーセに行く途中でどこかに寄ってくれませんか？」アサドが言った。

カールはまさにその逆だった。ローセのことが頭のなかでぐるぐるしていて、食欲なんてあと回しという感じなのだ。

カールは車を出した。ラジオではちょうどニュース番組が始まったところだった。

「驚いたな。マスコミはデニスの捜索を大々的に始めたぞ！」これまでに、証人捜しがこんなふうに行なわれたことがあっただろうか？　テレビのニュース番組でも、ラジオでも、こぞって《情報提供のお願い》を流している。ラース・ビャアンと広報課長のイェーヌス・ストールが積極的に仕掛けているのだろう。運がよければ三つの事件が一気に解決する。

アサドの携帯電話が鳴った。「あなたにです」画面に目を落としたアサドがスピーカーフォンに切り替える。

「はい、カール・マークです」電話の向こうの人物はゲホゲホと咳をしている。

「すまんな、カール」ようやく声が聞こえてきた。「だが、タバコをやめてから咳が止まらないんだ」

マークス・ヤコプスンだった。

「先日話したとおり、さんざん苦労してようやくビアギト・ツィマーマンの夫を探しだし、興味深い情報をいくつか入手した。読み上げようか？」

明日まで待ってくれよ、とカールは思った。もう遅いし、こっちはエネルギーが切れそうなんだ。「今、市外に出るところなんですけど、始めてくださ い」それでも、カールはそう言った。

マークスが咳をしながら読み上げる。「ジェームズ・レスター・フランクは一九五八年にミネソタ州ダルースで生まれた。一九八七年にビアギト・ツィマーマンと結婚し、一年後にドリト・フランク・ツィマーマン、のちのデニスが生まれた。ふたりは一九九五年の秋に別居を始め、その数カ月後に離婚に至った。デニスの親権は母親が持っている。父親は同年にアメリカへ戻った」

カールは目をしばたたかせた。いつになったら興味深い情報とやらが出てくるんだ？

「アメリカに帰ってジェームズは再び軍に入隊した。何度かイラクに駐在し、そのあとアフガニスタンにも行っている。二〇〇二年にアフガニスタンで、彼の部隊から二名の戦死者が出た。その後彼は、行方不明となる。戦場で命を落としたのではないかという見方もあったが、将校がイスタンブールで彼を見かけたと証言した。それ以来、ジェームズは脱走兵として国際手配されている」

なかなか頭のいい男のようだ。逃亡より死を選びたい人間なんていないもんな。

「一カ月ほど前、マーク・ジョンソンという男が歩道で倒れ、ヘアリウの病院に運ばれた。肝機能の数値はとてつもなく高く、かなりの臓器が機能停止寸前の状態だった。アルコールで大きなダメージを受けていて、長くはもたないだろうというのが医師の率直な見解だった」

「マーク・ジョンソン？　それが例のトルコで目撃されたフランクだったんですか？」

「まあ、待て。もちろんマーク・ジョンソンは身元を尋ねられたのだが、答えられるような状態にはなかったので、警察の立ち会いが求められた」

「それだけの病人に対して、ひどいですね」アサドが口を挟んだ。

「ああ、たしかにそうだな。だが、診療記録をつける以上、誰を相手にしているのか知っておかなくてはならないんだ、アサド」

　カールは待てなかった。「で、そのあとどうなったんです？」

「男の体にはいくつかタトゥーが入っていたが、特に腕の下のほうにいわゆる《ミート・タグ》があった。それで身元が判明した」

「《ミート・タグ》？　なんですか、それ？」カールが尋ねる。

「認識票のようなものです。ただし、皮膚に彫るんです」アサドが説明する。

「そのとおりだ」マークスが引き継ぐ。「名前と苗字のほかに、ミドルネームがイニシャルで彫られていた。それで男の所属がアメリカ軍だとわかり、アメリカ国防総省のID番号、血液型、宗教が判明した。当時は多くの人間が前線に送られる前にタトゥーを入れさせられたんだ。その後、アメリカ軍ではタトゥーについての方針が変わったらしいので、今はどうなのかわからないが。戦死した兵士の身元確認には有益だ。金属製の認識票を失くしても身元がわかるからな」

「で、この場合、そのミート・タグで男がジェームズ・レスター・フランクだと判明したんですか？」

「ああ、そのとおりだ。《フランク・L・ジェームズ》と彫られていた。命の危険があるとはいえ、ビアギト・ツィマーマンの元夫が生きていることが判明したぞ。まあ、あと数カ月はもつだろう。病院は彼を退院させている。で、その次だ。彼はレズオウアの店舗上の住宅に住んでいる。フリッツ・ツィマーマンの靴店があったところで、所有者は今も……よく聞いてくれ、リーモア・ツィマーマンなんだ」

「つまり、彼はデンマークにいるということですか?」

アサドは仰天していた。「マークス、理解できません。私は住民登録帳をすべて洗いだしましたが、彼を発見できなかったんです。彼はこの国で届けを出していません」

「二〇〇三年から不法滞在しているんだよ。しかも、マーク・ジョンソンという偽名を使っていた。彼は一九九九年にもいったんデンマークに来ていた。ゴンダスン事件を捜査しているとき、それを知っておくべきだった」

「なぜ、警察は病院で彼を拘束しなかったんですか?」カールが尋ねる。

「まあ、それはおそらく、瀕死の状態で逃走の恐れはないと判断されたからだろう。入国管理の人間はもちろん彼に目をつけている。事情聴取のあと、警察が連絡しているからな。通常は、ここまでひどい容態の人間に関して、すぐには身元確認を行なわないものだ。当局は忙殺されていて、身元確認の手続きには時間がかかるからな。一度、入国管理局を訪れてみるといい」

「長年、彼がどうやって食っていたのかわかりますか?」

「いや。それは本人に訊かないとわからん。おそらく、あちこちうろつき、その日暮らしの生活だったのだろう。まったく哀れなやつだ。しかし、彼が犯罪で食っていたかというなら、おそらく違うと思う。逮捕されたあげくに母国へ強制送還され、逃亡罪で即刻刑務所送りになるようなリスクは冒したくなかったはずだ」

「デンマークはアメリカと犯罪人引き渡し条約を結んでいますよね?」

「もちろんだ。それも二〇〇三年に批准《ひじゅん》している。フランクは忌々しく思っただろう。スウェーデンにも引き渡し条約はあるが、母国で軍事的、政治的犯罪で告訴されている人間は引き渡しをされない。もしデンマークが彼を引き渡せば、アメリカ側は考えうるかぎりのひどい牢獄に彼を送りこむだろう。敵前逃亡は《神の恵み豊かな国》では昔からとことん嫌われているからな。デンマークにせよ、アメリカにせよ、脱走兵に素晴らしい運命は待っていない」

アサドは感慨深げにうなずいた。もちろん、彼はこの点についてはカールたちより詳しいだろう。

カールはマークスがそこまで調べ上げてくれたことに礼を言った。ジェームズ・フランクはデンマークにいる。まったく予想外だった。

電話を終えるとすぐに、カールは車のスピードを落とした。「食事、もう少しだけ待てるか、アサド？」答えを待たず、すぐに続けた。「新たな情報を得たからには、親愛なるジェームズ・レスター・フランク氏をちょっと訪ねてみるっていうのはどうだ？　もしかしたらデニスが父親のところに逃げ場を見つけているかもしれない。だとしたら大当たりだ」

フリッツ・ツィマーマンのかつての高級靴店は、いまやひっそりと埃をかぶっていた。老朽化した店の汚れたショーウィンドウを通して大量のがらくたが見える。何度も上塗りしたようだが、それでもペンキの下の元の店の屋号がぼんやりとわかった。ツィマーマンのあと、ここで店を開いて失敗した商売が少なくとも五つはあるようだ。

アサドが店の上にある部屋を指差した。屋根に明かりとり用の窓がひとつだけついている。おそらくワンルームだろう。だが、デンマークではその昔、店員や使用人はみんな、ここたいして変わらないところに住んでいたのだ。

「マーク・ジョンソン」ドアには直接黒い文字でそう書かれていた。あまり丈夫そうに見えないドアだ。防火基準を満たしているとはとても思えない。カールとアサドはそのドアをノックした。

「お入りください」男の声が聞こえた。アメリカ英語訛りのデンマーク語だ。

ふたりはベニー・アンダーソンのところのような散らかった部屋を想像していたのだが、まったく違った。赤ん坊の洗濯に好んで使われるような柔軟剤の香りが、ふたつのビール箱の奥にあるリビングまで達していた。ソファベッド、テーブル、テレビ、たんすが置かれた質素な部屋だった。

カールはなかを見回した。もしここにデニス・ツィマーマンが隠れているとしたら、相当縮こまっていなくてはならないだろう。カールはアサドに、残りの部屋もチェックするよう合図した。

「警察の方ですね」黄色がかった肌の男がソファの上から声をかけた。外は三十度近い気温だというのに、キルティングの掛け布団を体に巻きつけている。「私を逮捕しに来たんですか?」

話のきっかけにしてはいきなりすぎる発言だった。

「いいえ、われわれは入国管理局から来たわけではありません。コペンハーゲンの殺人捜査課から来ました」

カールは男がしぶとく抵抗するか、恐ろしく怒りだすかのどちらかを覚悟していた。こういう状況ではたいていそうなる。ところが、ジェームズ・フランクは唇を固く結ぶと、よくわかっているというふうにうなずいた。

「お嬢さんのことでここに来たのですが」

アサドがそっと戻ってきて、カールにデニスがキッチンにもバスルームにもいなかったことを身振りで伝えた。

「最後にデニスに会ったのはいつですか、ジェームズ? お望みならマークと呼びますが」

肩をすくめたのが返事だった。呼び方はどちらでもかまわないようだ。

「デニス? いや、私にとってあの子は今もドリトです。最後に会ったのは二〇〇四年です。そして今日、ニュースであなたがたがあの子を捜していることを知りました。ご想像がつくかと思いますが、悲しいです」そう言うと、男はテーブルの上のコップに手を伸ばした。意外にも、酒ではなく水がたっぷり入っているようだった。

「われわれはあなたの元義母が殺された事件を捜査していて、当然ながら、彼女が殺される直前に接触のあった人間すべてを疑っています。そのために、お嬢さんの事情聴取を行ないたいのです」

ジェームズ・フランクは水をひと口飲むと、コップを腹の上に置いた。「私の国外追放が決まっていることはご存じですか?」

カールとアサドはうなずいた。

「私のように脱走した人間が、アメリカ軍のネットワークに引っかかれば、彼らにとってそれはもう、ラッキーというものですよ。脱走したとき、私は少佐への昇進が決まっていました。あまりに多くのメダルを軍服につけていたので、まっすぐ姿勢を保てなかったほどですよ。どれほどの任務に参加したか、数え切れないくらいです。若いころからすでに相当の数をこなしていましたからね。でも、どれもが輝かしい任務だったとはとても言えません。それは確かです。だから軍は私のような人間を国に戻し、刑務所送りにすることに熱心なんです。私たちが秘密を漏らすといけませんからね。だからこそあれほど多くの勲章を胸につけていたんです」彼は首を振った。「アメリカ軍は脱走兵を忘れません。軍は今でもまだ、脱走兵を引き渡すようスウェーデンに公式に要請しています。たとえそこに二十八年住んでいようと、家族全員がそこにいようとです。おうかがいしたいのですが、デンマークが私の引き渡しを拒むとしたら、どんな理由が考えられますか? 病気はどうです?」

カールはうなずいた。

「本当にそう思われますか？　でも、病気くらいではだめなんです。アメリカ側は、飛行機を待機させ、国で最高の医療を受けられるようにすると保証するはずですから」

「なるほど。ですが、われわれがここに来た理由とそのことが何か関係あるんですか？」カールが尋ねる。

「自分の引き渡しを防ぐ方法があるということをお話ししているんです。その方法を使えば、アメリカに戻されなくてすむのです」

「方法とは？」

「逃亡よりももっとひどいことをしたということです。私のしたことに比べたら、逃亡などデンマークの人にとってはどうでもいいことでしょう」

アサドがぐっと身を乗り出した。「ここに家族がいるのに、なぜまずアメリカに帰ったのですか？」

「その話についてはこれからです」

「一九九五年に何があったんです？」

彼はうなずいた。「私が非常に重い病気だというのはご存じですね？」

「ええ、ですが詳しいことまでは」

「次のクリスマスに私にプレゼントを贈る必要はありません」彼は自分のジョークに笑ってみせた。「死がこれほど近づいているというのに、アメリカに戻ってカビくさい刑務所に入る気はありません。私はデンマークで死ぬほうを選びたい。ここは死に瀕した人間の面倒をよくみてくれる。たとえ刑務所のなかでもね」

カールは下唇を突き出した。この男は要注意だ。カールの頭のなかの警報ランプがいっせいに光りだした。

「ジェームズ、いいですか、私は数日前、犯したはずがない殺人の罪を告白しに来た男を部屋から放り出したところなんです。もしあなたも似たようなことを言いだすつもりなら、警告しておきます。そんなことをしてもあなたの状況はよくなりません」

彼は笑った。「お名前はなんとおっしゃるのですか」

か？」

「カール・マークです」

「なるほど。警察官にしては、あなたはかなり有能な方のようだ。私はまさにそう言おうとしていたんですよ。私をアメリカに送ることはできません。なぜなら私はデンマークで殺人を犯したからです。あなたが信じようと信じまいと」

最初はジェームズと義理の父親のゲームとして始まったという。どちらも長年軍隊で過ごした人間で、軍にいたときにはありとあらゆる戦争に積極的に出動した。どちらも、戦争時代に自分たちが何をしたかまで知っている者は数名しかいない。それもあって、フリッツ・ツィマーマンはジェームズを気に入っていた。フリッツにとって軍人であることは名誉であり、それはまた〝男らしさ〟や〝行動力〟と同義だった。フリッツは戦争を愛していて、ザイールからレバノン、グレナダまでジェームズが参加した任務について、あけすけに細かいところまで尋ねてきた。ジェームズが詳しく語れば語るほど、義父はますます興味を持って質問してくる。それが彼らの遊びのそもそもの始まりだった。

「たとえば私が〝銃剣〟という言葉を挙げたら、それをどう使ったか、交代で語るのです。すると、フリッツがこう言います。『次は別の言葉を挙げるんだ。〝伏撃〟とか……〝火〟なんて言葉がいいね。〝火〟という言葉はいちばん簡単だ』といった具合です」

最初、ジェームズは尻込みしていた。どんなテーマでも、フリッツの話は常に自分の話の何倍も強烈で、そのレパートリーは無尽蔵に思えたからだ。義父が語ると、容赦ない進駐は十字軍の行進となり、囚人の絞首刑は自衛のためとなった。義父は、前線での友愛精神や同志として協力し合った勇敢な男たちを讃えた。驚いたことに、ジェームズはだんだんとフリッツの話に共感するようになっていった。

通常、ふたりは土曜日の数時間、ジェームズがバーの仕事の疲れから回復し、ビアギトが娘の相手をし、リーモアが家事をしているあいだに会話を楽しんだ。ふたりで一階の奥の部屋にこもって過去の話に花を咲かせたのだ。その部屋では、ジェームズはパラベラムを振り回すことが許され、フリッツが手持ちの部品を使って効果的な武器を組み立てる様子を見ることもできた。

ある出来事によってジェームズとリーモアのあいだに憎しみが燃え立つことがなければ、そのゲームはさらに何年も続いたはずだ。それは土曜日の少し早めに始まった昼食の終わりごろ、いつものコーヒーの時間だった。それまではまったくふだんと変わらない土曜だったのだが、そのとき義父が、ジェームズに不意打ちの質問をしてきた。そして、それこそがまさに致命的な質問だった。

子供もテーブルに着いていたので、その場に似つかわしくない質問だった。しかし、フリッツはそんなことはまったく意に介さず、こう質問したのだ。「兵士にできる最も残酷なことはなんだと思う？　絶好のタイミングで処刑をすることか、絶好のタイミングで裏切ることか、どちらだと思う？」

ジェームズはこれも例のゲームの一種だと考えた。そこで娘を少しのあいだ庭に出すことにした。いつものフリッツの突飛な思いつきだろう。ところが、彼が少し考えてから「もちろん絶好のタイミングで処刑することでしょう」と答えると、いきなり彼の頰に義母の平手打ちが飛んできたのだ。あまりの勢いに彼の顔は横を向いたままだった。

「あんた、最低ね！」義母は叫んだ。フリッツは笑いながらテーブルを叩いている。

ジェームズはわけがわからなかった。妻を呼び、理由を尋ねると、今度は妻がジェームズの顔に唾を吐いた。

「馬鹿ね、あんたは罠にかかったのよ。わたしはね、父と母にあんたの終わりのない浮気について、あんたがどれだけけしたたかにわたしを裏切ってきたかについて、話してあったのよ」

彼はすべてを否定しようとしたが、妻とその親のほうが事情をよく知っていた。

「母は、あんたの何もかもが嫌なのよ、ジェームズ。あんたがわたしを裏切っていることも、あんたが平日に酔っ払うことも、父に、普通の人なら話さないようなことを話させていることも！」

その日、ジェームズはリーモア・ツィマーマンの素顔を知った。一家の発言権はリーモアが握っていたのだ。離婚に必要な書類がテーブルに用意されており、ビアギトはすでにサインしていた。

ジェームズは妻に離婚届を破るよう懇願したが、叶《かな》わなかった。妻の両親は、ジェームズが姿を消したら、自分たちが娘のドリトの面倒をみると約束していた。

彼にとっては、何もかもが青天《せいてん》の霹靂《へきれき》だった。

その後、だいぶ経ってから、ジェームズはリーモアを脅迫する。すべてを取り消さないと、第二次世界大戦中のフリッツの犯罪について当局に通告する、証拠は十分手元にある、と言ったのだ。

二日後に来た返事には、ある提案が記されていた。アメリカに戻って二度と姿を見せないことを条件に、十五万ドルを三回の分割でアメリカの彼の口座に振り込む。ジェームズはそれで手を打った。ミネソタ州ダルースの労働者階級育ちの人間がとても拒否できるような額ではなかったからだ。

しかし、不覚にもジェームズは贈与された金についてアメリカの税務当局に届け出るのを忘れたのだ。何回にも及んだ審理や罰金で、せっかくもらった金がパーになるどころか、高額の借金を背負うことになってしまった。

そのため、ジェームズ・レスター・フランクは再び軍に入隊することを余儀なくされた。おかげで彼は何年も続けて戦闘地域へ派遣されることになった。タリバンの占領地域に隣接する地帯に送られ、彼も仲間もすぐにタリバン兵士と似たような格好をし、同じようなにおいを放つようになったのだ。

「私たちは動物のような生活を送っていました。眠るところでクソをし、殺せるものはなんでも殺して食べました。それも、タリバンに捕まり、食べ物をろくに与えられなかったせいで、最高にひどい方法で獲物を殺しました。私は、タリバンが私の最後の同志を殺すところを見てしまいました。彼らは最初に両腕を切り落としたんです。

それで私は、逃げだしました。十一カ月のあいだ山のなかで生き延び、山から下りてきたときには、アメリカは私をすでに死んだものとみなしていました」

「しかし、あなたはその後、イスタンブールで目撃されたじゃないですか？」カールが言う。

ジェームズ・フランクはうなずき、キルティングの掛け布団を首まで上げた。

「私は観光客向けのバーで働いていましたが、客の大半はアメリカ人でした。馬鹿なことをしたものです。丸坊主にして顔じゅうに髭を生やしていようとも、将校は私を一発で見破りました。幸いなことに、同じ日にキャンピングカーで旅行しているデンマーク人の夫婦とバーで知り合い、彼らはデンマークに帰るときに一緒に連れていってあげようと申し出てくれたのです。私は彼らに自分のことを正直に話しました。兵士だったが脱走してきたのだと。彼らにとってそれはどうでもいいことでした。むしろ歓迎されたと言っていいかもしれません。彼らは探してもなかなかめぐり合えないような、根っからの平和主義者だったのです」

「ふうん、そりゃたいした話ですね」アサドが皮肉っぽくつぶやいた。怒っているように見える。「それで、あなたは何が言いたいのですか?」アサドのお腹が大きな音を立てた。こいつは空腹のせいでいらついているのか? カールのほうは食事のことなど忘れかけていた。タバコを一本吸えたのがよかった。俺の場合はこれで数時間はもつのだが。

「デンマークに戻ってきたとき、私はお金も証明書も何も持っていませんでした。ここに残る気でいたので、フリッツとリーモアを探しだし、助けてくれと頼むほかありませんでした。彼らはぎょっとしました。ビアギトとドリトに、私は死んだと話していたからです。

それを聞いた私は怒り狂いました。それでフリッツの秘密の部屋に押し入り、持ち出せるものはすべて運び出しました。部屋のなかを撮影し、当然ながら、私を激しく罵っているふたりの姿も撮影しました。最後にフリッツの戦闘用ナイフをつかみ、それをリーモアの喉元に突きつけました。『ここを切り裂いたらどんな音がするか、俺はよく知ってるんだ』と言いながら。

すると、ふたりとも口をつぐみました。その後の取り決めで、私がこの部屋に住みつづけ、生活費はすべて彼らが出し、さらに毎月一万二千クローネをもらえることになったのです。もっと要求してもよかったんですが、さすがに私もそこまで悪党ではないのでね」彼は笑ったが同時にため息もついた。すぐにでも眠りこんでしまいそうだった。眼球は薄黄色で、かなり悲惨な生活を送っているようだ。

「その代わり、私はビアギトとドリトに近づかないことを固く誓わされました。リーモアからは、ふたりとコンタクトをとろうものなら、フリッツのことを当局に知らせようが何しようが、逮捕されて国外追放されるようにしてやると言われました。彼女は本気でした。フリッツと家族の名誉を犠牲にしてでも、娘と孫娘のほうを取ったのです」

「でもその約束を、あなたは守らなかったんでしょ?」カールは疑い深く尋ねた。

ジェームズは笑った。「いや、ある意味では守ってますよ。放課後、ドリトをひと目見ようと、木の陰に隠れ、ボルマンス・フリースコーレの門で張ったことはあります。数え切れないくらい」

「ビアギトは?」

「単純な好奇心から、彼女を探しだそうと思ったことはありますが、住所がわかりませんでした。それで、ドリトが学校から帰るときにあとをつけようと思いました」

「実際にあとをつけたんですか?」

アサドがカールの肩を叩いて、ため息をついた。

「あの、カール、私にこぶがひとつあるのが見えますか?」

「あと二十分だ、アサド。そうしたら食べにいこう。だが、今はラクダの話はなしだ、いいな?」

アサドはさらに大きなため息をついた。二十分ももたないかもしれない。


「それで、お嬢さんのあとをつけたんですか?」

「いいえ、結局、つけませんでした。でも、娘が下校する様子はよく見ていましたよ。かわいく成長し、とても生き生きしていた。あの子を見ると心が躍りました」ジェームズは、またコップを口に運び、水を飲んだ。力がどんどん失われていっているようだった。

「ですがジェームズ。ステファニー・ゴンダスンを見つけたときは、もっと心が躍ったでしょう?」

口の端から水がこぼれ、顔を伝って顎で玉をつくった。熱でうるんだ目がその驚愕ぶりを物語っている。

「なぜステファニー・ゴンダスンを殺したんですか?」カールは容赦しなかった。

ジェームズ・フランクはコップをテーブルに置くと、水を気管支に入れてしまったかのようにゲボゲボとむせた。

それから何かを考えながら、首を振った。「先ほど、あなたが有能だと言いましたが、撤回します」

アサドが笑ってる？　それとも断食を強いられていることへの抵抗の音か？

「なぜです？」

「半分しか合っていないからです。私がステファニーを愛していたということについては正しい。たしかに、ドリトとビアギトよりも彼女のほうを愛していました。単純な話です。ある日、彼女が学校から出てくるのを見たんですが、ふたりともひと目惚《ぼ》れでした。九カ月間、週に何回も、たいていは街で会いました」

「なぜふたりの関係を秘密に？」

「ドリトの先生だったからですよ。もし私たちが一緒にいるところをドリトが見て、私が誰だかわかってしまったら、私は……。リーモアやビアギトは娘に父親は死んだと話していたんですよ。それに、見つかったら私はすぐに逮捕されて国外追放になってしまう」

彼はそこで言葉を止めると、しばらく虚空を見つめていたが、いきなり泣きだした。声を出さずに泣いている。

「私が殺したのはステファニーではありません。リーモアです」声が震えている。「リーモアはきっと私たちを街で見かけたんです。ステファニーはあの女が復讐で殺したに決まっています。あとでその疑いを直接ぶつけたとき、リーモアは私に向かってわめき散らして否定しました。でももちろん、信じていません。私にわかっていたのはただ、リーモアに復讐したりしてはいけないということでした。そんなことをしたら、私はとんでもない悪者になってしまう。誰もが私のことを、不法滞在しながら恐喝《きょうかつ》で生計を立てているプロの殺し屋だと考えたでしょう」

「それであなたは酒を飲むようになったんですか？　口を閉ざし、この部屋から出ず、金を受け取って？　なんともみじめな話だ」

カールはアサドに目をやった。なあ、これで事件は解決じゃないか？　と目で尋ねる。ところがアサドは目を閉じて、いびきをかいていた。栄養補給を長時間怠ったことで電池切れになってしまったのだ。

「次の日にフリッツが溺死し、それから数週間はリーモアを見かけませんでした。というのも、彼女は店と邸宅を売り払い、ボーワ通りに越していたからです」

「そして、あなたは？」

「私ですか？　生き甲斐などもう何もありませんでしたから、飲んだくれるようになりましたよ。意識を失うまでね」

「そして、何年も経ってから彼女に復讐を？　そういうことですか？」

「十二年間、私は毎日酔っ払っていました。それ以外にしたいことなどなかったんです。でも、月額一万二千クローネをすぐにシャンパンに費やしたわけじゃないですよ。あなたはそう思ってるかもしれませんが」

男はそっけなく笑った。その口のなかに歯が一本もないことにカールはそのとき初めて気づいた。

「で、状況はいつ変わったんです？」

彼は腹をポンポンと叩いた。「これですよ。病気になったんです。飲み仲間がこうなるのを見てましたけどね、そいつも長くはもたなかった。同じように、いきなり体がだるくてたまらなくなりました。血を吐き、何も食べたくない。上半身は小さな赤い斑点で覆われ、皮膚は黄色くなり、とにかくむずがゆい。両脚はどこもかしこも青い斑点ができて痙攣するし、あそこは立たなくなった。ほとんどずっと寝ていました。外に出ると倒れてしまうんです。そのときに、やっぱり体がかなりまずいことになっているとつくづく思いました」

「それで復讐を思いついたと？」

彼はうなずいた。「私は病気でしたが、酒はやめていませんでした。常にチェリー酒の瓶を手にしていました。自分がくたばるのは時間の問題だとわかっていましたからね。だったら、リーモアとの取り決めなんてくそくらえだ。取り決めを破ったら、リーモアに告発されて、アメリカ軍にひどい目に遭わされる。でも、それがどうした？　大事なのは復讐することだ。そう思いました。それで図書館へ行って、リーモアの住所をグーグルで調べたところ、彼女がいまだにボーワ通りに住んでいることがわかったのです」

「でも、実際は違った」

「そうです。それは、気づきました。ドアのところに《ビアギト＆デニス・F・ツィマーマン》という表札が出ていたんです。まいりましたね。Fの字を見つけてどれだけうれしかったことか！　私は完全に忘れ去られていたわけじゃなかったんです。呼び鈴を鳴らそうかどうか迷いました。でも結局そうしなかった。私の身なりは相当ひどいものでしたから。髭は剃っていないし、一週間以上風呂にも入っていなかった。こんな姿を彼女たちには見せられません。私はアパートメントの向かい側の歩道に立って、窓を眺めながら、ひと目でも彼女たちを見ることができないかと期待していました。あんな幸福感に満たされたのは何年ぶりでしょう。すると、リーモアがアパートメントから出てきました」

「彼女はあなたに気づきましたか？」

「いいえ。気づいたのは、私が通りを横切って彼女のそばに行ってからです。そしたらあの女、雨のなかを走りだしたんです！　彼女は振り返ると、私に『さっさと消えちまえ！』と叫んで、千クローネの札束を目の前の水たまりに投げつけたんです。私はそんなことでは引き下がらなかった。むしろ逆です。私は本気でキレました」

「それで彼女を追いかけて走ったんですか？」

「酔っていたんです！　あのばあさんは無我夢中でクローンプレンセセ通りの脇道を入っていきました。彼女が公園のなかに入っていくのをかろうじて目にしましたが、入口にたどり着いたときには、もうどこにも野外で潜伏する方法に長けていますからね。それはもう見事なものでした。イラクと違って、向こうでは茂みに気をつけなくてはなりません。イラクの場合は通りに気をつけていなくてはならなかった。沿道や道の横に偶然できたくぼみ、あるいは袋小路などにね。でもバルカン半島では茂みでした。用心していないと三秒数える間もなく死にます」

「リーモア・ツィマーマンをやはり茂みのなかで見つけたのですね？」

「そうとも言えますし、違うとも言えます。私はクローンプレンセセ通りに向かって歩いていき、鉄柵の後ろに立ちました。リーモアが隠れているところから出てきても、すぐには私に気づかないように。五分くらい経ったでしょうか。自転車立ての背後の茂みで何かが動いたんです」

「彼女には見られなかった？」

ジェームズは笑った。「入口に忍び寄り、《コンゲいませんでした」

カールは助手をつついた。「アサド、起きろ！　ジェームズが今、大事な話をしてるんだぞ！」

アサドはぼんやりとあたりを見回した。「今何時……」とつぶやくと、腹の鳴る音がそれに答えた。

「あなたが公園の入口に来たとき、リーモア・ツィマーマンの姿は消えていた、そう言いましたね。それからどうなったんですか、ジェームズ？」相棒に目をやる。「アサド、聞いてるか？」

アサドは面倒くさそうにうなずくと、スマートフォンを指差した。アプリがずっと録音を続けていた。

「私は公園の入口に立ってあたりを見回しました。リーモアの姿はどこにも見えませんでしたが、こんな短時間ではまだ反対側にたどり着いているはずがないので、公園のどこかにいるに違いないと思いました。私はそこに立ったまま、感覚を研ぎすませました。ユーゴスラビアの戦争で身につけた技です。セルビア人はンス・ヘーヴェへようこそ。ここを訪れるみなさんが素敵な思い出をつくれるよう、周りの人のこともよく考えましょう》とかいう、あの馬鹿みたいな看板を迂回しました。もちろん、私は元義母のことを特別に〝よく考え〟、これっきり最後の経験をさせてやろうと思っていました」

「つまり、故意に殺したということですね？」

「ええ、百パーセント故意にです。それ以外にないでしょう？」

カールはアサドに目をやった。「メモをとってるか？」

アサドはうなずくと、再びスマートフォンを掲げた。

「それで、実際にやったんですか？　あなたが彼女をレストランまで追い立てたんですか？」

「いいえ、茂みの前で彼女に殴りかかりました。小枝のあいだに私の姿を見つけ、彼女はわめきました。私は彼女を茂みから引っ張り出し、首筋めがけてチェリー酒の瓶で殴りつけました。簡単でしたよ。一撃であの女は死にました」

「でもあなたは彼女をその場所に置き去りにはしませんでしたよね？」

「ええ。私は彼女をしばらく眺めていました。それから、酔った頭で考えたんです。この臭気のひどい場所に彼女を置いておくのはまずい、飲んだくれがかわるがわるやってきて小便するのだからと」

「それで遺体を動かした？」

「ええ」

「ずいぶん無茶なことをしたわけですね？」

彼は肩をすくめた。「あんなにひどい天気でしたからね、途中で誰にも会いませんでしたよ。私は彼女を肩にかつぐと、かなり歩いてから草の上に放り投げました。クローンプレンセセ通りに通じる出口からはそう離れていませんでしたから、その出口から素早く逃げました」

「チェリー酒の瓶で彼女を撲殺したのですね？」

「ええ」ジェームズは歯のない口のなかを見せて笑った。「中身はほとんど減っていませんでした。一時間後にはなくなっちまいましたけどね。その瓶はフレズレクスボー通りでゴミ箱に捨てました。それから家に歩いて戻ろうとしました。歩いて、というのを強調させてください。というのも、誰も信じちゃくれないでしょうが、私はエネルギーに満ちあふれていたんです。十分ほど経ってエネルギーが切れ、道に倒れました。そこで発見されたんです」

「それ以来、禁酒しているんですか？　そもそもどうして？」

「責任能力がない者として判事の前に出たくないからですよ。デンマークの裁判所で、しらふで証言したいんです。アメリカには戻りたくありません」

「しかし、病院で事情聴取が行なわれたとき、なぜ警察に自白しなかったんですか？」アサドが口を挟んだ。まるでそうすれば餓死を免れるとでもいうように、不機嫌な声だった。

男は肩をすくめた。「そんなことをしたらその場で逮捕されたでしょう。でも私はまずドリトを訪ね、彼女と話をしたかった。私自身と彼女に対してそうする義務があったんです」

カールはうなずくと、アサドを見やった。音声録音アプリはまだ録音を続けている。銀の盆で提供されるがごとく、本人からご丁寧に殺人の告白が提供されるなんて。こんなこと、人生で何度経験できるだろう。

カールはにやりとした。デニスを探しだし、あとひとつ、ふたつ、殺人を自供させて退去する。そうすれば一件落着だ。

だがもちろん、先にやらなきゃいけないのは、アサドの〝こぶ〟を満タンにしてやることだ。

「それで、あなたはどうしたんですか？」アサドが尋ねた。こうなったら徹底的に最後まで聞いてやろうという気になったようだ。

「昨日、ビアギトの家の近くまで行きました。彼女がたくさんの空き瓶を外に出しに来るのが見えましたよ。歩道の上でふらつき、私には気づきませんでした。べろんべろんに酔っ払っていましたからね。今もきみが好きだと言いたかったのですが、彼女を見たとき、やっぱりそれはやめておこうと思いました」

そりゃお互いさまだ、とカールは思った。

「それ以外は何も」男が続ける。「これですべてです。誰かが私を逮捕に来るまで、ここにいます」

ドネルケバブを口に入れてようやくアサドは息を吹き返した。彼がこの中東バージョンのオープンサンドをうまそうに頬ばる姿ときたら、気温三十度のなかでアイスキャンディをなめる子供そっくりだった。たとえ高級車を贈られたって、今この瞬間ほどには彼は喜ばないだろう。

カールはもぞもぞとケバブを噛んだ。ここ、レズオウアでは比較的うまいケバブと言って間違いない。だが、ヴェンスュセル出身の人間にとっては、いつもの赤く長いソーセージのほうがうれしかった。

「ジェームズ・フランクの話を信じますか？」アサドの声に明瞭さが戻ってきた。

カールはケバブを置いた。「本人はそう信じているみたいだな。あの男が語ったこと以外の証拠集めは俺たちの手にかかってる」

「カール、あなたは本当に彼がリーモア・ツィマーマンを殺したと思うんですか？　アメリカへの引き渡しを阻止するためにでっちあげた話ではないと？」

「ああ、殺したと思う。リーモアの衣類についた痕跡がそれを証明するはずだ。鑑識がまだ持ってるリーモアの衣類から、その晩やつが着ていた服の断片でも出るかもしれない。おそらく彼の犯行だろうと俺は見ている」

アサドの眉が上がり、弓のような形をつくった。

「それで、この話の行き着く先は?」

「どうなるのかは俺にもわからん。だが、いちばん奇妙なのは、フリッツ・ツィマーマンが、ステファニー・ゴンダスン殺害の翌日に死んだことだ。このふたつの死亡事件のあいだに何が起きたんだ?」

「そのことについては、ビアギト・ツィマーマンから何か証言を得られると思いますか?」

カールはドネルケバブを追加注文している同僚を眺めた。いい質問だ。それはすぐにわかるだろう。

カールは携帯電話を手に取ると、マークスにこれまでにわかったことを伝えることにした。スティーンルーセ行きはそのあとだ。

44

二〇一六年五月三十日、月曜日

気づいたら、七時前になっていた。少なくとも一時間は、無我夢中で壁や棚、機械のパーツや床に散った血を拭いていたことになる。それからしばらく、アネリはデニスの遺体の脇に座っていた。このがらくた置き場のなかに、表情をこわばらせたデニスが転がっているのを見ているだけで、充足感を覚える。いつもは反抗的な彼女の目が、今はもう完全に力を失っている。この女は自分の人生でどれだけの時間を着飾ることに費やしてきたのだろう? それが彼女にいったい何をもたらしたのだろう?

人形のようにかわいいあなたを廃棄するには、どこがいちばんいいかしら？　ヴェスタブローに行って、風俗街の尻軽女たちのところに捨てるのはどう？　きっとぴったりだわ。それとも、もっと確実な方法を選んで、夜八時以降は誰も入ってこないようなところ、アッパークラスに人気の公園にしたほうがいいかしら？　ベアンストーフス公園なんかどう？　あそこならとても素敵に整えられた生け垣があるわ。朝早く、シャロデンロンを散歩しているエレガントなペット犬があなたのことを発見してくれるわよ。

アネリは高笑いをした。

ここまで、すべてがうまく運んだ。デニスの馬鹿みたいな古い拳銃はすぐに隠し、リボルバーにデニスの指紋をつけて彼女に握らせた。誰かが銃声を聞き、警察を呼んだら、ひどいショック状態にあるふりをしようと思っていた。恐ろしく不運な事故でした、と言うつもりだった。この女が押し入ってきて、この変なリボルバーを振り回し、私を撃つと脅したんです、と。彼女もまた、自分の無能さと惨めな状況を福祉事務所の職員のせいにする、おかしな人のひとりだったのでしょう。わたしは彼女を助けられるよう、できるだけのことをしました。絶望し、取り乱した人間が、親切な人を殺すという例は警察もご存じですよね。デニス・ツィマーマンは完全におかしくなっていたに違いありません。そういう気配は薄々感じていましたが、今、紛れもなくそうだったんだとわかりました。

アネリは自分の話を細部まで念入りにつくり上げた。デニスがどんなふうに呼び鈴を鳴らしたか。どんなふうに押し入り、どんなふうにリボルバーを突きつけてきたか。どんなふうに彼女から拳銃を奪おうとしたか。そのときに銃が暴発したというシナリオだ。

これまでの人生で起きた最悪の出来事だということを強調するために、唇を震わせて泣きだすつもりだった。

しかし、警察は来なかった。

アネリはデニスの拳銃を再び取り出した。とりあえずデニスは大家のリビングルームに放っておこう。今はまず、スティーンルーセに行ってジャズミンも殺さなければ。

アネリは、デニスの手に握らせたリボルバーをためつすがめつした。

二種類の銃が人を殺すのに使われた。そのことを利用する方法はないだろうか。

そうだ。アネリは、満足げにシナリオを先に進めた。もしかしたら最高の駆け引きになるかもしれない。

スティーンルーセ方面を示す最初の道路標識を見たアネリは、ドアを開けるジャズミンの顔を想像しただけで興奮に打ち震えた。

きっとうろたえるでしょうね。ジャズミンは頭のなかで「わたしたちがここに住んでるってどうやって知ったの、スヴェンスン？　死んだんじゃなかったの？」と考えるはず。そして、ついに自分の番が来たことを悟るのよ。

アネリはジャズミンをリビングまで追い立て、有無を言わさずサイレンサーのついたリボルバーで至近距離から撃つつもりだった。それから、デニスとジャズミンが対立して、その際にジャズミンが撃たれたように見せかけるという完璧なシーンを演出しようと思った。ジャズミンの手にはデニスの古いルガーを持たせ、残念ながらそれは役に立たなかったかのように見せかける。あとから警察が来たときには、ビアナを撃った拳銃と同じだとわかるだろう。

それからヴィーバ通りに戻ってデニスの死体を運び出さなくてはならない。なんとかして自分の小さなフォードに積みこみ、ベアンストーフス公園まで運ばなくては。自殺に見えるように、サイレンサーのついたリボルバーはデニスの手に握らせる。一石二鳥だわ。

警察がデニスとジャズミンを見つければ、遅かれ早かれ、ジャズミンがリボルバーで撃たれ、デニスがそれで自殺したという展開になる。

これで話は完結する。なんて天才的な発想なの！

アネリは笑いが止まらなかった。デニスを轢き逃げ事件と関係があるように見せかけることもできるかしら？　警察はいずれ、ミッシェルもスティーンルーセのあの家に住んでいたことを突きとめるだろう。そこから何か有利に働くよう工作できないかしら？　すべてがうまくいけば、ありがたい。なんの不安もなくミッションを中断して、放射線治療に専念し、健康になることに集中できる。一、二年は計画を寝かせておいて、その後、じっくりとリストにある人間を消していくことができる。それまではせいぜい、効果的で新たな殺しの方法を考えて楽しもう。毒や火や電気や水など、いろいろなものを使う方法が書かれた本がたくさんある。

アネリはラジオをつけた。高揚感が音楽を求めて叫んでいた。これでキャンドルと赤のグラスワインがあれば完璧なのに。でも、すぐに味わえるわ。すべてがすんだら、部屋をきちんと整え、両足をカウチテーブルに載せて、テレビドラマを見よう。『トゥルー・ディテクティブ』なんか最高じゃない？

アネリの車が、スティーンルーセの住宅群の駐車場に入っていったとき、ラジオからは《コールドプレイ》の『Viva la Vida（美しき生命）』の最後のフレーズが鳴り響いていた。なんという皮肉！　彼女はこのあいだと同じ場所に車を停めた。数週間前に開始のゴングを鳴らした生と死をめぐるゲーム。自分は今、そのゲームのラスト一歩手前の段階にいる。

車から降りようとしたそのとき、警察の車と思われる車両が青色灯を消した状態で至近距離に停まった。車から降りてきたふたりは刑事のようだった。

アネリは車のなかで待った。ふたりの警官は建物の左側、デニスとジャズミンの部屋を目指して歩いていく。

あのふたりがここにいるかぎり、自分はじっとしていなくてはならない。でも、それが何よ。急《せ》いては事をし損ずるって言うじゃない。

『ラジオ24 s y v』が、一時間ごとに入るニュースを流していた。最初に流れたのは、殺人事件の目撃者としてデニス・フランク・ツィマーマンを捜しているという呼びかけだった。彼女の居場所について有益な情報をお持ちの方は警察にご連絡くださいという内容だ。「だったら、明日の早朝にベアンストーフス公園を見てみるといいわ」アネリはクックッと笑って、椅子にもたれた。

45

二〇一六年五月三十日、月曜日

カールは車を停めた。「妹たちのうち、誰かがそこで俺たちを待ってるのか？」

アサドは鍵の音をかちゃかちゃさせ、ダッシュボードから足を下ろした。「誰も待っていません。でも、ゴードンがヴィッキーから預かった鍵を私が持っています。ローセがなかに入れてくれない場合は、それを使えます」

カールはその考えが気に入らなかった。

「俺は知らんぞ、アサド。連絡もせずにいきなり現れたらローセがなんと言うか。それを考えるとなんだか気持ちが落ち着かない」

今の状況のすべてがカールには気に入らなかった。ローセはただの仲間であるだけでなく、女だ。それだけでも……ちくしょう、どうして女となると話がすべて複雑になるんだ？　まったく、いつも同じじゃないか。男は相手のためにベストを尽くすのに、女は全然それをわかろうとしない。カールには女というものがこれっぽっちも理解できなかった。もしかしたら、北ユラン半島のタフな女たちを見て育ち、すべての女は彼女たちのように単純で裏表がないと思ってきたせいかもしれない。ハーディからはしょっちゅう、同じ失敗を何度も繰り返さないよう、メンタルコーチを雇うか、独身男性の自己啓発セミナーに行けと言われている。そんなアドバイスをいつもばかばかしいと一蹴《いっしゅう》してきたが、一度真剣に考えてみてもいいかもしれん。

「わかりますよ、カール。私も落ち着きません」アサドが言った。「彼女が私のことを罵倒したあの電話以来、何もかもが本当に悲しいんです」

それはともかく、今は彼女の家の呼び鈴を鳴らさなくてはならない。しかし返事はなかった。

「家にいないんじゃないですか？　それとも眠ってるとか？」アサドが言う。「薬をのんでるなら、意識が飛んでしまっているのかもしれません」

「まったくな。それで、どうする？」カールはうめいた。ローセの家に押し入ることになるぐらいなら、クスリ漬けのポン引きふたりがナイフを手にやり合っている現場に駆けつけるほうがまだましだ。そのほうが、少なくとも何が起きているのかは把握できる。だが、俺たちがずかずかとローセの家に入っていったら、何が起こるかわかったもんじゃない。

「ローセがなかにいることさえわかっていればなあ。彼女がもう……」

「もう、なんですか？」

「いや、なんでもない、アサド。もう一度ドアを叩いてみろ。落ち着いて、もう少し強く。呼び鈴が聞こえないのかもしれん」

「あの人にローセを見かけたかどうか、訊いてみましょうか？」アサドは力をこめてドアを叩いたあと、提案した。

「誰だ？」カールが周囲を見渡す。

「ツィマーマンの部屋のなかで、カーテンの後ろに立っている人ですよ」

「ツィマーマンの部屋のなかだって？　誰も見えなかったぞ。たしかにいたのか？」

「そう思います。ほら、見てください。カーテンがちょっと斜めになっているでしょう」

「なるほど、そうしてみよう」カールはそう言って、隣人宅の呼び鈴を鳴らした。何も反応がない。

「確かなのか、アサド？　誰がなかにいるというんだ？　ツィマーマンの幽霊なわけないぞ」

アサドは肩をすくめると、今度は大胆にドアをドンドン叩き、それでも反応がないと知ると、ドアマットに膝をついて郵便物の差し入れ口から大声で怒鳴った。

「こんにちは、なかにいる人！　あなたの姿が見えました。あなたに少しおうかがいしたいことがあるんです！」

カールは笑った。ドアマットはこじんまりしていて、まるでアサドが祈祷用の絨毯に膝をついて郵便物の差し入れ口から祈りを送っているように見えた。

「何か見えたか？」

「いいえ、廊下には何もありません」

カールは前かがみになってカーテンの隙間からキッチンの様子をうかがった。たいしたものは見えなかった。数枚の汚れた皿としまわれずに置いてある食器類が見えるだけだった。リーモア・ツィマーマンは、家に戻ってキッチンを片づけることが二度とできないなどとは思ってもみなかっただろう。

それからカールは、キッチンの窓ガラスを爪でコッコツと叩き、アサドはアサドで、カーテンの後ろに立っていた人と話がしたいと数回呼びかけた。

「おまえが見間違えたんだと思うがな」数分間、無駄にドアを叩いたり呼び鈴を鳴らしたりしたあとで、カールが言った。「俺たちが賢けりゃ、ビアギト・ツィマーマンから借りた鍵を持ってきていたはずだ」

「車のなかにピッキング道具がありますよ」

カールは首を振った。「いや、ここのことは殺人捜査課の人間に任せよう。連中は必ず、ここをもう一度チェックしにやってくる。俺たちはローセの部屋に行こう」

アサドはローセの部屋の鍵を鍵穴に差しこみたいようだったが、まずはドアノブを回してみた。ドアに鍵はかかっていなかった。

よくない兆候だ。

アサドは、緊張しながらドアを開けると同時に、押しこみ強盗と思われて彼女を驚かせないよう、ローセの名を呼んだ。

だが、部屋のなかは静まり返っている。

「くそっ、彼女は絶対にここにいたんですよ、カール」

棚や窓台にあったものがすべて床に落ちていた。コーヒーカップとソーサーは粉々になり、鉢植えの土がソファの上にこぼれおち、椅子は傷つけられてひっくり返っている。とんでもない惨状だった。

「ローセ！」アサドは大声で叫ぶと、夢中になって部屋から部屋へ走り回った。「ここにはいません、カール」数秒後、そう断定した。「でも一緒にバスルームへ来てください」

カールはキッチンテーブルにあったノートパソコンから目を上げると、アサドについていった。

「見てください」アサドは沈んだ声でそう言うと、ゴミバケツを指差した。絆創膏や包装材、タンポンの箱や綿棒、薬でいっぱいになっている。

「悪い兆候だな」

「あなたもさっき考えたんじゃないですか?」アサドが言った。「ローセが自殺しているんじゃないかって」

カールは言葉が出なかった。唇をきゅっと締め、リビングに戻っていった。ローセがどうなったのか、まったくわからない。

それから、テーブルの上に置かれたガラスの花瓶に目を落とした。花瓶のなかにはなんだかよくわからない茶色の液体が入っている。においを嗅いでみる。アルコールが混ぜてあるようだ。カールはもう一度、ノートパソコンのモニターを見た。

「これを見ろ、アサド。ローセは警察本部の情報にアクセスしていたようだ」

カールは割れたモニターを指差した。「彼女はツィマーマン事件に関心を持っていた。つまり、リーモアの死を知っているんだ。とんでもない精神的打撃を受けただろう。心配だ」

ブラウザの履歴を開き、そこに残された閲覧履歴を追っていく。

「どうやら、ざっと表面的な情報を見ていっただけのようだ。事件の特徴だけを知りたかったんだな」

「彼女がツィマーマンを殺したわけじゃないとわかって、安心しました」アサドが小声で言った。

カールはわけがわからず、相棒を見つめた。どういう意味だ?

「もちろん私の仮説にはまったく根拠はありません。ですが、ツィマーマンが彼女のすぐ隣に住んでいたことをなんだかおかしいと思っていたんです」

「何言ってるんだアサド。そんなこと考えるもんじゃないぞ」

アサドは下唇を前に突き出した。本人がいちばんよくわかっているのだ。「残念なことに、バスルームでこれも見つけました」

アサドはジレットのカミソリをキッチンテーブルの上にあったコートの脇に置いた。「分解されて、刃がなくなっています」

カールの心臓が締めつけられる。だめだ、そんなことがあってはいけない。

慌ててカミソリを調べようとして、コートの上に落としてしまった。コートの下でカチリとくぐもった音がした。

カールははっとしてコートを手に取った。

そこにはローセの携帯電話と、カールとアサドの血を凍らせんばかりのものが置いてあった。プラスチックのケースのなかには自殺用のカクテルに使用したとしか思えない薬の寄せ集め。その横にカミソリの刃があった。そして何より不吉なことに、彼女の直筆の手紙があったのだ。

「ちくしょう！」アサドはそう言うとすぐにアラビア語で祈りの言葉をつぶやいた。

カールは勇気を振り絞って、その手紙を声に出して読んだ。

愛する妹たちへ

わたしの人生に居座ってきた呪いは終わりがありません。だから、わたしの死に絶望しないでください。

そのまま中断することなく、ほとんど息つぎもせず、カールは手紙を最後まで読み上げた。

ふたりは言葉を失って顔を見合わせた。いったい、何を言えばいいのだろう？

「手紙の日付は五月二十六日です」アサドが沈黙を破った。ここまで力を失ったアサドの声を、カールは聞いたことがなかった。「木曜です。彼女が自ら退院してきた日と同じです。そのあと彼女がここで暮らしていたようには思えません」アサドがため息をつく。

「どこかで死体となっている可能性があります、カール。そして彼女は……」その先は続けられなかった。

カールは周りを見回した。部屋を破壊することで、ローセの心の荒廃ぶりを映しだしているかのようだ。自分がどうなろうと、世界が嘆き悲しむことなど何もない、驚くようなことなど何もない、ちゃんとしたローセ、立派なローセなどどこにもいないと、世間に訴えかけているように思える。

「彼女はとても頭がいいですよね、カール。私たちが彼女を見つけることはできないと思います」アサドの目元にいつも見られる笑い皺が消えてなくなり、眉毛と唇が震えている。

カールはアサドの肩に手をかけた。「言葉では表せないほど悲しいよ、アサド。本当に悲しい」

アサドがカールを見た。そのまなざしは果てしなく柔らかく、感謝しているようにさえ見えた。カールはうなずくと、もう一度読もうと遺書を手に取った。

「アサド、紙がもう一枚ある！」カールは手を伸ばすと大声で読んだ。

二〇一六年五月二十六日、木曜日、スティーンルーセにて

自分の体を臓器移植と研究のために提供します。

「どうもよくわからん、アサド。臓器提供者として申し出て、自分の体を献体にしてもいいと言いながら、どこかへ隠れて命を絶とうとするか？」

アサドはためらいながら首を振った。

「臓器を提供するなら、薬のカクテルで臓器をだめにしたり、どこかに引きこもったりしないぞ。いったいどうして、こんなことを書いたんだろう？」紙を振ってみせる。

アサドは髪をかきむしった。まるでそうすることで役に立つ考えが浮かぶかのように。「理解できません。

もしかしたら、途中で気が変わって、どこかで自殺したのかもしれません」

「それで筋が通るか？　自殺しようとすると同時に臓器を提供したいなら、普通はどうする？　できるだけ早く発見されるように仕向けるはずだろ！　そこから考えよう。彼女はどこだ？　なぜ彼女は携帯電話を持っていかなかった？　自分がどこにいるのか伝えるためには必要だろ？　すべて辻褄《つじつま》が合わない」

カールは自分の携帯電話を手に取るとタップした。バッテリーが少なく、ビャアンに電話をしてももたないだろう。

「まったく、肝心なときに携帯は役に立たんな。アサド、ローセがこの部屋のどこかに充電用ケーブルを置いていると思うか？」

ふたりはめちゃくちゃになった部屋のなかを見回したが、充電用ケーブルを探すなど、まさに干し草のなかの針を探すような行為だった。

「ローセは特捜部Qの部屋に自分の充電用ケーブルを持っています、カール」

カールはうなずいた。ここでできることはもはやない。

「ローセのところにいらしたんですか？　彼女、元気でしたか？」ローセの部屋から出てドアに鍵をかけると、女性が廊下で声をかけてきた。

「どなたかおうかがいしても？」カールが応じる。

女性は手を差し出した。「わたしの名前はサネです。奥の部屋に住んでいます」そう言って、自分の部屋のほうを指差した。

「ローセとはよく行き来があったんですか？」

「いえ、そんなには。でも会えば挨拶はしますし、最近も会ったばかりです。そのときに、ツィマーマンさんが亡くなったことを話したんです。ローセは病気なんですか？　ずっとどこかに行っていたみたいだし、この前会ったときにどうも様子がおかしかったので」

「いつのことですか？」

「木曜です。ちょうどその日、F1レーサーのケビン・マグヌッセンがルノーの車でバリアに衝突したんです。わたしはF1の大ファンで、特にケビンが好きなんですが、ちょうどそのニュースを聞いたときにローセに会ったから、よく覚えているんです」

「ローセは今、家にいないみたいです。どこに行けば会えるか、何かご存じではないでしょうか？」

「いいえ。彼女はこの団地の誰ともほとんど付き合いがないですからね。行き来があったのは、わたしの知るかぎりではリーモアだけです。それに、わたしはこの週末ずっと家にいなかったものですから」横に置いたスーツケースを指差した。「家族に会いにいっていたんです」

彼女はにこやかに笑うと、いろいろ訊かれてもかまわないという様子を見せた。しかし、カールもアサドもあえてそうする気にはなれなかった。

「彼女の捜索願いを公示したほうがいいんじゃないでしょうか」車に戻る途中でアサドが言いだした。

「ああ、そうするべきだ。だが……」カールはためらった。アサドと同様、カールも遺書と臓器提供の意思表示にショックを受けていたのだ。たとえ、彼女があれを書いてから自殺を思いとどまったとしても、精神を病んだ人間がそのあとどうするかはわからない。ローセがここまでの状況になっていると知るのが遅すぎた。カールは真剣な目で相棒を見た。「アサド、今、ローセの捜索願いを公示したら、すべてが明るみに出る。もし彼女が今どこかのホテルにいて、自分の力で立ち直ろうとしていたら？ 俺たちは彼女のキャリアを破滅させることになる」

「やはり、そう思いますか？」アサドは驚いているようだった。

「ああ。もし彼女の秘密がすべて暴露されたら、彼女のキャリアは終わりだ。ビャアンはローセの秘密を放ってはおかないだろう。あいつはマニュアルどおりの人間だから、勤務規定どおりローセを警察には残しておかないはずだ」

「私はまったく違うことを考えてます、カール。本当に彼女がどこかで立ち直ろうとしていると思いますか？　たとえそうだとしても、彼女がまだ自殺を考えている可能性はあります。だからこそ、捜索願いの手続きをしたほうがいいと思うんです」

たしかにアサドが正しいのかもしれない。しかし、どうやったらローセが今、何を考えているのかを知ることができるのか？　どう決断すべきなのか？　まさにジレンマだった。自分たちの車から二台離れたところに駐車してある車の脇を通り過ぎながら、カールは深いため息をついた。小さなフォードＫａのなかでは、女がひとり、眠っていた。

できればこの女と代わってゆっくり眠りたいと、カールは心の底から思った。

46

二〇一六年五月三十日、月曜日

ジャズミンは、頭がどうにかなりそうだった。デニスは何時間も前に出ていったきり、一度も連絡をよこさない。いったいどうなってんの？　なんで電話をかけてこないの？　デニスはわたしにどうしてほしいの？　こちらから電話するのはだめだと言われていた。デニスがどこかに隠れているときに、居場所がばれることになりかねないからだ。でも、デニスにいったい何が起きたんだろう？　トイレにいる女は小さな声でうめいている。時間が経つにつれ、その皮膚はひどく青白くなり、両脚には気持ちの悪い赤い斑点が浮かび上がり、指は黒ずんできている。女がかなり弱ってきているので、飲み物を与えるたびに窒息するのではないかと怖かった。

しかし、ジャズミンはその考えをすぐに振り払った。女が死んだら自分とデニスは二重に殺人を犯したことになる。そうなれば終身刑で、人生は終わりだ。仮に四十五歳くらいで釈放されたとしても、その年齢で職業教育も受けてなくて、前科者というレッテルを貼られた自分にいったい何ができるの？　そもそも刑務所のなかでお金を貯めるなんてできるのだろうか？　世界の果てへ逃げるエアチケットを買うためのお金を？　売春をする以外、いったい自分に何ができるの？　でも、売春だけは絶対に嫌だ。どうしよう？　もしデニスが一、二時間のうちに戻ってこなかったら、ひとりで逃げよう。お金をすべて持って、とにかくどこかへ逃げるのよ。あとはすべて、デニスの責任だ。

ジャズミンはすでに金をかき集め、三十代の女たちのあいだでシックだと人気の亜麻布のバッグに詰めてあった。このくらいシンプルなバッグなら誰も怪しいと思わないだろう。エストーで中央駅まで行き、インガスレウ通りでヴァイレ行きのバスに乗る。十時くらいにバスが出るのは知っていた。それに乗ればいい。

　ユラン半島に着いたら、誰にも気づかれずに南へ逃げるチャンスはある。ジャズミンは南へ行きたかった。この土地を離れ、とにかく遠くへ。姿を消し、二度と戻ってこない。たしか旅行社で、ベルリン行きの格安チケットが百五十クローネで買えるはずだ。ベルリンからなら世界中どこでも好きなところへ行けるだろう。いちばん心を惹《ひ》かれているのはイタリアだった。あそこにはイケメンがたくさんいるし、地名を聞いただけでも胸が躍る。シチリア、サルディーニャ……。

　バスルームからまたうめき声が聞こえてきたが、その声はすでに弱々しくなっていた。あの女のことを考えなくてもすむようなものが、リビングにないだろうか？　ジャズミンは部屋のなかを見回した。

「どうしようか……」と何度か小声で繰り返しながら、コップ一杯の水を取りにキッチンに入っていった。オーケー、まずはあの女に最後の飲み物を与えよう。その後、あの女がどうなるかは運命が決めるだろう。

　シンクに身をかがめ、グラスに水を入れようとしたそのとき、隣の部屋のドアを誰かがノックする音が聞こえた。

　ジャズミンはキッチンの窓のカーテンをそっと持ち上げたが、すぐに戻した。外の廊下に褐色の肌の男が立って、こちらを見ていたからだ。

　ぎょっとしてジャズミンは冷蔵庫のある隅のほうへあとずさった。あの男に見られただろうか？　カーテンの外側を影が滑るように動いていく。恐怖で心臓は早鐘のように打ち、手は汗でじっとりと濡れた。外でふたりの男が話しているのが聞こえる。ひとりが何も見なかったと言い、続いて呼び鈴が鳴った。ジャズミンは根が生えたようにそこに立ち尽くした。

バスルームの女が再びうめき声をあげた。とても弱い声だったが、それでもキッチンまで届いた。

廊下の男たちが話をしている。

今度はさっきよりも力強くドアが叩かれた。ジャズミンは縮みあがった。男のひとりが郵便物の差し入れ口に向かって、「あなたを見た、うかがいたいことがある」と叫んでいる。ジャズミンは息を止めた。誰にも何も尋ねられたくない。

すると、もうひとりの男が差し入れ口から何か見えないかと言ってきた。玄関の前に立っていなくてよかった。早くどこかに行ってよ！

再びカーテンの外側で人影が動いた。誰かがキッチンのなかを見ようとしている。窓ガラスがコツコツ叩かれる。ジャズミンは窓の前にあるキッチンテーブルを見やった。汚れた皿とビールのジョッキや食器が置いてある。あれで何かばれないだろうか。

「おまえが見間違えたんだと思うがな」と片方の男が言い、ようやくドアを叩く音がやんだ。部屋の鍵を持ってきていればよかったと言う声が聞こえた。するともうひとりが、車にピッキング道具があると話した。

ジャズミンは卒倒しそうだった。男がピッキング道具を取ってきたら一巻の終わりだ。バスルームの女はまだ生きているとはいえ、自分は破滅だ。かっこいい黒髪の男たちとイタリアでのんびりするのを夢見ていたのに、ジャズミンは完全に窮地に陥っていた。

そのとき、ひとり目の男が、ここのことは殺人捜査課の人間に任せたほうがいいと言った。そして声は小さくなった。男たちは隣の部屋に入っていった。今は壁越しにくぐもった声が聞こえる。驚かされたが、無事に逃れることができたということだろうか？　でも、間もなく殺人捜査課の人間がやってくるだろう。だけど、なんでふたりの男がそんなことを知ってるの？　デニスと何か関係が？　だいたい、どうしてデニスは電話をしてこないの？　もう我慢の限界だ。もともと簡単な話だったじゃないの？　デニスがスヴェンスンを脅し、必要があれば、今バスルームにいる女に対してと同じことをする。ロトで当たった金を差し出すまで彼女を拘束する。でも、そのあいだに電話くらいかけてこられるでしょうが！

　デニスめ。自業自得だからね。もう待てない。すぐにでもここを出ていかなきゃ。《ヴィクトリア》で奪った金を入れた亜麻布のバッグを持って出ていこう。デニスにはスヴェンスンの金がある。どっちみち、デニスが帰ってきても、きっと揉めて、この金をふたりで山分けすることにはならないだろう。それなら、結果は同じことだ。

　ジャズミンは眉根を寄せてもう一度、先ほど聞いた言葉を反芻《はんすう》した。ここのことを殺人捜査課の人間に任せると言っていたが、どういう意味なんだろう？　スヴェンスンの家で何かまずいことが起きたのだろうか？

　もしデニスが戻ってこなかったら、ジャズミンは警察に匿名で電話をかけ、スヴェンスンを悪人に仕立て上げる約束になっていた。だけど、今、あえてそれをやるべきだろうか？　電話なんてすぐ逆探知されてしまう。まして携帯電話ならあっという間だ。警察に電話することなど考えられなかった。

　悪いけど、この先どうなろうとわたしの知ったことじゃない。大事なのは、なんとかしてこの状況から抜け出すことよ。わたしは自分の役割をもうやり終えたわ。今夜、バス停に行く途中で偽造パスポートを手に入れることができるようにちゃんと手配もしたわ。おあいにくさまね、デニス。

　バスルームから再びうめき声が聞こえてきた。

「いいかげん、黙ったらどうなの！」バスルームを通りかかったとき、ジャズミンはそう吐き捨てるように言った。どうせ警察が来たら、彼らがこの女に水をやるだろう。おまけに女からは、小便と大便の耐えがたいにおいがしていて、とてもなかに入る気にはなれなかった。

五分後、ジャズミンはすべての荷物をまとめていた。用心深く窓から外を見て、今なら大丈夫だと思った。隣の家の男たちの声はまだ聞こえていたが、素早く動けば気づかれないだろう。

彼女は亜麻布のバッグを肩にかけ、スーツケースに手をやると、もう一度キッチンのカーテンを少し上げた。

用心しながら駐車場を見下ろす。屋根に青色灯を載せた車が一台あるだけで、どうやら下で待機している警官はいないようだ。それ以外の車は郊外にあるようなごく普通の車だった。どの車も、わたしがイタリアで乗ることになる白いレザーシートのカブリオレとは比べものにならないわ。

そのとき、いきなり隣の家のドアが開き、バタンと閉まった。廊下では例のふたりの男が女性と話をしている。

オーケー、じゃあ彼らが行ってしまうまで少し待つことにしよう。

バスルームからは相変わらず物音がしている。ローセとかいうあの女は泣いているようだ。もちろん、あの女には気の毒だった。でもわたしに何ができるっていうの？　もしデニスが戻ってきてわたしがいないことに気づいたら、彼女はどっちみちあの女を殺すだろう。デニスのリアクションをジャズミンはありありと思い描くことができた。バスルームの女は危険だ。あまりにも多くを知りすぎてしまった。

でも、それはデニスの問題だ。わたしの知ったことじゃない。

今、警察の車両が出ていった。音でわかった。それでも念のため、カーテンの隙間から外を確かめてみた。

そのとき、数区画右の駐車場に小さい車が停まっていて、そのなかで人影が動いたことに気づいた。その女がサングラスをはずし、こちらを見上げたとき、ジャズミンの背筋が凍った。

どうして！　アネ＝リーネ・スヴェンスンじゃないの！　じゃあ、デニスはどこ？

ジャズミンは胃酸が逆流してくるのを感じた。ちくしょう、ちくしょう、ちくしょう！　どうしよう？どうしたらいい？

車のなかの人影はまっすぐに自分を見上げた。その目が「わたしは何も怖くないのよ」と言っている。デニスはいったいどうしたの？　どこにいるの？　ジャズミンはパニックになって、ほとんど何も考えられなかった。

ここから出るのよ、それ以外ない。ドアから出ていくなんてとんでもないわ。バルコニーから出ていくしか道はない。

ジャズミンは寝室に慌てて入ると、戸棚から一気にシーツを引きずり出した。

下に届きますようにと願いながら二枚のシーツを結び合わせる。それからリビングに走っていき、リビングのドアノブにシーツを巻きつけ、バルコニーのスライド式の窓を押し開け、シーツとスーツケースを下に放り、亜麻布のバッグを肩にかけ、ゆっくりと下りていった。

地獄のようだった。シーツを握る指は焼けるように痛く、体じゅうの筋肉が叫び声をあげ、バッグは狂ったように右へ左へと揺れている。

それでも彼女はなんとか下をちらりと見ることはできた。見渡すかぎり誰もいない。芝生の上にも、下の階にも誰もいないようだった。しかしスーツケースは落ちた衝撃で開き、服がそこらじゅうに散らばっていた。

ちくしょう、スーツケースを詰め直す時間なんてないのに。ようやく芝生に降り立つと、服はそのままにして無我夢中で駆けだした。

団地を背にし、エストーの駅に向かって歩道を進みはじめたとき、ようやく脱出に成功したと思った。

数メートル先に花壇の土が鋤《す》き返されたように見える場所があった。あそこがミッシェルが事故に遭った場所かな、とジャズミンは思った。その瞬間、背後から車がスピードを上げてやってくる音を耳にした。

47

二〇一六年五月三十日、月曜日

「ローセ、出てきて、わたしよ、ヴィッキーよ！　出てきても大丈夫よ、父さんは仕事に出かけたわ。今週は夜勤よ」

ローセは震える指を部屋のドアに伸ばしたが、鍵を回すことができなかった。父さんは本当に夜勤なの？　もう木曜日になったの？　外で叫んでいるのは誰？

外の声は自分がヴィッキーだと言っている。でも、自分自身が外で呼んでいることなんてある？　なぜ外にいる人はなかにいるわたしをローセだと錯覚しているの？　誰がローセのことなんて好きになるの？　誰もローセを好きな人なんかいないわ。でもヴィッキーは違う……ヴィッキーなら逆でしょ？

外に出ていったらシャツを着よう。今日は黄色と黒のチェックのフランネルシャツを着よう。胸元がばっちり見えるくらいに襟のボタンをはずそう。彼女はクスクス笑った。みんな、目が顔からこぼれそうになるくらい、わたしを見つめるかも。

でもわたしはどんなに見つめられても微笑むだけ。そしてみんなに言うの。わたしはこの俳優と結婚するって。彼がなんていう名前かって？　そんなの関係ないわ。今は思い浮かばないもの。でもわたしは彼のものになる。そうよ、彼にはそれがわかってる。

ヴィッキーはすごくかわいいってみんな言うわ。だからわたしはかわいいのよ。ローセはただのローセでしかない。かわいそうに、彼女はどうしようもない。そう生まれついたのだからしかたない。父さんはいつもそう言ってたし、そのとおりよ。だからわたしは自分がローセじゃなくてうれしいの。

だって、ローセになりたい人なんている？　そんな人いるの？　その質問は前にもしたわよね？　まさか、わたしは絶対になりたくない。さて、父さんが夜勤だから、わたしは踊りにいくわ。幸運にも、誰にも干渉されないですむ。誰にも。

ああ、また食道を切るような感覚が襲ってきた。これも現実ではなくて妄想なのかもしれない。もはやよくわからない。一秒前まではどこも痛くなかったのに。でもふたたび痛みが戻ってきた。

また首が締めつけられている。いつになったら終わるの？

ああ神様、痛い。

ローセは目を開けた。周りがすべてぼやけて見える。目は乾き、全身が痛みを訴えていた。いや、違うかも。食道と舌が焼けているだけなのかもしれない。

少し遠いところで女性の声が聞こえた。この声は現実、それともまだ夢のなか？

わたしは元の自分に戻ってきたのだろうか？　この数時間、夢と現実があまりにしょっちゅう入れ替わった。もう時間の感覚もない。場所の感覚すらおぼろげだった。

自分が拘束されているということだけが、動かしようのない事実だった。下腹部と食道は燃えるような痛みを訴えていたが、そのほかはもう何も感じなかった。両脚と両腕は少なくともこの二十四時間、感覚がない。いや、もっと前からだろうか。

バスルームの外でまた誰か女性の声がした。今度は怒りを含んだ声だ。デニスとかいう女に悪態をついている。でもここで起きていることが現実なら、この現実に留まりたかった。ここから離れると、床に倒れている父親がまた出てきて、肉も骨もつぶされながら、あざ笑うようにこちらを見て、にやりとするのだ。そのまなざしは自分の胸を貫き、その冷たい目は記憶から薄れることはなく、夢に落ちるたびにいっそう強い光を放つ。妹たちが自分の助けになろうとしていることはわかっていた。夢のなかでは突然、彼女たちは自分になり、自分は彼女たちになる。そうすると安らぎが訪れる。安らぎ以外何もいらない。それがどんな形でやってきたとしてもかまわない。

「まったく、彼女はどこにいるんだ？」部屋の外から声が聞こえた。

そこで話しているのは誰？　ミッシェルとかいう人？　違う、その人については彼女たちが死んだと言っていた。それともまだ、わたしは夢を見ているの？

粘着テープ越しに彼女は「ムーーーーー」とうなった。「喉が渇いた」という意味だった。しかし女の声にかき消された。女はまだしゃべっている。あの女はあまりストローを口に差しこんでくれない。一度か二度くらいしか水をくれていない。

お腹がぎゅっと締めつけられた。まだここは機能しているようだ。すると突然、また食道が焼けるように痛くなった。すべての痛みが連動している。

ローセは目を開けた。胃酸がどっと押し寄せたおかげで、混濁した意識から引き戻されたのだ。

彼女は目だけで周りを見回した。廊下に差しこんでいる光は薄暗い。早朝か、夕方の遅い時間か、どちらだろう？　この季節はほとんど暗くなることがないから、どちらか判断することは難しい。ともかく夏はすぐそこまで来ている。恋人たちがとろけるようなまなざしで見つめ合い、踊りだしたい気分で体がむずむずする季節。たった一度だけ、彼女もそういう興奮を味わったことがあった。あのときはうれしかった。恋は向こうからやってきて、何度でもまたやってくるものだ、という人がいる。でもローセにとってはそうではなかった。それでも、胸が躍る興奮は経験した。ただし、ダンスに行くことも、父親が禁止したことのひとつだった。

外の女が、叫び声に近い声をあげた。

ローセは額に皺を寄せた。違う、そんなはずはない。叫び声をあげた女などいない。ドアの開いた部分から廊下に目を走らせた。そこには誰もいなかったが、声は響き渡っていた。声は低かった。あの女の声よりずっと低かった。その声を彼女は知っていた。あれはアサドの声じゃない？　でもなぜ、アサドがここに来ているの？　なぜ、急に、この家に人がいるなんて言ってるの？　なぜ、その人に話を聞きたいなんて言ってるの？

わたしは夢を見てるの？　それとも本物のアサドが、このなかに人がいると話してるの？　アサドがその人に話を聞きたいと？　なんでなかに入ってきてそうしないの？　アサドの質問にならいくらだって答えたかった。彼は友達だ。

彼女は「ムーーーー」とうなった。今度は「入ってきて」という意味だった。入ってきて、そしてわたしの口からテープを剝がして。胃酸を吐き出させ、質問に答えられるようにして。

こっちに来て、わたしに質問してよ、アサド。すると乾燥していた目がほんの少し湿り、胸から嗚咽のようなものがせり上がってきた。気持ちが少し楽になった。

少し遠くからまた別の声が聞こえてきた。カールのようだ。その声を聞いたとき、いきなり胸が熱くなった。胸がじんとし、本物の涙がこぼれた。本当にそうなの？　あのふたりが本当に外にいて、わたしがここにいるって知ってるの？

ふたりはこの家に入ってきて、この屈辱的な状態にいるわたしを見ることになるかもしれない。それでもわたしを抱きしめてくれるだろうか？

そうしてくれるだろうか？

彼女は耳をすまし、なんとか音を出そうとした。不明瞭なうめき声ではなく、もっと大きく意味のある音を出そうとした。完全に目が覚めていた。自分ではコントロールできないアドレナリンの噴出が、いきなり体を現実に引き戻した。

急に肩と背中を痛みが襲った。関節と筋肉が反乱を起こし、すべての神経が目を覚ました。ローセは粘着テープに塞がれた口で苦痛のうめき声をあげた。

バスルームの外で、女の影がさっと動いた。彼女の動きはいつもと違う。慌てふためき、緊張しているようだ。ここを通り過ぎるとき、「いいかげん、黙ったらどうなの！」と毒づいた。数分後、リビングからバタバタと音が聞こえた。何かがカチリという音、何かが鈍くぶつかる音。それから物音ひとつしなくなった。

しんとしてしまった。

48

二〇一六年五月三十日、月曜日

この数時間、アネリはこれまで経験したことのない衝撃とショックを感じていた。

あと数分早くサンデールパーケン団地に到着していたら、まず間違いなく、すべてが終わっていただろう。デニスの家で犯行の現場を押さえられ、逮捕されていたはずだ。

というのも、車から降りようとする直前、ふたりの刑事を乗せた警察のものらしき車が、アネリの車の前を曲がって駐車場に入ってきたのだ。彼女はとっさに運転席に身を沈め、ふたりを観察した。刑事たちはデニスの隣の家に行こうとしていたが、考えを変えたようで、そこを通り過ぎてデニスの家に行くと、呼び鈴を鳴らし、ドアをノックしていた。ひとりは郵便物差し入れ口に向かって何かを言い、もうひとりは窓ガラスを叩いた。何もかもが奇妙だった。アネリは不安を覚えた。

あの刑事たちは何を追ってここまでたどり着いたのだろう？　クラブ強盗事件とあのアイスランド人銃撃事件？　デニスたちが容疑者だと思われているのだろうか、それともたんに目撃者として話を聞く必要があるというのだろうか？　ミッシェルがあそこにもぐりこんでいたことを突きとめたのだろうか？　いろいろな可能性が考えられる。もしかしたらミッシェルは、発見されたとき、レシートとか電話番号とか、何か間接的にここの住所をたどれるものを持っていたのかもしれない。でも、どうして刑事たちはあんなに早くあきらめて、隣の部屋に入っていったのだろう？　隣の部屋が何か関係あるのだろうか？

　刑事たちがようやく団地をあとにして、自分たちの車に向かおうとアネリの車の横を通ったとき、アネリは息を止めた。おまけに、背の高いほう、典型的なデンマーク人に見える刑事のほうが、こちらに顔を向け、サイドウィンドウから直接覗きこんだ。そこに立ち止まり、なんでずっとここにいるんだと訊いてくるのではないかとおびえながら、アネリは身を硬くした。とっさに眠ったふりをしたが、どうにかばれなかったようだ。

　アネリはサングラス越しに、デニスの家の観察を続けた。刑事たちがようやく駐車場を出ていくと、デニスの家のカーテンの隙間から顔が覗いた。アネリはサングラスを取ったが、距離があるので、それがジャズミンかどうか確かめられなかった。ところが、その女がびくっとして身を引いた。ジャズミンに間違いない。相手からも遠くてこちらの顔は確認できなかっただろうが、ジャズミンならアネリがフォードＫａに乗っていることを知っている。アネリ自身がジャズミンに説明してやったのだから。

　今の状況を検討してみた。ジャズミンはどうやら、刑事たちに素性を明かしたくないようだ。でも、刑事がそう簡単にだまされるだろうか？　応援を呼びにいったところなのではないだろうか？

　ともかくのんびりしている暇はなさそうだ。あれこれ考えていないで車を降りなくては。彼女は運に任せることにした。これまでも運が何度も助けてくれた。今回だけ違うということはないだろう。

　建物の玄関ロビーに入ると、女性が郵便受けの前にいて郵便物を一つひとつ手にとって見ていた。彼女は今から上の階に行くのだろうか、それとも外に出ていくのだろうか？　上に行くのなら、少し待ったほうがいいだろう。

　アネリは、さも棟と棟のあいだにある芝生のスペースに行くつもりだったかのように、玄関ロビーを通り抜けた。

するると、芝生の上に開いたスーツケースが投げ出されているのが見えた。中身が外へ飛び出している。アネリはぴんときて芝生へ走り寄ると、デニスの部屋を見上げた。思ったとおり、窓からシーツが垂れ下がっている。

そのとき、芝生の向こうを誰かが走って逃げていくのが見えた。間違いない、ジャズミンだ！　アネリはこうなる可能性を考えていなかった自分を呪った。そして、素早く車に戻った。

おそらくジャズミンは駅に向かうだろう。スティーンルーセに詳しくなっていてよかった、とエンジンをかけながら思った。

案の定、百メートルほど前、ちょうどミッシェルを轢き殺した場所でジャズミンを発見した。しかし今回は、邪魔が入った。駅のほうから若者の集団が騒ぎながらやってきたのだ。手にビールの缶を持ち、ジャケットを振り回している。

こんな状況では、轢き逃げなどできるわけがない。

しかし、これではまったく計画が変わってしまう。

アネリはアクセルから少し足を離すと、バッグのなかを探ってデニスの拳銃を探した。若い子たちはビールの缶を芝生の上で蹴り、ふざけ合っている。

拳銃を手にすると、アネリはアクセルを踏みこんだ。数秒でジャズミンに追いつき、ブレーキを踏むと助手席に体を滑らせ、ドアを押し開けた。

デニスの拳銃を見たジャズミンの目が丸くなった。

「デニスはわたしの家にいるの」アネリは言った。

「見てのとおり、わたしが彼女からこの拳銃を奪ったわ。話をしましょう、ジャズミン。何がどうなっているのか教えてちょうだい」

頭をひと振りしてジャズミンに乗るよう無言で命じると、アネリは運転席に体を戻した。

ジャズミンの様子は、これ以上ないくらい変わっていた。つい最近まで待合室でアネリの陰口を叩き、毎月のように厚かましい要求をしてはアネリをいらだたせてきた尊大な若い女は、もうどこにもいなかった。

「わたしはあなたに何もしていません」アネリが車をUターンさせると、ジャズミンが小声で言った。

「そんなこと全然言ってないわよ、ジャズミン。さあ、あなたが今出てきた家に戻るわよ。まずは芝生からスーツケースを回収することね。それから部屋に入って紅茶でも飲みながら、話しましょう。そのあとでデニスのところへ行くのよ」

ジャズミンは首を横に振った。「あの家には戻りたくありません」

「でも、わたしはもうそうすると決めたの。どうしたいかはそのあとで言ってちょうだい」

「わたしは何もしてません。全部デニスのしたことです」ジャズミンの声はますます小さくなった。


ジャズミンが何を言いたいのか、アネリには見当がつかなかった。でも、そんなことはどうでもいい。

「ええ、デニスがやったのね」とりあえずそう言っておく。「でもわたしはあなたの担当だから、あなたのことをいろいろ知っておく必要があるの。そうでしょう?」

ジャズミンは何か言いたそうだったが、黙って状況に身を任せることにしたようだ。だが、アネリにはそれもどうでもよかった。十分後には、もう誰にも彼女の言葉など届かなくなるのだから。

ふたりはジャズミンの持ち物を芝生の上からかき集め、スーツケースとともに上へ上がった。デニスの家の十メートル前の廊下でジャズミンが立ち尽くした。

「どうやって入ればいいのかわからないわ。バルコニーから外に下りたんです。だからドアは閉まったまま。鍵はなかにあります。どこか別の場所で話しませんか? あなたの家とか」

アネリは目を細めた。この女、わたしをだまそうとしているのだろうか？　時間稼ぎをしているのだろうか？　一方でジャズミンの言っていることはもっともにも思えた。荷物をスーツケースに詰め直しているとき、たしかに鍵はどこにも見当たらなかった。

「ポケットの中身を全部出して」ジャズミンに命令する。

ジャズミンは従った。しかし、百クローネ札数枚とコンドーム一個。それで全部だった。それからアネリは、肩にかけている亜麻布のバッグを開けるよう彼女に命じた。しかしジャズミンはそれを嫌がり、バッグをアネリから遠ざけようと引いた。ジャズミンの顔は再び、あの強情な表情になっていた。あなたがわたしを信じようと信じまいと、とにかく鍵なんて持っていないんだから、と言い張る。

実際、アネリもそうだろうと思っていた。なんといってもあのシーツを自分の目で見たのだから。問題は、このプロジェクトを進めてから初めて、次の手をどう打ったらいいかまるで考えつかないことだった。念入りに計画を練り、しかるべき準備をしてきたが、その計画どおりにジャズミンを動かせなければ、殺人と自殺の偽装というシナリオがうまくいかなくなる。ジャズミンは絶対に家のなかで撃ち殺さなくてはならない。そうでなければすべてが水の泡だ。

いい案が思い浮かばないまま、アネリは廊下を見回した。周囲はあきれるほど殺風景だ。どの家もドアの横に花もグリーンも置いてない。敷地内にはプランターもなければ、ちょっとした飾りひとつない！　目に入るものといえば、ドアマットくらい――それもデニスの家の前にあるものだけ――だった。

「一歩下がってくれる、ジャズミン？」もしやと思い、彼女はマットを持ち上げた。その下に鍵があった。

「わたしのことをだませると思ってたのね？」

ジャズミンはうろたえているようだった。自分も同じくらい驚いているといった感じだった。

アネリはドアを開けると、さあ、とジャズミンをなかに押しこんだ。なにこれ、糞尿のにおいがものすごいじゃないの！　でもわたしは、この数週間で鍛えられている。がんを宣告され、手術を受け、放射線治療を受け、プロジェクトを練り上げ、遂行しているのだから。ちょっとやそっとのことでは動じない。わたしをたじろがせたり、考えを変えさせたりできるものは、もう何もない。

とはいえ、開いたバスルームのドアからなかを見たとき、アネリはぎょっとした。拘束された女がトイレに座り、排泄物だらけになっている。さすがにこれは手に余る事態だった。

「だ……誰なの？」

ジャズミンは申し訳なさそうに肩をすくめた。「知りません。デニスがやったので。わたしには何もわからない」

アネリは女を凝視したが、反応はなかった。

「この人、死んでるの？」

「わかりません」ジャズミンが亜麻布のバッグを自分の体に押しつける。

アネリは目ざとくそれに気づいた。「そのバッグをよこしなさい」バッグを引っ張ったが、ジャズミンは渡さなかった。アネリは拳銃で彼女の顔を一撃した。ジャズミンは悲鳴をあげ、バッグを落とすと両手で顔を覆った。わかるわ、その美貌があんたが使える最後の財産ですもの。傷がついたら誰にも振り返ってもらえなくなるものね。

「今から、わたしの言うことに従うのね。でないと、もう一発お見舞いするわよ」

アネリはバッグを拾い上げた。

「信じられない、これはいったい……？」アネリは目を疑った。今日はまったく驚きの連続だ。「いくらあるの？　クラブから盗んだお金がこれ？」

ジャズミンはいまだに両手で顔を覆っている。泣いているのだろうか？

アネリは頭を振った。なんという幸運！　なんてついてるの！　計画どおりにジャズミンを捕まえたばかりか、お金まで手に入るとは！

アネリはバスルームに座っている生気を失った女を眺めた。この女は、わたしの計画にとってどれだけ邪魔になるだろう？　死んでいるなら謎としてあとに残る。生きているなら、それはそれで厄介なことになる。元カレのひとり、最高に退屈だったあの男はいつもなんて言ってたっけ？　全力で守ろうとしなければ幸運は消え失せる、だっけ？

もしかしたらあの男はそこまで馬鹿ではなかったのかもしれない。少なくとも、こうしているあいだにも時間がどんどん経っていく。幸運が本当に尽きてしまう前に、ジャズミンを片づけなくては。

「ダイニングルームに行きましょう、ジャズミン」

念のためにアネリは頭のなかでシナリオをおさらいした。ジャズミンをリボルバーで撃ち殺したらすぐ、その手にデニスの古い拳銃を握らせる。警察は、女たちが仲間割れし、争いがエスカレートしたあげくにふたりともが拳銃を使ったと思うだろう。ジャズミンの場合は古い拳銃から弾が発射されず、サイレンサーを装着したデニスのリボルバーのほうが先に威力を発揮したと。デニスは公園に捨て、その手にリボルバーを握らせる。自殺したと見せかけるために。

「テーブルの前の椅子に座って」そう言うと、アネリ自身はテーブルの向かい側に座り、バッグを膝に置いた。テーブルの天板の下でデニスの拳銃をバッグに入れ、リボルバーを取り出す。

リボルバーを目にしたジャズミンの顔はたちまち紅潮した。きりっと引かれたアイラインがぐっと上がる。

「それでどうしようっていうんですか？　話をするんじゃなかったんですか？」

「ええ、もちろんそうよ。でも最初にすべて教えて、ジャズミン。なぜわたしがミッシェルを轢き殺そうとしたと思ったの？」

アネリは天板の下でリボルバーを握り直すと、バッグを漁ってサイレンサーを探した。

「あなたがミッシェルを撥ねる直前に、ミッシェルがあなたを見たのよ。本人がわたしたちにそう言ったんです」

アネリはうなずいた。「そう、じゃあ彼女は見間違えたのね。少なくともそれはわたしじゃないわ」

ジャズミンは若々しい額に皺を寄せた。「でも彼女はあなたを見たんです。あのとき……」

「なんのとき、ジャズミン？　彼女の思い違いに決まってる。誰かほかの人でしょう。わたしに似た誰か別の人よ」

ジャズミンの目が天板の上に落ちてから、さっと脇へ逸れたのにアネリは気づいた。何か大変なことがこれから起きると察しているようだ。それなのに、よりによって、オイルフィルターでつくったサイレンサーがリボルバーの先端にうまくはまらない。

「テーブルの下で、何を触っているんですか、スヴェンスンさん？」ジャズミンがぱっと立ち上がり、チーク材の棚から何か柄のついたものをつかんだ。

アネリはリボルバーを高く上げた。サイレンサーがカタカタと動く。「それをすぐに離しなさい！」度肝を抜かれて彼女は叫んだ。

しかしジャズミンはその柄のようなもののキャップを取ると、紐のついた丸い玉を外に出し、それを引っ張るとテーブル越しにアネリに向かって投げつけた。一瞬の動作だった。アネリは仰天して見つめていたが、とっさにぱっと脇へ跳んでリビングに逃げこみ、本能的に床に伏せた。ジャズミンが廊下を走って逃げる。

しかし、何も起こらなかった。

あれはきっと手榴弾だわ。でも爆発しなかった。

肩を押さえながら立ち上がると、ジャズミンが玄関のドアを揺さぶっている音が聞こえた。

「内側から鍵を差しこまないと開かないでしょ。鍵はわたしが持ってるわ」

そう言うとアネリはリボルバーを床から拾い上げ、オイルフィルターを銃口にはめた。ようやくしっかりとはまってくれた。アネリは廊下へ出た。

ジャズミンはパニックになってバスルームへ飛びこむと、鍵をかけた。

それで助かるとでも言わんばかりに。

アネリはリボルバーをドアに向けると引き金を引いた。たいした穴があいたわけではなかったが、ドアの向こうで絶叫が聞こえた。

アパートメント全体に叫び声が響き渡ったら大変だわ、とアネリはもう一度引き金を引いた。声がやんだ。

さて、これからどうする？　あの女を仕留めたかどうか、確認したほうがいい。ドアを蹴破ることができるだろうか。どうせ薄い合板でできているだけでしょう。ただ、足跡を拭きとることを忘れないようにしないと。最後にはすべてを点検し、痕跡を拭い取らなくては。どうして手袋をしてこなかったのだろう？

鍵は最初の一撃で壊れた。

ドアとドア枠にできた裂け目から、アネリはなかに入った。ジャズミンは大きく目を見開いたまま、床に広がる血の海のなかに倒れていた。何かつぶやいているが、聞き取れない。

アネリは血が排水口に流れていく様子を見つめていた。バスルームで撃ち殺すと、便利でいいわ。

振り向くと、鏡に自分の姿が映っていた。

そこに立っていたのは、目の下にくまをつくり、口を開けた中年女のアネ＝リーネ・スヴェンスンだった。もう一度見直すと、今度は冷酷で感情のない女が映っていた。アネリははっとした。冷静にここに立ち、今、自分がしたことによって血を流している人間をじっくり観察しているわたしは、いったい何者？　わたしはおかしくなろうとしているのだろうか？　そう考えたことは前にもあった。まあ、そうだとしてもかまわない。

彼女は鏡に背中を向けると、再びジャズミンの様子を観察した。すでに息は絶えていたが、両脚はまだぴくぴくと痙攣している。ジャズミンの体がまったく動かなくなり、うつろな目が天井を向いているだけになってから、ようやくアネリはトイレの上で拘束されている女に向き合った。

アネリは女の体に片腕を巻きつけるようにしてトイレの水を流した。まったく、あのお嬢さん方はこんなこともやる気がなかったのかしら。

「さてと」アネリはその気の毒な女の髪を撫でた。「あなたは誰で、なんでここに座ってなきゃならないの？　ともかく、仇《かたき》は討ったわ」

それからアネリは右手にトイレットペーパーを巻きつけると、リビングに行き、自分が触れたところをすべて残らず拭って回った。

最後に彼女はトイレットペーパーを巻きつけた手をデニスの拳銃に伸ばすと、バスルームに戻ってきてそれをジャズミンの片手に握らせようとした。しかし、どっちの手に持たせればいいのだろう？　血にまみれた左手か、きれいなほうの右手か？　手榴弾を投げたのはどっちの手だっただろうか？　右手？

アネリは目をつむり、あのときの情景を思い出そうとした。だが、わからなかった。

アネリは素早く決断すると、ジャズミンの右手の指をグリップと引き金に絡め、その手を再び床に下ろすと、電気を消し、バスルームのドアを半分閉めた。

自分の荷物をバッグに詰めると、両手をキッチンペーパーでくるんだ。ジャズミンのスーツケースを寝室のベッドの上に置き、留め金を開けた。このスーツケースを手にして下の芝生にいたジャズミンを見た人がいるとしたら——まあ、いないだろうが——その人はジャズミンをとても若い女性だったと言うかもしれない。そして年配の女性が彼女を手伝っていたと言うだろう。警察はその年配の女性は誰かと訊くはずだ。そして目撃者はここでは一度も見かけたことのない女性だと言うだろう。

デニスがジャズミンと決着をつけようとやってきたとき、そして、このスーツケースが再び開けられたとき、その〝年配の女性〟が居合わせたことになる。警察は絶対に納得がいかないだろう。

アネリは笑ってしまった。もしかしてわたし、ミステリ小説の読み過ぎじゃない？　きっとそうだわ。

彼女はもう一度部屋をすべてチェックして回った。リビングを見てまわったとき、目が手榴弾に引き寄せられた。あれが爆発しなくて、なんて幸運だったのだろう！

彼女はそっと手榴弾を手に取った。

《使用前に起爆装置を取りつけること》と下のほうに書かれている。善良なるジャズミンのドイツ語力でも理解することができた。アネリのドイツ語力でも理解することができた。善良なるジャズミンはそうしなかったのだ。たったひとつの失敗で、彼女は命を落とすことになった。アネリはまた笑わずにはいられなかった。外国語の勉強を真面目にやっておけばよかったのにね……。

アネリは慎重に手榴弾を逆さまにし、空洞になっている木製の柄のなかに紐と丸い玉を押し戻した。もう使えなくなっている可能性はあるが、それでも脅威であることに変わりはない。

あまり手頃ではないけど、今後のプロジェクト遂行に役に立つかもしれない。アネリは柄の下の部分をしっかりとねじって留めると、お金の詰まった亜麻布のバッグのなかに突っ込んだ。

廊下に出ると、アネリはキッチンペーパーで鍵についた指紋をよく拭い、任務を終えた満足感に浸りながら鍵をドアマットの下に戻した。ちょっとした遠征だったけど、思ったよりうまくいったんじゃない？　さあ、あとはデニスの遺体を処分するだけ。そうしたら、休暇を取ろう。そのくらいの恩恵を受けるのは当然よね。

彼女は満足げに亜麻布のバッグをぽんと叩くと、自分の車へ意気揚々と歩いていった。

地中海クルージングが頭に思い浮かぶ。そうね、いいかもしれない。放射線治療のあとにはぴったりのご褒美だわ。

49

二〇一六年五月三十日、月曜日

ローセの家で発見したものについてカールがゴードンに伝えるには、一分で足りた。電話の向こうは静まり返っている。ゴードンはひとことも話すことができなかった。

沈んだ気持ちでカールはアサドのほうに目を向けたが、相棒はダッシュボードに足を載せる力すらないようだった。

長い夜になりそうだ。

「聞いてるか、ゴードン？」カールが尋ねた。

今、はい、という返事が聞こえただろうか？

「残念だが、ローセの居場所についてはまったくわからない。だが、彼女がまだ生きているということを前提に動かなくてはならない。聞いてるか？」

電話の向こうからはいまだになんの反応もない。

「公開捜査に踏み切ることも考えた。だが、まずはどこかローセの行きそうなところはないか、俺たちで考えてみるべきだと思う」

「わかりました」消え入りそうな声でゴードンが返事をした。

カールはゴードンにジェームズ・フランクを訪ねたこと、彼の告白がツィマーマン事件の突破口になりそうだということを伝えた。

それでも、ゴードンの声に生気が戻る兆《きざ》しはまったくなかった。彼はとことん打ちのめされている。

「ローセのことでつらいのはわかるが、アサドと俺は別の仕事を片づけなくてはならない。はっきりさせなきゃならないことがいくつかあるから、今からビアギト・ツィマーマンのところへ行く。おまえはどうだ？このまま仕事を続けられそうか？」

「もちろんです。何をしたらいいか言ってください」

よし、少しは立ち直ったようだ。

カールはゴードンの様子を思い浮かべた。彼にとってローセがどれだけ大きな存在かはよくわかっている。ゴードンが地下室でいまだに特捜部Qのために仕事をしているのは、ローセが唯一の理由といってもいいかもしれなかった。たとえ見返りがなくても、夢を見ているだけにしても、愛する人のためならなんだってできるものだ。

「ゴードン、おまえに頼みたい。ローセの妹たちに連絡をとって現状を伝えてくれ。だが、できれば淡々と伝えてほしい」そう言いながらも、まあ無理だろうとカールは思った。「ローセがいそうな場所について何か思いつくことはないか訊くんだ。たとえばマルメかスコーネ地方に知り合いがいないかとか、別荘がないかとか、彼女が隠れ家として頼れる昔の友達がいないかとか。とにかく、手がかりになりそうなところはすべて調べてほしい。そうするよりほかない」

ゴードンからは返事がない。

「連絡を取り合おう、ゴードン、いいな？　少しでも何かわかったら教えてくれ。それによって公開捜査に踏み切るかどうかを決めよう」

ビアギト・ツィマーマン宅では、部屋のなかの照明がすべてついているようで、この時間になってもまだ明るかった。ということは、彼女は家にいるのだろうか。

玄関の呼び鈴を鳴らすと、驚いたことに、カールとアサドは数秒でなかに入れてもらえた。

「こういう訪問には心の準備ができるようになったのよ」涙ぐんでいたが、今回はさほど飲んでいないようだ。ステファニー・ゴンダスンについて話をした午前中に比べれば、ずいぶんしゃんとしている。カールとアサドが口を開く前に、腰かけるよう彼女は言った。

「デニスを見つけたのね、それで来たんでしょ？」

「彼女が公開捜査されていることはご存じで？」

「ええ、何度か警察から電話があったわ。あの子は見つかったの？」

「残念ながらまだです。あなたが捜査に協力してくださることを願っています」

「怖いわ」ビアギトは言った。「あの子はとんでもない子よ。それでも、あの子の身に何も起きてないことを願うわ。あなたたちは、デニスがあのアイスランド人を銃で撃ったと思っているんでしょ？　それと、マスコミが言っているように、あの子がクラブ強盗事件に関係していると」

「わかりません。しかし、たしかに疑惑があります。それを解明するためにもデニスを見つけなくてはなりません。スレーイルセの警察は彼女を捜しだすために街中を捜索していますが、いまだに成果は挙がっていません。ツィマーマンさん、あなた自身も本当は、彼女がスレーイルセにいるとは思っていないのでは？」

「あの子があの夜、南港のクラブにいたなら、その時間にスレーイルセにはいたはずがないってこと？」

カールはうなずいた。よし、いいぞ。彼女の頭はいつもよりはっきりしている。

「今からいくつか具体的な質問をさせていただきます。今朝お会いしたとき、あなたはデニスが祖母の死に関係しているかもしれないというようなことをおしゃってましたよね。なぜそんなことを言ったのですか？」

「わたしがそんなことをあなたたちに言うわけないでしょ？　酔ってたのよ、気づかなかった？　酔ってる人間はいくらでも馬鹿みたいなことを言うものよ。知らないの？」

「そうですね。では、話題を変えましょう。つまりこういうことです。われわれはあなたの元ご主人を見つけだしました」

ビアギトは、まったく予想していなかった反応を見せた。突然、喉が緊張し、下顎ががくりと落ちた。それから彼女は大きく喘ぎ、こぶしを握りしめた。完全に不意打ちだったようだが、必死にそれを気づかれまいとしていた。

「彼はまだデンマークにいたんですよ、ツィマーマンさん。あなたはおそらく、ステファニー・ゴンダスンが殺害されたので、彼は姿を消したと思っていたんでしょう？」

彼女は答えなかったが、激しく上下する胸がすべてを物語っている。

「彼がゴンダスン事件のあと行方をくらましたと話したのは、あなたのお母様だったのでは？　あなたのお母様は、捜査員があなたにしつこくつきまとうようなら、あなたの元夫が怪しいと警察に告げるつもりだと言っていたのでは？　違いますか？　あなたのお母様はそういう話にしようとしていたのでしょう？」

奇妙なことに、ビアギトは否定した。

「ジェームズはあなたのお父様が営んでいた昔の店の建物に住んでいます」カールは説明した。「でも、そんなことはとっくにご存じだったのでは？」

再び首が横に振られた。

「ツィマーマンさん、聞いてください。私はジェームズ・フランクの話であなたを煩《わずら》わせようと思っているわけではありません。ジェームズはわれわれにあなたのお母様との取り決めについて話してくれました。彼はアフガニスタンで脱走し、二〇〇三年にデンマークに戻ってきましたが、あなたとデニスからは距離を置くことを約束したと言っていました。その代わりに、お母様は彼に金を払った。あなたもそれは知っていたのですね？」

反応がまったくない。これでは、この仮説が正しいかどうかはわからない。

「ジェームズは、ステファニー・ゴンダスンと一緒に街にいるところをあなたのお母様に見られたと思っています。彼は偶然だったと思っているようですが、私はそうは思いません。偶然が犯罪のきっかけになることもちろんあります。ですが、私は、デニスの学校の近くでジェームズがゴンダスンといるところを見かけたのはあなたであって、あなたがそれをお母様に話したのではないかと考えています。お母様はふたりのあとをつけていき、それでジェームズに姿を見られたのでしょう。なぜこの話をわざわざあなたにしていると思います？　それは、あなたとステファニー・ゴンダスンが面談の席で、ゴンダスンの男関係をめぐって言い争いになったからです。この事件全体が、傷つき、不満の溜まった嫉妬深い女性と大いに関係があると私は見ています。その女性、つまりあなたは、娘を教えている美人教師と元夫が一緒にいるところを偶然見てしまった。しかし、それ以前からあなたはステファニー・ゴンダスンを嫌っていた。デニスが彼女にあまりにも夢中だったからです。その嫉妬心に、さらに絶望的な気持ちが加わった。ここまでの話についてこられていますか、ツィマーマンさん？　あなたにとっては、以前、夫に浮気されていたときの怒りと嫉妬が再び胸に湧き上がってきたというだけではなかったのでは？　元夫に愛されている女性は、自分の娘にとってもとてつもなく重要な人だった。それはあんまりですよね」

ビアギトはタバコを求めてテーブルの上を探ったが、それより早くアサドがタバコの箱に手をやり、一本差し出すと、火までつけてやった。アサドにしてはスマートな対応だった。

「こんな形であなたにショックを与えることになり、残念です、ツィマーマンさん」アサドが口を挟んだ。「元のご主人が突然あなたの人生に入りこもうとしているのですから、そんな恐ろしいこと聞きたくないと思います。彼は昨日、実際にあなたたちを訪ねようとこのあたりに来ていたそうです。あなたを通りで見かけたものの、あまりに酔っているようなので話す気がなくなった、と言っていました」

アサドはそこで言葉を切り、ビアギト・ツィマーマンの反応を待った。遅かれ早かれ、彼女は話しはじめるに違いない。しかし、彼女は片手でもう片方の肘を支え、タバコを口にはさんで深々と息を吸いこんだだけだった。

「私の仮説をお聞きになりたいですか？」カールが訊いた。

反応はない。

「ジェームズは学校の近くでしょっちゅうステファニーを待っていた。湖のそばとか木立の後ろとか、どこかに立ち、学校の正門を眺めていた。娘には姿を見られないように姿を隠しつつ、でも、会いたい人の目には触れるように。とはいえ、彼は、あなたが気が向くとデニスを迎えに来ることを知らなかった。あなたはボーワ通りから、たいていはダグ・ハマーショルド通りを通って湖に沿って少し歩き、ジェームズとまさに同じ場所でデニスを待っていたんです。そこにステファニーが学校から出てきた。ふたりがキスをしているあいだ、あなたは木の後ろに隠れ、動揺しながらその様子を傍観していた。そんな形で、いきなり元夫がデンマークに現れた。それもあなたにとっては近すぎる距離に。そうですね？」

ついに反応が現れた。ビアギト・ツィマーマンがごくかすかにうなずいたのだ。

「ジェームズ・フランクは、あなたのお母様がステファニー・ゴンダスンを殺害したと信じているようです。おそらく、殺害方法のせいでしょう。あなたのお父様は、後頭部を一撃するとどれだけダメージを与えることができるか、いつも自慢げに話していたそうですね。お母様がそれを知らないわけがないですよね？」

ビアギトは顔を背けた。唇が震えていないか？　もしそうなら、俺たちはいい線行っているということだ。

すると、ビアギト・ツィマーマンは顔をこちらに向け、カールたちをまっすぐに見つめた。目には涙が浮かび、唇はたしかに震えている。いよいよ核心に迫りつつあるのだ！

「ジェームズ・フランクは、自分があなたのお母様を殺したと自供しました。ステファニー・ゴンダスン殺害の復讐だと。ですがツィマーマンさん、私はそもそもどう考えていると思いますか？」

彼女の顔がくしゃくしゃになった。当たりだった。

「彼は間違った人物を殺害してしまったのではないですか？」

この質問によって、ビアギトの心のなかの堰《せき》が切られたようだった。どんな感情がほとばしり出てくるのか、想像もつかなかった。無力感かもしれないし、安堵感かもしれない。怒りの可能性もあれば、ある種の喜びかもしれなかった。カールとアサドは視線を交わすと、じっと待った。彼女が顎まで垂れた鼻水を拭い、体を起こし、カールたちを再び直視できるようになるまで、ひたすら待った。

「あなたはデニスがあなたのお母様を殺害したと思っていたんですね？　なぜそう思ったのです？」

彼女はしばらくためらったが、話しはじめた。「あの日、あの子と母がまたもひどい喧嘩をしたからです。ふたりは互いに嫌っていましたが、それでもふだんは自制してました。でも、あの日にかぎって、母がいつものように家賃分のお金を渡そうとしてくれず、それでデニスがかっとなったんです。母が発見されたとき、お金を所持していなかったと聞いて、あの子が盗んだんだと思いました。それだけではありません。母が出ていく直前に、あの子が片手に瓶を持ってアパートメントの玄関を出ていくのを見たんです。重いランブルスコの瓶でした。一本の瓶が何をするのにうってつけか、父が語って聞かせていた相手が母だけでないことはおわかりでしょう。物心がつくようになると、みんなその話を聞かされました。デニスもわたしと同じようにその話を聞いて育ちました。父は頭がおかしかったんです」

カールは額に皺を寄せた。ジェームズ・フランクがあと数分早くボーワ通りのアパートメントに着いていたら、彼は娘が出てくるのを見たはずだ。そうしたら、まったく違う話になっていただろう。彼は娘に話しかけ、その後の展開によってはリーモアは殺されなかったかもしれない。そしてステファニー・ゴンダスンの古い事件も掘り起こされることはなかっただろう。

「ありがとうございます、ツィマーマンさん」カールが言った。

ビアギトはどことなくほっとしたように見えた。これですべて片がついたとでも思っているかのように。これ以上話をする理由はもうないと思っているかのように。どこか自信ありげに見えた。

「あなたのお父様は、ステファニーの事件の次の日に亡くなっていますね。岸のすぐ近く、水深二メートルのところで。お父様の性格を考えると、自殺なさった可能性はまずないように思われます。あなたのお父様は、まれに見る狡猾さで、本来なされるべき告発を免れた人です。自分だけは生き延びたいという思いのあまり、絞首刑になった人物の首を切り落とすことのできる人です。生への執着にかけては誰にも負けないはずです。間違ってますか？」

彼女はタバコをもう一本引き抜いた。アサドも今度は火をつけてやらなかった。

「私はそういうタイプの男を知っています」アサドが言う。「そういう卑劣な男はいつの時代にもいますし、どの戦場にもいます。今もまだいますし、これからも出てくることでしょう」

カールがうなずく。「そのとおり。そして、このタイプの男に特徴的なことですが、もう安全だと思うと、過去の行ないを英雄譚《えいゆうたん》のように誇張して語りたがるんです。あなたのお父様のように。彼が愚かだったのは、過去をそっとしておかなかったことです。なぜお父様は自分の悪行をいつまでも自慢していたのでしょう？　なぜ彼は自分の家族に、人間はひどいことができるんだと、戦争にかぎらず、いつだって手段を選ばずにひどいことができるんだと、ひっきりなしに言いつづけたんでしょう？　そんなこと、許されないはずです」

彼女はうなずいた。カールと同じ意見のようだ。

「あなたのお母様はお父様の面倒を見ていらした。その代わり、〝秘密厳守〟という約束を交わしていたのではないでしょうか。お母様は、夫が外の人間に過去の英雄譚を語って聞かせるようなことがあったら、家族が崩壊してしまうとわかっていたのでしょう。彼が過去に何をしていたか、それは決して誰にも知られてはならない。知られたら、家族すべてが傷つくに決まってます。商売も、あなたがたの素晴らしい暮らしも、何もかも」

ビアギトはカールのほうを見ないで、ずっとタバコの箱を見ていた。カールもうなずきながら彼女のタバコの箱に目をやった。いつもそうだ。事件が完結しそうになるとニコチンが欲しくなる。

「お母様はきっと、あなたのために、お父様を犠牲にしたのでしょう。お父様は歳をとっていた。その世話をするのも、一緒にいるのも大変なことだった。彼は家族を養うという自分の使命は果たしました。今度はお母様が家族を守る番でした。もしかしてお父様は、誰がステファニーの首筋に一発食らわせたのか、白昼堂々と誰かに自慢してしまったのではないですか。それですぐさまお母様は彼を湖に突き落とそうと決めた。私の仮説は当たってますか?」

ビアギトは深くため息をついた。しかし、それだけだった。何も言わない。

「ステファニー・ゴンダスンを殺害したのはあなたのお母様ではない、そうですね? お父様が自慢したのはお母様ではなく、あなたのことだったのではないですか? だからお父様はなおさら自慢げだったのでは? 自分の人生に害悪をもたらした人間を抹殺《まっさつ》するという行動力を発揮した娘が誇らしかったのでしょう」

ビアギトは目を逸らした。長いあいだ、彼女は肯定も否定もせず黙っていた。しばらくしてようやく、ゆっくりとその顔をカールとアサドに向け、顎を上げた。自分が肯定すればそれですべてが終わることを誇らしく思っているかのようだった。

「それで、ジェームズの具合はどうなんですか?」彼女が尋ねた。

カールは少し前にかがむと、灰皿の上の灰を軽く撫でた。「瀕死の状態ですよ、ツィマーマンさん。殺人者であるあなたのお母様がなんの罰も受けずにいることに耐えられず、彼女を殺し、死んでいこうとしています」

彼女はうなずいた。

「デニスが見つかったら、自白します。それまでは断固いたしません」ついに彼女はそう言った。

50

二〇一六年五月三十日、月曜日

ヴィーバ通りを曲がると、ありがたくない驚きがアネリを待っていた。家の前のどこにも車を停めるスペースがなかったのだ。まさかこんなことになるなんて！　なんで今晩にかぎってみんな家にいるの？　テレビで特別面白い番組でもやっているわけ？

計画は完全に崩れた。こうなったら二重駐車をするしかない。デニスを歩道と自転車専用レーンの上で引きずり、駐車している車のあいだを縫って自分の車へと運ぶしかない。

エンジンをかけたまま、アネリは少し歩いて立ち止まり、よく考えた。

駐車可能ゾーンの端まで車を走らせると、Uターンをして最後尾に停まっていた車に近づき、車体の半分は歩道に乗り上げ、半分は自転車専用レーンを走らせて、自分の部屋がある建物の前までゆっくりと進んだ。リスクのある方法だったが、少なくともこれで車を家の玄関に横づけすることはできた。

近所の人間が家にこもっているかぎり、邪魔をされたり、文句を言われたりすることはないだろう。

アネリは車を降りると、玄関のドアを開けた。自分でも驚いたことに、大家のリビングに入るにはかなりの決意が必要だった。リビングのドアの右手、棚の横にデニスの死体が転がっていた。

彼女が死んでから何時間も経過している。死体に目をやり、アネリは不安になった。

死後硬直はもう始まっているのだろうか？

少々不快な気持ちを覚えながら死体を棚の横から動かすと、嫌な予感が当たった。デニスの頭は片側に傾いていて、首も不自然に後方へねじれている。しかし、背骨がポキッと嫌な音を立てた以外は何も起こらなかった。アネリは大きく深呼吸すると、死体を抱き上げた。驚いたことに、肩の部分はすでに硬直が始まっていた。サイレンサーをリボルバーに取りつけると、それを苦労してデニスの手に握らせ、人差し指を引き金にあてがった。指紋はこれでなんとかなる。

妙なことだが、あれほど若く健康だった人間がこんなグロテスクな姿勢で横たわっているのを見て、アネリはなんとなく物悲しい気分になった。着飾ることに夢中だったデニスだが、今の姿を鏡に映して楽しむことはもうできない。

そろそろ二十三時になろうとしていたが、外はまだ本格的な暗さになっていなかった。

だからといってさらに待てるだろうか？　いや、それはできない。これ以上待ったら、両脚も硬直して、死体を車に運ぶことができなくなりそうだ。

そこでアネリは死体をリビングから――このカオス状態の場所をそもそもリビングと呼べればだが――引きずり出し、廊下に死体を座らせ、上半身を玄関ドアの横の壁にもたせかけた。

ヴィーバ通りはまだこの時間、驚くほど車が多かったが、アネリが警戒すべきは走り過ぎる車より歩行者や自転車に乗った人だった。

玄関ドアを少し開け、アネリは外の通りを観察した。まったく、なんでこんな時間に自転車でうろつきまわる連中がいるのよ。

ウスタ・ファイマクス通りの角から大きな笑い声が聞こえてきた。ふたりの女性が姿を現し、アネリの家のほうへまっすぐに向かってくる。ひとりは自転車を押し、もうひとりは彼女の横を歩いている。急いでいる様子はない。

ふたりはおしゃべりに夢中で、歩道に乗り上げたアネリの車には気づかなかった。

ふたりが背後のバンパーに膝をぶつけたのを見るや、アネリはごく細い隙間を残してドアを閉めた。

「なんなのよ、もう！　どこの馬鹿が車をこんなところに停めてるの？」片方の女性が怒りに任せて車の屋根をこぶしで何度も叩きながら、車の周りを一周した。

手も足も出せない状態のアネリは、ただ唇を嚙みしめて、その女性を殺す想像をするしかなかった。

女性たちは中指を突き立てながら先に進み、何度も何度もアネリのフォードを振り返った。

女性たちがフレーゼンスブロー橋の近くまで行ったとき、アネリは思い切って外に出て、助手席のドアを開けた。デニスの胸を抱きかかえ、車へと引きずる。

こうしているあいだにも上半身の硬直が始まっていたので、アネリは助手席を後方へずらし、デニスの突き出た右腕もろとも、死体を全力で車のなかに押しこまなくてはならなかった。

アネリが助手席にもぐりこんだとき、デニスの体がシフトレバーに覆いかぶさっていた。ちくしょう、こんな状態を誰かに見られるわけにいかない。

アネリは運転席に乗りこむと、デニスがある程度直立した姿勢になるように、左腕を軽く押し、体を引っ張って整えた。

アネリは自分の横に座っているデニスの状態を念入りにチェックした。車のフロントスペースに脚が不自然に入りこみ、目は開いたまま硬直し、首と頭は少し不自然に傾いているが、まあまあ普通の状態に見えた。

アネリは車から降りると、助手席のドアを開けて死体にシートベルトを締めたが、これは意外と大変な作業だった。

ついにシートベルトを締め終わり、死体から目を上げたとき、向かい側の歩道から一連の行動を若い男が見ていたのに気づいた。

アネリはその男と数秒間目が合った。

それから彼女は彼に向かってうなずくと、足早に車を回り、彼に向かって笑いかけた。

「彼女、大丈夫？」向こう側から男が声をかけてきた。

「大丈夫よ。でも胃液を出しちゃわないとね」心臓が飛び出しそうになりながら、彼女は笑ってみせた。

男が笑い返す。「王立病院が角を曲がってすぐのところにあってよかったね」そう言うと、立ち去った。

アネリは汗でびっしょり濡れた手をセーターで拭った。さあ、今からどうやって手際よく車を歩道と自転車専用レーンから車道に戻せばいい？　彼女は横一列に並んだ共同住宅を目でたどった。駐車可能区間の終わりまで、優に百メートルは戻らなくてはならない。この密集した住宅に沿って。いきなり誰かが家のドアを開けたら、すぐ車の前に立たれることになる。

でも、しかたがない。ほかに方法はないのだ。アクセルを踏んで車を出した。

車道へ戻れる三十メートルほど手前のところで、パトロールカーのクラクションが聞こえた。

アネリは車を停めると窓を開けた。「ごめんなさい、わかってます！　義理の母は脚がひどく悪いんです。近くの家まで連れていくところなんです！」

助手席にいる警官は降りてこようとしていたが、もうひとりが肩を引っ張って止めた。ふたりは何か言葉を交わすと、助手席の警官がうなずいた。

「二度目はありませんからね！」開けた窓から警官が叫ぶ。「ほかのパトロールカーが来る前に送り届けてくださいよ」

アネリはパトロールカーが姿を消すまでずっと見送っていた。それから脇のデニスを小突いてシートベルトがしっかり締まっているか確かめると、車を走らせた。

ようやくルングビュー通りに着くと、彼女はふうっと息を吐いた。あとはベアンストーフス通りまで行けば、もうベアンストーフス公園だ。この時間には犬の散歩をする人もすでに家に戻っているはずだし、駐車場の問題はないだろう。もちろん今の状態のデニスはライト級の軽さというわけではなく、かなり苦労して運ばなくてはならない。でも、大きな柱をぐるりと回るようにつくられたフェムヴェイェンの環状交差点まで行けば、少なくとも方向は間違えないだろう。助手席のドアは公園側に向かって開くことになるはずだ。そこから死体を引きずって自転車専用レーンと歩道の上を歩き、公園のなかへと運ばなくてはならない。

デニスを藪から藪へ引きずるようにして運び、何度も休みながら安全かどうか確かめることになるだろう。通りから十分遠ざかったらすぐに、リボルバーを握った死体をうっそうとした藪のなかに捨てる。散歩に連れてこられた犬がそこらを嗅ぎまわったら、死体を見つけるに違いない。でも、それはどうしようもない。とにかく、恋人たちやジョギングをする人が死体に気づく前に街へ戻り、車をきれいにし、足がつかないように靴を通りのゴミ容器に放りこんで、ベッドに潜りこむことが重要だ。

信号のある交差点をあとふたつ越したら、すぐそこだ。なにはともあれ、すべて最高にうまくいってるじゃない？

「これからアネリおばさんが、あなたをちょっと公園の散歩に連れ出すからね。うれしい？」彼女はデニスにそう話しかけ、死体の肩を恩着せがましくぽんと叩いた。それが致命的な間違いだった。というのも、死体が彼女のほうへ倒れてきて、うつろな目をした顔がいきなりアネリの胸に飛びこんできたのだ。

アネリは右手で死体を押し戻そうとしたがうまくいかない。

そのとき、死体のシートベルトの位置がずれていることに気づいた。

助手席へ身を乗り出してシートベルトを緩め、デニスを元の位置に戻そうとした。なんとかうまくいったものの、そちらに気をとられていたせいで、間違ってアクセルを踏んでしまった。赤信号だというのに、アネリの車はキレゴー通りの交差点に突っ込んだのだ。

ほかの車がブレーキをきしませる音と、金属の黒い影が自分のフォードのラジエーターにぶつかってきたのに気づいたときは遅すぎた。ガラスが割れ、二台の車体は互いに絡み合ったまま回転した。エアバッグが弾けて胸に当たり、シートベルトが肋骨のあたりを締め上げて肺の空気を押し出し、目の前が一瞬真っ暗になった。アネリは、自分が乗っている車が立てているシューシューという音で現実に引き戻された。

気が動転しながらも横を見ると、助手席のエアバッグが破裂しているのが目に入った。そして、デニスの死体はもはや横に座ってはいなかった。

アネリはパニックになってもがき、シートベルトをはずすとドアを開け、ふらつきながら外へ出た。ガソリンと焦げたゴムとオイルのにおいがする。

アネリの車は、一軒の家の壁のすぐ前にあった。

途方に暮れたアネリは、周囲を見回した。

アネリはベアンストーフス通りで立ち尽くしていた。見たところ、通りにひと気はなかったが、周囲の住宅の窓が開き、不安げな叫び声があちこちから聞こえた。

反射的にアネリは家の壁に沿って歩いた。そして、押しつぶされた黒いフォルクスワーゲン・ゴルフの横を通り過ぎた。運転者は見るからに若い男の子といったところだったが、シートベルトに固定され、開いたエアバッグの後ろで目を閉じていた。幸運にも息はあるようだ。

だめだ。ここにいてもしようがない。逃げなくては。

亜麻布のバッグを肩にかけ、彼女はヘレロプ通りに通じる角を曲がった。逃げるとき、黒いゴルフを振り返った。ボンネットの上にデニスの死体が載っていた。

51

二〇一六年五月三十日、月曜日

長い一日のあとでカールは疲れていた。同時に満足してもいた。三つの事件が解決しそうだ。しかし、ローセのことが気がかりでならない。今まで経験したことのない感情が入り乱れていた。おそらくアサドも同じだろうが、彼の反応は違った。相棒は掃除用具入れを改造した自分の部屋で簡易ベッドに横になり、いびきをかいている。

「どう思う、ゴードン？　たった一日で三つの事件が片づいたんだぞ！　チームワークのたまものだな」

ゴードンはカールのデスクをはさんで向かい側に腰

をかけている。カールはアサドのメモを広げてみせた。

「ええ、カール、素晴らしいです」ゴードンはぼそりとコメントしたが、実際には感服しているようには見えなかった。ローセが見つからない以上、ほっとすることなどできないのだろう。それでも、今日のところは持ち場を離れ、ひと眠りすべきだ。明日も早くから、多少は元気に仕事に取りかかれるように。

「今夜のおまえの成果を話してくれ。参考になりそうな情報は手に入ったか？」

「ええ、おそらく」ゴードンは少しうろたえているようだった。「IT部門の人間を説き伏せて、ローセの私信をハッキングしてもらったんです」

「ふむ、なるほど」カールはその詳細を聞きたいのかどうか自分でもよくわからなかった。ハッキングがばれたら、苦情処理委員会が介入してくる。そうなれば万事休すだ。連中はこの手のことを絶対に大目に見てはくれない。

「大丈夫ですよ、カール。彼には少し握らせておきましたから、口を閉じているはずです」

ゴードンときたら、最近ますますとんでもないやつになってきたな。

「それ以上の詳細は不要だ、ゴードン。彼女のメールのなかに何を見つけたか、それだけを話してくれ」

「僕はローセをまったく知らなかったということです。彼女が……」

「彼女がなんだ、ゴードン？」

「……どれだけの人数の男性のアドレスを保存していたか、とても想像がつかないと思います。どれほど頻繁に彼らにメールを送っていたか。どれだけの人間とただセックスするためだけに約束を取りつけていたか。彼女はすごく露骨なメールも書いていたんです、カール」ゴードンは頭を振った。「僕が彼女と出会ってからだけでも、彼女は……」なかなか言葉にならない。

「……少なくとも百五十人の男と寝ていました。数え方に間違いがなければ」ゴードンは泣きださないように頬の内側を噛んだ。

カールはどう考えたらいいのかよくわからなかった。たしかにその数は驚きだが、一方で、どうやってそれだけの時間を捻出《ねんしゅつ》したのかが謎だった。

「ゴードン、こんなことを訊いて悪いが、その男たちのなかに、彼女と比較的親密な交際をしていたと思われるような男はいたか？」

ゴードンが顔をしかめる。「数人は。あなたの言う〝親密〟というのが、二回以上ベッドに入ったという意味でしたら」

「そういう意味かどうかはともかく、とにかく誰か、なんらかの理由で彼女が再び会っていた人間がいるのか？」

「はい、数人いました。正確に言うと四人です。その全員に電話をしました」

「よくやった、ゴードン」

「彼らは多かれ少なかれショックを受けたようでした。家族揃ってテレビを見るような平和な家庭を、僕がこっぱみじんに粉砕すると思った人もいたようです。それでも、こちらがなんの話か告げると、キッチンなどに逃げこみつつも、電話を切ろうとはしませんでした。僕が刑事だと名乗ったからでしょうが」その小さな策略を思い出し、ゴードンの顔に笑みが浮かんだ。だがそれも一瞬で、すぐに沈鬱な表情に戻った。「ですが、彼女は誰のところにもいませんでした。三人の男がとっさに『いなくてよかった』と言いましたよ。唖然としましたね。それから、男たちがなんて言ったと思います？　彼らが言うには、〝ローセはセックスに取り憑かれていた〟そうです。男たちを奴隷のように扱い、支配的で容赦なく、彼らは、ローセとのセックスのあと力を回復するのに数日かかったって言ってました」

「で、四人目は？」

「そもそもローセのことを覚えていませんでした。

『クソ、そんな女、知らないぞ』と言っただけです。女には不自由していないそうで、どのくらいの女と付き合ったか振り返るにはスーパーコンピューターが必要なくらいでした」

カールはため息をついた。誰かが何かに幻滅する様子を見ていると、胸が痛くなる。向かい側にはローセを心の底から愛している男がいて、その男は突然崖っぷちでケツを蹴りつけられたかのような事態に見舞われている。自制心を失わないよう、ひとこと言うごとに中断しては、唇をきゅっと結んでいる。ゴードンにはつらすぎる仕事だったが、今となってはもう遅い。

「悪かったな、ゴードン。おまえのローセに対する気持ちはよくわかっている。おまえには酷《こく》な仕事だったに違いない。だが、長いあいだ彼女の頭のなかをどれだけのカオスが支配していたかは、おまえも知っているはずだ。きっと、その混乱を忘れるためにそういうことをしていたんだろう」

ゴードンが不快に感じていることはよくわかった。

「忘れるにしたって、最低最悪のやり方ですよ。ここの誰かに話すことだってできたじゃないか、ちくしょう！」

これほど激昂したゴードンを見たのは初めてだった。カールはひと呼吸置くと言った。「そうかもしれん、ゴードン。もしかしたら彼女は、おまえには話すこともできたかもしれない。だが、アサドと俺には話せなかっただろう」

ゴードンの眉毛が斜めになった。それ以上は涙をこらえきれなかったようだ。「どうして、そんなこと言うんです、カール？」

「アサドや俺のような人間は、話すには危険だからだよ、ゴードン。少しでも疑問を持ったら俺たちはすぐにとことん聞きだそうとする。ローセはそのことをよく知っている。だが、おまえは違う。ローセとおまえはたんなる同僚じゃない。俺たちとは違う間柄だ。彼女もおまえなら信頼できる。彼女がそうしていたら、おまえは彼女の話を聞き、慰めることができただろう。もしかしたら彼女を助けてやることもできたかもしれん。いや、おまえにはそれができたと思う」

ゴードンは涙を拭った。「カール、なにかローセに関係することで、僕に隠していることがあるように思えるんですが。なんですか？」

「気づいているんだろう、ゴードン？　ローセが父親の死に関わっている可能性が少なくないと判明しつつある。もしかしたら彼女の責任かもしれない。少なくとも、まったく無実であるようには見えないんだ」

「それで、これからどうするんです？」

「これから俺が何をするかって？　真実を暴き、ローセを助ける。俺たちがすべきことはそれじゃないのか？　彼女にもっとましな人生を送るチャンスをやることだろ？」

「そう思いますか？」

「ああ」

「それで、アサドは？」

「あいつも同じ気持ちさ」

ゴードンの顔にかすかに笑みが浮かんだ。「彼女を見つけましょう、カール」

「彼女がまだ生きてると思ってるんだな？」

「はい」唇が震えている。「死んでるとは思えないんです」

カールはうなずいた。「残りの百四十六人のうち、彼女のことを覚えていると認める人間がひとりでもいると思うか？」

ゴードンはため息をついた。「四人と話したあと、僕もそれを考えました。どこから始めたらいいかわからなかったので、手当たり次第電話をかけてみたんです。たいていの人間は捕まりました。話したのはだいたい一分間です。僕はただこう言いました。『警察です。捜索願いの出ているローセ・クヌスンという人物があなたのところに泊まっているという情報があるのですが、確かですか』と」

「そんなんじゃ、嘘を並べられてもわからんだろう」

「そんなことはありません！　彼らは単純な嘘をつくこともできないくらい間抜けでしたよ。僕はよっぽどそのことで傷ついたくらいです。最初の三人を除けば、揃いも揃って彼らはローセのことを脳みその隅の隅に押しやっていたんです。あなたは信じないかもしれませんが、誰ひとり覚えていませんでした。嘘を突き通すことなんかできやしません」

「なるほど」カールは言葉を失った。これほど自信満々な人間を近くで見るのは、十六歳のときに鏡の前に立って、髭が生えているのに気づいて以来だ。

「ローセはスウェーデンの知り合いにメールでコンタクトをとっていたか？　ブレーキンゲの男は？」

「いいえ、ひとりも。ちなみに、間違いなくスウェーデンの名前というのもまったくありませんでした」

「普通のメールのほうはどうだ？　妹たちや母親とのやりとりは？　リーモア・ツィマーマンに宛てたメールは？　ホテルの予約メールとかはどうだ」

「手がかりになるようなものはひとつもありません。ツィマーマンとのやりとりが数件ありましたが、内容はいたって平凡です。ローセが料理のレシピを訊いたり、相手が逆に質問したり。ローセにあれを知ってるかこれを知ってるかと尋ねるものだったり、リーモアの合鍵をローセが持っていていいかという話だったり。おおかた、鍵の話でした。どうやらリーモア・ツィマーマンは鍵に関しては絶望的なほど、すぐになくす人だったみたいですね。あとは、映画の新作とか、サンデールパーケン団地の所有者の会合に一緒に行くかどうかとか。これはと思うような情報は何ひとつありません。ツィマーマンが娘や孫の愚痴を言ったメールのなかにすら、手がかりはありませんでした」

カールはゴードンの肩を叩いた。ゴードンは嫉妬と不安に苛まれていた。ローセとの関係にもう希望は持っていないようだが、それでも彼にはまだ、自分が描いているローセのイメージに別れを告げるという仕事が残っていた。

レネホルト公園通りの家のドアを開けたとたん、カールはモーデンとぶつかりそうになった。

「夜じゅうずっと電話をかけてたんだよ、カール。携帯の電池が切れてるの?」

カールはポケットから携帯電話を取り出した。バッテリー切れだ。

「充電器に早くつないで。電話に出てくれないなんてひどいよ。今夜はハーディの具合がひどく悪かったんだから」

えっ、そうだったのか、今はどうなんだ? これ以上悪いニュースに耐える力はもうなかった。

「左腕と左胸にしつこい痛みがあると訴えてきたんだ。電気でしびれるみたいな痛みだと言っていた。あんたが捕まらないから、ミカに電話するしかなかったよ。心臓発作じゃないかと思って怖かったんだから」モーデンはわざとらしくカールの手から携帯電話を奪うと、コンセントに充電ケーブルを差しこんだ。

「で、おまえたちはこんな夜遅くに何をしていたんだ?」カールはリビングに入ると、冗談を言った。ミカが部屋の雰囲気を落ち着かせようと頑張っているのがよくわかった。線香を焚《た》き、ろうそくに火を灯《とも》し、シタールとパンフルートのワールドミュージックをかけている。壁紙が、ロンドンのベイズウォーター・ロードにあるパキスタン料理のレストランみたいじゃなくて本当によかった。

「どこが悪かったんだ、ミカ?」カールは、上掛けから顔だけ出して眠っているハーディを心配そうに眺めながら尋ねた。

「ハーディはパニック発作を起こしたんだけど、よくわかるよ」白衣を着た筋骨隆々のミカが答えた。「今回のは幻肢痛《げんしつう》なんかじゃなくて、本当の肉体的な痛みだったんだと思う。眠っているあいだ、本当にごくわずかだけど肩の部分が動いたんだ。まるでマットレスの反発から逃れようとするみたいに。見て」

ミカが上掛けをめくるのをカールは黙って見ていた。ほとんど目につかないくらいだが、左肩が小刻みに震えている。まぶたが痙攣するときのような、ごくわずかな動きだった。

「何が起きているんだ、ミカ。どう思う？」カールは真剣に尋ねた。

「何が起きているかって？　最近、研修で知り合った神経科の専門医に連絡をとろうと思ってる。もしかしたらハーディは、小さな筋群で感覚を取り戻しつつあるのかもしれない。僕もよくわからないんだ。だって、以前の診断では、ありえないことだから。とにかく楽になるよう、さっきはかなりの量の痛み止めをのんでもらうしかなかった。あれから一時間ほど眠ってるよ」

カールの手に余る問題だった。

「きみが思うに……？」

「カール、僕が思うんじゃなくて、僕は知っているんだ。九年間彼にとっては死んだも同然だった体の一部が急に連携して動きだしたら、その疲労はとんでもないと」

「カール、携帯の電源が入ったら、鳴りだしたよ」キッチンからモーデンが声をかけた。

「いったいこんな時間に誰がかけてきたんだ？　いいかげんにしてくれ

「画面にラース・ビャアンって出てるよ」モーデンが叫ぶ。

カールは寝ている友人を眺めた。眠っているのに痛みで顔が歪んでいる。それを見てカールも胸が痛くなった。

「わかった」カールはキッチンへ行くと、携帯電話を耳に当てた。

「どこにいるんだ、カール」ビャアンが短く尋ねる。

「家だよ。こんな時間にそれ以外どこにいるっていうんだ？」

「警察本部でアサドを捕まえた。彼は私の隣に立っている」

「なるほど。じゃあアサドがあんたに、俺たちが今日手に入れた突破口について伝えたんだな、まったく。本来は俺が……」

「なんの突破口だ？　われわれは今、ヘレロプ通りに向かうベアンストーフス通りの交差点にいるんだ。目の前にはデンマーク中が捜していた、あのデニス・ツィマーマンがいる。黒いフォルクスワーゲン・ゴルフのボンネットの上で変死体となって。できるだけ早く現場に来るよう、きみに要請したいのだが、どうだね？」


カールが非常線を抜けるのを手伝ってくれた警官によれば、事故発生からいくらか時間が経っているとのことだった。しかし、交差点にはまだ青色灯がひしめいていた。

「何があったんだ？」カールは二台の車両の残骸のところにいる警官たちに尋ね、せわしなくあちこちへ走りまわっている鑑識に目をやった。アサドとラース・ビャアンだけでなく、テアイ・プロウとベンデ・ハンスンも招集をかけられていた。有能な捜査員がこれほど勢揃いすることはめったにないだろう。

ビャアンがカールに向かってうなずいた。「どちらかと言えばセンセーショナルな事故、と言えるだろうな」

カールは絡み合って動かなくなった車を観察した。ゴルフは衝突した勢いで、フォードの左フェンダー部分に思い切り乗り上げたようだ。エンジン部分が露出している。両方の車はぶつかり、そしてスピンした。エアバッグも作動していた。ボンネットの上にいる女性は粉々になったフロントガラスから飛び出したに違いない。

「即死だろうな」カールが応じる。

ビャアンがにやりとした。「ああ、たしかにそうだろう。だが、ここで死んだわけではない。すでに頭に銃弾が入っていた」

「なんだって？」

「彼女は銃で撃たれていたんだ、カール。しかもこの事故の数時間前に。完全に死後硬直している。事故が起きたのは二時間前かそこらだ。しかし検視官によれば死亡時刻は少なくとも七時間前だ」

銃殺だって？　カールは死体とその指紋を採取しようとしている鑑識の周りを一周した。ビャアンの言ったことは確かだった。腕が空に向かって突き出ているが、事故死ならあんな体勢になることはない。カールは女性の開いたままの目を調べた。

「どうも、カール」アサドが声をかけてきた。これ以上ないほど疲れているようだった。今にも死にそうだ。アサドは警告するように何かを指差した。カールはそれを目で追った。そこにいて手を振っているのがオーラフ・ボーウ＝ピーダスンとカメラマンたちでなければ、どれほどよかっただろう。

「そうだ、カール」とビャアンが言った。「だからきみを呼び出したんだ。あそこでテレビクルーたちと話をするんだ。今度こそちゃんと頼むぞ。たしかにきみにそう伝えたからな。きみなら、この事故のどの部分がいちばんのハイライトか話せるだろう。あの車は、アネ＝リーセ・スヴェンスンの名で登録されていた。彼女が誰か知らない場合は、あそこに立ってひとりでにやついているパスゴーが、『彼女は福祉事務所でミッシェル・ハンスンとデニス・ツィマーマンの担当をしていて、先の二件の轢き逃げ事件の犠牲者も担当していた』と教えてくれるだろう。テレビクルーとボー ウ＝ピーダスンに、まだここにいるつもりなら、われわれが新たな情報を入手したらすぐに事実を伝えると話すんだ」思いがけず、ビャアンがカールの肩を叩いた。「警察本部に戻ったら、すぐに私の部屋で会おうじゃないか。きみたちがそれぞれの事件を結びつけてくれれば、私にもいいアイデアがひらめくかもしれない。だが、今はともかくテレビクルーの相手だ、カール」

カールは額に皺を寄せた。今日のヒーロー、パスゴーに頼らないかぎり、あの間抜けどもに何も話せないじゃないか。俺自身は何も知らないんだから。

「ひとつ教えてくれ、ラース。死体の身元については報道陣になんて言ってあるんだ?」

「事実をそのまま。公開捜査されていたデニス・ツィマーマンだと」

カールの頭に、デニスの母親、ビアギト・ツィマーマンの顔が思い浮かんだ。娘が死んだと知らされても、自供するだろうか。

カールはほかの同僚たちに軽く会釈すると、アサドの脇に行った。

「ここで起きていることについて、ほかに何を知ってる?」

アサドはフォードKaの内部を指差した。「助手席には手製のサイレンサーをはめたリボルバーがありましたが、どこで細工されたのかはよくわかっていません。オイルフィルターでつくられていて、そこに死体の指紋がついていたということですが、鑑識の正確な結論を待っているところです」

「フォードを運転していた人間はどこだ?」

アサドは肩をすくめた。「上から見ていた住民たちによると、車から逃げだしてあっちの方向へ消えていったそうです」角のほうを指差す。

「それが例の福祉事務所の担当者か?」

「確実なことは言えませんが、目下のところ、そう推測されています。三十分前に警官が彼女の自宅に向かいましたが、不在だったそうです。指名手配の手続きには入っているようですが、まだ公示はされていません」

「ゴルフの運転者は？」

「ショック状態にあって、ゲントフテの病院に運ばれました」

「よしわかった。それはそうと、ほかの人間に、ビアギト・ツィマーマンとジェームズ・フランクについて話したか？」

この質問はアサドを驚かせたようだった。

「何も、カール。一切話していません。それ、緊急の案件ですか？」

ラース・ビャアンから招集がかかるまでのあいだ、カールたちはそれぞれのデスクの椅子で少しだけ眠ることができた。もちろんまだ寝不足だったが、ひとつの事件が解明に近づいてはいるものの、ほかの事件が未解決のまま待機しているというのに、目の下のくまや午前零時四十五分という時間を気にしてなどいられない。

「コーヒーはどうだ？」ビャアンが驚くほど親切に言うと、魔法瓶を指差した。中身の半分くらいは外にこびりついているように見えるが。

カールとアサドは礼を言った。

「さあ話してくれ！　そうしたくてうずうずしているのがわかるぞ」ビャアンが期待に満ちた声でうながす。

カールは苦笑いした。「俺がそっちの仕事に介入したと言って怒鳴らないでほしいのだが」

「それはきみたちがどこまで事件の解明に近づいていているかによる」

カールとアサドは視線を交わした。今回は雷は落ちないらしい。

ふたりは時間をかけて説明した。ラース・ビャアンは一度も口を挟まなかった。その様子から、この話が完璧だと彼が考えていることがよくわかった。少なくともカールは今まで、ビャアンがこんなふうに目を見開き、よだれが垂れそうなほどに口を開けて座っているところを見たことがない。コーヒーのことは完全に忘れ去られていた。

「理解を超える話だな」それが事件の詳細を聞いた彼のドライなコメントだった。ビャアンは自分のデスクの椅子の背に深くもたれた。

「よくやった、ふたりとも。もうマークスには伝えたのか？」

「まだだ、ラース。最初にあんたに話したかった」カールが答える。

殺人捜査課課長は感動したようだった。

「ただ、きみたちはビアギト・ツィマーマンとジェームズ・フランクをまだ逮捕していないんだな？」

「まだだ。その栄誉はあんたに譲る」

ビャアンの目がクリスマスツリーのろうそくみたいに突然輝いた。

「オーケー。その代わり、きみたちにはアネ＝リーネ・スヴェンスンの逮捕という栄誉を与えよう」

「彼女がどこに隠れているか、見当はついてるのか？」

「いや。そこがまさに素晴らしいところなんじゃないか。きみたちにはまだやることがあるというわけだ」ビャアンのやつ、人に仕事を押しつけて、皮肉を言って、そのくせにやにやしやがって。

ノックの音がした。返事を待たずにパスゴーが飛びこんでくる。

「なんだ、ここにいたのか？」カールとアサドの姿を見ると不機嫌な声になった。「まあ、ちょうどいいかもしれない。警察官がターゲットにたどり着くとはどういうことか教えてやろう」

いいから早くしろ、とカールは思った。

「さて、お集まりのみなさま！　ここに、ステファニー・ゴンダスンとリーモア・ツィマーマン殺害に関する完全な自供がございます。サインありの完璧な供述書です。今夜、私がすべてタイプしました」

彼はやたらと薄い、最大でも三ページくらいしかなさそうな書類をテーブルにバシッと置いた。

ラース・ビャアンは書類を眺めると、称賛するように自分の捜査員にうなずいてみせた。「素晴らしい、パスゴー。そう言わざるをえない。ちなみに、殺人犯は誰で、きみはどうやってその犯人にたどり着いたんだ？」

パスゴーは思わせぶりに首を振ってみせた。「そうですね、相手が自発的にやってきたと言えるでしょうか。ですが、すべての話を聞き、関連性を見出し、細部に分け、辻褄の合うように並べていく必要があります。これを迅速にこなしたのはこの私です」

「見事だ。それで、犯人の名前は？」

「モーウンス・イーヴァスンです。今はネストヴィズに住んでいますが、コペンハーゲンにはしょっちゅう行き来しているとか」

パスゴーは胸を張りすぎてまっすぐに立てず、よろけた。

カールはイーヴァスンの目を思い出した。あいつ、二度と偽証で警察の手を煩わせないと誓ったくせに。腹の底で面白がりながら、ビャアンとアサドを見やった。彼らは笑いをこらえ、疲れて青ざめていた顔色が赤を越えて紫色になっている。とうとう三人ともこらえきれなくなり、一気に爆笑した。殺人捜査課課長の部屋でかつて一度も聞かれたことのないような大爆笑だった。パスゴーだけがぽかんと突っ立っていた。

52

二〇一六年五月三十日、月曜日

　アネリは灰色の電気の接続箱にもたれて息をついていた。涙が浮かんでくる。何もかもが失敗に終わるなんて！

　シートベルトから逃れてあの場を離れた数秒間についての記憶がない。覚えているのは、ボンネットに載った死んだデニスのまなざしと運転席にいた意識不明の若い男の姿だけだ。

　そこから先は無我夢中で走った。それまでも特にスポーツが得意だったわけではないが、今、体がこれほどまでに重く力が出ないことに自分でも驚いていた。ほんの少し走っただけなのに汗がどっとあふれ、喉がひりひりする。きっと治療のせいだわ、アネリはそう思おうとした。

　なんであんなに軽率だったのだろう？　なぜ、自分の未来を危険にさらすようなことをしてしまったのだろう？　まったく理解できない！　これからの人生計画がすべて水の泡になった。調子に乗りすぎた報いだろうか？　今、自分はこんな辺鄙《へんぴ》な通りに立ち、これからどうなるのかまったくわからずにいる。

　どうして自分の車を使うなんて馬鹿なことをしたのだろう？　どうして通りの端に車を停めて死体をちゃんとシートベルトに固定しようと思わなかったんだろう？　どうしてあんないい気になってしまったんだろう？

　事故を起こしてから十五分が経ち、警察と救急車のサイレンがそこらじゅうに鳴り響いている。どうしたらこの窮地を脱出できるだろう？　車の所有者として尋問されたときにどうやったら警察を納得させられるだろう? アネリは必死に考えた。

一秒も無駄にはできなかった。

ルングビュー通りに向かうもう一ブロック先に、ベージュ色の古いライトバンが停まっていた。アネリは三分もせずにロックを破り、爪やすりを使ってイグニッションをショートさせた。今まで何度も練習を重ねたことも無駄ではなかった。

ヴィーバ通りに戻る途中、助手席に置いた手榴弾と現金の入った亜麻布のバッグだけが、唯一の慰めだった。

家に戻ったときには、脱出計画ができあがっていた。どこか別の病院でも治療が続けられるよう、まずは病院に寄ってカルテを渡してもらう。それから消えるのだ。遠く離れたどこかへ飛び立ち、新しい人生を始めよう。どこか暖かいところへ行こう。一年じゅう暖かい気候のところがいい。

そう思ったとたん、ウールのセーターをたんすに放り投げ、必要そうなものだけ持っていこうと決めた。足りないものがあとから出てきても、向こうで買えばいい。

荷造りを終え、パスポートを出してきたとき、それが失効していることに気づいた。

ここ何年も旅行にも行かず、冒険もしてこなかったことがたたったのだ。アネリは固まった。

ソファに沈みこんで両手に顔を埋めた。どうしよう? 自分の知るかぎり、有効なパスポートがなければスウェーデンにさえ行けないはずだ。無能な政治家のせいでそうなってしまったのだ。

ということは、今後自分が行く道の第一候補が刑務所ということになる。以前のように、逮捕されてもいいやという気持ちを思い出そうとしたが、無駄だった。現実が彼女をとらえた。それも、最高に醜悪な顔を見せながら。

でも、そもそも刑務所入りに代わる方法だってあるのでは？　いや、だめだ。拳銃もリボルバーもないのだからピストル自殺もできない！

アネリは首を振った。急に笑えてきた。なんだかわからないが、すべてがひどく滑稽に思えてきたのだ。

彼女は勢いよく身を起こした。

のちのちのため、お金はどこかに隠しておこう。手榴弾と一緒にライトバンのなかに置いておくのがいちばんいい。それから家のなかの痕跡を消す。少しでも計画をにおわせるようなものはすべて片づけるのだ。そうしたらもう一度、ばれずにうまくいくかもしれない。車の盗難届を出してもいいんじゃない？　でも、朝まで待ったほうがいい？　そのほうがもっともらしいだろう。警察には、病気休暇を取っていたと言えばいい。具合が悪く、昨日からずっと、横になって眠ってばかりいたと。朝になってようやくリビングの窓から外を眺めたときに自分の車がなくなっているのに気づいたと言えばいい。

アリバイを訊かれるだろうが、その場合、痛みを紛らわすため、昨晩は何回もお気に入りの映画を見ていたと言おう。そうして寝入ってしまった、DVDがまだデッキのなかに入っている、と言うのだ。

彼女は立ち上がると、考えた末に『ラブ・アクチュアリー』を選び、DVDをプレーヤーのなかに入れた。

これがわたしのアリバイだ。

それから部屋を見回した。服をたんすに戻し、スーツケースを片づけた。事故や轢き逃げ事件、車両窃盗に関する記事の切り抜きやプリントアウトをすべてかき集め、外へ出ると、亜麻布のバッグとともにライトバンのトランクに入れた。

それから着替えると、着ていた服を袋に詰め、再びライトバンのところに行き、その袋もトランクに積みこんだ。

大至急出発し、有罪の証拠となりそうな資料は街や郊外のあちこちのゴミ容器に捨てなくては。

残るはパソコンだ。これも処分しなくてはならない。でも、たとえ湖に投げこむにしても、その前にすべてのデータを消去しておかなくては。そのためにもう一度インターネットに接続する必要がある。データ消去のやり方がまったくわからないのだ。

一時間ほどですべてをやり終えた。アネリは、家のなかに自分に不利になるようなものはもうひとつもないと確認すると、車に乗りこんだ。

警察から犯人の心当たりはあるかと訊かれたらどうするか？　その場合はデニスを殺したときから練っていた〝推測〟を述べよう。「例の若い女性たちが怪しいと思います。おそらくその恋人たちも。彼女たちはわたしの陰口を言っていました。彼女たちに憎まれているのは薄々感づいていました」と。

アネリは二時二十五分には、ベッドに入っていた。翌日に起こるあらゆる問題に対処できるよう、数時間はどうしても眠っておく必要があった。

掛け布団の上にiPadを置くと、念のために頭のなかで考えた言い訳を何度か繰り返してみた。「病気のせいで最近はよく家で仕事をしているんです。パソコンがクラッシュして以来、iPadで間に合わせなくてはならなくて。でも書類の更新にはこれで十分です。データはどっちみち、オフィスのサーバーにありますから」

目覚まし時計を六時にセットした。起きたら車が盗まれたと警察に届けを出し、ライトバンをどこか遠くに乗り捨て、電車かバスで街に戻ってこよう。

かごのついた自転車を借りるのが賢いかもしれない。それなら動きやすいし、亜麻布のバッグも持ち運べる。ガスヴェアクス通りには八時半にはもう店を開けているレンタル自転車店がある。そこからコペンハーゲン中を自転車で回り、駐車違反車両を取り締まっている人間に会うたびに、自分の車を見なかったかと尋ねるのだ。そのうち何人かには携帯電話の番号も渡そう。フォードＫａを見かけたら電話してくれと言って。その人たちの名前を自分も覚えておこう。

それと、職場に電話をかけ、同僚に「車が盗まれたせいで、午後一時の放射線治療のあとでないと出勤できない」と言っておかなくては。そのころには警察が職場に来て自分を待っているだろうか？　きっとそうだろう。

事情聴取に来るのがあのときと同じ警官なら、心配しなくていい。うまくやりさえすれば、彼はなんでも信じる。なんといってもわたしは、小さな愛車を見つけだすためにコペンハーゲン中を自転車で回っていた、がん患者だ。私の言うことを鵜呑《うの》みにするに違いない。

53

二〇一六年五月三十一日、火曜日

六時二十分にカールとアサドはヴィーバ通りのアネ＝リーネ・スヴェンスンの家の呼び鈴を鳴らし、ドアが開くのを待った。

十分前に警察本部から、アネ＝リーネ・スヴェンスンが車両の盗難届を出したとの連絡を受けていた。ただし、いつどのように盗難に遭ったのか詳しいことは聞けなかったという。おそらく昨日の夜八時か九時くらいだが、はっきりした時間はわからないとのことだった。

その盗難届が信頼できるものかどうか、警察本部では判断がつかなかったのだ。

偽証を鵜呑みにして大爆笑されたことが悔しかったのか、パスゴーはすぐにやり返してきた。いわく、自分は一週間も前からアネ＝リーネ・スヴェンスンに目をつけていて、とっくの昔に尋問も行なっています。しかし、たとえ彼女が死亡した四人の女性といくらかつながりがあったとしても、自分は彼女が〝完全なシロ〟だという印象を受けました、と。珍しく、パスゴーが警察用語を使ってきた。

さらにパスゴーは、デニス・ツィマーマンやミッシェル・ハンスンとつながりがあったと思われる女性をもっと捜査したほうがいいと勧めてきた。パスゴーが言うには、その女性の名はジャズミン・ヤーアンスン。彼女がデニス・ツィマーマンやミッシェル・ハンスンと一緒に病院にいるところをパトリク・ピーダソンが見ており、さらにミッシェルの自撮り写真に写っているのも見たと供述したのだという。

したがって、ジャズミンが《ヴィクトリア》の強奪事件に関与したふたり組のひとりである可能性は否定できません、とパスゴーは言った。十六万クローネの行方はいまだに不明です。どこに行ったのでしょう？この金をめぐってどこかで殺人が行なわれていないでしょうか？何よりもまず、このジャズミンを尋問するのが筋ってものじゃないでしょうか？

パスゴーの話はまだ続いた。ひとつだけ問題があります。誰もジャズミンがどこに隠れているのかわからないのです。届けが出ている住所に電話をかけたところ、母親だという女性が出て、娘の居場所についての問い合わせにはもううんざりだと言ったそうです。自分だって娘がどこをほっつき歩いているかわからないというのに、みんな、ここをインフォメーションセンターとでも思っているのか、と話したそうです。

なにはともあれ、パスゴーは自分たちもジャズミンの捜索に特に力を入れてこなかったことを認めた。まだ誰もが家にいて眠っているでしょうが、明日からはジャズミン捜しに全力を尽くします。デニス・ツィマーマンの公開捜査がもはや意味を失ってしまったので、ジャズミン・ヤーアンスンに目を向けることができます。そう彼は言った。

「家にいませんよ、カール」アネ＝リーネ・スヴェンスンの家のドアを眺めたあと、アサドが断言した。「出かけるにしても早いですね。もう仕事に行ったんでしょうか？」

カールは首を横に振ると、もう一度時計を見た。なんでこんなに早く仕事が始まらなきゃいけないんだ？しかも勤め先は役所じゃないか。家にいるのに俺たちをなかに入れたくないんじゃないか？　とはいうものの、家宅捜索令状を取るには、当局の担当者が出勤してパソコンを立ち上げるまであと数時間待たなくてはならない。

カールはさまざまな仮説を反芻してみた。彼女が警察をなかに入れたがらない理由には何が考えられる？前回は協力的で、今度は自分のフォードが盗まれたと届けを出した。だから、彼女に対する嫌疑は現在は弱まっているはずだ。それに加え、昨夜の事故のあと車から逃げだした人間について確かな目撃情報はない。ただ、女性らしき人影だったというだけだ。

「もしかしたら昨夜ずっと不在だったのでは？なんといっても大人の女性ですから」アサドが言う。「警察がここに来たのは昨日の何時でしたか？」

「零時前と言っていたと思うが」

「そのあとはここを監視していなかったんですね？」

「ああ」

「同じことをもう一度言わせてもらいますが、彼女はずっと家にいなかったのでは？」

カールは歩道へと下がった。ほとんど寝ていないが、なんとか考えをまとめようとした。

「よし。家宅捜索令状が取れるまで、例のジャズミン・ヤーアンスンのほうに取りかかろう」

アサドは肩をすくめた。二分後には助手席で眠りこんでしまいそうだ。しかしカールはそうなってしまわない術《すべ》を心得ていた。たとえそのためにはラジオのボリュームを最大に上げ、元気な朝食時間向けの番組を流さなくてはならないとしても。

「ジャズミンについてはどんなことがわかっているんですか?」カールがラジオのチューニングのつまみを回していると、驚いたことにアサドが目を覚まして尋ねてきた。

「どんなことがわかってるかって? いや、そもそも何もわからん。だが、パスゴーがスヴェンスンの事情聴取で福祉事務所に行った日、彼女の上司がスヴェンスンが担当している人間のリストをくれたそうだ。これまでは、やつの部屋に放置されて埃をかぶっていたんだが、ラース・ビャアンがパスゴーに命じてそのリストをスキャンさせ、IT部門がミッシェル・ハンスンのクラウドバックアップから奇跡的に復元した彼女の自撮り写真ともども、捜査員全員に即座にメールで送らせた。ビャアンが俺たちにもそのリストをメールするよう強調したらしいから、パスゴーはむかっ腹を立てただろうな。おまえのスマートフォンをチェックしてみろ」

アサドは、数秒もしないうちにスマートフォンの画面をスクロールしていた。

「リストにはジャズミンという女性がふたりいますね。でもこっちが彼女ですね。個人識別番号と携帯電話の番号、それから住所だけが記されています。ただ、携帯電話の番号は母親のものです。住所も母親と同じです」

「了解。では、さっさとやろう。住所はどこになってる?」

「南港のボーメスター・クレスチャンスン通りです。電話をするだけでもいいんじゃないですか？」

カールはアサドをじろじろ眺めた。さっさとこの話を片づけて、家宅捜索令状が出るまで警察本部でうたた寝をしたいんだろう。お見通しだ。

「そうはいかないぞ、アサド！　もしジャズミンが届け出のある住所に実際に住んでいて警察から逃げる理由があるなら、母親がまたしらばっくれて娘はここにいないと言うだろう。それは確実だ。電話したら、それでも俺たちがやってくるんじゃないかと恐れて、ジャズミンは姿をくらますはずだ。電話じゃだめだ。奇襲作戦でいかないと」

「そうしたところで、裏口から出ていっちゃうんじゃないですか？」

カールはため息をついた。「わかったよ。じゃあ、なんとかして家のドア近くまで車を寄せて、電話しているあいだはドアから目を離さないようにしよう。電話がかかってきただけでは裏口から出ていこうとはしないだろ？」

「そうですね、カール」アサドはため息をついたが、次の瞬間には大あくびをしていた。「とにかく眠くて眠くて。あなたにお任せします」

今までこいつが、こんな殊勝な言葉を口にしたことがあっただろうか？

ジャズミンの家は高層アパートメントだった。そのエントランスまで二十五メートルもない。いきなりジャズミンが現れたとしても、この距離ならちょっと加速すれば捕まえることができる。

だが、そもそもどんな女性だっただろう？　そう考えただけで、いっそう疲れに襲われた。

「例の自撮りをちょっと見せてくれ、アサド」

アサドがスマートフォンをカールに渡した。

「妙な話だ」カールは画像を見ながら考えこんだ。

「およそ二週間前にこの写真が撮られて、このうちふたりが死んだ。俺たちの仕事ではよくあることとはいえ、これだけ若い人間が死んでいくのには慣れることができん。文句なしにいい天気だ。日が照っていて、抜けるような青空の下、三人のかわいらしい女性が楽しんでいる。それが突然、全員いなくなった。まったく、先のことは誰にもわからないと言うしかないな」

「ジャズミンは右側の髪の長い子です。この髪、本物ですかね？」

カールはそういうものには詳しくなかったが、アサドの指摘はもっともだった。よく注意して見なくてはならない。若い女の子というものは、こういう写真を撮るときはカメレオンのように変化する。今日はブロンドの髪をしてピンヒールを履いていたかと思えば、次の日には黒髪でスニーカーを履いている。瞳の色ですら当てにならない。

「それでも、見れば彼女だとわかる自信があります」

アサドが意味ありげに鼻先に触れながら言った。

「よし、じゃあ取りかかるか」カールはリストのなかから目当ての電話番号を見つけ、電話してみた。しばらくすると、ようやく誰かが電話に出た。

「ちょっと、まだ七時にもなっていないのよ！」女性の怒鳴り声が響いた。

「申し訳ありません、ヤーアンスンさん。私は警部補のカール・マークと申します。捜査の手がかりとなるよう、お嬢さんの居場所について少々おうかがいできたらと思うのですが」

「うるさい」そう言うと、彼女は電話を切った。

ふたりは、アパートメントのエントランスをじっと見つめたまま、十五分待った。しかし、ドアは閉じたままだった。

「よし、行くぞ！」カールが大声で言うと、アサドがびくっとした。居眠りはもう十分だろう。

エントランスのドア横にあるパネルから、カーアン

＝ルイーセ・ヤーアンスンという名を探しだし、呼び鈴を延々と押しつづけたが、反応はなかった。疑いがますます強くなる。

「裏庭に続くドアを見張ってろ。指示があるまでそこを動くな、アサド」

カールはほかの家の呼び鈴をいくつか押し、警察だと名乗った。ようやく住民の誰かが、エントランスのドアを開けてくれた。

《ヤーアンスン》という表札がかかったドアの前に立つと、何人もの女性がガウンをひっかけた姿で階段に集まってきた。

「私の代わりにヤーアンスンさんのお宅の呼び鈴を鳴らしていただけませんか？」カールはけばけばしい色をしたバスローブのいちばん上のボタンをぎゅっと握りしめている白髪の女性に頼んだ。「われわれはヤーアンスンさんのお嬢さんの身をとても心配しています。ヤーアンスンさんに捜索の手助けをしていただきたいのです。ですが、どうやら何か警察とは相容《あいい》れない事情があるようで。あなたのご協力が必要なのです」カールはこれまでのキャリアで身につけた笑顔を見せ、相手を安心させるため身分証をポケットから取り出した。

老婦人は微笑み返すと、慎重にヤーアンスン宅の呼び鈴を鳴らし、ドアに頬を押し当てた。「カーアン＝ルイーセ」彼女は穏やかに声をかけた。「わたしよ、四階のゲアダよ」

ヤーアンスン夫人は鋭い耳を持っているに違いない。すぐさまガサガサという気配がして、カチリという音とともにドアが開いたのだ。

「この人、ジャズミンのことであなたを助けるために来たんですって」女性が微笑みながら言った。しかしその笑顔に返事はなかった。そのときカールが進み出て、ヤーアンスン夫人の目の前に身分証を突きつけた。

「まったくあなたたちときたら、うるさいわね」彼女は非難に満ちたまなざしを隣人たちに向けて息巻いた。

「わたしの携帯電話にかけてきたのはあなたなの？」

カールはうなずいた。

「エントランスのところで、ドアの呼び鈴をしつこく鳴らしていたのもあなた？」

「ええ、失礼いたしました。ですがわれわれはどこにお嬢さんがいるのか、緊急に知る必要があるのです、ヤーアンスン夫人」

「ヤーアンスン夫人なんて慣れ慣れしく呼ぶのはやめて。わたしの言ったことがわからない？　あの子の居場所なんてまったく知らないって言ったでしょ？」

「お嬢さんは家のなかにいるのではないですか？　もしそうなら、そんなにつんけんしないで、われわれにそうおっしゃってください」

「あなた、頭は確か？　家にいるなら娘の居場所がわかっているに決まってるでしょ！」

老婦人がカールの袖を引っ張った。「それは確かよ。ジャズミンはここにはいないわ……」

「ありがとう、ゲアダ。もう戻って大丈夫よ」ヤーアンスン夫人は顔を上げると、手すりにもたれて見物している残りの人たちに向かって怒鳴った。「あなたたちも同じよ。バイバイ！」

ヤーアンスン夫人は首を振った。「まあいいわ。なかに入って。そうすれば野次馬たちもずらかるべきだってわかるでしょ？」南港がまだ労働者階級地区だったころの荒っぽい言い回しが、この界隈ではまだ息づいているらしい。

「警察がわざわざ来るなんて、ジャズミンがいったい何したっていうの？」今日最初の一本であろうタバコをふかしながら、煙の向こう側で母親が言った。

カールはこの女性に一目置いた。家族を養う役目はいつも彼女が担ってきたに違いない。夜の仕事をしたり、清掃の仕事をしたり、レジ打ちの仕事をしたりしてきたのだろう。長年の苦労がにじみ出た容貌や、ごつごつした手から、そう察せられた。彼女の顔の皺は笑い皺ではない。長年にわたって刻みこまれた深い不安、不満、疲労の証拠だった。

「われわれは、お嬢さんがなんらかの犯罪に巻きこまれているのではないかと心配しています。ただし、確実なことはまだ何も言えません。われわれの思い違いという可能性もあります。ですが、真相を究明し、お嬢さん自身の……」

「娘がどこにいるか、知りません」母親がカールの言葉を遮った。「誰だか知らないけど、女の人からジャズミンにお金を借りているという電話がありました。だからその人に言ったの。スティーンルーセに引っ越したって。でもスティーンルーセのどこだったかしら。まったく、どこだったかしらね？　サンデール……なんとかいう場所だったような気がするけど、それ以上はわからないわ。今の話はほかの誰にもしてません」

団地の名を聞いた瞬間、カールの顔色がさっと変わった。母親があっけにとられ、その表情が柔らかくなった。

「わたし今、何か言いました？」驚いて尋ねてくる。

カールは立ち上がった。「ええ、正しいことをおっしゃいました。ヤーアンスン夫人。完璧に正しいことを」

「最悪じゃないですか、カール。私がキッチンカーテンの奥に見たのは間違いなくジャズミンですよ。絶対そうです。あの部屋に入るべきだったんですよ！」

「ああ、たしかにそうすべきだった」カールは少し考えてから青色灯のスイッチを入れた。「だが、残念ながら俺の勘では、もう遅い、相手はとっくに逃亡している」

「カール、私は今、最高に嫌な気分です」

「俺もだ」

「ローセの部屋のドアは鍵がかかっていなかった。彼女にしてはまったく考えられないことです。そしてローセは今、行方がわからない。その間ずっとジャズミンはまさにその隣の部屋にいたんです。賭けてもいい、リーモア・ツィマーマンの孫、デニスもそこにいたはずです」

その言葉を聞いてカールはアクセルを深く踏みこんだ。

サンデールパーケン団地に着くと、カールは車を歩道に乗り上げて正面玄関に横づけした。それからふたりは車から飛び降り、階段を駆け上がった。カールが喘ぎながら廊下に着いたときには、アサドはすでに合鍵を鍵穴に差しこんでがちゃがちゃ言わせていた。

カールは拳銃を取り出すとドアの横で構えた。アサドがドアを一気に押し開ける。

「ジャズミン・ヤーアンスン、警察だ。両手を上げて廊下に出てこい。二十秒やる」カールが叫んだ。だが、二十秒数えても何も起きない。さらに十秒数えたところでふたりはなかへ入った。最初の一発を撃つ準備はできていた。

部屋は空っぽに見えた。強い糞尿のにおいが鼻をつく。廊下には裏返しになった服が置かれ、リビングに通じるドアは開いていて、カーペットの上に椅子が一脚ひっくり返っているのが見える。

ふたりは少しのあいだそのまま立ち、物音に耳をそばだてた。恐ろしいほど静かだ。

それからカールはリビングに踏みこむと、体を素早く回転させて射撃体勢をとった。しかし、そこにも誰もいなかった。

「アサド、おまえはバルコニーに行ってくれ。ダイニングルームとそのほかの部屋は俺が探す」

カールはリビングの奥にある寝室に入った。乱れたベッドと何着もの脱ぎ捨てた衣服が床に散らばっている。戸棚を開けようとしたそのとき、アサドがジャズミン逃亡の事実を告げた。「ここです、バルコニーからシーツが垂れ下がっています」

くそ！　なんてこった！

すぐにふたりはリビングに戻って、周囲を見渡した。

アサドは怒りで煮えたぎっている。カールにはその気持ちがよくわかった。彼の目と直感は正しかった。それなのに、カールがアサドに待ったをかけたのだ。

「悪かった、アサド。今度からはもっとおまえの直感を信用することにする」

カールはリビングと、そこに隣接しているダイニングルームを見回した。

あちこちに服や靴、汚れた食器が散乱している。椅子はひっくり返り、テーブルクロスは床まで引っ張られている。ここで乱闘があったことは一目瞭然だった。

「残りの部屋も探そう」カールは言った。部屋に入るとすぐに小さなスーツケースがベッドの上にあるのが目に入った。荷造りされ、これから閉じられるのを待っている状態だった。

「アサド、ちょっと来てくれないか」カールが叫んだ。

彼はスーツケースを指差した。「どう思う？」

アサドは深いため息をついた。「計画が台なしになったんでしょう。私たちが来たせいで逃げていったわけじゃないことを願いますが」

カールはうなずいた。「だとしたら、トサカにくるな」

「トサカにくるって？　あっ、これを見てください」

アサドがベッドの下を指差した。カールには何も見えなかった。アサドが身をかがめ、指先で丸まった札束を引き出した。

「この五千クローネは、《ヴィクトリア》から盗まれたものだと断言できますよね？」アサドがうちわのように札束で仰いでみせた。

「たしかに彼女たちの犯行だろう」

「では、次はどうしましょうか」アサドが尋ねる。

「警察本部に電話して、ジャズミン・ヤーアンスン指名手配の準備をさせるんだ。殺人犯を追っているという前提で捜査に当たらなくてはならん」

リビングのドアに向かいながら、カールはポケットから携帯電話を取り出した。アサドの腹が煮えくり返っているのは当然だろう。彼は正しかった。自分たちが追いかけているものがすぐ近くに迫っていただけでなく、デニスが殺されるのを食い止めることができた可能性も高い。バルコニーから逃亡したあとに何が起きたのか、ジャズミン・ヤーアンスンとデニス・F・ツィマーマンのあいだに実際に何があったのか？ カールにはそれがわからなかった。だが、それもジャズミンを捕まえれば、解き明かすことができるだろう。

「待っててください、カール。ちょっとトイレに行ってきます」半開きのバスルームのドアの前でアサドが不意に立ち止まった。「これを見てください！」ドアにあいたふたつの小さな穴を指差す。

カールは携帯電話をポケットにしまった。

アサドがバスルームの明かりをつけ、ドアを押し開けた。

なかの様子を見るなり、ふたりはバスルームに飛びこんだ。

54

二〇一六年五月三十一日、火曜日

団地の下の駐車場には、青色灯を灯した車両が少なくとも十台は停められていた。次から次へと警官がやってきては野次馬を遠ざけ、鑑識の到着を前に現場の保全や捜査を行なう。ものものしく、張りつめた空気が現場を支配していた。

カールとアサドは救急車の脇に立ち、不安で息が詰まりそうになりながら、担架に載せられたローセが車のなかに入れられるのを見守っていた。付き添っている救急隊員の表情は深刻そうだった。ローセには弱い息があったが、それを除けば希望が持てそうな様子はまったくない。

アサドは自責の念に苛まれて、取り乱さんばかりだった。「あのとき、部屋のなかに入ってさえいれば！」何度もそう繰り返した。

たしかに、そうしていればよかった。

「容態を逐一知らせてくれ！」カールが隊員に大声で頼み、救急車が出発した。

救急車を見送って振り向くと、検視官が建物から出てくるところだった。

「死因は銃創によるものでしょう。死亡してから少なくとも十二時間は経っていると思われますが、正確な時間の特定は監察医にお任せしたほうがよろしいかと」

「ジャズミンがデニスを撃ったと考えるのが理屈としては自然かもしれません。ですが、誰がジャズミンを撃ったのでしょう？」アサドが問う。

「遺体には硝煙反応がまったくありませんでした。自分で撃ったはずがありませんね」検視官が口元を歪めて笑った。「あえて言うなら、バスルームのドアの外側に硝煙の痕跡がありましたが」

それはカールも見ていた。

カールはアサドの手を握ると、相棒の目を覗きこんだ。「聞いてくれ、アサド。少なくとも、デニスの死体を車に乗せて運んでいたのがジャズミン・ヤーアンスンでないことはこれで証明された。だが、車に乗っていたのが女性だということはわかっている。それだけわかれば十分だ。だったら、そろそろここを出発しないといけないんじゃないか？」

こんなに必死になってアサドの目を見たのは初めてだった。

「ですが、まず約束してください。そのあとにすぐローセのところに向かうと」

「もちろんだ、アサド。ゴードンに電話した。彼はとんでもなく取り乱していたが、王立病院に駆けつけ、今は向こうで救急車の到着を待っている。彼にいつでも電話で様子を聞くことができる。本人もそう言っている」

「アサド、おまえに頼みたいことが四つある」コペンハーゲンに向かう途中、カールが言った。「すぐに警察本部からひとり、スヴェンスンの自宅を見張る人間をよこしてもらえるよう手配してくれ。それからラース・ビャアンを捕まえて、あそこで起きていたことを詳細に説明する。それと、彼にジャズミン・ヤーアンスンの指名手配を打ち切るよう言ってくれ。俺たちはヴィーバ通りに向かっているとも伝えるんだ。俺たちが向こうに着くころには、家宅捜索令状を受け取れるようにしてほしい。それから、アネ＝リーネ・スヴェンスンの上司に電話をかけ、スヴェンスンが出勤してきているかどうか問い合わせてくれ」

アサドはうなずいた。これまで以上に決心を固めているようだ。「最後に、ローセの妹の誰かに電話をかける、ですよね？」

カールはなんとか笑顔をつくった。アサドはどんなときでも頼りになる。


アネ＝リーネ・スヴェンスンの家の前にはすでに警察官が来ていた。それも、カールが管区一にいたころからの知り合いだった。もっとも、彼はすでに警察本部の治安部に配置転換されていたが。カールは彼に挨拶すると、家宅捜索令状が出されていることを確認した。そして、アサドがピッキング道具で難なく玄関のドアを開けるのを見守った。

インターホンのパネルによれば、アネ＝リーネ・スヴェンスンの部屋は二階で、一階には《アルティメット・マシーンズ》という小さな会社が入っているようだった。

スヴェンスンの部屋のドアは鍵がかかっていなかった。家のなかには誰もいない。

二階も、屋根裏も、どの部屋もきっちりと片づけられていた。カールは空気のにおいを嗅いだ。かつて楽しい時間を過ごした女性ふたりの寝室を思い起こさせる香りがする。ラベンダーか、石鹼の香りか。それとも両方が混ざった香りだろうか？　カールには嗅ぎ分けられたためしがない。

皿は洗われ、ベッドメイクもされている。しかし、細部まで神経質なほどに整えられている点が、まるで警察が来ることを想定していたようにも見える。

「相当頑張って片づけをしたみたいですね」カールと並んで立ち、全貌をつかもうとしながらアサドが言い切った。「洗濯かごのなかに汚れ物がひとつもない。ゴミバケツも、紙くず入れすら空っぽです」

「ああ。だが見てくれ。この後ろの部屋には鍵がかかっている。ここも見てみるべきだと思わないか？」

アサドが工具を手にしてやってきて、ドアを開けた。

「こりゃまたすごいな」小部屋に入ると、カールが言った。部屋の壁は天井まで届く金属製の棚で覆われ、ねじやくぎ、補強金具などの工具であふれていた。

「この部屋はアネ＝リーネ・スヴェンスンの住まいではないと思います。外の表札を見るかぎり、ここにはほかの住人もいるようですから」アサドが返事をした。

「わかった。それならここで見つかるものはないだろう」カールはアサドに小部屋の鍵をかけるよう頼んだ。

「ほかに何が目につく？　彼女の住まいを見て、何が欠けている？　あるいは何が余計だと思う？」再びリビングに入るとカールがアサドに尋ねた。

「いろいろな点が目につきますね。まず、床にはモニターがあるのにパソコンがない。奇妙なのは、机のど真ん中にＤＶＤのケースが置いてあることです。ほかはすっかりきれいに片づけられているというのに。まるですぐ目につくよう、わざとあそこに置かれたみたいじゃないですか。ああいうものは普通、テレビの脇かカウチテーブルの上にあるものでしょう？　なぜきちんと片づけられた机の上にぽつんと置いてあるんでしょう？」

「そうだ。まるであのＤＶＤを置くことでスヴェンスンが何かのメッセージを発信しようとしているようだ。だが、どんなメッセージだ？　見てくれ、これが自分のアリバイだということか？　事件が起きたとき、自分はＤＶＤを見ていたということか。俺が気になるのは、フォードＫａのナンバーがついたキーが、ボードのフックにかかっているところだ。あれはきっと合鍵のほうだろう。そこでだ。昨日の事故車にそもそもキーは差したままだったか？」

「差してありました。その件で話をしましたが、プロウは、だからといって車の所有者が運転していたという証明にはならないと言うんです。不用心で間抜けな人間はバッグからキーを盗まれるし、真夜中に家のチェストの引き出しからも盗まれていることがあると。

それを知らないのかと言われました」

まるでカールがそのことを知らないかのように話す。だが、プロウの言うことも、もっともだ。

それから棚や引き出しの捜索を行なったが、医師の診断書を除き、スヴェンソン個人の情報につながるものは何も出てこなかった。これは驚きだった。

「家宅捜索令状が一階を対象にしていないことはわかっているし、スヴェンスンがそこを借りているわけでないこともわかっている。だが、それでもあそこを見てみるべきだと思うんだが、おまえの考えはどうだ、アサド?」カールはアサドの姿を探したが、彼はすでに階段を半分下りていた。

最初にふたりはリビングと思しき場所に入ることにした。だが、そこは作業場と言ったほうがふさわしく、工具や機械のパーツ、エンジンのパーツであふれかえっている。こんなところでいい大人がどうやって暮らすんだ? そう思いながら、カールは金属部品の詰まった部屋に視線をさまよわせた。

「ここの住人はあまり家にはいないようですね」アサドが推理する。

ふたりは、部品がぎっしり詰まった部屋を少し漁ってみた。いい加減ここを出ようと思ったとき、オイルフィルターが整理されて入っているボール箱が目についた。フォードのなかで発見されたリボルバーにはめられていたパーツと似ていないか?

「まさか!」

ほんの一瞬、ふたりは茫然とオイルフィルターを見ていたが、即座にアサドがポケットからスマートフォンを取り出した。

「すぐに彼女の上司に連絡します。今なら、全員が職場にいるはずですよね?」

カールはうなずくと、周りを見渡した。信じられん。ということは、スヴェンスンがここでリボルバーにうまくはまるオイルフィルターを調達し、サイレンサーをつくったということか！　社会を斜にかまえて見ている抜け目のない人間がこの世にはいて、ベテラン刑事の俺を出し抜くから驚きだ。正直で真面目な福祉事務所の職員が、これまで出くわしたなかで最大級に残忍で冷酷な殺人犯としての才覚を持っていた、などということがあるのだろうか？

ふと見ると、アサドはスマートフォンを耳に当てながら、ドアの左側の何かに関心を寄せているようだった。

カールはアサドの目線を追った。だが、何も見えない。

「ありがとうございます」そう言うとアサドは電話を切り、カールに体を向けた。「アネ＝リーネ・スヴェンスンがたった今、職場に電話をかけてきて、今日は午後にならないと出勤できないと告げたそうです。十三時に王立病院で放射線治療の予約が入っているそうです」

「いいぞ！　それが確かなら彼女を捕まえられる。電話の相手に、これは内密の話で、俺たちがいいというまで誰にも話してはいけないと言ってあるよな？」

「もちろんです。聞いてください、スヴェンスンは事務局に、コペンハーゲン中を自転車で回って、盗まれた車を探していると伝えたそうなんです」

カールは眉を上げた。

「あの、一瞬、思い違いをしているのかと思いましたが、私は確かにさっきここで見たんです」

アサドはまた、ドアの左側にある棚の下を指差した。

カールは身をかがめ、アサドの指の先を見た。

後ろの壁と二台の棚のあいだに、直径二センチほどの黒ずんだ赤い染みがついていた。鑑識なら、いつ、どの角度で、その血しぶきが飛んだのか正確に割り出すことができるだろう。

「彼女、ここは見落としていたようですね」アサドがにやっとした。

カールは後頭部を撫でた。「これはこれは！」これで残りの謎も解けた。自転車での捜索も、机の上のDVD同様、俺たちの目を逸らすための工作だ。間違いない。スヴェンスンは実に抜け目のない人間だ。だが、そのずる賢さを最後まで使いとおすことはできなかったな。スヴェンスンはすでに釣り針にかかった。少なくともかかったも同然だった。

「おまえは本当に鷹《たか》のような目を持っているな、アサド」カールは時計を見た。「放射線治療の予約時間まできっかり三時間ある」そう言うと、ゴードンの携帯に電話をかけ、スピーカーフォンに切り替えた。

思ったとおり、ゴードンの声は沈んでいた。

「あまり多くのことは話してもらえないんです。ただ、どうにかローセの命が助かったとは言えるみたいです。でも、たくさんの合併症があるみたいで。まずは今の容態を維持することが先決のようです。医師は血栓の量をとても気にしていて、ローセの腕や脚に後遺症が残るのではないかと心配しています」

ゴードンは苦しそうで、泣いているようだった。ローセの周囲の人間がどれだけの愛情を彼女に注いでいるか、本人が知ることさえできたら。

「ゴードン、病院にいるローセの写真を送れるか？」

「わかりません。でもなぜですか？」

「ローセのためを考えてのことだ。やってみてくれ。話をすることはできるのか？」

「いわゆる話はできません。医師たちはあまり容態について教えてくれないのですが、ローセとはなんらかの意思疎通は図れたらしいです。といっても、彼女の精神はまったく安定していないようです。僕の理解が正しければ、ここの精神科の医師団は、グローストロプのローセの担当医に意見を求めたみたいです。どうやら、問題の中心はすべて、何かのトラウマのようなんです。彼女はそれと向き合わなくてはならないとか」ゴードンはしゃくり上げた。「医者が言うには、ローセは……なんとかトラウマに対処しないと……一生暗闇のなかで生きることになる……というような……」

「トラウマ的な体験に対処しなくてはならない、と言ったな？　どういうことか、医者は説明したか？」

「いいえ、まったく」ゴードンが答える。

電話の向こうでしばらく沈黙があった。気持ちを落ち着けるためかもしれないし、よく考えるためかもしれない。「とにかく、問題は彼女の心の重荷をどうやって取り除くことができるかです」ゴードンが言った。

アサドがカールを見つめた。「圧延工場で本当は何が起きたのか、私たちで確かめなくてはなりませんね。そうでしょう？」

カールはうなずいた。「なんでおまえはそうやっていつも的確に言い当てるんだ？　俺たち、体はふたつでも思いはひとつってやつか？」


リーオ・アンドレースンは半分に切ったパンの上半分を持ったままドアを開け、なかに入ってくださいとカールたちに言った。年金暮らしの夫婦の平和な朝のひとときのようだった。テレビは大音量で『おはよう、デンマーク』を流していて、いつものようにやたらと凝った食事の作り方を紹介している。コーヒーメーカーがポコポコ音を立て、スリッパを鳴らして歩く音が聞こえ、テーブルの上には日刊紙の折込広告が広げられている。

「リーオ、そろそろ、真相の究明をしなくてはならない。前もって言っておくが、あなたが誰を犯人と呼ぼうと、私にはまったく興味のないことだ。われわれがここに来たのは、ほかでもない、ローセを助けるためだ。さあ、知っていることをすべて話してもらおう。それも今すぐここで。私の言ったこと、はっきり聞こえたか？」

リーオ・アンドレースンは、妻にちらっと目を走らせた。妻は必死でなんでもないふりをしようとしていたが、カールは彼女が小さく首を横に振ったのを見逃さなかった。

カールは彼女に体を向けると、手を差し出した。

「そこに立っているのは、ゴンヒル・アンドレースンさんですね？」

口角がぴくりと動いたのは、笑みを浮かべたつもりで、カールの質問に対する肯定だろう。

「おはようございます、ゴンヒルさん。あなたの動作のせいで、ご主人がいよいよ怪しく感じられました。気づきましたか？」

笑みが消えた。

「あなたは首を振ることで、ご主人に黙っているよう警告しましたね。その仕草は、私の世界ではご主人はわれわれに語る以上のことを知っている、ということを意味します。そして、一九九九年五月十八日に起きたアーネ・クヌスン殺害事件について、ご主人が主犯のひとりであるということも意味します」

カールはリーオ・アンドレースンを直視した。その顔にはショックがありありと表れていた。「リーオ・アンドレースン、五月三十一日火曜日、十時四十七分、逮捕する」

アサドがベルトにつけていた手錠に手を伸ばした。リーオと妻の反応は劇的だった。あまりの驚きと困惑で全身から力が抜け、カールを見つめていた。

「ですが……」アンドレースンが声を絞り出したが、アサドはすでに彼の両手を後ろに回し、手錠をはめていた。

それからカールは取り乱した妻のほうに向き直り、自分が携帯している手錠をつかんだ。「ゴンヒル・アンドレースン、五月三十一日火曜日、十時四十八分、殺人の解明につながる情報の入手を妨げようとした容疑で逮捕する」

カールが支えるより早く、妻は床にくずおれた。

五分後、水をひと口飲んでから、ふたりはテーブルのいつもの席に力なく腰かけた。両手には後ろで手錠がかけられたままだ。

「長くて面倒な一日になることを覚悟してくれ」

もちろんその通告が彼らを勇気づけるわけがない。

「まず、われわれはコペンハーゲンの警察本部に行き、そこであなたたちにより正確な容疑を伝える。それから尋問があり、続いて勾留《こうりゅう》となる。あなたたちは明朝、出廷し、そこで裁判官がわれわれの勾留延長請求に対して判断を下す。裁判官が延長を承認し、われわれが数週間捜査を継続したのち、審理がどのような結果になるかを見ることになるだろう。あなたたちの弁護士は……そもそも弁護士はいるのか？」

ふたりは首を横に振った。それ以外のことはできなかった。

「わかった。あなたたちを代弁し、弁護する人間を手配しよう。起訴手続きの流れはわかったか？」

すでに妻は泣きわめいている。こんなの信じられない、わたしたちはこれまでずっとまっとうな人間として生き、自分たちの生活のことだけを考えてきた。なぜよりによってわたしたちなの？

「聞こえたか、リーオ？『なぜよりによってわたしたちなの？』と奥さんが言っている。つまり、あなたたち以外にも事件に関与した者がいるということだな？」カールが詰め寄る。「もしそうなら興味深い。複数の人間で事件の責任を分け合うことになれば、量刑も軽くなるかもしれんからな」

すると、リーオが口を開いた。「求められることはなんでもします。重要なのは、あなたが……」彼はどう続けるか少し考えた。「もしあなたが……私たちには三人孫がいるのですが、あの子たちにはなんのことか理解できないでしょう」妻のほうを見た。しかしゴンヒル・アンドレースンはうつろな目で前を見つめているだけだった。彼女は完全に打ちのめされていた。

「もし私たちがすべてを自供したら、刑務所行きを免れることができますか？」リーオが尋ねる。「もしそうしたら、あなたが今言った段取りがもしかしたら、もしかしたら……まったく不要になる、ということはありますか？」

「もちろん。それは請け合う」

カールはアサドにうなずいてみせ、アサドはうなずき返すことでそれが確かであることを示した。

「ほかの人にもそれは当てはまりますか？」

「ああ、それは約束する。すべての真実を話した場合は、そのことが考慮される」

「それならここでこれをはずしていただけませんか？」リーオが手錠のなかで手首を揺さぶった。「そうしたらベニー・アンダーソンのところへ車で行くことができます。すぐ近所に住んでいるんです」

そのとき、カールの携帯電話がＳＭＳの受信を通知した。ゴードンがローセの顔の画像を送ってきたのだ。

それを見た瞬間、カールは息を呑んだ。なんという悲痛な画像だろう。しばらく見つめたあと、カールは携帯電話をリーオに渡した。

男はドアを開けた。リーオの青い顔とその後ろにいるカールたちを見ると、嫌な顔をした。

「警察はあのことを知っているんだ、ベニー」リーオ・アンドレースンが言った。「どんなふうに起きたかを知らないだけだ」

ドアを閉めることができれば、男はそうしていただろう。

「マンガン中毒のことから始めるんだ、ベニー」ゴミだらけのカウチテーブルの周りに一同が座ると、リーオが頼んだ。「おまえがなんと言おうとかまわない、マークさんは、それがおまえや俺たちのうちの誰かの不利になるようにはしないと約束してくれた」

「そこにいるやつはどうなんだ。そいつもそうしてくれるのか」男はアサドを指差した。

「私のような人間と話したくないかもしれませんが、質問があるなら私に直接尋ねてください」アサドはいつになくぴしゃりと言った。

「あんたたちを信用できない」ベニーが言う。「俺を警察まで連行して好きなようにすればいい。何も言うつもりはない。俺には何も隠すことはない」

そのとき、リーオ・アンドレースンが、自分がかつて圧延工場で命令する立場にあったことを示した。

「おまえは馬鹿か？　俺におまえを告発させる気か、ベニー？」リーオがどやしつけたのだ。

ベニーはポケットをかき回して、ようやく数本のマッチを見つけた。葉巻の吸いさしにもたもたと火をつけているあいだ、ベニーは何度か目をしばたたいた。

「それなら、俺の言葉はおまえの不利になるぞ、リーオ。おまえなんかに何も証明などできない。証明できることなんか何もない」

「いいか！」カールが割って入った。「もうやめてくれ。重要なのは、あなたではない。あなたが何をしたかしないかではないんだ、ベニー。これはローセに関わる問題なんだ。そして彼女は今、ひどく容態が悪い」

ベニー・アンダーソンはためらった。話をしたことで自分の立場がまずくなるなら、ローセを助けることはできないとでも言いたげだった。

「マンガン中毒というのは、リーオ？」カールが尋ねた。

リーオ・アンドレースンは深呼吸した。「その話をするには九〇年代後半に遡らなきゃなりません。当時、ある神経科医とある産業医が工場労働は体に悪く、空気中のマンガンの粉塵によって健康が損なわれることを突きとめたんです。マンガンは鋼に添加されます。硫黄《いおう》を固定させ、酸素を除去するからです。そうやって鋼の耐食性と強度を高めるんです。しかし医師たちによれば、それが病気を引き起こし、パーキンソン病に似た症状が出るらしい。実際は、同じ脳でもパーキンソン病とはまた別の部分がやられてしまうとのことですが。

その後、ふたりの医師と、その説を否定する何人かの医師のあいだで、白熱した議論が何度も交わされました。

それでも最後には、工場の作業員たちの一部――そのなかにベニーもいたのですが――は、職業病のために補償金を受け取ることになりました。それは会社の財政にとって歓迎すべきことではありませんでした。当時は景気後退という大問題も抱えていましたし」リーオは不信感をむき出しにしてベニーを見た。どの程度まで彼がマンガン中毒に侵されていたのか、あるいはいなかったのか。それは終わりのない論争のようだった。「補償金が支払われたとき、すでにアーネ・クヌスンは死んでいましたが、それまで彼は自分もマンガン中毒で健康を害したとそりゃあしつこく言いつづけていました。振り返ってみると、アーネのような従業員――こう言っちゃ悪いがベニー、おまえもだ――が、工場を破滅に導いたんです」

ベニー・アンダーソンはタバコの吸い殻を灰皿に捨てた。「ふざけるな、リーオ。おまえは事実を歪曲している」

「そうか？　だったらすまないな。ともかく、アーネとこのマンガン論争はどんどんひどいことになっていきました。まさにそういう時期にローセがアルバイトに来ていたんです。アーネは私たちと言い争いになり、やりこめられると――だって私たちは、あいつがマンガンの粉塵に近寄ったこともないのを知っていましたからね――そのたびにローセのところへ行っては、残酷なやり方で彼女に八つ当たりしたんです。ベニーを仲間に引き入れようともしていましたが、ベニーはあいつに我慢がなりませんでした」

リーオがアンダーソンに顔を向けた。「そうだよな?」

「ああ、そうさ。俺はあいつが大嫌いだった。クソみたいな野郎だった。あいつはこれっぽっちもマンガンなんか吸っちゃいなかった。本当に病気になった俺たちにとっちゃ、すべてを台なしにしかねないゲス野郎だった」

「そしてローセは父親の仕かけたいかれたゲームのせいで、信じられないくらい病んでしまいました。それはもう、誰の目にも明らかでした。私たちには、アーネに目の前から消えてほしいと思うだけの十分な理由があったんです」

「あなたもアーネにどこかに行ってほしかったってことか、ベニー?」

「これも記録するのか?」ベニーが尋ねる。

カールは、首を横に振った。「いや。だが、ここを出ていく前に、ぜひとも見せたいものがある。リーオにはもう見せたが」検視用のスチール台の上に載せられたアーネ・クヌスンの遺体の写真をアンダーソンの目の前に突きつける。

「げっ、ひでえ」下半身が完全に押しつぶされた男の画像を見ると、ベニーが口走った。この話を知らなければ、ベニーが見ているものがいったいなんなのかわからないだろう。

「それからこっちの写真だ。三十分前に手に入れたものだ」カールは携帯電話を素早く取り出すと、アンダーソンにローセの画像を見せた。

苦悶《くもん》に歪んだローセの顔に目をやったまま、ベニー・アンダーソンはタバコのパッケージを探った。衝撃を受けたようだ。「これ、ローセなのか?」たじろぎながら、ようやく口を開いた。

「そうだ。今見てわかったと思うが、彼女にとってこの二枚の写真のあいだに流れた時間は、途方もない悪夢だった。十七年間、毎日、死んだ父親のこの姿が彼女の目に焼きついて離れなかった。彼女は十七年間、自分のせいで父親が死んだと思ってきた。今、彼女は極めて危険な状態にある。精神的にも肉体的にもだ。彼女を助けられるかどうかは、あなたたちの力にかかっている。心の闇の最も深いところに沈んでいる彼女を浮上させるんだ。彼女の顔を見てみろ。これがどういう問題か、もうわかっただろう」

ベニーとリーオは奥に引っこんだ。五分後に出てきたが、状況にうまく対処できているようにはまったく見えなかった。

リーオが口火を切った。

「私たちは、自分たちが関与した件について後悔はしていないということで意見が一致しています。きっと、ほかの人間もそうでしょう。あなたも聞けばわかります。アーネ・クヌスンはゲス野郎でした。あいつが消えて世界はましになったんです」

カールはうなずいた。目の前には、殺人を犯しただけでなく、ローセの人生も破壊したとんでもなく独善的なふたりの男がいる。彼らが自分勝手な理屈で行なった忌まわしい〝処刑〟は何をもってしても正当化できない。それでも、カールはふたりにそのことをまともに説教する気にはなれなかった。そんなことをしてもローセの回復の助けにはならないのだ。

「どのような言い訳をしても、あなたたちのしたことが正当だったとは言えない。だが、約束は約束だ」

「こう言ってはなんだが、ローセは俺たちにとって役に立つお馬鹿さんだったんだ。ひどい言い方に聞こえるだろうが」ベニーが言った。「そういうことも含めて、俺は初めは反対だった。ほかの連中よりもあの子と親しかったんでね。だが、アーネが職場の空気を汚しだしてから、俺も折れたよ。あいつがどれだけ耐えがたい男だったか、あんたにはわからんだろう」

とんでもない、カールにはよくわかっている。「それではいい加減、すべて吐いてもらおう。一日じゅうここにいるわけにはいかないんだ。われわれはこのあとすぐに市内で用事がある」カールが畳みかけた。

「正確には何が起きたんだ?」

「わかりました。まず、周りが見えなくなるほどあいつが激昂するのは、ローセに対してだけでした。あいつはそれで性的興奮を感じてたんでしょう。ローセをこっぴどく叱ることで射精でもしてたんじゃないかと思うくらいです」リーオ・アンドレースンが言う。

「俺たちは五人で計画を練った」ベニー・アンダーソンが割って入った。「リーオはその日非番だったが、〝偶然にも〟ね」彼は〝偶然にも〟というところで指で引用符をつくってみせた。「事故のすぐあとに姿を見せた」

「私は守衛に見つからないようなかに入り、すぐに姿を消しました」リーオが補足する。「私が来た理由は、送電停止に関するデータをまるごと消去するためでした。同僚のひとりには、ポケットベルで知らせを受けたら、ほんの一瞬、送電を切るよう指示してありました。私たちにとって問題は、電流の遮断ではなく、まさに今だというタイミングをつかむことでした」

「現場主任のひとりが――その人はもう死んじまったが――〝事故〟の直前に、ローセが父親のことでこぼしていたとあいつに話すことになっていた。実際、あの子はそんなことができるような状況じゃなかったが」ベニーが言う。

「古いホールのガントリークレーンを操作している男が合図を出したとき、あいつはちょうどかっかしていたんです。そこでベニーがローセに近づき、これからみんなでおやじさんをちょっとからかってやると伝えました。おやじさんがあんたを罵りだしたら、ホールW15のプッシャー炉に向かうコンベアベルトの横に立つようにと説明しました。いつそこに行けばいいかはポケットベルで伝えると。それ以上のことはあの子は知りませんでした。その〝からかい〟が何を意味しているかも。私たちは警察に対して、あれは事故だと言い張りました。そんなことを誰も計画するはずがないと。ですが、ローセは完全にまいってしまったんです」リーオが締めくくった。

「関わったのは五人か？」

「はい、五人の同僚とローセです」

アサドは今の説明に不満のようだった。「納得がいきませんね、リーオ。前回会ったとき、あなたは事故ではないと思うと言っていた。送電の停止が計画され、故意に行なわれた可能性があるとほのめかした。なぜ黙っていなかったんですか？　私たちがそこにぴんとくることくらいわかっていたでしょうに」

彼はうなだれた。「刑事訴追を心配しなくてすむのなら、そろそろすべてが明るみに出たほうがいいに決まってます。あの出来事のあと、ローセだけが苦しんできたとあなたは思っているかもしれませんが、そうではありません。私はもう何年もろくに眠れていませんし、ほかの人間も問題を抱えています。清廉潔白というわけじゃありませんが、良心がいろいろな形で訴えかけてくるんです。私はあるとき妻に打ち明けましたが、ほかの人間も同じことをしています。ベニーは離婚し、その結果彼がどうなったかは見てのとおりです」リーオはゴミとがらくたに埋まった空間を指差した。しかし、ベニー本人は気にしていないようだった。

「そして、そもそも勇敢で真面目な男だった主任は、最終的に自ら命を絶ちました。あれだけのことをやれば、無傷のままじゃいられないんです。そしてあなたがたが現れたとき、良心の呵責と、処罰を受けたくないという思いが入り乱れました」彼は懇願するように言った。「その気持ち、わかりますか？」

「わかりますよ」アサドが短く答えた。距離を取らなくてはならないとでもいうように視線をはずしたが、その後、いきなりふたりの男に向き直った。「ローセから重荷を取り除いてやるには、どうしたらいいですか？　何かいい考えはありませんか？」

きっかけを待っていたかのように、ベニー・アンダーソンは立ち上がると、人の背の高さほどもある新聞とがらくたの山を押しのけ、たんすの引き出しを開けた。引き出しからは箱やらプラスチックの包装やらがあふれ出てきた。

ベニーはしばらくのあいだ、そのがらくたを引っかき回していたが、何か小さなものを取り出すと、それをカールの手のひらに置いた。

「これだ」ベニーが言う。「これがあの日、ローセが身につけていたポケットベルだ。父親が押しつぶされたのを見て、落としてしまったんだ。これをあの子に渡してやり、ベニー・アンダーソンからよろしくと伝えて、事の顚末《てんまつ》を彼女に話してくれないか」

55

二〇一六年五月三十一日、火曜日

「オーラフ・ボーウ＝ピーダスンです」と電話の声が言った。

アサドが白目をむいた。

「残念ですが、ボーウ＝ピーダスンさん」カールが応じた。「あいにく、今お話はできないんです」

「ラース・ビャアンから、大きな仕事をやり遂げたと聞きましたよ。あれからどう進展があったのか、あなたとアサドがわれわれの視聴者に説明する姿をカメラに収めさせてほしいんです」

ビャアンときたら、俺たちに対する嫌がらせの手を緩めないやつだ。

「わかりました。でも明日まで待っていただきたい」

「明日が放送日なんですよ。それに編集やカットに数時間はとられるから……」

「それではまた」カールは電話を切ろうとした。

「昨日事故を起こした車の所有者が、盗難届を出したと聞きましたよ。だからアネ＝リーネ・スヴェンスンのコメントを取りに家まで行ったのですが、不在でした。職場に問い合わせても病欠としか言われませんでした。ひょっとして、彼女の居場所をご存じありませんか？」

「誰の話をしているんだ？」

「事故車の所有者ですよ、あのフォードKaの」

「いや、彼女の居場所など知らない。それに、あなたも自分で言ったとおり、あの車には盗難届が出ている」

「ええ、もちろん。ですがね、カール・マークさん、私たちはテレビで飯《めし》を食ってるんです。だから動画とインタビューが必要なんですよ。自分の車をあれほどショッキングな事故で失ったアネ＝リーネ・スヴェンスンのように、犯罪が一般人の身に降りかかってきたとき、うちの視聴者はとても関心を持つんです。アネ＝リーネ・スヴェンスンだって、ある意味、被害者でしょう？」

アサドがあきらめ切ったような顔をした。首を掻《か》っ切るようなジェスチャーをして、カールに話を終わらせるよう合図する。

「ボーウ＝ピーダスンさん、極めて重要な情報が入ったら、まずあなたがたに電話しますよ」

カールとアサドは視線を交わすと、ピーダスンの偉そうな態度に失笑せざるをえなかった。やれやれ、あの男は自分を何様だと思ってるんだ？

カールは携帯電話をポケットにしまうと、ブライダムス通りの向こう側にある王立病院の堂々たる新築の建物に目を丸くした。最後にここを車で走ってからこれほど時間が経っていたとは。

「放射線治療センターはいったいどこにあるんだ？　入口は向こうか？」カールは建設用の車とフェンスでわけがわからなくなっている場所を指した。

「このどこかにあると思います。少なくとも看板は見えますよ」とアサドが答える。

カールは待避所のひとつに車を入れると、歩道に乗り上げた状態で車を停めた。

「たっぷり時間はあるぞ。スヴェンスンが来るのは十五分後だからな」カールは時計を見た。「捕まえるのは簡単だ。目隠しした鶏を捕まえるのと同じくらい」

ふたりは建設用車両があちこちに駐車して迷路のようになっている道を、「階段39」や「放射線治療入口」という看板を探して歩いた。

「以前ここに来たことがあるんですか、カール？」三階下にある放射線治療センターに向かってらせん階段を下りながら、アサドが居心地悪そうに尋ねた。カールにはその気持ちがよくわかった。〝がん〟という言葉が脅し文句のように空中に漂っているみたいだった。

「ここに来るのは、どうしてもその必要がある人だけだ」とカールは答え、自分にその必要がないことを願った。

カールは、自動ドアを作動させるボタンを押し、広々とした治療センターのなかに入った。人々がなぜここに来ているのかを忘れることさえできれば、この場所は快適と言えた。壁一面に大きな水槽が取りつけられ、コンクリートの柱はミントグリーンに塗られ、採光用の窓から届く日光を浴びている植え込みは青々として、趣味よく手入れされていた。ふたりは受付カウンターへ近づいた。

「こんにちは」カールは看護師に挨拶すると、警察バッジを見せた。「警察本部の特捜部Qから来ました。間もなく治療でやってくる患者のひとりを逮捕するためです。拘束はさっと行なわれますから、騒ぎにはならないはずです。ただ、あらかじめあなたがたと医長には知らせておく必要がありますので」

看護師の目が〝患者に迷惑をかけるつもりか〟と言っている。

「放射線治療センターの外で逮捕していただけませんか？　ここの患者さんたちはみなさん大変な状態におられます。ご配慮いただけませんでしょうか？」

「残念ですが、そうはいかないのです。その患者に見つかるというリスクを冒すわけにはいきません」

看護師は、もうひとりの看護師のところへ行った。ふたりは小声で相談していた。ひとりが受話器をつかんだ。医長に確認をとるためだろう。

すると、もうひとりの看護師がカールとアサドに顔を向けた。「どの患者さんですか？」

「アネ＝リーネ・スヴェンスンです。午後一時に予約が入っているはずです」

「スヴェンスンさんは現在治療中です。一件キャンセルが入ったので、予約の時間よりも早めに入ってもらったんです。今、第二治療室にいます。どうかここでお待ちください。できれば出入口のドアの向こうに行っていただいて、目立たないようにお仕事をなされてはいかがかと」

その看護師は、ふたりが今入ってきたドアを指差した。

看護師たちが時折厳しい目つきでこちらを見てくるなか、十分が過ぎた。彼女たちに逮捕の理由まで話すべきだっただろうか？　そうしたらもう少し友好的に対応してくれたのだろうか？

カールが何度目かに考えていたとき、大きな亜麻布のバッグを肩にかけたアネ＝リーネ・スヴェンスンが、第二治療室を出てまっすぐに出入口に向かってきた。髪の手入れもしておらず、魅力的なオーラも放っていない、まったく平凡な女だった。街ですれ違っても、誰も気に留めないに違いない。この女がどれくらいの人間の命を奪ってきたのか、現時点では正確なところはわからない。だが、少なくとも五人は殺害しているはずだ。

アネ＝リーネ・スヴェンスンはカールとアサドを直視したが、ふたりが誰なのかまるでわからないようだった。受付カウンターの後ろで看護師たちがざわめき、カールたちに絶えず気遣わしげな視線を送っていなければ、すべてがスムーズに運んだだろう。

しかし、看護師たちは十メートル離れた先に立ち尽くし、眉間に皺を寄せてカールたちと受付カウンターを交互に見ていた。

アサドがスヴェンスンに近づこうとしたが、カールは阻止した。あの女は何人も銃で殺している。カールの目には、女がここでも同じことをやりそうに見えた。

カールはゆっくりと警察バッジをポケットから出すと、遠くからでもスヴェンスンに見えるように高く掲げた。

思いがけないことが起きた。スヴェンスンがふたりに笑いかけたのだ。

「ああ、わたしの車が見つかったんですか？」安堵し、喜びに満ちた目で、彼女はふたりに近づいた。「どこにあったんです？　無事ですか？」

こいつはたいした役者だ。だが惜しかったな、警察がわざわざこんなところまで盗難車の発見を知らせに来るか？　おまえは本気でそう思っているふりをしているが、さすがにやりすぎだ。おまえのそんな無邪気なコメントを俺たちが真《ま》に受けるとでも思うのか？

「そうです。では、あなたがアネ＝リーネ・スヴェンスンさんですね。そして車は濃紺のフォードKaですね」カールは芝居に乗り、彼女を近くへおびき寄せた。

そのとき、カールはスヴェンスンのごくわずかな動きに目を留めた。どうして、片手が亜麻布のバッグのなかに入ったままなんだ？　この女は俺たちの気を逸らそうとして馬鹿なことを言っただけなのか？

　カールはスヴェンスンを捕らえるために数歩前に出ようとしたが、今度はアサドがそれを阻止した。

「カール、今は彼女を出ていかせたほうがいいと思います」スヴェンスンがバッグから取り出して見せつけるように高く掲げたスティックのようなものに向かってうなずきながら、アサドが言った。

　カールはその場に立ち尽くした。スヴェンスンが木製の柄から何かを引き出している。それが柄付き手榴弾だとわかるまでしばらく時間がかかった。アサドのほうがカールよりも先に気づいたのだ。

「これが見える？」スヴェンスンは小さく白い磁器の玉を指のあいだで回してみせた。「わたしがこれを引っ張ったら、四秒以内にここは殺戮《さつりく》現場となるわ。さあ、ドアから離れて！」そう命じると自分は壁の自動ドアのボタンに歩み寄った。ボタンを押し、ガラス扉が開く。

「わたしに近づこうとしたら、これを足元に投げつけるわ。わたしがここから離れたと確信できるまで、階段を上がってこないでその場にいること。来るのが早すぎたら、何が起こるかわからないわよ。わたしは上の入口で待ってるからね」

　スヴェンスンが本気であることに疑いの余地はなかった。この女は外側こそくすんだ灰色だが、内側は炎々と燃え上がる地獄、底知れぬ淵そのものだった。目には狂気が宿り、冷酷なそのまなざしは、一歩も引く気はないと訴えている。その目から慈悲や不安を読み取ろうとしても無駄だった。この女はなんだってやりかねない。

「だが、いったいどこに行こうっていうんだ？」カールが尋ねた。「デンマーク中があなたを追う。どう外見を変えたところで、どこにも隠れる場所はない。公共の交通機関は使えないし、国境を越えることもできず、別荘に隠れることもできない。どこにいても安全だとは思えないだろう。その玉から手を離してくれないか。そうしたら……」

「黙って！」スヴェンスンが叫ぶと、待合室にいた何も知らない患者たちが仰天した。

彼女はもう一度壁のボタンを押すと、階段に向かった。

「わたしを追ってくる人間は、二秒で死ぬわよ。何人かが吹き飛ばされてもわたしはかまわないわ。いい？」

そう言うが早いか、彼女は消えた。

カールは携帯電話を取り出し、アサドに彼女を追うためドアを開けるよう合図を送った。

数秒後、カールは警察本部に緊急出動を要請し、電話を切った。

階段の上のほうで彼女の足音が響いている。それが次第に弱まって消えたとき、ふたりはうなずき合うと、階段を一段とばしで上がっていった。


上に上がると、表玄関のガラス扉の外に、緑の建設現場の囲いと青いコンテナが見えた。しかし、アネ＝リーネ・スヴェンスンの姿はどこにもない。

カールは拳銃を取り出した。「アサド、おまえは俺の後ろにいろ。彼女を射程内に捕らえたら、俺は脚を撃つようにする」

アサドは納得しなかった。「カール、あなたは脚を撃つようにするんじゃなくて、絶対に脚を撃たなくてはなりません。それを貸してください」アサドは拳銃に目をやると、注意深くカールの手から引き抜いた。

「私なら撃つようにするのではなく、確実に撃ちます」静かに言った。

いったいどういう意味だ？　こいつ、狙撃兵にでもなったつもりか？

ふたりはガラス戸を抜けて玄関前の広場に出た。片側は建設現場のフェンスに、もう片側は低い石垣で囲まれている。どこを見回してもアネ＝リーネ・スヴェンスンの姿はない。その代わり、まったく予想もしなかった人物が現れた。オーラフ・ボーウ＝ピーダスンだ。建設用フェンスにさりげなくもたれて笑いかけ、カメラマンと音響技術者が撮影を行なっている。

「ちょっとやさしい言葉をかけて、いくらか賄賂《わいろ》をお渡ししたところ、秘書の方から、ここで会えるんじゃないかというヒントをもらいましてね……」

「消えてくれ！」アサドが叫び、拳銃をかまえると、テレビクルーは一目散に逃げていった。

　カールとアサドはフェンスの角へ走っていき、そこからすぐ先をうかがった。すると、フェンスの向こう側の端にスヴェンスンの姿が見えた。自転車を停めようとした高齢の女性と揉み合いになっている。

「自転車を奪う気だ！」カールが叫ぶ。「あれで逃げちまうぞ」

　ふたりはフェンスの端まで走り、そこにいたタクシーやブライダムス通りの交通に目をやった。王立病院から出たとたんに、拳銃を手に必死の形相の男たちに出くわして仰天している人々を見つめながら、カールの肺は破裂しそうだった。叫び声をあげて脇へ逃げる人もいれば、そこに立ち尽くす人もいた。

「警察だ！」そう叫びながらカールはアサドとともに車道に飛び出した。

　背後からボーウ＝ピーダスンが、「ぴったり追え！これ以上のライブアクション映像はないぞ！」とクルーに叫びながら走ってくる。

「あそこです」アサドがリュース通りまで百メートルほどのところにある脇道を指差した。

　その瞬間、スヴェンスンが通りの角で止まり、カールとアサドを挑戦的な目で見つめると、けたたましく笑いだした。自分は安全だと信じ切っているようだ。

「この距離から撃てるか？」

　アサドは首を振った。

「あの女は何をしてる？」カールが言う。「あそこに立って手榴弾で俺たちを威嚇しているのか？」

アサドがうなずく。「彼女はあれがただのイミテーションだと言いたいんだと思います。私たちがまんまとだまされたのだと。見てください、玉の部分を持ち、手榴弾を投げようとしています。くそっ、カール、あれは本当にただのフェイクだったんだ。あれは……」

爆発音が轟き、周囲の家の窓ガラスが割れた。耳が麻痺するほどの音ではなかったが、それでもタクシー乗り場で車の横に立っていた運転手が瞬時にひざまずき、驚いて周りを見回すほどの音量ではあった。

ブライダムス通りには、粉々になった紙幣がきのこ雲のように立ち昇った——そして、かつて人間の体だったもののかけらが落ちてきた。カールの背後で、ボーウ＝ピーダスンがこの上もなく満足したようにため息をついた。『ステーション3』のカメラマンはすべてをカメラに収めていた。

エピローグ

二〇一六年五月三十一日、火曜日

赤い髭の奥でオーラフ・ボーウ＝ピーダスンは怒りを爆発させていた。ラース・ビャアンが、彼らがこの三十分間に撮影したものを『ステーション3』が放映することは許可できないと宣言したのである。ビャアンは、『ステーション3』に対し、たとえ議会の警察顧問や内部調査室、報道委員会から尋問されるようなことになろうとも、あとになって裁判所命令が必要になったとしても、さまざまな政治論争を引き起こすようなことになったとしても、ともかく、そのメモリーカードを引き渡してもらわなくてはならない、それも今すぐに、と告げた。

カールはにんまりした。ラース・ビャアン自身も、テレビクルーへの協力の限界を認識していたのだ。こっぱみじんになった紙幣と死体が降る直前、正式な警察職員ではないアサドがなぜ拳銃をかざしてテレビクルーの仕事を邪魔したのか、一連のことが報道されたら首席監察官と広報課長はデンマークの視聴者に説明しなくてはならなくなる。ビャアンはそのふたりの反応まで考えたのだろうか。

「ジェームズ・フランクとビアギト・ツィマーマンは逮捕したのか?」カールは小声で訊いた。

ビャアンがうなずく。

「ふたりとも自供したか?」

ビャアンが再びうなずく。

「だったら、そのふたつの事件を伝えさせてやって、ボーウ＝ピーダスンの怒りをやわらげたらどうだ。解決済みのふたつの事件があるほうが何もないよりいいに決まってる」

ビャアンは目を細めると、オーラフ・ボーウ＝ピーダスンを手招きした。「ひとつ、提案があるんだが、ボーウ＝ピーダスン」

アサドとカールは振り向き、王立病院の堂々たる姿を目の前にした。

「上に行って、彼女に会ってきますか?」アサドが尋ねる。

カールにはそうすべきかどうかわからなかった。ふたりはさっきまで、何がなんだかわからない人間の残骸が、自分たちが今まで追っていたのと同一人物であるということを確認する仕事に追われていた。それからすぐに、彼らが愛する人間、ただし、いまだに自分自身の影にまとわりつかれている人間に対面しなくてはならないのだ。

黙ったままふたりは上へ行くエレベーターに乗った。

これから自分たちを待ち受けるものに対し、心の準備をしようとしていた。

エレベーターのドアのところで挨拶をしてきたゴードンの顔はいつにも増して青白かった。だが、驚くほど大人びて見えた。

「どんな様子だ？」答えを聞くのが怖くて気が進まないまま、カールは尋ねた。

「面会は許されないと思います」ゴードンは集中治療室の廊下を指差した。「彼女の病室の前にモニターがあり、そこに看護師ふたりと医師がひとり座っています。彼らに尋ねなくてはなりません。ローセは手前の部屋にいます」

カールはそっと観察室のガラス戸を叩き、警察バッジを見せた。

すぐに看護師が外へ出てきた。「ローセ・クヌスンに事情聴取をすることはできません。彼女は強い幻覚に襲われています」

「われわれは事情聴取に来たのではありません。彼女はわれわれと非常に親しく、大切な同僚です。彼女の容態を訊くことなどに関しては、妹さんたちから全権を委任されています。われわれは彼女に重要な話をしにきたのですが、それで彼女を救うことができるかもしれないと思っています」

看護師は運命を握っている人だけがするような、職業的な顔つきで眉根を寄せた。「現在の危機的な段階で面会を許可することは難しいと思います。わたしが戻るまで集中治療室の外でお待ちください。上の人間と相談する必要があります。ですが、あまり期待はしないでください」

カールはうなずいた。一瞬だけ、なかにいるローセの枕に乗った顔を見ることができた。

「カール、こっちへ」アサドが引っ張った。「今のところ、できることはありません」

それから三人は隣り合わせになって座り、永遠にも思える時間を黙って過ごした。エレベーターが上下し、大勢の白衣の人間が委ねられた命を救おうと懸命に努力している。

「カール」上のほうで声が聞こえた。看護師の判断を聞こうと立ち上がろうとしたが、顔を上げると、そこには美しいモーナの顔があった。目が光っている。涙だろうか？

「さっきここに来たんだけど、ローセのことを聞いて」小さな声でモーナが言う。「あなたが彼女を見つけたのね」

「俺たち三人で見つけたんだ」カールはそう訂正するとふたりの同僚に向かってうなずいた。「残念だが、今は彼女に会わせてもらえないようだ。彼女の回復に役立つかもしれないものを俺たちは持っているんだが」微笑もうとしたができなかった。「こんなことを尋ねるべきじゃないのはわかっているが、きみは心理学者で今回のことを知っている。きみの言うことなら彼らも従うんじゃないか？　なかにいる医師たちに、俺たちはローセの無事だけを願っていて、俺たちが考えていることできっと彼女を助けることができる、と伝えてもらえないだろうか？　俺たちのために。モーナ」

　モーナは黙ったままそこに立ち、カールの目を覗きこんだ。それからうなずくと、触れたか触れないかわからないくらいやさしくカールの頰を撫でた。

　カールは目を閉じ、崩れるように椅子に腰かけた。彼女に触れられ、さまざまな感情が胸に湧き起こった。しかし、驚くことに、なかでも強かったのは、悲しみと、説明のつかない無力感だった。誰かが手に触れるのを感じた。そのとき初めて、自分がとぎれとぎれに呼吸していることに気づいた。ここ数日間の展開がカールを精神的にも感情的にも極度に消耗させていた。体が音《ね》を上げ、ショックで皮膚が燃え上がっているように思えた。

「泣くことないですよ」アサドが励ますように言う。「モーナがなんとかしてくれますから」

カールは目を開けた。涙の膜の向こうですべてが現実ではないように見えた。ポケットを探り、ポケットベルをアサドに渡す。「俺には無理だ」カールは言った。「許可が下りたらなかに入って、彼女にすべてを話してくれないか」

触れたら跡形もなく消えてしまう聖杯でもあるかのように、アサドはポケットベルを見つめた。アサドはまばたきをして涙を隠そうとしたが、そのまつげが驚くほど長いことに、カールは初めて気づいた。

それからアサドはカールの手を放した。シャツの乱れを直すと、縮れ髪を何度か撫でつけて、集中治療室の入口へと向かった。少しのあいだドアの前で立ち止まると、意を決したようになかに入っていった。

なかからは抑えた調子の言葉のやりとりが聞こえた。それにかぶさるようにモーナの柔らかい声が聞こえた。意見の対立を調整しているようだった。そして静かになった。

しばらくしてカールとゴードンは見えない合図に弾かれたかのように立ち上がった。ふたりは互いを励ますように視線を交わし、一緒に集中治療室へと足を踏み入れた。ガラス戸の向こうに、観察室にいるモーナの背中が見えたが、アサドはそこにはいなかった。

「来てください、カール」ゴードンが言う。「なかに入っていいみたいです」

カールとゴードンは観察室のドアのところに身じろぎもせず立っていた。誰も反応しないのを確認してから、ふたりはそっとなかに入った。

観察室とローセの部屋を隔てる二枚目のガラス戸を通して、なかで何が起きているかはっきりと見ることができた。さっき自分たちに外で待つように言った看護師が、アサドと一緒にローセの枕元に立ち、アサドのしていることを見つめている。アサドはローセから目を逸らさず、唇を絶えず動かしている。彼の顔はそのさまざまな感情を雄弁に語っていた。目の動きだけでなく、両手も動かし、懸命に彼女に語りかけていた。ガラス戸のこちら側からでも、彼がローセを気遣いながらジェスチャーで一九九九年五月十八日の出来事を説明しているのがはっきりと読み取れた。アサドは驚くほど辛抱強くローセに報告を行ない、そばにいる看護師はアサドの姿に感心したようにうなずいていた。

かなり経ってから、アサドはローセにポケットベルを渡そうとした。看護師がアサドの穏やかさとローセを心配する気持ちに胸を打たれているのが、カールにもわかった。

そのとき、不意に何かが起こった。モーナが息を呑み、ゴードンがカールの肩越しに身を乗り出した。

モニターは、ローセの脈拍が突然上昇し、彼女の腕が掛け布団から二、三センチほど上がる様子を映し出していた。それ以上腕を上げることはできないようだったが、そのときアサドが彼女の腕を取り、差し出された手のなかにポケットベルを置いた。

それからしばらくして、アサドはすべてを話し終えた。

ほとんど目に見えないような動きだったが、ローセの指がポケットベルを包むように曲がり、腕が掛け布団の上に沈んだ。医師と看護師はモニターを見つめた。ローセの心拍数がゆっくりとではあるが規則正しく下降していく。

観察室にいた人間全員がうなずき合った。ローセは危機を脱したようだった。

ふらつきながら観察室に戻ってきたアサドは、今にも倒れそうだった。モーナが彼をしっかりと腕に抱くと、アサドは落ちるように椅子に座った。そのまま眠ってしまいそうだった。

「ローセは全部理解できたのか？」カールが尋ねる。

アサドは目を拭った。「彼女があそこまで衰弱しているとは思いませんでした、カール。今にも彼女を失ってしまうのではないか、目を閉じたらもう二度と開かないのではないかと、ずっと怖かった。とても言葉では表現できない怖さでした」

「ローセがポケットベルを受け取る様子は俺たちも見ていたよ。あれが何を意味するか、彼女に通じたと思うか？　ほかの連中が彼女の信頼を悪用したということ、あのポケットベルが彼女の無実を証明するものだと理解できただろうか？」

アサドはうなずいた。「すべて理解していましたよ、カール。彼女はずっと泣いていました。私は先を続ける勇気がなくなりそうでしたが、看護師が絶えずうなずいて私に続けるよううながしてくれたので、それでとにかくすべて話すことができました」

カールはモーナを見つめた。「ローセは助かるチャンスを手にしたのだろうか？　きみはどう思う？」

モーナは笑った。涙が頬を伝わっている。「ローセの身体的状態についてはわからないわ。でも、あなたたちはわたしたち全員に希望を与えてくれたと思う。あとは時間に任せるしかない。それでも、精神的には彼女はだんだんとよくなっていくと思うわ」

カールはうなずいた。そうだった。モーナは現実を軽視して美化するようなことを言う人ではない。

急にモーナが小さく嗚咽を漏らし、その顔が痛みに歪んだ。カールはそんな彼女を一度も見たことがなかった。それで思い出した。俺はなぜもっと前にこのことを尋ねなかったんだろう。

「そもそもきみはなぜここに来ていたんだい、モーナ？　もしかして、お嬢さんのことで？」

彼女は視線を逸らし、まばたきをした。唇をきゅっと結んでいる。それからうなずくと、カールの目をじっと見つめた。

「わたしを抱きしめて、カール」彼女が言ったのはそれだけだった。

　カールにはわかっていた。彼女にそう頼まれたら、自分は彼女をきつく、長く抱きしめなくてはならないということを。

訳者あとがき

本書『特捜部Q―自撮りする女たち―』は、デンマークのベストセラー作家ユッシ・エーズラ・オールスンによる警察小説〈特捜部Q〉シリーズの第七弾 *Selfies*, 2016 の邦訳である。ドイツでは二〇一七年三月に刊行され、「カール・マークのファンなら必ず読むべき一冊！」とたちまち大好評を博した。

今回のカールたちは大忙しである。なにしろ、過去の事件を追いながら、現在の事件（それも複数）に巻きこまれ、そのうえ特捜部Q解体の危機というピンチにも立たされる。同時に、特捜部Qの紅一点、ローセの過去をたどるという困難な仕事にも向き合うことになるのだ。前作を読まれた方は気になっていたであろうローセの精神状態だが、残念なことにボーンホルムでの事件以来、悪化の一途をたどっていたようだ。なぜローセはこれほどまでに苦しんでいるのか。何が彼女を追い詰めているのか。カールたちはその原因を解き明かし、彼女を救うことができるのか。さまざまな事件を捜査する一方で、ローセの過去を追うドラマも展開していく。

なお、今回著者がスポットライトを当てたのは、デンマークの社会福祉政策。なかでも、失業対策や生活保護についてである。

デンマークが〈世界一幸福な国〉と言われる背景には、社会福祉政策の充実が挙げられる。教育・医療・介護が無料であるほか、失業者への支援も手厚い。支援といっても給付だけに偏らず、失業者に再教育・再訓練を行なって労働市場へ戻れるようにすることが目的である。たとえば、失業者は定期的に関連機関に連絡を入れ、受給資格維持のためにアクティベーション（職能向上のために受ける教育および労働）に参加しなくてはならない。アクティベーションの内容は、カウンセリング、教育プログラムへの参加、企業での研修などで、これらを経て就業へと導かれる。

ただし、積極的に就労する意志のないまま補助金だけを受け取っている人がいるのも事実だ。著者が本書で指摘するように、アクティベーションに参加もせずに「甘い汁」だけを吸おうという人も当然ながら存在する。本書に出てくるジャズミンは極端な例だが、ここまでいかずとも、なんやかやと理由をつけて就職活動を回避し、もらえるものはいただこうという人は少なくないのだろう。社会福祉大国と言われるデンマークでも、内情はそう簡単ではなく、さまざまな葛藤《かっとう》や問題があることがうかがえる。日本でも生活保護の不正受給が取りざたされたことがあったが、かの国でも同じなのだろう。

そんなふうに就労せずに甘い汁だけを吸おうという人にとって、本書に出てくるアネリのような役所の担当職員は疎《うと》ましい存在だろう。担当職員は求職者とともに将来設計を行なっていくが、その過程で厳しい言葉を口にすることもある。それが、デニス、ジャズミン、ミッシェルにとっては殺意を抱くほど煩《わずら》わしい。一方のアネリも、意欲のない求職者を前に怒りと不満を募らせていく。そして、あることをきっかけに、彼女なりの「正義」を通そうという気持ちになるのだが……。

原書副題の *Selfies* はもちろん〝自撮り写真〟の意味であり、本書のなかには実際に登場人物が自撮りするシーンもある。しかし、この言葉には単なる自撮り写真の意味を越え、「自分は何者か」という問いも込められているように思う。カメラのレンズだけではない。鏡に映る自分は何者か。他人の瞳に映る自分は何者か。自分にとっての正義は何か。そもそも正義とは何か……。デニスの祖父フリッツにとっての「正義」とアネリにとっての「正義」はかけ離れているようで、実はとても似ているところがあるのではないだろうか。

本書は、先に述べたようなデンマークの社会状況を反映しながらも、エンターテインメント性は失わず、カールとアサド、ときにはゴードンを交えての軽妙なやりとりも健在である。ローセの一件があるため、全体的に少々重苦しい雰囲気ではあるが、ドイツでも「ハラハラしながら一気に読める」「スリル満点」との声が多く上がっている。

〈特捜部Q〉シリーズも第一作目の『檻の中の女』が刊行されてから十年が経ち、現在は四十を越える言語に翻訳されている。著者はホームページに掲載されたインタビューのなかで、このシリーズがこれほどの成功を収めるとは想像もしていなかったと語り、今後十年について何を望むかとの質問には「十年後も特捜部Qの読者がいてくれれば素晴らしいことだ」と答えている。アサドの素性やカールのトラウマである釘打ち事件など、まだ決着をみていない謎も残されていて、これからも著者の精力的な執筆が続きそうだ。

本書をドイツ語から重訳するにあたっては、ルートウィッヒ・バールケ氏に並々ならぬご協力とご教示をいただいた。感謝の言葉もないほどである。デンマーク語の固有名詞チェックを丁寧にしてくださった下倉亮一氏、株式会社リベルのみなさんには今回も推敲の際の細かな作業でご協力をいただいた。早川書房の山口晶さんにも心よりお礼を申し上げたい。

二〇一八年一月　訳者

HAYAKAWA POCKET MYSTERY BOOKS No. 1927

吉《よし》田《だ》奈《な》保《ほ》子《こ》

1974年生,
立教大学文学部ドイツ文学科卒,
ドイツ文学翻訳家
訳書
『特捜部Q—檻の中の女—』『特捜部Q—吊された少女—』ユッシ・エーズラ・オールスン
(以上早川書房刊)

この本の型は,縦18.4センチ,横10.6センチのポケット・ブック判です.

〔特捜部《とくそうぶ》Q　—自撮《じど》りする女《おんな》たち—〕

2018年1月15日初版発行　2018年1月25日再版発行

著　者　ユッシ・エーズラ・オールスン
訳　者　吉田奈保子
発行者　早川　浩
印刷所　星野精版印刷株式会社
表紙印刷　株式会社文化カラー印刷
製本所　株式会社川島製本所

発行所　株式会社　早川書房
東京都千代田区神田多町2－2
電話　03-3252-3111（大代表）
振替　00160-3-47799
http://www.hayakawa-online.co.jp

（乱丁・落丁本は小社制作部宛お送り下さい
送料小社負担にてお取りかえいたします）

ISBN978-4-15-001927-3 C0297
Printed and bound in Japan

ハヤカワ・ミステリ〈話題作〉

1918 渇きと偽り

ジェイン・ハーパー
青木 創訳

一家惨殺の真犯人は旧友なのか？　未曾有の干魃にあえぐ故郷の町で、連邦警察官が捜査に挑む。オーストラリア発のフーダニット！

1919 寝た犬を起こすな

イアン・ランキン
延原泰子訳

〈リーバス警部シリーズ〉不自然な衝突事故を追及するリーバスと隠蔽された過去の事件を追うフォックス。二人の一匹狼が激突する

1920 われらの独立を記念し

スミス・ヘンダースン
鈴木 恵訳

〈英国推理作家協会賞最優秀新人賞〉福祉局のソーシャル・ワーカーが直面する様々な家庭の悲劇。激動の時代のアメリカを描く大作

1921 晩夏の墜落

ノア・ホーリー
川副智子訳

〈アメリカ探偵作家クラブ賞最優秀長篇賞受賞〉ジェット機墜落を巡って交錯する人間ドラマ。著名映像作家による傑作サスペンス！

1922 呼び出された男

ヨン＝ヘンリ・ホルムベリ・編
ヘレンハルメ美穂・他訳

スティーグ・ラーソンの幻の短篇をはじめ、現代ミステリをリードする北欧人気作家たちの傑作17篇を結集した画期的なアンソロジー